Maj Sjöwall
Per Wahlöö

VERLAG VOLK UND WELT BERLIN

ALARM IN DER SKÖLDGATAN

UND DIE GROSSEN LÄSST MAN LAUFEN

KRIMINALROMANE

Aus dem Schwedischen von
Eckehard Schultz und Hans-Joachim Maass

ISBN 3-353-00654-0

1. Auflage Broschur
Lizenzausgabe des Verlages Volk und Welt, Berlin 1990
für die Deutsche Demokratische Republik
L. N. 302, 410/76/90

Printed in the German Democratic Republic

Einbandentwurf: Schulz/Labowski
Satz: Karl-Marx-Werk Pößneck V 15/30
Druck und Einband: Druckerei Neues Deutschland
LSV 7344
Bestell-Nr. 649 149 0

00880

ALARM IN DER SKÖLDGATAN

1

Der Mann, der auf dem ordentlich gemachten Bett lag, hatte sich erst die Jacke ausgezogen, den Schlips abgebunden und beides über den Stuhl neben der Tür gehängt. Dann hatte er die Schuhe abgestreift, sie unter den Stuhl gestellt und sich seine schwarzen Lederpantoffeln angezogen. Er hatte drei Filterzigaretten geraucht und die Kippen in dem Aschenbecher, der auf dem Nachttisch stand, ausgedrückt. Und danach hatte er sich auf dem Bett ausgestreckt, die Pistole in den Mund geschoben und abgedrückt.

Jetzt sah es in dem Zimmer nicht mehr so sauber und ordentlich aus. Sein Wohnungsnachbar war ein vorzeitig pensionierter Hauptmann, der bei der Elchjagd im Vorjahr einen Schuß in die Hüfte erhalten hatte. Nach dieser Verletzung litt er an Schlafstörungen und saß oft nächtelang wach und legte Patiencen. Gerade als er befriedigt feststellte, daß dieses Spiel aufgehen würde, hörte er von nebenan den Schuß. Sofort benachrichtigte er die Polizei.

Als die Besatzung des Streifenwagens die Tür aufbrach und in die Wohnung eindrang, war es 3.40 Uhr, am 7. März. Für die Beamten lag der Fall klar: Es handelte sich mit an Sicherheit grenzender Wahrscheinlichkeit um Selbstmord. Bevor sie zum Streifenwagen zurückgingen, um über Funk den Todesfall zu melden, sahen sie sich in der Wohnung um, was sie eigentlich nicht tun durften. Außer dem Schlafzimmer bestand sie aus einem weiteren Zimmer, Küche, Diele, Bad und einer Kleiderkammer. Eine Nachricht oder einen Abschiedsbrief konnten sie nicht finden. Die einzige Notiz, die sie entdeckten, waren zwei Worte auf dem Block, der im Wohnzimmer neben dem Telefon lag. Die beiden Worte bildeten einen Namen. Einen Namen, der den Polizisten gut bekannt war.

Martin Beck.

Der Name des Tages war Ottilia.

Am Vormittag, kurz nach halb elf, verließ Martin Beck das Polizeigebäude und stellte sich zu der Schlange des staatseigenen Spirituosengeschäftes am Karusellplan. Er erstand eine große Flasche Nutty Solera. Auf dem Weg zur U-Bahn kaufte er noch ein Dutzend rote Tulpen und eine Dose mit englischem Käsegebäck. Einer der sechs Taufnamen, die seine Mutter erhalten hatte, war Ottilia, und er wollte hinausfahren, um ihr zum Namenstag zu gratulieren.

Das Altersheim war ein großes, altes Gebäude. Viel zu alt und unmodern, meinten zumindest diejenigen, die gezwungen waren, dort zu arbeiten. Martin Becks Mutter war vor einem Jahr dort hinausgezogen. Nicht weil sie auf die Hilfe anderer angewiesen war, denn sie war für ihre achtundsiebzig Jahre immer noch bewundernswert rüstig, sondern weil sie ihrem einzigen Sohn nicht zur Last fallen wollte. Deshalb hatte sie sich rechtzeitig einen Platz in dem Heim gesichert, und als ein Raum frei wurde, das heißt, als der vorhergehende Bewohner starb, trennte sie sich von dem größten Teil ihres Hausrats und zog ein. Nach dem Tod des Vaters vor neunzehn Jahren war Martin ihre einzige Stütze gewesen, und er machte sich hin und wieder Vorwürfe, daß er sie nicht bei sich aufgenommen hatte. Aber im Grunde war er ihr dankbar, daß sie ihre Angelegenheiten selbst geordnet hatte, sogar ohne ihn vorher zu fragen.

Er ging an einem der kleinen ungemütlichen Tagesräume, in dem er noch nie jemand hatte sitzen sehen, vorbei den dunklen Gang entlang und klopfte an der Tür seiner Mutter. Die alte Frau blickte erstaunt auf, als er eintrat. Sie war ziemlich schwerhörig und hatte sein leises Klopfen nicht gehört. Dann lächelte sie, legte das Buch beiseite und machte Anstalten aufzustehen. Martin Beck ging schnell auf sie zu, küßte sie auf die Wange und drückte sie sanft in ihren Sessel zurück.

»Meinetwegen brauchst du doch keine Umstände zu machen!« Er legte die Blumen auf ihren Schoß und stellte die Flasche und die Keksdose auf den Tisch. »Herzlichen Glückwunsch, Mama.«

Sie wickelte die Blumen aus. »Oh, was für schöne Blumen! Und Kekse. Und Wein, oder was ist das? Sherry! Wie lieb von dir.«

Sie stand auf und ging trotz Martin Becks Protest zum Schrank, nahm eine silberne Vase heraus und füllte sie am Waschbecken mit Wasser.

»So alt und gebrechlich, daß ich nicht mehr auf den Beinen stehen kann, bin ich nun wirklich nicht«, scherzte sie. »Und nun setz du dich hin. Was möchtest du trinken – Sherry oder Kaffee?«

Er legte den Hut weg, zog den Mantel aus und setzte sich.

»Was dir am liebsten ist.«

»Dann koch ich schnell Kaffee. Den Sherry werd ich aufheben und den Damen anbieten. Dabei kann ich dann gleich mit meinem aufmerksamen Sohn angeben. Man muß die Feste feiern, wie sie fallen.«

Martin Beck sah schweigend zu, wie sie am elektrischen Kocher hantierte und Wasser und Kaffee zurechtstellte. Sie wirkte zierlich und zerbrechlich und schien jedesmal, wenn er sie besuchte, kleiner geworden zu sein.

»Hast du's gut hier, Mama?«

»Mir geht's immer gut!«

Die Antwort kam ohne Zögern und zu glatt, als daß er ihr hätte glauben können. Sie stellte die Kaffeekanne auf den Untersatz und die Blumenvase auf den Tisch und setzte sich hin.

»Du brauchst dir meinetwegen keine Sorgen zu machen«, beteuerte sie. »Ich hab hier genug zu tun. Ich lese und unterhalte mich mit den anderen Frauen und stricke. Manchmal fahre ich in die Stadt und seh mich um, aber da sieht ja alles jetzt so häßlich aus. Überall werden Häuser abgerissen. Hast du gesehen, daß das Haus, in dem Vater seine Firma hatte, auch abgerissen worden ist?«

Martin Beck nickte. Sein Vater hatte ein kleines Fuhrgeschäft im Stadtteil Klara gehabt, und an dieser Stelle erhob sich jetzt ein Bürohaus aus Beton und Glas. Er sah sich die Fotografie des Vaters an, die auf der Kommode am Bett stand. Das Bild stammte aus den zwanziger Jahren, als er selbst noch ein Stöpsel und der Vater noch ein junger Mann mit klarem Blick, glänzendem, zur Seite gekämmtem Haar und trotzigem Gesichtsausdruck gewesen war. Verwandte behaupteten, daß Martin Beck seinem Vater ähnlich sähe. Er selbst hatte nie größere Ähnlichkeiten entdecken können, und wenn es welche gab, dann waren sie höchstens äußerlich. Er erinnerte sich, daß sein Vater ein sorgloser, aufrichtiger Mensch gewesen war, der überall beliebt und immer zu Scherzen aufgelegt war. Sich selbst würde er eher als einen schüchternen und ziemlich langweiligen Menschen bezeichnen. Zu der Zeit, als das Foto aufgenommen wurde, war sein Vater Bauarbeiter gewesen, einige Jahre später war die Wirtschaftskrise gekommen, und er war zwei Jahr lang arbeitslos gewesen. Martin Beck dachte daran, daß seine Mutter diese Jahre der Armut und Existenzangst eigentlich nie richtig überwunden hatte. Obwohl es ihnen später ausgesprochen gut gegangen war, hatte sie nie aufgehört, sich Sorgen um das Finanzielle zu machen. Sie konnte es immer noch nicht über sich bringen, ein neues Stück zu kaufen, wenn das alte noch nicht völlig unbrauchbar geworden war. Sowohl ihre Kleidung wie auch die wenigen Möbel, die sie aus der letzten Wohnung mitgebracht hatte, waren verschlissen und abgenutzt.

Martin Beck hatte des öfteren versucht, ihr Geld zu geben oder wenigstens die Heimkosten zu übernehmen, aber sie war stolz und hartnäckig und wollte sich nicht helfen lassen.

Als der Kaffee fertig war, holte er die Kanne und ließ seine Mutter eingießen. Es hatte ihr immer Spaß gemacht, ihren Sohn zu bedienen; schon als Junge hatte er nie beim Abwaschen helfen und nicht einmal sein Bett machen müssen. Als er dann aus der elterlichen Wohnung ausgezogen war, hatte er bemerkt, wie ungeschickt er sich bei den einfachsten Haushaltsarbeiten anstellte, und ihm war klargeworden, wie falsch diese Art von Fürsorglichkeit gewesen war.

Schweigend tranken sie die ersten Schlucke. Sie stellte die Tasse zurück, faltete die mageren braunfleckigen Hände und lehnte sich zurück.

»Na, erzähl mal, was machen meine Enkelkinder?«

Martin Beck hatte sich angewöhnt, nur Positives von seinen Kindern zu berichten, da sie der festen Ansicht war, daß ihre Enkel klüger, tüchtiger und hübscher seien als alle anderen Kinder. Sie beschwerte sich manchmal darüber, daß er ihre guten Seiten nicht sähe, und hatte ihn sogar beschuldigt, ein schlechter und böswilliger Vater zu sein. Er selbst bildete sich ein, die

Kinder objektiv beurteilen zu können, und hielt sie nicht für besser oder schlechter als andere Kinder. Den besten Kontakt hatte er zu der sechzehnjährigen Ingrid, die aufgeweckt und intelligent war und sowohl in der Schule als auch beim Umgang mit ihren Freundinnen und Freunden keinerlei Schwierigkeiten hatte. Mit Rolf, der demnächst dreizehn wurde, hatte er es weniger leicht. Rolf war verschlossen und faul, völlig uninteressiert an allem, was die Schule betraf, und schien auch im übrigen keine besonderen Begabungen oder Neigungen zu haben. Diese Trägheit des Jungen war eine ständige Sorge für Martin Beck, und seine einzige Hoffnung war, daß er in ein bis zwei Jahren seine Gleichgültigkeit überwinden würde. Da er im Augenblick nichts Erfreuliches von seinem Sohn berichten konnte und die Mutter ihm die Wahrheit nicht abgenommen hätte, versuchte er dieses Thema zu umgehen. Als er von Ingrids letzten Fortschritten in der Schule berichtet hatte, fragte seine Mutter jedoch plötzlich: »Will Rolf auch Polizist werden, wenn er mit der Schule fertig ist?«

»Das glaub ich nicht. Außerdem ist er ja noch nicht mal dreizehn. Noch ist es zu früh, sich deswegen Sorgen zu machen.«

»Aber wenn er das vorhat, mußt du es ihm ausreden. Ich habe nie verstanden, warum du ausgerechnet zur Polizei wolltest. Und heutzutage muß der Beruf eher noch schwieriger geworden sein. Was hat dich eigentlich zu diesem Entschluß veranlaßt, Martin?«

Martin Beck sah sie erstaunt an. Er wußte, daß sie seinerzeit vor vierundzwanzig Jahren nicht mit seiner Wahl einverstanden gewesen war, aber es wunderte ihn, daß sie jetzt wieder davon anfing. Vor nicht ganz einem Jahr war er Kommissar bei der Reichsmordkommission geworden und arbeitete unter ganz anderen Umständen als damals als junger Streifenbeamter.

Er lehnte sich auf seinem Stuhl nach vorn und streichelte ihre Hand. »Ich hab es doch jetzt gut, Mama«, antwortete er. »Seit langer Zeit sitze ich fast nur noch am Schreibtisch. Aber du hast recht, ich hab mir oft die gleiche Frage gestellt.«

Das war richtig. Er hatte sich oft gefragt, warum er Polizeibeamter geworden war.

Er konnte natürlich zur Antwort geben, daß es damals im Krieg eine günstige Gelegenheit gewesen war, vom Militärdienst freigestellt zu werden. Zwei Jahre hatte man ihn wegen seiner Lunge zurückgestellt. Aber dann war er für voll tauglich erklärt worden, was seine Berufswahl wesentlich beeinflußt hatte. 1944 wurden Kriegsdienstverweigerer nicht anerkannt. Viele von denen, die sich auf die gleiche Weise vom Bereitschaftsdienst gedrückt hatten, wechselten später den Beruf, aber er war dabeigeblieben und mittlerweile zum Kommissar aufgestiegen. Das hätte eigentlich bedeuten müssen, daß er ein guter Polizeibeamter war, aber er selbst war sich da nicht so sicher. Es gab genügend Beweise dafür, daß hohe Stellen im Polizeiapparat nicht mit den besten Männern besetzt waren. Er war sich nicht mal sicher, ob er ein guter Beamter sein wollte, wenn das Pflichtbesessenheit und ein engstirniges Einhalten der Vorschriften beinhaltete. Eine Bemerkung schoß ihm durch den Kopf, die Lennart Kollberg vor gar nicht langer Zeit einmal gemacht hatte: »Gute Bullen gibt's genug. Dämliche Kerle, beschränkte, kernige, aufgeblasene, selbstbewußte Typen, die alle gute Beamte sind. Es wäre besser, wenn es bei der Polizei mehr gute Männer gäbe.«

Seine Mutter begleitete ihn zum Ausgang, und sie gingen eine Weile im Park spazieren. Im Schneematsch kamen sie nur langsam voran, außerdem wehte ein eisiger Wind, der an den kahlen Ästen der hohen Bäume zerrte. Nach zehn Minuten brachte er sie zur Treppe zurück und küßte sie auf die Wange. Am Fuß des Hügels drehte er sich noch einmal um und sah sie winkend vor dem Eingang stehen. Klein und grau.

Mit der U-Bahn fuhr er zurück zum Polizeigebäude in der Västbergaallé. Auf dem Weg zu seinem Arbeitszimmer schaute er in Kollbergs Zimmer. Kollberg war Erster Kriminalassistent und außerdem Martin Becks nächster Untergebener und bester Freund. Das Zimmer war leer. Er blickte auf seine Armbanduhr. Halb zwölf. Es war nicht schwer, sich auszurechnen, wo Kollberg sich befand. Martin Beck überlegte sogar einen Augenblick, ob er nicht hinuntergehen und ihm bei der Erbsensuppe Gesellschaft leisten sollte, aber dann dachte er an seinen empfindlichen Magen. Der machte ihm nach den vielen Tassen Kaffee, die seine Mutter ihm aufgenötigt hatte, schon genug zu schaffen.

Auf seiner Schreibunterlage fand er einen kurzen Bericht über den Mann, der am Morgen des gleichen Tages Selbstmord begangen hatte.

Er hieß Ernst Sigurd Karlsson und war sechsundvierzig Jahre alt. Er war ledig, und die nächste Verwandte war eine alte Tante in Borås. Seit Montag war er nicht an seinem Arbeitsplatz bei einer Versicherungsgesellschaft erschienen. Grippe. Seinen Arbeitskollegen zufolge war er ein Einzelgänger und hatte, soweit das bekannt war, keine Freunde. Die Nachbarn hatten ausgesagt, daß er einsilbig und ruhig war, regelmäßig zu bestimmten Zeiten kam und ging und nur selten Besuch empfing. An Hand von Schriftproben ließ sich beweisen, daß er selbst den Namen Martin Beck auf den Telefonblock geschrieben hatte. An der Tatsache des Selbstmords bestand kein Zweifel.

Zu diesem Fall gab es weiter nichts zu sagen. Ernst Sigurd Karlsson hatte sich das Leben genommen, und da Selbstmord in Schweden kein Verbrechen ist, konnte die Polizei nicht viel unternehmen. Alle Fragen waren beantwortet, bis auf eine. Derjenige, der den Untersuchungsbericht geschrieben hatte, formulierte sie so: *Hat Kommissar Beck mit dem Mann irgendwelchen Kontakt gehabt und kann er möglicherweise dem Bericht etwas hinzufügen?*

Das konnte Martin Beck nicht.

Der Name Ernst Sigurd Karlsson war ihm noch nie begegnet.

2

Als Gunvald Larsson abends sein Arbeitszimmer im Polizeigebäude in der Kungsholmsgatan verließ, zeigte die Uhr halb elf, und er hatte nicht die geringste Absicht, ein Held zu werden. Denn nach Hause fahren, duschen, Schlafanzug anziehen und zu Bett gehen war ja wirklich keine Heldentat. Voller Vorfreude dachte er an den Schlafanzug. Den hatte er sich am gleichen Tag gekauft, und die meisten seiner Kollegen hätten wohl ihren Ohren nicht getraut, wenn sie erfahren hätten, was er dafür bezahlt hatte. Eine unbedeutende dienstliche Angelegenheit hatte er noch zu erledigen, länger als fünf Minuten würde das kaum dauern. Er dachte an den Schlafanzug, zwängte sich in seinen bulgarischen Schafpelz, knipste das Licht aus, schlug die Tür hinter sich zu und ging. Der altersschwache Fahrstuhl, mit dem er ins Erdgeschoß fahren wollte, war wie üblich nicht in Ordnung, und Gunvald Larsson mußte zweimal kräftig auf den Boden stampfen, ehe er sich in Bewegung setzte. Gunvald Larsson war einszweiundneunzig groß, wog über hundert Kilo, und wenn er stampfte, saß Kraft dahinter.

Draußen war es kalt und windig, und trockener Schnee wirbelte durch die Luft. Gunvald Larsson eilte die wenigen Schritte bis zu seinem Wagen.

Gunvald Larsson fuhr über die Västerbron und blickte gleichgültig nach links. Er sah das Stadthaus mit den Punktstrahlern, die auf die drei goldenen Kronen der Turmspitze gerichtet waren, und Tausende von anderen Lichtern in der Innenstadt, die im einzelnen kaum zu unterscheiden waren. Von der Brücke fuhr er geradeaus zum Hornsplan, bog nach links in die Hornsgatan ein und dann bei der U-Bahn-Station Zinkensdamm nach rechts ab. Auf dem Ringvägen fuhr er in südlicher Richtung, bremste aber schon nach fünfhundert Metern und hielt an.

An dieser Stelle gibt es so gut wie keine Häuser, obwohl man sich immer noch mitten in Stockholm befindet. Von der Straße aus nach Westen erstreckt sich ein Park, Tantolunden, und an der Ostseite befindet sich ein steiler Hügel, ein Parkplatz und eine Tankstelle. Zwischen dem Berg und der Tankstelle führt eine schmale Straße hindurch. Sie heißt Sköldgatan und ist eigentlich keine richtige Straße, mehr eine Art Feldweg, der aus unerfindlichen Gründen übriggeblieben war, als die Städteplaner, ohne nachzudenken, diesen wie die meisten anderen Stadtteile völlig umgekrempelt und dabei die ursprünglichen Schönheiten und Eigenarten zerstört hatten.

Ein Stückchen holprigen Weges, weniger als dreihundert Meter lang, das den Ringvägen und die Rosenlundsgatan verbindet und auf das sich nur selten ein Taxi oder ein Streifenwagen der Polizei verirrt. In den Sommermonaten wuchern hier üppig blühende Sträucher und Unkräuter, und trotz des Verkehrslärms auf dem Ringvägen und der Eisenbahnzüge, die nur fünfzig Meter entfernt vorbeidonnern, versammelt sich hier die ältere Generation der von der Gesellschaft Abgeschriebenen in relativer Ungestörtheit und widmet sich den Wermutflaschen und Wurstenden oder vertreibt sich die Zeit mit abgegriffenen Spielkarten. Im Winter hält sich niemand freiwillig dort auf.

Doch an diesem Abend, am 7. März 1968, stand ein Mann zwischen den kahlen Büschen auf der Südseite des Weges. Er fror entsetzlich, und das beeinträchtigte natürlich sein Beobachtungsvermögen. Er hatte den Auftrag, das einzige Wohnhaus in dieser Straße, ein altes zweistöckiges Holzhaus, zu überwachen. Noch vor wenigen Minuten hatte Licht in zwei Fenstern des oberen Stockwerks gebrannt, und er hatte Musik, grölenden Gesang und hin und wieder lautes Lachen gehört, aber jetzt war kein Licht mehr zu sehen, und das einzige, was er hörte, war der Straßenlärm, den der Wind von weitem herantrug. Der Mann im Gebüsch stand nicht freiwillig auf seinem Platz. Er war Polizist und hieß Zachrisson und hatte nur einen Wunsch: möglichst bald abgelöst zu werden.

Gunvald Larsson stieg aus dem Auto, schlug den Kragen hoch und zog die Pelzmütze über die Ohren. Dann überquerte er die breite Straße, ging an der Tankstelle vorbei und stapfte durch den Schneematsch. Die Straßenreinigung hielt es offenbar nicht für notwendig, auf diesem kleinen Wegstück Salz zu streuen. Das Haus lag etwa fünfundzwanzig Meter vor ihm, etwas höher als der Weg und in spitzem Winkel zur Fahrbahn. Er blieb davor stehen, blickte sich um und fragte halblaut: »Zachrisson?«

Der Mann in den Büschen reckte sich und kam auf ihn zu.

»Schlechte Nachricht«, sagte Gunvald Larsson. »Du mußt noch zwei Stunden länger aushalten! Isaksson hat sich krank gemeldet.«

»Verdammt«, war Zachrissons einziger Kommentar.

Gunvald Larsson sah sich um. »Es ist wohl sinnvoller, wenn man sich da oben auf den Hügel stellt.«

»Ja, wenn man sich unbedingt den Arsch abfrieren lassen will«, entgegnete Zachrisson unfreundlich.

»Da hat man einen besseren Überblick. Ist was vorgefallen?«

Der andere schüttelte den Kopf. »Absolut gar nichts. Die da oben haben bis vor kurzem gefeiert. Jetzt scheint's so, als ob sie sich hingelegt hätten.«

»Und Malm?«

»Der auch. Vor drei Stunden hat er das Licht ausgemacht.«

»Ist er die ganze Zeit allein gewesen?«

»Ja, sieht ganz so aus.«

»Sieht so aus? Hat jemand das Haus verlassen?«

»Ich hab niemand gesehen.«

»Was hast du denn gesehen?«

»Drei Personen sind rein, seit ich hier stehe. Ein Mann und zwei Mädchen. Sind mit dem Taxi gekommen. Ich glaube, die waren bei dem Fest dabei.«

»Glaubst du?« Gunvald Larsson sah ihn fragend an.

»Was soll ich denn, verdammt nochmal, sonst sagen. Ich hab doch keine . . .«

Seine Zähne klapperten so, daß seine Worte kaum zu verstehen waren. Gunvald Larsson musterte ihn kritisch und fragte: »Was hast du nicht?«

»Röntgenaugen«, antwortete Zachrisson kleinlaut.

Gunvald Larsson war für seine Strenge bekannt und hatte für menschliche Schwächen nur wenig Verständnis. Als Vorgesetzter war er wenig beliebt, und viele hatten Angst vor ihm. Wenn Zachrisson ihn besser gekannt hätte, hätte er kaum gewagt, sich so ungezwungen zu geben. Aber nicht einmal Gunvald Larsson konnte abstreiten, daß der Mann durchgefroren und übermüdet war und daß seine Kondition und seine Aufmerksamkeit in den nächsten Stunden schwerlich zunehmen würden. Ihm war klar, was er eigentlich tun müßte, er dachte aber nicht daran, fünfe gerade sein zu lassen, sondern knurrte gereizt: »Frierst du?«

Zachrisson versuchte zu grinsen und wischte sich die Eiskristalle aus den Augenbrauen. »Frieren? Mir geht's wie den drei Männern im Feuerofen.«

»Laß die Witze«, gab Gunvald Larsson ärgerlich zurück. »Du bist im Dienst!«

»Verzeihung, aber . . .«

»Und dazu gehört, daß man sich von vornherein warm anzieht und hin und wieder die Füße bewegt. Sonst friert man fest und steht hier wie ein Schneemann, wenn's Ernst wird. Hinterher vergeht einem dann das Lachen.«

Zachrisson ahnte Schlimmes. Verlegen und bibbernd entgegnete er: »Das ist klar, nur . . .«

»Nichts ist klar. Ich trage für diesen Auftrag die Verantwortung, und ich will auf keinen Fall, daß die Sache durch einen von euch Pfuschern vermasselt wird.«

Zachrisson war dreiundzwanzig Jahre alt und einfacher Polizeibeamter. Er gehörte zur Wache im zweiten Distrikt. Gunvald Larsson war zwanzig Jahre älter und Erster Kriminalassistent bei der Fahndungsabteilung der Stockholmer Polizei. Als Zachrisson den Mund öffnete, um zu antworten, hob Gunvald Larsson seine große rechte Hand und sagte mürrisch: »Halt jetzt den Mund. Mach, daß du zur Wache Rosenlundsgatan kommst, dort trinkst du 'ne Tasse Kaffee oder sonstwas. In genau einer halben Stunde bist du wieder hier, aufgetaut und fit. So, und nun los, Zeit läuft.«

Zachrisson verschwand. Gunvald Larsson sah auf seine Armbanduhr, seufzte und murmelte: »Grünschnabel.«

Dann drehte er sich um, zwängte sich durch die Büsche und begann auf den Hügel zu steigen. Er brummte und schimpfte vor sich hin, weil die dikken Gummisohlen seiner italienischen Winterschuhe keinen Halt auf den mit Eis überzogenen Steinen fanden.

Er mußte Zachrisson recht geben: oben auf dem Hügel gab es keinerlei Schutz vor dem beißenden Nordwind, aber er selbst hatte auch recht behalten, denn von diesem Punkt aus hatte man den besten Überblick. Das Haus lag direkt vor ihm und etwas unterhalb von seinem Platz. Nichts, was innerhalb oder in der unmittelbaren Nähe des Hauses passierte, konnte ihm entgehen. Die Fensterscheiben waren ganz oder teilweise mit Eisblumen bedeckt. Licht konnte er nirgends sehen. Das einzige Lebenszeichen war der Rauch aus dem Schornstein, der gerade aufstieg, bis der Wind hineinfuhr und ihn wie große Wattebälle in den dunklen, bedeckten Himmel trieb.

Der Mann auf dem Hügel trat automatisch von einem Fuß auf den anderen und bewegte die Finger in den dicken, pelzgefütterten Handschuhen. Bevor Gunvald Larsson zur Polizei ging, war er Seemann gewesen. Erst beim Stammpersonal der Kriegsflotte, später auf Frachtern, die die Nordatlantikroute befuhren; in vielen Wachen im Winter auf offener Brücke hatte er gelernt, sich warm zu halten. Außerdem hatte er sich auf solche Aufträge spezialisiert, das heißt, inzwischen beschränkte er sich darauf, so etwas zu organisieren. Als er eine Weile auf dem Hügel gestanden hatte, bemerkte er einen kleinen flackernden Schein hinter dem äußersten rechten Fenster im Obergeschoß. Es sah so aus, als ob jemand ein Streichholz angerissen hätte, vielleicht um sich eine Zigarette anzustecken oder auf die Uhr zu sehen. Routinemäßig sah auch er auf seine Armbanduhr. Es war vier Minuten nach elf. Sechzehn Minuten waren vergangen, seit Zachrisson seinen Posten verlassen hatte. Jetzt saß er vermutlich im Aufenthaltsraum der Maria-Wache, schüttete gierig Kaffee in sich hinein und beklagte sich bei den uniformierten Kollegen, die dort auf Freiwache saßen. Ein kurzes Vergnügen, denn in spätestens sieben Minuten mußte er sich wieder auf den Weg machen. Wenn er nicht den Anschnauzer des Jahrhunderts riskieren wollte, dachte Gunvald Larsson grimmig.

Dann überlegte er eine Minute lang, wie viele Menschen sich zur Zeit im Haus befinden müßten. In dem alten Holzgebäude gab es vier Wohnungen, zwei im Erdgeschoß und zwei in der ersten Etage. Oben links wohnte eine etwa dreißigjährige unverheiratete Frau mit drei Kindern, die alle verschiedene Väter hatten. Das war eigentlich alles, was er von dieser Dame wußte, und das reichte ihm auch. Unter ihr links im Erdgeschoß hauste ein Ehepaar, betagte Leute. Sie waren beide etwa um die Siebzig und wohnten schon ungefähr ein halbes Jahrhundert da. In den übrigen Wohnungen wechselten die Mieter dafür um so öfter. Der Mann trank und war trotz seines ehrfurchtgebietenden Alters Stammkunde im Ausnüchterungslokal der Maria-Polizeiwache. Rechts oben logierte ein Mann, der der Polizei auch nicht unbekannt war, jedoch nicht wegen seiner Trinkerei, sondern als Rückfalltäter. Obwohl erst siebenundzwanzig, hatte er bereits sechs Gefängnisstrafen unterschiedlicher Länge hinter sich. Sein Strafregister reichte von Trunkenheit am Steuer und Widerstand gegen die Staatsgewalt bis zu Einbruch und Mißhandlung. Er hieß Roth und hatte bis vor kurzem zusammen mit einem männlichen und zwei weiblichen Kumpanen gefeiert. Jetzt hatten sie das Licht ausgemacht und das Grammophon abgestellt, entweder um zu schlafen oder um die Party auf andere Weise fortzusetzen. Und in seiner Wohnung hatte eben jemand ein Streichholz angezündet.

Unter dieser Wohnung, im Erdgeschoß rechts, wohnte der Mann, den Gunvald Larsson jetzt im Moment bewachen durfte. Er wußte, wie dieser Mann hieß und wie er aussah. Dagegen hatte er dummerweise keine Ahnung, warum der Betreffende überwacht werden mußte.

Die Erklärung war einfach: Gunvald Larsson war ein Mörder-Jäger, wie die Zeitungen es in ihrer primitiven, schablonenhaften Sprache manchmal nannten. Und weil es im Augenblick keinen speziellen Mörder zu jagen gab, war er neben seinem normalen Dienst einer anderen Abteilung unterstellt worden, um diesen Überwachungsauftrag zu übernehmen. Er wurde einer eilig zusammengestellten Gruppe von vier Beamten zugeteilt, die einen einfachen Auftrag hatte: Paßt auf, daß der Betreffende nicht verschwindet und daß ihm nichts passiert, und achtet darauf, mit wem er sich trifft.

Er hatte nicht einmal gefragt, worum es eigentlich ging. Wahrscheinlich Rauschgift. Heutzutage drehte sich ja alles um Rauschgift.

Zehn Tage hatten sie ihn jetzt überwacht, aber eine Nutte und zwei Halbliterflaschen Schnaps waren das einzig Bemerkenswerte gewesen.

Gunvald Larsson sah auf seine Uhr. Neun Minuten nach elf. Noch acht Minuten.

Er gähnte und schlug mehrmals kräftig die Arme vor der Brust zusammen, um sich warm zu halten.

In diesem Moment explodierte das Haus.

3

Der Brand begann mit einem ohrenbetäubenden Knall. Die Fenster in der Wohnung rechts im Erdgeschoß wurden nach außen gedrückt, und es sah so aus, als ob der ganze Giebel vom Haus abgerissen wurde. Gleichzeitig schlugen bläuliche Flammen aus den Fenstern, deren Scheiben zersprungen waren. Gunvald Larsson stand wie eine Christusfigur mit ausgebreiteten Armen oben auf dem Hügel und starrte wie gelähmt auf das Schauspiel, das sich vor seinen Augen abspielte. Aber nur eine Sekunde lang. Dann stürmte er, rutschend und fluchend, den steinigen Abhang hinunter und rannte quer über den Weg auf das Haus zu, während er lief, bemerkte er, daß die Flammen die Farbe wechselten, sie waren jetzt gelbrot und züngelten an der ganzen Breitseite des Hauses hoch. Dazu sah es aus, als ob das Dach auf der rechten Seite des Hauses sich bereits zu neigen begänne, so als ob ein Teil des Fundaments unten weggezogen wäre. Die Wohnungen im Erdgeschoß hatten nach wenigen Sekunden Feuer gefangen, und als er die Steinstufen vor dem Eingang erreicht hatte, brannte es auch schon in den oberen Räumen.

Er riß die Tür auf, sah aber sofort, daß es bereits zu spät war. Die Tür rechts im Gang war aus den Angeln gerissen worden und versperrte die Treppe. Sie brannte wie eine Fackel, und die Flammen breiteten sich schon auf der Holztreppe aus. Eine Druck- und Hitzewelle kam ihm entgegen, er stolperte angesengt und geblendet rückwärts die Außentreppe hinunter. Im Haus hörte er Menschen in Schmerz und Todesangst schreien. Soweit ihm bekannt war, befanden sich mindestens elf Personen im Haus, hilflos in dieser wahren Todesfalle eingesperrt. Wahrscheinlich waren einige von ihnen bereits tot. Das scharfe Fauchen der Flammen, die aus den Fenstern im Parterre schossen, hörte sich wie bei einem Schneidbrenner an.

Gunvald Larsson blickte sich hastig nach einer Leiter oder einem anderen Hilfsmittel um, konnte aber nichts dergleichen entdecken.

Im Obergeschoß wurde ein Fenster aufgestoßen, und durch den Rauch und die Flammen meinte er eine weibliche Gestalt zu erkennen, die gellend und hysterisch schrie. Er legte die Hände vor den Mund und brüllte: »Springen! Springen Sie nach rechts!«

Sie kniete jetzt auf dem Fensterbrett, zögerte aber noch.

»Springen! Jetzt! So weit, wie Sie können! Ich fang Sie auf!«

Das Mädchen ließ sich fallen. Sie kam direkt auf ihn zu, und es gelang ihm, sie aufzufangen, indem er den rechten Arm um ihre Schulter und den linken um die Beine schlang. Sie war nicht schwer, wog nicht viel mehr als fünfzig oder fünfundfünfzig Kilo, und der Griff war reine Routinesache, sie berührte nicht mal den Boden. Sofort schwenkte er sie herum, um sie aus dem Bereich der lodernden Flammen zu bringen, ging drei große Schritte vom Haus weg und setzte sie auf den Boden. Sie war nackt, zitterte am ganzen Körper, schrie gellend und warf wie von Sinnen den Kopf hin und her. Ob sie verletzt war, konnte er nicht feststellen.

Als er sich wieder umdrehte, sah er noch eine Person am Fenster. Einen Mann, der sich offenbar in Laken gewickelt hatte. Die Flammen waren noch intensiver geworden. Dichter Rauch quoll überall aus dem Dach, und an der rechten Seite schlugen kleine Flammen zwischen den Dachziegeln hoch. Wenn die verdammte Feuerwehr nicht bald kommt . . ., dachte Gunvald Larsson und ging so nahe an das brausende Flammenmeer heran, wie er konnte. Es knackte und krachte in dem brennenden Gebälk, Funkenschauer fielen auf ihn herab, auf sein Gesicht und den Schafpelz, wo sie langsam kleine Löcher in das Material brannten. Er brüllte, so laut er konnte, um das Donnern der Flammen zu übertönen: »Springen Sie! So weit Sie können! Nach rechts!«

Im gleichen Moment, da der Mann sich abstieß, fing das Stück Stoff

Feuer. Er stieß einen gellenden Schrei aus und versuchte, sich von dem Umhang zu befreien. Diesmal gelang das Auffangen nicht so gut. Der Mann war erheblich schwerer als das Mädchen, er wirbelte herum, sein linker Arm fand Halt an Gunvald Larssons Schulter, dann schlug er mit dem Genick auf das Kopfsteinpflaster des Hofes. In Sekundenschnelle gelang es Gunvald Larsson, mit seiner mächtigen Hand den Kopf des Mannes zu erfassen und ihn damit vor einem Schädelbruch zu bewahren. Er legte den Mann auf den Boden, riß das brennende Laken ab und verbrannte dabei seine Handschuhe. Auch der Mann war bis auf einen goldenen Ehering nackt. Er stöhnte laut, klapperte mit den Zähnen und stieß sinnlose Laute aus wie ein Schimpanse. Gunvald Larsson schleppte ihn einige Meter weit weg, damit er von keinen herunterfallenden Holzteilchen erreicht werden konnte, und ließ ihn im Schnee liegen. Als er sich wieder dem Haus zuwandte, sprang eine dritte Person, eine Frau, nur mit einem schwarzen Büstenhalter bekleidet, aus der jetzt lichterloh brennenden Wohnung rechts oben. Ihr rotes Haar hatte Feuer gefangen, und sie landete dicht neben der brennenden Hauswand auf dem Erdboden.

Gunvald Larsson sprang zwischen die herabgefallenen brennenden und glimmenden Bretter und schleppte sie aus der unmittelbaren Gefahrenzone, erstickte das Feuer in ihren Haaren mit Schnee und ließ sie liegen. Er sah, daß sie starke Brandverletzungen hatte, sie jammerte laut und wand sich vor Schmerzen. Außerdem hatte sie sich offenbar beim Sturz verletzt, das eine Bein stand in einem unnatürlichen Winkel vom Körper ab. Sie war etwas älter als die andere Frau, fünfundzwanzig Jahre, und hatte rotes Haar, auch zwischen den Beinen. Die Haut auf ihrem Bauch war eigenartigerweise nicht verletzt und wirkte bleich und schlaff. Die schlimmsten Brandverletzungen hatte sie im Gesicht, an den Beinen und den Brüsten, auf welchen sich der Nylonbüstenhalter in die Haut eingebrannt hatte. Als Gunvald Larsson zum letztenmal zu den rechten oberen Fenstern hinaufblickte, sah er eine geisterhafte Gestalt, die mit hocherhobenem Arm und brennend wie eine Fackel in einer erhabenen Spirale heruntersank und aus seinem Blickfeld verschwand. Für den kam jede Hilfe zu spät, dachte Gunvald Larsson. Wahrscheinlich war es der vierte Teilnehmer der Party.

Jetzt brannte es auch überall auf dem Dachboden und in den Sparren unter den Ziegeln. Dicke Rauchwolken stiegen hoch, und er hörte das scharfe Prasseln brennenden Tannenholzes. Das Fenster ganz links im Obergeschoß wurde aufgestoßen, und jemand rief um Hilfe. Gunvald Larsson rannte hin und sah eine Frau in einem weißen Nachthemd, die sich mit einem Bündel, das sie fest an die Brust drückte, aus dem Fenster beugte. Ein Kind. Rauch quoll aus dem offenen Fenster, aber in der Wohnung brannte es offensichtlich noch nicht. Jedenfalls nicht in dem Zimmer, in dem sich die Frau befand.

»Hilfe«, schrie sie verzweifelt.

Da es in diesem Teil des Hauses noch nicht so heftig brannte, konnte er sich ziemlich dicht an die Wand wagen, beinahe direkt unter das Fenster.

»Runterwerfen!« rief er.

Die Frau warf ihm das Kind zu, ohne zu zögern, schneller, als er erwartet hatte. Er sah das Bündel auf sich zukommen und konnte im letzten Moment die Arme hochreißen und es mit den Händen ergreifen, ungefähr so wie ein guter Torwart einen scharfen Elfmeterball. Das Kind war sehr klein. Es wimmerte ein wenig, schrie aber nicht. Gunvald Larsson behielt es einige Sekunden in seinen Armen. Er hatte keinerlei Erfahrung mit Kindern und konnte sich nicht mal erinnern, ob er jemals schon so ein kleines Baby in den Händen gehalten hatte. Einen Augenblick überlegte er, ob er es vielleicht zu hart angefaßt und kaputtgedrückt hatte. Dann ging er einige Schritte zurück und legte das Bündel auf die Erde. Während er gebückt dastand, hörte er hastige Schritte und blickte auf. Es war Zachrisson, keuchend und krebsrot im Gesicht.

»Was?« schnaufte er. »Wie . . .«

Gunvald Larsson starrte ihn an. »Wo bleibt die verdammte Feuerwehr?«

»Die müßte schon hier sein . . . ich meine . . . ich hab ja schon von der Rosenlundsgatan aus gesehen, daß es brennt . . . da bin ich zurückgerannt und hab angerufen . . .«

»Lauf zurück, so schnell du kannst, und sieh zu, daß die Feuerwehr und die Krankenwagen herkommen . . .«

Zachrisson machte kehrt und raste los.

»Und die Polizei«, rief ihm Gunvald Larsson nach.

Zachrisson verlor seinen Hut, hielt an und hob ihn auf.

»Idiot«, brüllte Gunvald Larsson.

Dann wandte er sich wieder dem Haus zu. Der ganze rechte Teil brannte jetzt lichterloh, und auch der Dachboden schien überall zu brennen. Stärkerer Rauch als vorher quoll aus dem Fenster, in dem die Frau im Nachthemd mit einem zweiten Kind stand, einem blonden Jungen, ungefähr fünf Jahre alt, in einem blauen geblümten Schlafanzug. Die Frau ließ dies Kind genauso schnell fallen wie das vorige, aber diesmal war Gunvald Larsson besser vorbereitet und fing den Jungen in seinen ausgebreiteten Armen sicher auf. Eigenartigerweise schien der Bengel überhaupt keine Angst zu haben.

»Wie heißt du?« fragte er Gunvald Larsson.

»Larsson.«

»Bist du von der Feuerwehr?«

»Renn weg, so schnell du kannst«, befahl ihm Gunvald Larsson und setzte das Kind auf den Erdboden.

Als er wieder nach oben blickte, fiel ihm ein Dachziegel auf den Kopf. Er war glühendheiß, und obwohl die Pelzmütze den Schlag dämpfte, wurde ihm schwarz vor den Augen. Er fühlte einen brennenden Schmerz im Gesicht und merkte, wie ihm Blut über das Gesicht rann. Die Frau im Nachthemd war verschwunden. Wahrscheinlich holte sie das dritte Kind, dachte er. Im gleichen Augenblick erschien sie am Fenster mit einem großen Hund aus Porzellan, den sie ohne Zögern hinauswarf. Er zerschellte am Boden. Sofort danach sprang sie selbst. Diesmal ging es nicht so glimpflich ab. Sie fiel direkt auf ihn drauf, er verlor das Gleichgewicht und stürzte rückwärts in den Schnee. Dabei prallte er mit dem Rücken und dem Hinterkopf auf, rappelte sich jedoch sofort wieder hoch. Die Frau im Nachthemd schien nicht verletzt zu sein, aber sie blickte verwirrt und ziellos umher. Er sah sie an und fragte: »Haben Sie noch ein Kind?«

Sie starrte ihn an, schnaufte und begann wie ein leidendes Tier zu heulen.

»Gehen Sie rüber und kümmern Sie sich um die anderen beiden«, rief er ihr zu.

Das Feuer hatte sich nun im gesamten Obergeschoß ausgebreitet, und die Flammen schlugen bereits aus dem Fenster, aus dem die Frau eben noch gesprungen war. Aber immer noch fehlten die beiden alten Leute aus der linken Parterrewohnung. Offenbar hatte es dort noch nicht zu brennen begonnen, aber die beiden hatten auch noch kein Lebenszeichen von sich gegeben. Wahrscheinlich war die Wohnung voller Rauch, außerdem konnte es nur noch Minuten dauern, bis das Dach zusammenbrach.

Gunvald Larsson sah sich nach einem Werkzeug um und fand einige Meter entfernt einen Stein. Er war am Erdboden festgefroren, aber es gelang ihm, ihn loszubrechen. Der Stein wog zwischen zwanzig und fünfundzwanzig Kilo. Er hob ihn über den Kopf und stieß ihn mit voller Kraft mitten in das Fenster der Erdgeschoßwohnung. Der Rahmen zerbrach, und ein Schauer von Glasscherben und Holzsplittern ergoß sich ins Innere. Er schwang sich auf das Fensterbrett, stieß gegen ein Springrollo, das sofort nach innen nachgab, fiel über einen Tisch, den er umstieß, und landete mitten im Raum. Er konnte in dem dichten Rauch kaum noch atmen, hustete und zog sich seinen wollenen Schal vor den Mund, ließ das Springrollo hoch und sah sich um. Überall um ihn herum prasselte es, im flackernden Schein des Feuers sah er einen Menschen, der auf dem Fußboden zu einem unförmigen Bündel zusammengesunken war. Anscheinend die Frau. Er hob sie hoch und trug den schlafenden Körper zum Fenster, griff unter ihre Arme und ließ sie, so vorsichtig, wie er konnte, draußen auf den Boden gleiten. Sie sank in sich zusammen, als er sie gegen das Fundament lehnte. Sie schien am Leben zu sein, war aber nicht bei Bewußtsein.

Er holte tief Luft und trat zurück in die Wohnung, riß das Springrollo des zweiten Fensters ab und schlug die Scheiben mit einem Stuhl ein. Der Rauch lichtete sich etwas, aber über ihm bogen sich jetzt die Deckenbretter, und orangefarbene Stichflammen schlugen von der Schwelle der Flurtür in das Zimmer. Gunvald Larsson brauchte keine fünfzehn Sekunden, um den Mann zu finden. Es war ihm nicht gelungen, aus dem Bett aufzustehen, aber er lebte und hustete schwach und erbärmlich.

Gunvald Larsson riß die Bettdecke weg, legte sich den Mann über die Schulter, trug ihn quer durch den Raum und kletterte durch einen Funkenregen aus dem Fenster. Er hustete anhaltend, das Blut aus der Stirnwunde rann ihm in die Augen und vermischte sich mit Schweiß und Tränen, so daß er kaum noch sehen konnte.

Den Mann immer noch über der Schulter, nahm er die Frau unter den Arm, schleppte beide ein Stück weg und legte sie nebeneinander in den Schnee. Dann untersuchte er die Frau und stellte fest, daß sie atmete. Er schälte sich aus seinem Schafpelz und klopfte die glühenden Splitter ab. Dann legte er ihn dem nackten Mädchen, das immer noch gellend schrie, um die Schultern und führte sie zu den anderen. Er zog seine Jacke aus und wickelte die beiden Kleinkinder hinein. Gab das Wollhalstuch dem nackten Mann, der es sofort um seine Hüften schlang. Zuletzt ging er hinüber zu der rothaarigen Frau, hob sie auf und trug sie zum Sammelplatz. Sie roch ekelhaft, und ihre Schreie waren herzzerreißend.

Er sah hinüber zum Haus, das jetzt von oben bis unten hell und lodernd brannte. Einige Privatwagen hatten drüben auf der Hauptstraße angehalten, und die Insassen stiegen gerade aus. Ohne sich um sie zu kümmern, nahm er seine angesengte Pelzmütze und drückte sie der Frau im Nachthemd auf den Kopf. Er wiederholte seine Frage, die er einige Minuten vorher gestellt hatte: »Haben Sie nicht noch ein Kind?«

»Ja ... Kristina ... ihr Zimmer ist auf dem Dachboden«, antwortete die Frau und fing hemmungslos an zu weinen.

Gunvald Larsson nickte.

Blutig, verrußt, durchgeschwitzt und verletzt stand er zwischen den hysterischen, gelähmten, schreienden, bewußtlosen, weinenden und sterbenden Menschen. Wie auf einem Schlachtfeld.

Über das Prasseln der Flammen erhob sich der schrille Ton der Sirenen.

Und dann kamen sie plötzlich alle auf einmal. Tankwagen, Leiterwagen, Polizeiautos, Krankenwagen, Polizisten auf Motorrädern und Brandmeister der Feuerwehr in roten Personenautos.

Zachrisson.

Er fragte: »Was ... wie ist denn das passiert?«

In diesem Augenblick stürzte das Dach ein, und das Haus verwandelte sich in ein funkensprühendes Feuerzeichen.

Gunvald Larsson blickte auf seine Uhr. Vor sechzehn Minuten hatte er noch oben auf dem Hügel gestanden und gefroren.

4

Am Freitag, dem 8. März, saß Gunvald Larsson in einem Zimmer des Polizeigebäudes in der Kungsholmsgatan. Er hatte ein weißes Polohemd und einen grauen Anzug mit schräg eingesetzten Taschen an. Beide Hände waren verbunden, und mit dem Verband um seinen Kopf sah er aus wie General von Döbeln während der Schlacht bei Jutas auf dem bekannten Gemälde. Außerdem hatte er mehrere Pflaster auf Gesicht und Hals. Ein Teil seines blonden Haares war weggesengt, ebenso die Augenbrauen, doch der klare Blick aus den hellblauen Augen wirkte genauso starr und unfreundlich wie immer.

Im Zimmer befanden sich noch andere Personen.

Zum Beispiel Martin Beck und Kollberg, die von der Reichsmordkommission in Västberga angefordert worden waren, und Polizeidirektor Evald Hammar, der vorläufig mit der Aufklärung dieses Falles beauftragt zu sein schien. Hammar war ein breitschultriger und großer Mann, dessen dichte Löwenmähne in den langen Jahren, die er im Polizeidienst war, weiß geworden war. Er hatte schon angefangen, die Tage bis zu seiner Pensionierung zu zählen, und sah in jedem Gewaltverbrechen eine persönlich gegen ihn gerichtete Schikane.

»Wo sind die anderen?« fragte Martin Beck.

Er stand wie meistens etwas abseits nahe der Tür und lehnte mit dem rechten Arm gegen einen Aktenschrank.

»Welche anderen?« fragte Hammar zurück, der genau wußte, daß die Zusammensetzung der Untersuchungskommission ausschließlich von ihm selbst abhing. Er hatte genügend Einfluß, alles Personal, das er haben wollte, auch zu bekommen, und kannte sich in solchen Sachen aus.

»Rönn und Melander«, erwiderte Martin Beck ungerührt.

»Rönn ist im Krankenhaus und Melander an der Brandstelle«, entgegnete Hammar brummig.

Die Abendzeitungen lagen auf dem Tisch, und Gunvald Larsson blätterte mit seinen bandagierten Händen wütend darin.

»Verdammte Schmierfinken«, brummte er und reichte Martin Beck eine der Zeitungen hinüber. »Guck dir bloß mal dieses Bild an.«

Das Foto ging über drei Spalten und zeigte einen jungen Mann im Trenchcoat und einem Hut mit schmalem Rand, der mit sorgenvoller Miene dastand und mit einem Stock in den rauchenden Trümmern des Hauses in der Sköldgatan stocherte. Schräg hinter ihm an der linken Kante des Bildes stand Gunvald Larsson und starrte blöde in die Kamera.

»Besonders vorteilhaft siehst du nicht aus«, bemerkte Martin Beck. »Wer ist der Mann mit dem Spazierstock?«

»Zachrisson heißt er. So ein Grünschnabel vom zweiten Polizeidistrikt. Vollkommener Idiot. Lies nur mal den Text.«

Der Held des Tages, Erster Kriminalassistent Gunvald Larson (rechts), rettete in einem waghalsigen Unternehmen während des Brandes heute nacht mehrere Menschenleben. Unser Bild zeigt ihn bei der Untersuchung der Reste des Hauses, das bis auf die Grundmauern niedergebrannt ist.

»Nicht nur, daß diese verdammten Stümper rechts und links nicht unterscheiden können«, murmelte Gunvald Larsson. »Außerdem . . .«

Er sprach nicht weiter, aber Martin Beck verstand, was er meinte, und nickte nachdenklich. Darüber hinaus war der Name falsch geschrieben. Gunvald Larsson sah das Bild mit Widerwillen an, dann schob er die Zeitungen mit dem Arm zur Seite.

»Außerdem ist es ein ganz schlechtes Bild von mir«, fuhr er fort.

»Hat eben seine Nachteile, wenn man berühmt wird«, meinte Martin Beck.

Kollberg, der Gunvald Larsson nicht ausstehen konnte, schielte unwillkürlich auf die umherliegenden Zeitungsberichte. Nicht alle Bilder waren so unvorteilhaft, und auf jeder ersten Seite, unter groß aufgemachten Schlagzeilen, begegneten sie Gunvald Larssons männlichem Blick.

Heldentat und Meisterstück und viele anerkennende Worte, dachte Kollberg und seufzte mißmutig. Er saß zusammengesunken auf einem Stuhl, fett und schwammig, und stützte die Ellbogen auf die Tischkante.

»Wir befinden uns also in der eigenartigen Situation, daß wir nicht wissen, was eigentlich passiert ist.« Hammar war ärgerlich, das hörte man seiner Stimme an.

»Gar nicht so außergewöhnlich«, bemerkte Kollberg. »Ich für meinen Teil weiß nie so recht, was eigentlich passiert.«

Hammar sah ihn mißbilligend an. »Ich meine, wir wissen nicht, ob es Brandstiftung war oder nicht.«

»Warum soll es denn Brandstiftung sein?«

»Optimist«, warf Martin Beck ein.

»Ihr könnt mir ruhig glauben, daß der Brand gelegt war«, ließ Gunvald Larsson sich vernehmen. »Das Haus flog praktisch vor meiner Nase in die Luft.«

»Und du bist sicher, daß es bei diesem Malm zu brennen angefangen hat?«

»Ja, da besteht kein Zweifel.«

»Wie lange hast du das Haus beobachtet?«

»Eine halbe Stunde ungefähr. Höchstpersönlich. Und vorher stand dieser Schafskopf Zachrisson da. Übrigens 'ne ziemlich unverschämte Frage!«

Martin Beck rieb sich die Nase mit Daumen und Zeigefinger der rechten Hand. Dann fragte er: »Bist du sicher, daß während der Zeit kein Mensch das Haus betreten oder verlassen hat?«

»Ja. Hundertprozentig. Was passiert ist, ehe ich kam, weiß ich natürlich nicht. Zachrisson hat drei Personen in das Haus gehen sehen; rausgekommen sei keiner.«

»Kann man sich darauf verlassen?«

»Bezweifle ich. Er scheint 'n bißchen beschränkt zu sein.«

»Das ist doch nicht dein Ernst?« bemerkte Kollberg.

Gunvald Larsson sah ihn wütend an. »Was wollt ihr eigentlich von mir? Ich stehe da, und das Haus fängt an zu brennen. Elf Menschen waren eingeschlossen, und acht davon hab ich noch retten können.«

»Das hab ich zur Kenntnis genommen«, entgegnete Kollberg mit einem Blick auf die Zeitungen.

»Und du meinst, daß nur drei Menschen in den Flammen umgekommen sind?« fragte Hammar.

Martin Beck nahm einige Notizen aus seiner Innentasche und überflog sie. Dann sagte er: »Scheint so. Dieser Malm, dann einer, der Roth hieß und in der Wohnung über Malm wohnte, und dann Kristina Modig, die ein Zimmer auf dem Dachboden hatte. Eine Vierzehnjährige.«

»Warum wohnte sie auf dem Dachboden?« wollte Hammar wissen.

»Weiß ich nicht«, antwortete Martin Beck. »Müssen wir nachfragen.«

»Gibt 'ne ganze Menge, was wir noch rausfinden müssen«, meinte Kollberg. »Zum Beispiel ist es noch gar nicht raus, ob es gerade drei waren, die mit verbrannt sind. Und das mit den elf Personen ist doch nur eine Vermutung, oder etwa nicht, Herr Larsson?«

»Was sind das für Leute, die sich noch rechtzeitig retten konnten?« fragte Hammar.

»Erst mal hat sich überhaupt keiner selbst gerettet«, antwortete Gunvald Larsson. »Ich war's, der sie rausgeholt hat. Wenn ich nicht zufällig da gestanden hätte, wäre keiner mit dem Leben davongekommen. Und zweitens hab ich die Namen der Leute nicht aufgeschrieben. Ich hatte nämlich was anderes zu tun.«

Martin Beck sah den großen Mann mit den Bandagen nachdenklich an. Gunvald Larsson trat für gewöhnlich unhöflich auf, aber daß er sich Hammar gegenüber unverschämt benahm, deutete entweder auf Größenwahn oder eine Gehirnblutung hin.

Hammar runzelte die Stirn.

Martin Beck blätterte in seinen Papieren und versuchte abzulenken. »Hier hab ich die Namen. Agnes und Herman Söderberg. Verheiratet, achtundsechzig und siebenundsechzig Jahre alt. Anna-Kajsa Modig und ihre beiden Kinder Kent und Clary. Die Mutter ist dreißig, der Junge fünf Jahre und das Mädchen sieben Monate alt. Dann noch zwei Frauen, Carla Berggren und Madeleine Olsen, sechzehn und vierundzwanzig, und ein Mann, der Max Karlsson heißt. Wie alt er ist, weiß ich nicht. Die drei letzten wohnten nicht im Haus, sondern waren Gäste. Offensichtlich bei Kenneth Roth; der verbrannt ist.«

»Mir sagt keiner der Namen etwas«, sagte Hammar.

»Mir auch nicht«, fügte Martin Beck hinzu. Kollberg zuckte mit den Achseln.

»Roth war Einbrecher«, erklärte Gunvald Larsson, »Söderberg ist Säufer und Anna-Kajsa Modig eine Hure. Wenn euch das weiterhilft.«

Ein Telefon klingelte, und Kollberg nahm ab. Er angelte sich einen Notizblock und nahm seinen Kugelschreiber aus der Brusttasche.

»Ach so. Du bist es. Na, fang schon an.«

Die anderen sahen ihn schweigend an. Dann legte Kollberg den Hörer auf und erklärte: »Das war Rönn. So sieht es zur Zeit aus: Madeleine Olsen wird nicht durchkommen. Sie hat ausgedehnte Brandverletzungen, dazu eine Gehirnerschütterung und einen komplizierten Oberschenkelbruch.«

»Sie hatte am ganzen Körper rote Haare«, bemerkte Gunvald Larsson.

Kollberg sah ihn forschend an und fuhr fort: »Der alte Söderberg und seine Frau haben eine Rauchvergiftung, haben aber beide gute Chancen. Max Karlsson hat ebenfalls Brandverletzungen, aber leichtere, und wird überleben. Carla Berggren und Anna-Kajsa Modig sind nicht verletzt, haben aber beide, wie auch Karlsson, den Schock noch nicht überwunden. Noch ist keiner von ihnen vernehmungsfähig. Völlig in Ordnung sind nur die beiden Kinder.«

»Könnte es sich nicht doch um ein ganz gewöhnliches Schadenfeuer handeln?« überlegte Hammar.

»Ach, Scheiße . . .«, begann Gunvald Larsson, aber Martin Beck unterbrach ihn.

»Ist es nicht besser, wenn du nach Hause gehst und dich hinlegst?«

»Das könnte euch so passen, was?«

Zehn Minuten später traf Rönn ein. Er starrte Gunvald Larsson ungläubig an und fragte: »Was machst du denn hier, um Gottes willen?«

»Das kann man wirklich fragen.«

Rönn sah die anderen wütend an. »Ihr seid wohl nicht ganz bei Trost. Komm, Gunvald, wir fahren los.«

Gunvald Larsson stand folgsam auf und ging zur Tür.

»Einen Moment noch«, hielt Martin Beck ihn auf. »Nur eine Frage. Warum hast du Göran Malm überwacht?«

»Hab keinen blassen Schimmer«, antwortete Gunvald Larsson und ging.

Im Fahndungshauptquartier herrschte Grabesstille.

Nach einigen Minuten brummte Hammar etwas Unverständliches und ging hinaus. Martin Beck setzte sich, nahm eine Zeitung und fing an zu lesen. Eine halbe Minute später folgte Kollberg seinem Beispiel. So saßen sie da, in dumpfes Schweigen gehüllt, bis Rönn zurückkam.

»Was hast du denn mit ihm gemacht?« fragte Kollberg. »Skansen?«

»Was willst du damit sagen? Gemacht? Mit wem?«

»Mit Herrn Larsson?«

»Wenn du Gunvald meinst, der liegt mit einer Gehirnerschütterung im Süd-Krankenhaus. Darf mehrere Tage nicht sprechen und nicht lesen. Und wessen Schuld ist das?«

»Na, jedenfalls nicht meine!«

»Doch, genau das. Ich hätte verdammt Lust, dir ordentlich eine in die Fresse zu schlagen.«

»Moment mal, was blaffst du mich so an?«

»Ich kann noch mehr als blaffen. Du hast dich Gunvald gegenüber immer flegelhaft benommen. Aber jetzt reicht's bald.«

Einar Rönn stammte aus Norrland, ein ruhiger und gutmütiger Mann, der nie die Fassung verlor. Fünfzehn Jahre lang hatte Martin Beck mit ihm zusammengearbeitet, ihn aber noch nie wütend gesehen.

»Na ja, welch Glück, daß er wenigstens *einen* Freund hat«, meinte Kollberg spöttisch.

Rönn ging einen Schritt auf ihn zu und ballte die Fäuste. Schnell stand Martin Beck auf und trat zwischen sie. Er wandte sich an Kollberg und sagte: »Laß das, Lennart, mach eine schlimme Sache nicht noch schlechter.«

»Du selbst bist auch nicht viel besser«, fuhr Rönn ihn an. »Ihr seid ein paar richtige Scheißkerle.«

»Das langt.« Kollberg setzte sich aufrecht hin.

»Beruhige dich doch, Einar«, redete Martin Beck auf Rönn ein. »Klar, wir hätten merken müssen, daß irgendwas mit ihm nicht stimmte.«

»Das war ja wohl das mindeste.«

»Ich hab keinen besonderen Unterschied gemerkt«, bemerkte Kollberg nachlässig. »Wahrscheinlich muß man auf dem gleichen hohen intellektuellen Niveau stehen, um . . .«

Die Tür ging auf, und Hammar trat ein. »Wie seht ihr denn aus? Was ist los?«

»Nichts«, antwortete Martin Beck.

»Nichts? Einar hat einen roten Kopf wie ein frisch gekochter Hummer. Wollt ihr euch schlagen? Keine Prügelei im Dienst, wenn ich bitten darf.«

Das Telefon klingelte, und Kollberg griff nach dem Hörer wie ein Ertrinkender nach dem berühmten Strohhalm.

Rönns Gesicht nahm langsam wieder seine normale Farbe an. Nur die Nase blieb rot, aber die sah meistens so aus.

Martin Beck nieste.

»Woher soll ich das wissen«, rief Kollberg ins Telefon. »Welche Leichen überhaupt?« Er warf den Hörer auf die Gabel und seufzte: »Das war 'n Idiot vom Gerichtsmedizinischen Institut, wollte wissen, wann die Körper abgeholt werden können. Haben die denn die Leichen überhaupt gefunden?«

»War denn irgendeiner von den Herren schon mal an der Brandstelle?« fragte Hammar säuerlich.

Keiner antwortete.

»Ein Besuch studienhalber könnte vielleicht nicht schaden.«

»Ich muß noch einen Bericht ausarbeiten«, entschuldigte sich Rönn unsicher.

Martin Beck ging zur Tür. Kollberg zuckte die Achseln, stand auf und folgte ihm.

»Das darf einfach keine Brandstiftung gewesen sein«, murmelte Hammar eigensinnig vor sich hin.

5

Die Brandstelle war inzwischen so hermetisch abgeriegelt worden, daß gewöhnliche Sterbliche nichts als Polizeiuniformen wahrnehmen konnten. Gleich nachdem Martin Beck und Kollberg aus dem Auto gestiegen waren, wurden sie von zwei Beamten angehalten.

»Hallo, wo wollen Sie denn hin?« rief der eine großspurig.

»Sie wissen doch hoffentlich, daß man seinen Wagen so nicht parken darf«, fügte der andere hinzu.

Martin Beck wollte seinen Dienstausweis zeigen, aber Kollberg winkte ab und fragte: »Verzeihung, wie ist Ihr Name?«

»Geht Sie gar nichts an.« Der erste Polizist wurde wütend.

»Machen Sie, daß Sie weiterkommen«, sagte der zweite, »sonst passiert was.«

»Sicher«, entgegnete Kollberg, »fragt sich nur, wem.«

Kollbergs schlechte Laune spiegelte sich sehr deutlich in seinem Äußeren wider. Der dunkelblaue Trenchcoat flatterte im Wind, denn er hatte es nicht für nötig gehalten, den Kragen zuzuknöpfen. Der Schlips hing aus der rechten Jackentasche, und den zerknautschten alten Hut hatte er in den Nacken geschoben. Die Polizisten wechselten einen vielsagenden Blick. Der eine machte einen Schritt auf sie zu. Beide hatten rote Wangen von der Kälte und runde blaue Augen. Martin Beck begriff, daß sie sich gerade anschickten, Kollberg wegen Trunkenheit festzunehmen. Er wußte, daß Kollberg in der Lage war, beide in weniger als einer Minute körperlich wie seelisch auseinanderzunehmen, und es lag durchaus im Rahmen des Möglichen, daß die beiden am nächsten Morgen ihre Stellung los waren. Dieser Tag brauchte nicht noch für mehr Menschen zum Unglückstag zu werden, er zog daher blitzschnell seinen Ausweis heraus und hielt ihn dem aggressivsten der beiden unter die Nase.

»Das hättest du nicht tun sollen«, sagte Kollberg wütend.

Martin Beck sah die beiden Polizisten an. »Ihr habt noch ’ne ganze Menge zu lernen. Komm jetzt, Lennart.«

Die Ruine sah düster aus. Das einzige, was vom Haus übriggeblieben war,

war das Fundament, einer der Schornsteine und ein Berg verkohlter Bretter und Balken, vermischt mit verbogenen Eisenteilen, rußigen Mauersteinen und herabgefallenen Dachziegeln. Über allem lag ein beißender Geruch von kaltem Rauch und verbrannten Gegenständen. Ein halbes Dutzend Experten in grauen Kitteln liefen umher und stocherten mit Stöcken und kurzen Spaten vorsichtig in der Asche. Zwei große Siebe waren auf dem Grundstück aufgestellt worden. Wasserschläuche lagen immer noch ausgerollt, und unten auf dem Weg stand ein Feuerwehrauto. Auf dem Vordersitz saßen zwei Wehrmänner und spielten Karten.

Zehn Meter davon entfernt stand ein großer Mann mit der Pfeife im Mund und den Händen tief in den Manteltaschen vergraben. Das war Fredrik Melander, Inspektor bei der Stockholmer Fahndungsbehörde und ihr alter Bekannter aus Hunderten gemeinsamen Ermittlungen. Er war überall wegen seines Kombinationsvermögens, seines außergewöhnlichen Gedächtnisses und seiner unerschütterlichen Ruhe berühmt. Und im privaten Kreis der Kollegen vor allen Dingen dafür bekannt, daß er sich stets auf der Toilette befand, wenn jemand ihn dringend suchte. Sein Sinn für Humor war nicht zu übersehen, auch wenn er selten lachte. Er war langweilig und geizig und kam niemals mit zündenden Ideen oder glänzenden Einfällen. Kurz gesagt: er war ein erstklassiger Polizeibeamter.

»Tag«, sagte er, ohne die Pfeife aus dem Mund zu nehmen.

»Wie geht's denn hier voran?« fragte Martin Beck.

»Langsam.«

»Schon irgendwelche Ergebnisse?«

»Nichts Genaues. Wir sind sehr vorsichtig. Wird seine Zeit dauern.«

»Warum?« wollte Kollberg wissen.

»Als die Feuerwehr ankam, war das Haus schon in sich zusammengestürzt, und ehe die Löscharbeiten in Gang kamen, war es fast runtergebrannt. Die haben dann jede Menge Wasser draufgekippt und alles sehr schnell gelöscht. Gegen Morgen wurde es kälter, und das Ganze fror zu einem einzigen riesigen Kuchen zusammen.«

»Das kann ja heiter werden.«

»Wenn ich's richtig verstanden habe, müssen die also Schicht für Schicht abheben?«

Martin Beck hustete. »Und die Leichen? Hat man schon welche gefunden?«

»Eine.« Melander nahm die Pfeife aus dem Mund und zeigte mit dem Stiel auf die rechte Seite des abgebrannten Hauses. »Da drüben. Scheint das vierzehnjährige Mädchen zu sein, das im Dachgeschoß geschlafen hat.«

»Kristina Modig?«

»Ja, so hieß sie. Sie lassen sie über Nacht erst mal liegen. Wird bald dunkel, und die wollen nur bei Tageslicht arbeiten.« Melander nahm seinen Tabaksbeutel, stopfte sorgfältig seine Pfeife und zündete sie an. Dann erkundigte er sich: »Wie steht's denn bei euch?«

»Ausgezeichnet, wirklich!« sagte Kollberg.

»Ja«, fügte Martin Beck hinzu, »besonders für Lennart. Erst hätte er fast 'ne Schlägerei mit Rönn gehabt . . .«

»Tatsächlich?« Melander hob die Augenbrauen.

». . . und dann wäre er beinahe wegen Volltrunkenheit von zwei Polizisten festgenommen worden.«

»Ach so. Wie geht's Gunvald?«

»Liegt im Krankenhaus. Gehirnerschütterung.«

»Der hat hier heute nacht wirklich allerhand geleistet.«

Kollberg blickte auf die Reste des Hauses und schüttelte sich. »Ja, das muß man ihm zugestehen. Und alles in kürzester Zeit. Übrigens ist es verdammt kalt hier.«

»Ja«, sagte Martin Beck. Und dann: »Wieso konnte das Haus so schnell Feuer fangen?«

»Die Feuerwehr hat keine Erklärung dafür.«

Kollberg schielte zu dem Feuerwehrauto und wechselte das Thema. »Warum sind denn die Burschen noch hier? Das einzige, was brennen könnte, ist doch deren Wagen.«

»Brandwache, Routinesache.«

»Als ich klein war, ist folgende Geschichte irgendwo passiert: Das Spritzenhaus fing Feuer und brannte ab, und alle Feuerwehrfahrzeuge standen drin und die Wehrmänner draußen davor und machten Kulleraugen. Weiß nicht mehr, wo das war.«

»Na, ganz so einfach war das nicht. Ist in Uddevalla passiert, genauer gesagt, am zehnten . . .«

»Nicht mal die Kindheitserinnerungen kannst du einem lassen!«

»Wie erklären die sich denn die Entstehung des Brandes?« fragte Martin Beck.

»Die erklären überhaupt nichts. Warten auf das Ergebnis der technischen Untersuchung. Genau wie wir.«

Kollberg blickte sich widerwillig um. »Verdammt kalt ist das hier«, wiederholte er, »und stinkt wie ein offenes Grab.«

»Ist auch 'n offenes Grab«, sagte Melander ernst.

»Komm, wir fahren weg«, sagte Kollberg zu Martin Beck.

»Wohin?«

»Nach Hause. Was haben wir hier noch zu suchen?«

Fünf Minuten später saßen sie im Auto und fuhren in südlicher Richtung.

»Wußte dieser Idiot wirklich nicht, warum er den Malm beobachten sollte?« fragte Kollberg, als sie über die Skanstullsbron fuhren.

»Meinst du Gunvald?«

»Ja, wen denn sonst!«

»Ich glaub nicht, daß er's wußte. Aber man kann nicht sicher sein.«

»Herr Larsson ist, wie wir wissen, keine große Leuchte ...«

»Er ist ein Mann der Tat. Das kann auch seine Vorteile haben.«

»Klar. Aber es ist doch ein starkes Stück, daß er keine Ahnung davon hatte, womit er beschäftigt war.«

»Er wußte, daß er einen Mann überwachen mußte. Das hat ihm vielleicht gereicht.«

»Wie hängt denn das zusammen?«

»Ganz einfach. Dieser Göran Malm hatte nichts mit der Mordkommission zu tun. Er war wegen irgendeiner Sache festgenommen worden. Man wollte ihn in Untersuchungshaft stecken, aber dazu reichte es nicht. So wurde er auf freien Fuß gesetzt, aber man wollte verhindern, daß er untertauchte. Da sie selbst mit Arbeit überhäuft waren, baten sie Hammar um Hilfe. Und der beauftragte Gunvald Larsson mit der Überwachung, als Sonderauftrag.«

»Warum gerade ihn?«

»Seit Stenströms Tod gilt Gunvald Larsson als der Mann, der solche Sachen am besten erledigen kann. Jedenfalls hat das Folgen gehabt, mit denen keiner rechnen konnte.«

»Nämlich?«

»Nämlich, daß er acht Menschenleben rettete. Was meinst du, wie viele Rönn aus der Todesfalle rausgeholt hätte, oder Melander?«

»Du hast natürlich recht. Ich sollte Rönn vielleicht um Entschuldigung bitten.«

»Das finde ich auch.«

Die Autoschlangen nach Süden rollten um diese Tageszeit besonders langsam. Nach einer Weile fragte Kollberg: »Welche Dienststelle wollte den denn überwacht haben?«

»Weiß ich auch nicht. Wahrscheinlich das Einbruchsdezernat. Bei an die dreihunderttausend Einbrüchen und Diebstahlsfällen im Jahr haben die kaum Zeit, mal 'ne Tasse Kaffee zu trinken. Montag werden wir uns das alles näher ansehen. Ist ja 'ne einfache Sache.«

Kollberg nickte und ließ den Wagen einige Dutzend Meter weiterrollen. Dann stand die Schlange wieder.

»Wahrscheinlich hat Hammar recht. Das ist einfach ein ganz normales Schadenfeuer.«

»Verdächtig ist, daß es sich so schnell ausgebreitet hat. Und Gunvald sagte ja ...«

»Gunvald ist ein Idiot. Und außerdem war er im Kopf nicht ganz richtig. Es gibt genügend einfache Erklärungen.«

»Zum Beispiel?«

»'ne Art Explosion. Einer von den Bewohnern war Einbrecher und hatte

Sprengstoff in der Wohnung. Oder Benzinkanister im Kleiderschrank. Oder Gasflaschen. Dieser Malm kann ja kein besonders großer Fisch gewesen sein, wenn sie ihn wieder freilassen mußten. Klingt doch unwahrscheinlich, daß jemand das Leben von elf Menschen gefährdet, nur um einen um die Ecke zu bringen.«

»Wenn einer von denen ermordet werden sollte, dann gibt es jedenfalls keine Beweise dafür, daß ausgerechnet Malm das Opfer sein sollte.«

»Nein. Da hast du auch wieder recht«, gab Kollberg zu. »Ich hab heute nicht meinen besten Tag.«

»Scheint mir auch so.«

»Na ja, Montag wissen wir mehr.«

Damit war das Gespräch beendet.

Bei der Station Skärmarbrink stieg Martin Beck aus und fuhr mit der U-Bahn weiter. Er wußte nicht recht, was ihm unangenehmer war, die überfüllte U-Bahn oder das Schneckentempo der Autoschlange. Die U-Bahn hatte jedenfalls einen Vorteil: er kam erheblich schneller zum Ziel. Allerdings hatte er keine Eile, ihn erwartete zu Hause nichts Besonderes.

Bei Lennart Kollberg war das anders. Er wohnte in der Palandergatan in Skärmarbrink und hatte eine hübsche Frau, die Gun hieß, und eine Tochter, die gerade ein halbes Jahr und drei Tage alt war.

Seine Frau lag auf dem Wohnzimmerteppich und las in einem Lehrbuch. Im Mund hatte sie einen gelben Bleistift, und neben ihr lag ein roter Radiergummi. Sie hatte nur eine alte Schlafanzugjacke an und ließ die langen nackten Beine in der Luft pendeln. Sah ihn mit ihren großen braunen Augen an und begrüßte ihn: »Großer Gott, was siehst du mürrisch aus.«

Er zog die Jacke aus und warf sie auf einen Stuhl. »Schläft Bodil?«

Sie nickte.

»Das war 'n toller Tag heute. Alle wollten sie auf mir rumhacken. Erst ausgerechnet Rönn und dann zwei eingebildete Bullen von der Maria-Wache.«

Sie zwinkerte mit den Augen. »Und du hast überhaupt keine Schuld?«

»Jetzt hab ich jedenfalls bis Montag frei.«

»Ich hab nicht vor, dich zu schlagen. Was willst du machen?«

»Ich will ausgehen, was Besonderes essen und fünf Schnäpse dazu trinken.«

»Können wir uns das leisten?«

»Ja. Ist doch erst der Achte. Kriegen wir einen Babysitter?«

»Åsa wird's sicher machen.«

Åsa Torell war die Witwe eines Polizeibeamten, obwohl sie erst fünfundzwanzig Jahre alt war. Sie hatte mit einem Kriminalassistenten zusammen gelebt, der Åke Stenström geheißen hatte. Er war vor nur vier Monaten in einem Bus erschossen worden.

Die Frau auf dem Fußboden zog ihre kräftigen Augenbrauen hoch und begann energisch, in ihrem Heft zu radieren.

»Es gibt ’ne andere Möglichkeit. Wir gehen ins Bett. Das ist billiger und macht mehr Spaß.«

»Hummer Vanderbilt ist auch was Schönes«, entgegnete Kollberg.

»Du denkst mehr ans Essen als an die Liebe«, beklagte sie sich, »obwohl wir erst zwei Jahre verheiratet sind.«

»Stimmt gar nicht. Außerdem habe ich eine noch bessere Idee. Wir gehen erst ins Restaurant, essen und trinken fünf Schnäpse, und dann gehen wir ins Bett. Ruf jetzt Åsa an.«

Das Telefon hatte ein fünf Meter langes Verlängerungskabel und stand bereits auf dem Teppich. Sie streckte den Arm aus und zog es zu sich heran. Dann wählte sie eine Nummer. Während sie sprach, drehte sie sich auf den Rücken, zog die Beine an und setzte die Fußsohlen auf den Boden. Die Schlafanzugjacke rutschte ein Stück höher.

Kollberg sah seine Frau an. Betrachtete gedankenvoll das dichte, schwarze Vlies, das ihre Scham bedeckte und sich zwischen den Beinen verlor. Sie blickte zur Decke, während sie sprach und zuhörte. Nach einer Weile nahm sie das linke Bein hoch und kratzte sich am Fuß.

»Abgemacht«, sagte sie und legte den Hörer auf. »Sie kommt. In ungefähr einer Stunde. Hast du übrigens das Neueste gehört?«

»Nein, was denn?«

»Åsa ist auf der Polizeischule angenommen worden.«

»Auch das noch. Gun?«

»Ja?«

»Mir ist noch eine Lösung eingefallen, noch besser als die vorige. Wir gehen erst ins Bett, dann ins Restaurant und trinken fünf Schnäpse, und dann fahren wir nach Hause und legen uns wieder hin.«

»Das ist beinah genial. Hier auf dem Teppich?«

»Ja. Ruf den Opernkeller an und bestell uns einen Tisch.«

»Such du die Nummer raus.«

Kollberg blätterte im Telefonbuch und knöpfte währenddessen sein Hemd auf, öffnete den Gürtel, fand die Nummer und hörte, wie sie die Nummer wählte.

Dann setzte sie sich aufrecht, zog die Schlafanzugjacke über den Kopf und warf sie auf den Fußboden.

»Was hast du vor? Willst du mir meine Unschuld rauben?«

»Erraten.«

»Von hinten?«

»Wie du willst.«

Sie fing zu kichern an, begann sich umzudrehen, langsam und geschmeidig. Lag dann auf allen vieren, die Beine weit gespreizt. Den Kopf mit den schwarzen Haaren hatte sie gesenkt und das Gesicht auf die Unterarme gestützt.

Drei Stunden später beim Ingwerdessert erinnerte sie Kollberg an ein Ereignis, an das er nicht mehr gedacht hatte, seit er Martin Beck bei der U-Bahn-Station abgesetzt hatte.

»Dieser scheußliche Brand«, sagte sie, »meinst du, daß der gelegt war?«

»Nein. Kann ich mir beim besten Willen nicht denken. Irgendwo muß das ja mal seine Grenzen haben.«

Er war seit mehr als zwanzig Jahren bei der Kriminalpolizei und hätte es besser wissen müssen.

6

Sonnabend schien die Sonne, und der Schnee schmolz.

Martin Beck wachte langsam und mit einem Gefühl seltenen Wohlbehagens auf. Er lag ruhig da, den Kopf im Kopfkissen vergraben, und versuchte, den Geräuschen um ihn herum zu entnehmen, ob es früh oder spät am Morgen war. In der Baumgruppe vor seinem Fenster hörte er eine Amsel singen, und vom Dach tropfte das Schmelzwasser unregelmäßig in den Schneematsch auf dem Balkon. Auf der Straße fuhren Autos vorbei, und weiter weg bremste ein U-Bahn-Zug bei der Einfahrt in die Station. Der Nachbar schlug seine Wohnungstür zu. In den Wasserleitungsrohren rauschte es, und der Krach, der plötzlich aus der nebenan gelegenen Küche ertönte, ließ ihn vollends wach werden.

»Verflucht!« Das war Rolfs Stimme.

Und Ingrid: »Nun paß doch endlich mal auf.«

Dann Inga, die die beiden zur Ordnung rief.

Er streckte die Hand nach einer Zigarette und Streichhölzern aus, mußte sich aber auf einen Ellenbogen stützen, um den Aschenbecher aus einem Berg von Büchern auszugraben. Bis vier Uhr morgens hatte er wach gelegen und ein Buch über die Seeschlacht von Tsushima gelesen, und der Aschenbecher war voller Kippen und abgebrannter Streichhölzer. Wenn er zu faul war, vor dem Einschlafen aufzustehen und ihn auszukippen, versteckte er den Aschenbecher unter einem Buch. Er hatte es satt, sich jedesmal Ingas Vorhaltungen anzuhören, daß sie alle einmal verkohlt aufwachen würden, wenn er weiter im Bett rauchte.

Die Armbanduhr zeigte halb zehn, aber es war Sonnabend, und er hatte frei. Frei in doppeltem Sinn, dachte er zufrieden, aber mit einem Anflug von schlechtem Gewissen. Er durfte zwei Tage allein in der Wohnung bleiben. Inga und die Kinder wollten mit Ingas Bruder in dessen Wochenendhaus nach Roslagen fahren und dort bis Sonntagabend bleiben. Martin Beck war natürlich auch eingeladen, aber ein Wochenende ohne Familie war ein so seltenes Vergnügen, daß er Arbeit vorgetäuscht hatte, um nicht mitfahren zu müssen.

Er rauchte die Zigarette zu Ende, stand auf, nahm den Aschenbecher mit auf die Toilette und schüttete ihn aus. Rasieren brauchte er sich nicht. Er zog seine Khakihosen und ein Manchesterhemd an. Dann stellte er die Bücher über Tsushima ins Regal zurück, klappte sein Bett hoch, so daß es wieder wie ein Sofa aussah, und ging schnell in die Küche.

Seine Familie saß am Tisch und frühstückte. Ingrid stand auf, holte aus dem Schrank eine Tasse und goß ihm Tee ein.

»Ach, Papa, komm doch mit«, bat sie. »Guck mal, wie schön das Wetter ist. Wenn du nicht dabei bist, macht es halb soviel Spaß.«

»Es geht leider nicht. Wäre wirklich schön, aber . . .«

»Papa muß arbeiten«, unterbrach ihn Inga ärgerlich. »Wie immer.«

Wieder meldete sich sein schlechtes Gewissen. Dann dachte er daran, daß ihr Wochenende ohne seine Anwesenheit ungetrübter verlaufen würde, denn Ingas Bruder nahm Martin Becks Besuch immer zum Vorwand, sich vollaufen zu lassen. Schon im nüchternen Zustand war Ingas Bruder kein angenehmer Zeitgenosse, und betrunken wurde er einfach widerlich. Eine gute Seite hatte er allerdings: aus Prinzip trank er nur in Gesellschaft. Martin Beck spann diesen Gedanken weiter und kam zu dem Schluß, daß er mit seiner Lüge eigentlich ein gutes Werk tat. Dadurch, daß er zu Hause blieb, zwang er den Schwager, nüchtern zu bleiben.

Zu dieser angenehmen Entscheidung war er gerade gekommen, als Ingas Bruder an der Tür klingelte, und fünf Minuten später begann für Martin Beck das langersehnte Wochenende.

Es wurde so, wie er es sich erhofft hatte. Obwohl Inga für alles gesorgt hatte und genügend Lebensmittel im Kühlschrank lagen, ging er los und kaufte ein, unter anderem eine Flasche Grönstedts Monopole und sechs Flaschen Bier. Dann machte er sich daran, das Deck des Modellschiffs *Cutty Sark* einzubauen, wozu er wochenlang nicht gekommen war. Zu Abend aß er kalte Fleischklöße, Rogen und Camembert auf Pumpernickel und trank zwei Flaschen Bier. Anschließend trank er Kaffee und Cognac und sah sich im Fernsehen einen alten amerikanischen Gangsterfilm an. Dann ließ er das Badewasser einlaufen, legte sich in die Wanne und las Raymond Chandlers »Die Tote im See«. Zwischendurch trank er hin und wieder einen Schluck Cognac aus dem Glas, das er in bequemer Reichweite auf den Klosettdeckel gestellt hatte.

Er fühlte sich außerordentlich wohl und dachte weder an seine Familie noch an seine Arbeit.

Nach dem Bad zog er sich den Schlafanzug an, löschte alle Lampen bis auf die an seinem Schreibtisch, las und trank Cognac, bis er sich müde fühlte und zu Bett ging.

Am Sonntag schlief er sich richtig aus, setzte sich dann im Schlafanzug hin und arbeitete an seinem Schiffsmodell. Erst nachmittags zog er sich ordentlich an. Abends, als die Familie nach Hause gekommen war, ging er mit Ingrid und Rolf ins Kino. Sie sahen sich einen Film über Vampire an.

Es war ein gelungenes Wochenende gewesen, und am Montag morgen fühlte er sich ausgeruht und energiegeladen und kümmerte sich unverzüglich darum, wer dieser Göran Malm gewesen war und was er eventuell auf dem Gewissen gehabt haben konnte. Den Vormittag verbrachte er in den Arbeitszimmern verschiedener Kollegen im Polizeigebäude und machte dann einen kurzen Besuch im Rathaus. Als er zurückkam, wollte er das Ergebnis seiner Ermittlungen bekanntgeben, fand aber niemanden, der ihm zuhören wollte, da alle zum Mittagessen gegangen waren. Er rief im Polizeigebäude Süd an und staunte nicht schlecht, als er sofort Kollberg am Apparat hatte, da dieser dafür bekannt war, immer pünktlich zum Mittagessen zu gehen.

»Warum bist du nicht in der Kantine?«

»Ich wollte gerade losgehen. Von wo aus rufst du an?«

»Aus Melanders Zimmer. Komm her und iß hier, dann weiß ich wenigstens, wo ich dich finden kann. Wenn Melander und Rönn auftauchen, wollen wir uns mal etwas näher mit diesem Göran Malm befassen, sofern Melander an der Brandstelle abkömmlich ist. Ich hab mich jedenfalls schon mal nach diesem Malm erkundigt.«

»Okay. Ich will nur mal sehen, wo Benny ist, und ihn sozusagen einweisen. Wenn sich das machen läßt.«

Benny Skacke war gerade Kriminalassistent geworden. Vor zwei Monaten war er als Ersatz für Åke Stenström zur Reichsmordkommission versetzt worden. Åke Stenström war neunundzwanzig Jahre alt gewesen, und seine Kollegen, besonders Kollberg, hatten in ihm ein ahnungsloses Kind gesehen. Benny Skacke war zwei Jahre jünger.

Martin Beck nahm Melanders Tonbandgerät, und während er auf die anderen wartete, ließ er das Band, das er im Rathaus geliehen hatte, ablaufen. Beim Abhören machte er sich einige kurze Notizen.

Rönn erschien pünktlich um ein Uhr, und eine Viertelstunde später riß Kollberg die Tür auf und rief noch im Mantel: »Na, dann laß mal hören.«

Martin Beck überließ Kollberg seinen Stuhl und stellte sich an den Aktenschrank. »Es geht um Autodiebstahl und Handel mit den gestohlenen Fahrzeugen. Im vergangenen Jahr ist die Zahl der gestohlenen Wagen so auffallend angestiegen, daß man es sich nur mit einer organisierten Bande erklären kann. Vermutlich werden die Wagen über die Grenze geschmuggelt. Malm scheint ein Rad in dem Getriebe gewesen zu sein.«

»Ein großes oder ein kleines?« fragte Rönn.

»Ich glaube, nur ein kleines. Wahrscheinlich sehr klein.«

»Weswegen ist er eigentlich festgenommen worden?« erkundigte sich Kollberg.

»Nicht so schnell, laß mich der Reihe nach berichten.«

Martin Beck nahm seine Notizen und legte sie neben sich auf den Schrank. Dann begann er zu sprechen, gewandt und flüssig.

»Am 24. Februar, 22 Uhr, wurde Göran Malm bei einer Verkehrskontrolle zwei Kilometer nördlich von Södertälje angehalten. Das war eine ganz routinemäßige Angelegenheit, bei der sich ein merkwürdiger Umstand ergab, der zu seiner Festnahme führte. Er fuhr einen Chevrolet Impala, Baujahr 1963. Der Wagen schien in Ordnung zu sein, da sich aber herausstellte, daß Malm nicht der Besitzer war, wurde die Nummer mit der neuesten Liste gestohlener Autos verglichen. Da fand sich die Nummer denn auch wieder, nur sollte sie laut Liste zu einem VW gehören und nicht zu einem Chevrolet. Es schien so, als ob der Wagen durch einen Fehler oder einfach aus Versehen eine falsche Nummer erhalten hatte, und gerade nach der wurde gesucht. Beim ersten Verhör sagte Malm aus, daß er den Wagen vom Besitzer, der ein guter Freund von ihm sei, geliehen habe. Der Fahrzeughalter hieß Bertil Olofsson, wie Malm angab, außerdem stand der Name auf dem Schildchen, das im Auto befestigt war. Es zeigte sich, daß dieser Olofsson der Polizei nicht unbekannt war. Er stand seit längerer Zeit im Verdacht, mit gestohlenen Fahrzeugen zu handeln; es lag auch einiges Beweismaterial gegen ihn vor, nur konnte man ihn nicht verhaften, weil er untergetaucht war. Er ist im übrigen noch immer verschwunden. Malm behauptet, den Wagen von Olofsson erhalten zu haben, da dieser ins Ausland gereist sei und ihn nicht benötige.

Als die Kollegen, die hinter Olofsson her waren, die Sache mit Malm erfuhren, versuchten sie, einen Haftbefehl für ihn durchzusetzen. Sie waren überzeugt, daß Olofsson und Malm zusammenarbeiteten. Als das mißlang – er kam nicht einmal in Untersuchungshaft, wie ihr gleich hören werdet –, wurde Gunvald Larsson mit Hammars gnädigem Einverständnis mit der Überwachung beauftragt. Sie hofften, Olofsson auf diese Weise zu erwischen und dann die Bande auffliegen zu lassen. Wenn es überhaupt eine Bande gegeben hat. Und sofern Olofsson und Malm dazugehört haben.«

Martin Beck ging quer durchs Zimmer und drückte seine Zigarette im Aschenbecher auf dem Tisch aus. »Das wär's eigentlich. Nein, eine Sache noch. Der Kraftfahrzeugschein und die Steuerquittung waren natürlich gefälscht, sehr geschickt übrigens.«

Rönn kratzte sich an der Nase und fragte: »Warum haben sie denn Malm laufenlassen?«

»Mangel an Beweisen. Wartet mal, das könnt ihr selbst anhören.« Damit beugte er sich über das Tonbandgerät. »Der Untersuchungsrichter forderte, daß Malm wegen Hehlerei verhaftet werden sollte. Mit der Begründung, es sei denkbar, daß er die Untersuchungen erschweren würde, wenn er auf freiem Fuß bliebe.«

Er drückte auf den Knopf und ließ das Band schnell durchlaufen.

»Hier haben wir es. Malms Verhör durch den Untersuchungsrichter.«

Richter: Ich habe Ihnen die Aussage der diensthabenden Beamten über die Ereignisse des Abends am 24. Februar vorgelesen. Wollen Sie jetzt bitte mit eigenen Worten schildern, was da passiert ist?
Malm: Es war ungefähr so, wie Sie gesagt haben. Ich fuhr den Södertäljevägen lang, und da war ein Polizeiauto, eine Polizeikontrolle; selbstverständlich hielt ich an und ... und als der Beamte sah, daß es nicht mein Wagen war, haben sie mich mit auf die Wache genommen.
Richter: Aha. Und wie kam es, daß Sie ein fremdes Auto benutzten?
Malm: Ich wollte nach Malmö fahren, um einen Freund zu besuchen, und weil Berra ...
Richter: Berra? Ist das Bertil Olofsson?
Malm: Ja, den meine ich. Berra, also Bertil Olofsson, hatte mir seine Kutsche für ein paar Wochen geliehen. Ich hätte sowieso nach Malmö gemußt, da hab ich es so eingerichtet, daß ich gefahren bin, als ich das Auto hatte. Auf die Art hab ich das Geld für die teure Bahnfahrt gespart. Daß der Wagen gestohlen war, konnte ich ja nicht ahnen.
Richter: Wie erklären Sie sich, daß Olofsson Ihnen sein Auto so ohne weiteres für längere Zeit überlassen hat? Brauchte er es nicht selbst?
Malm: Nein. Er wollte ins Ausland fahren, sagte er. Da brauchte er die Karre nicht.
Richter: Er wollte also verreisen. Wie lange wollte er denn unterwegs sein?
Malm: Hat er mir nicht gesagt.
Richter: Hatten Sie die Absicht, den Wagen die ganze Zeit zu behalten, bis er wieder nach Hause kam?
Malm: Erlaubt hatte er mir's. Sonst hätte ich die Kiste auch auf seinen Parkplatz stellen können. Er wohnt in so einem Haus, wo zu jeder Wohnung ein Parkplatz gehört.
Richter: Ist Olofsson inzwischen von seiner Reise zurück?
Malm: Weiß ich nicht.
Richter: Wissen Sie, wo er sich aufhält?
Malm: Nein. Vielleicht ist er noch in Frankreich oder wo er sonst hinwollte.
Richter: Herr Malm, Sie besitzen einen eigenen Wagen?
Malm: Nein.
Richter: Aber Sie haben einen gehabt?
Malm: Ja, aber das ist lange her.
Richter: Haben Sie Olofssons Auto schon einmal bei anderen Gelegenheiten geliehen?
Malm: Nein. Das war das erste Mal.
Richter: Wie lange kennen Sie Olofsson?
Malm: Ein Jahr oder so.
Richter: Haben Sie sich oft getroffen?
Malm: Was heißt oft? So gelegentlich mal.

Richter: Was meinen Sie mit gelegentlich? Einmal im Monat? Einmal in der Woche? Oder wie oft?
Malm: Na, vielleicht einmal im Monat. Oder auch zweimal.
Richter: Dann kennen Sie sich also ganz gut?
Malm: Na ja, wie man's nimmt.
Richter: Sie müssen sich doch ganz gut gekannt haben, wenn er Ihnen so ohne weiteres sein Auto geliehen hat?
Malm: Das ist auch wieder wahr.
Richter: Was ist Olofsson von Beruf?
Malm: Was?
Richter: Wo arbeitet Olofsson?
Malm: Das weiß ich nicht.
Richter: Das wissen Sie nicht? Obwohl Sie ihn mindestens ein Jahr kennen?
Malm: Nein. Darüber haben wir nie gesprochen.
Richter: Wo arbeiten Sie selbst?
Malm: Ich hab keine Arbeit ... im Augenblick.
Richter: Was haben Sie denn sonst gemacht?
Malm: Verschiedenes. Was man so kriegte.
Richter: Wo haben Sie zuletzt gearbeitet?
Malm: Als Lackierer in einer Werkstatt in Blackeberg.
Richter: Wie lange ist das her?
Malm: Das war im Sommer. Im Juli hat die Werkstatt zugemacht, da mußte ich aufhören.
Richter: Und dann? Haben Sie sich um Arbeit bemüht?
Malm: Ja. Aber keine gekriegt.
Richter: Wie sind Sie denn finanziell über die Runden gekommen, immerhin waren Sie, Moment mal, acht Monate ohne Arbeit?
Malm: Gut ist es mir auch nicht gegangen.
Richter: Aber irgendwoher müssen Sie doch Geld bekommen haben, nicht wahr, Herr Malm? Die Miete muß bezahlt werden, und was zu essen braucht man auch.
Malm: 'n bißchen hatte ich gespart, und dann hab ich mir hier und da was geliehen.
Richter: Was wollten Sie überhaupt in Malmö?
Malm: 'n Freund besuchen.
Richter: Bevor Olofsson Ihnen angeboten hat, sein Auto zu benutzen, planten Sie, mit der Bahn zu fahren. Hätten Sie sich das denn leisten können?
Malm: Na ja ...
Richter: Wie lange hat Olofsson diesen Wagen, den Chevrolet, gehabt?
Malm: Weiß ich nicht.
Richter: Aber Sie haben doch sicher gesehen, was für ein Auto er hatte, als Sie sich kennenlernten?

Malm: Darauf hab ich nicht geachtet.
Richter: Herr Malm, Sie haben bei Ihrer Arbeit viel mit Autos zu tun gehabt, stimmt's? Sie waren Lackierer, haben Sie gesagt. Finden Sie es nicht eigenartig, daß Sie nie bemerkt haben wollen, was Ihr Freund für ein Auto hatte?
Malm: Nein. Außerdem hab ich sein Auto gar nicht so oft gesehen.
Richter: Herr Malm, war es nicht so abgemacht, daß Sie Olofsson helfen sollten, diesen Wagen zu verkaufen?
Malm: Nein.
Richter: Aber Sie wußten, daß Olofsson mit gestohlenen Autos handelte, stimmt's?
Malm: Nein. Davon wußte ich nichts.
Richter: Keine weiteren Fragen.

Martin Beck stellte das Tonbandgerät ab.

»Außerordentlich höflicher Richter«, bemerkte Kollberg.

»Ja«, bestätigte Rönn. »Höflich und erfolglos.«

»Sie haben Malm also laufenlassen«, sagte Martin Beck, »und Gunvald Larsson übernahm die Überwachung. Man hoffte, über Malm an Olofsson heranzukommen, schließlich bestand der Verdacht, daß Malm für Olofsson gearbeitet hat. Andererseits, wenn man Malms Verhältnisse näher betrachtet, sieht es nicht so aus, als ob er größere Summen für seine Dienste bekommen hat.«

»Er war Lackierer, so einen braucht man, wenn man mit gestohlenen Autos handelt.«

Martin Beck nickte.

»Und Olofsson«, fragte Rönn, »kann man sich den nicht vornehmen?«

»Nein. Der ist immer noch verschwunden. Scheint durchaus möglich, daß Malm die Wahrheit gesagt hat, als er im Verhör behauptete, daß Olofsson ins Ausland gereist ist. Irgendwann taucht der schon wieder auf.«

Kollberg schlug nervös mit der Hand auf die Armlehne seines Stuhls.

»Ich versteh diesen verdammten Larsson nicht«, sagte er mit einem Seitenblick auf Rönn. »Wie kann er behaupten, daß er nicht wußte, warum er Malm überwachen sollte?«

»Den Grund brauchte er doch nicht zu wissen. Fang nicht schon wieder an, auf Gunvald rumzuhacken.«

»Er hätte doch mindestens wissen müssen, daß er nach diesem Olofsson Ausschau halten sollte. Anders hätte die ganze Überwachung doch keinen Sinn gehabt.«

Rönn antwortete gelassen: »Kannst ihn ja fragen, wenn er wieder gesund ist.«

Kollberg reckte sich, daß es in den Nähten seiner Jacke knackte.

»Na, laß man. Jedenfalls sind diese Autogeschichten nicht unser Bier. Gott sei Dank.«

7

Montag nachmittag sah es so aus, als ob Benny Skacke zum erstenmal in seiner Eigenschaft als Kriminalassistent bei der Mordkommission einen Mord völlig selbständig aufklären würde. Oder zumindest einen Totschlag.

Er saß in seinem Arbeitsraum im Polizeigebäude Süd und war mit der Aufgabe beschäftigt, die Kollberg ihm zugeteilt hatte, ehe er in die Kungsholmsgatan gefahren war. Das heißt, er bewachte das Telefon und sortierte Kopien von Polizeiberichten in verschiedene Ordner. Das Sortieren dauerte lange, weil er jede Meldung sorgfältig durchlas, ehe er sie abheftete. Benny Skacke war ehrgeizig. Obwohl ihm klar war, daß er alles, was man über die Aufklärung von Mordfällen lernen konnte, bereits auf der Polizeischule eingepaukt bekommen hatte, war ihm peinlich bewußt, daß er bisher keinerlei Gelegenheit gehabt hatte, sein Wissen in der Praxis anzuwenden. Während er auf die Chance wartete, seine unentdeckte Begabung zu zeigen, versuchte er auf jede nur mögliche Weise, sich die Erfahrungen seiner älteren Kollegen zunutze zu machen. Eine seiner Methoden war es, sooft wie möglich deren Gespräche mit anzuhören, was Kollberg bereits wahnsinnig machte. Zum anderen studierte er alte Berichte, und damit war er beschäftigt, als das Telefon klingelte.

Es meldete sich der Diensthabende aus der Empfangshalle.

»Ich hab hier einen Mann, der ein Verbrechen zur Anzeige bringen will«, sagte er etwas verwirrt. »Soll ich ihn raufschicken? Oder . . .«

»Ja, machen Sie das«, antwortete Kriminalassistent Skacke sofort.

Er legte den Hörer auf und ging auf den Flur hinaus, um den Besucher einzulassen. Dabei überlegte er, was der Mann wohl sagen wollte, als er ihn unterbrach. Oder? Vielleicht: Oder soll ich ihn bitten, zur Polizeiwache zu gehen? Skacke war ein empfindlicher junger Mann.

Der Besucher kam langsam und schleppend die Treppe herauf. Benny Skacke öffnete ihm die Glastür und wich unwillkürlich vor dem Gestank von Schweiß, Urin und billigem Schnaps zurück. Er ging voraus in sein Zimmer und zeigte auf den Stuhl vor dem Schreibtisch. Der Mann blieb jedoch noch einen Moment stehen und wartete, bis Skacke sich hingesetzt hatte.

Benny Skacke beobachtete den Mann auf dem Besucherstuhl. Er mochte zwischen fünfzig und fünfundfünfzig sein; Größe etwa einsfünfundsechzig. Er war sehr mager, wog sicher nicht mehr als fünfzig Kilo, hatte dünnes aschblondes Haar und trübe blaue Augen. Wangen und Nase waren von dünnen blauen Adern überzogen. Seine Hände zitterten, und ein Muskel am linken Augenlid zuckte unregelmäßig. Sein brauner Anzug war voller Flecke und an verschiedenen Stellen durchgescheuert, einige Löcher in der maschinengestrickten Weste unter der Jacke waren mit verschiedenfarbigen Fäden gestopft worden. Er roch nach Schnaps, schien aber nicht betrunken zu sein.

»Sie wollten eine Anzeige erstatten. Worum handelt es sich denn?«

Der Mann sah auf seine Hände hinunter. Nervös rollte er eine Zigarettenkippe zwischen den Fingern.

»Sie können hier gerne rauchen, wenn Sie wollen«, sagte Skacke und schob ihm über den Tisch eine Streichholzschachtel zu.

Der Mann nahm die Schachtel, steckte die Kippe an, hustete trocken und heiser und blickte hoch. »Ich hab meine Frau erschlagen.«

Benny Skacke streckte die Hand nach seinem Notizblock aus und sagte mit einer Stimme, die er selbst für ruhig und beherrscht hielt: »Aha. Und wo haben Sie das getan?«

Er wünschte sich sehnlichst, daß Martin Beck oder Kollberg dabeigewesen wären.

»Auf den Kopf.«

»Nein. So hab ich's nicht gemeint. Wo ist Ihre Frau denn jetzt?«

»Ach so. Zu Hause. Dansbanevägen 11.«

»Wie heißen Sie?« fragte Skacke.

»Gottfridsson.«

Benny Skacke schrieb den Namen auf den Block und lehnte sich nach vorn, die Unterarme hatte er auf die Tischplatte gestützt. »Herr Gottfridsson, wollen Sie bitte der Reihe nach erzählen, was passiert ist. Wie fing es an?«

Der Mann kaute auf seiner Unterlippe. »Ja, also, ich bin nach Hause gekommen, und da hat sie zu schimpfen angefangen. Ich war müde und hatte keine Kraft, mich mit ihr zu zanken. Ich hab sie gebeten, doch ruhig zu sein. Aber sie schrie und schimpfte weiter. Zum Schluß hab ich rot gesehen und sie am Hals gepackt, da fing sie an, um sich zu hauen, und ich hab ihr ein paar Mal kräftig auf den Kopf geschlagen. Da ist sie hingefallen und liegengeblieben. Nach 'ner Weile hab ich Angst gekriegt und hab sie geschüttelt, aber sie blieb einfach so da liegen.«

»Haben Sie einen Arzt angerufen?«

Der Mann schüttelte den Kopf. »Nein. Ich dachte, wenn sie nun tot ist, hat es ja doch keinen Zweck mehr mit dem Doktor.« Er schwieg einen Augenblick. Dann fuhr er fort: »Ich wollte ihr nicht weh tun. Ich bin bloß so wütend geworden; sie hätte mich nicht reizen sollen.«

Benny Skacke stand auf und holte seinen Mantel vom Haken an der Tür. Er war nicht sicher, was er mit dem Mann anfangen sollte. Während er den Mantel anzog, fragte er: »Warum sind Sie hierhergekommen und nicht zur Polizeiwache gegangen? Ganz in Ihrer Nähe liegt doch eine?«

Gottfridsson stand auf und zuckte die Achseln. »Ich dachte ... ich hab geglaubt, solche Sachen ... Mord und so was ...«

Benny Skacke öffnete die Tür zum Flur. »Es ist das beste, wenn Sie jetzt mit mir kommen.«

Die Fahrt zu dem Haus, in dem Gottfridssohn wohnte, dauerte nur wenige

Minuten. Der Mann saß schweigend da, und seine Hände zitterten ununterbrochen. Er ging die Treppe hinauf, und Skacke ließ sich die Schlüssel geben und öffnete die Wohnungstür.

Sie traten in eine kleine dunkle Diele mit drei Türen, die alle geschlossen waren. Skacke sah Gottfridsson fragend an.

»Da drin«, sagte der Mann und zeigte auf die linke Tür.

Skacke schritt auf die Tür zu und öffnete sie.

Das Zimmer war leer. Die Möbel waren ungepflegt und staubig, schienen aber auf ihren angestammten Plätzen zu stehen, und er konnte keine Anzeichen eines Kampfes entdecken. Skacke drehte sich um und sah Gottfridsson an, der immer noch an der Wohnungstür stand.

»Hier ist niemand drin.«

Gottfridsson starrte ihn an. Langsam kam er auf die offene Tür zu, hob die Hand und zeigte in das Zimmer. »Aber . . . sie hat doch hier gelegen.«

Verwirrt sah er sich im Zimmer um. Dann ging er quer durch die Diele und öffnete die Küchentür. Auch die Küche war leer.

Die dritte Tür gehörte zum Badezimmer. Aber auch hier gab es nichts Außergewöhnliches zu sehen.

Gottfridsson fuhr sich über das dünne Haar. »Aber ich hab sie doch da liegen sehen.«

»Das ist ja möglich. Aber sie war offenbar nicht tot. Wie sind Sie eigentlich zu dem Schluß gekommen?«

»Das sah man. Sie hat sich nicht bewegt und nicht geatmet. Und kalt war sie. Wie eine Leiche.« Er kratzte sich die Bartstoppeln. »Sie war vielleicht scheintot«, fügte er hinzu.

Skacke überlegte, ob der Mann ihn vielleicht zum Narren halten wollte und die ganze Geschichte erfunden hatte. Vielleicht hatte er überhaupt keine Frau. Außerdem schienen der Tod, die Wiederauferstehung und schließlich das Verschwinden seiner Frau den Mann nicht sonderlich aufzuregen. Er sah sich die Stelle auf dem Fußboden, wo die Tote gelegen haben sollte, genauer an. Blutspuren waren nicht vorhanden.

»Jedenfalls ist sie nicht hier«, sagte Skacke. »Wir sollten vielleicht mal bei den Nachbarn fragen.«

»Nein. Lieber nicht. Mit denen verstehen wir uns nicht so gut. Außerdem sind die um diese Tageszeit nicht zu Hause.«

Er ging in die Küche und setzte sich auf einen Stuhl. »Wo kann das verdammte Weibsbild nur sein?« brummte er vor sich hin.

In diesem Augenblick ging die Wohnungstür auf. Eine kleine rundliche Frau trat ein. Sie hatte einen Haushaltskittel und eine Strickjacke an und trug ein kariertes Kopftuch. In einer Hand hielt sie ein Einkaufsnetz.

Skacke wußte nicht, was er sagen sollte. Auch die Frau schwieg. Sie ging mit schnellen Schritten an ihm vorbei in die Küche.

»Aha. Du Schuft. Daß du dich nach Hause getraut hast«, legte sie los.

Gottfridsson starrte sie an und öffnete den Mund, als ob er etwas sagen wollte. Seine Frau knallte das Netz auf den Küchentisch und rief: »Und was will der hier? In diesem Hause wird nicht gesoffen, damit du gleich Bescheid weißt. Dein Saufkumpan soll sofort verschwinden.«

»Entschuldigung«, begann Skacke unsicher. »Ihr Mann glaubte, daß ein Unglück . . .«

»Unglück!« schnaubte sie. »Bist selber 'n Unglück.« Sie drehte sich um und blickte Skacke feindselig an. »Ich wollte ihn nur ein bißchen erschrekken. So einfach nach Hause kommen, wenn man mehrere Tage auf Sauftour war, und gleich 'ne Schlägerei anfangen. Das hat mir gereicht.«

Die Frau nahm das Tuch ab. Er bemerkte einen kleinen blauen Fleck auf der Stirn, sonst schien sie keine Verletzungen zu haben.

»Wie geht es Ihnen?« fragte Skacke. »Sind Sie verletzt?«

»Ach was. Aber als er mich zu Boden geschlagen hat, bin ich liegengeblieben und hab so getan, als ob ich bewußtlos wäre.«

Sie wandte sich an ihren Mann. »Hast wohl Angst gekriegt, was?«

Gottfridsson schielte verlegen zu Skacke und brummte vor sich hin.

»Wer sind Sie eigentlich?« fragte die Frau.

Skacke sah Gottfridsson an und antwortete kurz: »Polizei.«

»Polizei!« schrie Frau Gottfridsson.

Sie stemmte die Hände in die Hüften und beugte sich über ihren Mann, der mit jämmerlicher Miene auf seinem Stuhl kauerte.

»Bist du verrückt geworden?« schrie sie. »Die Polente herzuholen! Was hast du dir denn dabei gedacht?«

Sie richtete sich auf und wandte sich an Skacke: »Und Sie? Zu welcher Polizei gehören Sie denn? Hier einfach einzudringen. Zeigen Sie erst mal Ihre Polizeimarke, ehe Sie bei ehrlichen Leuten in die Wohnung kommen.«

Skacke holte eilig seinen Dienstausweis hervor.

»Kriminalaspirant, was?«

»Kriminalassistent«, verbesserte Skacke.

»Was für kriminelle Sachen haben Sie denn hier erwartet, häh? Ich hab nichts verbrochen und mein Mann auch nicht.«

Sie stellte sich neben Gottfridsson und legte schützend den Arm um seine Schulter. »Hat er einen Durchsuchungsbefehl, daß er hier so einfach in unser Heim reinplatzen kann? Hat er dir irgendein Papier gezeigt, Ludwig?«

Gottfridsson schüttelte den Kopf, sagte aber nichts. Skacke machte einen Schritt vorwärts und öffnete den Mund, doch Frau Gottfridsson kam ihm zuvor: »Sehen Sie zu, daß Sie hier rauskommen, sonst zeige ich Sie wegen Hausfriedensbruch an. Hauen Sie ab, ehe ich wütend werde.«

Skacke sah den Mann an, drehte den Eheleuten den Rücken zu und machte sich leicht erschüttert auf den Weg zum Polizeigebäude.

Martin Beck und Kollberg waren noch nicht aus der Kungsholmsgatan zurück. Sie saßen immer noch in Melanders Zimmer und hatten das Band mit dem Verhör vor dem Untersuchungsrichter noch einmal abspielen lassen, diesmal in Gegenwart von Hammar, der am Nachmittag hereingeschaut und gefragt hatte, ob sie mit der Sache weitergekommen wären.

Der Rauch von Martin Becks Zigaretten und Hammars Zigarren hing wie ein Nebelschleier im Raum, und Kollberg trug weiter zur Luftverunreinigung bei, indem er abgebrannte Streichhölzer und leere Zigarettenpackungen im Aschbecher verbrannte. Rönn trieb die Sache auf die Spitze, indem er ein Fenster öffnete und die am schlimmsten verschmutzte Großstadtluft von ganz Nordeuropa einließ. Hustend sagte Martin Beck: »Wenn wir die Theorie aufrechterhalten wollen, daß es sich um Brandstiftung mit Todesfolge handelt, wird die Fahndung durch die Tatsache erschwert, daß alle Zeugen im Krankenhaus liegen und nicht vernehmungsfähig sind.«

»Ich glaube zwar immer noch nicht an Brandstiftung«, meinte Hammar, »aber wir dürfen keine vorschnellen Schlüsse ziehen, ehe Melander nicht an der Brandstelle fertig ist und das Ergebnis des Kriminaltechnischen Laboratoriums nicht vorliegt.«

Das Telefon klingelte. Kollberg streckte die Hand nach dem Hörer aus und legte gleichzeitig ein leeres Streichholzheft auf den glühenden Haufen im Aschenbecher. Er hörte etwa eine halbe Minute zu.

»Was?« rief er laut und so merkbar verblüfft, daß die anderen sofort aufhorchten.

»Danke«, sagte Kollberg und legte den Hörer auf.

Er starrte Martin Beck geistesabwesend an und erklärte: »Ich habe eine freudige Überraschung für euch. Göran Malm ist nicht bei dem Brand umgekommen.«

»Wie meinst du das?« fragte Hammar. »War er denn nicht im Haus?«

»Doch. Er ist sogar buchstäblich an der Matratze festgebrannt. Der Anruf kam vom Obduzenten selbst. Nur sagt er, daß Malm schon mausetot war, als das Haus zu brennen anfing.«

8

Die Krankenschwester auf Gunvald Larssons Station war streng und unerbittlich. »Darauf kann ich keine Rücksicht nehmen. Das kann noch so wichtig sein, am wichtigsten ist, daß Herr Larsson gesund wird, und das wird er nicht, wenn Sie dauernd anrufen und ihn stören wollen. Er muß absolute Ruhe haben, hat der Arzt gesagt. Das gleiche habe ich zu Herrn Kollberg wiederholt, der vor einigen Minuten angerufen hat und auch noch unverschämt wurde. Vor morgen mittag anzurufen hat gar keinen Zweck. Auf Wiederhören.«

Martin Beck blieb mit dem Hörer in der Hand sitzen, dann zuckte er die Achseln und legte auf.

Er saß in seinem Arbeitszimmer im Polizeigebäude Süd. Die Uhr war halb neun an diesem Dienstagmorgen, und weder Kollberg noch Skacke hatten sich bisher blicken lassen. Kollberg schien allerdings schon unterwegs zu sein und mußte jeden Moment auftauchen.

Martin Beck hob den Hörer wieder ab, wählte die Nummer der Maria-Polizeiwache und fragte nach Zachrisson. Der war nicht da, sein Dienst begann erst um ein Uhr.

Martin Beck riß ein neues Paket Florida auf, steckte eine Zigarette an und starrte aus dem Fenster. Es war kein besonders eindrucksvolles Bild, das sich ihm bot. Ein häßliches Industriegebiet und eine Schnellstraße, auf der die stadteinwärts führenden Fahrbahnen mit in der Sonne blitzenden Autos überfüllt waren, die im Schneckentempo vorwärts krochen. Martin Beck verabscheute Autos und setzte sich nur im äußersten Notfall selbst ans Lenkrad. In dem provisorischen Polizeigebäude in Västberga fühlte er sich alles andere als wohl und freute sich auf den Tag, an dem die Erweiterungsbauten am alten Polizeigebäude in der Kungsholmsgatan fertig sein und alle verstreuten Abteilungen wieder unter einem Dach vereint sein würden.

Martin Beck wandte der Aussicht den Rücken zu, faltete die Hände hinter dem Kopf, starrte an die Decke und überlegte.

Wann, wie und warum war Göran Malm gestorben, und stand seine Person in Zusammenhang mit dem Brand? Eine naheliegende Theorie war, daß jemand erst Malm umgebracht und dann das Haus angesteckt hatte, um die Spuren zu verwischen. Aber wie war es dem eventuellen Mörder gelungen, ins Haus und wieder hinaus zu kommen, ohne daß Gunvald Larsson oder Zachrisson ihn gesehen hatten?

Martin Beck hörte Skacke mit schnellen zielbewußten Schritten auf dem Gang vorbeigehen, und kurze Zeit später traf auch Kollberg ein. Er klopfte kurz an Martin Becks Tür, steckte den Kopf herein, sagte guten Morgen und verschwand wieder. Als er zurückkam, hatte er Mantel und Jacke ausgezogen und den Schlips gelockert. Er ließ sich auf den Besucherstuhl nieder und sagte: »Ich hab versucht, Gunvald Larsson telefonisch zu erreichen, es ging aber beim besten Willen nicht.«

»Ich weiß. Ich hab's auch versucht.«

»Dafür hab ich mit diesem Zachrisson gesprochen. Hab ihn heute morgen zu Hause angerufen. Gunvald Larsson war etwa um halb elf in der Sköldgatan, kurz danach ging Zachrisson. Er sagt, das letzte Lebenszeichen, das er in Malms Wohnung bemerkt hat, war, daß dort um Viertel vor acht das Licht ausgemacht wurde. Er sagte weiter, daß den ganzen Abend über nur die drei Gäste von Roth das Haus betreten beziehungsweise verlassen hätten. Ob das stimmt, ist natürlich die Frage. Er kann ja auch vorübergehend gedöst haben.«

»Ja, das ist denkbar. Andererseits scheint es mir ziemlich unwahrscheinlich, daß jemand ein solch unverschämtes Glück gehabt haben soll, ungesehen ins Haus rein- und wieder rausgekommen zu sein.«

Kollberg seufzte und rieb sich das Kinn. »Das möchte ich auch bezweifeln. Wie gehen wir jetzt weiter vor?«

Martin Beck nieste dreimal, und Kollberg sagte ebensooft: »Gesundheit.« Martin Beck bedankte sich, wie sich das gehört.

»Ich werd jetzt mal mit dem Obduzenten sprechen«, sagte er.

In dem Moment klopfte es an der Tür; Skacke trat ein und stellte sich mitten ins Zimmer.

»Was willst du denn?« fragte Kollberg.

»Nichts Besonderes. Ich wollte nur hören, ob es etwas Neues über den Brand gibt.«

Als weder Martin Beck noch Kollberg antworteten, fügte er zögernd hinzu: »Vielleicht kann ich irgendwas tun . . .?«

»Hast du schon Kaffee getrunken?« fragte Kollberg ihn.

»Nein.«

»Dann kannst du erst mal Kaffee und Kuchen holen. Für mich drei Mandeltörtchen. Was willst du haben, Martin?«

Martin Beck stand auf und knöpfte seine Jacke zu. »Nichts«, antwortete er. »Ich fahr gleich raus zum Gerichtsmedizinischen Institut.«

Er steckte das Paket Florida und die Streichhölzer ein und bestellte sich ein Taxi.

Der Obduzent war ein weißhaariger Professor, etwa siebzig Jahre alt. Er war schon Gerichtsmediziner gewesen, als Martin Beck zum Streifenpolizisten ausgebildet worden war, und auf der Polizeischule hatte Martin Beck ihn als Lehrer gehabt. Seit der Zeit hatten sie bei einer Unzahl von Fällen zusammengearbeitet, und Martin Beck hatte alle Hochachtung vor dem Können und der Erfahrung des alten Mannes.

Er klopfte an die Tür des Arbeitszimmers im Gerichtsmedizinischen Institut in Solna, hörte innen das Klappern einer Schreibmaschine und öffnete, ohne eine Antwort abzuwarten. Der Professor saß mit dem Rücken zur Tür an der Schreibmaschine. Er tippte den Absatz zu Ende, zog den Bogen aus der Walze und drehte sich um. Dann erst bemerkte er Martin Beck.

»Tag. Ich schreibe gerade einen vorläufigen Bericht für dich. Wie geht's dir denn?«

Martin Beck knöpfte den Mantel auf und ließ sich in den Besuchersessel sinken.

»Wie soll's schon gehen? Dieser Brand ist mir irgendwie unheimlich. Außerdem bin ich erkältet, aber für eine Obduktion reicht's noch nicht.«

Der Professor sah ihn forschend an. »Du solltest mal zum Arzt gehen. Es ist unvernünftig, eine Erkältung zu verschleppen.«

»Nichts gegen deine verehrten Kollegen, aber gegen den Schnupfen hat man noch kein Mittel erfunden.« Er zog das Taschentuch heraus und schnaubte sich umständlich die Nase. »Darf ich mal hören? Besonders was du über Malm weißt.«

Der Professor nahm die Brille ab und legte sie vor sich auf den Tisch. »Willst du ihn dir ansehen?«

»Lieber nicht. Ich begnüge mich gern mit dem, was du mir erzählst.«

»Hast recht. Er sieht auch nicht besonders attraktiv aus. Die anderen beiden übrigens auch nicht. Was willst du wissen?«

»Die Todesursache!«

Der Professor nahm ein Taschentuch und putzte seine Brille. »Damit kann ich dir leider nicht dienen. Das meiste hab ich bereits gesagt. Ich hab feststellen können, daß er bereits tot war, als es zu brennen anfing. Er lag auf seinem Bett und war offenbar vollständig angekleidet, als das Feuer ausbrach.«

»Kann der Tod durch Gewalteinwirkung verursacht worden sein?« fragte Martin Beck.

Der Gerichtsmediziner schüttelte den Kopf. »Kaum.«

»Waren Wunden oder Schäden am Körper zu sehen?«

»Natürlich. Jede Menge. Die Haut war voller Risse, die aber post mortem entstanden sind. Die Knochenfrakturen können durch herabfallende Balken oder andere schwere Gegenstände verursacht worden sein, und der Schädel ist durch die Hitze von innen aufgesprengt worden.«

Martin Beck nickte. Er hatte schon genug verbrannte Körper gesehen und wußte, wie leicht ein Laie zu der Annahme verleitet werden konnte, daß Verletzungen am Körper vor dem Tod entstanden waren.

»Wie bist du darauf gekommen, daß er schon tot war, als der Brand begann?«

»Erstens hab ich keine Anzeichen dafür gefunden, daß das Blut noch zirkulierte, als der Körper der Hitze ausgesetzt wurde. Außerdem vermisse ich Spuren von Rauch oder Ruß in Lunge und Atemwegen. Die beiden anderen hatten die Atemorgane voller Rußflocken und stark durchblutete Schleimhäute. Was die betrifft, so besteht kein Zweifel, daß sie erst nach Ausbruch des Feuers gestorben sind.«

Martin Beck stand auf und ging ans Fenster. Er blickte auf den Weg vor dem Haus, wo ein gelbes Auto der Straßenreinigung Salz auf den fast gänzlich weggeschmolzenen Schneematsch streute. Er seufzte, steckte sich eine Zigarette an und wandte sich vom Fenster ab.

»Hast du triftige Gründe für deine Annahme, daß er gewaltsam ums Leben gebracht worden ist?« fragte der Professor.

Martin Beck zuckte die Achseln. »Ich kann mir nur schwer vorstellen, daß er eines natürlichen Todes gestorben ist, ausgerechnet kurz bevor das Haus zu brennen anfing.«

»Die inneren Organe waren gesund«, sagte der Professor. »Das einzig Bemerkenswerte war, daß sein Blut stark mit Kohlenoxid angereichert war, wenn man bedenkt, daß er nichts von dem Brandrauch eingeatmet hat.«

Martin Beck blieb noch eine weitere halbe Stunde da, bevor er zurück in die Stadt fuhr. Als er auf dem Norra Bantorget aus dem Bus stieg und die von Auspuffgasen vergiftete Luft einatmete, mußte er unwillkürlich denken, daß es wohl keinen Großstadtbewohner gab, der nicht an Kohlenoxidvergiftung litt.

Er sann eine Weile über die Tragweite dessen nach, was der Gerichtsmediziner über den Kohlenoxidgehalt im Blut des Toten gesagt hatte. Aber dann ließ er den Gedanken fallen. Er stieg die Treppen hinunter in die noch schlechtere Luft der U-Bahn-Station.

9

Mittwoch, den 13. März, durfte Gunvald Larsson nachmittags zum erstenmal aus seinem Bett im Süd-Krankenhaus aufstehen. Er zwängte sich mühsam in den Kittel, den das Krankenhaus seinen Patienten zur Verfügung stellte, und betrachtete sich mißmutig und mit hochgezogenen Augenbrauen im Spiegel. Der Kittel war einige Nummern zu klein und die Farbe durch häufiges Waschen undefinierbar geworden. Dann blickte er hinunter auf seine Füße. Die steckten in einem Paar Holzschuhen, die entweder für Goliath persönlich oder als Aushängeschild für eine Pantoffelfabrik hergestellt worden waren.

Sein Kleingeld lag in einem Fach des Nachttisches. Er suchte einige Zehn-Öre-Stücke heraus und ging zum nächsten Telefon für Patienten. Während er die Nummer des Polizeigebäudes wählte, zog er geistesabwesend an dem Ärmel des unbequemen Kleidungsstückes. Er ließ sich nicht einen Millimeter strecken. »Hallo«, meldete sich Rönn. »Ach so, du bist's. Wie geht's dir denn?«

»Gut. Wie bin ich überhaupt hierher gekommen?«

»Ich hab dich hingefahren, du warst halb am Umkippen.«

»Ich kann mich nur noch daran erinnern, daß ich mir ein Bild von Zachrisson angesehen habe.«

»Ja, das war vor fünf Tagen. Was machen deine Hände?«

Gunvald Larsson blickte auf seine rechte Hand und bewegte prüfend die Finger. Die Hand war sehr groß und dicht mit langen blonden Haaren bewachsen. »Scheint in Ordnung zu sein. Nur ein paar Pflaster.«

»Ja, dann ist's ja gut.«

»Mußt du jeden Satz mit ›ja‹ anfangen?« fragte Gunvald Larsson irritiert.

Rönn antwortete nicht.

»Ja, Einar?«

»Ja, was ist denn?« Rönn kicherte.

»Warum lachst du?«

»Nichts. Was wolltest du?«

»In der mittleren Schublade hinten ganz links in meinem Schreibtisch liegt ein Portemonnaie aus schwarzem Leder. Darin liegen meine Reserveschlüssel. Fahr raus nach Bollmora und hol meinen weißen Bademantel und die weißen Pantoffeln. Der Mantel hängt im Schrank, und die Pantoffeln stehen in der Diele, gleich hinter der Tür.«

»Ja. Kann ich machen.«

»Auf der Kommode im Schlafzimmer liegt eine NK-Tüte mit einem Schlafanzug. Bring den auch mit.«

»Willst du die Sachen sofort haben?«

»Ja. Die Idioten hier wollen mich nicht vor übermorgen entlassen; sie haben mir einen graubraungrünblauen Kittel gegeben, der elf Nummern zu klein ist, und ein Paar Botten, die reinsten Särge. Was ist denn bei euch so los?«

»Na ja, nichts Besonderes.«

»Was machen Beck und Kollberg?«

»Sind nicht hier. Haben sich nach Västberga zurückgezogen.«

»Schön. Und wie steht's mit der Untersuchung?«

»Welcher Untersuchung?«

»Über das Feuer natürlich.«

»Die ist abgeschlossen.«

»Was soll das heißen?« rief Gunvald Larsson. »Verdammt noch mal, was sagst du? Abgeschlossen?«

»Ja. War ein Unglücksfall!«

»Unglücksfall?«

»Ja. Mehr oder weniger . . . verstehst du, mit der Untersuchung am Brandplatz sind sie heute morgen fertig geworden und . . .«

»Was redest du für 'n Unsinn! Bist du besoffen?«

Gunvald Larsson sprach so laut, daß die Stationsschwester eilig über den Flur gelaufen kam.

»Nein. Versteh doch. Dieser Malm . . .«

»Herr Larsson«, unterbrach die Stationsschwester mahnend, »so geht das aber nicht.«

»Halt die Schnauze«, erwiderte Gunvald Larsson, ohne zu überlegen.

Die Stationsschwester war etwa fünfzig Jahre alt, eine rundliche Dame mit energischem Gesichtsausdruck. Sie sah den Patienten eiskalt an und sagte scharf: »Legen Sie sofort den Hörer auf. Sie haben offensichtlich viel zu früh die Erlaubnis zum Aufstehen erhalten. Ich werde gleich mit dem Doktor reden.«

»Ja, ich komme dann, so schnell ich kann«, hörte er Rönn ins Telefon sagen. »Die Papiere bring ich mit, du kannst dann selbst sehen.«

»Marsch ins Bett, Herr Larsson«, befahl die Stationsschwester.

Gunvald Larsson öffnete den Mund, um ihr zu antworten, besann sich aber eines Besseren.

»Wiedersehen«, sagte Rönn.

»Wiedersehen«, entgegnete Gunvald Larsson leise.

»Marsch ins Bett. Haben Sie nicht gehört, was ich gesagt habe?«

Sie beobachtete ihn, bis die Tür in seinem Zimmer von innen zugeschlagen wurde.

Gunvald Larsson trottete wütend zum Fenster. Das lag an der Nordfront, und er konnte beinah den ganzen Stadtteil Södermalm überblicken. Als er genau hinsah, entdeckte er sogar die Spitze des rußigen Schornsteins, der auf der Brandstelle stehengeblieben war.

»Was meinen die bloß mit Dampfboot?« murmelte er leise vor sich hin, und kurz danach: »Die sind wohl alle verrückt geworden, Rönn und der ganze Haufen.«

Schritte näherten sich auf dem Korridor.

Gunvald Larsson legte sich gehorsam ins Bett und versuchte, freundlich und harmlos auszusehen.

Das strengte ihn gewaltig an.

Zweieinhalb Kilometer davon entfernt legte Rönn den Hörer auf und fuhr schmunzelnd mit dem Zeigefinger über seine rote Nase, so als ob er einen Lachanfall verhindern wollte. Melander, der ihm gegenübersaß und auf seiner altersschwachen Schreibmaschine tippte, blickte auf, nahm die Pfeife aus dem Mund und fragte: »Worüber freust du dich denn so?«

»Gunvald«, antwortete Rönn und versuchte glucksend sein Gelächter zu unterdrücken. »Er scheint sich auf dem Wege der Besserung zu befinden. Du hättest ihn hören sollen, wie er über die Kleidungsstücke sprach, die sie ihm da gegeben haben. Und dann kam eine Schwester und hat ihn ausgeschimpft.«

»Was hat er denn zu der Sache mit Malm gesagt?«

»Er war wütend. Brüllte und tobte.«

»Willst du zu ihm hinfahren?«

»Ja, klar.«

Melander schob einen gehefteten Bericht über den Tisch. »Nimm ihm das mit. Vielleicht ist er dann zufrieden.«

Rönn saß eine Weile schweigend da, dann fragte er: »Legst du einen Zehner für Blumen dazu?«

Melander tat, als ob er nicht gehört hätte.

»Na, dann einen Fünfer«, sagte Rönn nach einer Minute.

Melander beschäftigte sich mit seiner Pfeife.

»Einen Fünfer«, wiederholte Rönn hartnäckig.

Ohne eine Miene zu verziehen, nahm Melander seine Brieftasche und besah sich den Inhalt, hielt sie aber so, daß Rönn nicht sehen konnte, wieviel darin war. Schließlich sagte er: »Kannst du auf einen Zehn-Kronen-Schein rausgeben?«

»Klar, kann ich.«

Melander sah Rönn ausdruckslos an. Dann zog er einen Fünf-Kronen-Schein heraus und legte ihn oben auf den Untersuchungsbericht. Rönn steckte das Geld und die Papiere ein und ging zur Tür.

»Du, Einar«, sagte Melander.

»Ja?«

»Wo willst du die Blumen kaufen?«

»Weiß ich nicht.«

»Geh nicht zum Kiosk vor dem Krankenhaus. Die hauen dich übers Ohr.«

Rönn ging. Melander sah auf die Uhr und schrieb:

Vorgang abgeschlossen. Weitere Maßnahmen werden nicht ergriffen. Stockholm, Mittwoch, den 13. März. Uhrzeit 14.30.

Er zog den Bogen aus der Maschine, angelte nach seinem Füllfederhalter und ergänzte die Akte mit einer total unleserlichen Unterschrift. Sie war so klein und krakelig, daß Kollberg zu sagen pflegte, sie sähe aus wie drei tote Mücken vom letzten Sommer. Dann legte er den Schnellhefter in den Kasten für die Hauspost, um den Bericht kopieren zu lassen. Bog eine Heftklammer auf, nahm eine neue Pfeife und begann darin zu kratzen.

Melander war bei seinen Berichten sehr genau. Er arbeitete sie ganz aus dem Gedächtnis und bestand darauf, daß alles auf dem Papier festgehalten wurde. Das gehörte zu seinem System. Einzelheiten kann man besser behalten, wenn man sie einmal klar und eindeutig formuliert hat, behauptete er. Er vergaß nie etwas, was er niedergeschrieben hatte. Andere Dinge vergaß er übrigens auch selten.

Das Feuer in der Sköldgatan hatte ihn genau fünf Tage Arbeit gekostet, von Freitag nachmittag bis zum Mittwoch. Da er eigentlich nicht vorgehabt hatte, am Wochenende zu arbeiten, freute er sich jetzt auf vier hintereinanderliegende freie Tage.

Hammar hatte schon sein Einverständnis gegeben, natürlich mit der Einschränkung: sofern nichts Besonderes passierte. War es noch zu früh, ins Sommerhaus nach Värmdö hinauszufahren? Kaum! Er konnte die Innenwände streichen, während seine Frau das Schrankpapier in den Küchenregalen erneuerte. Das Sommerhaus war sein ganzer Stolz. Er hatte es von seinem Vater geerbt, der auch bei der Polizei, genauer gesagt, Oberkonstabler in Nacka gewesen war, und sein einziger Kummer war, daß er selbst keine Kinder hatte, denen er das Haus zu gegebener Zeit vermachen konnte. Das Leben ohne Kinder war andererseits selbst gewählt. Eine Übereinkunft, zu der er und seine Frau zum Teil aus Bequemlichkeit, zum Teil nach eingehenden wirtschaftlichen Überlegungen gekommen waren. Damals hatte man noch nicht absehen können, daß die Löhne der höheren Polizeibeamten so schnell steigen würden, und außerdem war er sich immer über die Risiken, die sein Beruf mit sich brachte, im klaren gewesen und hatte sich danach gerichtet.

Er war mit der Reinigung der Pfeife fertig, stopfte sie und steckte sie an. Dann stand er auf und ging auf die Toilette. Er hoffte, daß das Telefon nicht klingeln würde, solange er es noch hören konnte.

Im Untersuchen eines Tatortes hatte Fredrik Melander zu dieser Zeit wohl mehr Erfahrung als jeder andere aktive Kriminalbeamte des Landes. Er war achtundvierzig Jahre alt und hatte seine erste Ausbildung bei Spezialisten wie Harry Söderman und Otto Wendel erhalten. Während der Jahre bei der Reichsmordkommission, die damals zur Staatlichen Polizei gehörte, und später bei der Fahndungsbehörde der Stockholmer Polizei, wohin er sich nach der Verstaatlichung der gesamten Polizei am 1. Januar 1965 hatte versetzen lassen, hatte ihn seine Arbeit an viele hundert Tatorte jeder nur möglichen Art geführt. Der überwiegende Teil davon hatte wenig erfreulich ausgesehen. Aber Melander war nicht der Mann, der sich davon aus dem seelischen Gleichgewicht bringen ließ. Er hatte die Gabe, zu seiner Arbeit den nötigen Abstand zu wahren. Viele Kollegen beneideten ihn darum, ihm selbst kam das jedoch nie zum Bewußtsein.

Aus diesem Grund hatte auch das, was er in der Sköldgatan gesehen hatte, sein Gefühlsleben nicht nennenswert gestört.

Die Arbeit auf der Brandstelle erforderte Ausdauer und systematisches Vorgehen. Zuerst mußte festgestellt werden, wie viele Personen im Feuer umgekommen waren. Nach und nach fand man drei Körper, die als die Leichen von Kristina Modig, Kenneth Roth und Göran Malm identifiziert wurden. Das hatte man erwartet. Alle drei waren stark verbrannt. Malm zum Teil verkohlt. Sein Körper wurde zuletzt gefunden, als man sich endlich zu der untersten Schicht der Ruine durchgearbeitet hatte. Die kleine Modig lag im westlichen Teil des Hauses, der vergleichsweise die wenigsten Schäden aufwies. Die beiden Männer befanden sich im vollständig zerstörten östlichen Teil, wo der Brand offenbar entstanden war. Kristina Modig war gerade vierzehn Jahre alt gewesen und noch zur Schule gegangen. Kenneth Roth und Göran Malm waren zum Zeitpunkt ihres Todes siebenundzwanzig beziehungsweise zweiundvierzig Jahre alt. Beide waren vorbestraft und schienen keinen festen Arbeitsplatz gehabt zu haben. Alles das war im großen und ganzen schon vorher bekannt gewesen.

Der zweite Teil der Untersuchungen sollte die Fragen nach der Todesursache und der Entstehung des Feuers klären.

Die Beantwortung der ersten Frage war Sache des Obduzenten beim Staatlichen Gerichtsmedizinischen Institut. Über die zweite Frage mußte sich

Melander den Kopf zerbrechen. Er hatte zwar mehrere Experten von der Feuerwehr und vom Kriminaltechnischen Labor zur Verfügung, von denen aber wenig zu holen war. Ihr hauptsächlicher Beitrag zur Untersuchung waren fragende Gesichter und tiefe Falten auf der Stirn.

Melander ließ mehrere hundert Fotografien anfertigen. Sobald einer der Körper gefunden und freigelegt wurde, Kristina Modig am Tag nach dem Brand, Kenneth Roth am Sonntag und Göran Malm erst am Montagnachmittag, ließ er sie von allen Seiten fotografieren und schickte erst danach die Überreste zur Obduktion.

Es waren keine besonders schönen Leichen, aber da der Verbrennungsprozeß vergleichsweise kurz gewesen war und der Körper des Menschen zu neunzig Prozent aus Flüssigkeit besteht, waren sie noch gut erhalten, und die Gerichtsmediziner hatten ausreichend Material für ihre Arbeit.

Die ersten Gutachten brachten denn auch keine Überraschungen.

Kristina Modig war an Kohlenoxidvergiftung gestorben. Sie hatte ein Nachthemd angehabt und in ihrem Bett gelegen. Alles wies darauf hin, daß sie im Schlaf erstickt war. In ihren Atmungsorganen und in den Luftwegen wurden Rußpartikel gefunden.

Bei Kenneth Roth verhielt es sich ebenso, abgesehen davon, daß er unbekleidet und bei Bewußtsein gewesen war. Bei dem Versuch, sich zu retten, hatte er sich schwere Brandwunden zugezogen. Auch er hatte den erstickenden Rauch eingeatmet und hatte Ruß in der Kehle, im Hals und in der Lunge.

Nur bei Göran Malm lag der Fall anders.

Außerdem gab es weitere, mehr augenfällige Unterschiede. Malm war zwar liegend auf seinem Bett gestorben, aber soviel man erkennen konnte, war er vollständig angekleidet gewesen. Vieles deutete darauf hin, daß er nicht nur Unterwäsche, Hosen und Jackett, sondern auch Strümpfe, Schuhe und Mantel angehabt hatte. Der Körper war stark verkohlt und lag in der sogenannten Fechterstellung, eine Erscheinung, die durch die hitzebedingte Kontraktion der Muskeln ausgelöst wird. Alles deutete darauf hin, daß der Brand in seiner Wohnung entstanden war, aber nichts, daß er etwas davon bemerkt oder sich zu retten versucht hatte.

Was die Brandursache betraf, hatte Melander schon während des Gesprächs am Freitagnachmittag mit Kollberg und Martin Beck seine eigene Theorie gehabt. Es wäre ihm jedoch nicht im Traum eingefallen, damit herauszurücken. Das Feuer hatte mit einer Art Explosion begonnen und sich dann sehr schnell ausgebreitet. Melander war fest überzeugt, daß die Explosion durch einen Glutbrand verursacht worden war, ein schwelendes Feuer ohne Flammen, das vielleicht schon stundenlang gebrannt hatte, bevor die Temperatur so anstieg, daß die Fenster zersprangen. Zu der Zeit konnte Göran Malm sehr gut schon ein paar Stunden tot, konnten die meisten Einrichtungsgegenstände geschmolzen oder verkohlt gewesen sein, ebenso wie die ersten Schichten des Fußbodens, der Decke und der Wände. Die unerhörte Heftigkeit des Feuers und die »Explosion«, die Gunvald Larsson wahrgenommen zu haben angab, konnten damit zu erklären sein, daß die frische Luft, die durch das erste gesprengte Fenster hereinströmte, das Feuer erst richtig angefacht hatte. Natürlich konnten auch Gasflaschen, Sprengstoff oder leichtentzündbare Flüssigkeiten, wie Benzin oder Alkohol, in einer Sekundärexplosion mit hochgegangen sein. Ein sanfter Schwelbrand konnte viele Ursachen haben, zum Beispiel eine weggeworfene Kippe, ein Funke aus dem Ofen, ein vergessenes Bügeleisen, ein Toaströster, ein Kurzschluß in der elektrischen Leitung; es gab Hunderte von möglichen Erklärungen, und die meisten schienen durchaus plausibel. Diese Schlußfolgerungen hatten jedoch alle einen Haken, und deshalb behielt Melander sie für sich. Wenn das Feuer so lange geschwelt haben sollte, daß sowohl die Wohnungseinrichtung und Malm selbst verkohlt waren, hätte die Hitze normalerweise so stark sein müssen, daß sie in der Wohnung darüber, in der sich immerhin viele Menschen aufhielten, bemerkt worden wäre. Andererseits sprach nichts dagegen, daß diese vier geschlafen oder unter dem Einfluß von Alkohol oder Narkotika gestanden hatten und deshalb nichts gemerkt hatten. Und die vier zu verhören war nicht seine Sache. Wie man den Fall auch immer drehen und wenden mochte, es gab da einige dunkle Punkte.

Am Dienstag nahm Melander vor einer Wurstbude auf dem Ringvägen ein kurzes Mittagessen zu sich. Als er um zwei Uhr zur Brandstelle zurückkehrte, wurde er von einem motorisierten Melder erwartet, der ihm ein braunes Kuvert überreichte. Der Umschlag enthielt eine kurze Mitteilung von Kollberg:

Vorläufiger telefonischer Obduktionsbericht: Malm ist vor
Ausbruch des Feuers an einer Kohlenoxidvergiftung gestorben. Keine Spuren von Ruß in den Atemwegen und der Lunge.

Melander las den Text dreimal durch. Dann begann er mit hochgezogenen Augenbrauen seine Pfeife zu stopfen. Er wußte, wonach er Ausschau zu halten hatte. Und wo er mit seiner Suche beginnen sollte.

Es dauerte nicht lange, bis er fand, was er suchte.

Man legte mit unendlicher Sorgfalt frei, was fünf Tage vorher Göran Malms Küche gewesen war. Darin fand sich ein altertümlicher, eiserner zweiflammiger Gasbrenner, der auf einem mit Linoleum belegten Spültisch gestanden hatte. Als die Platte durchgebrannt war, war der Herd heruntergefallen. Auch die Dielen und die Zwischenbretter waren zerstört, und die Reste des halbgeschmolzenen Herdes lagen in einer Vertiefung ungefähr 60 Zentimeter unter der ursprünglichen Fußbodenhöhe. Der Herd war stark deformiert, aber die beiden Messinghähne waren noch gut erhalten. Beide Hähne waren geschlossen. Der Herd war durch einen Gummischlauch mit der Gasleitung verbunden gewesen. Von dem war nicht viel übriggeblieben, nur noch so viel, daß man erkennen konnte, daß er rot gewesen war und einen Durchmesser von zwanzig Millimetern gehabt hatte. Er war an einem Mundstück befestigt gewesen, das seinerseits auf das eigentliche Rohr aufgeschraubt worden war. Aus Sicherheitsgründen war das Mundstück mit einem zwei Millimeter hohen Falz versehen, über den der Schlauch gezogen werden sollte, und hinter dem Falz sollte sich eine Klammer aus galvanisiertem Blech befinden, die mit einer Schraube und einer Mutter festzuziehen war. Sinn dieser Anordnung war, daß der Schlauch nicht versehentlich vom Mundstück losgerissen werden konnte. Als zusätzliche Sicherung befand sich auf dem Mundstück ein Haupthahn, zwischen dem Gewinde und dem Falz. Dieser Hahn stand offen, und die Klammer, die den Schlauch vor dem Falz festpressen sollte, war verschwunden. Für ihr Fehlen gab es keine natürliche Erklärung, auch wenn der Gummischlauch verbrannt war, hätte sich die Klammer oder mindestens Teilchen davon am Mundstück befinden müssen, da sie technisch gesehen nicht über den Falz geschoben werden konnte. Sofern nicht die Schraube entfernt worden war.

Melander und seine Leute brauchten beinahe drei Stunden, um die Klammer zu finden. Sie war wie erwartet aus galvanisiertem Blech und lag genau 2,46 Meter vom Mundstück der Gasleitung entfernt. Sie war nicht nennenswert deformiert, und sowohl die Schraube als auch die Mutter waren noch vorhanden. Die Mutter hing allerdings am äußersten Ende des Gewindes, was darauf hindeutete, daß jemand die Schraube aufgeschraubt und die Klammer so weit geöffnet hatte, daß sie über den Falz gezogen werden konnte. Neben der Klammer fand man einen Gegenstand, der bei flüchtigem Hinsehen wie ein verbogener Nagel aussah, der aber, wie sich bei näherer Untersuchung herausstellte, der Rest eines Schraubenziehers war, dessen Holzgriff verbrannt war.

Melander richtete seine Aufmerksamkeit nun auf einen anderen Punkt:

In der Wohnung hatte es zwei Wärmequellen gegeben, einen Kachelofen und einen kleinen eisernen Ofen. Bei beiden waren die Luftklappen geschlossen.

Die Tür zum Treppenhaus war völlig zerstört, ebenso der Rahmen, aber das Schloß fanden sie. Der Schlüssel steckte auf der Innenseite, natürlich im Schloß festgeschmolzen, aber trotzdem ein deutlicher Beweis dafür, daß die Tür von innen verschlossen worden war; zudem war er zweimal im Schloß umgedreht worden.

Die einsetzende Dunkelheit machte weitere Suche unmöglich; Melander ging mit neuen Theorien im Kopf nach Hause in seine peinlich ordentliche Wohnung in der Polhemsgatan. Dort warteten das Abendessen, einige Stunden vor dem Fernseher und als Krönung des Ganzen zehn Stunden traumloser Schlaf. Als er in die Tür trat, hatte seine Frau schon den Tisch in der Küche gedeckt und das Abendessen bereitet. Braune Bohnen mit gebratener Fleischwurst. Die Pantoffeln standen auf ihrem Platz vor dem Fernseher, und das Bett schien nur auf seinen Herrn zu warten.

Nicht schlecht, dachte Melander.

Seine Frau war geizig, häßlich und grob gebaut, einsdreiundachtzig groß, mit Plattfüßen und Hängebrüsten. Sie war fünf Jahre jünger als er und hieß Saga. Er fand sie ausgesprochen hübsch, eine Meinung, die er seit zweiundzwanzig Jahren nicht geändert hatte. Eigentlich hatte sie sich in dieser Zeit auch nicht wesentlich verändert, wie damals wog sie ohne Kleider zweiundachtzig Kilo, hatte Schuhgröße 44, und ihre Brustwarzen waren immer noch klein und rosa und spitz wie der Radiergummi an einem neuen Bleistift.

Als sie sich ins Bett gelegt und das Licht ausgemacht hatten, nahm er ihre Hand und fragte: »Liebling?«

»Ja, Fredrik?«

»Dieses Feuer war ein Unglücksfall.«

»Bist du sicher?«

»Ja, so gut wie.«

»Wie schön. Ich liebe dich!«

Dann schliefen sie ein.

Am nächsten Morgen sah sich Melander die Fenster in Göran Malms Wohnung genauer an. Die Scheiben waren natürlich weg, ebenso die Rahmen, aber die Angeln fand er zwischen Asche, Glassplittern, Ziegelsteinstükken und anderem Gerümpel. Einige hingen immer noch an den verkohlten Pfosten. Alle waren ordentlich von innen eingehängt. Der größte Teil des ostwärtigen Giebels war bei der Explosion nach außen gedrückt und in Stücke gerissen worden, aber Teile dieser Wand waren nicht ganz so verkohlt wie die übrigen Reste des Gebäudes.

Hier fand er noch zwei wichtige Dinge.

Erstens ein Stück Holzrahmen von Malms Giebelfenster. An der gesamten Kante befand sich ein klebriger gelbgrauer Belag. Er hatte nicht die geringsten Zweifel, daß es sich hier um Reste eines Klebestreifens zum Abdichten von Fugen handelte.

Zweitens einen Luftabzug, der in die Giebelwand eingelassen gewesen war. Der Abzug war mit Putzwolle und den Resten eines Handtuches verstopft worden.

Damit war die Sache klar. Göran Malm hatte Selbstmord begangen. Er hatte die Tür abgeschlossen und alle Fenster fest zugemacht, die Luftklappen der Öfen geschlossen und den Abzug verstopft. Außerdem hatte er die Fensterritzen mit Klebestreifen abgedichtet. Um die Sache schnell und schmerzlos zu machen, hatte er mit einem Schraubenzieher die Klammer, die den Gasschlauch am Mundstück festhielt, abgeschraubt und den Schlauch abgezogen. Dann hatte er den Haupthahn geöffnet und sich aufs Bett gelegt. Das Gas war schnell aus der relativ großen Öffnung ausgeströmt, er war nach wenigen Minuten bewußtlos geworden, und es hatte keine Viertelstunde gedauert, bis er tot war. Das Kohlenoxid in seinem Blut stammte also von der Gasvergiftung, und mit großer Wahrscheinlichkeit war er bereits ein paar Stunden tot gewesen, als das Feuer ausbrach. Die ganze Zeit war das Gas aus der Hauptleitung geströmt. Die Wohnung war in eine echte Bombe verwandelt worden, und der kleinste Funke hatte ausgereicht, um eine gewaltige Gasexplosion zu verursachen und das Haus in Brand zu setzen.

Melanders letzte Tätigkeit am Brandplatz war, den stark beschädigten Gaszähler zu untersuchen und die Zahlen des Rechenwerkes zu kontrollieren. Dadurch erhielt er einen weiteren Beweis für die Richtigkeit seiner Theorie. Dann fuhr er in die Kungsholmsgatan und legte sein Ergebnis vor.

Die Fakten waren eindeutig.

Hammar war begeistert und sparte nicht mit Lob.

Kollberg dachte, hab ich ja gleich gesagt, und sprach es dann auch aus. Danach machte er sich auf den Rückweg in die relativ ruhigen Diensträume in Västberga.

Martin Beck sah nachdenklich vor sich hin, erkannte aber die Tatsachen an und nickte zustimmend.

Rönn seufzte erleichtert.

Die Voruntersuchung wurde für beendet erklärt, und die Ermittlungen wurden eingestellt.

Melander selbst war zufrieden.

Technisch gesehen gab es nur eine offene Frage, dachte er. Aber darauf gab es Hunderte von möglichen Antworten, und die richtige herauszufinden war nicht nur unnötig, sondern so gut wie unmöglich.

Als er die Toilette verließ, hörte er irgendwo in seiner Nähe ein Telefon klingeln, wahrscheinlich das auf seinem eigenen Schreibtisch, aber er kümmerte sich nicht darum.

Er ging in die Garderobe, um seinen Mantel zu holen, und begann damit seinen wohlverdienten Vier-Tage-Urlaub.

Zehn Minuten früher war die rothaarige Madeleine Olsen gestorben. Vierundzwanzig Jahre alt und nach fünfeinhalb Tagen entsetzlichen Leidens.

10

Gunvald Larsson konnte sich nicht verkneifen, die Frage, die Melander sich nur in Gedanken gestellt hatte, auszusprechen.

Er trug jetzt seinen eigenen Bademantel, hatte zum erstenmal seinen neuen Schlafanzug an, und die Füße steckten in den weißen Pantoffeln.

Er stand am Fenster und bemühte sich, die Blumen nicht zu beachten, die Rönn mitgebracht hatte, einen schauderhaft zusammengestellten Strauß aus Nelken, Tulpen und vielen grünen Stengeln.

»Ja, ja«, sagte er wütend und schwenkte die Papiere, die Rönn ihm gegeben hatte, »das begreift auch der dümmste Hund.«

Rönn nickte. Er saß auf dem Besucherstuhl und blickte hin und wieder mit nicht geringem Stolz auf die Blumenpracht.

»Selbst wenn die Wohnung voller Gas war wie ein Luftballon, dann muß doch irgendwas den Scheiß angesteckt haben, oder?«

»Ja, aber . . .«

»Was aber?«

»Der kleinste Funke kann in einem gasgefüllten Raum eine Explosion verursachen.«

»Aber der kleinste Funke muß doch irgendwoher kommen!«

»Ich hatte mal einen Fall mit einer Gasexplosion. Ein Mann hatte die Gashähne geöffnet und wollte sich das Leben nehmen. Da kam ein Bettler, klingelte an der Tür, und der Funke von der Batterie ließ das ganze Haus in die Luft fliegen.«

»Tatsache ist aber, daß kein Bettler bei Malm geklingelt hat.«

»Ja, aber da kann es Hunderte von anderen Lösungen geben.«

»Nein, kann es nicht. Es kann nur eine Lösung geben. Und um die hat sich keiner gekümmert.«

»Das kann man unmöglich alles nachprüfen. Es ist ja alles verbrannt. Es genügt schon ein Kurzschluß in einem elektrischen Kontakt, oder eine Leitung ist schlecht isoliert, und da kommen Funken . . .«

Gunvald Larsson sagte nichts.

»Beim Brand wurde die gesamte elektrische Anlage zerstört. Alle Sicherungen brannten durch. Niemand kann mehr beweisen, ob eine Sicherung früher als die anderen durchgebrannt ist.«

Gunvald Larsson sagte immer noch nichts.

»Ein elektrischer Wecker oder ein Radio oder ein Fernseher. Oder ein Stück Glut, das plötzlich aus dem Kachelofen oder aus dem eisernen Ofen fiel.«

»Aber die Luftklappen waren doch geschlossen?«

»Ein Stück Glut kann jedenfalls rausgefallen sein«, beharrte Rönn, »beispielsweise in den Aschenkasten.«

Gunvald Larsson zog unzufrieden die Augenbrauen hoch und blickte geradeaus auf die kahlen Bäume und die verschneiten Hausdächer.

»Weshalb hat sich der Malm denn das Leben genommen?« fragte er plötzlich.

»Der war völlig fertig. Hatte kein Geld und wußte, daß die Polizei hinter ihm her war. Daß er auf freien Fuß gesetzt worden war, bedeutete noch lange nicht, daß er sich in Sicherheit befand. Er wäre bestimmt wieder festgenommen worden, sobald Olofsson aufgetaucht wäre.«

»Hm«, brummte Gunvald Larsson widerwillig. »Da hast du recht.«

»Außerdem waren seine familiären Verhältnisse wenig erfreulich. Alleinstehend und dem Alkohol verfallen. Vorbestraft. Zweimal geschieden. Hatte Kinder, für die er jahrelang keinen Unterhalt bezahlt hatte. Wäre beinahe ins Arbeitslager eingewiesen worden.«

»Aha.«

»Und außerdem war er krank. War mehrmals in der Nervenheilanstalt gewesen.«

»Meinst du, daß er nicht ganz richtig im Kopf war?«

»Er war manisch depressiv. Litt unter schweren Depressionen, wenn er betrunken war oder nicht vorankam.«

»Es reicht! Es reicht!«

»Er hatte schon früher Selbstmordversuche unternommen«, fuhr Rönn unbeirrt fort. »Mindestens zwei.«

»Deswegen wissen wir immer noch nicht, wo der Funke herkam.«

Rönn zuckte die Achseln. Eine Weile blieb es still im Zimmer.

»Einige Minuten vor der Detonation hab ich etwas gesehen«, bemerkte Gunvald Larsson nachdenklich.

»Was denn?«

»Jemand muß in der Wohnung über der von Malm ein Streichholz oder ein Feuerzeug angesteckt haben.«

»Die Explosion entstand aber bei Malm und nicht in der Wohnung darüber«, wandte Rönn ein. Er putzte sich mit einem zusammengefalteten Taschentuch die Nase.

»Laß das«, sagte Gunvald Larsson, ohne ihn anzusehen. »Sie wird davon nur noch röter.«

»Verzeihung.« Rönn steckte das Taschentuch ein, dachte nach und sagte schließlich: »Aber das Haus war alt und baufällig. Melander meint, daß oben in der Wohnung auch 'ne ganze Menge Gas gewesen sein muß, wenn es auch nicht tödlich war.«

Gunvald Larsson drehte sich um und starrte Rönn an. »Wer hat die Überlebenden verhört?«

»Niemand.«

»Niemand?«

»Nein. Die hatten doch nichts mit Malm zu tun. Jedenfalls deutet nichts darauf hin.«

»Woher weißt du denn das?«

»Na ja . . .«

»Wo sind diese Leute jetzt?«

»Immer noch im Krankenhaus. Hier, glaube ich. Bis auf die Kinder. Um die hat sich das Jugendamt gekümmert.«

»Und sie haben überlebt? Ich meine die Erwachsenen?«

»Ja. Bis auf diese Madeleine Olsen, die hat keine große Chance. Das heißt, als ich zuletzt von ihr hörte, lebte sie noch.«

»Aber die übrigen sind vernehmbar?«

»Jetzt nicht mehr. Die Untersuchung ist abgeschlossen.«

»Glaubst du selbst, daß es sich um einen Unglücksfall gehandelt hat?«

Rönn sah sich seine Hände an. Dann nickte er. »Ja. Eine andere Erklärung gibt es nicht. Alles ist belegt.«

»Bis auf die Sache mit dem Funken.«

»Da hast du recht. Aber da kann man keine Beweise vorlegen.«

Gunvald Larsson riß sich ein blondes Haar aus einem seiner Nasenlöcher und betrachtete es nachdenklich. Dann ging er zum Bett und setzte sich. Faltete die Papiere, die Rönn mitgebracht hatte, zusammen und warf sie auf den Nachttisch. So, als ob der Fall damit auch für ihn erledigt sei.

»Wirst du übermorgen entlassen?«

»Scheint so.«

»Aber dann wirst du wohl 'ne Woche oder so krank geschrieben werden?«

»Wahrscheinlich«, sagte Gunvald Larsson abwesend.

Rönn blickte auf seine Uhr. »So, jetzt muß ich gehen. Mein Junge hat morgen Geburtstag, und ich muß noch ein Geschenk besorgen.«

»Was willst du denn kaufen?« fragte Gunvald Larsson gleichgültig.

»Ein Feuerwehrauto.«

Der andere starrte ihn an, als ob er etwas besonders Obszönes gesagt hätte.

»Er hat sich eins gewünscht«, fuhr Rönn fort, ohne darauf zu achten. »Das ist nicht größer als so und kostet trotzdem 32,50.« Mit zwei Fingern zeigte er, wie groß das Auto war.

»Soso.«

»Ja, dann also auf Wiedersehen.«

Gunvald Larsson nickte. Erst als Rönn die Klinke schon in der Hand hatte, hielt er ihn noch einmal zurück. »Du, Einar?«

»Ja.«

»Diese Blumen. Hast du die selbst gepflückt, auf dem Friedhof oder so?«

Rönn blickte ihn gekränkt an und schloß die Tür.

Gunvald Larsson legte sich auf den Rücken, faltete die kräftigen Hände hinter dem Kopf und starrte gegen die Zimmerdecke.

Der nächste Tag war ein Donnerstag, genauer gesagt der 14. März, aber noch deutete nichts auf den Frühling hin, der dem Kalender nach bald kommen sollte. Im Gegenteil, der Wind blies eisiger als je zuvor, und draußen im Polizeigebäude Süd prasselte der feinkörnige Schnee in Böen gegen die Fenster. Kollberg saß in seinem Zimmer, trank Kaffee aus einem Pappbecher und schlang Blätterteigstücke in sich hinein. Die Krümel fielen auf Martin Becks

Schreibtisch. Martin Beck selbst trank Tee, in der Hoffnung, daß der Tee seinem Magen besser bekommen würde. Es war halb vier Uhr nachmittags, und Kollberg hatte den größten Teil des Tages damit zugebracht, an Skacke herumzunörgeln. Wenn das Opfer seiner Spottlust zwischendurch einmal außer Reichweite war, hatte er so gelacht, daß er Krämpfe in der Magengegend bekommen hatte.

Es klopfte vorsichtig an der Tür, und Skacke trat ein. Mit einem scheuen Blick zu Kollberg hinüber legte er vorsichtig ein Blatt Papier auf Martin Becks Schreibtisch.

»Was ist denn das?« fragte Kollberg. »Ein neuer Fall mit einem Scheintoten?«

»Eine Kopie des Untersuchungsberichtes des Kriminaltechnischen Laboratoriums«, antwortete Skacke kaum hörbar und wandte sich zur Tür.

»Hör mal, Benny«, fuhr Kollberg mit unschuldiger Miene fort. »Wie bist du eigentlich auf die Idee gekommen, Polizist zu werden?«

Skacke blieb stehen und trat von einem Fuß auf den anderen.

»Ist gut«, sagte Martin Beck und nahm das Blatt auf. »Danke, du kannst gehen.«

Als die Tür wieder geschlossen war, wandte er sich an Kollberg. »Hast du heute nicht schon genug auf ihm rumgehackt?«

»Ja«, erwiderte Kollberg gemütlich. »Ich kann ja morgen immer noch weitermachen. Was ist denn das da?«

Martin Beck überflog den Text. »Von Hjelm. Er hat eine Reihe Proben und Gegenstände von der Brandstelle in der Sköldgatan analysiert. Um deren eventuellen Zusammenhang mit der Brandursache festzustellen, schreibt er. Resultat gleich Null.« Er legte das Blatt beiseite. »Dieses Mädchen Olsen ist gestern gestorben«, fuhr er fort.

»Ja. Hab ich in der Zeitung gelesen.« Kollberg wirkte wenig beeindruckt. »Weißt du übrigens, warum dieser Bursche Polizist geworden ist?«

Martin Beck schwieg.

»Ich weiß es. Steht nämlich in seiner Personalakte. Er hat angegeben, daß er den Polizeiberuf als Sprungbrett auf seinem Weg nach oben benutzen will. Er beabsichtigt nämlich, Polizeichef zu werden.« Kollberg bekam einen neuen Lachanfall, und das Kuchenstück wäre ihm beinahe im Hals steckengeblieben.

»Das mit dem Feuer gefällt mir nicht«, sagte Martin Beck mehr zu sich selbst.

»Warum zerbrichst du dir deswegen den Kopf?« Kollberg hatte wieder Luft geholt. »Muß einem so was auch noch gefallen? Reicht es nicht, daß vier Menschen verbrannt sind und dieser zwei Meter lange Idiot eine Medaille bekommt?« Kollberg war ernst geworden. Er sah Martin Beck aufmerksam an und fuhr fort: »Ist doch alles vollständig klar, oder? Man dreht den

Gashahn auf und nimmt sich das Leben. Was danach passiert, ist ihm völlig gleichgültig, denn er ist selbstsüchtig und außerdem schon mausetot, wenn es knallt. Drei unschuldige Menschen müssen mit dran glauben, und die Polizei verliert einen Zeugen und damit die Chance, diesen Olofsson, oder wie der nun heißt, zu fassen. Und du und ich haben absolut nichts damit zu tun. Hab ich nicht recht?«

Martin Beck schnaubte sich lange und sorgfältig die Nase.

»Stimmt alles überein«, fuhr Kollberg nachdrücklich fort. »Und behaupte bloß nicht, daß es zu gut übereinstimmt. Oder daß deine berühmte Eingebung . . .« Er unterbrach sich und beobachtete Martin Beck nachdenklich. »Du siehst wieder verdammt deprimiert aus.«

Martin Beck zuckte die Achseln.

Kollberg nickte.

Sie kannten sich schon lange und sehr gut, und Kollberg wußte genau, warum Martin Beck niedergeschlagen war. Aber das war ein Thema, zu dem er sich nur äußern würde, falls man ihn direkt fragte, und darum fuhr er in leichtem Ton fort: »Kümmere dich doch nicht um diese Brandgeschichte. Ich hab sie schon vergessen. Kommst du heut abend zu uns nach Hause? Gun muß zu irgendeinem Kursus, und wir können einen heben und 'ne Partie Schach spielen.«

»Ja, warum nicht«, stimmte Martin Beck zu.

Dann konnte er es sich ersparen, um fünf nach Hause gehen zu müssen.

11

Wie erwartet, erhielt Gunvald Larsson am Freitag, dem 15. März, die Erlaubnis, nach der Visite nach Hause zu fahren. Der Arzt ermahnte ihn, sich weiterhin zu schonen, und schrieb ihn zehn Tage krank, bis zum Montag, dem 25. März.

Eine halbe Stunde später stand er im scharfen Wind vor dem Haupteingang des Süd-Krankenhauses, winkte sich ein Taxi heran und fuhr geradewegs zum Polizeigebäude in der Kungsholmsgatan. Er dachte nicht daran, seine Kollegen zu begrüßen, sondern ging geradewegs in sein Arbeitszimmer, nur der Diensthabende in der Empfangshalle hatte ihn gesehen. Oben angekommen, schloß er sich ein und führte eine Reihe von Telefongesprächen, von denen mindestens eines ihm einen energischen Verweis eingetragen hätte. Wenn einer seiner Vorgesetzten es mitgehört hätte.

Während des Telefonierens machte er sich auf einem Zettel Notizen, und mit der Zeit ergab sich eine Liste mit Angaben über eine Reihe von Personen.

Von allen Polizeibeamten, die auf die eine oder andere Weise mit dem Brand in der Sköldgatan zu tun gehabt hatten, war Gunvald Larsson der einzige, der aus den sogenannten besseren Kreisen stammte. Sein Vater hatte zu den Reichen der Stadt gezählt, obwohl sich dann bei der Aufteilung der Erbschaft nicht mehr viel Geld angefunden hatte. Er selbst war in dem damals exklusiven Stadtteil Östermalm aufgewachsen und auf die besten Schulen gegangen. Aber sehr bald entwickelte er sich zum schwarzen Schaf der Familie. Er entwickelte Ansichten und Meinungen, die aus dem Rahmen der Familie fielen, dazu hatte er die unangenehme Eigenschaft, sie meist zur unpassenden Zeit zu äußern. Schließlich hatte der Vater keinen anderen Ausweg mehr gesehen, als ihn Marineoffizier werden zu lassen.

Beim Militär hatte es Gunvald Larsson nicht gefallen, deshalb wechselte er nach einigen Jahren zur Handelsflotte über. Dort merkte er bald, daß seine Kenntnisse und Erfahrungen, die er auf der Seekriegsschule und an Bord von Minensuchern, Zerstörern und vorsintflutlichen Kanonenbooten gesammelt hatte, nicht besonders viel zählten.

Alle seine Geschwister hatten sich noch zu Lebzeiten der Eltern eine gesicherte Existenz geschaffen. Er verkehrte nicht mit ihnen und hatte sie so gut wie vergessen.

Da er nicht den Rest seines Lebens als Seemann verbringen wollte, mußte er sich nach einem anderen Beruf umsehen, am besten einem, der nicht allzu langweilig war und bei dem ihm seine sonderbare Ausbildung in irgendeiner Weise angerechnet wurde. So wurde er denn Polizeibeamter, zur Verwunderung und zum nicht geringen Entsetzen seiner Verwandten in Lidingö und Östermalm.

Die Ansichten über seine Befähigung zum Polizeibeamten waren geteilt. Außerdem konnte ihn fast niemand leiden.

Er arbeitete meist nach seinen eigenen Methoden, und sein Arbeitsstil war zumindest ungewöhnlich. So auch die Liste, die vor ihm auf dem Schreibtisch lag:

Göran Malm, 42, Einbrecher, tot (Selbstmord?)
Kenneth Roth, 27, Einbrecher, tot, begraben
Kristina Modig, 14, minderjährige Prostituierte, tot, begraben
Madeleine Olsen, 24, rothaarige Hure, tot
Kent Modig, 5, Kind (Kinderheim)
Clary Modig, 7 Mon., Säugling (Kinderheim)
Agnes Söderberg, 68, senil, Rosenlunds Altersheim
Herman Söderberg, 67, alter Säufer, Högalids Pflegeheim
Max Karlsson, 23, Verbrecher, Timmermansgatan 12
Anna-Kajsa Modig, 30, Prostituierte, Süd-Krankenhaus (Psychotherapie)
Carla Berggren, ?, Prostituierte, Götgatan 25

Gunvald Larsson las die Liste durch und stellte fest, daß praktisch nur die letzten drei Personen in Frage kamen. Von den übrigen waren vier nicht mehr am Leben, zwei Kleinkinder und zwei hoffnungslos verkalkt.

Dann faltete er das Blatt zusammen, steckte es in die Tasche und ging. Auf dem Hof stieg er in sein Auto, das die ganze Zeit im Freien gestanden hatte, und fuhr nach Hause.

Sonnabend und Sonntag blieb er zu Hause und las einen Roman von Sax Rohmer.

An den Brand verschwendete er keinen Gedanken.

Am Montag, dem 18. März, stand er früh auf, riß die letzten Pflaster ab, duschte, rasierte sich und zog sich an. Danach setzte er sich ins Auto und fuhr zu der Adresse in der Södergatan, wo die überlebende Carla Berggren wohnen sollte.

Er mußte zwei Stufen hinaufgehen, quer über einen asphaltierten Hof und dann noch einmal drei schmutzige Treppen hinaufsteigen, deren braune Farbe abblätterte und deren Geländer bedrohlich wackelten, bevor er endlich vor einer altersschwachen Tür mit einem Briefkasten aus Blech und einem handgeschriebenen, schief ausgeschnittenen Kärtchen stand, auf das jemand mit der Hand *Carla Berggren, Fotomodell* geschrieben hatte.

Eine Klingel gab es offenbar nicht. Daher hämmerte er ganz einfach an die Tür, öffnete und trat ein, ohne eine Antwort abzuwarten.

Die Wohnung bestand nur aus einem einzigen Zimmer. Es herrschte ein Halbdunkel, weil das zerflederte Springrollo bis zur Hälfte heruntergezogen war. Die Luft war muffig und heiß.

Die Wärme kam von zwei altertümlichen Heizsonnen mit glühenden Spiralen. Kleidungsstücke und andere Dinge lagen überall verstreut herum. Das Bett war das einzige Möbelstück, das nicht reif für die Müllgrube war. Es war ziemlich groß, und die Bettwäsche schien einigermaßen sauber zu sein.

Carla Berggren war allein zu Hause. Sie war wach, lag aber im Bett und las in einer Illustrierten. Ebenso wie das letztemal, als er sie gesehen hatte, war sie nackt und sah im großen und ganzen nicht viel anders aus, mit dem einzigen Unterschied, daß sie keine Gänsehaut hatte und nicht von hysterischem Schreien geschüttelt wurde. Sie wirkte sogar überraschend ruhig.

Sie war zartgliedrig und sehr schlank, hatte blond gefärbte Haare und kleine schlaffe Brüste, die in der Rückenlage wahrscheinlich noch am vorteilhaftesten aussahen, und mausgraues Haar zwischen den Schenkeln. Sie streckte sich gähnend und sagte: »Ist ja noch 'n bißchen früh, aber fang schon an.«

Gunvald Larsson schwieg, was sie offensichtlich falsch verstand.

»Erst das Geld natürlich. Leg es auf den Tisch da drüben. Du weißt doch, wieviel? Oder hast du Sonderwünsche? Massage vielleicht?«

Er hatte sich bücken müssen, um durch die Tür zu kommen. Das Zimmer war so klein, daß er es beinah ganz ausfüllte, es roch nach Schweiß, abgestandener Zigarettenasche und billigem Parfüm. Er machte einen Schritt auf das Fenster zu und versuchte, das Rollo hochzulassen, aber die Feder war nicht gespannt, und die Folge war, daß er es beinahe ganz herunterzog.

Das Mädchen auf dem Bett folgte ihm mit dem Blick. Plötzlich erkannte sie ihn. »Oh, dich kenn ich doch. Du hast mir das Leben gerettet, stimmt's?«

»Ja.«

»Vielen Dank auch.«

»Bitte.«

Sie schien nachzudenken. Drehte sich halb um und legte die rechte Hand in ihren Schoß.

»Dann ist das was anderes. Für dich mach ich's umsonst.«

»Ziehen Sie sich was an!«

»Die meisten Männer finden mich hübsch«, sagte sie schmollend.

»Ich nicht.«

»Und gut bin ich auch, sagen alle.«

»Und ich pflege keine nackten ... äh ... Leute zu verhören.«

Er stockte vor dem Wort »Leute«, so als ob er nicht wüßte, zu welcher Kategorie er sie zählen sollte.

»Verhören? Ja klar, du bist ja von der Polente.« Und nach einem Moment zögernd: »Ich hab nichts getan.«

»Sie sind Prostituierte.«

»Na hör mal, stell dich bloß nicht so an. 'n bißchen Sex, was ist da schon bei?«

»Ziehen Sie sich an.«

Sie seufzte und wühlte in der Bettwäsche. Fand einen Bademantel und zog ihn an, ohne den Gürtel zuzubinden. »Worum geht's? Was wollen Sie von mir?«

»Ich hätte ein paar Fragen.«

»Worüber? Mich?«

»Unter anderem. Was hatten Sie zum Beispiel in dem Haus zu suchen?«

»Nichts Verbotenes. Bestimmt nicht.«

Gunvald Larsson nahm seinen Kugelschreiber und einige Zettel, die aus einem Notizblock gerissen waren, heraus. »Sie heißen?«

»Carla Berggren. Das heißt, eigentlich ...«

»Eigentlich? Lügen Sie jetzt nicht.«

»Nein«, sagte sie mit kindlichem Ernst. »Ich will dich nicht belügen. Eigentlich heiße ich Karin Sofia Pettersson. Berggren heißt meine Mutter. Und Carla hört sich besser an.«

»Wo kommen Sie her?«

»Skillingaryd. Das liegt in Småland.«

»Seit wann sind Sie in Stockholm?«

»Seit etwas mehr als einem Jahr. Beinah anderthalb.«

»Haben Sie hier einen festen Arbeitsplatz gehabt?«

»Na ja, kommt drauf an, wie man's nimmt. Hab ab und zu Modell gestanden. Manchmal ist das ziemlich anstrengend.«

»Wie alt sind Sie?«

»Siebzehn ... beinahe jedenfalls.«

»Also sechzehn.«

Sie nickte.

»Und was haben Sie in der Wohnung gemacht?«

»Wir haben eine kleine Party gefeiert.«

»Sie meinen, Sie haben zu Abend gegessen und so?«

»Nein. Eine Sexparty.«

»Sexparty?«

»Genau. Hat dir noch nie einer davon erzählt? Das kann ganz dufte sein.«

»Aha«, machte Gunvald Larsson und drehte uninteressiert seinen Zettel um. »Wie gut kannten Sie die anderen Personen?«

»Den, der da wohnte, hatte ich vorher noch nie gesehen. Kent oder wie er hieß.«

»Kenneth Roth.«

»Ach, hat er so geheißen? Ich hatte jedenfalls vorher noch nie von ihm gehört. Madeleine kannte ich flüchtig. Nu sind die beiden ja tot, nich?«

»Ja. Und Max Karlsson?«

»Den kenn ich. Mit dem bin ich manchmal zusammen, so aus Spaß. Der hat mich mit dahin genommen.«

»Ist das Ihr Zuhälter?«

Sie schüttelte den Kopf. »Nein. So einen brauch ich nicht. Das lohnt sich nicht. Solche wollen nur Geld, Prozente und so.«

»Kannten Sie Göran Malm?«

»Der sich das Leben genommen hat und die Bude angesteckt hat? Der aus der unteren Wohnung?«

»Ja.«

»Hab nie von ihm gehört. Is übrigens 'ne Schweinerei, so was zu machen.«

»Kannten die anderen ihn?«

»Glaub ich nich. Max und Madeleine bestimmt nich. Vielleicht dieser Kent oder Kenneth, der wohnte ja im selben Haus.«

»Na, was haben Sie nun gemacht?«

»Gefickt.«

Gunvald Larsson sah sie starr an. Dann sagte er langsam: »Das wollen wir mal etwas genauer durchsprechen. Wann sind Sie da angekommen? Und warum sind Sie überhaupt hingegangen?«

»Max hat mich abgeholt. Hat gesagt, das würde 'n runder Abend. Unterwegs haben wir Madeleine abgeholt.«

»Sind Sie zu Fuß gegangen?«
»Bei dem Wetter? Wir haben ’n Wagen genommen.«
»Und wann sind Sie da angekommen?«
»Ja . . . so um zehn. So ungefähr.«
»Und was passierte dann?«
»Der, der da wohnte, hatte zwei Flaschen Wein. Die haben wir uns geteilt. Dann haben wir Platten gehört und so.«
»Sie haben nichts Eigentümliches bemerkt?«
Sie schüttelte wieder den Kopf. »Was denn Eigentümliches?«
»Weiter«, drängte Gunvald Larsson.
»Nach ’ner Weile hat Madeleine sich ausgezogen. Besonders hübsch war sie nicht. Und da hab ich’s auch so gemacht. Die Macker übrigens auch. Und dann . . . dann haben wir getanzt.«
»Nackt?«
»Ja. Das ist dufte.«
»Aha. Weiter.«
»Wir haben also ’ne Weile getanzt. Dann haben wir uns hingesetzt und geraucht.«
»Geraucht?«
»Ja, Hasch, um in Fahrt zu kommen. Das ist Klasse.«
»Wer hat das Hasch verteilt?«
»Max. Er . . .«
»Ja, weiter.«
»Ach Gott ja, ich hab versprochen, die Wahrheit zu sagen. Außerdem hab ich nichts gemacht. Und schließlich hast du mir das Leben gerettet.«
»Was macht Max?«
»Er verkauft Hasch! Meistens an Schulkinder und so.«
Gunvald Larsson schrieb. »Und dann?«
»Na, dann haben die Männer um uns geknobelt. Wir waren aufgedreht, ziemlich albern. Und laut. Wird man ja dann, nich?«
»Geknobelt?«
»Ja. Max kriegte Madeleine und ging ins Zimmer. Ich und Kenneth blieben in der Küche. Wir hatten verabredet . . .«
»Ja?«
»Ach Quatsch. Du hast doch solche Party sicher schon mal mitgemacht. Erst machen die Paare es einzeln, dann wird getauscht, und zum Schluß treiben es alle vier zusammen, wenn die Männer es noch schaffen. Das macht am meisten Spaß.«
»Haben Sie dabei das Licht ausgemacht?«
»Ja. Meiner und ich legten uns in der Küche auf den Fußboden, bloß . . .«
»Was denn?«
»Ja, da passierte was Komisches. Ich bin bewußtlos geworden. Und ich bin

erst aufgewacht, als Madeleine angekrochen kam und mich geschüttelt hat und sagte, daß Max wütend auf mich ist, weil ich nich rübergekommen bin. Und ich lag auf dem Mann und war ganz durcheinander.«

»Hatten Sie die Tür zwischen der Küche und dem Zimmer zugemacht?«

»Ja. Und Kenneth schlief auch. Madeleine schüttelte ihn. Ich hab mein Feuerzeug angemacht und auf die Uhr gesehen, und da hab ich erst gemerkt, daß ich über eine Stunde mit ihm in der Küche gewesen war.«

Gunvald Larsson nickte.

»Ich war ziemlich groggy. Bin aber aufgestanden und ins Zimmer gegangen. Max war ganz in Ordnung. Er hat mich aufs Bett geschmissen und gemeckert . . .«

»Was hat er gesagt?«

»Nun mach schon zu. Mit der rothaarigen Schlampe war nicht viel los. Und dann . . .«

»Ja?«

»Dann weiß ich nichts mehr bis zu dem Moment, als es wie ein Kanonenschuß donnerte, und plötzlich war überall Rauch und Flammen. Und dann bist du gekommen . . . Schrecklich war das.«

»Und Sie haben nichts Besonderes bemerkt?«

»Nur, daß ich da eingeschlafen bin. Das passiert mir sonst nicht. Ich hab's schon mit vielen richtigen Experten gemacht, und alle sagen, daß ich verdammt gut bin. Und hübsch.«

Gunvald Larsson nickte und steckte seine Notizen ein. Er sah das Mädchen lange an. Dann sagte er: »Ich finde, Sie sehen ziemlich häßlich aus. Sie haben Hängebrüste und Tränensäcke unter den Augen und sehen krank und elend aus. In einigen Jahren, wenn das Rauschgift Sie fertiggemacht hat, sehen Sie so fürchterlich aus, daß keiner Sie mehr mit einer Feuerzange anfassen will. Auf Wiedersehen.«

Auf dem ersten Treppenabsatz drehte er sich noch einmal um und ging zurück in die Wohnung. Das Mädchen hatte den Bademantel ausgezogen und stand da und untersuchte mit den Fingerspitzen ihre Achselhöhlen. Sie kicherte und sagte: »Ich hab Stoppeln unter den Armen gekriegt, während ich im Krankenhaus war. Hast du dir's überlegt?«

»Ich finde, Sie sollten sich eine Fahrkarte nach Småland kaufen und nach Hause fahren und sich eine ehrliche Arbeit suchen.«

»Da unten gibt es keine Arbeitsmöglichkeiten.«

Er schlug die Tür hinter sich zu, so heftig, daß sie aus den Angeln zu fallen drohte.

Gunvald Larsson blieb einige Minuten auf dem Götgatsbacken stehen. Was hatte er erfahren? Daß das Gas aus Malms Wohnung nach oben in die Küche gedrungen war, wahrscheinlich durch die Öffnungen für die Leitungsrohre. Daß es ausreichte, die beiden Menschen da oben einzuschläfern, aber nicht genügend konzentriert war, um zu explodieren, als Karin Sofia Pettersson ihr Feuerzeug aufschnappen ließ.

Was bedeutete das? Eigentlich nichts, jedenfalls nichts, was ihm weiterhelfen konnte.

Er fühlte sich schmierig und krank. Das Zusammentreffen mit dem sechzehnjährigen Mädchen in dem dreckigen Zimmer hatte ihm körperliches Unbehagen bereitet. Er fuhr geradewegs zum Sture-Bad und verbrachte drei angenehme Stunden in der türkischen Badestube.

An diesem Montagnachmittag führte Martin Beck ein Telefongespräch, das niemand mit anzuhören brauchte. Er wartete, bis Kollberg und Skacke gegangen waren, dann wählte er die Nummer des Staatlichen Kriminaltechnischen Laboratoriums und ließ sich mit einem Mann namens Hjelm verbinden, der für einen der geschicktesten Kriminaltechniker auf der ganzen Welt gehalten wurde.

»Du hast doch Malms Leiche sowohl vor der Obduktion als auch hinterher gesehen.«

»Ja, das will ich meinen«, entgegnete Hjelm ärgerlich.

»Hast du irgend etwas Besonderes feststellen können?«

»Eigentlich nicht. Nur daß der Körper sehr gleichmäßig verbrannt war, von allen Seiten also, wenn du verstehst, was ich meine. Auch auf dem Rükken, obwohl er doch auf dem Rücken gelegen hatte.« Hjelm machte eine Pause und fügte nachdenklich hinzu: »Nun hat die Matratze allerdings auch gebrannt.«

»Ja, das stimmt.«

»Ich versteh euch nicht«, meinte Hjelm klagend. »Ist die Untersuchung denn nicht abgeschlossen? Aber na ja . . .«

In diesem Augenblick öffnete Kollberg die Tür, und Martin Beck beeilte sich, das Gespräch zu beenden.

12

Am Dienstag, dem 19. März, um die Mittagszeit, war Gunvald Larsson kurz davor, die ganze Sache aufzugeben. Er wußte, daß ein Teil dessen, was er in den letzten Tagen unternommen hatte, alles andere als vorschriftsmäßig gewesen war, und bis jetzt hatte er nichts erreicht, was seine Handlungsweise rechtfertigen konnte. Tatsächlich war ihm weder gelungen, die geringste Verbindung zwischen Göran Malm und den übrigen Personen, die sich zur Zeit des Brandes im Haus befunden hatten, nachzuweisen, noch war er einen Schritt auf der Suche nach dem Funken, der das Gas gezündet hatte, weitergekommen.

Der Besuch im Süd-Krankenhaus am Vormittag hatte nichts anderes als die einfache Bestätigung dessen gebracht, was man früher schon als wahrscheinlich angenommen hatte. Kristina Modig hatte auf dem Dachboden gewohnt, weil die Wohnung der Mutter zu klein gewesen war und Kristina nicht von den kleineren Geschwistern gestört sein wollte. Das Mädchen hatte vermutlich nicht den besten Ruf gehabt, aber das konnte die Polizei nicht interessieren. Als Minderjährige wäre sie höchstens ein Fall für das Jugendamt gewesen, außerdem gingen die Behörden immer mehr dazu über, jüngere Mädchen, die auf die schiefe Bahn kamen, ihrem Schicksal zu überlassen. Die Zahl der Gestrauchelten war zu hoch und die der Sozialhelfer zu gering, die Hilfsmöglichkeiten reichten entweder nicht aus oder waren veraltet. In vielen Fällen taten die Kinder was sie wollten, was wiederum dem Land international einen schlechten Ruf einbrachte und die Lehrer und Eltern zur Verzweiflung brachte. Aber jedenfalls ging das die Polizei, wie gesagt, nichts an.

Daß Anna-Kajsa Modig dringend psychotherapeutische Hilfe brauchte, konnte sogar ein so relativ gefühlloser Mann wie Gunvald Larsson erkennen. Sie konnte sich nicht konzentrieren, und er hatte es schwer, ein Gespräch mit ihr zu führen. Sie wurde von Kälteschauern geschüttelt, und zwischendurch fing sie immer wieder an zu weinen. Er erfuhr, daß sich auf dem Dachboden ein Petroleumofen befunden hatte, aber das wußte er bereits. Das Gespräch war sinnlos, aber er blieb trotzdem da, bis der Arzt die Geduld verlor und ihn fortschickte.

Aus der Wohnung in der Timmermansgatan, in der Max Karlsson wohnen sollte, hörte er kein Lebenszeichen, obwohl er energisch mit dem Fuß gegen die Tür trat. Wahrscheinlich war es ganz einfach so, daß niemand zu Hause war.

Gunvald Larsson fuhr nach Hause nach Bollmora, band sich eine karierte Schürze um und ging in die Küche, wo er eine Mahlzeit aus Eiern, Schinken und Bratkartoffeln zubereitete. Dann goß er sich eine Kanne Tee auf. Als er gegessen und abgewaschen hatte, war es bereits drei Uhr.

Er stand eine Weile am Fenster und starrte auf die Hochhäuser in dem sauberen, aber unendlich langweiligen Vorort. Dann ging er hinunter zum Auto und fuhr wieder in die Timmermansgatan.

Max Karlsson wohnte im ersten Stock eines alten, aber gepflegten Hauses. Gunvald Larsson parkte seinen Wagen drei Straßen weiter, weniger aus Vorsicht, sondern weil er keinen besseren Parkplatz fand. Er ging mit langen, schnellen Schritten zurück und war nur noch zehn Meter von der Haustür entfernt, als er eine Person bemerkte, die von der entgegengesetzten Seite kam. Ein Mädchen, dreizehn oder vierzehn Jahre alt, wie tausend andere, mit langen, offenen Haaren, engen Niethosen und Steppjacke. Sie trug eine verschlissene Ledertasche in der Hand und kam wahrscheinlich direkt aus der Schule, so ausgesprochen durchschnittlich vom Typ und der Kleidung her, daß er sie sicher nicht bemerkt hätte, wenn sie sich nicht immer wieder mit einer Mischung von Unruhe und schuldbewußter Spannung umgesehen hätte. Als sie ihn bemerkte, zögerte sie einen Moment und wurde unsicher, deshalb ging er geradeaus weiter, an ihr und der Haustür vorbei. Das Schulmädchen warf den Kopf in den Nacken und verschwand im Hauseingang.

Gunvald Larsson blieb stehen, drehte sich um und folgte ihr. Trotz seines Körpergewichts bewegte er sich schnell und leise, und als das Mädchen bei Karlsson anklopfte, hatte er bereits die halbe Treppe hinter sich. Sie klopfte viermal hintereinander, offenbar eine Art Erkennungszeichen, und er bemühte sich, den Rhythmus zu erinnern, was ihm dadurch erleichtert wurde, daß sie gleich noch einmal klopfte, nach einer Pause von fünf oder sechs Sekunden. Unmittelbar nach dem zweiten Klopfen wurde die Tür geöffnet.

Er hörte, wie jemand eine Sicherheitskette zurückzog und die Tür sofort wieder verschlossen wurde. Es wurde kein Wort gesprochen, solange die Tür offen war. Er ging zurück zum Eingang, lehnte sich mit dem Rücken an die Wand und wartete.

Nach zwei oder drei Minuten wurde die Tür oben wieder geöffnet, dann hörte er leichte Schritte die Treppe herunterkommen. Offenbar war es ein schnelles Geschäft gewesen, denn als das Mädchen unten ankam, fingerte es immer noch an dem Verschluß am Außenfach der Schultasche. Gunvald Larsson streckte den Arm aus und ergriff ihr Handgelenk. Sie stand ruckartig still und starrte ihn an, sie versuchte weder um Hilfe zu rufen noch sich loszureißen oder wegzulaufen. Sie schien nicht einmal Angst zu haben. Wirkte eher ergeben, so als ob sie damit gerechnet hätte, daß etwas Ähnliches früher oder später passieren müßte. Immer noch ohne ein Wort zu sagen öffnete er das Fach und nahm eine Streichholzschachtel heraus. Darin befanden sich zehn weiße Tabletten. Er ließ die Kleine los und nickte ihr zu. Sie sah ihn verwundert an, dann lief sie wie gejagt davon.

Gunvald Larsson hatte es nicht eilig. Er besah sich eine Weile die Tabletten, steckte die Schachtel in die Tasche und ging langsam die Treppe hinauf. Wartete eine halbe Minute vor der Tür und horchte.

Kein Laut war aus der Wohnung zu vernehmen. Er hob die Hand und schlug mit den Fingerspitzen zwei schnelle Serien von je vier leichten Klopfzeichen mit einer Pause von ungefähr fünf Sekunden.

Max Karlsson öffnete. Er sah erheblich eleganter aus als bei ihrer letzten Begegnung, aber Gunvald Larsson erkannte ihn sofort, und er zweifelte keinen Moment, daß der andere sich auch an ihn erinnerte.

»Guten Tag«, sagte Gunvald Larsson und schob den Fuß in den Türspalt.

»Ach, Sie sind das.«

»Ich wollte nur mal sehen, wie es Ihnen geht.«

»Danke, gut.«

Der Mann befand sich in einer heiklen Situation. Er wußte, daß sein Besucher bei der Polizei war und daß er das Erkennungszeichen benutzt hatte.

Zwar war die Sicherheitskette vorgelegt, aber wenn er die Tür zuzuschlagen versuchte, würde er damit erst recht verraten, daß er etwas zu verbergen hatte.

»Ich möchte Ihnen ein paar Fragen stellen«, sagte Gunvald Larsson.

Seine Lage war auch etwas zweifelhaft. Er hatte keinerlei Befugnis, in die Wohnung einzudringen, und konnte rechtlich nicht einmal darauf bestehen, den Mann auszufragen, wenn dieser nicht damit einverstanden war.

»Ja ...«, entgegnete Max Karlsson zögernd.

Er machte keine Anstalten, die Kette zu öffnen, wagte aber andererseits auch nicht, die Tür zuzuschlagen.

Gunvald Larsson löste das Problem, indem er die rechte Schulter gegen die Tür lehnte und sie plötzlich und mit dem ganzen Gewicht seines Körpers aufdrückte. Es knackte in den Halterungen der Kette, als die Schrauben aus dem trockenen Holz gerissen wurden. Der Mann auf der Innenseite trat schnell zurück, um nicht von der Tür getroffen zu werden. Gunvald Larsson trat ein, machte die Tür hinter sich zu und drehte den Schlüssel um. Er sah die beschädigte Kette an und sagte: »Schlechtes Material.«

»Sie sind wohl nicht ganz bei Trost!«

»Sie sollten längere Schrauben nehmen.«

»Was fällt Ihnen verdammt noch mal ein? Wie kommen Sie dazu, hier einzubrechen?«

»Das war nicht meine Absicht. Ich kann im übrigen nichts dafür, daß die kaputtgegangen ist. Ich hab schon gesagt, Sie müßten längere Schrauben nehmen.«

»Was wollen Sie?«

»Nur ein bißchen mit Ihnen reden.«

Gunvald Larsson blickte sich um. Er mußte sich überzeugen, daß der Mann allein war. Die Wohnung war nicht groß, aber sie sah nett und gemütlich aus. Max Karlsson selbst war ordentlich angezogen. Er war mindestens einsfünfundachtzig groß und hatte breite Schultern. Mit dem war nicht gut Kirschen essen, dachte Gunvald Larsson.

»Reden?« fragte der Mann und ballte die Fäuste.

»Darüber, was Sie in der Wohnung gemacht haben, bevor es zu brennen anfing.«

Der Mann schien sich zu entspannen. »Ach so.«

»Ja, nur das.«

»Wir haben ein kleines Fest gefeiert. Haben etwas gegessen, Bier getrunken und Platten gehört.«

»Wohl ein Familientreffen?«

»So in etwa. Das Mädchen Madeleine war meine Verlobte und ...« Er brach ab und versuchte eine bekümmerte Miene aufzusetzen.

»Und ...?« fragte Gunvald Larsson freundlich.

»Und Kenneth war mit der Carla befreundet.«

»War das nicht umgekehrt?«

»Umgekehrt? Wie meinen Sie das?«

»Das Schulmädchen, das vor fünf Minuten hier oben war, mit wem ist sie denn befreundet?«

»Welches Schulmädchen? Hier war kein . . .«

Und Gunvald Larsson schlug zu, schnell und kräftig und überraschend.

Max Karlsson wankte zwei Schritte zurück, ging aber nicht zu Boden. »Bist du verrückt geworden, verdammtes Schwein?« brüllte er wütend.

Gunvald Larsson schlug noch einmal auf ihn ein. Der Mann versuchte sich am Tisch festzuhalten, verlor aber das Gleichgewicht und riß im Fallen die Tischdecke mit sich. Eine Vase aus dickem geschliffenem Glas fiel auf den Boden. Er kam hoch, das schwere Stück Glas in der Rechten. Ein dünner Blutfaden lief aus einem seiner Mundwinkel.

»Du Hund!« fauchte er.

Er strich sich mit dem Rücken der linken Hand übers Gesicht, sah das Blut und hob die Vase.

Gunvald Larsson schlug zum drittenmal zu. Karlsson fiel hintenüber gegen einen Stuhl und landete auf dem Fußboden. Ehe er sich aufgerappelt hatte, trat Gunvald Larsson ihm kräftig auf das rechte Handgelenk. Die Glasvase rutschte über den Boden und schlug mit einem dumpfen Laut gegen die Wand.

Max Karlsson richtete sich langsam auf. Die Hand hielt er vor das eine Auge. Sein Blick war ängstlich und flackernd. Gunvald Larsson sah ihn an und fragte ruhig: »Wo sind die Vorräte?«

»Welche Vorräte?«

Gunvald Larsson ballte die Faust.

»Nein, nein«, rief der Mann hastig. »Nicht schlagen, ich will . . .«

»Wo?«

»In der Küche.«

»Wo in der Küche?«

»Unter der Platte im Herd.«

»Das ist schon besser.«

Er sah seine geballte rechte Hand an. Sie war sehr groß und hatte rosa Flecken an den Stellen, wo die hellblonden Haarbüschel abgesengt waren.

»Und wie war das nun mit Roth und den beiden Nutten?«

»Wir haben gevö . . .«

»Ich bin an euren sexuellen Schweinereien nicht interessiert. Ich will wissen, wer das Haus angesteckt hat.«

»Angesteckt . . . verdammt, davon weiß ich nichts. Und Kenneth ist ja selbst mit draufgegangen . . .«

»Was hat Roth gemacht? Rauschgift?«

»Wie soll ich das wissen . . .«

»Sagen Sie die Wahrheit!« drohte Gunvald Larsson.

»Nein. Nein. Hör auf. Kannst mich lieber gleich mit zur Wache nehmen.«

»Das könnte Ihnen so passen, nicht?« sagte Gunvald und ging einen Schritt auf ihn zu. »War Roth auch Rauschgifthändler?«

»Nein . . . verdammt . . .«

»Schnaps?«

»Ja.«

»Gestohlen?«

»Ja.«

»Schmuggel?«

»Ja.«

»Wo hatte er sein Lager?«

»Ich . . .«

»Los. Raus damit.«

»Auf dem Dachboden im Haus, wo er wohnte.«

»Aber Sie haben nichts mit dem Schnaps zu tun?«

Karlsson schüttelte den Kopf.

»Nur Nutten und Stoff?«

»Ja.«

»Und Malm. Was hat der gemacht?«

»Ich hab Malm nicht gekannt.«

»Sooo?«

»Jedenfalls nicht näher.«

»Aber Sie haben doch Geschäfte gemacht, Sie und Roth und Malm?«

Karlsson befeuchtete die Lippen mit der Zunge. Die Hand behielt er vor dem rechten Auge, das linke funkelte Gunvald Larsson mit einer eigenartigen Mischung aus Haß und Angst an.

»Wenn man so will, ja«, antwortete er schließlich.

»Und Roth und Malm kannten sich?«

»Ja.«

»Roth hat also mit Schnaps geschoben?«

»Ja.«

»Und Sie haben Stoff verkauft. Bis vor zehn Minuten. Jetzt haben Sie das Geschäft aufgelöst. Was hat Malm gemacht?«

»Er hat mit Autos gearbeitet, glaub ich.«

»Aha. Also drei kleine Händler, jeder in seiner Branche. Was hatten Sie gemeinsam?«

»Nichts.«

»Ich meine, wer war Ihr Chef?«

»Keiner. Ich verstehe nicht, wovon Sie sprechen.«

Die Faust schoß zum viertenmal geradeaus, kräftiger als vorher. Sie traf den Mann an der rechten Schulter, so daß dieser nach hinten gegen die Wand geschleudert wurde.

»Den Namen«, brüllte Gunvald Larsson. »Den Namen. Und ein bißchen plötzlich!«

Die Antwort kam heiser geflüstert. »Olofsson. Bertil Olofsson.«

Gunvald Larsson sah sich den Mann lange an, der Max Karlsson hieß und dem er vor zehn Tagen das Leben gerettet hatte. Schließlich sagte er nachdenklich: »Ehrlich währt am längsten. Müssen Sie sich mal merken!«

Der Mann starrte ihn mit seinem heilen Auge fassungslos an.

»So«, fuhr Gunvald Larsson fort, »und jetzt gehen wir in die Küche, und Sie zeigen mir, wo das Zeug liegt.«

Das Versteck war sehr sorgfältig ausgewählt und wäre bei einer oberflächlichen Haussuchung mit Sicherheit nicht entdeckt worden. Der ganze untere Teil des Herdes war ausgeräumt, und darunter lag eine ganze Menge, sowohl Haschisch als auch andere Rauschgifte, alles ordentlich in Portionen verpackt. Andererseits waren es keine sensationellen Mengen. Karlsson war ein typischer kleiner Fisch, der Rauschgift in den Pausen an die Schulkinder verteilte und dafür deren Taschengeld kassierte oder was sie ihren Eltern oder beim Aufbrechen von Automaten oder Kiosken gestohlen hatten. Durch wie viele Hände die Ware gegangen war, bis sie zu ihm gelangte, wußte der Mann selbst nicht, und zwischen ihm und der Wurzel des Übels lag ein enormer Komplex von politischer Fehlspekulation und Versagen der Gesellschaft.

Gunvald Larsson ging hinaus in die Diele und rief die Polizei an.

»Schicken Sie ein paar Burschen vom Rauschgiftdezernat her«, sagte er barsch.

Die Männer, die Max Karlsson abholten, gehörten der Spezialabteilung der Polizei zur Bekämpfung des Rauschgifthandels an. Beide waren groß und rotwangig und hatten grobe Wollpullover und gestrickte Pudelmützen auf. Einer von ihnen verbeugte sich, als er eintrat, und Gunvald Larsson sagte mürrisch: »Dolle Verkleidung. Ihr müßtet noch jeder 'ne Angelrute mitschleppen. Und die Uniformhosen? Werden die nicht beschädigt, wenn ihr die so in die Strümpfe steckt? Übrigens verneigt man sich nicht, wenn man einen Islandpullover anhat.«

Die Ohren der beiden Kämpfer gegen den Rauschgifthandel wurden noch röter, und sie schielten von den umgeworfenen Möbeln zu den blauen Augen des Verdächtigen.

»Es hat ein bißchen Ärger gegeben«, erklärte Gunvald Larsson gleichgültig. Er blickte sich um und fügte hinzu: »Ihr könnt dem Leiter der Untersuchung einen schönen Gruß von mir bestellen und ihm ausrichten, daß der da Max Karlsson heißt und daß er nichts aussagen wird.«

Dann zuckte er die Achseln und ging.

Er behielt recht. Aus dem Mann war nichts herauszukriegen, nicht einmal, daß er Max Karlsson hieß. Das war eben nicht seine Art.

Gunvald Larsson wußte mittlerweile, daß sich drei kleine Verbrecher in dem Haus in der Sköldgatan befunden hatten, von denen zwei tot waren und der dritte sich auf dem Weg ins Gefängnis befand. Nicht erfahren hatte er, wo der vielzitierte Funke hergekommen war; die Aussicht, diese Frage beantworten zu können, schien geringer als zuvor.

Dagegen fiel ihm plötzlich ein, daß er krank geschrieben war. Er fuhr nach Hause, zog sich aus und duschte. Dann zog er den Stecker des Telefons heraus, legte sich aufs Bett und schlug den Roman von Sax Rohmer auf.

13

Die entscheidende Meldung schlug wie eine Bombe ein, und zwar am nächsten Tag, also am Mittwoch, dem 20. März, eine halbe Stunde vor der Mittagspause, und der unschuldige Kollberg war es, der sie entgegennehmen mußte.

Er saß an seinem Schreibtisch im Polizeigebäude in Västberga und versuchte, das Schachproblem im *Svenska Dagbladet* zu lösen. Weit kam er nicht damit, da er die ganze Zeit daran dachte, was er wohl zum Mittag vorgesetzt bekommen würde, und sich daher nur schwer konzentrieren konnte. Eine Stunde vorher hatte er zu Hause angerufen und seiner Frau gesagt, daß er zum Essen heimkommen wolle. Geschickt hatte er sich überlegt, daß sie auf diese Weise genügend Zeit zur Vorbereitung hatte und er also mit etwas Gutem rechnen konnte.

Martin Beck hatte am frühen Vormittag angerufen und irgend etwas von einer Konferenz beim Polizeichef gebrummt und daß er sich wohl verspäten würde. Kollberg hatte Skacke daraufhin mit einem Auftrag weggeschickt, der für diesen möglicherweise ein Training der Beinmuskeln darstellte, sonst aber absolut sinnlos war.

Er schielte gutgelaunt auf die Uhr, in Erwartung dessen, was da kommen sollte.

Da klingelte das Telefon.

Er nahm den Hörer ab: »Ja, Kollberg.«

»Hm, jaja. Hier ist Hjelm. Guten Tag.«

Kollberg konnte sich nicht daran erinnern, in den letzten Tagen vom Kriminaltechnischen Laboratorium eine Auskunft erbeten zu haben, und entgegnete daher ahnungslos: »Tag. Kann ich dir mit irgendwas helfen?«

»Das wäre dann das erste Mal in der Kriminalgeschichte«, gab der Mann am anderen Ende ärgerlich zurück.

Hjelm war ein Nörgler, der schnell in die Luft ging, aber er war ein hervorragender Kriminaltechniker, und die Erfahrung lehrte, daß es unklug war, sich mit ihm zu überwerfen. Daher vermied es Kollberg möglichst, überhaupt mit ihm zu sprechen. So enthielt er sich einer Bemerkung.

»Manchmal glaub ich wirklich, euch geht's nicht gut«, fuhr Hjelm klagend fort.

»Wieso?« fragte Kollberg höflich.

»Vor zehn Tagen schickte Melander mehrere hundert Fundstücke her, die von einer Brandstelle stammen. Lauter Dreck, angefangen bei alten Konservenbüchsen bis zu einem Stein mit Gunvald Larssons Fingerabdrücken drauf.«

»Aha.«

»Aha? Mehr hast du wohl nicht zu sagen? Du brauchst ja nicht hier zu sitzen und tagelang in dem Zeug zu wühlen. Ist ja auch viel einfacher, gefrorene Hundescheiße in eine Plasttüte zu tun und ›unbekannter Gegenstand‹ aufs Etikett zu schreiben, als selbst rauszufinden, was das für 'n Mist ist. Nicht wahr?«

»Ich weiß, daß ihr viel Arbeit habt«, antwortete Kollberg besänftigend.

»Viel Arbeit? Das soll wohl ein Witz sein? Weißt du, wie viele Proben wir jedes Jahr analysieren?«

Kollberg hatte nicht die geringste Ahnung und versuchte daher gar nicht erst, eine Zahl zu raten.

»Fünfzigtausend. Und weißt du, wieviel Personal wir dafür zur Verfügung haben?«

Einen Moment war es still.

»Na ja«, sagte Hjelm. »Nachdem wir sechs Tage lang gearbeitet haben, ruft Rönn an und sagt, daß die Untersuchung abgeschlossen ist und wir alles in den Müll schmeißen können.«

Kollberg blickte nervös auf seine Uhr. »Stimmt.«

»Aha! Na, mir scheint das aber nicht zu stimmen, denn wir hatten noch nicht mal aufgeräumt, da ruft Gunvald Larsson an und sagt, daß die Untersuchung keineswegs abgeschlossen ist und daß wir weitermachen sollen. Und daß es unerhört wichtig und eilig ist.«

»Dazu war er nicht befugt«, sagte Kollberg hastig. »Der hat einen auf die Rübe gekriegt und spinnt jetzt mehr als früher.«

»Und am Montag treffe ich zufällig Hammar, und der sagt mir dasselbe, was du eben gesagt hast, und daß die Untersuchung abgeschlossen und daß der Fall klar ist.«

»Ja?«

»Eine Viertelstunde später ruft zu allem Überfluß Martin Beck an und fragt so hintenherum, ob wir nicht in dem Material von dem Brand irgendwas ›Komisches‹ finden können.«

»Martin?«

»Ja, der. Alle haben sich in diesen Fall eingemischt. Melander und Rönn und Larsson und Hammar und Beck. Schön der Reihe nach, und jeder hat was anderes gesagt, und wir wissen überhaupt nicht mehr, woran wir eigentlich sind.«

»Ja?«

»Und heute versuch ich nun einen aufzutreiben, der für den Fall verantwortlich ist. Und was stell ich fest? Larsson ist krank geschrieben und liegt zu Hause. Ich ruf ihn an, und er meldet sich nicht. Dann versuch ich Hammar zu erreichen, aber der ist nicht im Dienst. Als ich nach Melander frage, sagt mir einer, daß er vor 'ner Stunde aufs Klo gegangen und noch nicht wieder aufgetaucht ist. Rönn ist heute nicht mehr zu erreichen, und Beck sitzt in einer Besprechung, und Skacke ist los, um Rönn zu suchen. Schließlich werde ich mit Ek verbunden, der ist gerade aus dem Urlaub gekommen und hat keinen blassen Schimmer, wovon ich eigentlich spreche, und sagt, ich soll Hammar anrufen, der nicht mehr im Dienst ist, oder Beck, der in 'ner Besprechung sitzt, oder Rönn, der nicht mehr zu erreichen ist, oder Skacke, der unterwegs ist und Rönn sucht. Du bist der einzige, den ich erwischt habe.«

Leider, dachte Kollberg. Laut fragte er: »Was willst du denn nun eigentlich?«

»Ja, also, der Mann, dieser Malm, lag mit dem Rücken auf einer Matratze, und wie ich schon zu Beck gesagt habe, war auch der Rücken erstaunlich stark verbrannt. Sowohl Beck als auch ich haben gedacht, das käme daher, daß die Matratze eben auch gebrannt hat. Das kann man sich doch vorstellen, nicht wahr?«

»Sicher. Übrigens, die Untersuchung ist auf jeden Fall abgeschlossen.«

»Da bin ich nicht so sicher«, entgegnete Hjelm böse. »Wir haben nämlich 'n paar Sachen in der Matratze gefunden, die da nicht hingehören.«

»Was für Sachen?«

»Zum Beispiel eine kleine Feder und eine Aluminiumhülse und Reste von Chemikalien.«

»Und was bedeutet das?«

»Daß das Feuer gelegt worden ist.«

14

Lennart Kollberg gehörte nicht zu den Leuten, die sich leicht verblüffen lassen, aber diesmal saß er wohl eine halbe Minute lang wie versteinert da und blickte aus dem Fenster auf die häßliche, lärmende Industrie- und Vorstadtgegend, die das Polizeigebäude Süd umgab. Schließlich entgegnete er lahm: »Was? Wie meinst du das?«

»War das noch nicht klar genug?« antwortete Hjelm zufrieden. »Oder hab ich mich vielleicht undeutlich ausgedrückt? Der Brand ist gelegt worden! Mit anderen Worten: es war Brandstiftung.«

»Brandstiftung?«

»Ja. Daran besteht kein Zweifel. Jemand hat eine Brandpatrone mit verzögerter Zündung in die Matratze praktiziert. Eine kleine chemische Brandbombe, wenn du so willst. Mit Zeiteinstellung.«

»Mit Zeiteinstellung?«

»Genau. Sehr wirksames kleines Ding. Einfach und leicht zu handhaben, sicher nicht größer als eine Streichholzschachtel. Davon ist natürlich nicht mehr viel übrig.« Kollberg schwieg.

»Wenn wir nicht so gründlich gesucht hätten, hätten wir wohl kaum noch eine Spur davon gefunden«, erklärte Hjelm. »Man muß schon genau wissen, wo man zu suchen hat.«

»Und das wußtest du? So zufällig?«

»In unserem Beruf kann man sich nicht auf den Zufall verlassen. Es war eher so, daß ich mir verschiedene Einzelheiten gemerkt und dann daraus die logischen Schlüsse gezogen habe.«

Kollberg hatte sich jetzt so weit erholt, daß er wütend werden konnte. »Nun sitz nicht da und ergeh dich in Selbstbeweihräucherung. Wenn du was zu sagen hast, dann raus damit.«

»Hab ich doch schon«, schnaubte Hjelm. »Wenn du es noch mal im Klartext haben willst, dann bitte: Jemand hat in Malms Matratze eine chemische Brandbombe versteckt. Einen chemischen Brandsatz mit Zündröhre, die an einen kleinen Apparat mit Federaufzug angeschlossen war, ungefähr so wie ein einfaches Uhrwerk. Ihr bekommt nähere Einzelheiten, wenn wir den Rest untersucht haben.«

»Bist du deiner Sache ganz sicher?«

»Ob ich sicher bin? Wir hier draußen machen keine Ratespiele. Im übrigen finde ich es ein bißchen merkwürdig, daß sich noch niemand darüber gewundert hat, warum die Kleidung und der Rücken fast völlig verkohlt waren, obwohl die Leiche in Fechterstellung gefunden wurde. Oder daß die Matratze so gut wie ganz zerstört war, während das Bett noch einigermaßen erhalten geblieben ist.«

»Eine Brandbombe in der Matratze.« Kollberg zweifelte immer noch. »Mit Zeiteinstellung und so groß wie eine Streichholzschachtel? Bis zum 1. April sind es noch zehn Tage hin!«

Hjelm brummte etwas Unverständliches, höflich klang es nicht.

»Davon hab ich noch nie was gehört«, fuhr Kollberg fort.

»Ich aber. Hier in Schweden ist die Methode, so gut ich weiß, neu, aber ich hab von mehreren Fällen in Mitteleuropa gehört, besonders aus Frankreich. Ich hab sogar schon solche Apparate gesehen. In Paris. Bei der Sureté.«

Ohne anzuklopfen, betrat Skacke das Zimmer. Verdutzt blieb er stehen und starrte in Kollbergs wütendes Gesicht.

»Würde euch gar nichts schaden, wenn ihr gelegentlich mal 'ne Studienreise machtet«, stellte Hjelm giftig fest.

»Und welche Zeitspanne kann man bei so 'nem verdammten Ding einstellen?«

»Das Ding, das ich in Paris gesehen habe, konnte man bis zu acht Stunden laufen lassen. Man konnte es so präzise einstellen, daß es praktisch auf die Minute genau detonierte.«

»Aber da muß man doch was hören. Ticken die Dinger nicht?«

»Nicht lauter als eine Armbanduhr.«

»Und was passiert, wenn sie detonieren?«

»Da wird ein chemischer Brandsatz gezündet, der schnell und mit hoher Temperatur verbrennt. In wenigen Sekunden breitet sich das Feuer über eine begrenzte Fläche aus und kann mit normalen Mitteln nicht gelöscht werden. Ein Schlafender hat so gut wie keine Chance, sich zu retten. Und in neun von zehn Fällen wird Rauchen im Bett als Ursache angenommen . . .« Hjelm machte eine Kunstpause, bevor er den Satz beendete: »Wenn nicht der Kriminaltechniker, der den Fall untersucht, besonders wach und versiert ist.«

»Nein«, fuhr Kollberg plötzlich auf. »Das ist doch völlig absurd. Jetzt aber Schluß mit den Zufällen. Willst du mir einreden, daß dieser Malm nach Hause gekommen ist und alle Rauchabzüge und Ritzen abgedichtet, dann das Gas aufgedreht und sich aufs Bett gelegt hat, in dem ein anderer schon eine Höllenmaschine versteckt hatte? Und er sich das Leben nahm und schon tot war, als er ermordet wurde? Und daß die Bombe das Gas entzündet hat und das Haus in die Luft flog und drei andere Menschen verbrannten, und das alles direkt vor der Nase des dümmsten Detektivs der Kriminalgeschichte? Der dabeistand und große Augen machte? Wie willst du das erklären?«

»Das ist kaum meine Sache«, entgegnete Hjelm ungewöhnlich freundlich. »Ich kann euch nur Fakten vorlegen. Die Erklärung müßt ihr schon selbst finden. Dazu ist die Kriminalpolizei doch da, oder?«

»Wiedersehen«, sagte Kollberg nur und warf den Hörer auf die Gabel.

»Was ist denn los?« fragte Skacke. »Ist jemand gestorben? Rönn war übrigens nicht . . .«

»Schnauze«, rief Kollberg. »Und das nächste Mal, wenn du in das Zimmer eines Vorgesetzten reinkommst, klopft du vorher an. Denk dran, wie es Stenström ergangen ist!«

Er stand auf und ging zur Tür. Zog den Mantel an und setzte den Hut auf. Dann wies er mit seinem dicken Zeigefinger auf Skacke und sagte: »Ich hab eine Reihe von sehr wichtigen Aufträgen für dich. Ruf beim Polizeichef an und sag Martin Beck, daß er sofort die Konferenz verlassen soll. Sieh zu, daß du Rönn und Hammar erreichst, und hol Melander ran, auch wenn du die Klotür aufbrechen mußt. Sag jedem einzelnen, daß er gleich den Abteilungsleiter Hjelm beim Staatlichen Kriminaltechnischen Laboratorium anrufen soll. Das sagst du auch zu Ek und Strömgren und allen, die du von der 1. Abteilung erreichen kannst. Wenn du damit fertig bist, setzt du dich in dein Zimmer und rufst selbst Hjelm an und fragst ihn, was los ist.«

»Willst du weggehen?« fragte Skacke.

»Dienstlich«, antwortete Kollberg und blickte auf die Uhr. »In zwei Stunden bin ich in der Kungsholmsgatan zu erreichen.«

Schon auf der Västbergaallé wäre er beinahe wegen zu schnellen Fahrens angehalten worden.

In der Wohnung in der Palandergatan kam seine Frau aus der Küche, und eine Woge aromatischer Düfte strömte ihm entgegen.

»Du siehst aber komisch aus«, meinte sie unbekümmert. »Das Essen ist noch nicht fertig. 'ne Viertelstunde haben wir noch Zeit.«

»Nein«, entgegnete Kollberg mit einem Blick in das Schlafzimmer, »nicht da. Die Matratze könnte explodieren.«

15

Der Erfolg der Bemühungen zeigte sich am Nachmittag des gleichen Tages. Man hatte Hammar aufgespürt, und ihm war es gelungen, seine etwas verblüfften Leute zu einer Besprechung um sich zu versammeln. Die Mannschaft bestand aus Martin Beck, Fredrik Melander, Lennart Kollberg und Einar Rönn.

Hammar sah bitterböse aus. Der Frühlingsanfang hatte Sonne und Wärme gebracht. Beim Frühstück hatte er mit seiner Frau über seine Pensionierung gesprochen, und sie waren übereingekommen, die dienstfreien Tage in ihrem Sommerhaus auf dem Land zu verbringen. Den Brand in der Sköldgatan hatte er schon beinahe vergessen. Nun hatte dieser Hjelm alle Pläne zunichte gemacht.

»Ist Larsson immer noch krank?« fragte Hammar.

»Ja«, antwortete Kollberg. »Er ruht sich auf seinem Lager aus.«

»Er kommt Montag wieder«, fügte Rönn hinzu und schnaubte sich die Nase.

Hammar lehnte sich im Stuhl zurück, fuhr sich mit den Fingern durch die Haare und kratzte sich im Genick.

»Sieht so aus, als ob wir uns auf diesen Bertil Olofsson konzentrieren müssen. Malm war ja nur ein kleiner Fisch, außerdem eine bedauernswerte Figur, krank, dem Suff ergeben, arbeitsscheu und was weiß ich noch alles. Ich kann mir kaum vorstellen, daß jemand sich so große Mühe macht, einen solchen Mann aus dem Wege zu räumen. Das einzige, was man sich denken kann, ist, daß Malm irgendwas über Olofsson wußte, irgendwas sehr Wichtiges. Deshalb müssen wir uns den Olofsson mal genauer ansehen.«

»Jaja«, ließ sich Kollberg vernehmen, der solche Redensarten nicht leiden konnte.

»Was wissen wir von Olofsson?« fragte Hammar streng.

»Daß er verschwunden ist«, antwortete Rönn pessimistisch.

»Vor einigen Jahren hat er eine Gefängnisstrafe bekommen«, sagte Martin Beck. »Wegen Diebstahls, wenn ich mich recht erinnere. Wir werden die Unterlagen durchsehen.«

Melander nahm die Pfeife aus dem Mund. »Achtzehn Monate wegen Diebstahls und Urkundenfälschung. 1962. Er hat die Strafe in Kumla abgesessen.«

Die anderen sahen ihn ärgerlich an.

»Dein Gedächtnis kennen wir ja, aber daß du das gesamte Strafregister im Kopf hast, wußte ich noch nicht«, bemerkte Kollberg.

»Ich hab mir vor 'n paar Tagen Olofssons Akte angesehen. Dachte, es könnte interessant sein, mal zu sehen, wer er eigentlich ist.«

»Du hast nicht zufällig auch erfahren, wo er jetzt ist?«

»Nein.«

Es wurde still im Zimmer. Dann fragte Kollberg: »Na? Wer ist er denn?«

Melander sog an seiner Pfeife und schien nachzudenken. »Ziemlich durchschnittlicher Typ, möchte ich annehmen. Die Strafe, die Martin erwähnt hat, war durchaus nicht seine erste. Aber es war das erste Mal, daß er keine Bewährung erhielt. Früher war er wegen Hehlerei, verbotenen Rauschgiftbesitzes, Diebstahl von Kraftfahrzeugen, Fahrens ohne Führerschein und verschiedener kleinerer Vergehen angeklagt. Bis vor zwei Jahren stand er unter Polizeiaufsicht.«

»Und offenbar stand er schon auf der Fahndungsliste, als Malm in seinem Wagen erwischt wurde. Wegen Autodiebstahls, war's nicht so?« fragte Kollberg.

»Ja. Das stimmt«, antwortete Martin Beck. »Das hab ich herausgefunden. Die Polizei in Gustavsberg ist dahintergekommen, daß auf seinem Grundstück auf Värmdö mehrere gestohlene Autos standen. Olofsson hat dort ein Sommerhaus, das er von seinem Vater geerbt hat. Das Häuschen liegt im Wald versteckt, mehr als einen Kilometer von der Straße entfernt. Reiner Zufall, daß sich ein Streifenwagen dorthin verirrt hat. Sie haben keine Menschenseele im Haus angetroffen, dafür aber drei Personenwagen hinterm Haus. In der Garage fanden sie noch ein frisch lackiertes Auto. Auch Lack, Spritzpistolen, Schleifmaterial, Nummernschilder, Kraftfahrzeugscheine und manches mehr wurde in der Garage gefunden. Sobald man sicher war, daß alle vier Autos gestohlen waren, schickte man zwei Beamte zu Olofssons Wohnung in Årsta, um ihn abzuholen. Er war nicht da. Und ist seitdem immer noch nicht aufgetaucht.« Er ging zum Schrank mit der Karaffe, goß sich ein Glas Wasser ein und trank.

»Wann ist das gewesen?« fragte Hammar.

»Am 12. Februar«, antwortete Martin Beck. »Also vor mehr als einem Monat.«

Kollberg zog seinen Taschenkalender heraus und blätterte darin. »Ein Montag. Hat man versucht, Olofsson zu finden?«

Martin Beck schüttelte den Kopf. »Sehr angestrengt hat man sich nicht. Zuerst hat man darauf gewartet, daß er früher oder später nach Hause kommen würde. Als Malm dann bei seiner Festnahme sagte, daß Olofsson ins Ausland gefahren sei, wartete man weiter und hielt die Wohnung und das Sommerhaus laufend unter Kontrolle.«

»Glaubst du, Olofsson hat gemerkt, daß die Polizei ihm auf die Schliche gekommen ist? Vielleicht ist er rechtzeitig verduftet«, meinte Rönn.

Kollberg gähnte.

»Das glaube ich nicht«, antwortete Martin Beck. »In der Nähe des Hauses da draußen gibt es keine Menschenseele, die ihn gewarnt haben könnte, nachdem die Polizei zum erstenmal draußen war und herumgesucht hat.«

»Weiß man, wann er sich das letztemal in seiner Wohnung aufgehalten hat?« fragte Melander. »Sind zum Beispiel die Nachbarn danach gefragt worden?«

»Bezweifle ich. Die Suche nach Olofsson ist ziemlich oberflächlich betrieben worden.«

»Heißt also, sie sind faul gewesen«, stellte Hammar fest. Dann schlug er mit den Handflächen auf die Tischkante, stand auf und sagte mit lauter Stimme: »Dann fangt an, Herrschaften. Fragt die Nachbarn aus und alle, die ihr auftreiben könnt. Alle, die etwas mit Olofsson zu tun haben. Und lest die Vernehmungsprotokolle und die Personalakten und alle Unterlagen, die es über diesen verdammten Kerl gibt, damit ihr wißt, wen ihr suchen sollt. Und vor allen Dingen: Findet ihn! Jetzt! Sofort! Wenn er es gewesen ist, der diesen Apparat in Malms Bett versteckt hat, dann hält er sich jetzt natürlich verborgen, auch wenn er das früher nicht bewußt getan hat. Wenn ihr mehr Personal benötigt, dann sagt es ruhig.«

»Was für Personal?« fragte Kollberg. »Und woher?«

»Na ja«, sagte Hammar. »Ihr habt ja doch diesen Burschen Skacke.«

Kollberg war schon aufgestanden und auf dem Weg zur Tür, als er den Namen Skacke hörte. Er blieb abrupt stehen und öffnete den Mund, um etwas zu sagen, aber Martin Beck schob ihn auf den Flur hinaus und machte die Tür hinter ihm zu.

»Dummes Gerede«, murmelte Kollberg. »Nach Hammars Auftreten zu urteilen, hat Skacke vielleicht doch große Chancen, mal Polizeichef zu werden.« Er schüttelte sich und fügte hinzu: »Gott sei Dank bin ich alt genug, um *das* nicht mehr erleben zu müssen.«

Den Rest des Nachmittags verbrachten sie damit, ergänzende Angaben über Bertil Olofsson einzuholen.

Martin Beck sprach unter anderem mit dem Einbruchsdezernat; dort war man sehr daran interessiert, ihn festzunehmen, hatte aber nicht genug Personal, um die Wohnung und das Sommerhaus auf Värmdö dauernd bewachen zu können.

Aus der Personenakte ging unter anderem hervor, daß Bertil Olofsson vor sechsunddreißig Jahren geboren worden war, sechs Jahre lang die Volksschule besucht hatte, keine Berufe ausgeübt hatte und in den letzten Jahren vorwiegend ohne festen Arbeitsplatz gewesen war. Der Vater war gestorben, als Olofsson acht Jahre war, die Mutter hatte zwei Jahre später wieder geheiratet und lebte immer noch mit dem Stiefvater zusammen. Er hatte einen zehn Jahre jüngeren Halbbruder, der Zahnarzt in Göteborg war. Hinter sich hatte er eine kinderlose und auch sonst mißglückte Ehe; nach dem Gefängnisaufenthalt hatte er eine Zeitlang mit einer fünf Jahre älteren Frau zusammen gelebt.

Die Psychologen beschrieben ihn als leicht beeinflußbar, unentschlossen und zum Asozialen neigend. Außerdem war er gehemmt. Seinem Bewährungshelfer gegenüber war er feindlich und ablehnend eingestellt gewesen.

Ehe sie an diesem Tag auseinandergingen, verteilte Martin Beck die nächstliegenden Aufgaben. Einar Rönn sollte nach Segeltorp hinausfahren und mit Olofssons Mutter und Stiefvater sprechen, während Melander über seine Kontakte, die er zur Unterwelt hatte, versuchen sollte, genauere Angaben über Olofssons Tätigkeit herauszufinden. Martin Beck selbst wollte sich die notwendige Erlaubnis besorgen und zusammen mit Kollberg eine Haussuchung in der Wohnung und im Sommerhaus durchführen.

Benny Skacke wurde bei der Suche nach Olofsson vorläufig nicht mit eingesetzt.

16

Die Uhr war noch nicht acht am Donnerstagmorgen, als Kollberg bei Martin Beck läutete. Der war noch nicht angezogen, saß im Bademantel in der Küche und unterhielt sich mit seiner Tochter Ingrid, deren Schule erst eine Stunde später begann und die daher ausnahmsweise Zeit hatte, ordentlich zu frühstücken. Er selbst trank nur Tee mit Milch, während das Mädchen mit gesundem Appetit mit Käse belegte Knäckebrotschnitten in den Kakao stippte und dabei von dem FNL-Treffen erzählte, auf dem sie am Vorabend gewesen war. Als es an der Tür klingelte, zog Martin Beck den Gürtel seines Bademantels fester und legte die Zigarette weg, obwohl er wußte, daß Ingrid heimlich einen Zug nehmen würde. Dann ging er und öffnete die Tür.

»Noch nicht angezogen?« fragte Kollberg ärgerlich.

»Hatten wir nicht acht gesagt?« fragte Martin zurück. Er ging voraus in die Küche.

»Es ist zwei Minuten vor acht. Morgen, Ingrid.«

»Guten Morgen«, murmelte das Mädchen und fächelte schuldbewußt die Rauchwolke über ihrem Kopf weg.

Kollberg setzte sich auf Martin Becks Stuhl und besah sich den Tisch. Er hatte zwar ein ausreichendes Frühstück hinter sich, fühlte sich aber durchaus in der Lage, noch ein zweites zu sich zu nehmen. Martin Beck hatte bereits eine Tasse geholt, und Ingrid schob ihm die Butterdose, Käse und den Brotkorb hinüber.

»Ich bin gleich fertig«, sagte Martin Beck und ging in sein Zimmer.

Während er sich anzog, hörte er durch die halboffene Küchentür, wie Ingrid sich nach Kollbergs sieben Monate alter Tochter Bodil erkundigte und der stolze Vater von den Fortschritten der Kleinen berichtete. Als Martin Beck kurze Zeit später angezogen und frisch rasiert in die Küche kam, sagte Kollberg: »Ich hab gerade einen neuen Babysitter engagiert.«

»Ja. Er hat mir versprochen, daß ich das nächste Mal, wenn es nötig ist, auf Bodil aufpassen kann. Das darf ich doch wohl? Babys sind so süß.«

»Vor einem Jahr hast du noch gesagt, daß Babys das Ekligste sind, was es gibt«, erinnerte Martin Beck.

»Das war damals. Da war ich noch sehr kindisch.«

Martin Beck blinzelte Kollberg zu und sagte respektvoll: »Natürlich. Entschuldige. Jetzt bist du ja eine reife Frau.«

»Sei nicht so albern. Eine reife Frau will ich nie werden. Ich will ein junges Mädchen sein, und dann werde ich eine alte Dame.«

Sie boxte ihren Vater in die Rippen und verschwand in ihr Zimmer. Als Martin Beck und Kollberg in die Diele kamen und ihre Mäntel anzogen, hörten sie laute Popmusik durch die verschlossene Tür.

»Beatles«, sagte Martin Beck. »Ich wundere mich immer, daß sie noch nicht taub geworden ist.«

»Rolling Stones«, verbesserte Kollberg.

Martin Beck sah ihn verwundert an. »Kannst du denn da einen Unterschied hören?«

»Die sind ziemlich verschieden«, antwortete Kollberg und trat aus der Wohnung ins Treppenhaus.

Um diese Tageszeit herrschte starker Verkehr in Richtung Innenstadt, aber Kollberg, der bei allen außer sich selbst als nervöser und schlechter Autofahrer galt, kannte sich ausgezeichnet in Stockholm und Umgebung aus und nahm kleine Straßen durch Villenviertel und Hochhäuserblocks, in denen Martin Beck noch nie gewesen war. Er parkte den Wagen vor einem relativ neuen Hochhaus in der Sandjärdsgatan in Årsta.

»Hier sind die Mieten sicher nicht niedrig«, bemerkte Kollberg, als sie mit dem automatischen Fahrstuhl nach oben fuhren. »Kaum vorstellbar, daß ein Mann wie Bertil Olofsson sich eine solche Wohnung leisten kann.«

Martin Beck brauchte weniger als eine halbe Minute, um die Tür aufzubekommen, was als lange Zeit angesehen werden mußte, denn er hatte den Schlüssel von der Wohnungsgesellschaft bekommen. Es zeigte sich, daß die Wohnung aus einem Zimmer, Küche, Diele und Bad bestand; aus einer Mietrechnung, die auf dem Fußboden der Diele zwischen Reklamezetteln und anderen Papieren lag, ging hervor, daß sie 1269,51 Kronen im Quartal kostete. Außer dieser Rechnung gab es nichts Interessantes in dem Stapel von Prospekten, Broschüren und Postwurfsendungen aller Art, die durch den Briefkastenschlitz gesteckt worden waren und sich einen Monat lang gestapelt hatten. Zuunterst in dem Haufen lag ein hektographiertes Blatt von einem benachbarten Lebensmittelgeschäft. SONDERANGEBOT stand oben drüber, und dann folgte eine Liste von verschiedenen Produkten mit den Preisen vor und nach der Preissenkung. Der Preis für eine Dose Rollmöpse war zum Beispiel von 2,63 auf 2,49 gesunken. Martin Beck faltete das Blatt zusammen und steckte es in die Tasche.

Im Zimmer standen ein Eßtisch, drei Stühle, ein Bett, ein Nachttisch, zwei Sessel, ein niedriger Tisch, ein Fernseher und eine Kommode. Alle Möbel schienen vor nicht allzu langer Zeit gekauft worden zu sein. Das Zimmer war flüchtig saubergemacht. Über das ungemachte Bett war eine bunte Decke geworfen worden. Auf dem Eßtisch stand ein geleerter, aber nicht abgewaschener Aschenbecher. Die ganze Bibliothek bestand aus einem offensichtlich noch nicht gelesenen Jerry-Cotton-Taschenbuch mit dem Titel *Raff und Rififi.* Bilder gab es keine, dafür waren eine Anzahl Illustriertenfotos mit Autos und mehr oder weniger nackten Mädchen mit Klebestreifen an den Wänden befestigt worden.

In der Küche standen einige Gläser, Teller und Tassen aufgereiht auf dem Spültisch, der fleckig war vom Abwaschwasser, das vor langer Zeit eingetrocknet war. Der Kühlschrank war angestellt und enthielt ein halbes Paket Margarine, zwei Flaschen Bier, eine verschrumpelte Zitrone und ein steinhartes Stück Käse. Im Schrank fanden sie einige Küchengeräte, ein Paket Kekse, eine Tüte mit Zucker und eine leere Kaffeedose. Der Besenschrank war leer, aber unter dem Abwaschtisch entdeckten sie einen Handfeger und eine Müllschippe. Da stand eine Papiertüte mit Abfall. Eins der Schubfächer war voller leerer Streichholzschachteln.

Martin Beck ging in die Diele und öffnete die Tür zum Bad. Aus dem Toilettenbecken stank es, wahrscheinlich war es niemals saubergemacht worden. Schmutzränder fanden sich auch in der Badewanne und der Seifenschale und deuteten darauf hin, daß auch hier keine besonderen Anstrengungen unternommen worden waren, den Raum sauberzuhalten. Im Badezimmerschrank fand er eine abgenutzte Zahnbürste, einen Rasierapparat, eine leere Zahncremetube und einen fettigen Kamm, dem einige Zähne fehlten. Das Frotteehandtuch am Haken neben dem Waschbecken starrte vor Schmutz.

Martin Beck hatte genug und machte sich daran, den Kleiderschrank zu untersuchen.

Auf dem Boden standen ein Paar Schuhe, ungeputzt und außen und innen mit einer dicken Staubschicht, und eine Segeltuchtasche mit muffig riechender schmutziger Wäsche. Auf den Kleiderbügeln aus Stahldraht hingen zwei schmuddelige Oberhemden, drei noch dreckigere dünne Pullover, zwei Paar Terylenehosen, eine Tweedjacke, ein hellgrauer Sommeranzug und ein dunkelblauer Popelinemantel.

Martin Beck wollte gerade die Taschen durchsuchen, als Kollberg ihn in die Küche rief.

Er hatte den Inhalt der Abfalltüte auf den Abwaschtisch geschüttet, hielt eine zerknüllte Plasttüte hoch.

»Guck mal her.«

In der einen Ecke der Tüte lagen einige grüne Krümel. Kollberg nahm eine kleine Probe und zerrieb sie zwischen dem Daumen und dem Zeigefinger.

»Hasch«, sagte er.

»Nun wissen wir ja, warum er leere Streichholzschachteln sammelte. Wenn die Tüte voll gewesen wäre, hätte es gereicht, um mindestens dreißig Stück zu füllen.«

Die weitere Untersuchung der Wohnung ergab wenig. Einige Andenken deuteten darauf hin, daß Bertil Olofsson auf den Kanarischen Inseln und in Polen Urlaub gemacht hatte. Vier alte Quittungen in den Taschen der Tweedjacke trugen Daten vom Dezember und stammten alle aus dem Restaurant *Ambassadeur.* Die Schublade des Nachttisches enthielt zwei Präservative und ein Amateurfoto, das eine füllige, dunkelhaarige Frau im Bikini an einem Sandstrand zeigte. Auf die Rückseite hatte jemand mit dem Kugelschreiber *Berra with love, Kay* geschrieben.

Es gab keine persönlichen Habseligkeiten in der Wohnung und vor allen Dingen nichts, woraus sich auf den jetzigen Aufenthaltsort des Mannes schließen ließ.

Martin Beck klingelte an der Tür der Nachbarwohnung. Eine Frau öffnete. Sie stellten einige Fragen.

»Na, Sie wissen doch, wie das in solchen Häusern ist. Man kümmert sich nicht um die Leute in der Nachbarwohnung. Ich glaube, ich hab ihn ein paarmal gesehen, so lange hat er auch wohl gar nicht hier gewohnt.«

»Können Sie sich erinnern, wann Sie ihn zuletzt gesehen haben?« fragte Kollberg.

Die Frau schüttelte den Kopf. »Keine Ahnung. Aber das ist schon eine ganze Weile her. Weihnachten oder so. Ich weiß es wirklich nicht mehr.«

In den beiden anderen Wohnungen auf der gleichen Etage war offenbar keiner zu Hause. Jedenfalls öffnete niemand. Einen Hausmeister schien es nicht zu geben; eine Bekanntmachung im Eingang wies die Mieter darauf hin, daß sie sich an einen Maschinisten zu wenden hätten, wenn irgend etwas in der Wohnung nicht funktionierte. Aber der hatte eine ganz andere Adresse. Als sie aus dem Haus kamen, setzte sich Kollberg ins Auto, während Martin Beck über die Straße ging und den Lebensmittelladen auf der anderen Seite betrat. Er sprach mit dem Inhaber und zeigte ihm das Reklameblatt mit dem Sonderangebot.

»So auf Anhieb kann ich nicht sagen, wann wir das rausgeschickt haben. Solche Listen teilen wir immer freitags aus. Warten Sie einen Augenblick.« Er verschwand in den hinteren Räumen des Ladens und kam nach kurzer Zeit zurück. »Freitag, den 9. Februar«, sagte er.

Martin Beck nickte und ging hinaus zu Kollberg.

»Seit dem 9. Februar ist er jedenfalls nicht zu Hause gewesen.«

Kollberg zuckte unlustig die Achseln.

Sie fuhren den Sockenvägen und den Nynäsvägen entlang, durch das Hammarby-Industriegebiet und kamen auf die Hauptstraße nach Värmdö. Als sie in Gustavsberg ankamen, gingen sie zur Polizeiwache und sprachen mit einem der beiden Polizisten, die die gestohlenen Autos auf Olofssons Grundstück entdeckt hatten. Er beschrieb ihnen den Weg zum Sommerhaus.

Sie brauchten eine Viertelstunde für den Weg.

Das Haus lag gut gegen Sicht geschützt. Der Zufahrtsweg war kurvenreich und voller Schlaglöcher, kaum mehr als ein Waldweg. Das Grundstück war früher einmal gepflegt gewesen mit Rasenflächen, Steingärten und Sandwegen, aber davon war kaum noch etwas zu erkennen. Um das Haus herum war der Schnee geschmolzen, aber im Wald, der sich dicht um das Grundstück schloß, lagen immer noch grauweiße Schneehaufen. Direkt am Waldrand an der anderen Seite der Lichtung stand eine offensichtlich neu erbaute Garage. Sie war leer, und die drei Wagen, die den Reifenspuren nach zu urteilen hinter dem Haus gestanden hatten, waren ebenfalls fortgeschafft worden.

»Dummheit, die Autos wegzuholen«, sagte Kollberg. »Wenn er kommt, merkt er sofort, daß die Polizei hier war.«

Martin Beck sah sich die Tür zum Haus an. Sie war mit einem Sicherheitsschloß und zusätzlich mit einem großen Vorhängeschloß aus Messing versperrt. Der einzige, der ihnen die Schlüssel dazu geben konnte, war Olofsson selbst. Hier mußten sie also anders vorgehen. Aus dem Handschuhfach holten sie Schraubenzieher und verschiedenes anderes Werkzeug und fingen mit der Arbeit an. Nach wenigen Minuten brauchten sie die Tür nur noch aufzuklinken.

Das Sommerhaus bestand aus einem großen, rustikal möblierten Raum, zwei kleinen Schlafzimmern, Küche und Toilette. Die Luft hier drin war kalt und feucht und roch nach Schimmel und Petroleum. Im großen Raum gab es einen offenen Kamin und in der Küche einen kleinen Holzofen, darüber hinaus beschränkte sich die Heizmöglichkeit auf einen Petroleumofen in einem der Schlafräume. Überall auf dem Fußboden lagen Sand und getrocknete Lehmklumpen, und die Möbel im großen Raum waren fleckig und abgewetzt. In der Küche standen Tische, Bänke, Herd und Regale voller leerer Flaschen, schmutziger Teller, Tassen mit eingetrockneten Kaffeeresten und schmutziger Gläser. In einem der Schlafräume lag auf dem an der Wand befestigten Bett ein schmutziges Laken und eine fleckige, zerrissene Steppdecke.

Im Haus befand sich kein Mensch.

In der kleinen Veranda entdeckten sie eine Tür und dahinter eine lange Kammer, deren Regale voller Diebesgut waren, offenbar Gegenstände, die aus den gestohlenen Autos stammten. Da lagen Transistorapparate, Kameras, Ferngläser, Taschenlampen, Werkzeug, ein paar Angelruten, ein Jagdgewehr und eine Reiseschreibmaschine. Martin Beck kletterte auf einen Hokker und blickte in das oberste Fach des Regals. Dort lagen ein altes Krokketspiel, eine verblichene schwedische Flagge und eine eingerahmte Fotografie. Er nahm das Bild herunter und gab es Kollberg.

Es zeigte eine junge blonde Frau in kurzärmeliger Seidenbluse und kurzen Hosen mit einem kleinen Jungen. Die Frau war hübsch, und sowohl sie als auch der Junge lachten fröhlich in die Kamera. Der Kleidung und Frisur der Frau nach zu urteilen, stammte das Bild aus den dreißiger Jahren; im Hintergrund sah man das Haus, in dem sich Martin Beck und Kollberg gerade befanden.

»Ein oder zwei Jahre bevor der Vater starb, würde ich sagen. Das Haus sah damals etwas anders aus«, meinte Martin Beck.

»Eine hübsche Mutter hat er«, sagte Kollberg. »Wer weiß, wie es Rönn ergangen ist.«

Einar Rönn war mit dem Wagen eine ganze Weile in Segeltorp umhergeirrt, ehe er das Haus fand, in dem Bertil Olofssons Mutter wohnte. Sie hieß jetzt Lundberg, und ihr Mann war nach Rönns Informationen Abteilungsleiter in einem großen Warenhaus.

Die Frau, die ihm öffnete, hatte völlig weißes Haar, sah aber nicht älter als fünfundfünfzig aus. Sie war schlank und braungebrannt, obwohl der Frühling gerade erst begonnen hatte. Die feinen Falten um die schönen grauen Augen herum leuchteten hell aus dem sonnenverbrannten Gesicht, als sie fragend die Augenbrauen hob. »Sie wünschen?«

Rönn nahm den Hut in die linke Hand und holte seinen Dienstausweis heraus. »Sie sind Frau Lundberg?« fragte er.

Sie nickte, und ihr Blick verriet einen Anflug von Unruhe, als sie auf seine nächsten Worte wartete.

»Es betrifft Ihren Sohn, Bertil Olofsson. Ich möchte Ihnen ein paar Fragen stellen.«

Sie zog die Stirn kraus. »Was hat er denn nun wieder angestellt?«

»Nichts, hoffe ich. Darf ich einen Augenblick hereinkommen?«

Die Frau nahm zögernd die Hand von der Türklinke. »Jaa ...«, sagte sie unentschlossen. »Bitte.«

Rönn hängte seinen Mantel auf, legte den Hut auf die Kommode in der Diele und folgte ihr in das Wohnzimmer, das freundlich und geschmackvoll, aber ohne übertriebene Eleganz möbliert war. Die Dame des Hauses wies auf einen Sessel vor dem Kamin und setzte sich selbst aufs Sofa.

»Ja. Dann schießen Sie mal los. Was Bertil betrifft, so bin ich eine ganze Menge gewohnt. Sie können also gleich sagen, worum es sich handelt. Was hat er getan?«

»Wir suchen ihn, weil wir hoffen, daß er uns bei der Klärung eines Falles helfen kann. Ich wollte eigentlich nur fragen, ob Sie wissen, wo er sich zur Zeit aufhält.«

»Ist er denn nicht zu Hause in Årsta?«

»Nein. Er scheint eine ganze Weile nicht dort gewesen zu sein.«

»Und im Sommerhaus? Wir haben ... er hat ein Sommerhaus auf Värmdö. Mein früherer Mann, Bertils Vater, hat es gebaut, und nun gehört es Bertil. Vielleicht ist er da?«

Rönn schüttelte den Kopf. »Hat er Ihnen nicht gesagt, daß er verreisen wollte?«

Bertil Olofssons Mutter hob abwehrend die Hände. »Nein. Wir sprechen nicht mehr oft miteinander. Ich weiß nie, was er vorhat oder wo er sich aufhält. Hier ist er zum Beispiel seit mehr als einem Jahr nicht gewesen, und da kam er auch nur, um sich Geld von mir zu leihen.«

»Hat er in der letzten Zeit auch nicht angerufen?«

»Nein. Nun waren wir allerdings drei Wochen in Spanien, aber ich kann mir nicht vorstellen, daß er während der Zeit angerufen hat. Wir haben praktisch keine Verbindung.« Sie schluckte. »Mein Mann und ich haben schon lange die Hoffnung aufgegeben, daß Bertil zur Vernunft kommt. Bergauf wird's wohl kaum noch mit ihm gehen.«

Rönn schwieg eine Weile und blickte die Frau an. Ihre Züge hatten sich verhärtet.

»Kennen Sie jemanden, der vielleicht weiß, wo er sich befindet? Vielleicht ein Mädchen oder einen Freund oder so?«

Sie lachte kurz und hart. »Nein. Und ich bin froh, daß ich keine von denen kenne, mit denen er sich herumtreibt.«

Sie starrte in den leeren Kamin und blickte dann zu Rönn hoch.

»Ich will Ihnen eins sagen. Er war früher mal ein richtig netter Junge, aber er ist in schlechte Gesellschaft geraten. Er war immer leicht zu beeinflussen und wollte von mir, meinem Mann und seinem Bruder nichts mehr wissen, ja, er stellte sich praktisch gegen uns alle. Dann wurde er in die Jugendstrafanstalt eingewiesen, und da wurde es natürlich nicht besser. Dort lernte er die Gesellschaft noch mehr hassen, machte auch seine erste Bekanntschaft mit dem Rauschgift.«

Sie sah Rönn feindselig an. »Aber inzwischen ist es ja ganz normal, daß unsere Schulen und Anstalten die ersten Stufen zu Rauschgiftsucht und Kriminalität sind. Das, was Sie mit Fürsorge bezeichnen, ist in meinen Augen absolut sinnlos.«

Rönn stimmte ihr eigentlich zu, wußte aber nicht recht, was er sagen sollte. »Ja«, meinte er schließlich. »So sieht es vielleicht aus.« Dann riß er sich zusammen und fuhr fort: »Es war nicht meine Absicht, hierherzukommen und Sie zu beunruhigen. Darf ich Sie nur noch eine Sache fragen?«

Sie nickte.

»Wie ist der Kontakt zwischen Ihren Söhnen? Treffen sie sich noch, oder stehen sie in Verbindung miteinander?«

»Jetzt nicht mehr. Gert ist Zahnarzt und hat eine eigene Praxis in Göteborg. Aber als er noch hier auf die Zahnärztliche Hochschule ging, gelang es ihm tatsächlich, Bertil zu überreden, zu ihm zu kommen und sich seine Zähne in Ordnung bringen zu lassen. Gert ist ein so netter und freundlicher Junge. Sie waren eine Zeitlang richtig gute Freunde. Aber dann ist irgendwas passiert, und danach haben sie sich nicht mehr getroffen. Ich glaube nicht, daß es einen Zweck hat, Gert zu fragen, denn jetzt weiß er auch nicht viel mehr über Bertil. Da bin ich ganz sicher.«

»Wissen Sie, aus welchem Anlaß sich die beiden entzweiten?«

»Nein«, sagte sie abweisend. »Ich habe keine Ahnung. Irgendwas ist geschehen. Irgendwas passiert ja dauernd mit Bertil, nicht wahr?«

Sie sah Rönn starr an.

Der hüstelte umständlich. Vielleicht war es Zeit, das Gespräch zu beenden? Rönn stand auf und streckte die Hand aus. »Vielen Dank für Ihre Hilfe, Frau Lundberg.«

Sie gab ihm die Hand, sagte aber nichts. Er nahm seine Visitenkarte heraus und legte sie auf die Tischkante.

»Wenn Sie etwas von ihm hören, wäre ich Ihnen dankbar, wenn Sie mich anrufen würden.«

Sie sagte immer noch nichts, aber sie begleitete ihn hinaus und öffnete die Haustür.

»Auf Wiedersehen«, sagte Rönn.

Als er den halben Weg zum Gartenzaun zurückgelegt hatte, drehte er sich um und sah sie aufrecht und regungslos in der Türöffnung stehen und ihm nachblicken. Sie sah jetzt bedeutend älter aus als vorhin, als er gekommen war.

17

Das Bild von Bertil Olofsson war deutlicher geworden, allerdings nur ein wenig. Man wußte, daß er mit gestohlenen Autos gehandelt hatte, die er wahrscheinlich umlackierte und mit neuen Schildern versah, ehe er sie verkaufte. Man nahm auch an, daß er Rauschgift verkaufte. Er war kein großer Händler, sondern gehörte mit ziemlicher Sicherheit zu der Gruppe von Rauschgiftsüchtigen, die den Stoff verkaufen, um ihren eigenen Bedarf zu finanzieren.

Keines dieser Ergebnisse war besonders sensationell. Da Olofsson der Polizei seit Jahren bekannt war, wußte man schon so ungefähr, womit er sich beschäftigte. Das, was Malm eventuell hätte verraten können, mußte erheblich mehr Bedeutung gehabt haben, wenn Olofsson sich genötigt gesehen hatte, ein so großes Risiko einzugehen, um ihn aus dem Weg zu räumen. Wenn es überhaupt Olofsson gewesen war, der den kleinen Apparat in Malms Matratze angebracht hatte. Trotz allem war das nur eine Vermutung und eine Behauptung, die vorläufig nicht zu beweisen war. Aber in der Fahndungszentrale gab es zu diesem Zeitpunkt niemanden, der an der Richtigkeit dieser Mutmaßung zweifelte.

Fredrik Melander hatte zu Beginn Pech mit seinen Nachforschungen in der Unterwelt. Zum ersten stellte sich heraus, daß einer seiner zuverlässigsten Kontaktleute, ein ehemaliger Bankräuber, der mehrere Jahre lang den schmalen Pfad der Tugend gewandelt war, rückfällig geworden war und schon seit neun Monaten eine dreijährige Gefängnisstrafe in Härlanda absaß. Dann stellte er fest, daß die Bierstube im Stadtteil Söder, in der die Männer verkehrt hatten, die Malm und Olofsson eventuell kennen konnten und mit deren Inhaberin er außerdem auf gutem Fuß gestanden hatte, längst nicht mehr existierte, da das Haus, in dem die Kneipe sich befunden hatte, abgerissen worden war. Die Besitzerin war aus Stockholm weggezogen, und man erzählte sich, daß sie einen Tabakladen in Kumla aufgemacht hatte. Nach diesen Schlappen hatte Melander sich zu einem drittklassigen Restaurant, ebenfalls im Stadtteil Söder, aufgemacht, das ein paar alte Einbrecher zu seinen Stammgästen zählte, die in ihren guten Stunden wertvolle Tips weitergaben, wenn man ihnen einen oder zwei Whisky-Soda spendierte. Aber auch hier hatte er kein Glück. Das Lokal hatte den Namen gewechselt, und über der Tür verkündete ein Schild HEUTE ABEND TANZ. In den Fenstern sah er große Farbfotografien, die das Orchester zeigten, eine Gruppe schwarzhaariger Männer mit eigenartigen Instrumenten in den Händen, die von den weiten, mit Rüschen besetzten Hemdsärmeln fast ganz verdeckt wurden. Im Schaukasten, in dem früher auf einem anspruchslosen, handgeschriebenen Speisezettel Kohlrouladen und Erbsensuppe angeboten worden waren, hing jetzt eine bunte Speisekarte in spanischer Sprache.

Melander trat ein, stellte sich an die Tür und blickte in den Saal. Die

Decke war abgesenkt worden, die Beleuchtung schummriger, die Tische waren zahlreicher und neuerdings mit karierten Tischtüchern bedeckt. An den Wänden hatte man Plakate mit Bildern von Stierkämpfen und Flamencotänzern aufgehängt. Es war Freitagabend, und ungefähr die Hälfte der Tische war von jugendlichen Gästen, die einen ziemlichen Lärm machten, besetzt. Niemand nahm Notiz von ihm; nach einer Weile entdeckte er eine Kellnerin, die er wiedererkannte. Sie war angezogen wie für einen Maskenball, und er konnte sich nicht entscheiden, ob sie sich als Mädchen aus Dalarna oder als Carmen verkleidet hatte.

Melander winkte sie zu sich heran und fragte, wo die ehemaligen Gäste jetzt verkehrten. Sie wußte es und nannte ihm ein Lokal etwas weiter unten in der gleichen Straße. Melander dankte und ging dorthin.

Hier hatte er mehr Glück. Auf einem Sofa an der hinteren Schmalseite saß ein ihm bekannter Mann und schlürfte gelangweilt an seinem Silbergrog. Das war einer der Kerle, nach denen er suchte. Früher war dieser Mann mal ein geschickter Fälscher gewesen, aber das beginnende Alter und der Alkohol hatten ihn gezwungen, diese lohnende Beschäftigung aufzugeben. Er hatte auch eine kurze, aber unglückliche Karriere als Einbrecher hinter sich. Jetzt gelang es ihm kaum noch, ein Paar Strümpfe bei EPA zu stehlen, ohne festgenommen zu werden. Er wurde Rotfuchs genannt wegen seines lockigen rotblonden Haars, das er lange, ehe es Mode wurde, halblang und offen trug, obwohl gerade diese ungewöhnliche Frisur dazu beitrug, daß er leicht wiedererkannt und mehrere Male dann auch prompt festgenommen wurde.

Melander setzte sich Rotfuchs gegenüber, und dieser wurde sofort freundlich, in der Aussicht, zu einem Whisky-Soda eingeladen zu werden.

»Na, Rotfuchs, wie geht's dir?« fragte Melander.

Rotfuchs schwenkte den Rest der Flüssigkeit in seinem Glas und goß ihn in einem Schluck herunter.

»Ausgesprochen mies. Keine Mäuse und kein Quartier. Ich hab schon dran gedacht, mir Arbeit zu suchen.«

Melander wußte, daß Rotfuchs in seinem ganzen Leben noch keine Öre ehrlich verdient hatte, und daher ließ ihn die Neuigkeit kalt.

»Aha, du hast also keine Unterkunft.«

»Im Winter hab ich ja 'ne Zeitlang im Altersheim Hägalid gewohnt. Da hat's mir aber gar nicht gefallen.«

Eine Kellnerin zeigte sich in der Tür zur Küche, und Rotfuchs fügte schnell hinzu: »Und verdammt durstig wird man auch.«

Melander winkte der Kellnerin.

»Wenn du bezahlst, kann man vielleicht zu was Besserem übergehen«, meinte Rotfuchs und bestellte ein Achtel Gin und Tonic.

Melander bat um die Speisekarte. Als die Bedienung verschwunden war, fragte er: »Was trinkst du denn sonst?«

»Klaren und Zucker. Wirklich kein Göttertrank, aber ich muß mit jeder Öre rechnen.«

Melander nickte zustimmend. Hier war er absolut einer Meinung mit dem Mann. Aber diesmal bezahlte der Staat, auch wenn es auf Umwegen geschah, und er bestellte Eisbein und Kartoffelbrei mit Kohlrüben für sie beide, obwohl Rotfuchs protestierte. Als das Essen auf den Tisch kam, hatte Rotfuchs seinen Gin bereits ausgetrunken, und Melander bestellte großzügig noch einmal dasselbe. Da er befürchtete, daß Rotfuchs in kurzer Zeit zu betrunken sein würde, um noch ein ordentliches Gespräch mit ihm zu führen, beeilte er sich, sein Problem vorzubringen.

Rotfuchs ließ den Namen und den Gin auf der Zunge zergehen. Dann fragte er: »Bertil Olofsson, wie sieht der aus?«

Melander war Olofsson zwar noch nie begegnet, aber er hatte eine Fotografie gesehen und hatte die Beschreibung im Kopf. Rotfuchs strich sich nachdenklich über das berüchtigte Haar.

»Ja, dann weiß ich, wen du meinst. Stoff, nicht? Autohandel und so, von jedem etwas. Kenn den Kerl selbst nicht so gut, aber ich weiß, wen du meinst. Was willst du über ihn wissen?«

Melander schob den Teller weg und begann in seiner Pfeife zu bohren. »Ist das alles, was du weißt?« fragte er. »Weißt du zum Beispiel, wo er jetzt ist?«

Rotfuchs schüttelte den Kopf. »Nee, hab ihn 'ne ganze Weile nich gesehen. Aber der verkehrt ja auch in ganz anderen Kreisen wie ich. Feine Lokale, wo unsereiner nich hinkommt. Da gibt es zum Beispiel so 'ne Art Klub, nicht weit von hier, ich glaub, da is er meistens. Eigentlich sind da nur die Jungen, Olofsson gehört ja zu den Älteren.«

»Was macht er denn so außer Stoff und Autos?«

»Weiß ich nicht. Aber ich hab gehört, er arbeitet für wen, den Namen kenn ich aber nich. Olofsson war nie 'ne große Nummer, aber vor einem Jahr oder so is er plötzlich im Geschäft gewesen. Ich glaub, er arbeitet für einen, der ganz groß drinsitzt. Wird viel geredet, weißt du, aber keiner weiß was Genaues.«

Rotfuchs' Worte kamen bereits undeutlicher. Melander fragte, ob er Göran Malm kannte.

»Hab ihn nur 'n paarmal im *Uven* gesehen. Is der nich in dem Haus umgekommen, das da abgebrannt ist? Er war nur ein kleiner Händler, nichts Besonderes. Und außerdem isser ja nu tot, der arme Hund.«

Bevor Melander ging, steckte er nach kurzem Zögern zwei Zehn-Kronen-Scheine in Rotfuchs' Hand und sagte: »Ruf mich an, wenn dir noch was einfällt. Kannst dich ja mal vorsichtig 'n bißchen umhören.«

Als er sich in der Tür umdrehte, sah er, wie Rotfuchs der Kellnerin winkte.

Melander suchte den Klub, von dem der Mann gesprochen hatte. Als er das jugendliche Publikum bemerkte, das sich davor drängte, wurde ihm klar, daß er in dieser Umgebung so unauffällig wirken würde wie ein Vogel Strauß im Hühnerhof. Also machte er kehrt und ging nach Hause.

Von dort wollte er Martin Beck anrufen und ihn fragen, ob man es wagen könnte, Skacke mit einem Besuch in diesem Klub zu beauftragen.

Benny Skacke war begeistert. Gleich nachdem Martin Beck aufgelegt hatte, rief er seine Freundin an und sagte die abendliche Verabredung ab, da er einen wichtigen Fahndungsauftrag erhalten habe. Er erklärte geheimnisvoll, daß es darum ginge, einen Mörder zu finden. Aber ihr schien das wenig zu imponieren, sie wurde ziemlich ärgerlich.

Den größten Teil des Tages verbrachte er nach dem Programm, das er sich für jeden dienstfreien Tag zurechtgelegt hatte. Erst machte er eine halbe Stunde Gymnastik, dann fuhr er zum Hallenbad in Åkeshov, ging in die Sauna und schwamm tausend Meter, und als er wieder zu Hause war, setzte er sich an seinen Schreibtisch und klemmte sich hinter juristische Fachbücher.

Am späten Nachmittag begann er zu überlegen, was er anziehen sollte. Normalerweise kleidete er sich durchschnittlich und korrekt. Er konnte sich zum Beispiel nicht vorstellen, ohne Krawatte zur Arbeit zu gehen. Da Skacke alles andere als ein Gesellschaftsmensch war und nur äußerst selten ein Restaurant oder eine Bar aufsuchte, war er sich nicht ganz im klaren, was man bei solchen Unternehmungen trug. Auf jeden Fall nicht einen der unauffälligen Konfektionsanzüge, die in seinem Schrank hingen. Schließlich fuhr er in die Wohnung seiner Eltern nach Kungsholmen und lieh sich von seinem jüngeren Bruder einen Anzug. Seine Mutter hatte zum Abendbrot Hacksteak zubereitet, und er blieb gleich zum Essen da. Bei Tisch gab er mit seinem gefahrvollen Leben als Detektiv an, erzählte einige völlig aus der Luft gegriffene Geschichten und brüstete sich vor seinen erstaunten und stolzen Eltern mit einem Vorfall, den Gunvald Larsson einmal erlebt hat.

Als er nach Abrahamsberg zurückkam, zog er sofort den Anzug an. Er fühlte sich etwas fremd darin, war aber sofort zufrieden, als er sich im Spiegel sah. Bestimmt besaß keiner seiner Kollegen bei der Polizei ein ähnliches Schmuckstück.

Die Jacke war lang und lag eng um die Hüfte; sie hatte schräg eingesetzte Taschen und einen großen Kragen. In die Hosen mußte er sich hineinzwängen; um die Oberschenkel saßen sie wie ein Trikot und wurden nach unten immer weiter. Wenn er sich bewegte, flatterten sie störend um die Fußgelenke. Der Anzug war aus hellblauem Manchestersamt, dazu gehörte ein grell orangefarbenes Oberhemd mit Polokragen.

Benny fühlte sich bis zur Unkenntlichkeit verkleidet, als er kurz nach zehn den Nachtklub betrat. Das Lokal befand sich in einem Keller (ehe er die Treppe hinuntergehen durfte, wurden ihm fünfunddreißig Kronen als Mitgliedsbeitag abgeknöpft) und bestand aus zwei großen Räumen und einem kleineren Raum. Es roch nach Zigarettenqualm und Körperausdünstungen.

In dem einen der großen Räume wurde zu den ohrenbetäubenden Klängen einer Pop-Band getanzt, in dem anderen trank man Bier. Verständigen konnte man sich nur schreiend. Nur in dem kleineren Raum war es relativ ruhig. Er schien denjenigen vorbehalten zu sein, die am Tisch sitzen und etwas essen, eine Flasche Wein trinken oder einfach beim flackernden Kerzenschein Händchen halten wollten. Daß sich die Gäste hier drin so ruhig verhielten, war wahrscheinlich den Kerzen zuzuschreiben. Natürlich erstickten die Anwesenden beinahe aus Mangel an Sauerstoff.

Er drängte sich an die Bar, und nach einer Weile gelang es ihm, einen Humpen Bier zu ergattern. Mit dem Steinkrug in der Hand wanderte er umher und besah sich das Publikum. Viele Mädchen sahen aus, als ob sie vierzehn und keinen Tag älter seien, und er sah mindestens fünf männliche Gäste, welche die Fünfzig überschritten hatten, aber sonst lag das Durchschnittsalter zwischen fünfundzwanzig und dreißig.

Skacke beschloß, sich erst einmal anzuhören, worüber die Gäste sprachen, ehe er selbst eine Unterhaltung anfing. Er schob sich geschickt in die Nähe von vier Männern, die in einer Ecke standen. Den Gesichtern nach zu urteilen, war ihr Gesprächsthema ernster Natur, sie zogen die Stirn kraus, nippten nachdenklich an ihren Biergläsern, hörten dem, der gerade sprach, aufmerksam zu und ergänzten seine Worte ab und zu mit vielsagenden Gesten. Skacke verstand kein Wort, ehe er direkt neben ihnen stand.

»Die weiß doch gar nicht, was eine Libido ist«, bemerkte einer von ihnen. »Eher würde ich schon Rita vorschlagen.«

»Die macht es nur allein«, sagte ein anderer. »Da ist Bebban schon besser.« Die anderen beiden brummten zustimmend.

»Also los«, sagte der erste. »Wir nehmen Bebban, dann haben wir wenigstens drei. Kommt, suchen wir sie.«

Die vier verschwanden zwischen den Tänzern. Benny Skacke blieb stehen und überlegte, was eine Libido wohl sein mochte. Er würde im Lexikon nachschlagen, wenn er zu Hause war.

Das Gedränge an der Theke hatte sich gelichtet, und es gelang Skacke, sich nach vorn durchzuboxen. Als der Barmann zu ihm kam, bestellte er ein Bier und fragte nebenher: »Hast du Berra Olofsson hier gesehen?«

Der Mann trocknete sich die Hände an seiner karierten Schürze ab und schüttelte den Kopf. »In den letzten Wochen nicht.«

»Ist von seinen Freunden einer da?«

»Weiß nicht. Ach ja, doch. Olle war vorhin hier.«

»Wo ist er denn jetzt?«

»Irgendwo wird er sein.« Der Mann ließ seinen Blick über die Menge gleiten. Er nickte einer Gruppe schräg hinter Skacke zu. »Da steht er ja.«

Skacke drehte sich um und sah mindestens fünfzehn Personen, die gemeint sein konnten.

»Wie sieht er denn aus?«

Der Mann hinter der Theke zog verwundert die Augenbrauen hoch. »Ich dachte, du kennst ihn. Da drüben steht er. Der mit dem schwarzen Pullover und den Koteletten.«

Skacke nahm sein Bier, legte das Geld auf die Theke und drehte sich um. Er erkannte den Mann, der Olle hieß, sofort. Er stand mit den Händen in den Taschen da und sprach mit einer kleinen Blondine mit Turmfrisur und großen Brüsten.

Skacke ging hin und schlug dem Mann leicht auf die Schulter.

»Hallo, altes Haus.«

»Hallo«, entgegnete der andere unsicher.

Skacke nickte der Blondine zu, und sie blickte ihn gnädig an.

»Wie geht's denn so?« fragte der Mann mit den Koteletten.

»Gut. Ach hör mal, ich such nach Berra. Berra Olofsson. Hast du ihn kürzlich gesehen?«

Olle nahm die Hände aus der Tasche und setzte einen Zeigefinger auf Skackes Brust.

»Nee. Du kommst mir gerade richtig. Ich hab nämlich schon selber nach ihm gesucht. Aber zu Hause ist er nicht. Weiß Gott, wo der sich rumtreibt.«

»Wann hast du ihn denn zuletzt gesehen?«

»Das ist schon verdammt lange her. Warte mal. Anfang Februar. An einem der ersten Februartage. Er wollte 'ne Woche oder so nach Paris fahren, hat er gesagt. Danach hab ich ihn nicht mehr gesehen. Was willst du denn von ihm?«

Die Blondine war ein paar Meter weiter zu einer Gruppe gegangen, ab und zu schielte sie herüber in Skackes Richtung.

»Ach, ich will mit ihm 'ne Sache besprechen«, gab Skacke vage zurück.

Olle hielt ihn am Arm fest und lehnte sich zu ihm hinüber. »Wenn es um Weiber geht, kannst du auch mit mir sprechen. Ich hab 'n paar von Berra übernommen.«

»Na, irgendwer muß den Laden ja in Schuß halten, solange er unterwegs ist.«

Olle grinste. »Na?« fragte er.

Skacke schüttelte den Kopf. »Nein. Nicht um Weiber. Andere Sachen.«

»Aha, ich versteh. Nee, da kann ich dir nicht helfen. Ich hab kaum so viel, daß es für mich selber reicht.«

Die Blondine kam heran und zog Olle am Ärmel.

»Ich komm schon, Stummel«, sagte der.

Das Mädchen zog ihn auf die Tanzfläche.

Skacke war kein besonders guter Tänzer, aber er ging los und forderte eine Dame auf, die zu Olofssons oder Olles Stall zu gehören schien. Sie sah ihn gelangweilt an, ging aber mit auf die Tanzfläche und begann, sich mechanisch zu bewegen. Ein Gespräch kam nur langsam in Gang, aber er erfuhr, daß sie Olofsson nicht kannte.

Nach vier angestrengten Tänzen mit verschiedenen mehr oder weniger gesprächigen Partnerinnen kam Skacke an die Richtige.

Das fünfte Mädchen war ungefähr so groß wie er, hatte hellblaue Kuhaugen, einen dicken Hintern und schmale, spitze Brüste.

»Berra«, sagte sie. »Sicher kenn ich Berra.«

Er stand wie festgenagelt, während sie ihr Hinterteil schwenkte, mit den Brüsten wackelte und mit den Fingern schnipste. Skacke brauchte praktisch nur vor ihr stehenzubleiben.

»Aber für den arbeite ich nicht mehr«, fügte sie hinzu. »Ich bin jetzt selbständig.«

»Weißt du, wo er jetzt ist?«

»Er ist in Polen, hab ich neulich einen sagen hören.«

Sie wiegte sich in den Hüften, und Skacke schnipste ein wenig mit den Fingern, um nicht ganz untätig auszusehen.

»Bist du sicher? In Polen?«

»Ja. Irgendwer hat das gesagt. Weiß nicht mehr, wer das war.«

»Seit wann denn?«

Sie zuckte die Achseln. »Weiß nicht. Er ist 'ne Weile weg, wird schon wieder auftauchen. Was willst du denn von ihm haben? Stoff?«

Sie mußten sich anbrüllen, um die Musik zu übertönen.

»Kann ich dir vielleicht besorgen«, schrie sie. »Aber nicht vor morgen früh.«

Skacke traf dann noch drei Mädchen, die Bertil Olofsson kannten, aber nicht wußten, wo er sich aufhielt. Keine hatte ihn in den letzten Wochen gesehen.

Kurz vor drei Uhr fing man an, mit dem Licht zu flackern, um die Gäste darauf aufmerksam zu machen, daß gleich geschlossen werden sollte. Skacke ging ein Stück zu Fuß, ehe er ein Taxi fand. Sein Kopf brummte vom Bier und von der schlechten Luft, und er sehnte sich nach seinem Bett.

In den Taschen hatte er die Telefonnummern von zwei Mädchen, die sich angeboten hatten, ihm nackt Modell zu stehen, von einer, die nur ganz allgemein an ihm interessiert war, und von dem Mädchen, das ihm Rauschgift verkaufen wollte. Im übrigen war das Ergebnis des Abends dürftig. Am nächsten Morgen sollte er Martin Beck berichten, aber eigentlich hatte er nur erfahren, daß Bertil Olofsson verschwunden war.

Zwei Einzelheiten hatte er allerdings auf dem Pluskonto.

Er wußte, wann ungefähr Olofsson verschwunden war.
Und das mit Polen.
Immerhin etwas. Dachte Benny Skacke.

18

Als Gunvald Larsson, frisch gebadet und munter, das Polizeigebäude in der Kungsholmsgatan betrat und hinauf zu den Räumen der Kriminalpolizei fuhr, hatte er keine Ahnung, was aus dem Fall Malm inzwischen geworden war. Es war Montag, der 25. März, und der erste Tag, an dem er wieder im Dienst war.

Er hatte nach seiner Begegnung mit Max Karlsson am Dienstag den Telefonhörer nicht mehr in die Hand genommen, und in den Zeitungen hatte nach der Nachricht von Madeleine Olsens Tod keine Zeile über den Brand gestanden. Wahrscheinlich würde er demnächst eine Medaille bekommen, die Heldentat und die Tragödie waren abgeschlossene Kapitel, und die Erinnerung an den Namen Gunvald Larsson verblaßte bereits merklich. Die Welt war schlecht, es gab genügend Sensationen für die Titelseiten. Über Selbstmorde wird in den schwedischen Zeitungen nur selten berichtet, zum Teil aus ethischen Gründen, vor allem aber weil es so beschämend viele sind, und über ein Schadenfeuer mit drei Todesopfern kann man auch nicht wochenlang etwas Neues schreiben. Außerdem gab es keinen Grund, die Polizei wegen dieses einzelnen Falles immer wieder zu loben, solange sie den Rauschgifthändlern nicht das Handwerk legen konnte oder mit den ewigen Demonstrationen nicht fertig wurde und die Sicherheit auf den Straßen nicht garantieren konnte. Und so weiter.

Gunvald Larsson starrte daher verblüfft auf die eindrucksvolle Gesellschaft, die gerade von einer Besprechung bei Hammar kam. Darunter waren sowohl Melander als auch Ek und Rönn und Strömgren, gar nicht zu reden von Martin Beck und Kollberg, zwei Männern, über die er höchst ungern sprach und nur, wenn es sich gar nicht vermeiden ließ. Sogar Skacke lief geschäftig hin und her und versuchte mit ernster Miene, sich dem Kreis anzuschließen, zu dem er vorübergehend als Randfigur gehörte.

»Was ist denn hier los?« fragte Gunvald Larsson.

»Hammar überlegt, ob er die Fahndungszentrale hier läßt oder nach Västberga verlegt«, antwortete Rönn kleinlaut.

»Nach wem fahndet ihr denn?«

»Einem gewissen Olofsson. Bertil Olofsson.«

»Olofsson?«

»Es ist das beste, wenn du diese Berichte hier durchliest«, mischte Melander sich ein und wies mit dem Pfeifenkopf auf einen Stapel Schreibmaschinenbogen.

Gunvald Larsson las.

Seine buschigen Augenbrauen zogen sich zusammen, und sein Blick wurde immer ratloser. Schließlich schob er die Akten beiseite und fragte mißtrauisch: »Was soll denn das hier bedeuten? Ist das 'n Witz?«

»Leider nicht«, antwortete Melander.

»Brandstiftung kann ja sein, aber das mit dieser Bombe in der Matratze ... meinst du, daß das jemand ernst nimmt?«

Rönn nickte mißmutig.

»Gibt es denn überhaupt solche Apparate?«

»Hjelm sagt ja. Die sollen in Algerien erfunden worden sein.«

»In Algerien?«

»In manchen Gegenden in Südamerika sind die weit verbreitet«, bestätigte Melander.

»Na, aber dieser verdammte Olofsson? Wo ist denn der?«

»Verschwunden«, kam es lakonisch von Rönn.

»Verschwunden?«

»Es wird behauptet, er wäre im Ausland, aber keiner weiß es genau. Nicht mal Interpol kann ihn finden.«

Gunvald Larsson überlegte und bohrte dabei mit dem Brieföffner zwischen seinen großen Vorderzähnen. Melander räusperte sich und verließ das Zimmer. Martin Beck und Kollberg kamen herein.

»Olofsson«, sagte Gunvald Larsson mehr zu sich selbst. »Der gleiche Mann, der Stoff an Max Karlsson und geschmuggelten Schnaps an Kenneth Roth geliefert hat. Und der Malms Autogeschäfte dirigiert hat.«

»Und dessen Name in dem Wagen stand, den Malm benutzte, als er auf dem Södertäljevägen angehalten wurde«, fügte Martin Beck hinzu. »Hinter dem waren die Kameraden vom Einbruchsdezernat her, und deshalb waren sie so daran interessiert, den Malm nicht aus den Augen zu verlieren. Sie warteten darauf, daß Olofsson aufkreuzen und Malm gegen ihn aussagen würde, um seine eigene Haut zu retten.«

»Olofsson ist also die Schlüsselfigur in dieser Sache. Sein Name taucht immer wieder auf.«

»Meinst du, daß wir das nicht gemerkt haben?« fragte Kollberg mit deutlichem Widerwillen in der Stimme.

»Dann geht doch hin und holt ihn euch, dann ist die Sache geritzt«, sagte Gunvald Larsson triumphierend. »Bestimmt hat er das Haus angesteckt.«

»Das Schwein ist spurlos verschwunden, falls du's immer noch nicht gemerkt haben solltest.«

»Warum gebt ihr sein Bild nicht an die Zeitungen?«

»Damit er verscheucht wird?« meinte Martin Beck.

»Man kann kaum einen verscheuchen, der bereits verschwunden ist.«

Kollberg blickte Gunvald Larsson mitleidig an und zuckte die Achseln.

»Wie doof darf man eigentlich sein?«

»Solange Olofsson glaubt, daß wir annehmen, Malm hätte Selbstmord begangen und das Gas wäre durch einen unglücklichen Zufall explodiert, fühlt er sich sicher«, lenkte Martin Beck geduldig ein.

»Warum versteckt er sich denn dann?«

»Das ist 'ne vernünftige Frage.«

»Ich hab eine andere Frage.« Kollberg wandte sich an alle im Raum. »Freitag haben wir mit Jacobsson vom Rauschgiftdezernat gesprochen, und der sagte, daß Max Karlsson den Eindruck machte, als ob jemand ihn durch die Mangel gedreht hätte, bevor er Dienstag hierher gebracht wurde. Ich frage mich, wer dieser Jemand wohl gewesen sein könnte.«

»Karlsson hat gestanden, daß Olofsson ihn, Roth und Malm beliefert hat«, entgegnete Gunvald Larsson.

»Das sagt er jetzt nicht mehr.«

»So? Aber mir hat er es gesagt.«

»Wann denn? Als du ihn verhört hast?«

»Ja«, antwortete Gunvald Larsson ungerührt.

Martin Beck nahm eine Florida, drückte das Mundstück zusammen. »Ich hab's schon öfter gesagt, und ich sag's immer wieder: Gunvald, früher oder später fällst du noch mal auf die Schnauze.«

Das Telefon klingelte, und Rönn nahm ab.

Gunvald Larsson gähnte gleichgültig. »Na, wie du meinst.«

»Ich meine das nicht nur, ich bin davon überzeugt.«

»Kommt überhaupt nicht in Frage«, sagte Rönn in den Hörer. »Verschwunden? Das ist doch unmöglich. Nichts kann so ohne weiteres verschwinden. Klar begreife ich, daß er traurig ist ... was ... sag ihm, daß es zwecklos ist, wenn er sich hinsetzt und weint, nur weil es weggekommen ist. Hier ist zum Beispiel ein Mann verschwunden. Überleg doch mal, wenn ich mich einfach hinsetzen und heulen würde. Wenn eine Person oder eine Sache verschwunden ist, dann muß man ... Was?«

Die anderen sahen ihn verwundert an.

»Eben, dann muß man suchen, bis man es findet«, sagte Rönn mit großem Nachdruck und legte den Hörer auf.

»Was ist denn verschwunden?« erkundigte sich Kollberg.

»Ach, meine Frau ...«

»Wie?« fuhr Gunvald Larsson auf. »Ist Unda verschwunden?«

»Ach was«, sagte Rönn. »Ich hab dem Jungen vor 'n paar Tagen zum Geburtstag ein Feuerwehrauto geschenkt. 32,50 hat es gekostet. Und jetzt hat er's verbummelt. Zu Hause in der Wohnung. Und nun heult er und will 'n neues haben. Verschwunden. Ist doch Unsinn, in meiner eigenen Wohnung. So groß war es.« Er hielt zwei Finger hoch.

»Das ist außerordentlich wichtig«, meinte Kollberg spöttisch.

Rönn saß immer noch mit erhobenen Fingern da.

»Wichtig? Ja, das kann man wohl sagen. Ein Feuerwehrauto. So groß. Für 32,50.«

Im Zimmer wurde es still. Gunvald Larsson starrte Rönn an und runzelte die Stirn. Schließlich sagte er leise: »Das Feuerwehrauto, das verschwand . . .«

Rönn starrte ihn verständnislos an.

»Hat eigentlich einer mit Zachrisson gesprochen?« fragte Larsson plötzlich. »Diesem dummen Kerl von der Maria-Wache?«

»Ja«, antwortete Martin Beck. »Er weiß von nichts. Malm hat allein in einer Bierkneipe in der Hornsgatan gesessen, bis die um acht zugemacht haben. Dann ist er nach Hause gegangen. Zachrisson ist ihm gefolgt und hat drei Stunden da gestanden und gefroren. Er hat drei Menschen ins Haus gehen sehen, und von denen ist einer jetzt tot und ein anderer sitzt in Untersuchungshaft. Dann bist du gekommen.«

»Das hab ich mir doch gedacht«, brummte Gunvald Larsson und ging hinaus.

»Was ist denn in den gefahren?« fragte Rönn.

»Nichts, nehme ich an«, erwiderte Kollberg abwesend.

Er stand da und überlegte, wieso Gunvald Larsson Rönns Frau beim Vornamen nannte. Er selbst wußte nicht mal, ob Rönn verheiratet war. Wahrscheinlich infolge seines ganz allgemein mangelhaften Beobachtungsvermögens.

Gunvald Larsson fragte sich, wie man jemals einen verschwundenen Mörder finden wollte, wenn man nicht mal einen Polizeikonstabler auftreiben konnte.

Es war fünf Uhr nachmittags, und er hatte beinahe sechs Stunden lang nach Zachrisson gesucht. Diese Beschäftigung hatte ihn kreuz und quer durch die Stadt geführt und glich immer mehr einer Schnipseljagd. Auf der Maria-Wache sagte man ihm, daß Zachrisson gerade seinen Dienst beendet hatte. Zu Hause war er telefonisch nicht zu erreichen, und nach einer Weile fiel einem der Kollegen ein, daß er wahrscheinlich zum Schwimmen gegangen sei. Wo? Vermutlich ins Hallenbad Åkeshov, das in westlicher Richtung auf halbem Weg nach Vällingby liegt. In Åkeshov gab es keinen Zachrisson, dafür aber ein paar andere Polizisten, die hilfsbereit darauf hinwiesen, daß sie noch nie von einem Kollegen mit Namen Zachrisson gehört hatten und daß er sicherlich im Eriksdals-Bad sei, wo die Polizei auch Trainingsstunden hatte. Gunvald Larsson durchquerte noch einmal die Stadt, die grau und kalt und voller bibbernder und unfreundlicher Menschen war. Besonders unfreundlich war die Badefrau im Eriksdals-Bad, die ihn nur in die Schwimmhalle lassen wollte, wenn er sich auszog. Einige nackte Männer, die aus der

Sauna kamen, behaupteten, Polizisten zu sein und Zachrisson zu kennen, sagten aber, daß sie ihn tagelang nicht gesehen hätten. Worauf er sich wieder angezogen hatte.

Jetzt stand er im Erdgeschoß eines alten, aber gepflegten Hauses in der Torsgatan und glotzte wütend auf eine tabaksbraune Tür. Über dem Briefschlitz hing ein weißes Pappschild mit Zachrissons Namen. Sehr hübsch in Blockschrift mit Kugelschreiber geschrieben und von einer eigenartigen Weinranke umschlungen, die sicherlich mit großer Sorgfalt und einem grünen Kugelschreiber gezeichnet worden war.

Er hatte geklingelt und geklopft und auch ein paarmal mit dem Fuß gegen die Tür getreten, jedoch mit dem einzigen Erfolg, daß die Nachbarsfrau den Kopf herausgesteckt und ihn wütend angesehen hatte.

Gunvald Larsson hatte sie mit so wilder Miene angestarrt, daß die alte Frau sich sofort zurückgezogen hatte. Dann hatte sie mit der Sicherheitskette gerasselt, und bald würde sie wohl anfangen, Möbel heranzuschleppen, um die Tür zu verbarrikadieren.

Gunvald Larsson kratzte sich am Kinn und überlegte, was er noch tun könnte. Einen Zettel schreiben und in den Briefkasten legen. Oder eine Nachricht direkt auf das scheußliche Pappschild schreiben?

Die Haustür wurde aufgestoßen, und eine Frau von Mitte dreißig kam herein. Sie trug zwei Papiertüten mit Lebensmitteln und ging auf die Fahrstuhltür zu, dabei schielte sie ängstlich zu Gunvald Larsson hinüber.

»Entschuldigung . . .«

»Ja«, sagte die Frau erschrocken.

»Ich suche einen Polizisten, der hier wohnt.«

»Ach so. Zachrisson?«

»Ja, den.«

»Den Detektiv?«

»Was?«

»Detektiv Zachrisson. Der all die Menschen aus dem brennenden Haus gerettet hat?«

Gunvald Larsson starrte sie an. Schließlich nickte er. »Ja, den suche ich.«

»Wir sind so stolz auf ihn.«

»Aha.«

»Er ist hier nämlich Hausmeister«, fügte sie erklärend hinzu. »Sehr tüchtig und zuverlässig.«

»Aha.«

»Aber streng. Paßt auf die Kinder auf. Manchmal setzt er seine Mütze auf, um sie zu erschrecken.«

»Seine Mütze?«

»Ja, er hat eine Dienstmütze im Heizungsraum.«

»In der Heizung?«

»Na, sicher. Haben Sie es da denn schon versucht? Er arbeitet oft da unten. Wenn Sie anklopfen, macht er vielleicht auf.«

Sie machte einen Schritt auf den Fahrstuhl zu, blieb aber dann stehen und blickte Gunvald Larsson lächelnd an.

»Hoffentlich haben Sie nichts auf dem Kerbholz. Mit Zachrisson ist nicht zu spaßen.«

Gunvald Larsson stand still, ohne sich zu rühren, bis der knarrende Fahrstuhl aus seinem Blickfeld verschwunden war. Dann ging er schnellen Schrittes auf die Kellertür zu, stieg eine gewundene Steintreppe hinunter, bis er vor eine Eisentür kam. Mit beiden Händen faßte er die Klinke an, aber sie ließ sich nicht bewegen.

Er trommelte mit der Faust. Nichts rührte sich. Er drehte sich um und schlug fünfmal mit dem Absatz kräftig dagegen. Die dicken Eisenplatten hallten.

Plötzlich hörte er etwas.

Von der anderen Seite der Schutzraumtür sagte eine Stimme gebieterisch: »Verschwindet!«

Gunvald Larsson war von den Erlebnissen der letzten Minute noch so betäubt, daß er nicht sofort antworten konnte.

»Ihr dürft nicht im Haus spielen«, tönte die Stimme dumpf und gefährlich. »Das hab ich euch ein für allemal gesagt.«

»Mach auf«, rief Gunvald Larsson. »Sieh zu, daß du die Tür aufkriegst, ehe ich das ganze verdammte Haus in Stücke schlage!«

Zehn Sekunden Stille. Dann fing es in den schweren Eisenscharnieren an zu quietschen, und die Tür wurde aufgezogen, langsam und knarrend. Zachrisson blickte ihn erschrocken und verwirrt an.

»Oh, ach so, Verzeihung ... ich konnte ja nicht wissen ...«

Gunvald Larsson schob ihn zur Seite und trat in den Heizungsraum. Dort blieb er stehen und sah sich verblüfft um.

Der Raum war beispielhaft sauber. Auf dem Fußboden lag ein bunter Plastteppich, und gegenüber dem Ölbrenner stand ein weißlackierter Tisch mit eisernem Gestell und runder Platte. Weiter waren dort zwei Korbstühle mit blau und orange karierten Kissen, eine Tischdecke mit großem Blumenmuster und eine handbemalte rote Vase mit vier roten und zwei gelben Tulpen aus Kunststoff. Außerdem ein grüner Porzellanaschenbecher, eine Flasche Limonade, ein Glas und eine aufgeschlagene Zeitung. An der Wand hingen zwei Dinge. Eine Dienstmütze der Polizei und ein eingerahmtes farbiges Bild, das Seine Majestät den König zeigte. Die Zeitung war ein Kriminalmagazin von dem Typ, der jeweils zur Hälfte nackte Mädchen und bis zur Unkenntlichkeit aufgemachte und dramatisierte Schilderungen klassischer Kriminalfälle bringt. Es lag aufgeschlagen da, und es war keine Frage, daß Zachrisson entweder den Artikel *Geisteskranker Arzt zerstückelt 2 nackte*

Frauen in 60 Teile gelesen hatte oder beim Studium eines farbigen ganzseitigen Bildes gestört worden war, das eine rosa Dame darstellte mit mächtigen fetten Brüsten und ausgeleiertem rasiertem Geschlechtsorgan, das sie dem Betrachter einladend mit zwei Fingern auseinanderhielt.

Zachrisson hatte ein Unterhemd, Filzpantoffeln und eine dunkelblaue Uniformhose an.

Im Heizungsraum war es sehr warm.

Gunvald Larsson schwieg. Begnügte sich damit, die einzelnen Einrichtungsgegenstände eingehend zu betrachten. Zachrisson folgte seinem Blick und scharrte nervös mit den Füßen. Schließlich brachte er etwas übertrieben munter heraus: »Wenn man schon an einem solchen Platz arbeiten muß, kann man es sich ja auch ein bißchen gemütlich machen.«

»Ist das die, mit der du die Kinder erschreckst?« fragte Gunvald Larsson und zeigte auf die Uniformmütze.

Zachrisson wurde puterrot im Gesicht. »Ich verstehe nicht . . .«, begann er, aber Gunvald Larsson unterbrach ihn sofort.

»Ich bin nicht hierher gekommen, um mit dir über Kindererziehung oder Wohnungseinrichtungen zu sprechen.«

»Natürlich«, sagte Zachrisson kleinlaut.

»Ich will nur eins genau wissen. Als du an die Brandstelle in der Sköldgatan kamst, bevor du alle die Menschen gerettet hast, hast du doch was gesabbelt, daß die Feuerwehr schon da sein müßte. Wie hast du das gemeint?«

»Ja, ich . . . das war so . . . als ich sah . . .«

»Red keinen Unsinn, antworte!«

»Ich hab doch schon von der Rosenlundsgatan aus gesehen, daß es brannte, darum bin ich zurück zur nächsten Telefonzelle gelaufen. Und da sagte die Zentrale, daß sie schon alarmiert worden sei und die Feuerwehr schon da sein müsse.«

»Na, war sie denn da?«

»Nein, aber . . .« Zachrisson brach ab.

»Was, aber?«

»Aber der in der Alarmzentrale hat das bestimmt gesagt. Wir haben einen Löschzug geschickt, sagte er. Der ist schon da.«

»Wie soll denn das gewesen sein? Ist das verdammte Feuerwehrauto unterwegs verschwunden?«

»Nein. Weiß ich nicht«, antwortete Zachrisson verwirrt.

»Du bist doch noch mal zurückgelaufen, nicht wahr?«

»Ja, klar. Als Sie . . . Als du . . .«

»Was hat der große Meister in der Alarmzentrale da gesagt?«

»Weiß ich nicht mehr. Denn diesmal lief ich zum Feuermelder.«

»Aber beim erstenmal hast du von einer Telefonzelle aus angerufen?«

»Ja, die lag näher. Ich bin hingelaufen und hab angerufen, und da sagte die Alarmzentrale . . .«

»... daß schon ein Löschzug da sei. Ja, ja, hab ich schon gehört. Aber was hat die Alarmzentrale beim zweitenmal gesagt?«

»Ich ... ich weiß nicht mehr.«

»Weiß nicht mehr?«

»Ich war ziemlich außer Puste.«

»Wenn es brennt, wird die Polizei auch alarmiert, nicht wahr?«

»Ja, sicher ... ich glaub jedenfalls ... ich meine ...«

»Wo ist denn der Streifenwagen geblieben, der hätte kommen müssen? Ist der auch verschwunden?«

Der Mann im Unterhemd und in der Uniformhose schüttelte resignierend den Kopf. »Weiß ich nicht.«

Gunvald Larsson sah ihn starr an und fragte kopfschüttelnd: »Wie kannst du nur so saudumm sein, daß du das der Fahndungsleitung nicht erzählt hast.«

»Was denn? Was hätte ich denen denn sagen sollen?«

»Daß die Feuerwehr schon alarmiert worden war, als du angerufen hast! Und daß das Auto verschwunden war! Wer kann das beispielsweise gewesen sein, der vor dir Alarm gegeben hat? Die Kripo hat dich doch deswegen vernommen, nicht? Und du wußtest, daß ich krank war, stimmt's? Hab ich nicht recht?«

»Doch, aber ich versteh nicht ...«

»Das merk ich auch. Dir fällt nicht ein, was die von der Alarmzentrale beim zweitenmal geantwortet haben. Weißt du denn noch, was du selbst gesagt hast?«

»Es brennt, es brennt ... oder so was. Ich ... war ja ziemlich durcheinander. Und dann war ich so gerannt.«

»Es brennt, es brennt? Du hast wohl nicht zufällig gesagt, wo es brennt?«

»Doch natürlich. Ich glaub, ich hab gerufen, oder beinahe gerufen: Es brennt in der Sköldgatan! Ja, und dann kam ja die Feuerwehr auch.«

»Und da haben sie nicht gesagt, daß schon ein Löschzug da wäre? Als du angerufen hast?«

»Nein.« Zachrisson überlegte einen Moment. »Der war ja auch nicht da«, sagte er etwas beleidigt.

»Aber beim erstenmal doch? Als du vom Telefonhäuschen aus angerufen hast? Hast du da das gleiche geschrien? Es brennt in der Sköldgatan?«

»Nein. Als ich von der Telefonzelle aus angerufen habe, war ich ja noch nicht so aufgeregt. Da hab ich natürlich die offizielle Adresse angegeben.«

»Offizielle Adresse?«

»Ja. Ringvägen 37.«

»Aber das Haus lag doch in der Sköldgatan.«

»Ja. Aber die richtige Adresse ist Ringvägen 37. Wahrscheinlich, damit es der Briefträger leichter hat.«

»Leichter?« Gunvald Larsson zog die Stirn kraus. »Bist du sicher?«

»Ja. Als wir bei der Maria-Wache anfingen, mußten wir alle Straßen und Adressen im zweiten Distrikt auswendig lernen.«

»Du hast also Ringvägen 37 gesagt, als du von der Telefonzelle aus anriefst, und Sköldgatan, als du zum zweitenmal Alarm geschlagen hast . . .«

»Ja. Ich glaub, so war's. Alle wissen, daß das Grundstück Ringvägen 37 zur Sköldgatan gehört.«

»Ich wußte das nicht.«

»Ich meine; alle, die den zweiten Distrikt kennen.«

Gunvald Larsson dachte eine Weile darüber nach. Dann sagte er: »Hier liegt ein Hund begraben.«

»Ein Hund?«

Gunvald Larsson ging zum Tisch und blickte in die aufgeschlagene Zeitung. Zachrisson schlich sich an ihm vorbei und versuchte, sie zu sich hinzuziehen, aber der andere legte seine große behaarte Hand auf das Druckerzeugnis und sagte: »Das stimmt nicht. Achtundsechzig muß es heißen.«

»Was?«

»Der Arzt in England, Dr. Ruxton. Er hat seine Frau und das Hausmädchen in achtundsechzig Teile zersägt. Und die beiden waren nicht nackt. Auf Wiedersehen.«

Gunvald Larsson verließ den Heizungsraum in der Torsgatan und fuhr nach Hause. Gewohnheitsmäßig vergaß er die ganze Angelegenheit wie alle anderen dienstlichen Dinge, als er seine Wohnung in Bollmora aufschloß, und dachte erst wieder daran, als er am nächsten Vormittag an seinem Schreibtisch saß.

Das war eigenartig. Er konnte mit der Sache nicht ins reine kommen, und schließlich wandte er sich hilfesuchend an Rönn.

»Ich weiß nicht, ich begreif das nicht ganz . . .«

»Was?«

»Na, die Sache mit dem verschwundenen Feuerwehrauto.«

»Das ist wirklich geheimnisvoll, mir ist so was noch nicht vorgekommen.«

»Ach, du hast auch darüber nachgedacht?«

»Na klar, hab ich das. Schon seit der Bengel gesagt hat, daß es weg ist. Und er ist doch nicht draußen gewesen, er hatte Schnupfen und durfte nicht raus. Es muß einfach irgendwo in der Wohnung sein.«

»Mann, ich rede doch nicht von irgendwelchen Kinderspielsachen.«

»Wovon denn sonst?«

Gunvald Larsson erklärte ausführlich, wovon er sprach. Rönn kratzte sich an der Nase und fragte: »Hast du mit der Feuerwehr gesprochen?«

»Ja. Ich hab gerade angerufen. Der, mit dem ich sprach, war wohl schwachsinnig.«

»Vielleicht hält er dich auch für schwachsinnig.«

»Ach, Quatsch.« Er verließ das Zimmer und knallte die Tür hinter sich zu.

Am nächsten Vormittag, Mittwoch, dem 20., sollte das Fahndungsresultat zusammengefaßt werden, aber man kam zu dem Schluß, daß von einem Resultat noch keine Rede sein konnte. Von Olofsson hatte man noch keine Spur, obwohl der Steckbrief bereits vor einer Woche herausgegeben worden war. Einiges über ihn hatten sie erfahren, zum Beispiel, daß er Berufsverbrecher und rauschgiftsüchtig war, aber das war schon vorher bekannt gewesen. Im ganzen Land und auch durch Interpol wurde er gesucht. Auf der ganzen Welt, konnte man sagen, wenn man Sinn für Übertreibungen hatte. Fotografie, Fingerabdrücke und Personenbeschreibung waren in Tausenden von Exemplaren verschickt worden. Es waren eine Reihe von wertlosen Tips eingegangen, aber nicht besonders viele, denn der große Detektiv, die Öffentlichkeit, war diesmal Gott sei Dank nicht durch Presse, Radio und Fernsehen an der Sache beteiligt worden. Die Kontakte zur Unterwelt hatten kaum ein Resultat ergeben. Die sogenannte interne Fahndung funktionierte nicht. Niemand hatte Olofsson seit Ende Januar oder Anfang Februar gesehen. Es hieß, er sei im Ausland. Aber im Ausland hatte ihn auch niemand gesehen.

»Wir müssen ihn fassen«, sagte Hammar mit großem Nachdruck. »Jetzt. Sofort.« Viel mehr hatte er nicht zu sagen.

»Anweisungen dieser Art sind nicht besonders originell«, meinte Kollberg. Vorsichtigerweise sagte er es erst nach der Besprechung, als er auf Melanders Schreibtisch saß und träge die Beine baumeln ließ.

Melander lehnte sich im Stuhl zurück, schlug die Beine übereinander und streckte sie von sich. Er hielt die Pfeife zwischen den Zähnen und hatte die Augen halb geschlossen.

»Was hast du denn vor?« fragte Kollberg.

»Er denkt!« sagte Martin Beck.

»Das sieht man, verdammt, aber woran denkt er?«

»An einen Kardinalfehler der Polizei«, antwortete Melander.

»Na, und an welchen von den vielen?«

»Mangel an Phantasie.«

»Und das sagst ausgerechnet du!«

»Ja. Ich leide selbst drunter«, entgegnete Melander ruhig. »Und es ist die Frage, ob diese Fahndung nicht ein Musterbeispiel für Phantasielosigkeit ist. Oder vielleicht eher für die Einseitigkeit bei der Arbeit.«

»Meine Phantasie ist in Ordnung«, behauptete Kollberg.

»Moment mal. Kannst du das mal 'n bißchen ausführlicher erklären?« fragte Martin Beck. Er stand an seinem Lieblingsplatz, direkt an der Tür und mit dem Ellbogen auf den Aktenschrank gestützt.

»Zuerst begnügen wir uns mit der Theorie, daß das Gas durch einen unglücklichen Zufall explodiert ist. Als wir dann endlich klare Beweise dafür haben, daß jemand Malm mit einer perfekt arbeitenden Höllenmaschine aus dem Weg geräumt hat, haben wir auch schon den richtigen Riecher. Wir müssen Olofsson finden. Und setzen stillschweigend voraus, daß Olofsson der Täter ist. Und dann folgen wir dieser Spur wie eine Meute Jagdhunde mit Scheuklappen. Wer weiß denn, ob wir nicht mit voller Fahrt in einer Sackgasse landen?«

»Volle Fahrt paßt genau«, warf Kollberg mürrisch ein.

»Das ist eine Fehlspekulation, die immer wieder gemacht wird und schon Hunderte von wichtigen Untersuchungen hat platzen lassen. Die Polizei findet etwas und glaubt, am entscheidenden Punkt zu sein. Das Material deutet in eine bestimmte Richtung. Und dann wird die gesamte Fahndung dahin dirigiert. Alle anderen Hinweise werden beiseite geschoben oder landen ungeprüft in den Akten. Nur weil das Naheliegende meistens richtig ist, arbeitet man so, als ob es immer so sein müßte. Überall wimmelt es von Verbrechern, die wegen dieser Arbeitsweise der Polizei nicht erwischt worden sind. Überlegt doch mal, was ist, wenn Olofsson jetzt in diesem Augenblick gefunden wird. Er sitzt vor einem Restaurant in Paris oder auf dem Balkon eines Hotels in Spanien oder Marokko. Vielleicht kann er beweisen, daß er da schon zwei Monate gesessen hat. Was machen wir dann?«

»Schlägst du denn vor, daß wir uns nicht mehr um Olofsson kümmern sollen?« fragte Kollberg zurück.

»Keinesfalls. Malm konnte ihm gefährlich werden, und das wurde spätestens klar, als Malm in Untersuchungshaft kam. Also liegt nahe, daß er in den Fall verwickelt ist, und wir haben durchaus gute Gründe, ihn zu suchen. Aber wir haben noch nicht an die Möglichkeit gedacht, daß er mit der Brandsache überhaupt nichts zu tun gehabt haben kann. Wenn sich dann nämlich herausstellt, daß er mit Rauschgift gehandelt und ein paar Autos mit falschen Papieren verkauft hat, hilft uns das überhaupt nicht weiter. Das ist dann ganz einfach ein Fall, der unsere Abteilung nicht betrifft.«

»Wäre verdammt komisch, wenn Olofsson in diese Sache überhaupt nicht verwickelt wäre«, meinte Kollberg.

»Hast recht. Aber manchmal passieren komische Sachen. Daß Malm zum Beispiel zur gleichen Zeit Selbstmord begangen hat, als ein anderer ihn ermorden wollte, ist doch schon ein sehr außergewöhnlicher Fall. Ich bin bei der Untersuchung des Tatorts auch prompt drauf reingefallen. Merkwürdig ist auch Folgendes, und das ist bisher noch keinem aufgefallen: Seit dem Brand sind nun bald drei Wochen vergangen, und keiner hat seit der Zeit etwas von Olofsson gehört oder gesehen. Bestimmte Leute ziehen daraus ihre Schlüsse. Aber Tatsache ist auch, daß keiner sich erinnert, Olofsson in dem ganzen Monat *vor* dem Brand getroffen zu haben.«

Martin Beck reckte sich und sagte nachdenklich: »Das stimmt.«

»Diese Überlegung darf natürlich nicht ohne Konsequenzen bleiben«, sagte Kollberg.

Sie dachten über die Konsequenzen nach.

Ein paar Türen weiter auf dem gleichen Flur trat Rönn in Larssons Zimmer. »Mir ist gestern abend eine Geschichte eingefallen.«

»Na?«

»Vor ungefähr zwanzig Jahren hab ich für 'n paar Monate in Skåne gearbeitet. In Lund. Warum, weiß ich nicht mehr.« Er machte eine Pause und sagte mit Nachdruck: »Das war furchtbar!«

»Was?«

»Skåne.«

»Ach so. Und das ist dir also eingefallen?«

»Nur Kühe und Schweine und Felder und Studenten. Und eine Hitze. Man hätte tot umfallen können. Aber da war noch was anderes. Während ich da unten war, brach ein großes Schadenfeuer aus. Eine Fabrik brannte mitten in der Nacht ab. Nachher hat sich rausgestellt, daß ein Nachtwächter aus Versehen die Anlagen angesteckt hat. Er schlug selbst Alarm, war aber so durcheinander, daß er die Feuerwehr in Malmö angerufen hat. Da stammte er nämlich her. Und während die Fabrik in Lund abbrannte, stand die Feuerwehr mit Löschzug und Sprungtuch und allem Drum und Dran in Malmö und glotzte in die Gegend.«

»Meinst du etwa, daß Zachrisson so verrückt war und von Söder aus die Feuerwehr in Nacka angerufen hat?«

»Irgend so was vielleicht.«

»Das hat er jedenfalls nicht gemacht. Ich hab alle Polizeiwachen in der Stadt und in der Umgebung angerufen. In der Nacht ist keine wegen eines Feuers alarmiert worden.«

»Ich an deiner Stelle würde die verschiedenen Feuerwehren auch noch anrufen.«

»Du an meiner Stelle würdest jetzt wahrscheinlich auch von Brandgeschichten die Nase voll haben. Außerdem kann man bei der Polizei immer noch die besseren Auskünfte bekommen.«

Rönn ging zur Tür.

»Du, Einar?«

»Ja.«

»Wozu brauchten sie denn das Sprungtuch? Bei einer Fabrik, die mitten in der Nacht brannte?«

Rönn überlegte. »Weiß ich nicht«, antwortete er schließlich. »Vielleicht ist meine Phantasie zu lebhaft.«

»Meinst du?«

Gunvald Larsson zuckte die Achseln und fing wieder an, sich mit dem Brieföffner in den Zähnen zu bohren.

Aber am nächsten Vormittag rief er doch die verschiedenen Brandwachen in Stockholm und Umgebung an. Die Lösung kam überraschend schnell.

»Jajaja«, sagte ein übertrieben kollegialer Beamter der Feuerwache Solna-Sundbyberg. »Selbstverständlich kann ich mal nachsehen.« Und nach zehn Sekunden: »Ja, wir hatten einen blinden Alarm zum Ringvägen 37 in Sundbyberg in der fraglichen Nacht. Kam 23.10 Uhr, um genau zu sein. Per Telefon. Noch was?«

»Die Polizei hat davon nichts gesagt. Muß nicht die Polizei auch alarmiert werden?«

»Natürlich war auch ein Streifenwagen da. Wär ja komisch sonst.«

»Kam der Anruf über die Alarmzentrale Stockholm oder direkt zu Ihnen?«

»Wahrscheinlich direkt hierher. Aber das kann ich nicht mit Sicherheit sagen. Hier steht nur: Alarm per Telefon. Anonym. Falsch.«

»Und was machen Sie, wenn so ein Anruf kommt?«

»Wir rücken natürlich aus!«

»Das kann ich mir vorstellen. Aber leiten Sie die Meldung weiter?«

»Klar. An die Polente hier draußen.«

»An wen, sagten Sie?«

»Die Polente. Und dann benachrichtigen wir die Alarmzentrale. Verstehst du, wenn da irgendwo ein großes Feuer ist, wenn man's also weit sieht, dann rufen Leute von überallher an. Wir können Dutzende von Anrufen bekommen. Hunderte wählen 112 oder schlagen die Scheiben der Feuermelder ein, ist immer ein Mordsaufstand. Und deswegen melden wir sofort, wenn wir ausrücken, gibt sonst 'n großes Durcheinander.«

»Ich verstehe«, sagte Gunvald Larsson kühl. »Wissen Sie noch, wer das Gespräch angenommen hat?«

»Klar. Eins von den Mädchen. Heißt Mårtensson. Doris Mårtensson.«

»Wo kann ich die erreichen?«

»Nirgendwo, guter Mann, die ist gestern auf Urlaub gefahren. Nach Griechenland.«

»Nach Griechenland?« fragte Gunvald Larsson voller Abscheu.

»Ja. Ist denn da was dabei?«

»Was Schlimmeres kann's gar nicht geben!«

»Red doch nicht so dumm! Das hätte ich ja nun nicht erwartet, daß so 'n Schnüffler von der Kripo sich hinsetzt und für die Kommunisten Propaganda macht. Ich bin selbst auf der Akropolis, oder wie das da heißt, gewesen, vorigen Herbst. Große Klasse. Alles wunderbar in Ordnung. Und die Polizei erst, tadellos. Solltet ihr euch mal 'ne Scheibe von abschneiden!«

»Halt die Schnauze, Idiot«, brüllte Gunvald Larsson und warf den Hörer auf die Gabel.

Eine wichtige Frage hatte er nicht stellen können, aber er konnte auch nicht länger warten. So ging er zu Rönn und bat: »Würdest du mir den Gefallen tun und die Feuerwache in Solna-Sundbyberg anrufen und fragen, wann die Telefonistin Doris Mårtensson aus dem Urlaub zurückkommt?«

»Natürlich kann ich das. Aber was ist denn mit dir los? Du siehst aus, als ob du jeden Moment einen Schlaganfall kriegen würdest?«

Gunvald Larsson antwortete nicht. Er marschierte zurück in sein Arbeitszimmer, setzte sich an den Schreibtisch und wählte die Nummer der Polizeiwache auf dem Råsundavägen in Solna. War ein Abwasch, das auch noch zu erledigen, solange er in Form war.

»Gestern hab ich angerufen und nach einer sehr wichtigen Sache gefragt. Nämlich ob Sie so um elf Uhr abends rum am 7. März einen Anruf wegen eines Feuers erhalten haben.«

Sagte er zur Einleitung, und der Mann in Solna antwortete: »Und ich hab Ihnen gestern schon gesagt, daß im Wachbuch nichts davon steht.«

»Jetzt hab ich aber zufällig erfahren, daß am Abend ein falscher Alarm kam, genauer gesagt zum Ringvägen 37 in Sundbyberg, und daß die Polizei wie üblich benachrichtigt wurde. Also muß ein Streifenwagen dagewesen sein.«

»Komisch. Hier ist nichts notiert worden.«

»Dann überprüfen Sie gefälligst die Beamten, die um diese Zeit im Dienst waren. Wer war das?«

»Unterwegs? Das kann ich nachschlagen, warten Sie einen Moment.«

Gunvald Larsson wartete. Ungeduldig trommelte er mit den Fingern auf der Schreibtischplatte.

»Hier hab ich's. Wagen 8. Eriksson und Kvastmo zusammen mit einem Anwärter, der Lindskog hieß, Wagen 3, Kristiansson und Kvant . . .«

»Das reicht. Wo sind die beiden Armleuchter jetzt?«

»Kristiansson und Kvant? Im Dienst. Die sind auf Streife.«

»Schicken Sie die beiden her. Sofort!«

»Aber . . .«

»Kein Aber. Ich will die beiden Idioten hier in der Kungsholmsgatan haben, spätestens in fünfzehn Minuten!«

Er legte im gleichen Moment auf, als Rönn in der Tür erschien.

»Doris Mårtensson kommt in drei Wochen wieder. Am 22. April fängt sie wieder an zu arbeiten. Der am Apparat war nebenbei gesagt verdammt böse. Gehört nicht grade zu deinem Fanklub.«

»Kann ich mir denken. Der wird sowieso immer kleiner.«

»Ja, das wird er wohl«, gab Rönn verlegen zu.

Sechzehn Minuten später standen Kristiansson und Kvant in Gunvald Larssons Büro. Beide waren aus Skåne, blauäugig, mit breiten Schultern und einssechsundachtzig lang. Und beide hatten bei früheren Begegnungen mit dem Mordskerl, der ihnen jetzt hinter seinem Schreibtisch gegenübersaß, schlechte Erfahrungen gesammelt. Sie zuckten zusammen, als Gunvald Larssons Blick sie traf, und standen stocksteif da, wie ein Denkmal, das zwei

Streifenpolizisten in Lederjacken mit Koppel und blanken Knöpfen darstellt. Außerdem hatten sie ihre Pistolen und Gummiknüppel mitgebracht. Kristiansson hielt seine Mütze krampfhaft mit beiden Händen fest, während Kvant seine auf dem Kopf behalten hatte.

»Aha, da seid ihr also. Ihr beiden Dummköpfe.«

»Weshalb sind wir denn eigentlich . . .«, begann Kvant, brach aber ab, als der Mann hinter dem Tisch sich erhob.

»Es handelt sich nur um eine einfache Sache«, antwortete Gunvald Larsson freundlich. »Abends am 7. März, zehn nach elf, seid ihr zum Ringvägen 37 in Sundbyberg geschickt worden, weil es da brennen sollte. Könnt ihr euch daran erinnern?«

»Nein«, antwortete Kvant unwillig, »davon weiß ich nichts mehr.«

»Fangt nicht an zu lügen!« schnaubte Gunvald Larsson. »Wart ihr dort oder nicht? Antwortet!«

»Ja, vielleicht«, gab Kristiansson zögernd zu. »Wir waren . . . ich meine, ich glaub, ich kann mich erinnern. Aber . . .«

»Was aber?«

»Aber das war ein falscher Alarm, da war nichts los«, verbesserte sich Kristiansson.

»Sag nichts, Kalle, er legt dich nur rein«, flüsterte Kvant warnend. Dann fügte er mit lauter Stimme hinzu: »Ich kann mich nicht entsinnen.«

»Wenn einer von euch noch einmal lügt«, donnerte Gunvald Larsson, »dann kriegt er von mir persönlich einen Tritt in den Hintern, daß er bis ins Fundbüro von Skanör-Falsterbo, oder wo ihr sonst herkommt, fliegt. Lügen könnt ihr vor Gericht oder sonstwo. Aber nicht hier! Und nimm gefälligst die Mütze ab, dämlicher Kerl!«

Kvant riß sich die Mütze vom Kopf und klemmte sie unter den linken Arm, schielte zu Kristiansson und maulte: »Das war deine Schuld, Kalle. Wenn du nicht so verdammt faul gewesen wärst . . .«

»Du wolltest, daß wir überhaupt nicht hinfahren sollten. Du hast doch vorgeschlagen, daß wir so tun sollten, als hätten wir nichts gehört, und zur Wache fahren und Schluß machen sollten. Das Funkgerät wäre kaputt, wolltest du sagen.«

»Das ist 'ne ganz andere Sache«, erwiderte Kvant ärgerlich. »Wenn das Funkgerät nicht in Ordnung ist, kann man nichts machen. Der einfache Polizeibeamte ist dafür nicht zuständig.«

Gunvald Larsson setzte sich wieder.

»Raus mit der Sprache, schnell und ohne Umschweife.«

»Ich hab gefahren«, begann Kristiansson. »Wir erhielten eine Anweisung über Funk . . .«

»Sehr schwer zu verstehen«, fügte Kvant hinzu.

Gunvald Larsson warf ihm einen vernichtenden Blick zu. »Jetzt nicht in der Beamtensprache, bitte. Und eine Lüge wird nicht besser, wenn man sie wiederholt.«

»Ja«, sagte Kristiansson eingeschüchtert. »Wir fuhren also hin zu der Adresse, Ringvägen 37 in Sundbyberg, und da stand schon ein Feuerwehrwagen, aber gebrannt hat es nicht. War also nichts für uns zu tun.«

»Nur ein falscher Alarm. Den ihr einfach nicht gemeldet habt. Aus Faulheit und Dummheit. Nicht wahr?«

»Ja«, murmelte Kristiansson.

»Wir waren übermüdet«, antwortete Kvant hoffnungsvoll.

»Wieso?«

»Nach langem und anstrengendem Dienst.«

»Ihr könnt mich mal . . . Wie oft habt ihr denn eingreifen müssen während dieser Schicht?«

»Gar nicht.«

Vielleicht nicht gerade genial, aber wenigstens ehrlich. Dachte Gunvald Larsson.

»Das Wetter war saumäßig, schlechte Sicht.«

»Wir sollten sowieso gleich zur Wache fahren. Unsere Schicht war zu Ende.«

»Siv war krank«, sagte Kvant und fügte erklärend hinzu: »Siv ist meine Frau.«

»Und dann war ja auch nichts los«, wiederholte Kristiansson.

»Nein, recht habt ihr, da war nichts, bis auf den Beweis für einen dreifachen Mord.« Dann brüllte er wieder los: »Raus! Zur Hölle mit euch! Verschwindet!«

Kristiansson und Kvant machten, daß sie aus dem Zimmer kamen. Ihr Auftreten war jetzt weniger stolz.

»Herrgott noch mal«, keuchte Kristiansson und trocknete sich den Schweiß von der Stirn.

»Also das ist jetzt das letzte Mal, daß ich das sage, Kalle. Man soll nie was sehen oder hören, und wenn man doch mal gezwungen ist, was zu hören oder zu sehen, muß man es unbedingt melden.«

»Herrgott noch mal«, schnaufte Kristiansson.

Vierundzwanzig Stunden später hatte Gunvald Larsson den ganzen Fall genauestens durchdacht, und es war ihm sogar gelungen, alles in verständlichen Sätzen zu Papier zu bringen. Und zwar folgendermaßen:

Am 7. März, um 23.10 Uhr, wurde der Brand im Haus in der Sköldgatan bemerkt. Die offizielle Adresse des Gebäudes ist Ringvägen 37. Um 23.10 Uhr am gleichen Tag teilte eine unbekannte Person der Feuerwache in Solna-Sundbyberg telefonisch mit, daß im Haus Ringvägen 37 ein Feuer ausgebrochen sei. Da es in Sundbyberg eine Straße mit gleichem Namen gibt, fuhr die Feuerwehr dorthin. Gleichzeitig wurde routinemäßig eine Meldung über den vermeintlichen Brand an die Polizei und die Alarmzentrale in Stockholm gegeben, um zu vermeiden, daß ein Löschzug einer anderen Brandwache zum gleichen Ort geschickt wurde. Ungefähr um 23.15 Uhr rief Konstabler B. Zachrisson von einer Telefonzelle in der Rosenlundsgatan aus die Alarmzentrale an und meldete Feuer in dem Haus Ringvägen 37 ohne nähere Ortsbezeichnung. Da das Personal der Alarmzentrale gerade die Meldung aus Solna-Sundbyberg entgegengenommen hatte, glaubte sie, daß es sich um das gleiche Feuer handelte, und teilte Konstabler Zachrisson mit, daß ein Löschzug bereits unterwegs sei und schon an der Brandstelle eingetroffen sein müßte. (Das stimmte auch, aber der war Ringvägen 37 in Sundbyberg.) Um 23.21 Uhr benachrichtigte Konstabler Zachrisson die Alarmzentrale ein zweites Mal, diesmal von einem Feuermelder aus. Da er, nach eigener Aussage, gerufen hatte: »Es brennt! Es brennt in der Sköldgatan!« war die Möglichkeit eines Irrtums ausgeschlossen! Einheiten der Feuerwehr rückten danach sofort aus und fuhren zum Ringvägen 37 in Stockholm, also zur Sköldgatan.

Es war nicht Konstabler Zachrisson, der die Feuerwehr in Solna-Sundbyberg angerufen hat.

Schlußfolgerung: Der Brand war gelegt und wurde von einem chemischen Brandsatz mit Zeitzünder ausgelöst. Der kann, wenn man den Aussagen von Konstabler Zachrisson trauen darf, spätestens um 20 Uhr in Malms Wohnung angebracht worden sein. In diesem Fall war das Uhrwerk etwa auf drei Stunden eingestellt. Während dieser Zeit hatte der Täter die Möglichkeit, sich frei zu bewegen. Die einzige Person, die mit Sicherheit gewußt haben muß, daß das Feuer um 23.10 Uhr ausbrechen würde, ist die, die den Brand gelegt hat (oder, sofern Anstiftung vorliegt, die den Täter angestiftet hat). Demnach ist es wahrscheinlich, daß diese Person, mit anderen Worten, der Täter, die Feuerwehr in Sundbyberg angerufen hat.

Frage 1: Warum hat der Täter die falsche Feuerwache angerufen?

Mögliche Antwort: Weil er sich zu der Zeit in Solna oder Sundbyberg aufhielt und nur mangelhafte Ortskenntnisse von Stockholm und Umgebung besitzt.

Frage 2: Warum hat der Täter die Feuerwehr überhaupt alarmiert?

Mögliche Antwort: Er wollte Malm töten, hatte aber nicht die Absicht, die übrigen zehn Personen, die sich im Haus befanden, ebenfalls zu töten oder zu gefährden. Meiner Ansicht nach ist dieser Punkt wichtig, denn er unterstreicht nochmals die genaue Planung und die berufsmäßige Art der Durchführung des Verbrechens.

Gunvald Larsson las noch einmal gründlich durch, was er geschrieben hatte. Er überlegte einige Minuten, dann strich er die drei Worte *die Polizei und* durch. Die Streichungen machte er mit dem Kugelschreiber so gründlich, daß man eine kriminaltechnische Untersuchung hätte anordnen müssen, um den ursprünglichen Text entziffern zu können.

»Gunvald hat eine Spur gefunden«, sagte Martin Beck.

»So?« fragte Kollberg zweifelnd. »Ein Stück Eisenbahnschiene, nehme ich an.«

»Nein. Wirklich eine wichtige Sache, der erste richtige Faden.«

Kollberg las den Text durch und nickte.

»Bravo, Larsson«, sagte er. »Wirklich prima. Besonders der Satz 'oder, sofern Anstiftung vorliegt, die den Täter angestiftet hat'. Das ist wirklich toll.«

»Ehrlich?« fragte Gunvald Larsson geschmeichelt.

»Spaß beiseite«, sagte Kollberg. »Jetzt müssen wir nur noch diesen verdammten Olofsson finden und ihm nachweisen, daß er das Telefongespräch geführt hat. Aber wie sollen wir das anstellen?«

»Ganz einfach. Eine Telefonistin hat das Gespräch angenommen. Wahrscheinlich kann sie sich an die Stimme erinnern. Diese Mädchen sind oft sehr geschickt. Leider macht sie gerade Urlaub, und wir können sie nicht erreichen. Aber in drei Wochen ist sie wieder da.«

»Und bis dahin müssen wir den Olofsson ganz einfach finden«, sagte Kollberg.

»Ja«, bestätigte Rönn.

Dieses Gespräch fand am Freitag, dem 29. März, statt.

Die Tage vergingen. Monatsende. Eine Woche. Beinahe zwei. Und immer noch war der Mann, der Bertil Olofsson hieß, spurlos verschwunden.

19

Malmö ist Schwedens dritte große Stadt und unterscheidet sich in vielem von Stockholm. Die Einwohnerzahl ist nur etwa ein Drittel so hoch, dann liegt die Stadt im flachen Land, während sich Stockholm über viele Inseln mit zum Teil steilen Ufern verteilt. Malmö liegt auch sechshundert Kilometer südlicher als die Hauptstadt und ist für das ganze Land das Tor nach Mitteleuropa. Alles ist dort etwas gemütlicher, die Leute sind weniger aggressiv, und man behauptet sogar, daß die Polizeibeamten höflicher und freundlicher sind. Auch das Klima ist milder. Es regnet oft, aber es wird selten richtig kalt, und lange bevor im Frühjahr in Stockholm das Eis aufbricht, klatschen dort die Wellen des Öresunds leicht gegen die flachen Sandstrände und die niedrigen Kalkfelsen.

Der Frühling kommt zeitig im Vergleich zu den übrigen Landesteilen und die Monate Februar, März und April überraschen häufig mit Sonne und strahlend blauem Himmel und hin und wieder auch mit windstillen Tagen.

Sonntag, der 7. April, war ein solcher Tag.

In den Schulen hatten die Osterferien begonnen, und viele Leute waren verreist, wenn nicht für länger, so wenigstens über das Wochenende zu Freunden oder Bekannten aufs Land oder um nach ihren Sommerhäuschen zu sehen. Noch zeigten die Bäume keine grünen Knospen, aber lange würde es nicht mehr dauern, und an den Wegrändern blühten die ersten gelben Frühlingsblumen.

Im Industriehafen, der im nordöstlichen Teil der Stadt liegt, war es an diesem Sonntagnachmittag ungewöhnlich ruhig. An und für sich nicht verwunderlich, denn das Gelände liegt ein gutes Stück von den Wohngebieten der Stadt entfernt und kann kaum einen Spaziergänger oder Autofahrer anlokken. Lange Kaimauern, viele Kräne und Güterwagen, Bretterstapel und große Haufen verrosteter Eisenträger, ab und zu bellt ein Wachhund in einem eingezäunten Fabrikgelände. Einige dänische Baggerschiffe, deren Besatzungen über die Feiertage nach Hause gefahren waren. Vor einem der verschlossenen Schuppen standen zweihundert Traktoren, die gerade mit einem Schiff aus England gekommen waren und bald an Käufer in den nahen ländlichen Bezirken verteilt werden sollten.

Abgesehen von dem Gekläff der Hunde war das schwache Zischen von der einige hundert Meter weiter weg liegenden Ölraffinerie das einzige Geräusch, das man hören konnte. Von daher kam auch ein Geruch nach Rohöl, stark genug, um Leute mit empfindlichen Nasen zu vertreiben.

Im ganzen Hafengebiet befanden sich nur zwei menschliche Wesen, zwei Jungen, die auf dem Bauch lagen und angelten. Sie lagen dicht nebeneinander, die Beine hatten sie gespreizt, und ihre Köpfe hingen über die Kaimauer.

Diese beiden Knirpse hatten vieles gemeinsam. Beide waren sechseinhalb Jahre alt, hatten dunkles Haar und braune Augen und schienen von der Sonne verbrannt, obwohl genaugenommen immer noch Winter war.

Sie waren zu Fuß von den armseligen elterlichen Wohnungen in den östlichen Stadtteilen gekommen, mit Fahrtenmessern im Gürtel und den aufgerollten Angelschnüren in den Hosentaschen. Ungefähr eine Stunde lang waren sie zwischen den Traktoren herumgelaufen und hatten sich mindestens auf fünfzig davon gesetzt. Dann hatten sie einige leere Flaschen gefunden, sie ins Wasser geschmissen und mit Steinen danach geworfen, ohne freilich zu treffen. Schließlich waren sie auf einen alten schrottreifen Gabelstapler gestoßen, von dessen Motor sie mit Mühe einige interessante und in ihren Augen wertvolle Kleinigkeiten abgeschraubt hatten.

Und nun lagen sie also auf dem Kai und angelten. Deswegen waren sie ja eigentlich hergekommen.

Die beiden Jungen waren keine Schweden, was gewissermaßen ihr Tun erklärte. Kein Kind, das in dieser Stadt geboren ist, würde je auf die Idee gekommen sein, ausgerechnet an dieser Stelle zu angeln, ganz einfach, weil die Chance, hier etwas an den Haken zu bekommen, ungefähr so groß war, wie einen lebenden Fisch in einer Dose Ölsardinen zu finden. Hier gab es nur alte Aale, die im Schlamm des Hafenbeckens rumorten. Und solche will kein echter Angler haben.

Die Jungen hießen Omer und Miodrag und waren Jugoslawen. Ihre Väter arbeiteten auf der Werft und die Mütter als Arbeiterinnen in einer Textilfabrik. Keiner von beiden hatte so lange im Land gewohnt, daß er die Sprache beherrschte. Miodrag konnte »eins, zwei, drei« sagen, aber das war auch alles. Die Aussicht, daß sie je viel mehr lernen würden, war mäßig, da sie sich alltags in einem Kinderheim aufhielten, in dem siebzig Prozent der Kinder Ausländer waren, und ihre Eltern wieder nach Hause ziehen wollten, sobald sie das Geld für eine eigene Existenz in ihrem Heimatland zusammengespart hatten.

Sie lagen ruhig da und starrten hinunter in das Wasser, und beide hofften, daß bald ein großer Fisch anbeißen würde, vielleicht ein so großer, daß sie ihn nicht halten konnten und er sie ins Wasser zog und sie im Hafenbecken ertrinken würden.

Und genau in diesem Moment geschah etwas, was sonst sehr selten passiert und spezielle klimatische und hydrologische Verhältnisse erfordert. Viertel nach drei an diesem stillen sonnigen Nachmittag bewegte sich ein Gürtel frischen, reinen Wassers, das mit der Strömung vom Sund in die Bucht getrieben worden war, langsam durch das schmutzige Hafenbecken. Plötzlich merkten Omer und Miodrag, daß sie ihre Angelschnur auch unter der Wasseroberfläche sehen konnten und gleich danach auch die Bleigewichte und die Fliegen. Das Wasser wurde langsam klarer und klarer, bis sie den Grund sehen konnten und einen alten Topf und eine verrostete Eisenstange entdeckten. Und plötzlich erblickten sie vielleicht zehn Meter von der Kaimauer entfernt etwas, was sie außerordentlich verblüffte und ihre Phantasie sofort ungeheuer anspornte.

Dieser Gegenstand war ein Auto. Das sahen sie klar und deutlich. Es schien blau zu sein und stand mit der Rückseite zum Kai, die Türen waren geschlossen und die Räder in den Schlamm gesunken, so als ob jemand es da geparkt hätte, auf dem Marktplatz einer geheimnisvollen Stadt auf dem Grunde des Meeres. Soweit sie das beurteilen konnten, war der Wagen gut erhalten und hatte keine Beulen oder Lackschäden.

Und dann wurde das Wasser wieder grau, das Fahrzeug auf dem Meeresboden schien sich aufzulösen und vor ihren Augen zu verschwinden, und wenige Minuten später sahen sie nichts mehr, weder das Auto noch den Kochtopf oder ihre Fliegen, nur die graugrüne Wasseroberfläche mit Benzinflekken, die wie Perlmutt glänzten, und grauen klebrigen Öllachen.

Sie sahen sich nach einem Menschen um, dem sie ihre Entdeckung zeigen konnten. Oder wenigstens erzählen, denn zu zeigen gab es ja nichts mehr. Aber der Industriehafen war leer und öde an diesem schönen Sonntag im April, und sogar der einsame Wachhund hatte zu bellen aufgehört.

Omer und Miodrag rollten ihre Angelruten auf und steckten sie in die Taschen, die schon voller alter Zündkerzen, Stücken von Kupferrohren, rostigen Schrauben und Muttern waren. Dann rannten sie los. Aber als sie stehenbleiben mußten, um sich zu verpusten, waren sie immer noch im östlichen Hafengebiet, denn das ist weitläufig, und die Jungen waren schließlich noch ziemlich klein.

Es dauerte weitere zehn Minuten, bis sie auf den Västkustvägen kamen, da sahen sie Menschen, aber sie wußten sich trotz alledem nicht zu helfen. Denn die Leute saßen in ihren Autos und brausten die Ausfallstraße entlang, kalt und unpersönlich und zielstrebig. Wer kümmert sich schon um zwei kleine Jungen, die an der Bordsteinkante stehen und mit den Armen winken, besonders, wenn sie dunkel im Gesicht sind und nur zum üblichen ausländischen Pack gehören?

Das fünfundzwanzigste Auto fuhr allerdings nicht vorbei. Es hielt an. Es war ein schwarz-weißer Volkswagen mit einer langen Antenne auf dem Dach, und an den Seiten stand in großen Blockbuchstaben das Wort POLIZEI.

Im Wagen saßen zwei uniformierte Beamte mit Namen Elofsson und Borglund. Sie waren gutgelaunt und harmlos, und keiner von ihnen begriff ein Wort von dem, was die Jungen so aufgeregt zu berichten hatten. Elofsson meinte mitbekommen zu haben, daß sie zum Hafenbecken gezeigt und einer das Wort »Auto« gesagt hatte. Dann schenkten sie jedem einen Bonbon, drehten die Seitenscheiben hoch, lächelten und fuhren winkend davon.

Da Elofsson und Borglund korrektes Arbeiten gewohnt waren und sowieso nichts Besonderes vorhatten, fuhren sie vorsichtshalber ins Hafengebiet und sahen sich um. Als sie am Ende angekommen waren, bogen sie nach links ab zur Mole, hielten an, und Borglund stieg aus. Aber er sah nur das eigenartige künstliche Marschgelände, das die Sandbagger aufgefüllt hatten. Außerdem hörte er einen Hund bellen und das Zischen von der Ölraffinerie.

Vierundzwanzig Stunden später stand ein Polizist auf der Kaimauer im Industriehafen. Er war Kriminalinspektor und hieß Månsson, und ein Auto sah er auch nicht. Nur dreckiges Wasser, eine leere Bierbüchse und ein weggeworfenes Kondom.

Das Gerücht, das ihn hierher führte, hatte einen langen Weg hinter sich und war dabei erheblich verändert worden. Zwei jugoslawische Jungen sollten einen Streifenwagen der Polizei gesehen haben, der hier am Eisenkai über die Mauer ins Wasser gefahren und verschwunden war. Die Bengels waren noch nicht schulpflichtig und sprachen kein Wort Schwedisch. Außerdem hatten sie ganz verschiedene Stellen am Kai gezeigt, und natürlich wurde kein Streifenwagen vermißt.

Månsson kaute nachdenklich auf einem Zahnstocher und lauschte zerstreut einem Hund, der irgendwo in der Nähe bellte. Er war in den Fünfzigern, ein großer und breitschultriger Mann, bedächtig in seinen Bewegungen und gutmütig. Er arbeitete gründlich und war langsam an der Kaikante entlanggegangen, hin und zurück, ohne daß ihm etwas Außergewöhnliches oder Besonderes aufgefallen war.

Månsson nahm den zerkauten Zahnstocher aus dem Mund und warf ihn ins Wasser. Dort schaukelte er ruhig zwischen dem Kondom und der Bierbüchse. Er zuckte die Achseln, nahm einen neuen Zahnstocher aus der Westentasche, drehte sich um und ging zu seinem Auto.

Morgen werde ich einen Froschmann bestellen, dachte er.

20

Als der Froschmann zum einunddreißigstenmal an die Wasseroberfläche kam, hatte er das Auto gefunden.

»Aha«, sagte Månsson.

Er rollte den Zahnstocher zwischen den Lippen hin und her, während er darüber nachdachte, was nun zu tun sei.

Bis zu diesem Augenblick, dreiundzwanzig Minuten nach zwei, am Nachmittag des 8. April, war er so gut wie sicher gewesen, daß das Auto nur in der Phantasie der beiden Jungen existierte.

Jetzt hatte sich die Lage grundlegend geändert.

»Wie steht der denn?« fragte er.

»Es ist verdammt schwer, da unten überhaupt was zu sehen«, antwortete der Froschmann. »Aber soweit ich es beurteilen kann, steht er mit der Rückseite zum Kai, ungefähr fünfzehn Meter von der Kante weg. Ein bißchen schräg, als ob er an der Mole langgefahren ist und dann die Kurve nicht gekriegt hat.«

Månsson nickte.

»Hier stehen ja keine Verkehrsschilder«, fügte der Froschmann hinzu.

Er gehörte nicht zur Polizei und war außerdem jung und unerfahren.

Månsson dagegen war in den letzten zwanzig Jahren mindestens zehnmal dabeigewesen, wenn sie ein Auto aus dem Wasser gefischt hatten. Jedesmal waren sie leer und als gestohlen gemeldet gewesen. Niemand war deswegen angeklagt worden, obwohl es mehr als wahrscheinlich war, daß die Besitzer selbst sich auf diese Weise ihrer Fahrzeuge entledigt hatten, teils um sie loszuwerden und teils um die Versicherungssumme zu kassieren.

»Hast du noch mehr gesehen?«

»Nee, man sieht kaum was, wie gesagt, das ist 'n ziemlich kleiner Wagen und außerdem voller Schlamm und so.« Der Froschmann machte eine Pause. »Der hat da sicher schon lange gestanden«, fügte er hinzu.

»Dann müssen wir ihn wohl rausholen. Lohnt es sich, wenn du noch mal runtergehst, ehe wir soweit sind, daß wir ihn rausheben können?«

»Kaum. Nicht viel zu machen, ehe wir die Haken anbringen können.«

»Dann sieh mal zu, daß du was Warmes zu essen findest.«

Das schöne Wetter schien buchstäblich wie weggefegt. Der Himmel war grau und regenschwer mit niedriger Wolkendecke und einem kalten, böigen

Wind, der aus nordwestlicher Richtung blies. Das Hafengebiet war zu normalem Leben erwacht, vor der Mole rasselten und quietschten Eimer- und Saugbagger, ein kleiner Schlepper lief durch die Hafeneinfahrt, eine Diesellok schob ein paar Güterwagen vor sich her, voraus ging ein Weichensteller mit roter Flagge, und drei kleinere Frachter, die am Morgen eingelaufen waren, wurden entladen. Irgendein bezahlter Spitzel bei der Polizei oder der Feuerwehr hatte der Presse einen Tip gegeben, und etwa zehn Journalisten und Fotografen standen schon seit Stunden frierend am Kai oder rekelten sich in ihren Autos. Die Reporter und der Froschmann hatten ihrerseits einige der üblichen Neugierigen angelockt, die mit hochgeschlagenen Mantelkragen herumstanden, von einem Fuß auf den anderen traten und die Hände tief in die Taschen vergraben hatten.

Månsson hatte keine Absperrungen angeordnet und auch sonst die Bewegungsfreiheit der wenigen Menschen nicht einzuengen versucht. Ab und zu kam einer der Reporter zu ihm und fragte: »Na?«

Oder irgend so etwas. So auch jetzt wieder. Ein Mann stieg aus einem der Wagen und fragte: »Na?«

»Ja«, sagte Månsson langsam. »Da unten steht ein Auto. Wir holen's in 'ner halben Stunde oder so raus.«

Er blickte den Reporter an, den er seit langen Jahren kannte, blinzelte und fuhr fort: »Du kannst es ja den anderen auch gleich sagen, denn man kann wohl nicht verhindern, daß die Presse davon Wind bekommt?«

»Das ist doch wohl leer, oder?«

»Na ja«, antwortete Månsson und nahm einen neuen Zahnstocher. »Wir nehmen's jedenfalls an.«

»Versicherungsbetrug wie üblich?«

»Wir müssen ihn erst mal oben haben und untersuchen. Und in der nächsten halben Stunde passiert nichts, soviel steht fest. Ihr könnt noch Kaffeetrinken fahren.«

»Mach's gut«, sagte der Reporter.

»Wiedersehen«, grüßte Månsson und ging zu seinem Wagen.

Er schob den Filzhut zurück und begann am Funkgerät zu drehen. Während er seine Anweisungen gab, bemerkte er, daß ein Teil der Journalisten seinem Rat folgte und wegfuhr.

Elofsson und Borglund waren auch in der Nähe. Sie saßen fünfundzwanzig Meter weiter weg in ihrem Volkswagen und sehnten sich nach einer Kaffeepause. Nach einigen Minuten kam Elofsson mit den Händen auf dem Rücken zu Månsson und fragte: »Was sollen wir den Leuten sagen, wenn sie wissen wollen, was wir hier vorhaben?«

»Sagt ihnen, daß wir ein altes Auto aus dem Wasser ziehen. In einer halben Stunde. Ihr könnt übrigens bis dahin auch Kaffee trinken fahren.«

»Danke.«

Das kleine Polizeiauto verschwand mit Rekordgeschwindigkeit. Die beiden Beamten auf den Vordersitzen sahen ernst und entschlossen aus, als ob sie einen wichtigen und eiligen dienstlichen Auftrag zu erledigen hätten. Sobald sie außer Hörweite waren, würden sie wahrscheinlich Martinshorn und Blaulicht einschalten, dachte Månsson und lächelte.

Es dauerte dann doch beinahe eine Stunde, ehe alles vorbereitet war. Sowohl Elofsson und Borglund als auch die Reporter waren zurück, und ein Teil der Seeleute, der Schauerleute und der Arbeiter aus den Firmen im Hafengebiet hatte sich zu den Schaulustigen gestellt. Insgesamt waren an die hundertfünfzig Zuschauer da.

»So«, sagte Månsson. »Dann wollen wir mal anfangen.«

Alles ging schnell und ohne Schwierigkeiten. Es knirschte, als die Stahlseile sich streckten, dann wirbelte das schwarze Wasser auf, und ein lackiertes Blechdach kam an die Oberfläche.

»Achtet auf die Last«, rief Månsson.

Und dann war das ganze Auto zu sehen, von dem Schlamm und schmutziges Wasser heruntertroff. Es hing etwas schräg an den Haken, und Månsson sah es abschätzend an, während die Fotografen eifrig ihre Kameras betätigten. Der Wagen war klein und alt und eigentlich nichts mehr wert. Ein Ford Anglia oder Popular, jedenfalls ein Typ, den man jetzt nur noch selten auf den Straßen sah, der aber vor Jahren in großer Zahl produziert wurde.

Das Fahrzeug schien blau zu sein, soweit man es unter der graugrünen Schlammschicht feststellen konnte. Die Seitenfenster waren zerbrochen oder heruntergedreht, und das ganze Auto war voller Schlamm und Abfall.

»Na, dann setz ihn mal ab«, wies Månsson den Kranführer an.

Die Zuschauer drängten sich heran.

»Könnt ihr nicht mal 'n bißchen zur Seite gehen? Wir brauchen Platz für das Ungetüm«, bat Månsson ruhig.

Die Leute traten sofort zurück und Månsson ebenfalls. Das kleine Auto landete auf dem Kai mit einem dumpfen Rasseln, das hauptsächlich von den Kotflügeln und der vorderen Stoßstange kam, die an einer Seite losgerissen war.

Das Fahrzeug sah wirklich bemitleidenswert aus. Man konnte sich kaum vorstellen, daß es einmal neu und blinkend aus der Fabrik in Dagenham gerollt war und sein erster Besitzer sich voller Stolz ans Lenkrad gesetzt hatte.

Elofsson war der erste, der sich dem Wagen näherte und hineinsah. Diejenigen, die ihn von hinten sahen, bemerkten, daß er zusammenzuckte und sich dann hastig aufrichtete.

Månsson ging langsam hinter ihm her, beugte sich nieder und blickte durch die Fensteröffnung in der rechten Vordertür.

Zwischen den hochkantgestellten Sitzen mit rostigen Federn und faulenden Holzstücken saß eine schlammbedeckte Wasserleiche. Eine der gräßlichsten, die er je gesehen hatte. Mit leeren Augenhöhlen und abgerissenem Unterkiefer.

Er reckte sich hoch und drehte sich um.

Elofsson hatte mechanisch damit begonnen, die Zuschauer, die am nächsten standen, zurückzudrängen.

»Ihr dürft die Leute nicht schubsen«, sagte Månsson.

Dann blickte er denen, die ihm am nächsten standen, in die Augen, einem nach dem anderen, und sagte laut, aber ohne Hast: »Im Auto liegt ein toter Mensch. Und der sieht verdammt unappetitlich aus.«

Da drängte sich keiner mehr vor, um hineinzusehen.

21

Månsson hatte nicht viel übrig für die Anweisung, daß sich Polizeibeamte bei ihrer Arbeit nicht von der Allgemeinheit beobachten und fotografieren lassen sollen, *sofern es nicht aus irgendeinem Grund auf Veranlassung des Polizeichefs geschieht oder es sich mit bestem Willen nicht umgehen läßt,* wie es in einer Richtschnur für die praktische Polizeiarbeit heißt. Im Gegenteil, Månsson gab sich ungezwungen, auch in außergewöhnlichen Situationen, und weil er andere Menschen respektierte, hatten die Menschen auch vor ihm Respekt.

Obwohl weder er selbst noch irgendein anderer sich dessen bewußt wurde, machte er seine Sache an jenem Montagnachmittag im Industriehafen besonders gut und half beispielhaft, das Ansehen der Polizei zu verbessern.

Würde man ihm das Kommando über die Polizei bei den Krawallen, die in dem langen und heißen Sommer bevorstanden und die allgemein mit großer Unruhe erwartet wurden, überlassen, so würden mit großer Sicherheit viele der Demonstrationen gar nicht erst stattfinden. Aber damit waren Leute beauftragt, die meinten, Rhodesien liege nicht weit von Tasmanien, und die es für strafbar hielten, eine amerikanische Flagge zu verbrennen, aber nichts dagegen hatten, sich mit der nordvietnamesischen Fahne die Nase zu schnauben. Diese Beamten hielten Wasserwerfer, Gummiknüppel und bellende Schäferhunde für das beste Mittel, den Kontakt zur Bevölkerung herzustellen, und das Ergebnis war dann auch danach.

Aber Månsson mußte an etwas anderes denken, nämlich an eine Wasserleiche.

Wasserleichen sind nie besonders angenehm anzusehen, und diese hier war, wie gesagt, die abstoßendste, die er jemals zu Gesicht bekommen hatte.

Sogar der Obduzent meinte: »Puh, der sieht ja fürchterlich aus.«

Dann begann er mit der Arbeit, während Månsson pflichtschuldigst in einer Ecke stand und zusah. Er schien sehr nachdenklich, und der Amtsarzt, der jung und offensichtlich unerfahren war, blickte ihn hin und wieder fragend an.

Månsson war sicher, daß ihm der Mann aus dem Auto noch Sorgen machen würde. Er hatte, schon als das Fahrzeug aus dem Wasser auftauchte, geahnt, daß irgend etwas nicht stimmen konnte. Die Lösung, die normalerweise nahelag, war in diesem Fall von Anfang an ausgeschlossen. Versicherungsbetrug konnte es nicht sein. Wer würde sich die Mühe machen, ein zwanzig Jahre altes Autowrack ins Hafenbecken zu versenken? Und warum?

Die einzig richtige Antwort auf diese Frage war sehr einfach, und daher verzog er keine Miene, als der Obduzent feststellte: »Dieser Mann war schon tot, als er ins Wasser geworfen wurde.«

Nach einer Weile fragte Månsson: »Wie lange kann er da gelegen haben?«

»Das ist nicht so einfach zu sagen.« Der Arzt sah sich die aufgedunsene Leiche auf dem Tisch an und fragte: »Gibt's da Aale?«

»Ich glaub schon.«

»Ja, 'n paar Monate. Mindestens zwei, vielleicht vier.« Er bohrte ein wenig mit der Sonde und fuhr fort: »Das ist ziemlich schnell gegangen. Nicht so wie sonst. Wahrscheinlich enthält das Wasser 'ne Menge Chemikalien und Öl und so was.«

Kurz bevor er nach Hause ging, stellte Månsson noch eine Frage: »Das mit den Aalen, ist das nicht bloß so 'n Gerede?«

»Der Aal ist ein rätselhaftes Tier«, antwortete der Arzt.

»Na, dann auf Wiedersehen.«

Die Obduktion wurde am Tag darauf abgeschlossen, das Ergebnis war wenig aufschlußreich.

Die kriminaltechnische Untersuchung dauerte erheblich länger, das Resultat war schließlich genauso mager.

Nicht, weil man nichts gefunden hätte, im Gegenteil, man hatte viel zuviel entdeckt.

Am Montag, dem 22. April, wußte Månsson eine ganze Menge. Zum Beispiel dies:

Das Auto war ein Ford Prefect, Baujahr 1951. Farbe blau, vor langer Zeit einmal ohne große Sorgfalt neu lackiert. Die Kennzeichen waren gefälscht, das Protokoll der technischen Überprüfung, die Steuerquittung und das Namensschild fehlten. Mit Hilfe der Zulassungsstelle gelang es, zwei der letzten rechtmäßigen Besitzer ausfindig zu machen. Ein Gärtner aus Oxie hatte den Wagen 1956 gekauft, damals war er bereits längere Zeit gelaufen, aber noch in gutem Zustand. Der Mann hatte ihn acht Jahre lang gefahren und dann für hundert Kronen an einen seiner Angestellten abgegeben. Der Mann hatte das Auto drei Monate lang benutzt. Zum Schluß sei es zwar noch gelaufen, habe aber so alt und verbeult ausgesehen, daß er es auf dem Parkplatz hinter der Markthalle am Drottningtorg einfach stehengelassen hatte. Nach ein paar Wochen hatte er festgestellt, daß es nicht mehr da war. Er nahm an, daß die Polizei oder das Straßenbauamt den Wagen abgeschleppt hätten.

Weder die Polizei noch das Bauamt hatten das jedoch veranlaßt. Also mußte es gestohlen worden sein. Danach hatte es keiner mehr gesehen.

Über den letzten Passagier im Wagen gab es auch einiges zu sagen. Ein Mann in den Vierzigern, einszweiundsiebzig groß und mit aschblondem Haar. Er war nicht ertrunken, sondern an einer Verletzung am Hinterkopf gestorben. Die Gehirnschale hatte ein Loch. Der Rand zeigte keine Risse, was darauf hindeutete, daß die Verletzung mit einem kugelförmigen Gegenstand verursacht worden war. Der Mann war ganz einfach erschlagen worden.

Die Mordwaffe wurde im Auto gefunden. Ein runder Stein, der in einen schwarzen Herrenstrumpf aus Nylonkrepp gesteckt worden war. Der Stein hatte einen Durchmesser von ungefähr neunzehn Zentimetern und war unbehauen. Ein ganz normaler grober Granitkiesel. Der Strumpf war neunundzwanzig Zentimeter lang und in Frankreich hergestellt. Es handelte sich um eine ausgezeichnete Qualität und eine bekannte Marke. Wahrscheinlich war er nie zu seinem eigentlichen Verwendungszweck benutzt worden.

Die Fingerabdrücke des Toten konnten nicht gesichert werden. Die oberste Hautschicht auf den Fingerspitzen hatte sich gelöst, und das Muster der Linien war auf der noch vorhandenen Lederhaut nur sehr schwach zu sehen.

Im Auto fand man nicht den kleinsten Hinweis auf die Identität des Toten. Auch nicht in den Kleidungsstücken, die von mäßiger Qualität und ausländischer Herkunft waren, man konnte auch nicht feststellen, aus welchem Land sie stammten. Es gab nicht den kleinsten Fingerzeig, in welche Richtung sich die Fahndung bewegen sollte.

Man hatte nach Leuten gesucht, die sich an einen umlackierten blauen Prefect 51, der seit 1964 nicht zugelassen gewesen war, erinnern konnten. Niemand hatte sich gemeldet. Was übrigens ganz natürlich war, wenn man bedenkt, daß sich das Land langsam, aber sicher in einen riesigen Autofriedhof verwandelt, in dem die verbeulten alten Kisten im Leichentuch aus giftigen Abgasen ihrer Nachfolger ausruhen.

Månsson legte die Berichte beiseite, verließ sein Arbeitszimmer und bald danach auch das Polizeigebäude. Mit hängendem Kopf schlurfte er über den Davidhallstorg zum Systembolaget, dem staatseigenen Spirituosengeschäft.

Er dachte an seine Wasserleiche.

Månsson war sowohl verheiratet als auch Junggeselle. Vor zehn Jahren, nachdem ihre Tochter einen südamerikanischen Ingenieur geheiratet hatte und nach Ekuador gezogen war, waren seine Frau und er sich gegenseitig auf die Nerven gefallen. Er hatte sich eine Junggesellenwohnung in der Regementsgatan in der Nähe des Fridhemstorg gesucht, und dort wohnte er die meiste Zeit. Aber jeden Freitagabend fuhr er nach Hause zu seiner Frau, und dort blieb er bis Montagmorgen. Das war eine sehr kluge Lösung, fand Månsson. Alle Gereiztheit war verschwunden, und in der zweiten Hälfte der Woche freuten sich beide auf das gemeinsame Eheleben am Wochenende.

Månsson saß gern in seinem alten verschlissenen Sessel und trank einige Schnäpse, bevor er sich hinlegte. So auch an diesem Montagabend.

Der Montagabend war ein anderer Höhepunkt der Woche. Einerseits hatte er genug von seiner Frau und die angenehme Aussicht vor sich, daß er sie bis zum Freitag nicht zu treffen brauchte, obwohl ihm klar war, daß er sich schon am Donnerstag auf sie freuen würde; andererseits hatte er an den letzten drei Tagen nicht mal zum Essen ein Glas Bier bekommen. Alkohol gab es im Haushalt seiner Frau nicht mehr.

Er mischte seinen dritten Gripenberger und dachte an seine Wasserleiche.

Der Gripenberger besteht aus zirka acht Zentiliter Gin, einer drittel Flasche Grapetonic und kleingehacktem Eis. Ein finnischer Kavallerieoffizier, der, wie man sich denken kann, Gripenberg hieß, hatte ihm gleich nach dem Krieg in Villmanstrand diese Mischung empfohlen. Damals war Grapetonic noch ein exklusives Getränk, und seit der Zeit war er bei diesem Rezept geblieben.

Månsson hatte schon viele Verbrechen mit aufgeklärt, aber in seinem Erfahrungsschatz gab es nichts, was ihm in diesem Fall weiterhalf. Daß es sich um einen kaltblütigen Mord handelte, war klar. Außerdem hatte der Mörder eine Waffe benutzt, die ebenso einfach wie wirksam war, keinerlei Aufsehen erregte und der Polizei so gut wie keine Hinweise gab. Runde Steine gibt es überall, und der Besitz eines schwarzen Herrenstrumpfs ist völlig unverdächtig.

Der Mann im Auto war mit einem einzigen Schlag getötet worden, dann hatte der Mörder die Leiche in ein altes, schrottreifes Auto befördert und das Fahrzeug ins Wasser versenkt.

Demnächst würden sie irgendwann herausfinden, wer der Mann war. Aber er hatte das unbehagliche Gefühl, daß der Verbrecher sich deswegen kaum Sorgen zu machen brauchte.

Der Fall schien ungeahnte Schwierigkeiten zu bringen. Månsson machte sich darauf gefaßt, daß es sehr lange dauern würde, ehe sie ihn aufklären konnten. Wenn das überhaupt möglich war.

22

Doris Mårtensson kam am Sonnabend, dem 20. April, nach Hause.

Jetzt, am Montagmorgen um 8 Uhr, stand sie vor dem großen Spiegel im Schlafzimmer, bewunderte ihre Sonnenbräune und freute sich auf die neidischen Blicke ihrer Kolleginnen. Sie hatte einen häßlichen Bluterguß auf dem rechten Oberschenkel und zwei weitere auf der linken Brust. Während sie den Büstenhalter zuhakte, überlegte sie, daß es wohl besser sei, diese Stellen in der nächsten Woche oder besser noch in den nächsten zehn Tagen nicht zu zeigen, um neugierigen Fragen aus dem Weg zu gehen.

Es klingelte an der Tür. Sie zog das Kleid über, schlüpfte in die weißen Pantoffeln, ging hin und machte auf. Die ganze Breite der Tür wurde von einem riesigen blonden Kerl in Tweedhosen und kurzer offener Sportjacke eingenommen. Er starrte sie mit dunkelblauen Augen an und fragte: »Wie war es in Griechenland?«

»Wunderbar!«

»Wissen Sie, daß die Militärjunta Tausende von politischen Häftlingen in den Gefängnissen verfaulen läßt und daß täglich Menschen zu Tode gefoltert werden? Daß man Frauen an eisernen Haken aufhängt und ihnen mit elektrischen Stahlklammern die Brustwarzen abtrennt?«

»Daran denkt man doch nicht, wenn die Sonne scheint und alle tanzen und glücklich sind.«

»Glücklich?«

Sie sah ihn aufmerksam an. Hier stand ein echter Mann, das sah man sofort. Groß und stark und nicht zu halten. Vielleicht auch ein bißchen brutal, aber dann macht es Spaß.

»Wer sind Sie?« fragte sie interessiert.

»Polizeibeamter. Ich heiße Larsson. Am Abend des 7. März, zehn nach elf, haben Sie am Telefon einen blinden Alarm entgegengenommen. Können Sie sich daran erinnern?«

»Na klar. Wir haben selten mal blinden Alarm. Ringvägen in Sundbyberg.«

»Gut. Was sagte der Anrufer?«

»Es brennt am Haus Ringvägen 37. Im ersten Stock.«

»War es ein Mann oder eine Frau?«

»Ein Mann.«

»Hat er noch mehr gesagt?«

»Nein. Nur das.«

»Sind Sie sicher, daß es nur diese Worte waren?«

»Ja, so gut wie sicher.«

Er nahm einige lose Blätter aus der Tasche und einen Kugelschreiber. Schrieb etwas auf.

»Ist Ihnen dabei noch was aufgefallen?«

»Klar, 'ne ganze Menge.«

Der Mann schien überrascht. Zog die Stirn kraus und starrte sie aufdringlich und gierig mit seinen blauen Augen an. Schwedische Männer hatten eigentlich auch ihre Vorteile. Schade, diese Blutergüsse. Aber vielleicht hatte dieser keine Vorurteile.

»Aha, was denn?«

»Na, erst mal hat er von einem Automaten aus angerufen. Ich hörte, wie es im Apparat klickte, ehe das Gespräch zustande kam. Wahrscheinlich rief er von einer Telefonzelle in Sundbyberg aus an.«

»Wie kommen Sie denn darauf?«

»Ja, in einigen Häuschen hängen noch die alten Schilder mit unserer direkten Telefonnummer. Jetzt möchten die ja, daß möglichst alle 112 anrufen, also die Alarmzentrale.«

Der Mann nickte und schrieb.

»Aber ich hab die Adresse wiederholt, und dann hab ich gefragt: ›Hier in der Stadt? Also in Sundbyberg?‹ Dann wollte ich fragen, wie er heißt und so weiter.«

»Aber das haben Sie nicht gemacht?«

»Nein. Er hat nur ›ja‹ gesagt und eingehängt. Er schien es eilig zu haben. Aber Leute, die anrufen und sagen, daß es brennt, sind ja immer aufgeregt und nervös.«

»Er hat Sie also unterbrochen?«

»Ja. Ich glaub, ich hab nicht mal das Wort Sundbyberg ganz ausgesprochen.«

»Nicht?«

»Nein, ich hab's zwar gesagt, aber er hat mich mitten im Satz unterbrochen, ›ja‹ gesagt und aufgelegt. Ich glaub nicht, daß er's noch gehört hat.«

»Wußten Sie, daß es an der gleichen Adresse in Stockholm zu der Zeit gebrannt hat?«

»Nein. In der Nacht war ein großes Feuer in Stockholm. Ich hab die Meldung von der Zentrale ungefähr zehn oder zwölf Minuten später bekommen. Aber das war in der Sköldgatan.« Sie sah ihn forschend an und fragte: »Sagen Sie mal, sind Sie nicht der, der all die Menschen aus dem brennenden Haus geholt hat?«

Er antwortete nicht, und einen Augenblick später sagte sie: »Doch, das waren Sie. Ich hab doch die Bilder gesehen. Aber ich hab nicht gedacht, daß Sie so groß sind.«

»Sie haben offenbar ein gutes Erinnerungsvermögen.«

»Als ich erfahren hab, daß es ein falscher Alarm war, hab ich versucht, mir die Einzelheiten zu merken. Die Polizei fragt ja immer danach, die hier draußen jedenfalls. Aber diesmal haben sie nichts von sich hören lassen.«

Der Mann runzelte die Stirn. So sah er gut aus. Sie schob die rechte Hüfte ein wenig vor und beugte gleichzeitig das rechte Bein, so daß der Fuß nur noch auf den Zehen stand. Sie hatte hübsche Beine, jetzt waren sie noch dazu braungebrannt.

»Was fällt Ihnen noch dazu ein? Zu dem Mann?«

»Er war kein Schwede.«

»Ausländer?«

Er bekam noch tiefere Falten auf der Stirn und starrte ihr ins Gesicht. Wirklich ärgerlich, daß sie die Pantoffeln angezogen hatte. Sie hatte hübsche Füße, das wußte sie. Und Füße können viel ausmachen.

»Ja. Er sprach mit starkem Akzent.«

Der große Polizist überlegte einen Moment, dann fragte er: »Welche Nationalität, was glauben Sie?«

»Es war kein Deutscher und auch kein Finne. Und natürlich kein Däne oder Norweger.«

»Woher wollen Sie das denn wissen?«

»Die Finnen erkennt man ja sofort, und ich war . . . mit einem Deutschen 'ne Zeitlang verlobt.«

»Meinen Sie, daß er gebrochen Schwedisch sprach?«

»Nein, durchaus nicht. Man verstand, was er sagte, und er sprach flüssig und ziemlich schnell.«

Sie zog die Stirn kraus und dachte nach. Jetzt müßte sie besonders interessant aussehen.

»Spanier war er wohl auch nicht. Und kein Engländer.«

»Amerikaner?« schlug der Mann vor.

»Bestimmt nicht.«

»Warum sind Sie da so sicher?«

»Ich kenne in Stockholm viele Ausländer. Und mindestens zweimal im Jahr fahr ich in den Süden. Vor allem lernen die Engländer und Amerikaner niemals Schwedisch. Vielleicht ein Franzose. Möglicherweise auch Italiener. Wie gesagt, vielleicht Franzose.«

»Aber das raten Sie nur, nicht?«

»Na ja, er sagte zum Beispiel ›Hauss‹.«

»Hauss?«

»Ja, oder noch besser ›auss‹. Das H war kaum zu hören.«

Er blickte auf seine Notizen und schlug vor: »Wir wollen Wort für Wort vornehmen. Erst sagte er also: Es brennt im Haus Ringvägen 37.«

»Nein, er sagte: Es brennt *am* Haus Ringvägen 37. Im ersten Stock. Und er sagte ›auss‹ und ›ssieben‹. Für mich hörte sich das französisch an.«

»Mit einem Franzosen waren Sie wohl nicht verlobt?«

»Nein . . . ich kenne mehrere . . . ich habe mehrere französische Freunde.«

»Wie sagte er ›ja‹?«

»Mit offenem a, wie die Leute in Skåne.«

»Wir lassen wieder von uns hören. Sie können das ja wunderbar.«

»Wollen Sie nicht vielleicht . . .?«

»Sich an etwas erinnern, meine ich. Auf Wiedersehen.«

»Kann man davon ausgehen, daß Olofsson Schwedisch mit starkem Akzent spricht und ›auss‹ statt Haus sagt oder ›ssieben‹ statt sieben«, fragte Gunvald Larsson, als sie am nächsten Tag im Polizeigebäude in der Kungsholmsgatan mit der Besprechung begannen.

Die anderen starrten ihn fragend an.

»Und erster Stock, wenn er das Erdgeschoß meint?«

Keiner antwortete, auch Gunvald Larsson schwieg einen Augenblick. Dann wandte er sich an Martin Beck und fragte: »Dieser Jycke oder wie der nun heißt, den du da draußen in Västberga hast...«

»Skacke.«

»Ja, der, kann man sich auf den verlassen?«

»Kommt drauf an.«

»Ist er fähig, in Sundbyberg rumzufahren und die Telefonzellen abzuklappern?«

»Kann man das nicht der Polizei da draußen überlassen?«

»Um Gottes willen, nein. Schick den Jungen los. Er soll sich einen Stadtplan nehmen und alle Telefonzellen einzeichnen, in denen noch der alte Anschlag mit der Telefonnummer der Feuerwehr in Sundbyberg hängt.«

»Willst du das mal näher erklären?«

Gunvald Larsson erklärte.

Martin Beck strich sich nachdenklich das Kinn.

»Hört sich geheimnisvoll an«, meinte Rönn.

»Was ist geheimnisvoll?« fragte Hammar, der gerade in das Zimmer gepoltert kam und Kollberg mitbrachte.

»Alles«, antwortete Rönn sorgenvoll.

»Gunvald, du bist angezeigt worden. Dienstvergehen«, rief Hammar und schwenkte einen Bogen Papier.

»Von wem?«

»Ein Erster Polizeiassistent Ullholm in Solna. Er behauptet, davon erfahren zu haben, daß du unter den Feuerwehrleuten da draußen bolschewistische Propaganda machst. Während der Dienstzeit!«

»Ach so, Ullholm. Das ist nicht das erste Mal.«

»Ging es damals um die gleiche Sache?«

»Nein. Ich hatte das Ansehen der Polizei geschädigt, weil ich ein unanständiges Wort im Wachlokal in Klara gesagt hab.«

»Mich hat er auch angezeigt«, berichtet Rönn. »Im Herbst nach dem Mord im Bus. Weil ich nicht Namen und Dienstgrad genannt habe, als ich den Sterbenden im Karolinska-Krankenhaus verhört habe. Obwohl er selbst gesehen hat, daß der Bursche es höchstens noch dreißig Sekunden machen würde, bis er starb.«

»Na, wie sieht's denn aus?« fragte Hammar aufmunternd und blickte um sich.

Keiner antwortete, und es dauerte nur einen Moment, bis Hammar wieder ging. Zurück zu seinen ständigen Konferenzen mit der Staatsanwaltschaft, den Herren von der obersten Polizeibehörde und anderen hohen Tieren, die auch dauernd fragten, wie es denn aussieht. Er hatte viel zu erdulden.

Martin Beck sah verstimmt und nachdenklich aus. Außerdem hatte er seinen ersten Schnupfen in diesem Frühjahr und mußte sich alle fünf Minuten die Nase schnauben. Schließlich sagte er: »Wenn es Olofsson war, der da angerufen hat, kann er durchaus seine Stimme verstellt haben. Es ist doch naheliegend, daß er das gemacht hat.«

Kollberg schüttelte energisch den Kopf. »Meinst du wirklich, daß Olofsson als geborener Stockholmer sich hinstellt und die Feuerwehr in Sundbyberg anruft?«

»Wohl kaum«, sagte Gunvald Larsson.

Das war eigentlich alles, was am Dienstag, dem 23. April, geschah.

Mittwoch und Donnerstag passierte gar nichts, aber als sie sich am Freitag wieder zur Besprechung trafen, fragte Gunvald Larsson: »Hat Täcke was erreicht?«

»Skacke«, korrigierte Martin Beck und nieste.

»Er ist ziemlich verschwiegen«, antwortete Kollberg.

»Ich hätte das natürlich selbst machen sollen«, sagte Gunvald Larsson ärgerlich. »Solche Überprüfung dürfte nicht länger als einen Nachmittag dauern.«

»Er hatte noch 'n bißchen was anderes zu tun, und da konnte er erst gestern damit anfangen.«

»Was denn anderes?«

»Wir haben auch noch andere Dinge als an Telefonzellen in Sundbyberg zu denken.«

Die Fahndung nach Olofsson machte keine Fortschritte, und Möglichkeiten, sie noch zu intensivieren, gab es nicht mehr. Alles, was vorlag, hatte man hinausgeschickt, von der Personenbeschreibung über Fotografien und Fingerabdrücke bis zur Zahnkarte.

Für Martin Beck wurde dieses Wochenende besonders anstrengend. Er machte sich große Sorgen um die Fahndung, die offensichtlich an einem toten Punkt angelangt war, und zusätzlich zu der Erkältung, die sich noch verschlechterte, wurde ihm ein kräftiger Schlag ganz privater Natur versetzt. Ingrid, seine Tochter, gab bekannt, daß sie demnächst von zu Hause wegziehen wollte. Das war nichts Außergewöhnliches und kam nicht überraschend. Sie wurde in wenigen Wochen siebzehn und war in fast jeder Hinsicht erwachsen. Außerdem war sie nicht dumm und fähig, auf sich aufzupassen. Sie hatte natürlich ein Recht, jetzt ihr eigenes Leben zu beginnen und es nach ihren Wünschen zu gestalten. Zwar hatte er diesen Augenblick schon einige Zeit kommen sehen, aber was er nicht vorausgesehen hatte, war seine eigene Reaktion. Ihm schwindelte, der Mund wurde ihm trocken, und er nieste hilflos, sagte aber nichts. Denn er kannte sie gut und wußte, daß sie diesen Entschluß nicht gefaßt hatte, ohne vorher eingehend und gründlich überlegt zu haben.

Zu allem Überfluß sagte seine praktisch denkende Frau auch noch: »Es ist wohl am besten, wenn wir gleich anfangen und die Sachen durchsehen, die Ingrid mitnehmen will. Und du brauchst dir ihretwegen keine Sorgen zu machen. Das Mädchen wird sich schon durchschlagen. Ich muß es ja wissen, hab sie ja schließlich erzogen.«

Was schließlich sogar stimmte.

Der Junge, der dreizehn war, nahm die Sache noch unbekümmerter auf. Er meinte achselzuckend: »Prima. Dann kann ich ja dein Zimmer kriegen. Da sind mehr Steckdosen drin.«

Sonntagnachmittag war er zufällig für kurze Zeit allein mit Ingrid in der Küche. Sie saßen sich an dem Eßtisch gegenüber, an dem sie so viele Jahre so viele Male morgens zusammen Kakao getrunken hatten. Plötzlich streckte sie die Hand aus und legte sie auf seine Rechte. Einige Sekunden saßen sie so da. Dann schluckte sie und sagte: »Ich weiß, daß ich so was eigentlich nicht sagen darf, aber ich sage es trotzdem. Warum machst du es nicht genauso? Ziehst hier aus?«

Er sah sie erstaunt an.

Sie blickte auf die Hände.

»Ja, aber ...«, antwortete er zögernd und brach ab. Er wußte ganz einfach nicht, was er erwidern sollte. Aber er wußte bereits, daß er oft und lange an dieses kurze Gespräch denken würde.

Am Montag, dem 29., passierten zwei Dinge praktisch gleichzeitig. Das erste war eigentlich nicht der Rede wert.

Skacke betrat das Zimmer und legte seinen Bericht vor Martin Beck auf den Tisch. Er war tadellos sauber geschrieben und bis in die kleinsten Einzelheiten ausgearbeitet. Daraus war zu ersehen, daß es in Sundbyberg sechs öffentliche Telefonzellen gab, in denen die alten Anschlagtafeln noch hingen. Außerdem zwei fragliche, das hieß solche, in denen der Aushang am 7. März gehangen haben konnte, inzwischen aber abmontiert worden war. In Solna gab es keine Telefonhäuschen mit diesen Schildern. Niemand hatte Skacke damit beauftragt, auch dort zu suchen, er hatte es trotzdem getan.

Martin Beck saß über den Tisch gebeugt und wies mit dem Zeigefinger auf das Papier. Skacke stand zwei Meter vom Schreibtisch entfernt und sah aus wie ein Hund, der auf den Hinterbeinen sitzt und auf ein Stück Zucker wartet.

Vielleicht sollte er ein lobendes Wort sagen, ehe Kollberg kam und seine bissigen Bemerkungen machte, dachte Martin Beck unentschlossen.

Da klingelte das Telefon und enthob ihn der Entscheidung.

»Ja, Beck?«

»Da ist ein Kriminalinspektor dran, der will mit Ihnen sprechen. Den Namen hab ich nicht richtig verstanden.«

»Stellen Sie durch ... ja, hier Beck?«

»Hallo, hier ist Per Månsson aus Malmö.«

»Tag. Wie geht's dir denn?«

»Na ja, montäglich. Und dann dieser Krach mit dem Tennisturnier. Gegen Rhodesien, hast du ja sicher gehört.« Månsson machte eine lange Pause. Dann fuhr er fort: »Du suchst doch einen, der Bertil Olofsson heißt, nicht?«

»Ja.«

»Ich hab ihn gefunden.«

»Da unten?«

»Hier in Malmö, ja. Erschlagen. Wir haben ihn vor drei Wochen gefunden, aber erst heute haben wir rausgekriegt, wer er ist.«

»Bist du sicher?«

»Ja, zu neunzig Prozent jedenfalls. Die Zahnkarte für den Oberkiefer stimmt überein. Und die weist einige ganz besondere Merkmale auf.«

»Na und sonst? Fingerabdrücke, die übrigen Zähne und . . .«

»Den Unterkiefer haben wir nicht gefunden. Und Fingerabdrücke konnten nicht mehr gesichert werden. Er hat nämlich im Wasser gelegen.«

Martin Beck setzte sich hin. »Wie lange?«

»Mindestens zwei Monate, sagt der Doktor.«

»Und wann habt ihr ihn raufgeholt?«

»Montag, den achten. Er saß in einem Auto auf dem Grund des Hafenbekkens. Ein paar Kinder haben . . .«

»Bedeutet also, daß er am 7. März schon tot war«, unterbrach Martin Beck.

»Am 7. März? Na sicher. Mindestens einen Monat, vielleicht länger. Wann ist er denn bei euch zuletzt gesehen worden?«

»Am 3. Februar. Danach wollte er ins Ausland reisen.«

»Na wunderbar, dann kann ich die Zeit näher bestimmen. Er müßte dann ungefähr zwischen dem vierten und achten Februar ins Wasser geschickt worden sein.«

Martin Beck schwieg. Nur zu gut wußte er, was das zu bedeuten hatte. Olofsson war schon einen Monat tot gewesen, als das Haus in der Sköldgatan brannte. Melander hatte recht gehabt: Sie hatten eine falsche Spur verfolgt.

Månsson sagte auch nichts.

»Wie sieht er denn aus?« fragte Martin Beck.

»Böse. Wirklich ganz ungewöhnlich. Jemand hat ihn mit einem Stein, der in einen Strumpf gestopft worden ist, erschlagen und ihm ein altes, schrottreifes Auto als Leichenkiste verpaßt. Nicht einen einzigen Hinweis haben wir in seiner Kleidung oder im Wagen gefunden. Nur die Mordwaffe und zwei Drittel von Olofssons Körper.«

»Ich komme runter, sobald ich kann. Oder Kollberg. Anschließend wirst du wohl herkommen müssen.«

»Muß ich wirklich?« fragte Månsson und seufzte.

Für ihn war das Venedig des Nordens gleichbedeutend mit dem Vorhof der Hölle.

»Ja. Das ist ein festgefahrener Fall, schlimmer, als du ahnst.«

»Na ja«, entgegnete Månsson leicht gereizt. »Dann sehen wir uns also wieder.«

Martin Beck legte auf. Blickte Skacke gedankenverloren an und sagte: »Hast gute Arbeit geleistet.«

23

Am Tag vor der Walpurgisnacht war endlich der Frühling gekommen. Jedenfalls nach Südschweden. Die Morgenmaschine aus Bromma landete planmäßig fünf Minuten vor neun auf Malmös Flughafen Bulltofta, und eine Handvoll Geschäftsleute und ein bleicher Kriminalkommissar, dem der Schweiß auf der Stirn stand, stiegen aus. Martin Beck hatte Schnupfen und Kopfschmerzen und haßte das Fliegen, und die Flüssigkeit, die SAS als Kaffee servierte, war kaum geeignet, seine Stimmung zu heben. Månsson stand auf der Plattform, groß, selbstsicher, mit breiten Schultern, die Hände in den Manteltaschen vergraben und den ersten Zahnstocher dieses Tages im Mund.

»Morgen. Du siehst schlecht aus.«

»Geht mir auch nicht gut. Gibt's hier 'n Klo in der Nähe?«

Tag und Abend der Walpurgisnacht sind in Schweden wichtige Stunden. Da ziehen sich die Leute zum erstenmal die Frühlingskleider an, lassen sich vollaufen, tanzen und sind fröhlich und freuen sich auf den Sommer. In Skåne blüht es an den Wegrändern, die Zweige werden grün, das Vieh in den ländlichen Gebieten ist bereits auf der Weide, und die Bauern haben die Frühjahrsbestellung beendet. Die Studenten setzen ihre weißen Mützen auf, und die Gewerkschaftsfunktionäre holen die roten Fahnen aus der Mottenkiste und überlegen, wie die zweite Strophe von »Söhne der Arbeit« geht. Bald ist 1. Mai, da muß man wenigstens nach außen hin für kurze Zeit Sozialist sein, und während des symbolischen Demonstrationszuges nehmen sogar die Polizisten Haltung an, wenn das Blasorchester die Internationale anstimmt. Denn die Aufgabe der Polizei ist es, den Verkehr umzuleiten, aufzupassen, daß niemand die amerikanische Flagge anspuckt, und darauf zu achten, daß keiner, der ein wirklich ernsthaftes Anliegen hat, sich unter die Demonstranten mischt.

Der letzte Apriltag ist ein Tag der Vorbereitungen. Auf den Frühling, die Liebe und politische Kulthandlungen. An diesem Tag kann man fröhlich sein, besonders wenn das Wetter gut ist.

Martin Beck und Månsson sahen sich an diesem Tag an, was von Olofsson übriggeblieben war, und gingen ein paarmal um das alte Auto herum, das traurig in einer Ecke auf dem Hof des Polizeigebäudes stand. Sie besichtigten auch den Stein, den schwarzen Herrenstrumpf und den Abguß der Zähne in Olofssons Oberkiefer und blätterten lange in dem Bericht des Obduzenten. Sie sprachen kaum, es gab ja auch kaum noch etwas zu sagen.

Einmal fragte Månsson: »Gibt es einen Zusammenhang zwischen Olofsson und Malmö? Abgesehen davon, daß er hier wahrscheinlich erschlagen worden ist?«

Martin Beck schüttelte den Kopf. »Es scheint so, als ob Olofsson sich vor allen Dingen mit gestohlenen Autos beschäftigt hat. Bißchen Rauschgift auch. Aber meistens mit Autos, die er umspritzte und mit neuen Kennzeichen versah. Dann beschaffte er falsche Papiere und brachte die Wagen über die Grenze, sicher, um sie im Ausland zu verkaufen. Bestimmt wird er auf der Durchreise öfter in Malmö Station gemacht haben. Es wäre eigenartig, wenn er nicht ein paar Bekannte in der Stadt gehabt hätte.«

Månsson nickte. »Offenbar ziemlich dürrer Kerl«, brummte er vor sich hin.

»Und abgearbeitet. Darum hat der Doktor auch das Alter falsch beurteilt. Jämmerlicher Mensch.«

»Für Malm trifft das gleiche zu, aber das ändert ja nichts an der Sache, oder?«

»Nein, da hast du recht.«

Mehrere Stunden später saß Månsson in seinem Arbeitszimmer und blickte auf den asphaltierten Hof, wo einige uniformierte Polizeibeamte zwischen schwarz-weißen Streifenwagen umherliefen.

»Tja«, sagte er, »die Ausgangslage ist gar nicht so schlecht, wie sie aussieht.«

Martin Beck sah ihn erstaunt und ungläubig an.

»Wir wissen, daß er spätestens am 7. gestorben sein muß. Die aktuelle Zeitspanne schrumpft auf drei bis vier Tage zusammen. Ich find schon einen, der ihn getroffen hat. Da mach dir man keine Sorgen.«

»Wieso bist du da so sicher?«

»Die Stadt ist nicht so groß wie Stockholm, und die Kreise, in denen Olofsson verkehrt haben kann, sind im Verhältnis noch erheblich kleiner. Ich habe meine Kontakte. Daß ich die nicht früher benutzt habe, liegt daran, daß ich nicht wußte, nach wem ich suchen sollte. Und dann will ich die Presse informieren.«

»Wir dürfen nichts an die Öffentlichkeit dringen lassen. Außerdem ist das Sache der Staatsanwaltschaft.«

»Ich arbeite anders.«

»Aber uns läßt du aus dem Spiel?«

»Was in Stockholm passiert, juckt mich nicht«, antwortete Månsson mit einem Augenzwinkern. »Und das mit dem Staatsanwalt ist 'ne Formsache, jedenfalls hier bei uns.«

Martin Beck flog noch am gleichen Abend nach Hause. Er kam gegen zehn Uhr in Stockholm an, und zwei Stunden später lag er auf seiner Bettcouch im Wohnzimmer draußen in Bagarmossen und hatte bereits das Licht ausgeschaltet.

Aber er schlief nicht. Das tat dagegen seine Frau, ihr leichtes, regelmäßiges Schnarchen war deutlich durch die geschlossene Schlafzimmertür zu hören. Die Kinder waren ausgeflogen. Ingrid malte in irgendeinem Keller Plakate für die Gegendemonstration der Jugendlichen am kommenden Tag, und Rolf war wohl auf einer Art Party bei Klassenkameraden, wo sie Platten hörten und Bier tranken.

Er fühlte sich einsam. Vermißte etwas. Zum Beispiel die Lust, aufzustehen, ins Schlafzimmer zu gehen und seiner Frau die Bettdecke wegzuziehen. Dachte, daß er mindestens Lust haben müßte, das bei einer anderen zu machen. Der Frau eines anderen zum Beispiel. In diesem Fall wessen Frau?

Dann dachte er an die Fahndung. Nichts stimmte. Alles schien absurd und unwahrscheinlich, so als ob dieser Fall irgendwo weit weg geschehen war und er davon in der Zeitung gelesen hatte.

Als Ingrid um zwei nach Hause kam, war er immer noch wach. Wahrscheinlich hatte seine Frau bestimmt, daß sie nicht länger wegbleiben durfte. Rolf dagegen brauchte sich nicht an eine bestimmte Zeit zu halten, obwohl er vier Jahre jünger und nur halb so intelligent war, nur ein Hundertstel vom Selbsterhaltungstrieb seiner Schwester hatte und kaum auf sich selbst achten konnte. Aber er war ja ein Junge.

Ingrid schlich auf Zehenspitzen ins Wohnzimmer, beugte sich über ihn und küßte ihn auf die Stirn. Er stellte sich schlafend. Sie roch nach Schweiß, Seife und Ölfarben.

Absurd, dachte er.

Es dauerte noch eine Stunde, bis er endlich einschlief.

Als Martin Beck am Vormittag des 2. Mai in die Räume der Kriminalpolizei auf Kungsholmen kam, platzte er in ein Gespräch zwischen Melander und Kollberg.

»Absurd«, knurrte Kollberg und schlug mit der Faust auf den Tisch, daß alles rundherum wackelte, nur Melander konnte er nicht aus der Ruhe bringen.

»Ja, wirklich eigenartig«, entgegnete dieser seelenruhig.

Kollberg saß in Hemdsärmeln da, den Schlips hatte er heruntergezogen und den Kragen aufgeknöpft. Er lehnte sich über den Tisch und rief: »Eigenartig? Wir sind vielleicht eigenartig! Einer steckt 'ne Zeitbombe in Malms Matratze. Wir glauben, es war Olofsson. Aber Olofsson ist schon seit einem Monat tot, denn einer hat ihm den Schädel eingeschlagen, ihn in ein Auto verladen und die ganze Fuhre ins Wasser befördert. Und jetzt sitzen wir hier wie die Waisenknaben.«

Er brach ab, um Atem zu holen. Melander schwieg. Beide nickten Martin Beck flüchtig zu.

»Wenn wir dabei bleiben, daß es einen Zusammenhang zwischen dem Mordversuch an Malm und dem Mord an Olofsson . . .«

»Das ist trotz alledem nur 'ne Vermutung«, unterbrach Melander ihn. »Wir haben keinerlei Beweise dafür, daß ein solcher Zusammenhang besteht. Obwohl es unwahrscheinlich klingt, daß beide Ereignisse überhaupt nichts miteinander zu tun haben sollen.«

»Ganz richtig. Solche Zusammenhänge sind höchst unwahrscheinlich. Also kann man vermuten, daß auch der dritte Teil dieser Geschichte in natürlichem Zusammenhang zu den beiden anderen steht.«

»Du meinst den Selbstmord? Daß Malm sich das Leben genommen hat?«

»Na klar.«

»Ja, vielleicht hat er das gemacht, als er merkte, daß das Spiel aus war.«

»Eben. Und weil er fand, daß es angenehmer ist, selbst den Gashahn aufzudrehen, verglichen mit dem, was ihn sonst erwartete.«

»Er hatte also Angst.«

»Und er hatte offenbar recht gute Gründe dafür.«

»Was darauf hindeutet, daß er nicht damit rechnete, am Leben bleiben zu können. Daß er Angst davor hatte, ermordet zu werden. Aber dann: von wem?«

Kollberg dachte nach. Dann machte er plötzlich einen Gedankensprung und fragte: »Vielleicht hat Malm auch Olofsson totgeschlagen?«

Melander nahm einen halben Apfel aus der Schreibtischschublade, schnitt ein Stück ab und steckte es in seinen Tabaksbeutel.

»Kaum anzunehmen«, sagte er, ohne aufzusehen. »Ich kann mir nicht vorstellen, daß so eine Null wie Malm den Mumm hat, ein Verbrechen von dem Kaliber zu begehen. Moralische Bedenken kannte er wohl nicht, aber so was muß man auch technisch beherrschen.«

»Schön, wirklich, Fredrik, logisch denken kannst du. Und was ergibt sich daraus?«

Melander schwieg.

»Was ist die sonnenklare logische Folgerung?« fragte Kollberg hartnäckig.

»Daß sowohl Olofsson wie Malm aus dem Weg geräumt worden sind«, antwortete Melander jetzt widerwillig.

»Und von wem?«

»Das weiß ich nicht.«

»Nein, das ist richtig. Aber eins können auch wir uns jetzt ausrechnen.«

»Ja, hast recht.«

»Erfahrene Leute«, sagte Martin Beck wie zu sich selbst.

»Genau«, bestätigte Kollberg. »Profis. Nur Profis benutzen solche Werkzeuge wie den Stein im Strumpf und diese sonderbare Bombe.«

»Stimmt«, bestätigte Melander.

»Und deshalb sitzen wir jetzt hier und raufen uns die Haare und glotzen, als ob wir einen Geist gesehen hätten. Weil wir es bisher nur mit Amateuren zu tun gehabt haben. Und das haben wir nun schon so lange getan, daß wir, wenn man's richtig nimmt, auch Amateure sind.«

»Achtundneunzig Prozent aller Verbrechen werden von Laien ausgeführt. Sogar in den Vereinigten Staaten.«

»Das ist keine Entschuldigung!«

»Nein, aber eine Erklärung.«

»Hört doch mal zu«, mischte Martin Beck sich ein. »Das paßt auch zu anderen Punkten. Schon seit Gunvald seine Denkschrift, oder wie man's nun nennen soll, geschrieben hat, hab ich über eine Frage nachgedacht.«

»Ja«, unterbrach Kollberg ihn. »Warum hat der, der den Brandsatz in Malms Bett gelegt hat, die Feuerwehr angerufen?« Nach einer halben Minute gab er selbst die Antwort: »Weil er's berufsmäßig tat. Ein Fachmann. Seine Aufgabe war es, Malm umzubringen, und er hatte absolut kein Interesse daran, daß zehn andere Menschen mit dran glauben mußten.«

»Hm. Diese Überlegung hat was für sich. Ich hab gelesen, daß Berufsverbrecher häufig weniger blutdürstig sind als Amateure.«

»Ich hab das gestern auch gelesen«, sagte Kollberg. »Wenn wir den Spieß umdrehen und einen typischen Nichtfachmann nehmen wie unseren lieben Kollegen Hedin, den Polizisten in Skåne, der vor siebzehn Jahren neun Menschen totgeschlagen hat, der nahm keinerlei Rücksicht. Zum Beispiel steckte er ein ganzes Altersheim an, nur weil er sich über seine Braut geärgert hatte.«

»Aber der war ja auch verrückt«, gab Martin Beck zu bedenken.

»Alle Laien, die Menschen umbringen, sind geistesgestört, wenn nicht dauernd, so doch zumindest im Augenblick der Tat. Mit Berufsmördern ist das anders.«

»In Schweden gibt es aber doch keine Berufsmörder«, wandte Melander ein.

»Wenn er Ausländer wäre, würde das ja auch Gunvalds Ermittlungen bestätigen.«

»Vor allen Dingen paßt das zu unseren Vermutungen«, sagte Kollberg. »Und wenn wir hier schon mit solchen Thesen arbeiten, können wir auch gleich weiterraten. Könnt ihr euch vorstellen, daß der Mann, der Malms Bett vermint und Olofsson den Schädel eingeschlagen hat, sich jetzt in Schweden aufhält? Meint ihr, daß er nach der Tat überhaupt noch bis zum nächsten Tag gewartet hat?«

»Nein. Warum sollte er auch.«

»Bis jetzt haben wir allerdings noch keine Beweise, daß es sich um ein und denselben Mörder handelt«, meinte Kollberg nachdenklich.

»Doch«, entgegnete Melander. »Ein Detail.«

»Ja«, bestätigte Martin Beck. »Eine Sache macht die Vermutung glaubhaft. Um sowohl den Mord in Malmö auszuführen als auch den Brand in der Sköldgatan zu legen, muß man den Tatort vorher näher kennen.«

»Hm.« Kollberg spitzte den Mund. »Also einer, der früher schon mal in Schweden war.«

»Einer, der die Sprache einigermaßen beherrscht«, fügte Melander hinzu.

»Einer, der 'ne ganze Menge über Stockholm und Malmö weiß.«

»Aber wieder nicht so viel, daß ihm der Fehler mit der Feuerwehr in Sundbyberg unterlief«, ergänzte Martin Beck.

»Wer kann denn überhaupt auf die Idee kommen, das Haus in der Sköldgatan als Ringvägen 37 zu benennen?« fragte Kollberg plötzlich. »Ich meine, abgesehen von den Leuten beim Straßenbauamt und wenigen Polizisten? Verwaltungsangestellten also?«

»Jemand, der die Adresse auf einem Stück Papier bekommen hat und der das Haus auf seinem Stadtplan angekreuzt hat«, antwortete Melander und klopfte seine Pfeife aus.

»Ein Mensch, dessen Ortskenntnisse begrenzt sind«, bestätigte Martin Beck.

»Ein Ausländer. Ein ausländischer Profi. In beiden Fällen benutzte er Mordwaffen, die früher noch nie in Schweden verwendet worden sind. Hjelm behauptet, daß der Zündmechanismus in Frankreich erfunden und seinerzeit viel in Algerien verwendet worden ist. Wenn ein schwedischer Gangster auf die Idee gekommen wäre, Olofsson den Schädel einzuschlagen, hätte er das mit einem Schraubenschlüssel oder einer Fahrradkette gemacht.«

»Der Trick mit dem Stein im Strumpf wurde im Krieg angewandt«, erläuterte Martin Beck. »Von Spionen und Agenten und solchen Leuten. Männern, die mit dem Auftrag losgeschickt wurden, Kollaborateure und andere mißliebige Menschen zu erledigen, und die nicht riskieren konnten, daß bei einer Kontrolle ein Messer oder eine Schußwaffe bei ihnen gefunden wurde.«

»Solche Fälle sind in Norwegen vorgekommen«, ergänzte Melander.

Kollberg raufte sich die blonden Haare. »Das ist alles gut und schön. Aber es muß doch ein Motiv geben?«

»Na, das ist doch klar«, entgegnete Martin Beck. »Es besteht kein Zweifel mehr, daß Olofsson und Malm zusammenarbeiteten. Warum werden Menschen von Berufsmördern aus dem Weg geräumt?«

»Weil sie unbequem sind«, antwortete Melander. »Die Verbindung zwischen Olofsson und Malm kann man sich vorstellen. Beide haben die Wagen wahrscheinlich selbst gestohlen. Jedenfalls kümmerten sie sich um die gestohlenen Autos.«

»Für den Dieb ist ein gestohlenes Auto oft nicht viel wert. Er verkauft es billig zu dem Preis, den er ohne zu feilschen erzielen kann.«

»Und Olofsson und Malm haben die Wagen umgespritzt und falsche Kennzeichen und Papiere besorgt. Dann fuhren sie damit über die Grenze. In irgendein Land, wo sie sie entweder selbst verkauften oder an andere weitergaben.«

»Die zweite Möglichkeit klingt glaubwürdiger«, meinte Kollberg. Er schüttelte den Kopf und fuhr fort: »Zusammen mit noch einigen anderen sollen die also die schwedische Filiale eines großen Ringes gebildet haben, der alle möglichen Dinger drehte. Aber sie machten Bockmist, und die Firma beschloß, mit ihnen abzurechnen.«

»So kann man's ausdrücken«, bestätigte Melander.

Kollberg lehnte sich zurück und brummte: »Und was meint ihr, was die Kollegen sagen, wenn wir ihnen diese sogenannte Theorie vorlegen? Welcher Idiot kann denn an so etwas glauben?«

Niemand antwortete darauf, und nach etwa einer halben Minute zog er sich das Telefon heran, wählte, wartete und sagte: »Einar? Ich sitze bei Melander. Komm doch mal 'n Moment rüber.«

Es dauerte nur einen Augenblick, dann erschien Rönn in der Tür. Kollberg blickte ihn ernsthaft an.

»Wir sind zu dem Schluß gekommen, daß Malm und Olofsson für eine internationale Liga arbeiteten, 'ne Art Mafia. Wir glauben, daß dieses Syndikat ihrer überdrüssig wurde und einen Berufsmörder herschickte, der die beiden ums Leben brachte.«

Rönn starrte einen nach dem anderen an. Schließlich sagte er: »Was ist denn das für eine Schnapsidee? So was gibt's doch nur im Kino oder in Kriminalromanen. Oder wollt ihr mich veräppeln?«

Kollberg zuckte vielsagend die Achseln.

24

Auf dem Stadtplan von Sundbyberg hatte Benny Skacke die acht Telefonzellen mit schwarzen Kreuzen gekennzeichnet. Dann hatte er um jedes Kreuz mit dem Zirkel einen Kreis geschlagen. Obwohl alle Zellen im Zentrum von Sundbyberg lagen und mehrere Kreise sich überschnitten, kam dabei ein Gebiet von mehr als einem Quadratkilometer heraus. Gunvald Larsson machte sich keine Illusionen, daß Skackes Suche nach einer Spur oder dem Namen des Mannes, der am 7. März die Feuerwehr alarmiert hatte, in diesem dichtbesiedelten Gebiet Erfolg haben könnte. Außerdem war es nur eine Vermutung, daß der Mann aus einer dieser acht Telefonzellen angerufen hatte. Daß er in Sundbyberg gewohnt hatte oder bestenfalls sogar noch dort wohnte, war ebenfalls nur eine Annahme. Und selbst wenn das der Fall sein sollte, so war es nicht so einfach, einen Mann zu finden, von dem man nur wußte, daß er Schwedisch mit ausländischem Akzent sprach.

Skacke machte sich mit großem Eifer an die Aufgabe. In den ersten Wochen hatten ihm die Kollegen von Sundbyberg widerstrebend geholfen; jetzt war er allein. Seine Arbeit bestand darin, alle Mieter in sämtlichen Häusern in dem eingekreisten Gebiet zu befragen, was selbst für einen jungen Mann mit guttrainierten Beinmuskeln ziemlich ermüdend war. Aber Skacke war hartnäckig. Sowohl Gunvald Larsson als auch Martin Beck hatten schon lange die Hoffnung auf ein Ergebnis aufgegeben und fragten ihn nicht mehr, wie weit er sei. Aber er machte weiter und klopfte in jeder freien Stunde an die Türen in Sundbyberg. Abends sank er buchstäblich ins Bett, zu müde für sein sonstiges Trainingsprogramm oder seine Jurastudien. Außerdem hatte er sich nicht um Monica gekümmert, und das war schlimmer.

Skacke hatte Monica vor acht Monaten kennengelernt, als beide an einem Schwimmwettkampf teilgenommen hatten. Seitdem hatten sie sich immer öfter getroffen, und obwohl sie nie direkt vom Heiraten gesprochen hatten, verstand es sich von selbst, daß sie, sobald sie eine leidlich passende Wohnung finden würden, zusammenziehen würden. Skacke hatte ein möbliertes Zimmer, und Monica, die zwanzig war und Krankengymnastikerin werden wollte, wohnte bei ihren Eltern.

Als Monica am 16. Mai abends anrief und zum siebtenmal in dieser Woche vertröstet wurde, ging sie in die Luft.

»Mußt du alle Arbeit bei dieser verdammten Polizei allein machen, oder gibt es vielleicht noch andere Leute außer dir?«

Das war das erste- und bestimmt nicht das letztemal, daß Skacke dieses gefragt wurde. Die meisten seiner Vorgesetzten, an der Spitze Martin Beck, kannten diese Frage von ihren Ehefrauen und hatten schon lange aufgehört, nach einer Antwort zu suchen. Aber das wußte Skacke noch nicht.

Das einzige, was er wußte, war, daß ihm eine Aufgabe anvertraut worden war und er sie lösen würde. Deshalb sagte er: »Natürlich gibt es noch andere. Ich hab mir aber fest vorgenommen, den Mann zu finden, der von dem Telefonhäuschen aus angerufen hat. Morgen kann ich wieder den ganzen Tag über an den Türen klingeln, darum muß ich heute unbedingt früh ins Bett.«

Er hörte, wie Monica zu einer passenden Antwort ansetzte, und fügte schnell hinzu: »Sei nicht böse, Liebling, du möchtest doch auch, daß ich vorwärtskomme.«

Monica ließ sich nicht besänftigen, und schließlich warf sie den Hörer auf die Gabel, nicht ohne vorher anzukündigen, daß sie in diesem Fall den Abend mit einem Sportlehrer, der Rulle hieß, verbringen würde. Skacke kannte diesen ihm höchst unsympathischen Burschen nur zu gut; er sah nicht nur glänzend aus, sondern war ihm, Skacke, auch in den meisten Sportarten überlegen, sogar im Schwimmen. Fußball war wirklich das einzige, worin Skacke ihm überlegen war, und er träumte oft von dem Tag, an dem er den anderen auf ein Fußballfeld locken würde, hatte aber keine Ahnung, wie er das anstellen könnte. Er regte sich bei dem Gedanken, daß Monica mit diesem selbstgefälligen Lackaffen ausgehen würde, so auf, daß er zur Beruhigung zwei Glas Milch trinken mußte, ehe er sie wieder anrief.

Gerade als er nach dem Hörer greifen wollte, klingelte das Telefon. Es war Monica, Wunder über Wunder, und sie war sehr kleinlaut und bat um Entschuldigung, und als sie über eine Stunde lang miteinander gesprochen hatten, verabredeten sie, sich am nächsten Tag, wenn Monica mit der Schule fertig war, in Sundbyberg zum Mittagessen zu treffen.

Am Freitagmorgen fuhr Skacke direkt nach seinem geliebten Sundbyberg, um seine Suche fortzusetzen. Jeden Tag strich er auf seiner Karte die Häuserblocks durch, die erledigt waren, außerdem notierte er die Wohnungen, in denen keiner zu Hause gewesen war. Das Meldeamt hatte ihm eine Liste mit allen Einwohnern Sundbybergs zur Verfügung gestellt, die nicht aus Skandinavien stammten. Er fuhr schon vor sieben los, um einige Adressen aus der Liste derer, die er nicht angetroffen hatte, erledigen zu können, ehe die Leute auf dem Weg zur Arbeit waren.

Um neun waren die Namen auf seiner Liste auf die Hälfte zusammengeschmolzen, aber das war auch das einzige Ergebnis.

Benny Skacke wanderte durch Sundbyberg zu dem Wohnviertel, das an diesem Tag auf seinem Programm stand. Er kam in einen Park, der sich an einem Hang bis zu einer Gruppe von Hochhäusern hinzog, die oben auf der Kuppe standen. Der Park schien nicht als solcher angelegt worden zu sein, er sah eher aus wie ein Stück ursprünglicher Natur, das man bewußt so belassen hatte, als die Bebauung des Gebietes geplant wurde. Das Gras an beiden Seiten des Weges war frisch und grün, und weiter hinten zwischen den Fichten an einem bewaldeten Hang sah man einige graue Granitblöcke und bemooste Steine aus dem mit Nadeln bedeckten Waldboden herausragen. Der Pfad, dem er folgte, war weder aufgeschüttet noch mit Kies bestreut – er war von vielen Füßen im Laufe der Zeit ausgetreten worden und schlängelte sich zwischen den Birken und Eichen hindurch. Sonnenstrahlen fielen durch das Laub der Bäume und malten goldene Flecke auf die harte, ausgetrocknete Erde des Weges und die blankgetretenen Baumwurzeln. Skacke ging langsamer und spürte plötzlich den Duft von Tannennadeln und von der Sonne angewärmter Walderde, aber beim nächsten Atemzug roch er nichts anderes mehr als Benzingestank und den Geruch von ranzigem Fett, in dem das Grillrestaurant unten an der Straße seine Pommes frites schwenkte.

Skacke dachte an Monica. Um drei wollten sie sich treffen. Er freute sich auf sie. Es war selten vorgekommen, daß sie sich eine ganze Woche lang nicht gesehen hatten.

Im ersten Haus wurde ihm in fast jeder Wohnung geöffnet, nur an zwei Türen klingelte er vergebens. Niemand kannte einen Ausländer, und von einem Anruf bei der Feuerwehr hatte keiner etwas gehört. Im nächsten Haus traf er zwei Ausländer an, aber der eine war Finne und sprach so schlecht Schwedisch, daß kaum etwas zu verstehen war, und jedenfalls nicht mit dem Akzent, den Doris Mårtensson beschrieben hatte. Der zweite war Italiener und war in der Zeit um den 7. März auf Urlaub in Mailand gewesen. Ohne danach gefragt zu werden, holte er seinen Paß und zeigte die Stempel vor. Hatten die beiden Bekannte, die Ausländer waren? Ja, viele von ihren Bekannten stammten aus fremden Ländern. Und weiter?

Ja, das konnte man sich wirklich fragen.

Als Skacke mit dem Haus auf dem Hügel fertig war, zeigte die Uhr beinahe zwölf. Er ging in eine Konditorei, die im Erdgeschoß eines der Hochhäuser lag, und bestellte Kakao und ein Käsebrot. Skacke und die Kellnerin waren die einzigen Personen im Lokal. Als sie ihm das Bestellte gebracht hatte, ging sie wieder hinter die Theke und starrte gelangweilt aus dem Fenster. Vor dem Haus befand sich ein großer Platz, wie man sie häufig zwischen den Hochhäusern in den Schlafstädten am Rande Stockholms und in der Umgebung wiederfindet und die selten einfach Platz, sondern meistens Einkaufszentrum oder noch anspruchsvoller Piazza heißen, wahrscheinlich in der krampfhaften Absicht der Stadtplaner, diesen traurigen Steinwüsten einen südländischen Touch zu geben.

Die Tür ging auf, und ein Mann trat ein. Er trug eine silberbestickte blaue Samtmütze und eine leere Tragetasche in der Hand. Langsam ging er durch den Raum und blickte Skacke dabei mit zusammengezogenen Augenbrauen an. Beim Anblick der Kellnerin fingen seine brauen Augen an zu glänzen, er breitete die Arme aus und sagte mit dem singenden Tonfall der Finnlandschweden: »Ach, Fräulein, ich bin heute so schrecklich durstig, wie heißt dieses herrliche Getränk, das ich immer kaufe?«

»Tom Collins.«

»Ach ja, davon möchte ich acht Dosen haben. Aber kalt müssen sie sein. Wie ein tibetanischer Gebirgsbach.«

Er reichte ihr den Beutel, und sie verschwand in der Küche. Der Mann mit der Mütze suchte mit kummervoller Miene in seinem Portemonnaie. Skacke hörte, wie eine Kühlschranktür zugeschlagen wurde, und dann kam die Kellnerin mit der Tasche zurück, in der die Limonadendosen lagen.

»Würden Sie die wohl anschreiben?« fragte der Mann.

»Ja, das läßt sich machen. Sie wohnen ja hier in der Nähe, da ... ja, das kann man schon mal machen«, wiederholte sie und sah ihn wie verzaubert an. Der Mann steckte sein Portemonnaie ein und nahm die Tasche.

»Nett von Ihnen. Dann wird es heute ein guter Tag.«

Er ging zur Tür. Dort drehte er sich um und sagte: »Sie sind wirklich ein Engel. Montag komme ich mit dem Geld. Wiedersehen.«

Skacke schob die Tasse weg und nahm seinen Stadtplan aus der Westentasche. Der sah inzwischen ziemlich abgegriffen aus, und Skacke hatte ihn an den Faltstellen kleben müssen. Er strich die Häuserblocks um den Platz herum aus. Dann sah er auf die Uhr und überlegte, ob er wohl noch die Häuser an der Straße, die an der anderen Seite des bewaldeten Hügels hinunterführte, schaffen würde, ehe es Zeit wurde, mit Monica zum Essen zu gehen. Dann hätte er ein großes zusammenhängendes Gebiet erledigt, denn die älteren Häuser am Fuße des Hügels hatte er bereits besucht. Die Häuser am Hang waren modern, aber erheblich kleiner als die oben auf der Kuppe.

Um zwanzig nach zwei hatte Skacke in allen Häusern geklingelt bis auf das Eckgebäude am Fuße des Hügels. An dieser Ecke stand eine der Telefonzellen, in der die Tafel mit der Direktnummer der Feuerwehr noch hing.

Im Eingang dieses letzten Hauses stand ein Mann und trank Starkbier. Er hielt Skacke die Flasche unter die Nase und sagte etwas, was dieser zuerst nicht begriff. Dann verstand er, daß der Mann Norweger war und behauptete, hier den 17. Mai zu feiern. Skacke zeigte dem Mann seine Dienstmarke und wies ihn mit strenger Miene darauf hin, daß es verboten war, auf der Straße alkoholische Getränke zu sich zu nehmen.

»Ich will diesmal Gnade vor Recht ergehen lassen«, schloß Skacke, »weil Sie Ausländer sind. Geben Sie die Flasche Bier her und verschwinden Sie.«

Der Mann gab ihm die halbleere Flasche, und Skacke goß den Rest in einen Gully, dann überquerte er die Straße und warf die Flasche in einen Papierkorb. Als er sich umsah, bemerkte er, daß sich der Norweger noch einmal nach ihm umdrehte und um die Ecke verschwand.

Skacke fuhr mit dem Fahrstuhl in die oberste Etage und klingelte nacheinander an drei Türen. Niemand öffnete, und er schrieb die Namen mißmutig auf seine Liste. Dann ging er hinunter in das nächste Geschoß.

An der ersten Tür öffnete eine Frau mit selbstgefärbtem Haar und einer Brille mit grünem Plastgestell. Sie mußte an die Sechzig sein. Skacke mußte seine Bitte zweimal vortragen, ehe sie begriff, was er wollte.

»Ja, ich vermiete ein Zimmer. Das heißt, ich hab das bis vor kurzem getan. Ein Ausländer, sagen Sie? Anfang März? Lassen Sie mich mal überlegen. Ja, ich glaube, das war Anfang März, da wohnte hier ein Franzose. Oder war er Araber? Ich weiß es nicht mehr genau.«

In diesem Moment hätte man Skacke nur mit einer Feder anzutippen brauchen und er wäre umgefallen.

»Ein Araber, sagten Sie? Was hat er denn für eine Sprache gesprochen?«

»Schwedisch, natürlich mit Fehlern. Aber es reichte, man verstand ihn.«

»Können Sie sich daran erinnern, wann genau er hier wohnte?«

Skacke hatte sich beim Klingeln das Namensschild an der Tür nicht genau angesehen; er drehte sich zur Seite, tat so, als ob er sich die Nase schnauben müßte, und schielte zu dem Schild über dem Briefschlitz. Es gelang ihm gerade noch, den Namen zu entziffern, da öffnete die Frau auch schon die Tür und fragte: »Wollen Sie nicht hereinkommen?«

Er trat in die Diele und machte die Tür hinter sich zu.

Die rothaarige Frau ging vor ihm in die Wohnstube. Sie zeigte auf ein blaues Plüschsofa, und Skacke setzte sich. Die Frau ging an den Schreibschrank, zog ein Schubfach auf und nahm einen Ordner mit rotbraunen Schnellheftern heraus.

»Ich kann Ihnen gleich sagen, wann das war«, sagte sie und blätterte. »Ich schreib mir hier immer die Mieteinnahmen auf, und der Mann war der letzte, der das Zimmer hatte. Das ist ganz einfach . . . hier hab ich's schon. Am 4. März hat er im voraus für eine Woche bezahlt. Aber dann ist er schon früher ausgezogen, nach vier Tagen. Am Achten also. Das Geld für die restlichen Tage hat er nicht zurückverlangt.« Sie nahm den Hefter und setzte sich auf einen Stuhl neben dem Sofa. »Das war eigenartig, fand ich. Was wollen Sie denn von ihm, hat er etwas angestellt?«

»Wir suchen nach einer Person, die uns vielleicht bei einer Fahndung helfen kann. Wie hieß denn der Mann?«

»Alphonse Lasalle.«

Sie sprach das e in beiden Namen mit aus, was darauf schließen ließ, daß sie in der französischen Sprache nicht sehr bewandert war. Skacke ging es übrigens ebenso.

»Warum haben Sie das Zimmer ausgerechnet an ihn vermietet?« fragte er.

»Wie das kam? Na, wie ich schon sagte, habe ich eine Zeitlang eins der Zimmer abgegeben. Das war, bevor mein Mann krank wurde und tagsüber zu Hause bleiben mußte. Er wollte keinen fremden Menschen in der Wohnung haben, da hab ich das der Zimmervermittlung gesagt, sie sollen uns vorläufig aus dem Register streichen.«

»Sie haben also Ihre Mieter über die Vermittlung bekommen? Wie heißt denn die?«

»Svea. Ihr Büro liegt auf dem Sveavägen. Durch die haben wir seit 1961, als wir hier eingezogen sind, unsere Untermieter bekommen.«

Skacke zog seinen Notizblock und einen Bleistift heraus. Die Frau beobachtete neugierig, was er schrieb.

»Wie sah er denn aus?« fragte er und hielt den Bleistift in Bereitschaft. Die Frau blickte zur Decke hoch.

»Ja, wie soll ich das sagen. Er war so 'n südländischer Typ. Dunkel und ziemlich klein. Dichtes schwarzes Haar, das bis tief in die Stirn wuchs. Bißchen größer als ich, ich bin einsvierundsechzig. Ziemlich große Nase, bißchen gebogen und ganz grade schwarze Augenbrauen. Recht kräftig, aber nicht fett.«

»Wie alt war er, was schätzen Sie?«

»Na, so fünfunddreißig oder vierzig, könnte ich mir denken. Schwer zu sagen.«

»Fällt Ihnen noch was zu seinem Aussehen ein? Oder etwas anderes Auffälliges?«

Sie überlegte eine Weile und schüttelte den Kopf. »Ich glaub nicht. Er hat ja auch nicht lange hier gewohnt. Er war höflich und wirkte gut erzogen. Elegant und ordentlich gekleidet.«

»Wie sprach er?«

»Mit ausländischem Akzent. Klang ganz lustig.«

»Können Sie seinen Akzent näher beschreiben? Fällt Ihnen irgend etwas Spezielles ein?«

»Eigentlich nicht. Er sagte Vrau statt Frau und Kafe statt Kaffee. Nach so langer Zeit kann man sich nur schwer erinnern, außerdem habe ich kein Ohr für Dialekte.«

Skacke überlegte, was er als Nächstes fragen sollte. Er biß in den Bleistift und blickte die rothaarige Frau an. »Was machte er hier? War er Tourist, oder arbeitete er? Wann kam und ging er so normalerweise?«

»Das ist schwer zu sagen. Er hatte nur wenig Gepäck, nur einen Koffer. Meistens ist er vormittags weg und kam erst am späten Abend nach Hause. Natürlich hatte er einen Schlüssel, deshalb hab ich nicht immer gemerkt, wann er zurückkam. Er war sehr leise und rücksichtsvoll.«

»Dürfen Ihre Untermieter das Telefon benutzen? Hat er von hier aus Gespräche geführt?«

»Wir sehen das nicht gern, aber wenn einer dringend telefonieren muß, dann erlauben wir's schon mal. Aber der Lasalle hat niemals telefoniert, soviel ich weiß.«

»Kann er telefoniert haben, ohne daß Sie es merkten? Am späten Abend zum Beispiel?«

»Spät abends sicher nicht. Ich hab noch einen Anschluß im Schlafzimmer, und abends nehm ich das Telefon immer mit rein.«

»Wissen Sie noch, wann er am 7. März nach Hause kam? Das wäre also an seinem letzten Abend gewesen.«

Die Frau nahm ihre häßliche Brille ab, sah sie an, putzte sie am Rock und setzte sie wieder auf. »Am letzten Abend? Da hab ich ihn nicht kommen hören. Ich leg mich so um halb elf schlafen. Aber ganz sicher bin ich nicht, wie es an dem Abend war.«

»Frau Borg, Sie können ja noch mal überlegen. Ich werde Sie anrufen und fragen, ob Ihnen noch was eingefallen ist.«

»Na klar, das kann ich tun.«

Er schrieb ihre Telefonnummer in sein schwarzes Notizheft.

»Sie haben vorhin gesagt, daß Lasalle Ihr letzter Untermieter war?«

»Ja, das stimmt. Nur wenige Tage nachdem er ausgezogen war, wurde Josef krank. Das ist mein Mann. Ich mußte sogar einem absagen, dem ich das Zimmer schon fest versprochen hatte.«

»Darf ich mir das Zimmer mal ansehen?«

»Selbstverständlich.«

Sie stand auf und zeigte ihm den Weg. Die Tür zu dem Zimmer befand sich genau gegenüber der Wohnungstür. Der Raum war ungefähr drei mal fünf Meter groß und mit einem Bett, Nachttisch, größerem Tisch, zwei Stühlen, einem Sessel, einem kleinen Schreibtisch und einem großen alten Kleiderschrank mit ovalen Spiegeln in den Türen ausgestattet.

»Die Toilette liegt direkt daneben. Mein Mann und ich haben unser Badezimmer gleich neben dem Schlafzimmer.«

Skacke nickte und sah sich um. Das Zimmer wirkte unpersönlich wie ein drittklassiges Hotelzimmer. Auf dem Tisch bei dem Sessel lag ein kariertes Tuch und auf dem Schreibtisch eine fleckige Schreibunterlage. Zwei Öldrucke und ein Kranz aus Strohblumen hingen an den Wänden. Der Teppich, die Decke auf dem Bett und die Gardinen sahen dünn aus und waren ausgebleicht von allzu vielem Waschen.

Skacke ging an das Fenster zur Straße hin. Er konnte die Telefonzelle und den Papierkorb, in den er die Bierflasche des Norwegers geworfen hatte, sehen. Weiter hinten auf der Straße zeigte die große Uhr vor einem Uhrengeschäft zehn Minuten nach drei. Er sah auf seine eigene Armbanduhr. Die Zeit stimmte.

Benny Skacke verabschiedete sich hastig von Frau Borg und lief die Treppe hinunter, immer zwei Stufen auf einmal. Als er gerade aus dem Haus wollte, fiel ihm etwas ein. Er stürzte auf den Fahrstuhl zu und fuhr in den vierten Stock hinauf. Die Frau sah ihn verwundert an. Wahrscheinlich hatte sie ihn so schnell nicht zurückerwartet.

»Haben Sie das Zimmer saubergemacht?« fragte er atemlos.

Sie hob die Augenbrauen. »Saubergemacht? Natürlich hab ich . . .«

»Staub gewischt und aufgewischt? Die Möbel und alles?«

Sie zögerte mit der Antwort. »Ja also . . . ich mach immer erst richtig sauber, wenn ein neuer Untermieter einzieht. Lohnt sich nicht, es vorher gründlich zu machen. Das Zimmer steht tagelang leer, manchmal auch Wochen. Ich schütte die Aschenbecher aus, zieh die Bettwäsche ab und laß frische Luft rein, wenn einer ausgezogen ist. Wieso? Warum fragen Sie?«

»Lassen Sie bitte alles so, wie es ist, und fassen Sie nichts an. Wir müssen untersuchen, ob da noch irgendwo Spuren sind. Fingerabdrücke oder so.«

Sie versprach, den Raum nicht einmal mehr zu betreten. Skacke verabschiedete sich zum zweitenmal und stürzte die Treppe hinunter.

Er rannte, denn er hatte sich bei Monica verspätet, und überlegte dabei, ob es ihm wohl gelungen war, eine Spur zu finden.

Als er in dem Restaurant ankam, in dem Monica bereits seit fünfundzwanzig Minuten wartete, war er in Gedanken bereits befördert und auf seinem Weg zum Polizeichef ein gutes Stück vorangekommen.

Aber in der Kungsholmsgatan fragte Gunvald Larsson: »Wie war er gekleidet?«

Und zehn Sekunden später: »Was hatte er für einen Mantel an? Anzug? Schuhe? Strümpfe? Oberhemd? Schlips? Benutzte er Pomade? Wie waren seine Zähne? Rauchte er? Wenn ja, welche Marke und wieviel? Wie sah die Bettwäsche aus, wenn er darin gelegen hatte? Trug er einen Schlafanzug oder ein Nachthemd? Machte sie ihm morgens Kaffee? Zum Beispiel.«

Und nach einer weiteren halben Minute: »Warum hat dieses Weibsbild kein Meldeformular eingeschickt, wo sie doch einen Ausländer bei sich wohnen hatte? Hat sie sich seinen Paß angesehen? Hast du der Alten ordentlich eingeheizt?«

Skacke sah ihn verdutzt an, drehte sich um und wollte gehen. Gunvald Larsson hielt ihn zurück. »Halt. Einen Augenblick noch.«

»Ja?«

»Sieh zu, daß du so schnell wie möglich einen Fingerabdruckexperten hinschickst.«

Skacke ging.

»Idiot«, sagte Gunvald Larsson zu der geschlossenen Tür.

In dem Zimmer in Sundbyberg fanden sie eine Menge Fingerabdrücke. Als sie alle ausgesondert hatten, die von Frau Borg und Skacke stammten, blieben drei übrig, einer davon ein Daumen, konserviert in schönster Haarpomade.

Am Dienstag, dem 21. Mai, sandten sie Kopien der Fingerabdrücke an Interpol. Was konnte man anderes tun?

25

Montag nach Himmelfahrt erkundigte sich Martin Beck in Malmö nach dem Stand der Dinge.

Hammar stand zwei Schritte entfernt und hatte ihn gerade gebeten: »Ruf in Malmö an und frag mal, wie es da steht.«

Als er Månssons Stimme hörte, tat es ihm schon wieder leid, weil ihm in derselben Sekunde einfiel, wie oft ihm während seiner langjährigen Dienstzeit diese idiotische Frage gestellt worden war. Von hohen Vorgesetzten. Von der Presse. Von seiner Frau. Von Kollegen. Von neugierigen Bekannten. Wie steht's denn so?

Er räusperte sich und fragte: »Hallo, wie geht's denn voran?«

»Na ja«, gab Månsson zurück. »Wenn ich was Neues habe, werd ich wohl von allein anrufen.«

Und das war natürlich genau die Antwort, die er erwartet hatte.

»Frag ihn, ob er überhaupt schon was rausgefunden hat«, drängte Hammar.

»Hast du überhaupt schon was rausgefunden?«

»Über Olofsson?«

»Ja.«

»Wer steht denn da hinter dir und sagt dir ein?«

»Hammar.«

»Ach so, deswegen.«

»Frag ihn, ob er den internationalen Aspekt beachtet hat?« flüsterte Hammar.

»Hast du den internationalen Aspekt beachtet?«

»Ja. Hab ich.«

Einen Moment war es still. Martin Beck hustete geniert. Hammar verzog sich und schlug die Tür hinter sich zu.

»Ist er jetzt raus?« fragte Månsson.

»Ja. Hör mal, ich will wirklich nicht . . .«

»Laß man, das kenn ich auch. Was Olofsson betrifft . . .«

»Ja?«

Månsson ließ ihn zappeln. Martin Beck hörte das leise Rascheln des Seidenpapiers, als der andere einen Zahnstocher auswickelte.

»Er war hier offenbar nicht sehr bekannt. Aber ich hab 'ne Spur gefunden. Leute, die zumindest wissen, wer er war. Viel haben sie nicht von ihm gehalten. Er soll mächtig angegeben haben und eine . . .« Månsson schwieg wieder.

»Ja?«

». . . eine richtige Stockholmer Großschnauze gewesen sein.«

Es war Månsson anzumerken, daß ihm diese Bezeichnung gefiel.

»Wußten die, was er so gemacht hat?«

»Ja und nein. Zwei meiner Kontaktleute gaben zu, Olofsson dem Namen nach zu kennen und ihn ein paarmal getroffen zu haben. Beides alte Ganoven, die sagen, er hätte Rauschgift geschmuggelt, aber nicht in größerem Umfang. Er ist hier hin und wieder aufgetaucht, und sie haben ihn nur selten getroffen. Sie hatten den Eindruck, daß er meist aus Stockholm kam, wenn er hier aufkreuzte. Immer hat er neue Autos gehabt und groß damit angegeben, schien aber nicht gut bei Kasse zu sein. Keiner der Männer hat ihn letztes Mal getroffen. Der eine saß ja auch über Winter im Bau und kam erst im April wieder raus.«

Schweigen. Martin Beck sagte nichts. Nach einer Weile fing Månsson wieder an: »Ich hab da noch ein paar Hinweise, aber die passen nicht zusammen. Einige habe ich von diesen beiden Ganoven bekommen, andere hab ich selbst gefunden.«

»Ich verstehe.«

»Er ist oft nach Polen gefahren. Das steht fest. Der Anzug, den er anhatte, stammte übrigens von dort.«

»Was wahrscheinlich bedeutet, daß er die Autos dort verkaufte.«

»Ja, das ist möglich. Aber die Frage ist, ob wir mit diesem Ergebnis weiterkommen. Wichtiger ist . . .« Er brach ab.

»Was denn?«

»Daß Malm und Olofsson sich hier verschiedene Male getroffen haben, scheint auch festzustehen. Jedenfalls sind sie hier zusammen gesehen worden.«

»Aha!«

»Ja, aber dieses Jahr nicht. Malm war besser bekannt als Olofsson. Und die Leute mochten ihn. Jeder meiner beiden Spitzel hat die beiden mindestens einmal zusammen getroffen, und beide hatten den Eindruck, daß sie zusammenarbeiteten. Ja, das war's aber nicht, was ich sagen wollte, was so wichtig war.«

»So?«

»Vieles ist noch nicht klar. Olofsson muß doch zum Beispiel irgendwo eine Unterkunft gehabt haben, wenn er hier war. Entweder hat er ein Zimmer gemietet oder bei jemandem gewohnt. Ich hab bloß noch nicht rausgekriegt, wo oder bei wem er übernachtet hat.«

»Das ist auch gar nicht so einfach.«

»Doch, möglich ist das schon, dauert aber seine Zeit. Wo Malm untergekommen ist, wenn er hier war, weiß ich. Der hat in verschiedenen billigen Pensionen gewohnt, unten im Westen. In der Gegend um die Västergatan und die Mäster Johansgatan, weißt du.«

Martin Beck kannte sich wenig in Malmö aus, und die Straßennamen sagten ihm nichts.

»Gut.« Mehr konnte er nicht antworten.

»Ach, das war einfach. Ich halt das nicht für so wichtig. Das andere dagegen . . .«

Martin Beck fing an ärgerlich zu werden. »Welches andere?«

»Na, wo Olofsson gewohnt hat, zum Beispiel.«

»Er hat vielleicht nur hin und wieder 'n paar Stunden Aufenthalt gemacht. Auf der Durchreise, um Malm zu treffen.«

»Das glaub ich nicht. Er hatte einen Unterschlupf. Aber wo?«

»Woher soll ich das wissen? Und wie bist du selbst überhaupt darauf gekommen?«

»Er hatte hier eine Freundin«, antwortete Månsson.

»Was? Ein Mädchen?«

»Genau. Er ist mehrere Male mit ihr gesehen worden, in großem zeitlichem Abstand. Zuerst vor etwa anderthalb Jahren und das letzte Mal, soviel ich weiß, kurz vor Weihnachten letzten Jahres.«

»Die müssen wir finden.«

»Da bin ich ja grade bei. Ich weiß schon, wie sie aussieht und so, bloß nicht, wie sie heißt und wo sie wohnt.« Er schwieg eine Weile. »Eigentlich komisch ...«

»Was?«

»Daß ich sie nicht finden kann. Wenn sie hier in der Stadt oder in der Umgebung wohnte, müßte ich sie schon aufgespürt haben.«

»Dann wohnt sie vielleicht gar nicht in Malmö; sie kann ja auch aus Stockholm kommen. Möglicherweise ist sie nicht mal aus Schweden.«

»Nee«, antwortete Månsson. »Sie muß hier irgendwo sein. Ihr werdet sehen, ich find sie noch.«

»Meinst du?«

»Klar, aber es dauert 'ne Weile. Außerdem will ich im Juni auf Urlaub fahren.«

»Ach so.«

»Ja, aber ich such natürlich weiter. Wenn ich sie gefunden hab, ruf ich wieder an. Bis dahin auf Wiedersehen.«

»Wiedersehen«, entgegnete Martin Beck automatisch.

Er blieb eine ganze Weile mit dem Hörer in der Hand sitzen, obwohl der andere längst aufgelegt hatte. Seufzte und schnaubte sich die Nase.

Månsson war offensichtlich ein Mann, den man am besten allein wursteln ließ.

26

Am Sonnabend, dem 1. Juni, flog Månsson zusammen mit seiner Frau nach Rumänien. Er hatte seinen dreiwöchigen Urlaub so geschickt ausgewählt, daß er nicht vor dem Mittsommertag zurückkommen mußte, genauer gesagt kam er erst am Montag, dem 24., nach Hause.

Seine Ergebnisse, was Wasserleichen und ähnliche Dinge betraf, wie auch seine Theorien über Olofssons Leben und unschönes Ende hatte er offenbar mit sich genommen. Denn Martin Beck hörte während der Zeit wenig oder gar nichts aus Malmö, was für ihn von Interesse war.

Månsson war jedoch längst nicht der einzige, der im Juni Urlaub machte. Obwohl verschiedentlich deutlich darauf hingewiesen worden war, daß man mit dem Urlaub, wenn möglich, bis nach der Wahl warten solle, lichteten sich die Scharen der Polizei mit verblüffender Schnelligkeit, was besonders die höheren Dienstgrade betraf. Im September war Reichstagswahl. Juli und August konnten anstrengende Monate werden, da versuchten die meisten ihren gesetzlichen Urlaubsanspruch so schnell wie möglich in die Praxis umzusetzen. Melander zog sich in sein Sommerhaus auf Värmdö zurück, und Gunvald Larsson und Rönn verschwanden diskret nach Arjeplog, wo sie sich von der Mitternachtssonne bescheinen ließen und die fahlen Sommernächte beim Angeln verbrachten.

Sie sprachen hauptsächlich vom Fischen und fachsimpelten über verschiedene Angelgeräte. Ab und zu kam es vor, daß Rönn plötzlich ein ernstes Gesicht machte und eine Frage nicht beantwortete. Dann dachte er an das verschwundene Feuerwehrauto, behielt seine Gedanken aber für sich.

Hammar dachte nur an seine bevorstehende Pensionierung und hoffte, daß bis dahin nichts Außergewöhnliches geschehen würde.

Martin Beck war es gleichgültig, ob er Urlaub bekam oder nicht. Er saß draußen in Västberga und verbrachte seine Stunden mit Routinearbeiten. In seiner Freizeit überlegte er vor allem, wie es ihm gelingen könnte, der gemeinsamen Mittsommerfeier mit seiner Frau und seinem Schwager zu entgehen.

Kollberg war stellvertretender Kriminalkommissar und vorübergehend zur Fahndungsgruppe in Stockholm versetzt worden. Das eine war ihm genauso unangenehm wie das andere. Er verabscheute sein stickiges Arbeitszimmer in der Kungsholmsgatan, schwitzte und fluchte. Zwischendurch dachte er an seine Familie, und das war das einzige, woran er momentan Freude hatte.

Melander stand auf seinem Grundstück vor dem Haus, hackte Holz und dachte liebevoll an seine häßliche Frau, die nackt auf einer Decke hinter dem Haus lag und sich von der Sonne bescheinen ließ.

In Eforie am Schwarzen Meer starrte Månsson faul Potemkins taubenblau schimmernden Horizont an und wunderte sich, wie man in einem Land den Sozialismus errichten und den Fünfjahrplan in drei Jahren erfüllen konnte, in dem es vierzig Grad heiß war und kein Grapetonic zu kaufen gab.

Dreitausend Kilometer weiter nördlich zog sich Gunvald Larsson Gummistiefel und seine Sportjacke an und schielte ärgerlich auf Rönns wollenen Pullover, der rot und blau und grün und geschmacklos war und auf der Vorderseite Elche hatte.

Rönn merkte davon nichts, da er gerade wieder an das Feuerwehrauto dachte.

Benny Skacke saß in seinem Zimmer und las einen Bericht durch, den er soeben geschrieben hatte. Er überlegte, wie lange es wohl dauern würde, bis er Polizeichef sein und wohin er versetzt werden würde.

Jeder hatte seine Sorgen.

Keiner dachte an Malm oder Olofsson oder an das vierzehnjährige Mädchen, das in der Dachkammer des Hauses in Sköldgatan buchstäblich lebendig gebraten worden war.

Jedenfalls sah es nicht so aus.

Am Tag vor Mittsommer, Freitag, dem 21. Juni, tat Martin Beck etwas, was ihm beinahe kriminell vorkam und was er seit seinem fünfzehnten Lebensjahr nicht mehr getan hatte. Damals hatte er die Unterschrift seiner Mutter auf einem Entschuldigungszettel gefälscht, um die Schule zu schwänzen und sich eins von Hitlers Westentaschenschlachtschiffen ansehen zu können, das zu einem Flottenbesuch in Stockholm lag.

Was er tat, war eigentlich nebensächlich, und viele hätten kein Wort darüber verloren. Tatsächlich war es nicht mal strafbar, denn Lügen ist nicht ungesetzlich, wenn man nicht vorher die Hand auf die Bibel legt und verspricht, die Wahrheit zu sagen.

Er sagte ganz einfach zu seiner Frau, daß er nicht mit ihr und Rolf aufs Land fahren könne, da er dienstlich verhindert sei.

Das war eine rosarote Lüge, er sprach sie mit lauter und klarer Stimme aus und blickte dabei seiner Frau tief in die Augen. Am Tag der Sommersonnenwende, dem längsten und schönsten des Jahres. Außerdem war diese Lüge das Resultat einer Verschwörung oder eines Komplotts, in das eine weitere Person eingeweiht war, die versprochen hatte, den Mund zu halten und sich nichts anmerken zu lassen, wenn peinliche Fragen gestellt würden.

Dieser Mensch war auch noch stellvertretender Kriminalkommissar.

Er hieß Sten Lennart Kollberg, und seine Rolle als Anstifter war so offenbar, daß man sie nicht mal als zweideutig bezeichnen konnte.

Für die Verschwörung hatte es zwei verschiedene Gründe gegeben. Einerseits hatte Martin Beck überhaupt keine Lust, zwei, schlimmstenfalls drei Tage mit seiner Frau und seinem versoffenen Schwager zu verbringen. Tage, die sich noch mehr in die Länge zogen, weil seine Tochter Ingrid, die seine Laune hätte aufbessern können, einen Sprachkurs in Leningrad mitmachte. Auf der anderen Seite konnte Kollberg frei über das Sommerhaus seiner Schwiegereltern in Södermanland verfügen und hatte bereits erhebliche Mengen Lebensmittel und Getränke dorthin transportiert.

Obwohl er also gute, zumindest verständliche Gründe für sein Verhalten hatte, kam ihn das ungewohnte Lügen hart an. Viel später sollte er auch einsehen, daß dieser Augenblick der Auftakt zu einer Entwicklung war, die sein ganzes weiteres Leben veränderte.

Das alles hatte nichts damit zu tun, daß er bei der Polizei war, denn es gibt keinen Grund für die Annahme, daß Polizisten weniger lügen als andere Menschen und schwedische Polizisten weniger als ausländische. Tatsächlich deutet manches darauf hin, daß es sich eigentlich eher umgekehrt verhält.

Für Martin Beck war es einfach eine Frage der persönlichen Moral. Er traf eine Entscheidung und rechtfertigte sie vor sich selbst, und damit hatte er eine bestimmte grundsätzliche Einstellung erschüttert. Ob das für sein privates Gleichgewicht ein Gewinn oder Verlust war, mußte die Zukunft zeigen.

Jedenfalls erlebte er zum erstenmal seit sehr langer Zeit ein schönes und sorgenfreies Wochenende. Der einzige trübe Punkt war die Lüge, aber dieses Unbehagen konnte er vorläufig ohne große Schwierigkeiten verdrängen.

Kollberg war ein As, als Organisator wie auch als Verschwörer, und bei der Zusammenstellung der Gesellschaft hatte er eine glückliche Hand. Das Wort

Polizei wurde so gut wie gar nicht erwähnt, und der Gedanke an die tägliche Arbeit, den ebenso verhaßten wie alles überschattenden Dienst, war im großen und ganzen verbannt.

Nur einmal kam das Gespräch darauf, als Martin Beck in der Abenddämmerung mit Åsa Torell und Kollberg und einigen anderen im Gras saß und den Maibaum betrachtete, den sie aufgerichtet und um den sie sogar getanzt hatten. Sie waren alle etwas müde, und die Mücken machten ihnen zu schaffen, da konnte er die Frage nicht unterdrücken: »Glaubst du, daß wir noch mal dahinterkommen, wer der Kerl in Sundbyberg eigentlich ist?«

Kollberg schüttelte nachdrücklich den Kopf. »Nee!«

Und Åsa Torell fragte: »Welcher Kerl in Sundbyberg?« Sie war eine tüchtige junge Frau und sehr wißbegierig.

Da sagte Kollberg plötzlich: »Also, ich glaube, daß der ganze Fall direkt vor unserer Nase explodiert. Genauso wie es angefangen hat.« Er nahm einen großen Schluck aus seinem Weinglas und breitete die Arme aus. »So. Bumm. Genau wie es angefangen hat, und dann ist alles sonnenklar.«

Und Åsa Torell meinte: »So, glaubst du. Jetzt weiß ich auch, worüber ihr sprecht. Und bitte, vor wessen Nase?«

»Meiner natürlich«, antwortete Kollberg. »Ich bin doch der einzige, der sich für diesen Fall überhaupt nicht interessiert. Und wenn du jetzt anfängst, über Polizisten zu reden, wirst du erschossen.«

Tatsächlich wollte sie zur Polizei gehen.

Bei einer anderen Gelegenheit unterhielt sie sich darüber mit Martin Beck.

Er fragte: »Auf diese Idee, Polizeibeamtin zu werden, bist du nur gekommen, weil Åke ermordet worden ist?«

Sie drehte lässig die Zigarette zwischen ihren Fingern. »Nein, eigentlich nicht. Ich wollte mir nur eine neue Aufgabe suchen. Eine Art neues Leben. Außerdem werden wohl welche gebraucht.«

»Polizistinnen?«

»Die mit Vernunft begabt sind. Denk doch bloß an all die Trottel, die dabei sind.« Dann zuckte sie die Achseln, lächelte kurz und ging fort, barfuß durch das Gras.

Sie war eine zarte Frau mit großen braunen Augen und kurzgeschnittenem Haar.

Mehr von Interesse geschah nicht, und am Sonntag fuhr Martin Beck nach Hause, immer noch mit einem kleinen Kater, aber zufrieden und ohne ein schlechtes Gewissen.

Das Flugzeug, das Per Månsson von dem glühendheißen Flugfeld in Constanța zu dem luftigeren Bulltofta in Malmö beförderte, war eine silberglänzende Turbopropmaschine Iljuschin 18 der Tarom. Da der Wind kräftig aus Südosten blies, machte das Flugzeug eine große Kurve über dem Öresund, bevor es an Höhe verlor, um schließlich auf schwedischem Boden zu landen. Es war ein schöner Sommertag, und Månsson konnte von seinem Fensterplatz aus deutlich die Insel Saltholm und Kopenhagen erkennen und nicht weniger als fünf Fährschiffe, die auf der stark befahrenen Bugwelle still zu stehen schienen. Ein wenig später sah er den Industriehafen, aus dem man vor beinah drei Monaten ein schrottreifes Auto und eine Wasserleiche geborgen hatte. Aber da er nicht im Dienst war, dachte er nicht weiter darüber nach.

Daß er so eifrig aus dem Fenster guckte, geschah hauptsächlich, um seine Frau nicht ansehen zu müssen. Zwar hatten sie sich nach den ersten turbulenten Tagen von neuem ineinander verliebt, aber jetzt, nach drei Wochen täglichen Zusammenseins, fielen sie sich gegenseitig wieder auf die Nerven, und er sehnte sich nach seiner Junggesellenwohnung in der Regementsgatan, nach ruhigen Abenden mit einem Zahnstocher im Mundwinkel und einem eiskalten Gripenberger in Reichweite. Sogar ein wenig nach der traurigen Aussicht aus seinem Arbeitszimmer auf den asphaltierten Hof des Polizeigebäudes.

Nun war Malmö allerdings alles andere als die idyllische und ruhige Stadt, die sie nach einem Blick aus der Luft zu sein schien. So wurde Månsson gleich in seiner ersten Arbeitswoche in einen Wirbel von Verbrechen hineingezogen, alle möglichen Delikte von politischen Krawallen über Messerstechereien bis zu einem perfekten Bankeinbruch, der in Malmö geplant worden war und die Polizei im halben Land mehrere Tage lang in Atem hielt, bevor er endlich aufgeklärt werden konnte.

Er hatte alle Hände voll zu tun, so dauerte es bis zum dritten Montag im Juli, bis er wieder ernsthaft an Olofsson denken konnte. Am späten Abend dieses Tages zog er den Schluß aus einer Beobachtung, die er während der Landung gemacht hatte, und vollendete einen Gedanken, den er vage und unbeabsichtigt im Flugzeug angefangen hatte.

Es war halb zwölf, und er hatte gerade einen neuen Drink geholt. Ohne zu überlegen, leerte er das Glas in einem Zug und legte sich schlafen.

Er war sicher, daß er bald die Antwort auf die Frage finden würde, die ihn am Fall Olofsson am meisten interessierte.

27

Die erste Julihälfte war kühl und regnerisch. Viele Urlauber hatten, verlockt durch das warme und sonnige Juniwetter, ihre Gesellschaftsreisen in südliche Länder abbestellt und beschlossen, den kurzen schwedischen Sommer auszunutzen. Nun fluchten sie leise und starrten durch tropfnasse Zeltöffnungen oder Wohnwagentüren hinaus in den Regen und träumten von der strahlenden Sonne an den Küsten des Mittelmeeres. Als dann die Sonne mitten in der zweiten Urlaubswoche vom wolkenfreien blauen Himmel strahlte und die Regennässe dampfend von der Erde aus den Pflanzen aufstieg, hörte das Geschimpfe schlagartig auf; stolze Schweden zogen sich ihre neue Urlaubsgarderobe an und bereiteten sich darauf vor, die kleinen Städte und Dörfer zu erobern. Glänzend blankgeputzte Autos rollten in langen Schlangen die Fernstraßen entlang, an deren Rändern Familien mit Campingmöbeln, Picknickkoffern, Thermoskannen und Lunchpaketen für kurze Zeit Rast machten. Eingehüllt von Staub und Abgasen, lauschten sie den Klängen ihrer Kofferradios, sprachen über die Autos, die vorbeifuhren, bewunderten die verstaubte und verkümmerte Vegetation an der anderen Seite der Fahrbahn und bedauerten die armen Leute, die gezwungen waren, in der Stadt zu bleiben.

Martin Beck fühlte sich nicht bemitleidenswert. Jedenfalls nicht, weil er im Juli in Stockholm bleiben und arbeiten mußte, ganz im Gegenteil: das war die Jahreszeit, in der er sich in der Stadt am wohlsten fühlte. Schließlich liebte er seine Heimatstadt und freute sich, daß er sich darin bewegen konnte, ohne sich von dem immer intensiver werdenden Verkehr und den Giftgasen, die von den Autos herrührten, bedroht fühlen zu müssen. Er fand es herrlich, an einem Julisonntag durch die menschenleeren, von der Sonne durchglühten Straßen im Stadtzentrum zu wandern oder an einem milden Abend an den Kais entlangzugehen, wo eine leichte Brise den Duft frischen Heus von einer Wiese am Mälarsee oder einen Hauch von Seeluft und den Geruch von Tang draußen vom Schärengarten mit sich brachte.

Am Dienstag, dem 16. Juli, tat er jedoch keines von beidem, sondern saß in Hemdsärmeln an seinem Schreibtisch draußen in Västberga und litt. Vormittags hatte er die Untersuchung eines Mordfalls abgeschlossen, der ebenso traurig wie sinnlos war. Ein Jugoslawe und ein Finne hatten sich gemeinsam auf einem Campingplatz betrunken. In dem darauffolgenden Streit hatte der Finne den Jugoslawen mit einem Dolch erstochen, umringt von einem Dutzend Zeugen. Es war dem Finnen zwar gelungen, vom Tatort zu flüchten, aber er wurde noch am gleichen Abend in einem leeren Eisenbahnwagen auf dem Hauptbahnhof gestellt. Er hatte ein langes Register von Vorstrafen, sowohl in Finnland als auch in Schweden, und war außerdem illegal eingereist, nachdem man ihn vor vier Wochen für eine Frist von zwei Jahren des Landes verwiesen hatte.

Danach hatte Martin Beck einige Routinearbeiten erledigt, und jetzt starrte er aus dem Fenster und langweilte sich. Kollberg war immer noch stellvertretender Kriminalkommissar und hatte seinen Arbeitsplatz auf Kungsholmen. Skacke war unterwegs, Martin Beck hatte ihn selbst losgeschickt, wußte aber nicht mehr, wohin. Er hörte Schritte auf dem Flur, Türenschlagen, Schreibmaschinengeklapper und Stimmen aus dem Raum nebenan und überlegte einen Augenblick, ob er hinübergehen und fragen solle, ob jemand auf eine Tasse Kaffee mitkommen wolle, aber dann ließ er es bleiben, denn eigentlich hatte er auch dazu keine Lust.

Martin Beck hob die Schreibtischunterlage hoch und zog einen Merkzettel hervor, den er dort verwahrte. Vor einiger Zeit war ihm aufgefallen, daß sich sein sonst gutes Gedächtnis verschlechtert haben mußte, und er hatte angefangen, vorsorglich Notizen zu machen. Das Dumme an der Sache war nur, daß er das Vorhandensein des Merkzettels vergaß, der dann häufig längere Zeit in seinem Versteck liegenblieb, ohne daß Martin Beck sich seines Vorhandenseins erinnerte.

Richtig waren auch alle Punkte bis auf zwei erledigt, ohne daß er hätte nachsehen müssen. Er nahm einen Kugelschreiber und strich diese durch. Dabei versuchte er dahinterzukommen, was der Name, der als Punkt eins auf der Liste stand, zu bedeuten hatte. Ernst Sigurd Karlsson.

Ganz unten stand Zachrisson. Zachrisson war jedenfalls Polizist, und Martin Beck hatte ihn um einen genauen Bericht über Malms Tagesablauf bitten wollen, in der Zeit, während er beschattet wurde. Die anderen, die ebenfalls mit der Beobachtung beauftragt worden waren, hatten schon jede Einzelheit gemeldet; Zachrisson dagegen war nur in aller Eile kurz nach dem Brand befragt worden. Und jetzt war er auf Urlaub gefahren.

Martin Beck steckte sich eine Florida an, lehnte sich zurück und ließ den Rauch senkrecht zur Zimmerdecke aufsteigen.

»Ernst Sigurd Karlsson«, sprach er halblaut vor sich hin.

In derselben Sekunde fiel ihm ein, wer das gewesen war. Ein ihm unbekannter Mann, der seinen, Martin Becks, Namen auf einen Block geschrieben hatte, ehe er sich erschoß. Martin Beck hatte immer noch nicht erfahren, warum. An und für sich war es nichts Besonderes, daß Fremde von ihm wußten. Als Kommissar bei der Mordkommission wurde sein Name oft bei der Presse genannt, und er war mehrmals gezwungen gewesen, im Fernsehen aufzutreten.

Er legte die Liste wieder unter die Schreibunterlage. Dann stand er auf und ging zur Tür. Eine Tasse Tee könnte eigentlich nicht schaden, dachte er.

Am Montag, dem 22. Juli, kam Zachrisson zurück, und Martin Beck rief ihn schon gleich am Vormittag an.

Jetzt saß er Martin Beck in Västberga gegenüber, räusperte sich und leierte die Angaben aus seinem Notizbuch herunter. Hin und wieder blickte der Mann von seinem Heft auf und ergänzte die Niederschrift aus dem Gedächtnis.

Göran Malms zehn letzte Tage waren von Einsamkeit und Trostlosigkeit überschattet gewesen. Die Hauptzeit des Tages verbrachte er in zwei Bierstuben in der Hornsgatan. Fast immer ging er gegen acht nach Hause, allein und angetrunken. Einige Male kaufte er Schnaps und nahm sich eine Prostituierte mit. Es war offensichtlich, daß er sehr knapp bei Kasse war. Olofssons Tod mußte ihn in eine schwierige Lage gebracht haben. Am Tag vor seinem Ableben hatte Malm fast eine Stunde vor seiner Stammkneipe um Geld gebettelt, war dann hineingegangen und hatte sich ein Glas Bier geleistet.

»Er war also völlig pleite«, murmelte Martin Beck.

»An seinem Todestag hat er noch versucht, Geld zu borgen«, bestätigte Zachrisson. »Jedenfalls glaub ich das. Er ging zu einem . . .« Er blätterte um. »Um 9.40 Uhr am 7. März verließ er die Sköldgatan und ging zur Karlsviksgatan 4.«

»Karlsviksgatan«, wiederholte Martin Beck leise.

»Ja, auf Kungsholmen. Er fuhr mit dem Fahrstuhl in den vierten Stock und kam nach einigen Minuten wieder aus dem Haus. Er wirkte irgendwie verstört, deshalb nahm ich an, er habe sich bei einem Freund Geld leihen wollen und der war nicht zu Hause oder hat ihm nichts gegeben.«

Zachrisson blickte Martin Beck an, so als ob er ein Lob für seine Kombinationsgabe erwartete. Aber der starrte an ihm vorbei und murmelte: »Karlsviksgatan 4. Wo hab ich das schon mal gehört?« Dann sah er Zachrisson an und fragte: »Du hast das doch schon früher zu Protokoll gegeben, nehm ich an?«

Zachrisson nickte. »Jedenfalls hab ich es Kommissar Kollberg erzählt. Der hat mich dann beauftragt, die Namen der Leute festzustellen, die in dem Haus wohnen.«

»Na und?«

Zachrisson blickte in sein Buch.

»Viele waren es nicht. Seved Blom, A. Svensson, Ernst Sigurd Karlsson . . .«

Die Karlsviksgatan ist eine kurze und wenig bekannte Straße, die in der Nähe von Fridhemsplan den Norr Mälarstrand und die Hantverkargatan verbindet. Martin Beck brauchte nur zehn Minuten, um mit dem Auto dorthin zu gelangen.

Er wußte nicht, was hier noch zu finden sein konnte, denn Ernst Sigurd Karlsson war seit viereinhalb Monaten tot.

Im dritten Stock stand wie erwartet Seved Blom und A. Svensson auf zwei Türschildern. Das dritte trug den Namen Skog. Dort klingelte Martin Beck, und als niemand öffnete, klingelte er an der Tür nebenan.

Nachdem er Zachrisson weggeschickt hatte, hatte er mit den Beamten gesprochen, die am Morgen nach dem Selbstmord in Ernst Sigurd Karlssons Wohnung gewesen waren. Von ihnen wußte er unter anderem, wer die Polizei alarmiert hatte.

Hauptmann Seved Blom ließ Martin Beck sofort ein und begann zu erzählen, wie er in der Nacht gesessen und Patiencen gelegt hatte, als er von nebenan den Schuß gehört hatte. Es machte ihm offensichtlich Spaß, die ganze Geschichte noch einmal berichten zu dürfen, und er beschrieb ausführlich, wie alles passiert war. Martin ließ ihn ausreden und fragte erst am Schluß: »Was wissen Sie über den Toten? Haben Sie öfter mit ihm gesprochen?«

»Nein. Wir haben uns gegrüßt, wenn wir uns im Flur begegnet sind, aber mehr auch nicht. Er schien ein sehr scheuer Mensch gewesen zu sein.«

»Haben Sie einige seiner Bekannten gesehen?«

Hauptmann Blom schüttelte den Kopf.

»Er schien keine zu haben. Es war immer still nebenan, und nie kam jemand zu Besuch. Doch, ja, eigenartigerweise kam ein Bekannter noch am gleichen Morgen. Am Morgen nach seinem Tod. Ein kleiner, verkommener Mann. Ich wollte gerade den Mülleimer ausschütten, der Krankenwagen und die Polizei waren schon wieder weg. Da stand der Mann vor der Tür und klingelte. Ich hab ihn gefragt, wen er sucht, und als ich merkte, daß er ein guter Bekannter von Karlsson war, hab ich ihm erzählt, was passiert ist. Und daß er sich bei der Polizei erkundigen solle, wenn er Genaueres wissen wolle.«

»Haben Sie ihm erzählt, daß Karlsson Selbstmord begangen hat?«

»Das weiß ich nicht mehr genau, jedenfalls hab ich ihm gesagt, daß er tot war und daß die Polizei schon hier gewesen war.«

Als Martin Beck nach Västberga zurückkam, saß er eine ganze Weile still, rauchte und dachte nach, ehe er Hammar anrief.

»Die Sache wird immer ärgerlicher«, erwiderte Hammar. »Es wäre wirklich schön, wenn ihr mal einen Beteiligten vorweisen könntet, der noch lebt. Hilft dir diese Entdeckung irgendwie weiter? Und warum hat er deinen Namen auf einen Zettel geschrieben, ehe er sich erschossen hat?«

»Ich glaube, Karlsson und Malm und Olofsson hatten sich zusammengeschlossen und gehörten einer Firma an. Karlsson wollte sich aus irgendwelchen Gründen zurückziehen. Er überlegte, ob er die Polizei anrufen solle, wahrscheinlich hatte er mal einen Namen gehört oder gelesen. Dann hat er sich anders entschieden. Ich weiß nicht, was er in der Firma für 'ne Stellung hatte. Was meinst du denn dazu?«

»Ich finde, das klingt alles wie 'ne richtige Räubergeschichte. Jetzt haben wir drei Tote: einer ist ermordet worden, einer hat außerdem Selbstmord begangen, und der dritte hat nur Selbstmord begangen. Wie erklärst du dir diese Selbstmordpsychose?«

Martin Beck seufzte.

»Ich nehme an, daß Malm nervös wurde und schließlich zu Karlsson gegangen ist, um ihn zu fragen, ob er wisse, wo Olofsson abgeblieben sei. Als er hörte, daß Karlsson tot war, nahm er das zum Anlaß, sich ebenfalls das Leben zu nehmen.«

Eine Weile war es still.

»Ja. So kann das natürlich gewesen sein. Bloß hab ich nie einen Fall mit so vielen Wenn und Aber und Vielleicht und Vermutlich gehabt. Was wir sicher wissen, ist herzlich wenig. Wir müssen uns nachher mal zusammensetzen. Ich ruf dich dann noch an.«

Er legte auf.

Martin Beck saß eine Weile da und ließ die Hand auf dem Hörer liegen. Er versuchte sich vorzustellen, was Kollberg zu dieser Sache sagen würde. Bevor er abheben konnte, klingelte es.

»Treffer«, sagte Kollberg.

»Was?«

»Antwort von Interpol. Lasalles Fingerabdrücke.«

»Teufel auch. Und?«

»Ja, die kennen den Daumen, aber nicht den Namen Alphonse Lasalle.«

»Wessen Fingerabdrücke sind das denn?«

»Wart mal, wirst du gleich hören. Der Mann mit dem Daumen hat viele Namen. Die französische Polizei kennt ihn unter folgenden: Albert Corbier, Alfonse Benette, Samir Riffi, Alfred Laffey, Auguste Cassin und Auguste Dupont. Weitere Namen kommen später durch. Man weiß nicht, wer er ist, glaubt aber, daß er die libanesische Staatsbürgerschaft besitzt und sich in den letzten Jahren hauptsächlich in Frankreich und Nordafrika aufgehalten hat. Man meint Beweise dafür gefunden zu haben, daß er früher zur OAS gehört hat, und hat den Verdacht, daß er eine ganze Reihe von Verbrechen begangen hat und bei vielen anderen beteiligt war. Rauschgifthandel, Valutaschmuggel und noch einiges mehr, darunter Mord.«

»Ist er denn niemals festgenommen worden?«

»Offenbar nicht. Scheint 'n geschickter Hund zu sein. Er wechselt offensichtlich den Namen und die Nationalität öfter als seine Unterwäsche, und bis jetzt hat man keine hieb- und stichfesten Beweise gegen ihn sammeln können.«

»Und die Personenbeschreibung?«

»Da ist noch manches unklar. Sie haben eine geschickt, aber mit der Bemerkung, daß sie nicht unbedingt stimmen muß. Nett übrigens, was? Hier hab ich's. Ungefähr fünfunddreißig Jahre alt. Einssiebzig groß, Gewicht achtzig Kilo, schwarzes Haar, braune Augen, gesunde Zähne, warte mal ... das ist Französisch, ich hab noch nicht alles übersetzt ... gerader Haaransatz, kräftige gerade Augenbrauen, Nase etwas gebogen, mit einer zentimeterlangen, kaum erkennbaren Narbe auf dem linken Nasenflügel, sonst keine Narben oder besonderen Kennzeichen bekannt.«

»Das paßt ja ausgezeichnet zu Lasalle. Die wissen natürlich nicht, wo er sich jetzt aufhält?«

»Nein. Ich ruf nachher noch mal an. Muß das hier erst noch übersetzen und abschreiben lassen.«

Martin Beck blieb mit dem stummen Hörer in der Hand sitzen. Als er ihn auflegte, fiel ihm ein, daß er gar nicht dazu gekommen war, von Ernst Sigurd Karlsson zu erzählen.

28

Månsson fuhr am Dienstag, dem 23. Juli, morgens nach Kopenhagen. Weil er meinte, sich beeilen zu müssen, nahm er eines der Tragflügelboote. Es hieß *Flyvefisken* und schaffte die Strecke über den Sund in genau fünfunddreißig Minuten. Schön war die Fahrt nicht. Man saß in Flugzeugsesseln und wurde durchgeschüttelt, und wer keinen Fensterplatz hatte, konnte kaum darauf hoffen, das Wasser, auf dem man fuhr, auch nur zu sehen.

Månssons internationale Verbindungen waren, was Dänemark betraf, außerordentlich gut. Er wich allen hindernden Instanzen und zwischenstaatlichen Komplikationen aus und ging geradewegs zu einem Polizeiinspektor, der Mogensen hieß.

»Morgen. Ich suche nach einer Frau. Wie sie heißt, weiß ich nicht.«

»Morgen«, begrüßte ihn Mogensen. »Wie sieht sie denn aus?«

»Hat kurzgeschnittenes, lockiges blondes Haar und blaue Augen. Ausgeprägte Gesichtszüge, breiter Mund, gesunde Zähne und ein Grübchen am Kinn. Ungefähr einssechzig groß, breite Schultern und Hüften und eine schmale Taille. Kurze kräftige Beine und hübsche Waden. Sie ist ungefähr fünfunddreißig Jahre alt. Schwedin. Sicher aus Skåne, wahrscheinlich aus Malmö.«

»Hört sich an, als ob sie hübsch ist.«

»Da bin ich nicht so sicher. Sie bevorzugt lange gestrickte Pullover, dazu lange Hosen oder kurze karierte Röcke. Um diese Jahreszeit wohl eher Röcke. An den Füßen Sandalen oder Holzschuhe. Keine Strümpfe. Sie liebt sehr breite Gürtel, die sie fest um die Taille schnallt. Ist nicht ausgeschlossen, daß sie rauschgiftsüchtig ist. Sie hat irgendwas mit Kunst zu tun. Die, die sie gesehen haben, sagen, daß sie immer Farbflecke oder was Ähnliches an den Fingern hat.«

»Gut«, sagte Mogensen.

Und damit war die Sache klar.

Månssons Beziehungen zu diesem Mann bestanden seit dem Ende des Krieges, als Mogensen aus Deutschland nach Trelleborg kam. Er war einer der etwa zweitausend Polizisten, die die Gestapo bei einer Razzia am 9. September 1944 festgenommen und nach Deutschland in ein Konzentrationslager verschleppt hatte.

Seit damals waren sie immer in gutem Kontakt geblieben. Diese Verbindung war praktisch, bewirkte einen schnellen Austausch von Informationen, und beide zogen ihren Nutzen daraus. Was Månsson nach einem halben

Jahr erfahren hätte, wenn er den normalen Dienstweg benutzt hätte, erledigte Mogensen normalerweise an einem Tag. Und wenn Mogensen etwas Bestimmtes aus Malmö wissen wollte, schaffte Månsson das in der Regel in wenigen Stunden. Der Zeitunterschied erklärt sich aus der Tatsache, daß Kopenhagen viermal so groß ist wie Malmö.

Es gehört zum guten skandinavischen Umgangston, zu behaupten, daß die Zusammenarbeit zwischen der Polizei beider Länder ausgesprochen gut ist. In der Praxis ist das allerdings anders, und zwar zu einem nicht geringen Teil wegen der Sprachschwierigkeiten.

Daß Schweden und Dänen die Sprache des anderen mit etwas gutem Willen ohne Schwierigkeiten verstehen, ist eine Behauptung, die im Laufe der Jahre in beiden Ländern von hoher Stelle dauernd wiederholt worden ist. Aber häufig ist so etwas eine Wahrheit mit Einschränkungen und noch öfter etwas viel Ernsteres, zum Beispiel das Ergebnis intensiven Wunschdenkens, also eine Illusion. Oder, um es einfacher zu sagen: eine Lüge.

Zwei der vielen Opfer dieses Wunschdenkens waren Hammar und ein bekannter dänischer Kriminalist, die sich seit Jahren kannten und bei vielen internationalen Polizeikongressen nebeneinandergesessen hatten. Sie waren gute Freunde, und jeder für sich brüstete sich damit, daß er die Muttersprache des anderen vollständig und ohne Schwierigkeiten beherrsche. Was übrigens jeder normalbegabte Skandinavier eigentlich auch können sollte, eine spöttische Bemerkung, die hinzuzufügen sie selten versäumten.

Bis sie sich, nachdem sie jahrelang nur in Konferenzräumen bei großen gesellschaftlichen Anlässen zusammengekommen waren, einmal privat in Hammars Sommerhäuschen zu einem gemeinsamen Wochenende verabredet hatten. Da zeigte es sich nämlich, daß sie sich nicht mal bei den einfachsten alltäglichen Redewendungen verstanden. Als der Däne um eine Karte bat, ging Hammar hinein und holte ein Foto von sich, und danach war alles vorbei. Ein Teil ihres Weltbildes war eingestürzt, und als sie einige Stunden förmlich in gegenseitigem Nichtverstehen geschwelgt hatten, einigten sie sich darauf, Englisch zu sprechen, und entdeckten, daß sie eigentlich überhaupt nicht zueinander paßten.

Ein Teil des Geheimnisses der guten Zusammenarbeit zwischen Mogensen und Månsson war, daß sie sich tatsächlich verstanden. Keiner der beiden bildete sich ein, die Sprache des anderen zu beherrschen, und demzufolge sprachen sie miteinander ein sogenanntes Skandinavisch, ein selbstgestricktes Rotwelsch, das eigentlich nur sie beide verstanden. Außerdem waren sie gute Polizeibeamte, und keiner von ihnen hatte Lust, Untersuchungen noch schwieriger zu machen, als sie ohnehin schon waren.

Um halb drei Uhr nachmittags ging Månsson zum Polizeigebäude am Polititorv in Kopenhagen zurück und bekam einen Zettel, auf dem mit Schreibmaschine ein Name und eine Adresse geschrieben standen.

Eine Viertelstunde später stand er vor einem alten Mietshaus in der Leaderstraede und verglich das Geschriebene auf dem Zettel mit der verblichenen Nummer oben über einem schmalen, düsteren Torweg. Er ging durch den Gang, stieg eine Außentreppe hinauf, die unter seinem Gewicht bedenklich schwankte und ihn an eine Hühnerleiter erinnerte, und kam vor eine Tür, von der die Farbe abblätterte und an der kein Namensschild hing.

Er klopfte. Eine Frau öffnete.

Sie war klein und untersetzt, hatte aber eine gute Figur, breite Schultern und Hüften, eine schmale Taille und hübsche kräftige Beine. Ungefähr fünfunddreißig Jahre alt, mit hellem, lockigem, kurzgeschnittenem Haar, breitem sinnlichem Mund, blauen Augen und einem Grübchen am Kinn. Sie hatte keine Strümpfe an, lief barfuß und trug einen schmutzigen Kittel, der früher einmal weiß gewesen sein mußte. Unter dem Kittel hatte sie ein schwarzes Polohemd an. Mehr konnte er nicht sehen, da sie den Kittel mit einem breiten Ledergürtel geschlossen hatte. Über sie hinweg blickte er in eine Küche. Die war klein und ziemlich dunkel.

Sie starrte ihn an und fragte mit dem typischen Dialekt der Leute aus Malmö: »Was sind Sie denn für einer?«

Månsson antwortete mit einer Gegenfrage: »Heißen Sie Nadja Eriksson?«

»Ja.«

»Kannten Sie Bertil Olofsson?«

»Ja.« Dann wiederholte sie ihre Frage: »Was sind Sie denn für einer?«

»Verzeihung. Ich wollte nur sehen, ob ich hier richtig bin. Ich heiße Per Månsson und arbeite bei der Polizei in Malmö.«

»Polizei? Was hat die schwedische Polizei hier zu suchen? Sie haben kein Recht, hier hereinzukommen!«

»Nein. Hab ich nicht. Ich hab auch keinen Durchsuchungsbefehl oder so was. Ich will mich nur ein bißchen mit Ihnen unterhalten. Wenn Sie nicht mögen, geh ich wieder.«

Sie sah ihn einen Moment an. Dabei bohrte sie nachdenklich mit einem gelben Bleistift in ihrem Ohr. Schließlich fragte sie: »Was wollen Sie?«

»Mich 'n bißchen mit Ihnen unterhalten.«

»Über Bertil?«

»Ja.«

Sie trocknete den Stift am Ärmel des Kittels ab und biß sich nachdenklich auf die Unterlippe. »Ich hab nicht gern was mit der Polizei zu tun.«

»Ich bin ja auch hier als . . .«

»Als was? Privatmann? Oder Nachbars Katze?«

»Paßt beides gut.«

Sie lachte, plötzlich und heiser. »Na, dann fangen Sie an, kommen Sie rein.«

Sie drehte sich um und ging durch die kleine Küche. Månsson folgte ihr, und ihm fiel auf, daß sie schmutzige Füße hatte.

Hinter der Küche befand sich ein großes Atelier mit schrägen Fenstern, in dem eine grenzenlose Unordnung herrschte. Bilder, Zeitungen, Farbtuben, Pinsel und Kleidungsstücke lagen überall umher. An Möbeln hatte sie einen großen Tisch, einige Stühle, zwei große Schränke und ein Bett. An den Wänden hingen Poster und Bilder, und auf Sockeln und Podesten standen Skulpturen, von denen einige in feuchte Tücher gehüllt waren; an einer arbeitete sie offenbar gerade. Auf dem Bett lag ein schmächtiger dunkelhäutiger Jüngling in weißem Netzhemd und Unterhosen. Er hatte schwarzes, krauses Haar, und ein silbernes Kruzifix hing um den Hals.

Månsson sah sich um. Überall lagen Reste und Abfall herum, aber sie schien sich hier wohl zu fühlen. Er blickte fragend auf den Mann im Bett.

»Um den brauchen wir uns nicht zu kümmern, der versteht sowieso kein Wort. Außerdem kann ich ihn rausschmeißen.«

»Nicht meinetwegen!«

»You better run along, Baby«, sagte sie.

Der Mann im Bett stand sofort auf, nahm ein Paar Khakihosen vom Boden auf und zog sie an.

»Ciao«, sagte er und ging.

Månsson blickte scheu zu der Skulptur hinüber. Soviel er erkennen konnte, stellte sie einen aufrechtstehenden Penis dar, in den von allen Seiten rostige Eisenstücke und alte Schrauben gesteckt worden waren.

»Dies hier ist nur ein Modell«, sagte sie. »Eigentlich soll er hundert Meter hoch sein.« Sie runzelte gedankenverloren die Stirn.

»Ist er nicht schrecklich«, fuhr sie fort. »Glauben Sie, daß den jemand kaufen wird?«

Månsson dachte an die Kunstwerke, die seine Heimatstadt schmückten. »Warum denn nicht?«

»Was wissen Sie über mich?« fragte sie und drückte mit einem Schimmer von sadistischer Befriedigung in den Augenwinkeln noch ein Eisenstück in die Skulptur.

»Sehr wenig.«

»Da gibt es auch nicht viel zu erzählen. Ich wohne schon zehn Jahre hier. Beschäftige mich mit solchen Sachen. Aber berühmt werde ich wohl nie werden.«

»Sie haben Bertil Olofsson gekannt?«

»Ja«, sagte sie ruhig. »Das hab ich.«

»Wissen Sie, daß er tot ist?«

»Ja. Die Zeitungen hier haben vor Monaten kurz darüber berichtet. Sind Sie deswegen hier?«

Månsson nickte.

»Was wollen Sie wissen?«

»Alles.«

»Das ist ’ne ganze Menge.«

Eine Weile war es still. Sie nahm einen Holzhammer mit kurzem Stiel und schlug damit mehrmals auf die Skulptur, ohne sichtbares Resultat. Dann fuhr sie sich durch das blonde Haar und runzelte die Stirn. Stand mit hängendem Kopf da und sah sich ihre Füße an. Sie war recht hübsch. Månsson entdeckte eine Art natürlicher Reife an ihr, die ihm gefiel.

»Wollen Sie mit mir ins Bett gehen?« fragte sie plötzlich.

»Ja«, antwortete er. »Warum nicht?«

»Schön. Anschließend ist es viel leichter, über solche Sachen zu sprechen. Wenn du den Schrank da hinten aufmachst, findest du zwei saubere Laken auf dem obersten Brett. Ich schließ die Haustür zu und wasch mich, besonders die Füße. Schmeiß die schmutzige Bettwäsche in den Beutel drüben.«

Månsson holte das frisch gemangelte Laken und machte das Bett. Dann setzte er sich auf die Kante, warf seinen zerkauten Zahnstocher auf den Boden und fing an, sein Hemd aufzuknöpfen.

Sie ging durch das Zimmer, hatte die schwarzen Holzschuhe angezogen und ein Frotteehandtuch über die Schulter geworfen. Soviel er sehen konnte, hatte sie keine Narben an den Armen oder den Oberschenkeln und auch sonst keine besonderen Kennzeichen am Körper.

Sie trällerte ein Lied, während sie duschte.

29

Das Telefon klingelte drei Minuten nach acht, am Freitag, dem 26. Juli. Es war Hochsommer und sehr warm, und Martin Beck hatte gleich nach Betreten des Zimmers die Jacke ausgezogen und sich die Ärmel hochgekrempelt. Er nahm den Hörer ab.

»Ja, Beck.«

»Hier Månsson. Morgen. Ich hab das Mädchen gefunden.«

»Die Olofsson kannte?«

»Ja, genau die. Und einen anderen Zeugen hab ich auch.«

»Schön. Wo bist du denn?«

»In Kopenhagen.«

»Hast du sie dort gefunden? In Dänemark?«

»Stimmt.«

»Und was hast du aus ihr rausgekriegt?«

»Sehr viel. Olofsson war zum Beispiel am 7. Februar nachmittags hier. Aber das ist so viel, das läßt sich am Telefon gar nicht alles erzählen.«

»Dann kommst du am besten her.«

»Ja, hab ich mir auch gedacht.«

»Kannst du die Frau nicht mitbringen?«

»Glaub nicht, daß sie darauf eingeht. Wir brauchen sie auch nicht. Aber ich kann sie ja mal fragen.«

»Wann hast du sie getroffen?«

»Dienstag. Inzwischen hab ich viel Zeit gehabt, mit ihr zu sprechen. Ich fahr jetzt raus nach Kastrup, laß mich auf die Warteliste setzen und nehm das nächste Flugzeug nach Arlanda.«

»Fein«, sagte Martin Beck und legte auf.

Er kratzte sich nachdenklich am Kinn. Månsson schien seiner Sache bombensicher zu sein. Außerdem hatte er sich freiwillig bereit erklärt, nach Stockholm zu kommen. Wahrscheinlich hatte er wirklich was Wichtiges herausgefunden.

Månsson kam kurz vor eins im Polizeigebäude auf Kungsholmen an. Ruhig und freundlich und braungebrannt und in leichter Kleidung – Sandalen, Khakihosen und kariertes Oberhemd.

Er hatte keine Dame mitgebracht, dafür aber ein Tonbandgerät, das er auf den Tisch stellte. Dann blickte er in die Runde und sagte: »Sind ja verdammt viele Leute hier. Guten Tag.«

Seit er vor einer halben Stunde von Arlanda aus angerufen hatte, war eine ansehnliche Schar von Kriminalbeamten zusammengekommen. Hammar und Melander und Gunvald Larsson und Rönn. Dazu die Hilfstruppen aus Västberga, also Martin Beck, Kollberg und Skacke.

»Wollt ihr nicht Beifall klatschen?«

Martin Beck litt unter dem Gedränge in dem kleinen Raum. Er überlegte, wie es der um einige Jahre ältere Månsson wohl fertigbrachte, so sicher und zufrieden zu wirken.

Månsson legte die Hand auf das Bandgerät und sagte: »Die Frau heißt Nadja Eriksson. Sie ist siebenunddreißig Jahre alt und Bildhauerin. Geboren und aufgewachsen in Arlöv, wohnt aber seit über zehn Jahren in Dänemark. Arlöv ist eine Kleinstadt bei Malmö. Jetzt wollen wir uns anhören, was sie zu sagen hat.«

Er ließ das Band laufen, auf dem zuerst seine eigene Stimme zu hören war:

»Gespräch mit Anna Desirée Eriksson, geboren am 6. Mai 1931 in Arlöv. Bildhauerin. Ledig. Wird Nadja genannt.«

Martin Beck lauschte. Daß Rönn gekichert hatte, konnte man verstehen, aber kicherte Månsson auf dem Band nicht auch? Nun, er fuhr jedenfalls fort: »Wollen wir zusammenfassen, was Sie über Bertil Olofsson wissen?«

»Sofort. Warten Sie nur einen Moment.«

Die Frau sprach mit dem Dialekt der Leute in Skåne, aber nicht mit dem üblichen winselnden Ton. Die Stimme war tief und klar und klangvoll. Es rasselte ein wenig auf dem Band. Dann sagte Nadja Eriksson:

»Ich hab ihn also vor beinah zwei Jahren kennengelernt. Traf ihn das erste Mal im September 66 und zuletzt im Februar dieses Jahres. Er kam regelmäßig, meistens am Anfang jeden Monats, blieb ein oder zwei Tage, nie länger als drei. Er kam normalerweise so am Fünften und fuhr am Siebten oder Achten wieder ab. Wenn er in Kopenhagen war, wohnte er, soviel ich weiß, immer bei mir.«

»Und warum so regelmäßig?«

»Er hatte eine Art Fahrplan, an den mußte er sich halten. Jedesmal, wenn er hier war, kam er aus dem Ausland, meistens über Malmö. Manchmal kam er mit dem Flugzeug oder mit einer Fähre aus Deutschland. Und dann blieb er zwei Tage. Er kam hierher, um jemanden zu treffen ...«

»Was für einen Beruf hatte Olofsson?«

»Er nannte sich Geschäftsmann. Und das war er ja sozusagen auch. Diebe sind doch auch Geschäftsleute, wenn man so will? Im ersten halben Jahr unserer Bekanntschaft erwähnte er mit keinem Wort, was er tat oder woher er kam. Dann taute er langsam auf. So nach und nach. Er war der Typ, der einfach den Mund nicht halten kann. Er mußte angeben. Ich bin nicht besonders neugierig, und das war es gerade, weil ich nicht gefragt habe, mußte er sich mit seinen Geschäften brüsten. Schließlich, als ich immer noch nicht fragte, platzte es beinah aus ihm heraus. Soll ich erzählen, wie ... verdammt heiß ist das hier ...«

Månsson drehte den Zahnstocher mit der Zunge, kratzte sich ungeniert am Oberschenkel und sagte: »Hier ist eine kurze Unterbrechung. Technischer Fehler.«

Nach dreißig Sekunden Totenstille kam die Stimme der Frau zurück:

»Ja, Bertil konnte einem leid tun. 'n bißchen bauernschlau, aber im großen und ganzen dumm und großkotzig; ein Mensch, der einen Erfolg nicht richtig beurteilen kann und dem schon der unbedeutendste Erfolg zu Kopf steigt. Ich meine, wenn er zum Beispiel ein bißchen Geld verdiente oder etwas erfuhr, was seiner Meinung nach kein anderer wußte. Er hatte immer große Ideen im Kopf, faselte von der großen Chance, die sich ihm bieten würde, und so 'n Zeug. Er überschätzte seine Intelligenz, und zwar nicht wenig. Als er merkte, daß ich ungefähr wußte, was er tat und was für eine Art Geschäftsmann er war, bemühte er sich regelrecht, als richtiger großer Gangster vor mir zu erscheinen, und fing an, von einem Millionencoup zu sprechen und wie er Menschen mit einer Fahrradkette erschlagen würde und solche Sachen. Tatsächlich war er, wie gesagt, alles andere als überragend.«

»Wenn man mal versucht, genau zu beschreiben, was er eigentlich tat, und annimmt, daß ...«

Månsson ließ die Worte im Raum stehen, und es dauerte einen Moment, bis sie antwortete.

»Ich glaube, ich weiß genau, was er gemacht hat. Er und noch zwei andere arbeiteten in Stockholm mit gestohlenen Autos. Manche stahlen sie selbst, andere kauften sie für billiges Geld von anderen Dieben. Dann frisierten sie die Wagen um und brachten sie auf den Kontinent, hauptsächlich nach Polen, glaub ich. Die Bezahlung erfolgte nicht mit Geld, sondern mit anderen Sachen. Meistens Schmuck oder Steinen, Brillanten oder so. Das weiß ich, weil Bertil mir einen geschenkt hat, im Herbst, als er damit rechnete, bald Millionär zu sein, und die Spendierhosen anhatte. Dies Geschäft hatten sie allerdings nicht selbst aufgebaut, sie waren nur Handlanger. Die Stockholmer Filiale, wie dieser Idiot es nannte. Deshalb mußte er auch jeden Monat nach Kopenhagen kommen. Er lieferte die Wertsachen ab, die er für die Autos bekam, und erhielt dafür Geld. Der Kerl, der das Geld brachte, war auch nur ein Laufbursche. Aus Madrid oder Paris oder irgendwoher, ich weiß es nicht richtig, denn ich hab ihn nie gesehen. Soviel Vernunft hatte sogar Olofsson. Er hat mir nie den Mann mit dem Geld gezeigt, und er hat niemandem erzählt, wo er in Kopenhagen wohnte. Er hat verdammt aufgepaßt, daß ich nicht in seine Sachen hineingezogen werden konnte. Ich glaub, das war eine Art Notausgang für ihn. Er hatte sich eine Wohnung besorgt, von der außer ihm und mir niemand was wußte. Ich hab Bertil nie mit jemand bekannt gemacht und keinen in die Wohnung gelassen, wenn er hier war. In Kopenhagen, in meiner Wohnung also. Keinen, nicht mal die Poli . . .«

Die Stimme wurde abgeschnitten.

»Dieser Apparat ist nicht ganz in Ordnung«, erklärte Månsson ungerührt. »Hab ihn von den Dänen geliehen.«

Als die Frau wieder zu hören war, klang ihre Stimme verändert, es war aber schwer zu sagen, wieso.

»Wo war ich stehengeblieben? Nicht mal die Polizei hätte eine Chance gehabt, mich ausfindig zu machen, wenn Bertil mich nicht einige Male mit nach Malmö genommen hätte. Er mußte rüber, um seinen Partner zu treffen, einen Strolch, den sie Girre oder so ähnlich nannten. Malm hieß er wohl. Er fuhr auch mit den Autos von Stockholm nach Ystad oder Trelleborg und über die Grenze. Zwischendurch stand er in einer Werkstatt und spritzte die Wagen um und schraubte falsche Schilder an. Ich bin also vier- oder fünfmal mit nach Malmö gefahren, weil ich 'n bißchen neugierig war. Aber das war immer todlangweilig. Die saßen in einem Zimmer und soffen und gaben an und spielten Karten mit verschiedenen sogenannten Geschäftsfreunden, und ich hockte in einer Ecke und gähnte. Daß Bertil über 'n Sund nach Malmö fahren mußte, war Malms Schuld. Soviel ich verstanden habe, war er blank und brauchte Geld, um nach Stockholm zurückzufahren. Und seine Dummheit, mich mitzuschleppen, beruhte wohl darauf, daß er mit mir 'n bißchen vor seinen Kumpanen angeben wollte. Ich glaub . . .«

Wieder eine Unterbrechung. Månsson gähnte und nahm einen neuen Zahnstocher. »Also er wollte beweisen, daß er auch bei Mädchen Glück hatte. Nun war es allerdings so, daß Bertil Olofsson nicht zu den . . . Männern gehörte, die hin und wieder mal 'n Mädchen haben wollen. Malm war also der eine von der sogenannten Stockholmer Filiale. Den dritten hab ich nie getroffen. Den nannten sie Sigge. Der hat die falschen Papiere besorgt, glaub ich.«

Sigge. Ernst Sigurd Karlsson, dachte Martin Beck.

Kurze Pause. Diesmal nicht aus technischen Gründen. Die Frau schien nachzudenken, und von Månsson war nichts zu hören, weder auf dem Band noch so.

»Von jetzt an kann ich nur das erzählen, was ich mir selbst zurechtgelegt habe. Aber das stimmt sicher. Bertil konnte ja den Mund nicht halten, und es war nicht schwer, einiges von dem zu verstehen, was er mit Malm besprach. Na, und vom letzten Sommer an wurde Olofsson immer großkotziger, wenn er bei mir war. Er fing an, davon zu reden, daß das sogenannte Hauptgeschäft übermäßige Gewinne, wie er es nannte, machte. Darüber sprach er jedesmal, wenn ich ihn sah. Meinte, daß die Stockholmer Filiale und besonders er selbst alle Arbeit machten und das ganze Risiko trügen, die Hauptmacker aber den höheren Gewinnanteil einstreichen würden. Aber er wußte offenbar selbst nicht, wo diese vielzitierten Hauptmacker wohnten. Wenn er und diese beiden anderen Knaben, Sigge und Girre, die Stockholmer Filiale übernehmen und das Geschäft allein machen würden, könnten sie eine Unmenge Geld verdienen, sagte er. Ich glaub, das ist ihm zum Schluß zu Kopf gestiegen. Und im Dezember machte er eine ganz besondere Dummheit . . .«

»Was?« fragte Gunvald Larsson zum Staunen aller anderen, wie ein siebenjähriger Junge bei einer Vormittagsvorstellung im Kino.

». . . soviel ich verstanden habe, ist er dem Kerl da, der immer das Geld brachte, nachgereist. Ich weiß nicht, wohin, Paris vielleicht oder Rom. Ich glaub, er hat schon früher ausgekundschaftet, wohin dieser Mann immer flog, und sofort nach dem Treffen hat er das erste Flugzeug dorthin, wo das nun war, genommen und da auf den Kurier gewartet, um herauszufinden, wohin der verschwand. Als er am 5. Januar hierherkam, war er jedenfalls seiner Sache sicher und sagte, daß er die Sache untersucht hätte und nach Frankreich, ja, er sagte diesmal bestimmt Frankreich, fahren würde. Aber vielleicht hat er gelogen. Wenn er wollte, konnte er nämlich ganz gut lügen. Jedenfalls wollte er auf den Kontinent fahren und den Herren ordentlich die Meinung geigen, sagte er. Er erzählte auch, daß er und Malm und der dritte Kumpan jetzt so weit wären, daß sie Forderungen stellen könnten, und er rechnete schon fest damit, daß sich ihre Einkünfte bald wenigstens verdreifachen würden. Ich glaube, er ist wirklich hingefahren, denn als er das nächste Mal hierherkam, war er furchtbar aufgeregt und besorgt. Er sagte, daß die Konzernleitung darauf eingegangen sei, einen Unterhändler zu schicken. Wenn er von solchen Sachen sprach, benutzte er immer solche Ausdrücke, so als ob es sich um ganz normale Geschäftsverbindungen handelte. Eigenartigerweise tat er auch vor mir so, obwohl er wußte, daß ich alles durchschaute. Am 6. Februar kam er hier an. Er lief mindestens zehnmal los, um rauszukriegen, ob der Unterhändler schon in seinem Hotel angekommen war oder nicht. Ich hab nämlich kein Telefon. Er deutete an, daß nun das entscheidende Gespräch stattfinden würde und daß Malm in Malmö auf Nachricht wartete. Am nächsten Tag, dem 7. Februar, das war ein Mittwoch, ich kann mich genau erinnern, zog er gegen 15 Uhr zum drittenmal an diesem Tag los. Und kam nie wieder, Punkt. Schluß.«

»Vielleicht können wir gleich den Teil anfügen, der Sie persönlich betrifft?«

Die Frau antwortete ohne jegliches Zögern: »Ja. Wir hatten eine Absprache. Ich bin süchtig, insofern als ich manchmal Haschisch rauche und regelmäßig bei der Arbeit spanische Fenedrintabletten nehme, Simpatina und Centramina. Ausgezeichnet beide Sorten, die völlig ungefährlich sind. Durch die verdammte Jagd nach Stoff sind diese Tabletten knapp und teuer geworden, der Preis ist um das Fünffache gestiegen. Ich kann sie mir ganz einfach nicht mehr leisten. Als ich Bertil Olofsson unten in Nyhavn kennengelernt habe, fragte ich ihn, ob er so was zu verkaufen hätte. So wie ich damals alle fragte, mit denen ich sprach. Es zeigte sich, daß er hatte, was ich suchte, und ich konnte ihm auch etwas bieten, nämlich eine Bleibe, von der keiner was wußte, zwei Nächte im Monat. Ich hab's mir erst überlegt, denn so sympathisch war er nun auch wieder nicht. Aber dann stellte sich heraus, daß er mit Mädchen nichts im Sinn hatte, und das war dann ausschlaggebend. Wir trafen ein Abkommen. Er wohnte die zwei oder drei Nächte bei mir. Jeden Monat. Und dafür brachte er meinen Monatsbedarf mit. Nachdem er verschwunden ist, hab ich keine Tabletten mehr bekommen, kaufen kann ich sie mir nicht, die sind zu teuer, wie ich schon sagte. Die Folge ist, daß ich schlechter und langsamer arbeite. Aus diesem Grund ist es schlimm, daß sie ihn erschlagen haben.«

Månsson streckte die Hand aus und stellte das Gerät ab. »Ja«, sagte er. »Das war's.«

»Das hörte sich an wie ein Hörspiel im Radio«, bemerkte Kollberg.

»Sehr geschicktes Verhör«, lobte Hammar. »Wie hast du es denn geschafft, daß sie so frei von der Leber weg erzählt hat?«

»Ach, das war keine Kunst«, antwortete Månsson.

»Entschuldigung, aber ich hab eine Frage.« Melander nahm die Pfeife aus dem Mund und wies mit dem Schaft auf das Tonbandgerät. »Warum hat sich die Frau nicht von allein bei der Polizei gemeldet?«

»Ihre Papiere sind nicht ganz in Ordnung. Nichts Schlimmes. Die Dänen kümmern sich nicht drum. Außerdem war ihr ganz egal, was mit Olofsson passierte.«

»Ausgezeichnetes Verhör«, wiederholte Hammar.

»Das ist eigentlich nur eine Zusammenfassung.«

»Hör mal zu, kann man sich auf das Frauenzimmer verlassen?«

»Absolut. Wichtiger ist aber . . .«

Er brach ab und wartete, bis die anderen ruhig geworden waren.

»Wichtiger ist, daß wir jetzt den Beweis haben, daß Olofsson seine zeitweilige Unterkunft bei . . . in Kopenhagen am Mittwoch, dem 7. Februar, gegen 15 Uhr verlassen hat, um sich mit jemand zu treffen. Dieser Jemand nahm ihn in aller Wahrscheinlichkeit mit über den Öresund, vermutlich unter dem Vorwand, daß sie gemeinsam mit Malm sprechen müßten, brachte ihn um, verfrachtete ihn in ein altes, schrottreifes Auto und brachte die Karre in den Hafen.«

»Die nächste logische Frage ist, wie kam Olofsson in den Industriehafen?« unterbrach Martin Beck.

»Ja, eben. Wir wissen, daß der Prefect nicht fahrbereit und daß der Motor jahrelang nicht gelaufen war. Wir wissen auch, daß verschiedene Leute das Fahrzeug da draußen haben stehen sehen, aber weil heutzutage überall Autowracks rumstehen, hat sich keiner drum gekümmert. Die Verpackung stand also schon da.«

»Und wer hat dafür gesorgt?« fragte Kollberg.

»Ich glaub, das wissen wir ziemlich sicher. Schwerer zu sagen ist, wer das Auto da hingestellt hat. Es kann zum Beispiel Malm gewesen sein. Er war ja um diese Zeit in Malmö und war telefonisch zu erreichen.«

»Na, und wie ist Olofsson in den Hafen gekommen?« fragte Hammar ungeduldig.

»In einem Auto«, sagte Martin Beck mehr zu sich selbst.

»Das stimmt genau«, bestätigte Månsson. »Wenn er seinen Mörder in Kopenhagen getroffen hat, müssen sie beide zusammen von Kopenhagen nach Malmö gefahren sein, und das macht man mit der Fähre, wenn man nicht verrückt oder Langstreckenschwimmer ist.«

»Oder per Flugzeug«, warf Kollberg ein.

»Ja, aber das scheint nicht der Fall gewesen zu sein. Also weiter: Da es nicht ganz einfach ist, Leichen auf diesen Fähren unbemerkt zu transportieren, wird Olofsson während der Überfahrt noch am Leben gewesen sein. Und außerdem müßten sie mit einer Autofähre gefahren sein. Wenn ich's richtig sehe, muß Olofssons Mörder einen Wagen zur Verfügung gehabt haben, und vermutlich hat er den aus Kopenhagen mitgebracht.«

»Also, das versteh ich nicht. Warum muß er ein Auto gehabt haben?« fragte Gunvald Larsson.

»Moment noch. Ich will dies nur noch schnell zu Ende führen. Ist nämlich schon klar. Die beiden, Olofsson und sein Mörder, fuhren an dem Abend von Kopenhagen nach Malmö, also am 7. Februar. Was ich erklären wollte, war, wie ich darauf gekommen bin.«

»Wie bist du darauf gekommen?« fragte Gunvald Larsson.

Månsson sah ihn nachsichtig an. »Wenn er Olofsson nicht in Kopenhagen und nicht auf der Fähre umgelegt hat, muß er es in Malmö gemacht haben. Wo in Malmö? Wahrscheinlich draußen im Industriehafen. Wie kam er dahin? Mit dem Auto, denn es gibt keine andere Möglichkeit. Mit welchem Auto? Natürlich ein Auto, das er aus Dänemark mitgebracht hatte. Warum? Wenn er ein Taxi oder einen anderen Wagen aus Malmö benutzt hätte, hätten wir schnell dahinterkommen müssen.«

Die Ruhe war wiederhergestellt. Alle blickten stumm auf Månsson. Der fuhr etwas langsamer fort. »Daraufhin hab ich zwei Dinge getan. Erstens hab ich die Fähren am Nachmittag und Abend des 7. Februar überprüfen lassen. Stellte sich auch ganz richtig heraus, daß ein Kellner auf der Eisenbahnfähre *Malmöhus* Olofsson auf dem Bild wiedererkannte und außerdem eine brauchbare Beschreibung seines Begleiters geben konnte. Daraufhin finden meine Leute zwei weitere Zeugen, die das bestätigen können, einen anderen Kellner und den Steuermann, der auf dem Wagendeck das Aufstellen der Autos und der Eisenbahnwagen überwachte. Dieser ist ganz sicher, Olofsson auf der Eisenbahnfähre *Malmöhus* am Abend des 7. Februar dieses Jahres gesehen zu haben. Und zwar auf der letzten Fähre, Abfahrt von Kopenhagen um Viertel vor zehn. Ankunft in Malmö um Viertel nach elf. Diese Tour fährt das Schiff jeden Tag, und zwar schon seit Jahren. Wir wissen auch, daß Olofsson mit einem Mann zusammen war, dessen Personenbeschreibung ihr gleich hören werdet.«

Månsson nahm langsam einen neuen Zahnstocher. Er blickte Gunvald Larsson an und fuhr fort: »Wir wissen sogar, daß die beiden Erster Klasse fuhren, daß sie im Rauchsalon saßen und Bier tranken und dazu zwei belegte Brote aßen, eins mit Roastbeef und eins mit Käse, stimmt übrigens mit dem, was von Olofssons Mageninhalt noch da war, überein.«

»Na, dann isser da dran gestorben«, brummte Kollberg. »Die Brote der Schwedischen Staatsbahn.«

Hammar warf ihm einen vernichtenden Blick zu.

»Wir wissen auch, an welchem Tisch er saß. Und außerdem, daß sie einen hellen Ford Taunus benutzten, mit dänischem Kennzeichen. Weitere Untersuchungen haben genau ergeben, welcher Wagen das war; im übrigen war er hellblau.«

»Wie . . .«, wollte Martin Beck fragen, brach dann aber ab. »Natürlich, ein Leihwagen.«

»Ja. Der Mann in Olofssons Begleitung machte sich nicht die Mühe, von was weiß ich woher per Auto nach Kopenhagen zu kommen. Er flog natürlich und mietete das Auto bei seiner Ankunft in Kastrup. Beim Verleih gab er als Namen Cravanne an und zeigte seinen französischen Paß und seinen französischen Führerschein. Er lieferte den Wagen am Achten wieder ab. Dann flog er ab. Wohin und unter welchem Namen, wissen wir nicht. Dagegen glaub ich, daß er die Nacht in einem kleinen billigen Hotel in Nyhavn verbracht hat. Dort zeigte er allerdings einen libanesischen Paß und nannte sich Riffi. Wenn es der gleiche Mann war. Ein Mensch mit diesem Namen hat dort jedenfalls vom Siebten auf den Achten übernachtet. Die Leute in Nyhavn mögen die Polizei nicht so gern.«

»Und die Schlußfolgerung«, sagte Martin Beck, »ist, daß dieser Mann nach Kopenhagen kam, um Olofsson fertigzumachen. Sie trafen sich am Siebten, fuhren nach Malmö und ... du hast gesagt, daß du noch einer Sache nachgegangen bist?«

»Ja«, erwiderte Månsson lässig. »Ich hab noch mal den Prefect untersuchen lassen, um rauszukriegen, wie er ins Wasser gekommen ist. Wenn man weiß, wonach man sucht, findet man es leichter.«

»Was?« fragte Melander.

»Kratzer. Ich hab vorhin gesagt, daß der Prefect nicht fahrbereit war. Wie ist er dann ins Wasser gekommen? Ja, also, der Leerlauf ist eingelegt worden, und dann wurde der Wagen kräftig angeschoben, von einem anderen Auto. Sonst wäre der nie so weit von der Kaimauer weggekommen. Von hinten, sozusagen Stoßstange an Stoßstange. Kratzer sind da. Die gleichen Zeichen sind auch an dem anderen Auto zu finden.«

»Aber wer hat den Prefect in den verdammten Hafen, wie der immer heißen mag, gefahren?« fragte Gunvald Larsson.

»Der ist da hingeschleppt worden. Von einem Schuttabladeplatz. Meiner Meinung nach war es Malm. Er wohnte da, wo er immer übernachtete, und zwar schon seit dem 4. Februar.«

»Dann kann es doch genausogut Malm gewesen sein, der ...«, warf Hammar ein, aber Månsson unterbrach ihn.

»Keine Spur. Malm besaß mehr Selbsterhaltungstrieb als Olofsson. Er ist am Morgen des Siebten Hals über Kopf nach Stockholm abgefahren. Das ist bewiesen. Ich glaube, daß Malm den Befehl erhielt, ein Auto zu besorgen, das nicht zu identifizieren war, und an einem bestimmten Platz abzustellen. Per Telefon aus Kopenhagen von diesem Cravanne oder Riffi. Malm gehorchte, merkte sofort, daß sie den Bogen überspannt hatten und daß das Spiel aus war. Außerdem wurde Malm am Mittag des Siebten von einem Mann am Telefon verlangt, der gebrochen Schwedisch sprach. Die in der Pension haben gesagt, er sei schon abgereist. Wollt ihr die Personenbeschreibung hören? Ich hab alles auf Band gesprochen, damit ich auch nichts weglasse.«

Er legte ein neues Tonband auf und drückte auf den Wiedergabeknopf.

»Cravanne oder Riffi dürfte auf die Vierzig zugehen. Größe zwischen einsachtundsechzig und einszweiundsiebzig. Von Statur breit und kräftig, aber nicht fett. Schwarze Haare und Augenbrauen, Augen dunkelbraun. Gesunde weiße Zähne, Stirn ziemlich niedrig, Augenbrauen und Haaransatz zwei gerade, beinah parallele Linien. Die Nase kräftig gebogen, auf dem einen Nasenflügel möglicherweise eine Narbe oder eine Schramme, die inzwischen verheilt ist. Er hat die Angewohnheit, mit dem Finger über die Stelle zu streichen. Er ist ordentlich gekleidet, Anzug, schwarze Schuhe, weißes Hemd, Schlips. Auftreten zurückhaltend und höflich. Er spricht mindestens drei Sprachen: Französisch, das seine Muttersprache zu sein scheint, sehr gut Englisch mit französischem Akzent und ganz gut Schwedisch.«

Das Bandgerät wurde abgeschaltet.

»So«, fragte Månsson seelenruhig, »sagt euch das etwas?«

Sie starrten ihn wie einen Geist an.

»Ja, also, das ist dann alles, im Augenblick. Habt ihr 'n Zimmer für mich besorgt? Verdammt heiß ist es hier. Entschuldigt mich 'n Moment.«

Er ging hinaus auf den Flur.

Rönn stand auf und folgte ihm. Er hatte die meiste Zeit an etwas anderes als an Olofsson und seine Verbrecherbande gedacht. Nämlich daran, daß Månsson Fachmann für Haussuchungen war. Er holte Månsson ein und fragte: »Willst du heute zu uns zum Abendbrot kommen?«

»Na klar. Gern!«

Er schien freudig überrascht.

»Fein«, sagte Rönn.

Es war jetzt über drei Monate her, seit Mats Feuerwehrauto, das er zu seinem vierten Geburtstag bekommen hatte, abhanden gekommen war, und obwohl der Junge kaum noch danach fragte, hörte Rönn nicht auf, darüber nachzugrübeln, wie etwas so einfach spurlos verschwinden konnte. Er suchte immer noch ab und zu und war jetzt davon überzeugt, daß es keinen Millimeter in der Wohnung gab, den er nicht schon durchgekämmt hatte.

Als Rönn vor einiger Zeit zum hundertfünfzigstenmal den Deckel des Wasserbehälters hinter der Toilette hochgehoben hatte, fiel ihm eine Bemerkung von Månsson ein. Vor etwa einem halben Jahr hatte man eine Seite aus einem Bericht vermißt, und Martin Beck hatte gefragt, ob jemand auf Hausuntersuchungen spezialisiert sei. Månsson, der damals aus Skåne heraufgekommen war, um an der Suche nach einem Massenmörder teilzunehmen, hatte gemeint: »Überlaßt mir das. Wenn es etwas zu finden gibt, dann finde ich das auch.« Er hatte dann auch wirklich die Seite aus dem Bericht zum Vorschein gebracht.

Dieser Kunst hatte es Månsson also zu verdanken, daß er die Gelegenheit bekam, Unda Rönns außergewöhnlich gute Küche kennenzulernen. Månsson aß gern etwas Gutes. Er war wählerisch und wußte eine gut zubereitete Mahlzeit zu würdigen.

Schon nach dem leicht angebratenen Schabefleisch vom Ren mit Rührei, das gerade so cremig geschlagen war, wie er es selbst machte, seufzte er vor

Wohlbehagen, und als eine Schüssel mit knusprig gebratenen Schneehühnern auf den Tisch kam, beugte er sich genießerisch schnuppernd vor. »Das ist wirklich was Feines. Wo kriegt ihr denn um diese Jahreszeit solche Delikatessen her?«

»Die kommen von meinem Bruder aus Karesuando«, antwortete Unda. »Er ist Jäger, und von ihm bekommen wir auch immer das Renfleisch.«

Rönn reichte ihm die Schale mit Ebereschengelee und sagte erklärend: »Wir haben ein ganzes Ren in der Kühltruhe. Noch vom Herbst.«

»Aber doch nicht mit dem Geweih und alldem?« fragte Månsson, und Mats, der so lange gedrängelt hatte, bis er mit am Tisch sitzen durfte, fing lauthals an zu lachen.

»Hahaha. Hörner kann man doch nicht essen. Die macht man doch ab.«

Månsson strich dem Jungen übers Haar. »Du bist 'n ganz heller Bursche. Was willst du denn werden, wenn du groß bist?«

»Feuerwehrmann!« Er rutschte vom Stuhl und verschwand durch die Tür, laut tutend wie ein Feuerwehrauto.

Rönn benutzte das Stichwort, um von dem verschwundenen Feuerwehrauto zu erzählen.

»Hast du unter dem Ren nachgesehen?« fragte Månsson.

»Ich hab überall gesucht. Es ist ganz einfach weg.«

Månsson wischte sich den Mund ab. »Das gibt's nicht. Wir werden's schon finden.«

Als sie gegessen hatten, scheuchte Unda sie aus der Küche ins Wohnzimmer. Rönn holte eine Flasche Cognac hervor.

Mats lag im Schlafanzug auf dem Fußboden vor dem Fernseher und sah sich interessiert eine Gruppe von Männern an, die auf einem halbrunden Sofa saßen und diskutierten. Ein junger Mann mit wichtiger Miene nahm das Wort: »Ich bin der Meinung, daß Scheidungen von Ehen, aus denen Kinder hervorgegangen sind, unmöglich gemacht oder vom Gesetzgeber zumindest stark erschwert werden sollten. Kinder, die von einem Elternteil aufgezogen werden, sind später anfälliger für Alkohol oder Rauschgift«, sagte er und löste sich in einen hellen Punkt auf, als Rönn den Apparat ausschaltete.

»Unsinn«, meinte Månsson. »Sieh mich an. Ich hab meinen Vater erst kennengelernt, als ich vierzig war. Meine Mutter hat mich allein aufgezogen, und bei mir stimmt alles. Jedenfalls fast alles.«

»Hast du deinen Vater nach so langer Zeit besucht?«

»Ach wo. Was hätte das für 'n Sinn gehabt? Nein. Wir haben uns ganz zufällig in dem staatseigenen Spirituosengeschäft am Davidhallstorg getroffen. Ich war damals schon Oberkonstabler.«

»Was hast du dabei empfunden? Als du deinem Vater so gegenübergestanden hast?«

»Ehrlich gesagt gar nichts. Ich stand in einer Schlange, und in der Nebenschlange stand ein grauhaariger Mann von meiner Größe. An die Siebzig und anscheinend gut in Form. Er kam auf mich zu und sagte: ›Guten Tag. Ich bin Ihr Vater, Oberkonstabler. Ich hab öfter vorgehabt, Sie zu begrüßen, wenn ich Sie auf der Straße gesehen habe. Aber daraus ist dann nie was geworden.‹ Dann fuhr er fort: ›Ich hab gehört, daß es Ihnen gut gehen soll.‹«

»Und was hast du geantwortet?«

»Ich wußte nicht recht, was ich sagen sollte. Dann hab ich dem Mann die Hand hingestreckt, und er hat ›Jönsson‹ gesagt. ›Månsson‹, hab ich gesagt, und wir haben uns die Hände geschüttelt.«

»Habt ihr euch seitdem wieder getroffen?«

»Ja, wir sehen uns ab und zu, und dann grüßt er jedesmal genauso freundlich.«

Unda kam herein und holte Mats, der auf Rönns Knie beinahe eingeschlafen war. Nach kurzer Zeit kam sie zurück und sagte: »Er will, daß ihr kommt und ihm gute Nacht sagt.«

Der Junge schlief schon, als sie in das Zimmer traten. Månsson sah sich aufmerksam um, ehe sie wieder hinausschlichen und die Tür schlossen.

»Da drin hast du wohl nachgesehen, nehm ich an?« fragte er.

»Und ob! Ich hab das ganze Zimmer auf den Kopf gestellt. Die anderen übrigens auch. Aber du kannst dich ja noch mal umsehen. Ich hab vielleicht was übersehen.«

Das hatte er nicht. Zusammen gingen sie durch die ganze Wohnung, und Månsson konnte keinen Winkel finden, in dem Rönn nicht schon mehrmals gesucht hatte. Sie gingen zum Kaffee, zum Cognac und zu Unda zurück.

»Ist doch komisch. So klein war es schließlich nicht«, meinte sie.

»Ungefähr dreißig Zentimeter lang«, ergänzte Rönn.

»Du hast doch gesagt, daß er 'n paar Tage nicht draußen war, nachdem er das Auto bekommen hatte. Kann er's vielleicht aus dem Fenster geworfen haben?«

»Nein«, antwortete Unda. »Du siehst ja, wir haben überall Sicherheitsketten vor den Fenstern, damit er sie nicht allein öffnen kann. Und wenn Mats in der Nähe ist, halten wir die Fenster immer geschlossen.«

»Und wenn man sie trotz der Kette aufmacht, ist der Spalt zu schmal, als daß das Auto durchfallen könnte.«

Månsson rollte sein Cognacglas zwischen den Handflächen und fragte: »Der Mülleimer? Kann er es da reingeschmissen haben?«

Unda schüttelte den Kopf. »Nein. Der steht im Schrank mit den Waschmitteln und solchen Sachen, und da ist eine Sperre an der Tür, die er nicht aufkriegt.«

»Aha.« Månsson nippte nachdenklich am Cognac. »Habt ihr 'n Dachboden?«

»Nein, nur einen Keller.«

»Habt ihr irgendwelche Sachen runtergebracht, seit das Auto weg ist?«

Rönn blickte zu seiner Frau, die den Kopf schüttelte.

»Ich auch nicht«, sagte er.

»Fällt euch was ein, was aus der Wohnung weggebracht worden ist? Habt ihr was zur Reparatur gebracht oder so? Oder Wäsche, kann das Auto im Wäschesack gelegen haben?«

»Ich wasche alles selbst«, erwiderte Unda. »Wir haben 'ne Waschküche im Keller.«

»Und er hat keine Spielkameraden hier gehabt, die es mitgenommen haben könnten?«

»Nein, er hat Schnupfen gehabt, und während der Zeit war keiner hier.«

Eine Weile schwiegen sie.

»Ist irgend jemand in der Wohnung gewesen, der das Auto mitgenommen haben kann?«

»Ich hab 'n paar Freundinnen hier gehabt, aber die klauen keine Spielsachen. Außerdem war das erst, als wir schon gemerkt hatten, daß das Auto weg war. Einar hat an dem Abend, als er nach Hause kam, ja wie ein Verrückter gesucht.«

Rönn nickte ärgerlich.

»Das ist ja das reinste Polizeiverhör«, meinte Unda und kicherte.

»Warte nur, bis er den Gummiknüppel rausholt und richtig loslegt.«

»Denkt mal nach. War irgendwer hier in der Wohnung, einer, der was abgeholt oder den Stromzähler abgelesen hat, oder ein Heizungsmechaniker oder andere Handwerker?«

»Nein. Nicht, soviel ich weiß. Meinst du, einer hat das Auto gestohlen?«

»Warum nicht? Es wird so vieles entwendet heutzutage. In Malmö hatten wir einen Mann, der gab sich als Kammerjäger aus, und als wir ihn erwischten, hatte er hundertdreizehn Damenschlüpfer in seiner Schublade liegen. Das war das einzige, was er geklaut hat. Aber ich dachte eigentlich mehr daran, daß das Feuerwehrauto versehentlich mitgenommen worden ist.«

»Das müßtest du eigentlich wissen, Unda. Du bist ja tagsüber zu Hause.«

»Laßt mich mal nachdenken. Ich kann mich nicht entsinnen, daß wir Handwerker in der Wohnung gehabt haben. Der Glaser mit der neuen Fensterscheibe war doch viel früher hier?«

»Ja, das war im Februar.«

»Stimmt.« Unda biß sich nachdenklich in den Knöchel des Zeigefingers. »Der Hausmeister war hier und hat die Heizungskörper entlüftet. Das war 'n paar Tage nach Mats' Geburtstag.«

»Die Heizungskörper entlüftet? Davon wußte ich ja gar nichts!«

»Ich hab wohl vergessen, es dir zu sagen.«

»Hatte er Werkzeug bei sich?« fragte Månsson. »Er muß doch einen Schraubenschlüssel oder eine Wasserpumpenzange gehabt haben. Weißt du noch, ob er einen Werkzeugkasten bei sich hatte?«

»Ich glaube, aber sicher bin ich nicht.«

»Wohnt er hier im Haus?«

»Ja, im Erdgeschoß, Svensson heißt er.«

Månsson stellte das Cognacglas weg und stand auf. »Komm, Einar, wir besuchen mal deinen Hausmeister.«

Svensson war ein kleiner, sehniger Mann in den Sechzigern. Er hatte dunkle, frischgebügelte Hosen und ein blendendweißes Hemd mit Ärmelhaltern an. Månsson hatte bereits eine große Werkzeugtasche entdeckt, die in der Diele auf einer Kommode stand, als der Hausmeister fragte: »Guten Abend, Herr Rönn, womit kann ich Ihnen dienen?«

Rönn wußte nicht so recht, wie er anfangen sollte, aber Månsson zeigte auf die Tasche und fragte: »Ist das Ihr Werkzeug, Herr Svensson?«

»Ja«, bestätigte dieser erstaunt.

»Wie lange haben Sie es nicht gebraucht?«

»Tja ... Wird wohl 'ne Weile her sein. Ich hab 'n paar Wochen im Krankenhaus gelegen, und während der Zeit hat Borg von Nummer elf mich vertreten. Aber warum wollen Sie das wissen?«

»Dürfen wir mal reinsehen?« fragte Månsson.

Der Hausmeister stellte die Tasche auf den Tisch.

»Bitte! Aber warum ...«

Månsson öffnete die Tasche, und Rönn sah, wie der Hausmeister den Hals reckte und erstaunt hineinsah. Er trat einen Schritt vor, und zwischen all den Hammern, Schraubenziehern und Zangen lag das Feuerwehrauto, rot und blitzblank.

Einige Tage später, genauer gesagt am Dienstag, dem 30. Juli, saßen Martin Beck und Kollberg draußen in Västberga und tranken Kaffee. Dabei gingen sie den Fall noch einmal gemeinsam durch.

»Ist Månsson nach Hause gefahren?« fragte Martin Beck.

»Ja, ist schon Sonnabend wieder abgehauen. Scheint sich in Stockholm nicht wohl zu fühlen.«

»Der Mord im Bus im letzten Winter hat ihm wohl gereicht.«

»Der Mann hat saubere Arbeit geleistet«, sagte Kollberg. »Hätte ich der Schlafmütze gar nicht zugetraut. Aber ich möchte doch wissen ...«

»Was denn?«

Kollberg schüttelte den Kopf. »Irgendwas stimmte bei dem Zeugenverhör nicht. Mit dem Mädchen, meine ich.«

»Wie kommst du darauf?«

»Weiß nicht genau. Na, jedenfalls scheint der Fall nun geklärt zu sein. Olofsson und Malm und dieser Karlsson, der der Fälscher war, wollten aussteigen und sich selbständig machen ...«

»Ach so, ja, Karlsson! Wir waren bei der Versicherungsgesellschaft, bei der er gearbeitet hat. Die Sachen, die er für Fälschungen brauchte, waren alle noch da. Stempel und Papiere und all das. Er hatte alles in einem Schrank verwahrt, und sein Abteilungsleiter hat den Kram in einen großen Karton gelegt, ohne zu ahnen, um was es sich dabei handelte. Jetzt liegt das Zeug in der Kungsholmsgatan, wenn du dir's ansehen willst.«

»Der Kerl hat sehr geschickt gearbeitet. Aber zurück zu den dreien: Sie wußten einfach zuviel, und darum wurde dieser Lasalle-Riffi-Cravanne, oder wie er heißt, hergeschickt.«

»Herr Soundso.«

»Wie du meinst. Also, er fuhr nach Kopenhagen und dann nach Malmö und brachte Olofsson um die Ecke. Malm kriegte es mit der Angst und haute ab. Dann wurde Malm von der Polizei erwischt und . . .«

»Ja, sowohl er als auch Sigge Karlsson waren arbeitslos. Sie wußten oder ahnten, was mit Olofsson passiert war. Beide waren blank und übernervös, und schließlich nahm Malm einen Wagen und wollte ihn auf eigene Faust verkaufen, um wieder flüssig zu werden. Und wurde unmittelbar darauf erwischt.«

»Und wieder laufengelassen, aber dadurch besserte sich ihre Lage nicht. Er und Sigge Karlsson warteten nur darauf, daß dieser Herr Soundso oder ein anderer kommen und sie ebenfalls um die Ecke bringen würde. Sie lebten sozusagen auf Zeit.«

»Und Herr Soundso kam dann auch wie ein Brief mit der Post. Er muß sich auf irgendeine Weise bemerkbar gemacht haben, wahrscheinlich per Telefon, oder sie haben ihn gesehen, als er ihre Adressen überprüft hat. Sigge Karlsson verliert die Nerven und erschießt sich. Kurz davor hatte er einen lichten Moment und überlegte, ob er dich anrufen solle. Aber er verwarf den Gedanken wieder.«

Martin Beck nickte.

»Malm ist jetzt so fertig, daß er ohne jede Vorsichtsmaßnahme zu Sigge Karlsson geht, obwohl er gemerkt haben muß, daß er beschattet wird. Dort erfährt er, daß Karlsson tot ist.«

»Und er leistet sich für seinen letzten Groschen ein Glas Bier, rennt nach Hause und dreht den Gashahn auf. Aber vorher ist Herr Soundso, der mit einem speziellen Auftrag in der Stadt ist und ihn schnell hinter sich bringen will, dagewesen und hat seinen hübschen kleinen Apparat in Malms Bett gelegt. Am Tag darauf fliegt Herr Soundso wieder ab. Und wir sitzen in der Scheiße. Da muß man sich ja dämlich vorkommen, wenn ein Haufen Leute wie du und ich und Rönn und Larsson fünf Monate lang rumtappen, erst nach einem Mann suchen, der zu dem Zeitpunkt schon einen Monat tot ist, und dann nach einem Kerl, dessen Namen keiner kennt und der von Anfang an außer Reichweite ist.«

»Vielleicht kommt er wieder«, meinte Martin Beck nachdenklich.

»Optimist! Der setzt keinen Fuß mehr auf schwedischen Boden.«

»Na, da bin ich nicht so sicher. Du hast einen Punkt vergessen. Der ist wichtig für die Bande, er kann hier allerhand erledigen, weil er Schwedisch spricht.«

»Ja, verdammt, wo hat er das gelernt?«

»Irgendwann mal hier gearbeitet oder als Flüchtling im Krieg hier gewesen. Jedenfalls muß er seinen Leuten unerhört wertvoll sein, wenn die Firma ihre Stockholmer Filiale wieder aufbauen will. Außerdem hat er keine Ahnung davon, daß wir ihm auf die Spur gekommen sind. Der könnte durchaus wieder hier auftauchen.«

Kollberg hielt den Kopf schräg und überlegte.

»Hast du dir auch das überlegt, selbst wenn er zurückkommt und höchstpersönlich hier erscheint, was können wir ihm anhaben? Daß er in Sundbyberg gewesen ist, und das ist schließlich nicht strafbar.«

»Stimmt. Wegen der Brandgeschichte können wir ihm nicht an den Kragen, aber die Sache in Malmö, der Mord an Olofsson, da haben wir doch ganz handfeste Beweise.«

»Sicher. Aber das soll nicht unsere Sorge sein. Und außerdem kommt der nie wieder.«

»Ich bin immer noch nicht so recht davon überzeugt. Ich werde jedenfalls Interpol und die französische Polizei bitten, die Augen offenzuhalten. Und uns zu benachrichtigen, wenn er auftaucht.«

»Tu das nur«, sagte Kollberg und gähnte.

30

Etwas über einen Monat später saß Kollberg in seinem Arbeitszimmer in Västberga und überlegte, wohin ein siebzehnjähriges Mädchen wohl verschwunden sein könnte. Dauernd verschwanden Menschen, besonders junge Mädchen und vor allem im Sommer. Fast alle tauchten irgendwann wieder auf, manche waren per Anhalter nach Nepal gefahren, um mit gekreuzten Beinen dazusitzen und Opium zu rauchen, andere verschafften sich einen zusätzlichen Verdienst, indem sie für deutsche Pornozeitschriften Modell standen, und wieder andere waren mit Freunden aufs Land gefahren und hatten einfach vergessen, zu Hause anzurufen. Aber diese hier schien wirklich verschollen zu sein. Das Mädchen lächelte auf dem Foto, und er sah sich das Bild an und überlegte sorgenvoll, ob sie vielleicht in weniger erfreulichem Zustand wiederauftauchen würde, zum Beispiel aus den Stromschnellen, der Verbindung zwischen Mälarsee und Ostsee mitten in Stockholm oder aus einem Teich im Naturschutzgebiet der Vorstadt Nacka.

Martin Beck hatte Urlaub, und von Skacke hörte er nichts mehr, obwohl dieser sich irgendwo in der Nähe aufhalten mußte.

Draußen goß es, ein frischer Sommerregen, der den Staub von den Pflanzen spülte und lustig gegen die Fensterscheiben prasselte.

Kollberg mochte den Regen, besonders wenn es so drückend heiß war, und er betrachtete zufrieden die dicken dunklen Wolken, die sich ab und zu öffneten und einige Sonnenstrahlen hindurchließen; dann dachte er daran, daß er bald nach Hause fahren würde, spätestens um halb sechs, was wirklich schon spät genug war an so einem Sonnabend.

In diesem Moment klingelte natürlich das Telefon.

»Hier Strömgren.«

»Aha.«

»Ich hab hier einen Telexeingang, den ich nicht recht unterbringen kann.«

»Woher denn?«

»Aus Paris. Hab grade die Übersetzung bekommen. Da steht: *Gesuchter Lasalle wahrscheinlich auf dem Weg von Brüssel nach Stockholm. Sonderflug SN X3, voraussichtliche Ankunft Arlanda 18.15. Name Samir Malghagh. Marokkanischer Paß.«*

Kollberg antwortete nicht.

»Es ist an Martin Beck gerichtet, aber der ist ja auf Urlaub. Kannst du dir 'nen Vers drauf machen?«

»Ja. Leider. Wer hat jetzt bei euch Dienst?«

»Praktisch keiner außer mir. Soll ich die Kripo in Märsta anrufen?«

»Wie nennst du die?«

Keine Antwort.

»Mach dir keine Sorgen. Ich erledige das schon. Hast du Viertel nach sechs gesagt?«

»18.15, so steht das hier.«

Kollberg sah auf die Uhr. Es war kurz nach vier. Also verhältnismäßig viel Zeit.

Er drückte auf den Knopf an seinem Telefon und wählte seine Privatnummer.

»Sieht so aus, als ob ich nach Arlanda raus muß.«

»So 'ne Schweinerei.«

»Ja, find ich auch.«

»Wann kommst du nach Hause?«

»Nicht später als acht, hoff ich.«

»Beeil dich!«

»Bestimmt. Wiedersehen.«

»Du, Lennart?«

»Ja.«

»Ich hab dich lieb. Wiedersehen.«

Sie legte so schnell auf, daß er nichts mehr sagen konnte. Er lächelte und stand auf, ging auf den Flur und brüllte: »Skacke!«

Aber man hörte nur den Regen, und irgendwie war das Geräusch jetzt nicht mehr so angenehm.

Er mußte durch die ganze Etage gehen, ehe er ein Lebewesen antraf. Einen Polizisten.

»Wo ist Skacke, verdammt noch mal?«

»Er spielt Fußball.«

»Was? Fußball? Während der Dienstzeit?«

»Er hat gesagt, daß es ein sehr wichtiges Spiel ist und daß er vor halb sechs wieder hier sein würde.«

»In welcher Mannschaft spielt er mit?«

»Polizei.«

»Wo?«

»Auf dem Zinkensdammplatz. Übrigens hat er dienstfrei bis halb sechs.«

Das stimmte, veränderte die Sachlage allerdings nicht. Allein nach Arlanda fahren wollte Kollberg nicht. Außerdem kannte Skacke den Fall und konnte übernehmen, sobald Kollberg Herrn Soundso die Hand geschüttelt hatte. Wenn es überhaupt dazu kam. Also zog er sich den Regenmantel an, ging hinunter zum Auto und fuhr zum Zinkensdamm.

Die Plakate vor dem Eingang waren weiß mit grünem Text. Sonnabend 15.00 Uhr Polizeisportverein gegen Reymersholms Sportklub. Über dem Kirchturm von Högalid stand ein herrlicher Regenbogen, und es nieselte nur noch leicht. Auf der aufgewühlten und mißhandelten Rasenfläche bewegten sich zweiundzwanzig durchgeweichte Spieler, und rundherum standen etwa hundert Zuschauer. Die Stimmung schien gedrückt zu sein.

Kollberg hatte nicht das geringste Interesse am Sport. Nachdem er seinen Blick über den Platz hatte schweifen lassen, ging er auf die gegenüberliegende Längsseite hinüber zu einem Beamten in Zivil, der ganz allein am Geländer stand und sich nervös die Handflächen rieb.

»Bist du hier der Vereinsvorstand oder wie man das nennt?«

Der Mann nickte, ohne den Ball aus den Augen zu lassen.

»Dann ruf sofort den Kerl in dem orangefarbenen Hemd, der gerade den Ball hat, vom Platz.«

»Unmöglich. Wir haben schon den zwölften Mann eingesetzt. Völlig ausgeschlossen. Außerdem sind nur noch zehn Minuten zu spielen.«

»Wie steht's denn?«

»Drei zu zwei für die Polizei. Und wenn wir dieses Spiel gewinnen, dann . . .«

»Was dann?«

»Dann kommen wir weiter in . . . nein . . . Herrgott noch mal . . . in die dritte Runde.«

Zehn Minuten machten den Kohl auch nicht mehr fett, und der Mann sah so mitgenommen aus, daß Kollberg ihn nicht noch mehr belasten wollte.

»Na schön, zehn Minuten machen den Kohl auch nicht mehr fett«, sagte er gutmütig.

»In zehn Minuten kann viel passieren«, erwiderte der Mann ahnungsvoll.

Er behielt recht. Die Mannschaft in den grünen Hemden und weißen Hosen schoß zwei Tore und gewann unter mäßigem Beifall der alten Säufer und Pennbrüder, die die Mehrzahl des Publikums auszumachen schienen. Skacke erhielt einen Tritt vors Schienbein und landete kopfüber in einer schlammigen Pfütze.

Als es Kollberg gelungen war, ihn einzufangen, war sogar sein Haar voller Matschklumpen, und er schnaufte wie eine alte Dampflok an einer Steigung. Außerdem schien er vollständig niedergeschmettert zu sein.

»Beeil dich«, rief Kollberg ihm zu. »Dieser Soundso kommt um Viertel nach sechs in Arlanda an. Wir wollen ihn in Empfang nehmen.«

Skacke verschwand wie der Blitz im Umkleideraum.

Eine Viertelstunde später saß er neben Kollberg im Auto, frisch geduscht und gekämmt und ordentlich angezogen.

»Auch keine Art«, fing Kollberg an, »einfach so zu verlieren.«

»Wir hatten das Publikum gegen uns. Und Reymers ist eine der besten Mannschaften in der Gruppe. Was wollen wir mit diesem Lasalle machen?«

»Wir müssen wohl mit ihm reden. Daß wir ihn festnehmen können, halte ich für ausgeschlossen. Wenn wir ihn mitnehmen, wird er Himmel und Erde in Bewegung setzen, und dann haben wir das Außenministerium auf dem Hals, und es endet damit, daß wir uns entschuldigen und auf Wiedersehen und vielen Dank sagen müssen. Unsere einzige Möglichkeit ist, ihn aus der Reserve zu locken, daß er unsicher wird und sich verrät. Aber wenn er so gerissen ist, wie die alle sagen, wird er sich nicht reinlegen lassen. Wenn er das überhaupt ist.«

»Er ist doch sehr gefährlich, nicht?« fragte Skacke.

»Er wird für sehr gefährlich gehalten, aber nicht für uns.«

»Sollte man ihn nicht lieber überwachen, um zu sehen, was er hier will?«

»Ja, daran hab ich auch gedacht. Aber ich glaube, das hier ist besser. Wir haben jedenfalls 'ne kleine Chance, daß er die Fassung verliert. Und wenn's gar nicht anders geht, machen wir ihm ein bißchen Angst.« Er schwieg einen Moment. Dann fuhr er fort: »Er ist gerissen und rücksichtslos, aber sicher nicht besonders schlau. Und da haben wir eine Chance.« Und gleich danach fügte er giftig hinzu: »Die meisten Polizisten sind ja auch nicht besonders begabt, in dieser Hinsicht haben wir ihm nicht viel voraus.«

Der Verkehr auf der Autobahn nach Norden war ziemlich stark, aber sie hatten genügend Zeit, und Kollberg fuhr ein schnelles Tempo. Skacke rutschte auf dem Sitz hin und her. Kollberg schielte mißtrauisch zu ihm hin und fragte: »Was machst du denn da?«

»Dieses Halfter sitzt nicht richtig.«

»Hast du denn eine Pistole bei dir?«

»Na klar!«

»Wenn du spielst?«

»Während des Spiels hatte ich sie natürlich eingeschlossen.«

»Dummkopf«, sagte Kollberg. Er selbst war unbewaffnet und war es gewesen, so lange er sich erinnern konnte. Er gehörte zu den Leuten, die der Meinung waren, daß die Polizei völlig entwaffnet werden sollte.

»Gunvald Larsson hat so eine Klemme, die man an der Hose festmacht«, sagte Skacke. »Ich möchte mal wissen, wo er die her hat.«

»Herr Larsson würde wohl am liebsten mit einer vernickelten Smith and Wessen 44 Magnus mit geriffeltem Gonçala-Alves-Kolben und acht drei Achtel Zoll Lauf und Namensschild in Silber herumlaufen.«

»Gibt's solche?«

»Na sicher. Kosten über tausend Kronen und wiegen beinah anderthalb Kilo.«

Sie fuhren schweigend weiter. Skacke saß steif und gespannt da und fuhr sich dauernd mit der Zungenspitze über die Lippen. Kollberg knuffte ihn mit dem Ellbogen leicht in die Seite und sagte: »Junge, entspann dich. Da passiert heute nichts Besonderes. Du kennst die Personenbeschreibung noch?«

Skacke nickte vorsichtig und murmelte die letzte Strecke schuldbewußt vor sich hin.

Das Flugzeug war eine Caravelle der SABENA und landete zehn Minuten später, als angekündigt. Inzwischen hatte Kollberg von seinem jungen, todernsten Kollegen und von Arlanda im allgemeinen die Nase schon derart voll, daß er sich beim Gähnen beinah den Unterkiefer verrenkt hätte.

Sie standen jeder auf einer Seite der Glastür und sahen das Flugzeug langsam auf das Abfertigungsgebäude zurollen. Kollberg stand direkt an der Tür und Skacke etwa fünf Meter hinter ihm in der Wartehalle. Das war eine routinemäßige Sicherheitsmaßnahme, von der sie, ohne ein Wort darüber zu verlieren, Gebrauch machten.

Die Passagiere stiegen aus und kamen nach und nach auf die Tür zu.

Kollberg pfiff vor sich hin. Offenbar waren es keine Durchschnittsreisenden, die mit dieser Sondermaschine eingetroffen waren. Zuerst kam ein etwas untersetzter dunkelhaariger Mann, tadellos gekleidet, in einem dunklen Anzug, schneeweißem Hemd und spiegelblanken schwarzen Schuhen.

Der Herr war ein russischer Diplomat in gehobener Stellung. Kollberg kannte ihn von einem Staatsbesuch vor fünf Jahren und wußte, daß er inzwischen eine politische Schlüsselfigur in Paris oder Genf oder sonst irgendwo geworden war. Zwei Meter dahinter kam die hübsche Frau des Mannes und weitere vier Meter hinter ihr Samir Malghagh oder Lasalle oder wie immer er hieß. Die Personenbeschreibung stimmte jedenfalls. Er trug einen Filzhut und einen blauen Shantunganzug.

Kollberg ließ den Russen vorbeigehen und blickte sich spontan nach der Frau um, die wirklich attraktiv war und wie eine Mischung aus Tatjana Samojlowa, Juliette Greco und Gun Kollberg aussah.

Dieser Blick war der schicksalhafteste Fehler, den Kollberg jemals beging.

Skacke mißdeutete ihn nämlich.

Kollberg drehte sofort den Kopf wieder um, blickte den vielzitierten Libanesen, oder was er nun für ein Landsmann war, an, hob die Hand an die Hutkrempe, trat einen halben Schritt vor und sagte: »Excusez moi, Monsieur Malghagh . . .«

Der Mann blieb stehen, lächelte breit und fragend und hob ebenfalls die Hand an die Hutkrempe.

Und genau in diesem Augenblick sah Kollberg das Unerhörte geschehen, schräg hinter sich und aus den Augenwinkeln.

Skacke trat einen Schritt vor und stellte sich direkt vor den Diplomaten in gehobener Stellung, der Russe hob routinemäßig den rechten Arm und schob ihn zur Seite, sicher in dem Glauben, einen aufdringlichen Reporter vor sich zu haben, da es die Zeit der Krise in der ČSSR war, und Skacke stolperte rückwärts und wäre beinahe gefallen. Er fuhr mit dem rechten Arm unter seine Jacke und zog seine 7.65 Walther.

Kollberg wandte sich um und schrie: »Skacke, verdammt!«

In dem Augenblick, als Malghagh die Pistole sah, verwandelte sich sein Gesichtsausdruck, wurde gespannt und straff, und den Bruchteil einer Sekunde lang drückte sein dunkelbrauner Blick nur Verwunderung und Angst aus. Dann hatte er ein Messer in der Hand; muß er im rechten Jackenärmel gehabt haben, dachte Kollberg noch, ein scharfgeschliffenes, furchterregendes Messer mit einer Klinge, die sicher zwanzig Zentimeter lang und nicht mehr als fünfzehn Millimeter breit war.

Kollberg verdankte es nur seinem Training und seinem Reaktionsvermögen, daß er merkte, daß der Mann nach seiner Kehle zielte; er hob den linken Arm und wehrte den Stich ab. Aber der andere drehte blitzschnell und gekonnt das Messer in der Hand und stach von unten nach oben zu, und Kollberg, der sein Gleichgewicht noch nicht wiedergefunden und einen Teil seiner Aufmerksamkeit auf die falsche Seite gerichtet hatte, fühlte, wie die Schneide direkt unter den Rippen in die linke Seite seines Zwerchfells drang. Wie ein heißes Messer in Butter, sagt man immer, dachte Kollberg, und genauso fühlte es sich an. Er bog sich vornüber über das Messer, immer noch im vollen Bewußtsein, was er tat und warum er so handelte. Er wußte, daß er den anderen damit einige Sekunden aufhalten würde. Wie viele? Vielleicht fünf oder sechs.

All das geschah, während Skacke vollständig überrascht seine Pistole hob und mit dem Daumen den Sicherungshebel herunterdrückte.

Dann hatte Malghagh, oder wie er nun hieß, sein Messer wieder herausgezogen. Kollberg fiel gekrümmt vornüber, den Kopf eingezogen, um die Halsschlagader zu schützen. Als das Messer wieder hochfuhr, drückte Skacke ab.

Die Kugel traf Lasalle, oder wie er nun hieß, mitten in die Brust. Er taumelte rückwärts, und das Messer flog aus seiner Hand, und dann blieb er auf dem Rücken auf dem Marmorfußboden liegen.

Die Szene hatte etwas Theatralisches: Skacke stand mit ausgestrecktem Arm da und hielt die Mündung der Pistole nach dem Rückstoß immer noch schräg nach oben gerichtet, der Mann im Shantunganzug lag mit ausgebreiteten Armen platt auf dem Rücken, und zwischen beiden lag Kollberg, zusammengekrümmt und beide Hände gegen die linke Seite des Zwerchfells gepreßt. Alle anderen standen stocksteif, noch hatte keiner zu schreien begonnen.

Dann sprang Skacke zu Kollberg, fiel auf die Knie, immer noch mit der Pistole in der Hand, und fragte atemlos: »Wie sieht's aus?«

»Schlecht.«

»Warum hast du mir zugeblinzelt? Ich hab geglaubt . . .«

»Du warst gerade dabei, den dritten Weltkrieg auszulösen«, flüsterte Kollberg.

Und dann brachen Panik und Chaos los, mit Geschrei und Gerenne, wie immer, wenn alles vorbei ist.

Aber für Kollberg war es noch nicht vorüber. Im Krankenwagen, der mit heulenden Sirenen zum Hospital nach Mörby raste, überfiel ihn eine ungeheure Angst vor dem Sterben. Dann blickte er zu dem Mann im Shantunganzug, der auf einer Bahre nur einen Meter von ihm entfernt lag. Der Mann hatte den Kopf auf die Seite gelegt und sah Kollberg mit angstvollen Augen an, in denen schon der Tod zu lesen war. Er versuchte, die Hand zu bewegen, wahrscheinlich um das Kreuzzeichen zu machen, aber das einzige, was er noch schaffte, war ein kurzes Zucken.

Ha! Du stirbst, bevor du die letzte Salbung, oder wie das nun heißt, bekommst, du linkshändiger Schuft, dachte Kollberg unchristlich.

Er hatte recht. Der Mann starb, noch bevor sie das Krankenhaus erreichten. Gerade als der Ambulanzwagen langsamer wurde, klappte sein Unterkiefer herunter, und eine gelbliche Flüssigkeit rann aus seinem Mund.

Kollberg hatte immer noch große Angst vor dem Sterben.

Und ganz zuletzt, kurz bevor er das Bewußtsein verlor, dachte er: Das ist unfair. Ich hab mich nie besonders um diesen verdammten Fall gekümmert. Und Gun wartet doch . . .

»Stirbt er?« fragte Skacke.

»Nein«, antwortete der Arzt. »Daran jedenfalls nicht. Aber er wird sich kaum vor einem oder zwei Monaten bei Ihnen bedanken können.«

»Bedanken?«

Skacke schüttelte den Kopf und ging hinüber zum Telefon.

Er hatte viele Gespräche zu führen.

UND DIE GROSSEN LÄSST MAN LAUFEN

1

Der Tag war heiß und stickig gewesen, ohne einen Windhauch und mit zitterndem Sonnenglast in der Luft. Jetzt wölbte sich der Himmel hoch und klar. Seine Farben wechselten von Rosa bis zu dunklem Blau. Bald würde die rote Sonnenscheibe irgendwo hinter der Insel Ven verschwinden, und die Abendbrise, die schon über den Öresund strich und die Wasserfläche kräuselte, fächelte angenehme Kühle durch die Straßen Malmös. Mit dem leichten Wind kamen Düfte von faulendem Tang, Seegras und Müll, der am Strand von Ribersborg an Land gespült worden war, von wo er in die Hafeneinfahrt und in die Kanäle der Stadt getrieben wurde.

Die Stadt hatte nicht sonderlich viel Ähnlichkeit mit dem übrigen Schweden, was hauptsächlich der geographischen Lage zuzuschreiben ist. Rom liegt näher als die Mitternachtssonne; am Horizont sieht man die Lichter des europäischen Festlands, und selbst wenn man zugeben muß, daß die Winter oft voller Schneematsch und sturmdurchtost sind, so ist es andererseits ebenso wahr, daß die Sommer mindestens genausooft lang und warm sind. Nachtigallen singen, und das üppige Grün der weitläufigen Parks verströmt einen wundervollen Duft. Und genauso war es an diesem lauen Sommerabend Anfang Juli 1969. Dazu war es ruhig und still und ziemlich menschenleer in der Stadt. Der internationale Tourismus hatte sich noch nicht zu sehr bemerkbar gemacht – davon spürt man in dieser Gegend ohnehin nicht allzuviel –, und von den ungewaschenen, haschrauchenden jugendlichen Landstreichern aus aller Welt waren erst die Vortrupps eingetroffen. In Malmö würde man ohnehin nicht allzuviel von ihnen zu sehen bekommen, denn die Mehrzahl kommt nie weiter als bis Kopenhagen.

Sogar in dem großen Hotel gegenüber dem Hauptbahnhof unten am Hafen war es recht still. Einige ausländische Geschäftsleute diskutierten an der Portierloge über ihre Zimmerbestellungen. Die Garderobiere las in ungestörter Ruhe einen Klassiker, und im Halbdunkel der Bar befanden sich ein paar Stammgäste, die sich halblaut unterhielten, und ein Barkeeper in schneeweißem Jackett.

In dem großen berühmten Speisesaal rechts von der Halle war ebenfalls nichts von übermäßiger Aktivität zu spüren, wenn es hier auch etwas lebhafter zuging. Einige wenige Tische waren besetzt, meist von Einzelpersonen, und der Pianist hatte eine Pause eingelegt. Direkt vor den Schwingtüren zur Küche stand ein Kellner, der die Hände auf dem Rücken gekreuzt hielt, und blickte nachdenklich durch die großen offenen Fenster ins Freie. Vermutlich träumte er von nicht allzu fernen Sandstränden.

Ganz hinten im Saal saß eine Gesellschaft von sieben Personen, gutgekleidete Leute unterschiedlichen Alters und beiderlei Geschlechts. Der Tisch war mit Gläsern, Delikatessen und Sektkühlern vollgestellt. Das Bedienungspersonal zog sich diskret zurück, denn der Gastgeber hatte sich gerade erhoben, um eine Rede zu halten.

Der Gastgeber – in einem Anzug aus dunkelblauer Shantungseide – war ein hochgewachsener Mann in mittleren Jahren (vielleicht etwas darüber), mit eisengrauem Haar und sonnengebräuntem Gesicht. Er sprach mit ruhiger, routinierter und modulationsfähiger Stimme und flocht gelegentlich humorvolle Wendungen in seine Rede ein. Die sechs anderen Tischgäste hörten schweigend zu und betrachteten ihn. Nur einer der Anwesenden rauchte.

Durch die geöffneten Fenster hörte man den Lärm vorbeifahrender Autos. Auf der anderen Seite des Kanals wurden Züge rangiert (dieser Eisenbahnknotenpunkt ist übrigens der größte Rangierbahnhof Nordeuropas), und vom Hafen ertönte kurz und heiser die Sirene eines Kopenhagen-Dampfers. Irgendwo am Kanalufer kicherte ein junges Mädchen.

So also war die Situation an diesem weichen, warmen Mittwoch im Juli, abends gegen halb neun Uhr. Man muß sich des Wortes »gegen« bedienen, denn keiner der Anwesenden war später in der Lage, den exakten Zeitpunkt der nun einsetzenden Geschehnisse anzugeben. *Was* geschah, läßt sich dagegen um so leichter sagen.

Ein Mann betrat das Hotel durch die Eingangstür, warf einen Blick auf die ausländischen Geschäftsleute an der Rezeption und auf den Portier in seiner langen Livree, wandte sich dann sofort nach rechts, ging an der Garderobe vorbei durch die schmale, langgestreckte Halle und betrat den Speisesaal, ruhig und zielbewußt und mit Schritten, die keine auffallende Eile verrieten. An diesem Mann war noch immer nichts Aufsehenerregendes zu bemerken. Niemand sah ihn an, und auch er sah sich nicht um.

Er ging an der Hammondorgel, dem Flügel und dem Anrichtetisch mit seinen spiegelblanken, glitzernden Gerätschaften vorbei und setzte seinen Weg fort an den beiden Pfeilern vorbei, die die Decke trugen. Noch immer genauso zielbewußt steuerte er direkt auf die Gesellschaft in der Ecke zu. Der Gastgeber stand immer noch vor seinem Platz und redete. Dem näher kommenden Mann wandte er den Rücken zu. Als der Unbekannte noch etwa fünf Schritt vom Tisch entfernt war, steckte er die rechte Hand ins Jackett. Eine der Frauen am Tisch blickte ihn an, und der Redner wandte kurz den Kopf, um zu sehen, was sie abgelenkt hatte. Er streifte den sich nähernden Mann mit einem schnellen, gleichgültigen Blick und wandte sich dann sofort wieder seinen Gästen zu, ohne auch nur eine Sekunde seinen Redefluß zu unterbrechen. In diesem Augenblick zog der Neuankömmling einen stahlblauen Gegenstand mit geriffeltem Kolben und langem Lauf hervor, zielte sorgfältig und schoß dem Redner in den Kopf. Der Knall war nicht einmal schockierend laut, er klang eher wie das friedliche »Paff« eines Gewehrs, wie man es auf den Schießständen von Rummelplätzen hören kann.

Die Kugel drang dicht hinter dem linken Ohr ein, und der Redner stürzte kopfüber auf die Tischplatte. Die linke Wange landete in dem kunstvoll garnierten Kartoffelbrei, der einen vorzüglichen gedünsteten Fisch à la Frans Suell umgab.

Der Schütze steckte die Waffe ein, machte eine scharfe Rechtswendung, war mit wenigen Schritten am nächstliegenden Fenster, setzte den linken Fuß aufs Fensterbrett, schwang sich über die heruntergekurbelte Glasscheibe, trat in den Blumenkasten, der vor dem Fenster hing, sprang auf den Bürgersteig und verschwand.

Ein Gast von etwa fünfzig Jahren, der drei Fenstertische weiter saß und gerade sein Whiskyglas zum Mund führen wollte, hielt verblüfft mitten in der Bewegung inne. Vor sich hatte er ein Buch, in dem er nicht gelesen, sondern nur zum Schein geblättert hatte.

Der Mann mit dem sonnengebräunten Gesicht und dem Anzug aus dunkelblauer Shantungseide war nicht tot. Er bewegte sich und sagte: »Au. Tut weh.«

Tote pflegen sich nicht zu beklagen. Im übrigen schien dieser Mann nicht einmal zu bluten.

2

Per Månsson saß in seiner Junggesellenbude in der Regementsgatan und telefonierte mit seiner Frau. Er war Kriminalinspektor bei der Polizei in Malmö, und obwohl er verheiratet war, lebte er an fünf Tagen der Woche als Junggeselle. Jedes freie Wochenende verbrachte er mit seiner Frau. Zu diesem Arrangement hatten sie sich vor mehr als zehn Jahren entschlossen, und bisher waren beide damit zufrieden gewesen.

Månsson klemmte den Hörer mit der linken Schulter fest, während er mit der rechten Hand einen Greifenberger mixte. Dies war sein Lieblingsgetränk und bestand ganz einfach aus rund acht Zehntellitern Gin, Eisstückchen und Grape-Tonic in einem großen Tumbler.

Seine Frau hatte sich *Vom Winde verweht* im Kino angesehen und wiederholte ihm den Inhalt. Das dauerte, aber Månsson hörte geduldig zu. Er beabsichtigte nämlich, ihren bevorstehenden Wochenendbesuch unter dem Vorwand zu verhindern, daß er arbeiten müsse. Was eine Lüge war.

Es war zwanzig nach neun Uhr abends.

Månsson schwitzte trotz seiner leichten Bekleidung – Netzhemd und karierte Unterhose. Zu Beginn des Telefongesprächs hatte er wegen des heraufdringenden Verkehrslärms die Balkontür geschlossen; obwohl die Sonne längst hinter den gegenüberliegenden Dächern untergegangen war, war es sehr warm im Zimmer.

Er rührte seinen Longdrink mit einer Gabel um, die er – wie er sich zu seiner Schande eingestehen mußte – gestohlen beziehungsweise rein zufällig aus einem Restaurant mit Namen *Översten* mitgenommen hatte. War es überhaupt möglich, eine Gabel rein zufällig mitgehen zu lassen? Dachte Månsson und sagte: »Ja, ja, ich verstehe. Es war also Leslie Howard, der ... Aha, der nicht? Clark Gable? Ach so ...«

Fünf Minuten später war seine Frau mit ihrem Bericht fertig, so daß Månsson seine Lüge auftischen konnte, ohne dabei rot zu werden. Dann legte er den Hörer auf.

Sofort darauf klingelte es wieder. Månsson hob nicht gleich den Hörer ab. Er hatte dienstfrei, und das sollte auch so bleiben. Er leerte langsam seinen Greifenberger und betrachtete den dunkler werdenden Abendhimmel, bis er sich endlich entschloß, den Hörer von der Gabel zu nehmen. »Ja, Månsson.«

»Hej. Nilsson. Mensch, das war ja ein Dauergespräch. Ich versuche schon seit einer halben Stunde, dich anzurufen.«

Nilsson war Kriminalassistent und hatte an diesem Abend Nachtdienst im Polizeihaus am Davidshallstorg. Månsson seufzte. »Was gibt's?«

»Im Speisesaal des *Savoy* ist ein Gast erschossen worden. Ich fürchte, ich muß dich bitten, mal hinzufahren.«

Månsson hob das leere, aber noch immer kalte Glas und ließ es mit der Handfläche über die Stirn rollen. »Ist er tot?« fragte er.

»Weiß nicht«, sagte Nilsson.

»Kannst du nicht Skacke hinschicken?«

»Der hat dienstfrei. Wir wissen nicht, wo er steckt. Ich suche aber weiter nach ihm. Backlund ist zwar schon da, aber du solltest trotzdem ...«

Månsson fuhr zusammen und stellte das Glas ab. »Backlund? In Ordnung, ich fahre gleich los«, sagte er. Er rief sofort die Taxizentrale an, legte den Hörer auf den Tisch, und während er sich anzog, lauschte er der knarrenden Stimme, die in gleichmäßigen Abständen mechanisch die Worte wiederholte: *Autoruf, bitte warten Sie,* bis sich endlich die Telefonistin meldete.

Vor dem Hotel *Savoy* standen mehrere eilig und unachtsam geparkte Polizeiwagen, und vor dem Hoteleingang mühten sich zwei Polizeibeamte, eine rasch wachsende Zahl neugieriger Abendspaziergänger zurückzudrängen. Die Menschen scharten sich vor der Treppe.

Månsson beobachtete die Szene, während er den Taxifahrer bezahlte und die Quittung einsteckte. Einer der Polizisten führte sich für seinen Geschmack reichlich grob auf, und Månsson dachte bedrückt, daß es wohl nicht lange dauern würde, bis die Polizisten Malmös den gleichen schlechten Ruf bekamen wie ihre Kollegen in Stockholm.

Er sagte jedoch nichts, sondern begnügte sich mit einem Nicken, bevor er an den uniformierten Beamten vorbei in die Hotelhalle ging. Dort war inzwischen allerhand los; Personal aus den verschiedenen Abteilungen des Hotels war zusammengeströmt, und alle redeten durcheinander. Gäste, die aus dem Grillroom herübergekommen waren, sowie einige Polizeibeamte vervollständigten das Bild. Letztere schienen völlig ratlos zu sein. Die Umgebung war ihnen offensichtlich fremd, und es hatte ihnen wohl niemand gesagt, wie sie auftreten oder was sie tun sollten.

Månsson war ein hochgewachsener Mann in den Fünfzigern. Er war leger gekleidet und trug ein Sporthemd über der Terylenhose und Sandalen. Er holte einen Zahnstocher aus der Brusttasche, befreite ihn aus der Papierhülle und steckte ihn in den Mund. Er kaute ein bißchen auf ihm herum und betrachtete nachdenklich die Szene. Der Zahnstocher war amerikanischer Herkunft und schmeckte nach Menthol. Diese Dinger hatte Månsson sich auf der Eisenbahnfähre *Malmöhus* zugelegt, wo für die Passagiere derlei Zeug bereitgehalten wurde.

An der Tür zum großen Speisesaal stand ein Polizeibeamter, der Elofsson hieß und nach Månssons Ansicht etwas klüger war als die anderen. Månsson ging auf ihn zu. »Was ist eigentlich los?«

»Jemand soll niedergeschossen worden sein.«

»Welche Anweisungen hat man Ihnen gegeben?«

»Gar keine.«

»Was macht Backlund?«

»Er verhört die Augenzeugen.«

»Wo befindet sich der Niedergeschossene?«

»Im Krankenhaus, glaube ich.« Elofsson errötete leicht. Dann sagte er: »Der Krankenwagen ist offenbar schneller hiergewesen als die Polizei.«

Månsson seufzte und ging in den Speisesaal. Backlund stand am Tisch mit den silbern glänzenden Terrinen und vernahm einen Kellner. Der war ein älterer Mann mit Brille und von alltäglichem Äußeren. Es war ihm irgendwie gelungen, Erster Kriminalassistent zu werden. Jetzt hielt er sein Notizbuch aufgeschlagen in der Hand und schrieb fleißig mit, während der Kellner seine Aussage machte. Månsson blieb in Hörweite stehen, mischte sich aber nicht ein.

»Um welche Zeit etwa geschah das alles?«

»Tja, so gegen halb neun.«

»Gegen?«

»Ja, ich weiß es nicht so genau.«

»Mit anderen Worten: Sie wissen also nicht, wie spät es war?«

»Nein, genau das wollte ich sagen.«

»Merkwürdig«, sagte Backlund.

»Wie bitte?«

»Ich sagte, daß ich das merkwürdig finde. Sie tragen doch sicher eine Armbanduhr, nicht wahr?«

»Aber ja doch.«

»Und dort hinten hängt eine Wanduhr, wenn ich nicht irre?«

»Ja, aber ...«

»Aber was?«

»Beide gehen falsch. Und außerdem habe ich nicht daran gedacht, auf die Uhr zu sehen.«

Backlund schien von dieser Antwort überwältigt zu sein. Er legte Block und Bleistift aus der Hand und fing an, seine Brille zu putzen. Dann holte er tief Luft, griff von neuem nach dem Notizblock und nahm einen weiteren Anlauf. »Obwohl Ihnen zwei Uhren zur Verfügung standen, wissen Sie also nicht, wie spät es war?«

»Ja, so ist es.«

»Derart vage Antworten helfen uns nicht viel.«

»Übrigens gehen die Uhren nicht gleich. Meine geht vor, und die da hinten geht nach.«

Backlund konsultierte seinen Chronometer. »Eigentümlich«, sagte er und schrieb etwas auf.

Månsson hätte gern gewußt, was es war.

»Sie standen also hier, als der Täter vorbeiging?«

»Ja.«

»Können Sie mir von diesem Mann eine möglichst genaue Beschreibung geben?«

»Ich muß gestehen, daß ich ihn mir gar nicht angesehen habe.«

»Sie haben den Täter nicht angesehen?« sagte Backlund verblüfft.

»Das schon, aber erst, als er aus dem Fenster kletterte.«

»Na also. Wie sah er denn aus?«

»Ich weiß nicht. Die Entfernung dorthin ist ziemlich groß, und der Tisch wird von der Säule verdeckt.«

»Sie wollen also sagen, daß Sie nicht wissen, wie der Mann ausgesehen hat?«

»Ja.«

»Vielleicht wissen Sie aber, wie er gekleidet war?«

»Er trug ein braunes Jackett, glaube ich.«

»Glauben Sie.«

»Ja, ich habe ihn schließlich nur einen kurzen Moment gesehen.«

»Aber was hatte er denn sonst noch an? Was für eine Hose, zum Beispiel.«

»Doch, eine Hose hatte er an.«

»Ach, sind Sie ganz sicher?«

»Nun ja, es wäre ja ein bißchen komisch gewesen, wenn er keine angehabt hätte. Keine Hose, meine ich.«

Backlund schrieb aus Leibeskräften mit. Månsson drehte den Zahnstocher im Mund um und sagte leise: »Hör mal, Backlund.«

Dieser fuhr herum und starrte Månsson irritiert an. »Ich bin gerade dabei, einen wichtigen Zeugen zu vernehmen ...« Er brach unvermittelt ab und sagte sauertöpfisch: »Ach so, du bist es.«

»Was ist eigentlich passiert?«

»Ein Mann ist hier im Saal niedergeschossen worden«, sagte Backlund mit tiefem Ernst. »Und weißt du, wer?«

»Nein.«

»Direktor Palmgren«, sagte Backlund beinahe ehrfürchtig.

»Ach so, der«, sagte Månsson. Und dachte: Das wird noch heiter werden. Laut sagte er: »Es ist also vor mehr als einer Stunde passiert, und der Schütze ist seelenruhig aus dem Fenster geklettert und verschwunden.«

»So kann es sich abgespielt haben, ja.« Backlund nahm nie etwas als gegeben hin.

»Warum stehen draußen sechs Polizeiwagen?«

»Ich habe absperren lassen.«

»Was denn? Das ganze Viertel?«

»Den Tatort«, sagte Backlund.

»Jetzt sieh mal zu, daß du all die Uniformierten wegschaffst«, sagte Månsson müde. »Es scheint den Hotelleuten nicht sehr angenehm zu sein, daß es sowohl in der Halle wie draußen auf der Straße von Polizisten wimmelt. Außerdem glaube ich, daß die Beamten woanders dringender benötigt werden. Dann solltest du versuchen eine brauchbare Täterbeschreibung zu bekommen. Es gibt bestimmt bessere Zeugen als diesen Mann.«

»Wir müssen alle vernehmen, die als Zeugen in Betracht kommen«, sagte Backlund.

»Ja, wenn es an der Zeit ist«, sagte Månsson. »Aber halte bitte niemanden fest, der nichts wirklich Entscheidendes vorzubringen hat. Laß dir Adressen und Telefonnummern geben, das genügt.«

Backlund sah ihn mißtrauisch an. »Was hast du denn vor? Was willst du tun?«

»Ein paar Telefongespräche führen«, sagte Månsson.

»Mit wem denn?«

»Mit den Zeitungen zum Beispiel, um herauszufinden, was geschehen ist.«

»Soll das etwa ein Witz sein?« fragte Backlund argwöhnisch.

»Genau das«, erwiderte Månsson geistesabwesend und sah sich um.

Mehrere Journalisten und Fotografen strichen im Speisesaal umher. Einige von ihnen waren sicher lange vor der Polizei eingetroffen, und vermutlich hatte der eine oder andere sich im Grillroom oder in der Bar aufgehalten, als der ominöse Schuß fiel. Wenn er die Brüder richtig kannte ...

»Aber die Sorgfalt erfordert ...«, begann Backlund.

Genau in diesem Augenblick kam Benny Skacke in den Speisesaal gestürmt. Er war Kriminalassistent und erst dreißig Jahre alt. Er hatte früher bei der Reichsmordkommission in Stockholm gearbeitet, war aber um eine Versetzung eingekommen, nachdem sein etwas zweifelhaftes Vorgehen bei einem dienstlichen Auftrag einem seiner Vorgesetzten um ein Haar das Leben gekostet hätte. Skacke war pflichtbewußt und gewissenhaft, wenn auch etwas naiv.

»Nimm dir Skacke zur Unterstützung«, sagte Månsson.

»Diesen Burschen aus Stockholm?« sagte Backlund zweifelnd.

»Genau den. Und vergiß bitte nicht, was ich dir über die Täterbeschreibung sagte. Das ist das einzige, was im Augenblick wichtig ist.« Er warf seinen zerkauten Zahnstocher in einen Aschenbecher und ging in die Halle hinaus. Gegenüber der Portierloge befand sich eine Telefonzelle.

Månsson führte fünf rasch aufeinanderfolgende Gespräche. Dann schüttelte er den Kopf und ging in die Bar.

»Sieh einer an. Das ist aber eine Überraschung. Guten Tag«, sagte der Barmann.

»Hej«, sagte Månsson und setzte sich.

»Was darf's sein? Das übliche?«

»Nein. Nur einen Grapefruit-Tonic. Ich muß nachdenken.«

Manchmal geht alles schief, dachte Månsson. Und die Geschichte hatte weiß Gott auf die denkbar schlechteste Weise angefangen. Erstens war Viktor Palmgren eine sehr bekannte und einflußreiche Persönlichkeit. Zwar würde man nur schwer genau erklären können warum, aber eines war sicher: Der Mann hatte Geld und war für einige Millionen gut. Der Umstand, daß er in einem der bekanntesten Restaurants Europas niedergeschossen worden war, machte die Sache nicht besser. Dies war ein Fall, der großes Aufsehen erregen würde und nicht voraussagbare Folgen haben konnte. Unmittelbar nach dem Schuß hatte das Hotelpersonal den Verwundeten in ein Fernsehzimmer getragen und eine provisorische Liege hergerichtet. Gleichzeitig waren Polizei und Krankenwagen alarmiert worden. Der Krankenwagen war sofort zur Stelle gewesen, hatte den Verwundeten abgeholt und ins Allgemeine Krankenhaus gebracht. Die Polizei dagegen hatte sich reichlich viel Zeit gelassen. Und dies, obwohl ein Streifenwagen sich zur Tatzeit am Hauptbahnhof befunden hatte, also weniger als zweihundert Meter vom Tatort entfernt. Wie sollte man sich das erklären? Er hatte zwar jetzt die Erklärung bekommen, aber sie war für die Polizei wenig schmeichelhaft. Der Alarm war zunächst falsch gedeutet worden, und man hatte den Fall als weniger eilig beurteilt. Die beiden Polizeibeamten am Bahnhof hatten es darum vorgezogen, ihre Kräfte an einen vollkommen harmlosen Trunkenbold zu verschwenden. Erst nachdem die Polizei einen zweiten Notruf erhalten hatte, war ein Aufgebot aus Streifenwagen und uniformierten Beamten mit Backlund an der Spitze Hals über Kopf zum Hotel beordert worden. Was anschließend an Ermittlungsarbeit und Spurensicherung in Angriff genommen worden war, erschien vollkommen ziel- und planlos. Månsson selbst hatte mehr als vierzig Minuten damit vertrödelt, sich das Geschwätz seiner Frau über den Film anzuhören. Außerdem hatte er sich zwei steife Drinks genehmigt und auf ein Taxi warten müssen. Und als der erste Polizist am Tatort eintraf, waren bereits dreißig Minuten verstrichen – dreißig Minuten nachdem der Schuß abgefeuert worden war. Was Viktor Palmgren betraf, war die Lage gleichermaßen unklar. Man hatte ihn in der Unfallpoliklinik in Malmö untersucht und dann an die Neurochirurgie in Lund überwiesen. Die Entfernung dorthin betrug etwa zwanzig Kilometer, und in diesem Augenblick war der Krankenwagen immer noch unterwegs. Im Krankenwagen befand sich auch einer der wichtigsten Zeugen, nämlich Palmgrens Frau. Sie hatte ihm bei Tisch vermutlich gegenübergesessen und war wohl diejenige Person, die am ehesten die Möglichkeit gehabt hätte, den Schützen aus nächster Entfernung zu sehen.

Und jetzt war schon fast eine Stunde vergangen. Eine vergeudete Stunde, und jede Sekunde wäre kostbar gewesen.

Månsson schüttelte wieder den Kopf und warf einen Blick auf die Uhr an der Bar. Halb zehn.

Backlund marschierte in die Bar, dicht gefolgt von Skacke. »Hier hockst du also«, sagte Backlund höchst erstaunt. Er starrte Månsson mit kurzsichtigen Augen an.

»Wie steht's mit der Täterbeschreibung?« fragte Månsson. »Es eilt.«

Backlund fummelte mit seinem Notizbuch herum, legte es dann auf die Bartheke, nahm die Brille ab und fing an, sie zu putzen. »Hier«, sagte Skacke, »dies ist das Beste, was wir bis jetzt zusammenkratzen konnten. Mittlere Größe, mageres Gesicht, dünnes dunkelbraunes Haar, nach hinten gekämmt. Braunes Jackett, pastellfarbenes Hemd – gelb oder grün –, dunkle Krawatte, dunkelgraue Hose, schwarze oder braune Halbschuhe. Alter etwa vierzig.«

»Gut«, sagte Månsson. »Schickt das raus. Sofort. Sperrt alle Hauptstraßen ab, kontrolliert Züge, Flughäfen und Schiffe.«

»Wird gemacht«, sagte Skacke.

»Ich möchte ihn hier in der Stadt behalten«, sagte Månsson.

Skacke ging. Backlund setzte die Brille auf, starrte Månsson an und wiederholte die bedeutungsschwere Frage: »Hier hockst du also?« Dann sah er das Glas an und sagte, als ob er es nicht glauben könne: »Und trinkst?«

Darauf gab Månsson keine Antwort.

Backlund wandte seine Aufmerksamkeit jetzt der Wanduhr in der Bar zu, verglich die Zeit mit seiner Armbanduhr und stellte fest: »Diese Uhr geht auch falsch.«

»Stimmt«, sagte der Barmann. »Sie geht vor. Eine kleine Aufmerksamkeit für eilige Gäste, die Züge und Schiffe erreichen müssen.«

»Ei, ei, ei«, sagte Backlund. »Wir werden mit dieser Geschichte nie zu Rande kommen. Wie soll man den genauen Zeitpunkt einer Tat feststellen, wenn man sich nicht einmal auf die Uhr verlassen kann?«

»Das wird schwierig, das gebe ich zu«, sagte Månsson geistesabwesend.

Skacke kam zurück. »So, das wäre erledigt«, sagte er.

»Wahrscheinlich zu spät«, sagte Månsson.

»Wovon in aller Welt redet ihr eigentlich«, sagte Backlund und griff nach seinem Notizbuch. »Was diesen Kellner betrifft . . .«

Månsson machte eine abwehrende Handbewegung. »Warte. Darum kümmern wir uns später. Benny, geh bitte mal raus und ruf die Polizei in Lund an. Bitte sie, einen Mann in die Neurochirurgie zu schicken. Mit einem Tonbandgerät, damit er aufnehmen kann, was Palmgren sagt. Falls er aufwacht und überhaupt was sagt. Und dann soll sich der Beamte mal mit Frau Palmgren unterhalten.« Skacke entfernte sich wieder.

»Was diesen einen Kellner angeht . . . also der hätte nicht mal mitgekriegt, wenn Dracula höchstpersönlich in den Speisesaal geflattert wäre«, sagte der Barmann.

Backlund wahrte irritiertes Schweigen. Månsson wartete mit einer Äußerung, bis Skacke wieder da war. Weil Backlund offiziell immerhin ein Vorgesetzter Skackes war, gebrauchte er vorsichtshalber den Plural bei der Anrede. »Wen haltet ihr für den zuverlässigsten Zeugen?«

»Einen Burschen namens Edvardsson«, erwiderte Skacke. »Er saß nur drei Tische weiter entfernt. Nur . . .«

»Nur was?«

»Er ist nicht nüchtern.«

»Der Alkohol ist ein Fluch«, stellte Backlund fest.

»Na schön, dann warten wir mit ihm bis morgen«, sagte Månsson. »Wer von euch kann mich zum Polizeihaus fahren?«

»Ich«, erbot sich Skacke.

»Ich bleibe hier«, sagte Backlund hartnäckig. »Offiziell ist dies mein Fall.«

»Aber gewiß doch«, sagte Månsson. »Tschüs.«

Im Auto murmelte er: »Züge und Schiffe . . .«

»Glaubst du, daß er abgehauen ist?« fragte Skacke zweifelnd.

»Möglich wär's«, sagte Månsson. »Wie dem auch sei: Wir müssen eine Menge Leute anrufen. Und wenn wir sie aus dem Bett holen.«

Skacke sah Månsson von der Seite an, der sich gerade einen neuen Zahnstocher in den Mund steckte. Der Wagen kurvte auf den Hof des Polizeihauses. »Flugzeug«, sagte Månsson wie zu sich selbst. »Dies kann eine ekelhafte Nacht werden.«

Um diese Zeit machte das Polizeihaus einen düsteren und sehr leeren Eindruck. Es war ein imposantes Bauwerk. Die Schritte der beiden Männer hallten auf den Stufen der breiten Steintreppen wider.

Månsson war von Natur aus ebenso schwerfällig wie hochgewachsen. Er verabscheute es, sich Nächte um die Ohren hauen zu müssen, und außerdem hatte er seine Karriere schon weitgehend hinter sich.

Bei Skacke war es genau umgekehrt: er war zwanzig Jahre jünger, dachte an sein Fortkommen und war eifrig und ehrgeizig. Seine bisherigen Erfahrungen als Polizeibeamter hatten aber auch ihn vorsichtig gemacht und ließen ihn auf die Einhaltung aller nur erdenklichen Vorschriften achten.

Eigentlich ergänzten sich die beiden also ganz gut.

Nachdem sie Månssons Zimmer betreten hatten, öffnete dieser sofort die Fenster zum asphaltierten Hof des Polizeihauses. Dann sank er in seinen Schreibtischsessel und blieb einige Minuten schweigend sitzen, während er nachdenklich die Walze seiner alten Underwood herumdrehte. Schließlich sagte er: »Sieh zu, daß wir alle Funkmeldungen und eventuell auch Telefongespräche bekommen. Nimm die Gespräche auf deinem Apparat entgegen.«

Skacke hatte sein Zimmer direkt gegenüber auf der anderen Seite des Flurs.

»Du kannst die Türen offenlassen«, sagte Månsson. Nach einigen Sekunden setzte er mit leichter Ironie hinzu: »Dann haben wir so etwas wie eine Fahndungszentrale.«

Skacke ging hinüber in sein Zimmer und fing an zu telefonieren. Nach kurzer Zeit folgte ihm Månsson. Er blieb in der Türöffnung stehen, lehnte sich gegen die Füllung und kaute an dem Zahnstocher herum, der ihm im Mundwinkel baumelte. »Hast du nachgedacht, Benny?« fragte er.

»Nicht so sehr viel«, erwiderte Skacke vorsichtig. »Diese Geschichte scheint mir irgendwie unbegreiflich zu sein.«

»Unbegreiflich ist das richtige Wort«, sagte Månsson.

»Was für ein Motiv könnte es beispielsweise geben?«

»Ich glaube, wir sollten uns bis auf weiteres einen Dreck um das Motiv scheren und uns lieber auf den Tathergang konzentrieren.«

Das Telefon klingelte. Skacke machte eine Notiz.

»Der Mann, der Palmgren erschoß, hatte nur eine äußerst geringe Chance, sich nach der Tat unbemerkt aus dem Restaurant zu entfernen. Sein Verhalten bis zu dem Augenblick, in dem der Schuß fiel, deutete auf Fanatismus hin.«

»Etwa wie bei einem politischen Attentat?«

»Genau. Aber danach? Was geschieht? Wunderbarerweise entkommt der Kerl und handelt jetzt nicht mehr wie ein Fanatiker, sondern wie ein Mensch, der von Panik ergriffen ist.«

»Ist das der Grund für deine Annahme, daß er versuchen wird, die Stadt zu verlassen?«

»Unter anderem. Er betritt den Speisesaal und schießt und denkt nicht daran, wie es hinterher weitergehen soll. Aber dann, wie bei den meisten Gewaltverbrechern, überfällt ihn Panik. Er kriegt es mit der Angst zu tun und will nichts wie weg, so schnell und so weit wie möglich.«

Das ist eine Theorie, dachte Skacke. Noch dazu eine, die ziemlich auf Sand baut. Er sagte aber nichts.

»Dies ist natürlich nur eine Theorie«, ließ Månsson sich vernehmen. »Ein guter Kriminaler sollte möglichst nicht mit Theorien arbeiten. Im Augenblick sehe ich aber nicht, wonach wir sonst vorgehen könnten.«

Das Telefon klingelte. Was für ein Job, dachte Månsson. Scheißjob. Und dabei habe ich dienstfrei.

Die Nacht wurde insofern ärgerlich, als sich eigentlich nichts ereignete. Ein paar Menschen, die in etwa der Täterbeschreibung entsprachen, wurden auf den Ausfallstraßen angehalten, einige am Hauptbahnhof aufgegriffen. Keiner schien etwas mit dem Fall zu tun zu haben, aber ihre Personalien wurden vorsichtshalber aufgenommen.

Zwanzig Minuten vor eins verließ der letzte Zug den Hauptbahnhof. Viertel vor zwei teilte die Polizei in Lund mit, daß Palmgren noch am Leben sei.

Um drei kam eine neue Nachricht aus der gleichen Quelle. Frau Palmgren habe einen Schock erlitten, und es sei äußerst schwierig, sie zu vernehmen. Sie habe den Schützen deutlich gesehen, sei aber sicher, ihn vorher nie gesehen zu haben.

»Scheint auf Draht zu sein, dieser Knabe in Lund«, bemerkte Månsson und gähnte.

Kurz nach vier meldete sich wieder die Polizei in Lund. Das Ärzteteam, das Palmgren behandelte, habe sich entschlossen, bis auf weiteres nicht zu operieren. Die Kugel sei hinterm linken Ohr in den Schädel gedrungen, und man könne unmöglich sagen, welche Verletzungen sie verursacht habe. Der Allgemeinzustand des Patienten, hieß es weiter, sei den Umständen entsprechend.

Månssons Allgemeinzustand entsprach ebenfalls den Umständen. Er war müde und hatte eine sehr trockene Kehle. Immer wieder ging er auf die Toilette, um Wasser in sich hineinzuschlürfen.

»Kann man eigentlich mit einer Kugel im Kopf leben?« fragte Skacke.

»Ja«, erwiderte Månsson. »Dafür gibt es Beispiele. In einigen Fällen wird die Kugel vom Gewebe eingekapselt, und der Patient wird gesund. Hätten die Ärzte in diesen Fällen versucht, die Kugel operativ zu entfernen, wären die Patienten vermutlich gestorben.«

Backlund schien sich im *Savoy* offensichtlich festgebissen zu haben, denn um halb fünf rief er an und sagte, er habe einige Räumlichkeiten abgesperrt und versiegelt, damit das kriminaltechnische Dezernat den Tatort untersuchen könne, was allerdings erst in einigen Stunden möglich sei.

»Er fragt, ob er hier gebraucht wird«, sagte Skacke und hielt die Hand vors Mikrofon.

»Der einzige Ort, an dem er hoffentlich überhaupt gebraucht wird, ist der Platz neben seiner Frau im Bett«, sagte Månsson.

Skacke gab das in etwas abgewandeltem Wortlaut weiter. Kurz darauf meinte er: »Ich glaube, Bulltofta können wir streichen. Die letzte Maschine ist fünf nach elf gestartet. Sie hatte keinen Fluggast an Bord, der der Beschreibung entsprochen hätte. Die nächste startet um halb sieben, und die ist schon seit vorgestern ausgebucht. Auf der Warteliste ist niemand.«

Månsson brütete kurz über dieser Nachricht. »Hm«, meinte er schließlich. »Ich glaube, ich werde jetzt eine Person anrufen, von der ich definitiv weiß, daß sie es nicht schätzt, nachts geweckt zu werden.«

»Wer ist denn das? Der Polizeidirektor?«

»Nein, der hat bestimmt nicht viel mehr Schlaf bekommen als wir. Übrigens, wo hast du denn gestern abend gesteckt?«

»Im Kino«, erwiderte Skacke. »Man kann ja nicht dauernd auf der Bude hocken und büffeln.«

»Ich habe nie auf der Bude gehockt und gebüffelt«, sagte Månsson. »Um neun ging übrigens so ein Tragflächenboot von Malmö nach Kopenhagen. Versuch mal rauszukriegen, welches.«

Dies war ein unerwartet schwieriger Auftrag, und es dauerte eine halbe Stunde, ehe Skacke melden konnte: »Das Boot heißt *Springeren* und liegt jetzt in Kopenhagen. Einfach unglaublich, wie sauer manche Menschen werden, wenn man sie nachts anruft und aus dem Schlaf reißt.«

»Du kannst dich damit trösten, daß es mir jetzt noch schlimmer ergehen wird«, sagte Månsson. Er ging in sein Zimmer hinüber, hob den Hörer ab, wählte Null-null-neun-vier-fünf und danach die Privatnummer eines Inspektors Mogensen von der Kriminalpolizei Kopenhagen. Månsson hörte es siebzehnmal klingeln, bis sich eine verschlafene Stimme meldete.

»Mogensen.«

»Hej, hier Per Månsson in Malmö.«

»Du kannst mich mal am Arsch lecken«, sagte Mogensen. »Weißt du eigentlich, wieviel Uhr es ist?«

»Ja«, sagte Månsson. »Mein Anruf könnte sich aber als sehr wichtig erweisen.«

»Das ist mir scheißegal«, sagte der Däne drohend.

»Wir hatten gestern abend ein Attentat hier in Malmö«, sagte Månsson. »Es ist denkbar, daß der Täter nach Kopenhagen geflüchtet ist. Wir haben eine Beschreibung von ihm.« Er berichtete, was er wußte.

»Zum Teufel, glaubst du, ich kann zaubern?« war Mogensens mürrische Antwort.

»Genau das«, sagte Månsson. »Laß von dir hören, wenn du was für uns hast.«

»Scher dich zum Teufel«, sagte Mogensen in ungewöhnlich akzentfreiem Schwedisch und warf den Hörer auf die Gabel.

Månsson schüttelte sich und gähnte.

»Was war denn das für eine Sprache?« fragte Skacke neugierig.

»Skandinavisch«, sagte Månsson.

Dann geschah gar nichts. Danach geschah doch etwas: Backlund rief an und sagte, die Untersuchung des Tatorts habe begonnen. Da war es acht Uhr.

»Mensch, der ist vielleicht emsig«, sagte Månsson.

»Was machen wir jetzt?« fragte Skacke.

»Nichts. Warten.«

Um zwanzig vor neun läutete es auf Månssons privater Leitung. Er nahm den Hörer und lauschte etwa eine Minute, brach das Gespräch ab, ohne auch nur soviel wie »Danke« oder »Tschüs« zu sagen, und rief Skacke zu: »Ruf Stockholm an. Sofort.«

»Was soll ich sagen?«

Månsson sah auf die Uhr. »Es war Mogensen, der eben anrief. Er sagte, daß ein Schwede, der sich Bengt Stensson nannte, heute nacht ein Ticket von Kopenhagen nach Stockholm gekauft und dann mehrere Stunden auf irgendeinen freien Platz gewartet hat. Er ist schließlich mit einer SAS-Maschine mitgekommen, die fünf vor halb acht gestartet ist. Diese Maschine dürfte vor höchstens zehn Minuten in Arlanda angekommen sein. Die Täterbeschreibung scheint auf diesen Burschen zu passen. Ich wünsche, daß man den Bus vom Flughafen zum Flugterminal in der Stadt anhält und diesen Mann festnimmt.«

Skacke hatte bereits den Hörer in der Hand. »In Ordnung«, sagte er nach einer halben Minute atemlos. »Stockholm will das erledigen.«

»Mit wem hast du gesprochen?«

»Mit Gunvald Larsson.«

»Aha, mit dem.«

Sie warteten.

Nach einer halben Stunde läutete Skackes Telefon. Er riß den Hörer an sich, lauschte und blieb mit dem Hörer in der Hand reglos sitzen. »Es ist schiefgegangen«, sagte er.

»Aha«, sagte Månsson lakonisch. Und dabei haben sie zwanzig Minuten Zeit gehabt, dachte er.

3

Ähnliche Äußerungen waren im Polizeihaus in der Kungsholmsgatan in Stockholm zu hören. »Es ist schiefgegangen«, sagte Einar Rönn und zeigte sein rotes verschwitztes Gesicht im Türspalt zu Gunvald Larssons Zimmer.

»Was ist schiefgegangen?« fragte dieser abwesend. Er dachte an etwas ganz anderes, nämlich an drei ungewöhnlich brutale Raubüberfälle, die in der vergangenen Nacht in der U-Bahn verübt worden waren. Und an zwei Vergewaltigungen. Und an sechzehn Schlägereien. Das war Stockholm von heute, unter anderem. Heute nacht hatte es immerhin keinen Mord gegeben, nicht einmal einen Totschlag. Gott sei Dank. Wie viele Diebstähle und Einbrüche begangen worden waren, wußte er nicht. Oder wie viele Rauschgiftsüchtige, Sittlichkeitsverbrecher, Dealer oder Säufer von der Polizei in Gewahrsam genommen worden waren. Oder wie viele Polizisten mehr oder weniger unschuldige Menschen in Streifenwagen und Polizeiwachen verprügelt hatten. Vermutlich unzählige. Na, er hielt sich an seine Arbeit.

Gunvald Larsson war Erster Kriminalassistent im Dezernat für Gewaltverbrechen. Außerdem war er einen Meter zweiundneunzig groß, stark wie ein Bulle, blond, blauäugig und, was für einen Polizisten ungewöhnlich ist, ein ziemlicher Snob. Diesen Morgen trug er beispielsweise einen leichten hellgrauen Anzug, dazu Krawatte, Schuhe und Strümpfe von der gleichen Farbe. Er war anders als die meisten Polizisten, und es gab nicht viele Kollegen, die ihn mochten.

»Dieser Auftrag draußen beim Haga-Terminal«, erwiderte Rönn.

»Ja? Was ist damit? Ist die Sache schiefgegangen?«

»Die Streifenwagenbesatzung, die die Passagiere überprüfen sollte, ist nicht rechtzeitig hingekommen. Als die Polizisten hinkamen, waren die Fahrgäste alle schon ausgestiegen und weitergefahren. Auch der Bus war wieder weg.«

Gunvald Larsson schaffte es endlich, seine Gedanken dem neuen Gegenstand zuzuwenden, und glotzte Rönn starr und blauäugig an. »Was? Aber das ist doch unmöglich.«

»Leider nicht«, erwiderte Rönn. »Die beiden sind ganz einfach nicht rechtzeitig hingekommen.«

»Bist du verrückt geworden?«

»Hör mal, ich hab die Sache schließlich nicht aufgehängt bekommen«, sagte Rönn vorwurfsvoll. »Wirklich nicht.«

Er war ein ruhiger, gutmütiger Typ aus Norrland, in Arjeplog geboren, und obwohl er schon lange in Stockholm wohnte, hörte man ihm seinen Heimatdialekt noch deutlich an. Gunvald Larsson hatte den Anruf Skackes rein zufällig entgegengenommen und die verlangte Kontrolle des Busses als die einfachste aller Routineangelegenheiten angesehen. Jetzt zog er wütend die Augenbrauen hoch. »Aber ich habe doch, verflucht noch mal, sofort in Solna angerufen, und der Wachhabende dort sagte mir, sie hätten einen Streifenwagen auf dem Karolinska vägen. Von dort aus braucht man nicht mehr als höchstens drei Minuten bis zum Flugterminal. Und der Wagen hatte mindestens zwanzig Minuten Zeit. Was ist denn passiert?«

»Die Burschen im Wagen scheinen unterwegs angepöbelt worden zu sein.«

»Angepöbelt?«

»Ja, sie waren gezwungen einzuschreiten. Und als sie in Haga ankamen, war der Bus wieder weg.«

»Einzuschreiten?«

Rönn setzte seine Brille auf und blickte auf einen Zettel, den er in der

Hand hielt. »Ja, genau das. Der Bus hieß ›Beata‹. Normalerweise fährt er von Bromma.«

»Beata? Welcher Vollidiot hat damit angefangen, Bussen einen Namen zu geben?«

»Ich bin es nicht gewesen«, sagte Rönn friedlich.

»Hatten die Schlaumeier im Streifenwagen irgendwelche Namen?«

»Wahrscheinlich, aber mir sind sie nicht bekannt.«

»Dann erkundige dich bitte. Wenn es möglich ist, daß Busse Namen haben, sollten wohl auch Polizeibeamte einen haben. Obwohl sie eigentlich nur Nummern haben sollten.«

»Oder Symbole.«

»Symbole?«

»Ja, wie die Gören in den Kindertagesstätten, weißt du? Boot, Auto, Vogel, Pilz, Fliege, Hund und so weiter.«

»Ich bin noch nie in einer Kindertagesstätte gewesen«, sagte Gunvald Larsson steif. »Bitte, besorge dir jetzt die Namen dieser Brüder. Dieser Månsson im Malmö wird sich totlachen, wenn wir ihm keine vernünftige Erklärung geben können.«

Rönn verließ das Zimmer.

»Hund und so weiter«, murmelte Gunvald Larsson vor sich hin. Und kurz darauf: »Hier scheinen alle verrückt geworden zu sein.« Dann kehrte er wieder zu den Überfällen in der U-Bahn zurück, während er ein Papiermesser als Zahnstocher benutzte. Nach zehn Minuten kam Rönn zurück. Auf seiner roten Nase saß eine Brille, und in der Hand hielt er einen Zettel. »Ich hab's rausgekriegt«, sagte er. »Wagen drei von der Polizeiwache in Solna. Besatzung Karl Kristiansson und Kurt Kvant.«

Gunvald Larsson zuckte zusammen, so daß er sich mit dem Papiermesser um ein Haar entleibt hätte. »Die beiden? Das hätte ich mir eigentlich denken können. Diese beiden Idioten verfolgen mich überallhin. Aus Schonen kommen sie auch noch. Sieh zu, daß du sie mir auf der Stelle herschaffst. Dieser Sache muß nachgegangen werden.«

Kristiansson und Kvant hatten eine Menge zu erklären. Die Geschichte war überaus kompliziert und in wenigen Worten nicht so leicht wiederzugeben. Außerdem hatten sie eine Mordsangst vor Gunvald Larsson, und es gelang ihnen, den Besuch im Polizeihaus in der Kungsholmsgatan fast zwei Stunden hinauszuschieben. Dies war ein Fehler, denn in dieser Zeit hatte Gunvald Larsson Gelegenheit, auf eigene Faust und mit Erfolg Nachforschungen anzustellen.

Schließlich standen die beiden Unglücksraben vor ihm, uniformiert, adrett und mit ihren Mützen in der Hand. Sie waren blond, breitschultrig, einssechsundachtzig lang und sahen Gunvald Larsson hölzern und mit flackernden Blicken an. Sie fragten sich, warum ausgerechnet er eine Ausnahme von der ungeschriebenen, aber goldenen Regel sein mußte, derzufolge kein Polizist einem anderen ein Bein stellt oder ihn kritisiert.

»Guten Tag«, sagte Gunvald Larsson freundlich. »Schön, daß es Ihnen möglich ist, zu kommen.«

»Guten Tag«, sagte Kristiansson zögernd.

»Hej«, sagte Kvant aufmüpfig.

Gunvald Larsson starrte ihn mit einem vernichtenden Blick an, seufzte und sagte: »Sie hatten doch den Auftrag, die Personalien der Fahrgäste dieses Busses in Haga zu prüfen, nicht wahr?«

»Ja«, erwiderte Kristiansson. Und dachte nach. Dann fügte er hinzu: »Wir kamen aber leider zu spät.«

»Wir haben es einfach nicht geschafft«, verbesserte Kvant.

»Das habe ich bereits festgestellt«, sagte Gunvald Larsson. »Ich habe mich auch davon überzeugt, daß Ihr Wagen am Karolinska vägen stand, als die Funkmeldung kam. Von dort bis zum Terminal braucht man etwa zwei Minuten, allerhöchstens drei. Was für einen Wagen fahren Sie?«

»Einen Plymouth«, antwortete Kristiansson und wand sich.

»Ein Barsch macht zwei Stundenkilometer«, sagte Gunvald Larsson. »Das ist der langsamste Fisch, den es gibt. Nichtsdestoweniger wäre es einem Barsch mühelos gelungen, diese Strecke in kürzerer Zeit zurückzulegen als Sie.« Er machte eine Pause. Dann brüllte er: »Warum, zum Teufel, sind Sie nicht rechtzeitig hingekommen?«

»Wir mußten unterwegs in einer anderen Sache einschreiten«, sagte Kvant steif.

»Einem Barsch wäre vermutlich auch eine bessere Ausrede eingefallen«, meinte Gunvald Larsson resigniert. »Nun, warum mußten Sie einschreiten und gegen wen, wenn ich mal fragen darf?«

»Wir ... wir wurden beleidigt«, sagte Kristiansson lahm.

»Es war ein Fall von Beamtenbeleidigung«, sagte Kvant kategorisch.

»Und wie kam das?«

»Ein Mann, der mit dem Fahrrad an uns vorbeifuhr, rief uns Unverschämtheiten zu.« Kvant hielt sich immer noch an den einmal angeschlagenen Ton, während Kristiansson stumm dastand und immer ängstlicher zu werden schien.

»Und das hat Sie also daran gehindert, den Auftrag durchzuführen, den man Ihnen kurz zuvor gegeben hatte?«

Kvant blieb ihm nicht die Antwort schuldig. »Der Reichspolizeichef hat neulich vor der Öffentlichkeit gesagt, daß jede Form der Beamtenbeleidigung, besonders wenn sie sich gegen Beamte in Uniform richte, unbedingt verfolgt werden müsse. Es dürfe nicht sein, daß man sich ungestraft über Polizeibeamte lustig mache.«

»Tatsächlich?« war alles, was Gunvald Larsson sagte.

Die beiden Streifenpolizisten glotzten ihn verständnislos an.

Larsson zuckte die Achseln und fuhr fort: »Die hochgestellte Person, die Sie da erwähnen, ist zwar für ihre öffentlichen Aussprüche bekannt, aber ich bezweifle, daß selbst der Polizeichef etwas dermaßen Dämliches gesagt haben kann. Na, und wie lautete die Beleidigung?«

»Bi-ba-Bullenpack«, sagte Kvant.

»Und das halten Sie für eine Beamtenbeleidigung?«

»Unbedingt«, sagte Kvant.

Gunvald Larsson sah Kristiansson, der von einem Fuß auf den anderen trat, inquisitorisch an und murmelte: »Nun, der Meinung bin ich auch.«

»Ja«, fiel Kvant ein, »das würde sogar Siv sagen . . .«

»Was ist Siv?« fragte Gunvald Larsson. »Etwa auch der Name eines Busses?«

»Siv ist meine Frau«, sagte Kvant.

Gunvald Larsson spreizte die Finger und legte die Handflächen seiner gewaltig behaarten Hände auf die Tischplatte. »Es ist also so vor sich gegangen«, sagte er. »Sie parkten mit Ihrem Wagen am Karolinska vägen, als die Funkmeldung kam. In diesem Augenblick fuhr ein Mann auf einem Fahrrad an Ihnen vorbei und rief: ›Bi-ba-Bullenpack!‹ Sie waren gezwungen, gegen diesen Mann einzuschreiten, und darum kamen Sie nicht rechtzeitig zum Terminal.«

»Genau so war's«, sagte Kvant.

»Jaa«, sagte Kristiansson.

Gunvald Larsson sah beide lange an. Schließlich sagte er mit leiser Stimme: »Und das ist die Wahrheit?«

Niemand antwortete. Kvant fing an, mißtrauisch dreinzublicken. Kristiansson fingerte nervös an seinem Pistolenhalfter herum und wischte sich mit seiner Mütze den Schweiß von der Stirn. Gunvald Larsson ließ das Schweigen auf die beiden Männer einwirken. Dann hob er plötzlich die Arme und ließ die Handflächen mit einem Knall auf die Tischplatte sausen, der das Zimmer erzittern ließ. »Schwindel!« brüllte er. »Jedes Wort ist gelogen, und das wissen Sie ganz genau. Sie hielten an einer Würstchenbude an. Einer von Ihnen stand neben dem Wagen und aß ein Würstchen. In diesem Augenblick radelte sehr richtig ein Mann an Ihnen vorbei, und jemand rief Ihnen etwas zu. Es war aber nicht der Mann, der Ihnen ›Bi-ba-Bullenpack‹ zurief, sondern sein Sohn, der auf dem Gepäckhalter in einem Kindersitz saß. Und dieser Sohn ist ganze drei Jahre alt!« Gunvald Larsson verstummte urplötzlich. Kristiansson und Kvant waren rot wie Tomaten. Schließlich faßte Kristiansson sich ein Herz und murmelte zögernd: »Wie um alles in der Welt können Sie das wissen?«

Gunvald Larsson sah einen nach dem anderen mit vernichtenden Blicken an. »Nun, wer hat das Würstchen gegessen?« fragte er.

»Ich nicht«, sagte Kristiansson.

»Du feiges, mieses Arschloch«, zischte Kvant aus dem Mundwinkel.

»Und jetzt werde ich Ihre Frage beantworten«, sagte Gunvald Larsson müde. »Ich weiß das alles, weil dieser Mann mit dem Fahrrad es sich nicht einfach gefallen ließ, von zwei uniformierten Grobianen fünfzehn Minuten lang auf offener Straße angebrüllt zu werden, nur weil sein dreijähriger Sohn etwas gesagt hatte. Dieser Mann rief bei der Polizei an und beschwerte sich, und damit hatte er verdammt recht. Nicht zuletzt, weil er sogar Zeugen hatte. Gab es übrigens auch Kartoffelbrei zum Würstchen?«

Kristiansson nickte düster. Kvant versuchte, eine letzte Verteidigungsposition einzunehmen: »Man verhört sich leicht, wenn man den Mund voll . . .«

Gunvald Larsson unterbrach ihn, indem er die rechte Hand hob. Er nahm seinen Notizblock, holte einen Bleistift aus der Jackentasche und schrieb mit großen Buchstaben: SCHERT EUCH ZUM TEUFEL!!

Er riß das Blatt ab und schob es über den Tisch. Kristiansson nahm den Zettel in die Hand, sah ihn an und wurde noch roter. Dann gab er ihn Kvant.

Kristiansson und Kvant sahen sich stumm an und gingen aus dem Zimmer.

4

Von alldem wußte Martin Beck nichts.

Er befand sich in seinem Dienstzimmer im südlichen Polizeihaus an der Västberga-Allee und beschäftigte sich mit ganz anderen Problemen. Er hatte seinen Stuhl zurückgeschoben, die Beine ausgestreckt und die Füße auf eine herausgezogene Schublade seines Aktenschranks gelegt. Er kaute auf dem Pappmundstück einer frisch angezündeten Florida herum, hatte die Hände in den Hosentaschen unb blinzelte aus dem Fenster. Er dachte nach.

Weil er Kommissar bei der Reichsmordkommission war, hätte man vermuten können, er beschäftige sich etwa mit dem im Süden Stockholms mit einer Axt begangenen Mord, der nach einer Woche noch immer nicht aufgeklärt war. Oder mit der unidentifizierten Frauenleiche, die man aus dem Riddarfjärden gefischt hatte. Dem war jedoch nicht so. Er grübelte darüber nach, was er für die Einladung zum Essen heute abend noch einkaufen mußte.

Ende Mai hatte Martin Beck eine Zweizimmerwohnung in der Köpmangatan bekommen und war von zu Hause weggezogen. Er und Inga waren achtzehn Jahre verheiratet, aber ihre Ehe war schon seit langem keine Ehe mehr, und als ihre Tochter Ingrid im Januar mit Sack und Pack auszog, um mit ihrer Freundin zusammenzuziehen, hatte er zum erstenmal mit seiner Frau über eine Trennung gesprochen. Anfänglich hatte sie noch heftig protestiert, aber als er seinen Mietvertrag unter Dach und Fach hatte und sie vor vollendete Tatsachen stellte, akzeptierte sie seinen Entschluß. Martin Beck ahnte, daß sie im Grunde sehr zufrieden damit war, künftig mit ihrem Lieblingskind Rolf allein zu sein. Der Sohn war erst vierzehn.

Die neue Wohnung war gemütlich und hatte die richtige Größe, und nachdem Beck erst einmal Ordnung in die Dinge gebracht hatte, die er aus Ingas und seiner Wohnung in dem trostlosen Vorort Bagarmossen mitgenommen und einige Neuanschaffungen gemacht hatte, war ihm in einem Anfall von Übermut die Idee gekommen, seine drei besten Freunde zum Essen einzuladen. Angesichts der Tatsache, daß seine Kochkünste sich auf das Kochen von Eiern und Tee beschränkten, erschien ihm jetzt die Einladung als reichlich leichtsinnig. Er versuchte sich zu erinnern, was Inga bei solchen Anlässen auf den Tisch brachte, aber es tauchten nur verschwommene Bilder von üppigen Tafeln auf, deren Zubereitung und Bestandteile ihm böhmische Dörfer waren. Martin Beck steckte sich eine neue Zigarette an und dachte verwirrt an Seezunge Walewska und Kalbsfilet Oscar. Von Cœur de Filet Provençale gar nicht zu reden. Es gab noch etwas zu bedenken, was er bei seiner unüberlegten Einladung bedauerlicherweise nicht bedacht hatte. Er hatte noch nie drei Menschen mit einem derart ungeheuren Appetit gesehen wie seine heutigen Gäste.

Lennart Kollberg, sein Freund und engster Mitarbeiter, war sowohl Gourmet wie Gourmand. Das hatte Beck feststellen können, als er sich einige Male in die Kantine gewagt hatte. Schon Kollbergs Leibesfülle deutete auf ein starkes Interesse für Tafelfreuden hin. Von dieser Neigung hatte ihn nicht einmal ein häßlicher Messerstich in den Bauch heilen können, den er etwa ein Jahr zuvor erhalten hatte. Gun Kollberg besaß zwar nicht die Leibesfülle ihres Mannes, aber ihr Appetit war genauso groß. Und Åsa Torell, die neuerdings seine Kollegin war, seitdem sie nach Absolvierung der Polizeischule dem Sittlichkeitsdezernat zugeteilt worden war, konnte man nur als weiblichen Gargantua bezeichnen.

Beck erinnerte sich noch sehr gut an die kleine, magere und spillerige Person vor eineinhalb Jahren, die damals ihren Mann verlor, Martin Becks jüngsten Kriminalassistenten, der in einem Stockholmer Bus von einem Massenmörder erschossen worden war. Jetzt war sie über das Schlimmste hinweg, hatte ihren Appetit wieder und war sogar etwas runder geworden. Sie mußte einen fabelhaften Stoffwechsel haben.

Martin Beck erwog, Åsa zu bitten, etwas früher zu kommen, damit sie ihm helfen konnte, verwarf den Gedanken aber gleich wieder. Eine fleischige Faust donnerte an die Tür, die sich unmittelbar darauf öffnete, und Kollberg betrat das Zimmer. »Worüber denkst du denn nach?« fragte er und ließ sich in den Besuchersessel fallen, der unter seinem Gewicht bedenklich knackte. Niemand konnte ahnen, daß Kollberg mehr Tricks kannte und in der Kriminaltechnik besser Bescheid wußte als irgend jemand sonst im Polizeikorps.

Martin Beck nahm die Füße aus der Schublade und schob seinen Stuhl näher an den Schreibtisch. Er drückte sorgfältig die Zigarette aus, bevor er antwortete. »An diesen Mord in Hjorthagen«, log er. »Ist etwas Neues herausgekommen?«

»Hast du den Obduktionsbefund gesehen? Da steht, daß der Bursche schon nach dem ersten Axthieb tot war. Er hatte eine ungewöhnlich dünne Schädeldecke.«

»Ja, ich habe ihn gelesen«, sagte Martin Beck.

»Wir müssen mal sehen, wann wir mit seiner Frau reden können«, sagte Kollberg. »Den Nachrichten aus dem Krankenhaus zufolge soll sie noch immer unter schwerer Schockeinwirkung stehen. Vielleicht hat sie ihn sogar selbst umgebracht, wer weiß.« Er stand auf und ging ans Fenster, um es zu öffnen.

»Mach das Fenster wieder zu«, sagte Martin Beck.

Kollberg schloß das Fenster. »Wie hältst du das nur aus?« sagte er klagend. »Hier ist es ja heiß wie in einem Backofen.«

»Ich laß mich lieber braten als vergiften«, sagte Martin Beck philosophisch. Das südliche Polizeihaus lag direkt an der neuen Essingen-Schnellstraße, und wenn der Verkehr, wie jetzt zu Beginn der Ferienzeit, besonders stark war, konnte man deutlich riechen, wie abgasgeschwängert die Luft war.

»Wie du willst«, sagte Kollberg und schlurfte zur Tür. »Versuche jedenfalls, bis heute abend zu überleben. Du sagtest doch sieben?«

»Sieben Uhr, ja«, sagte Martin Beck.

»Ich habe schon jetzt Hunger«, sagte Kollberg herausfordernd.

»Wird mir eine Freude sein«, meinte Martin Beck, aber da hatte die Tür sich schon hinter Kollberg geschlossen. Kurz darauf begann das Telefon zu klingeln; es kamen Leute, die Papiere unterschrieben haben wollten, die Bericht erstatteten oder Fragen beantwortet haben wollten, und Beck mußte alle Gedanken an den abendlichen Speisezettel vorerst zurückstellen.

Viertel vor vier verließ er das Polizeihaus und nahm die U-Bahn nach Hötorgshallen. Dort kaufte er so ausgiebig ein, daß er schließlich ein Taxi nach Gamla Stan nehmen mußte, um mit seinen Vorbereitungen noch rechtzeitig fertig zu werden.

Um fünf vor sieben hatte er den Tisch gedeckt und blickte auf sein Werk: Matjeshering auf Dill mit saurer Sahne und Schnittlauch. Eine Schale Muränenrogen mit einem Kranz aus feingehackten Zwiebeln, Dill und Zitronenscheiben. Geräucherter Lachs in dünnen Scheiben auf zarten Salatblättern. Hartgekochte Eier in Scheiben. Bückling. Geräucherte Scholle. Ungarische Salami, polnische Wurst, finnische Wurst und Leberwurst aus Schonen. Eine große Schale Salat mit Massen frischer Krabben. Auf diesen Salat war er besonders stolz, weil er ihn selbst zubereitet hatte und weil er zu seinem großen Erstaunen ausgezeichnet schmeckte. Sechs verschiedene Sorten Käse auf einem Holzbrett. Radieschen und Oliven. Pumpernickel, ungarisches Landbrot und eine knusprige, leicht angewärmte Baguette. Landbutter in einem hölzernen Butterfäßchen. Die jungen Kartoffeln kochten auf dem Herd still vor sich hin, und aus dem Topf stieg Dillduft auf. Im Kühlschrank lagen vier Flaschen Piesporter Falkenberg, Dosen mit Carlsberg Hof und im Gefrierfach eine Flasche Løjtens-Akvavit.

Martin Beck fühlte sich sehr zufrieden mit dem Ergebnis seiner Mühen. Jetzt fehlten nur noch die Gäste.

Åsa Torell kam als erste. Martin Beck mixte zwei Campari mit Soda, und mit dem Drink in der Hand machte Åsa einen Rundgang durch die Wohnung, die aus Schlafzimmer, Wohnzimmer, Küche, Bad und Flur bestand. Die Zimmer waren klein, dafür aber leicht zu pflegen und gemütlich. »Ich brauche dich wohl kaum noch zu fragen, ob du dich hier wohl fühlst«, sagte Åsa Torell.

»Wie die meisten gebürtigen Stockholmer habe ich schon immer davon geträumt, eine Wohnung in Gamla Stan zu haben«, sagte Martin Beck. »Außerdem ist es schön, sein eigener Herr zu sein.«

Åsa nickte. Sie lehnte mit gekreuzten Beinen am Fensterbrett und hielt ihr Glas mit beiden Händen. Sie war klein, zart gebaut, hatte große braune Augen, dunkles, kurzgeschnittenes Haar. Ihr Teint war sonnengebräunt, und sie sah gesund, ruhig und entspannt aus. Es machte Martin Beck froh, sie so zu sehen, denn sie hatte lange gebraucht, um über Åke Stenströms Tod hinwegzukommen.

»Und wie geht es dir selbst?« fragte er. »Du bist ja auch erst vor kurzer Zeit umgezogen.«

»Besuch mich doch mal, dann kannst du sehen, wie ich hause«, sagte Åsa. Nach Stenströms Tod hatte sie eine Zeitlang bei Gun und Lennart Kollberg gewohnt, und weil sie nicht mehr in die Wohnung zurückkehren wollte, in der sie mit ihrem Mann gewohnt hatte, hatte sie sich eine Einzimmerwohnung am Kungsholmsstrand besorgt. Sie hatte auch ihre Arbeit in einem Reisebüro aufgegeben und auf der Polizeischule angefangen.

Das Essen war sehr gelungen. Obwohl Martin Beck selbst nicht viel aß, was er selten, um nicht zu sagen nie, tat, fanden die Leckereien dankbare Abnehmer. Beck fragte sich schon ängstlich, ob er zu knapp eingekauft hatte, aber als seine Gäste aufstanden, schienen sie satt und zufrieden zu sein. Kollberg knöpfte diskret den obersten Hosenknopf auf. Åsa und Gun wollten lieber Bier und Schnaps als Wein trinken, und als die Mahlzeit beendet war, war auch die Løjtens-Flasche leer.

Martin Beck servierte Cognac zum Kaffee, hob sein Glas und sagte: »Jetzt wollen wir zusehen, daß wir morgen alle einen ordentlichen Kater kriegen, wo wir morgen ausnahmsweise alle einmal einen freien Tag haben.«

»Ich habe keinen freien Tag«, sagte Gun. »Um fünf kommt Bodil an, hopst mir auf dem Bauch herum und will Frühstück haben.« Bodil war ihre und Lennarts fast zwei Jahre alte Tochter.

»Denk nicht dran«, sagte Kollberg. »Morgen früh kümmere ich mich um sie, ob ich nun einen Kater habe oder nicht. Und rede ja nicht vom Dienst. Wenn es mir gelungen wäre, einen anständigen Job zu kriegen, hätte ich schon im letzten Jahr nach dieser bösen Geschichte bei der Polizei aufgehört.«

»Wir wollen aber jetzt nicht davon reden«, sagte Martin Beck.

»Das sagt sich so leicht«, sagte Kollberg. »Früher oder später wird der gesamte Polizeiapparat zusammenbrechen. Denk nur an diese armen Tölpel vom Lande, die in ihren Uniformen herumlaufen und gar nicht wissen, was sie mit sich anfangen sollen. Und dann diese Führung.«

»Ja, ja«, sagte Martin Beck ablenkend und griff nach dem Cognac. Auch er war sehr beunruhigt, vor allem wegen der Politisierung und Zentralisierung, die nach der jüngsten Reorganisation eingetreten waren. Daß die Qualität der Streifenbeamten immer mehr nachließ, machte die Sache nicht besser. Aber dies war sicher nicht der richtige Anlaß, diese Dinge zu erörtern. »Ja, ja«, wiederholte er melancholisch und hob sein Glas.

Nach dem Kaffee wollten Åsa und Gun abwaschen, und als Martin Beck protestierte, erklärten sie, daß sie es liebten abzuwaschen, nur nicht zu Hause bei sich selbst. Er ließ sie gewähren und holte Whisky und Wasser.

Das Telefon klingelte. Kollberg sah auf die Uhr. »Viertel nach zehn«, sagte er. »Ich fresse einen Besen, wenn das nicht Malm ist, der dir sagt, daß wir morgen arbeiten müssen. Ich bin aber nicht da.«

Malm war der neue Polizeiintendent, der Nachfolger Hammars, ihres früheren Chefs, der vor kurzem in Pension gegangen war. Malm war von nirgendwoher, das heißt von der Reichspolizeiführung gekommen, und seine Verdienste schienen rein politischer Natur zu sein. Seine Berufung war nicht sehr einleuchtend.

Martin Beck hob den Hörer ab. Dann schnitt er eine vielsagende Grimasse. Es war nicht Malm, sondern der Reichspolizei-Chef, der mit schnarrender Stimme sagte: »Es ist etwas geschehen, was mich leider veranlaßt, dich zu bitten, morgen früh nach Malmö zu reisen.« Dann fügte er etwas zu spät hinzu: »Entschuldige bitte die Störung.«

Martin Beck gab darauf keine Antwort, sondern sagte: »Nach Malmö? Was ist denn passiert?«

Kollberg, der sich gerade einen Whisky einschenkte, hob den Blick und schüttelte den Kopf. Martin Beck nickte ihm gottergeben zu und zeigte auf sein Glas.

»Ist dir Viktor Palmgren ein Begriff?« fragte der Reichspolizei-Chef.

»Der Direktor? Der Bonze?«

»Genau der.«

»Ja, natürlich kenne ich den, aber ich weiß von ihm eigentlich nur, daß er eine Menge Unternehmen besitzt und steinreich ist. Noch etwas: Ich glaube, er hat eine junge schöne Frau, die mal Mannequin war oder so etwas. Was ist mit ihm?«

»Er ist tot. Er ist heute abend in der Neurochirurgie in Lund gestorben, nachdem ihm ein noch unbekannter Mann im Restaurant des *Savoy* in Malmö eine Kugel in den Kopf geschossen hat. Das ist gestern abend passiert. Habt ihr keine Zeitung draußen in Västberga?«

Martin Beck enthielt sich wiederum einer Antwort. Statt dessen sagte er: »Können die in Malmö nicht selbst damit fertig werden?« Er nahm das Whiskyglas, das Kollberg ihm hinhielt, und trank einen Schluck. »Ist denn Per Månsson nicht im Dienst?« fuhr er fort. »Er sollte doch wirklich in der Lage sein, selbst . . .«

Der Reichspolizei-Chef unterbrach ihn ungeduldig. »Ja, ja, Månsson ist schon im Dienst, aber ich möchte, daß du nach Malmö fährst und ihm hilfst oder vielmehr die Sache in die Hand nimmst. Und ich möchte auch, daß du so schnell wie möglich hinfährst.«

Na prost Mahlzeit, dachte Martin Beck. Es ging zwar noch eine Maschine um Viertel vor eins in der Nacht, aber er hatte nicht die Absicht, sich an Bord dieser Maschine zu befinden.

»Ich möchte, daß du gleich morgen früh losfährst«, sagte der Reichspolizei-Chef. Er hatte offensichtlich nicht den Flugplan im Kopf. »Diese Angelegenheit ist äußerst delikat und wird auch nicht leicht aufzuklären sein, aber wir müssen es so schnell wie möglich schaffen.«

Es wurde eine Weile still in der Leitung. Martin Beck nippte an seinem Glas und wartete. Schließlich fuhr der andere fort: »Es besteht auch höheren Orts der Wunsch, daß du die Sache verantwortlich übernimmst.«

Martin Beck hob die Augenbrauen und begegnete Kollbergs fragendem Blick. »War dieser Palmgren denn wirklich ein so wichtiges Tier?« fragte Beck.

»Es hat ganz den Anschein. Es liegen große Interessen in einigen Bereichen seiner Tätigkeit.«

Kannst du nicht das Drumherumreden lassen und endlich im Klartext reden? dachte Martin Beck. Welche Interessen und welche Bereiche welcher Tätigkeit? Hier galt es offenbar, sich kryptisch auszudrücken. »Ich habe leider keine klare Vorstellung davon, welcher Tätigkeit Palmgren sich widmete«, sagte er.

»Das wirst du nach und nach erfahren«, sagte der Reichspolizei-Chef. »Jetzt ist erst einmal wichtig, daß du so schnell wie möglich nach Malmö kommst. Ich habe schon mit Malm gesprochen, und er ist bereit, dich freizugeben. Wir müssen alles daransetzen, den Täter zu bekommen. Und sei vorsichtig, wenn du mit der Presse sprichst. Es wird noch viel über diese Sache geschrieben werden, wie du dir denken kannst. Nun, wann kannst du fahren?«

»Ich glaube, es geht eine Maschine um neun Uhr fünfzig morgen früh.«

»Schön. Nimm die«, sagte der Reichspolizei-Chef und legte auf.

5

Viktor Palmgren starb drei Minuten nach halb acht am Donnerstag abend. Noch eine halbe Stunde bevor sein Tod offiziell festgestellt wurde, hatten die Ärzte, die sich um seine Wiederherstellung bemühten, gesagt, daß er eine kräftige Konstitution habe und der berühmte »Allgemeinzustand« gar nicht schlecht sei.

Das einzige, was mit ihm nicht in Ordnung war, war die Tatsache, daß er eine Kugel im Kopf hatte.

Im Augenblick seines Todes waren außer seiner Frau zwei Gehirnchirurgen, zwei Krankenschwestern und ein Erster Kriminalassistent von der Polizei in Lund anwesend.

Man war sich einig geworden, daß eine Operation zu riskant sein würde, und das schien sogar einem Laien recht einleuchtend zu sein. Denn als Tatsache stand immerhin fest, daß Palmgren zwischenzeitlich bei Bewußtsein und einmal sogar so klar gewesen war, daß man sich mit ihm hatte verständigen können. Der in die Klinik beorderte Kriminalbeamte, der sich zu dieser Zeit mehr tot als lebendig gefühlt hatte, hatte ein paar Fragen an ihn gerichtet: »Haben Sie den Mann gesehen, der auf Sie geschossen hat?« Und: »Haben Sie ihn erkannt?«

Die Antworten waren eindeutig gewesen, ein Ja auf die erste und ein Nein auf die zweite Frage. Palmgren hatte seinen Attentäter zwar gesehen, aber zum ersten- und letztenmal in seinem Leben.

Dies machte den Fall nicht verständlicher, und in Malmö legte Månsson das Gesicht in schwere, bedeutsame Falten und sehnte sich intensiv nach einem Bett oder zumindest nach einem sauberen Hemd.

Der Tag war unerträglich heiß, und das Polizeihaus besaß nichts, was einer Klimaanlage auch nur entfernt ähnelte.

Die einzige klitzekleine Spur, die er gehabt hatte, war durch schiere Dummheit verspielt worden. Oh, diese Stockholmer, dachte Månsson. Er sagte es aber nicht – aus Rücksicht auf Skacke, der eine empfindliche Natur war.

Wieviel mochte diese Spur übrigens wert gewesen sein? Er wußte es nicht. Vielleicht gar nichts.

Aber dennoch. Die dänische Polizei hatte die Besatzung des Tragflächenbootes *Springeren* verhört, und einer der Stewardessen an Bord war während der Neunuhrfahrt von Malmö nach Kopenhagen ein Mann aufgefallen, hauptsächlich deshalb, weil dieser darauf bestanden hatte, während des ersten Teils der fünfunddreißig Minuten währenden Überfahrt oben auf dem Achterdeck zu bleiben. Sein Aussehen, das heißt vor allem seine Kleidung, stimmte einigermaßen mit der mageren Personenbeschreibung überein.

Hier schien es tatsächlich etwas zu geben, was wirklich stimmte.

Man bleibt nämlich auf diesen sogenannten Flugbooten nicht oben an Deck stehen, die in mancherlei Hinsicht eher an Flugzeuge denn an Schiffe erinnern. Es ist sogar fraglich, ob es überhaupt erlaubt ist, während der Überfahrt oben an der frischen Luft zu bleiben. Allmählich hatte aber auch dieser Mann sich bequemt, hinunterzukommen, und sich dann in einen Sessel gesetzt. Er hatte weder zollfreie Schokolade, weder Schnaps noch Zigaretten gekauft und folglich auch nichts Geschriebenes hinterlassen. Wenn man etwas kaufen will, muß man nämlich eine gedruckte Bestelliste ausfüllen.

Warum hatte dieser Mann versucht, sich so lange wie möglich an Deck aufzuhalten? Vielleicht, um Gelegenheit zu haben, etwas ins Wasser zu werfen. Sollte diese Annahme zutreffen: was?

Die Waffe.

Wenn es sich überhaupt um den Täter gehandelt und dieser den Wunsch gehabt hatte, die Tatwaffe loszuwerden. Genausogut war aber denkbar, daß dieser Mann nur nicht hatte seekrank werden wollen und es aus diesem Grund vorgezogen hatte, an der frischen Luft zu bleiben.

»Wenn, wenn, aber, aber«, murmelte Månsson vor sich hin und zerbiß seinen letzten Zahnstocher.

Es war ein abscheulicher Tag. Erstens die Hitze, die fast unerträglich war, wenn man sich gezwungen sah, so einen Tag drinnen zu verbringen, hinter Fenstern, die einen der glühenden Nachmittagssonne nahezu schutzlos aussetzten. Zweitens dieses untätige Warten. Das Warten auf Bescheid, das Warten auf Zeugen, die es geben mußte, die aber nichts von sich hören ließen.

Die Untersuchung des Tatorts kam nur schleppend voran. Man fand Hunderte von Fingerabdrücken, aber es gab nicht den geringsten Anlaß, anzunehmen, daß irgendeiner von dem Mann stammte, der Viktor Palmgren erschossen hatte. Die größten Hoffnungen wurden noch in das Fenster gesetzt, aber die wenigen Abdrücke auf dem Glas waren zu verwischt, um sichergestellt werden zu können.

Backlund irritierte am meisten, daß es nicht gelang, die Patronenhülse zu finden. Er rief deshalb mehrmals an. »Ich begreife einfach nicht, wohin das Ding verschwunden sein kann«, sagte er gereizt.

Månsson fand die Antwort auf diese Frage so einfach, daß sogar Backlund sie finden sollte. Darum sagte er mit milder Ironie: »Laß von dir hören, wenn du irgendeine Theorie hast.«

Fußabdrücke waren ebenfalls nicht zu finden, was nicht weiter verwunderlich war, weil so viele Menschen im Restaurant herumgetrampelt waren, und überdies ist es auf dickem Teppichboden fast unmöglich, brauchbare Abdrücke zu finden. Vor dem Fenster war der Täter in einen Blumenkasten gesprungen – zum großen Schaden der Blumen, aber leider auch nicht zum Nutzen der Kriminaltechniker –, bevor er auf dem Bürgersteig weggelaufen war.

»Dieses Essen«, sagte Skacke.

»Ja, was ist damit?«

»Es scheint eher ein Geschäftsessen als eine private Zusammenkunft gewesen zu sein.«

»Möglich«, sagte Månsson. »Hast du die Liste der Teilnehmer?«

»Natürlich.«

Sie gingen die Liste gemeinsam durch.

Viktor Palmgren, Direktor, Malmö, 56
Charlotte Palmgren, Hausfrau, Malmö, 32
Hampus Broberg, Abteilungsleiter, Stockholm, 43
Helena Hansson, Chefsekretärin, Stockholm, 26
Ole Hoff-Jensen, Abteilungsleiter, Kopenhagen, 48
Birthe Hoff-Jensen, Hausfrau, Kopenhagen, 43
Mats Linder, Direktionsassistent, Malmö, 30

»Die arbeiten natürlich alle für den Palmgren-Konzern«, sagte Månsson.

»Es scheint so«, meinte Skacke. »Wir müssen sie aber noch einmal gründlich vernehmen.«

Månsson seufzte und dachte an die geographische Verteilung dieser Menschen. Das Ehepaar Jensen war schon am vorhergehenden Abend nach Kopenhagen zurückgekehrt. Hampus Broberg und Helena Hansson hatten die Morgenmaschine nach Stockholm genommen, und Charlotte Palmgren befand sich am Krankenbett ihres Mannes in Lund. In Malmö war nur noch Mats Linder. Und dessen konnte man auch nicht einmal sicher sein. Er war der engste Mitarbeiter Palmgrens und viel auf Reisen.

So schienen die traurigen Ereignisse des Tages in der Nachricht vom Tode Palmgrens zu gipfeln, die sie um Viertel vor acht erreichte.

Es sollte aber schlimmer kommen. Um halb elf saßen sie noch im Polizeihaus und tranken hohläugig und todmüde Kaffee, als das Telefon klingelte. Månsson nahm den Hörer ab. »Ja, hier Kriminalinspektor Månsson.« Und kurz darauf: »Ja, ich verstehe.« Er wiederholte das dreimal, bevor er »Auf Wiederhören« sagte und auflegte. Er sah Skacke an und sagte: »Dieser Fall ist nicht mehr unser Fall. Sie schicken einen Mann von der Reichsmordkommission her.«

»Doch nicht Kollberg?« fragte Skacke unruhig.

»Nein, es ist Beck höchstpersönlich. Er kommt morgen vormittag her.«

»Und was machen wir jetzt?«

»Jetzt gehen wir nach Hause und legen uns schlafen«, entschied Månsson und erhob sich.

6

Martin Beck fühlte sich alles andere als wohl, als die Maschine aus Stockholm in Bulltofta landete.

Er hatte schon immer eine heftige Abneigung gegen das Fliegen gehabt, aber dieser Flug war besonders unangenehm gewesen, da er an diesem Freitagvormittag noch unter den Folgen des Festessens vom Vortag zu leiden hatte.

Als er aus der relativen Kühle der Kabine ins Freie trat, schlug ihm die heiße, stehende Luft entgegen, und er fing schon auf der Gangway an zu schwitzen. Als er auf die Ankunftshalle zuging, fühlte sich der Asphalt unter den Schuhsohlen weich an.

Die Luft im Taxi war wie in einer Sauna, trotz der heruntergekurbelten Fenster, und der Kunststoffbezug der Rücklehne brannte glühendheiß durch den dünnen Hemdenstoff. Beck wußte, daß Månsson im Polizeihaus auf ihn wartete, entschloß sich aber, zuerst ins Hotel zu fahren, um zu duschen und sich umzuziehen. Diesmal hatte er nicht wie sonst immer im *St. Jörgen* ein Zimmer bestellt, sondern im *Savoy.*

Der Portier begrüßte ihn so überschwenglich und herzlich, daß Martin Beck einen Augenblick den Verdacht hegte, er verwechsle ihn mit irgendeinem lange vermißten Hotelgast von Bedeutung.

Das Zimmer war luftig und kühl und ging nach Norden. Von den Fenstern aus konnte Beck den Kanal und den Hauptbahnhof sehen; hinter den Hafenbecken und der Kockums-Werft entdeckte er einen weißen Hovercraft, der gerade in dem taubenblauen Dunst in Richtung Kopenhagen verschwand.

Martin Beck zog sich aus und spazierte nackt durchs Zimmer, während er seine Reisetasche auspackte. Dann ging er ins Bad und stellte sich unter die Dusche. Anschließend zog er frische Unterwäsche und ein neues Hemd an, und als er mit dem Ankleiden fertig war, sah er, daß die Bahnhofsuhr genau zwölf zeigte. Er nahm ein Taxi zum Polizeihaus und begab sich sofort zu Månssons Zimmer.

Dieser hatte die Fenster zum Hof weit geöffnet. Der Hof lag um diese Tageszeit tief im Schatten. Månsson saß in Hemdsärmeln am Schreibtisch und trank Bier, während er in einem Stapel von Papieren blätterte.

Nachdem sie sich begrüßt hatten und Martin Beck sein Jackett über eine Stuhllehne gehängt, es sich im Besuchersessel bequem gemacht und eine Florida angesteckt hatte, reichte Månsson ihm die Papiere.

»Zunächst kannst du dir ja mal diesen Bericht ansehen. Du wirst sehen, daß die Geschichte von Anfang an miserabel gehandhabt worden ist.«

Martin Beck las die Papiere sorgfältig durch und richtete von Zeit zu Zeit eine Frage an Månsson, der den Bericht um Details ergänzte, die nicht vermerkt waren. Månsson gab auch eine von Rönn etwas frisierte Version des Einsatzes von Kristiansson und Kvant am Karolinska vägen wieder. Gunvald Larsson hatte sich geweigert, sich mit dieser Affäre weiter zu befassen.

Als Martin Beck zu Ende gelesen hatte, legte er die Kopien des Berichts vor sich auf den Tisch und sagte: »Wir müssen uns zunächst offensichtlich darauf konzentrieren, die Zeugen eingehend zu vernehmen. Dieser Bericht sieht nicht gerade vielversprechend aus. Was soll übrigens diese merkwürdige Aufstellung?« Er zog ein Blatt aus dem Stapel heraus und las vor: »›Die Abweichung verschiedener am Tatort befindlicher Uhren von der genauen Zeit ...‹ Hat das irgend etwas zu bedeuten?«

Månsson zuckte die Achseln. »Das stammt von Backlund«, sagte er. »Du kennst doch Backlund?«

»Ach so, der. Ich verstehe«, sagte Martin Beck. Er hatte Backlund kennengelernt. Einmal. Vor mehreren Jahren. Das genügte.

Ein Wagen fuhr auf den Hof und hielt unterhalb des Fensters. Man hörte, wie Wagentüren zugeschlagen wurden, laufende Schritte und laute Stimmen, die etwas auf deutsch riefen.

Månsson stand behäbig auf und sah hinaus.

»Die haben offenbar wieder eine kleine Razzia auf dem Gustav Adolfstorg gemacht«, sagte er. »Oder unten bei den Schiffen. Da unten haben wir die Überwachung verschärft, aber meistens erwischen wir nur Jugendliche, die etwas Hasch für den Eigenbedarf bei sich haben. Die großen Mengen und die wirklich gefährlichen Dealer erwischen wir nur selten.«

»Bei uns ist das genauso.«

Månsson schloß das Fenster und setzte sich wieder.

»Wie geht es Skacke?« fragte Martin Beck.

»Gut«, erwiderte Månsson. »Er ist ein ehrgeiziger Knabe. Sitzt abends zu Hause und büffelt. Bei der Arbeit ist er auch recht tüchtig, sehr sorgfältig. Er macht nichts Übereiltes. Er hat damals eine Lektion bekommen und paßt heute besser auf. Er war übrigens sehr erleichtert, daß du gekommen bist und nicht Kollberg.«

Vor weniger als einem Jahr war Benny Skacke die mehr oder weniger direkte Ursache dafür gewesen, daß Kollberg einen Messerstich in den Bauch bekam, und zwar von einem Mann, den sie beide auf dem Flughafen von Arlanda verhaften sollten.

»Wie ich höre, ist er auch eine willkommene Verstärkung für die Fußballmannschaft«, fuhr Månsson fort.

»Aha«, sagte Martin Beck ohne Begeisterung. »Womit beschäftigt er sich denn im Augenblick?«

»Er versucht diesen Mann aufzutreiben, der einige Tische von der Palmgrenschen Gesellschaft entfernt allein zu Abend gegessen hat. Er heißt Edvardsson und ist Korrektor bei *Arbetet.* Am Mittwoch war er zu blau, um verhört werden zu können, und gestern konnten wir ihn nicht erreichen. Er lag sicher mit einem Kater im Bett und zog es vor, nicht zu öffnen.«

»Wenn er betrunken war, als Palmgren erschossen wurde, dürfte er kein sonderlich brauchbarer Zeuge sein«, bemerkte Martin Beck. »Wann können wir übrigens Palmgrens Frau hören?«

Månsson nahm einen Schluck Bier und wischte sich den Mund mit dem Handrücken ab. »Heute nachmittag, hoffe ich. Oder morgen. Willst du sie übernehmen?«

»Das machst du vielleicht besser selbst. Du wirst auch Palmgren besser gekannt haben als ich.«

»Das glaube ich zwar nicht«, sagte Månsson, »aber okay, du bist derjenige, der jetzt zu sagen hat. Du kannst ja mit Edvardsson sprechen, falls Skacke ihn zu fassen kriegt. Ich habe nämlich das dunkle Gefühl, daß er bislang trotz allem der wichtigste Zeuge ist. Übrigens, willst du ein Bier? Es ist leider nur lauwarm.«

Martin Beck schüttelte den Kopf. Er hatte zwar unglaublichen Durst, aber lauwarmes Bier war nicht das, wovon er jetzt träumte. »Komm lieber mit in die Kantine und trink ein Mineralwasser«, schlug er vor.

Sie tranken ihr Ramlösa-Wasser im Stehen am Tresen und kehrten anschließend in Månssons Zimmer zurück. Im Besuchersessel saß Benny Skacke und las in einem Notizblock. Er erhob sich schnell, als Beck und Månsson eintraten. Er und Martin Beck gaben sich die Hand.

»Na, hast du Edvardsson angetroffen?« fragte Månsson.

»Ja, endlich. Er ist im Augenblick in der Zeitung, will aber um drei bei sich zu Hause sein«, sagte Skacke. Er blickte auf seinen Notizblock. »Kamrergatan 2.«

»Ruf an und sag ihm, daß ich um drei bei ihm bin«, sagte Martin Beck.

Das Haus Kamrergatan 2 schien das erste fertige Gebäude einer Reihe von Neubauten zu sein. Auf der anderen Straßenseite waren die alten, niedrigen Häuser schon geräumt; sie würden wohl bald den Schaufelbaggern zum Opfer fallen, um neuen und größeren Mietskasernen Platz zu machen.

Edvardsson wohnte im obersten Stockwerk und öffnete sofort, als Martin Beck klingelte. Er war ein Mann in den Fünfzigern, hatte ein intelligentes Gesicht mit einer markanten Nase und tiefe Falten um den Mund. Er blinzelte Martin Beck prüfend an. »Kommissar Beck? Bitte treten Sie ein.

Er ging ins Wohnzimmer voraus, das spärlich möbliert war. Die Wände waren voller Bücherregale, und auf dem Arbeitstisch am Fenster stand eine Schreibmaschine, in die ein halb beschriebenes Blatt eingespannt war.

Edvardsson nahm einen Haufen Zeitungen aus dem einzigen Sessel. »Setzen Sie sich doch. Ich hole Ihnen was zu trinken. Ich habe kaltes Bier im Kühlschrank.«

»Ein Bier kann nicht schaden«, meinte Martin Beck.

Der Mann ging hinaus in die Kochnische und kehrte mit Gläsern und zwei Flaschen Bier zurück. »Becks Bier«, sagte er. »Das paßt ja ganz gut.«

Nachdem er Beck und sich eingeschenkt hatte, setzte er sich aufs Sofa und legte einen Arm über die Rückenlehne.

Martin Beck nahm einen tiefen Schluck. Das Bier war schön kalt und tat gut bei der drückenden Hitze. Dann begann er: »Nun, Sie wissen ja, worum es geht.«

Edvardsson nickte und zündete sich eine Zigarette an. »Palmgren, ja. Ich kann nicht direkt behaupten, daß ich um ihn weine.«

»Haben Sie ihn gekannt?« erkundigte sich Martin Beck.

»Persönlich? Nein, das nicht. Aber man konnte ja nicht umhin, in allen möglichen Zusammenhängen auf seinen Namen zu stoßen. Auf mich machte er immer einen recht unsympathischen Eindruck. Menschen seines Schlages habe ich noch nie leiden können.«

»Was soll das heißen? Seines Schlages?«

»Menschen, für die Geld alles bedeutet und die keine Mittel scheuen, um es sich zu verschaffen.«

»Ich würde später gern noch mehr über Palmgren hören, falls Sie Lust haben, mir mehr über ihn zu erzählen, aber zunächst möchte ich etwas anderes wissen. Haben Sie den Mann gesehen, der ihn erschossen hat?«

Edvardsson strich sich übers Haar, das schon graue Strähnen zeigte und sich über der Stirn wellte. »Ich fürchte, ich bin da keine große Hilfe. Ich saß an meinem Tisch und las und reagierte eigentlich erst, als der Kerl schon halb aus dem Fenster war. Meine Aufmerksamkeit richtete sich in erster Linie auf Palmgren; den Mann, der gerade geschossen hatte, habe ich mehr aus den Augenwinkeln gesehen. Er verschwand schnell, und als ich endlich zum Fenster sah, war er nicht mehr zu sehen.«

Martin Beck holte eine zerknüllte Packung Florida aus der Tasche und steckte sich eine Zigarette an. »Haben Sie denn gar keinen Eindruck von diesem Mann?« fragte er.

»Ich glaube mich zu erinnern, daß er dunkel gekleidet war. Vermutlich trug er einen Sakko und eine passende Hose. Ich glaube, er war nicht mehr ganz jung. Aber das ist nicht mehr als ein Eindruck. Er kann dreißig, vierzig oder fünfzig sein, aber nicht jünger oder älter.«

»Hatte diese Palmgrensche Gesellschaft schon Platz genommen, als Sie ins Restaurant kamen?«

»Nein«, sagte Edvardsson. »Ich hatte schon gegessen und einen Whisky serviert bekommen, als sie hereinkamen. Ich wohne allein hier und gehe ganz gern mal aus, um gut zu essen und ein Buch zu lesen, und dabei passiert es, daß ich ziemlich lange in einem Lokal sitzen bleibe.« Nach einer kleinen Pause fügte er hinzu: »Obwohl das natürlich verdammt teuer wird.«

»Haben Sie außer Palmgren sonst noch jemanden erkannt?«

»Ja, seine Frau und diesen jungen Mann, der Palmgrens rechte Hand sein ... gewesen sein soll. Die anderen kannte ich nicht, aber ich hatte den Eindruck, daß sie alle zum Konzern gehörten. Ein Ehepaar sprach dänisch.« Edvardsson holte ein Taschentuch aus der Hosentasche und wischte sich den Schweiß von der Stirn. Er trug ein weißes Hemd und Krawatte, helle Terylen-Hosen und schwarze Schuhe. Sein Hemd war schweißnaß. Martin Beck fühlte, daß auch sein eigenes Hemd feucht wurde und am Körper zu kleben begann. »Haben Sie zufällig gehört, worum sich das Gespräch drehte?« fragte er.

»Um die Wahrheit zu sagen: ich habe tatsächlich eine ganze Menge gehört. Ich bin ein neugieriger Mensch, und es macht mir Spaß, Menschen zu beobachten. Ich habe also gelauscht. Palmgren und der Däne sprachen über Geschäfte. Ich weiß nicht, worum es ging, aber sie erwähnten mehrmals Rhodesien. Er hatte viele Eisen im Feuer, dieser Palmgren, das sagte er sogar selbst mehr als einmal, und wie ich gehört habe, waren seine Geschäfte nicht immer ganz sauber. Die Damen redeten über die Dinge, die Damen dieser Art miteinander zu beklönen pflegen: Kleider, Reisen, gemeinsame Bekannte, Parties und so etwas. Frau Palmgren und die Jüngere der beiden anderen sprachen über eine Frau, die sich ihre Hängebrüste hat wegoperieren lassen, die jetzt wie Tennisbälle aussehen und direkt unterm Kinn hängen sollen. Charlotte Palmgren erzählte von einer Party im *Twentyone* in New York, die Frank Sinatra mit seiner Gegenwart beehrt haben soll und bei der ein Mann namens Bully die ganze Nacht Champagner schmiß. Und derlei Zeugs mehr. Ein todschicker BH von Twilfit für 75 Kronen. Daß es im Sommer für Perücken zu warm sei, so daß man das Haar jeden Tag neu legen müsse, und so weiter und so weiter.«

Martin Beck dachte im stillen, daß Edvardsson an jenem Abend nicht allzuviel in seinem Buch gelesen haben konnte. »Und die anderen Herren? Redeten die auch über Geschäfte?«

»Nicht sehr viel. Es schien, als hätten sie vor dem Essen eine Konferenz gehabt, denn der vierte Mann, also nicht der Däne und nicht der junge Mann, erwähnte etwas darüber. Nein, auch die Gespräche der Männer bewegten sich nicht auf einem höheren Niveau als die Unterhaltung der Damen. Sie sprachen zum Beispiel lange über die Krawatte Palmgrens, die ich leider nicht sehen konnte, weil er mir den Rücken zuwandte. Diese Krawatte muß etwas ganz Besonderes gewesen sein, denn sie wurde von allen bewundert, und Palmgren sagte, er habe sie für 95 Francs auf den Champs-Élysées in Paris gekauft. Und dieser vierte Mann erzählte von einem Problem, das ihn nicht schlafen lasse. Seine Tochter sei nämlich mit einem Neger liiert. Palmgren schlug vor, er solle sie in die Schweiz schicken, denn dort gebe es kaum Neger.«

Edvardsson stand auf, trug die leeren Flaschen in die Küche und kam mit zwei neuen Bieren zurück. Die Flaschen waren beschlagen und sahen äußerst verlockend aus.

»Ja«, sagte Edvardsson, »das wär's, was ich Ihnen von den Tischgesprächen erzählen kann. Nicht besonders ergiebig, nicht wahr?«

»Nein«, sagte Martin Beck wahrheitsgemäß. »Was wissen Sie eigentlich über Palmgren?«

»Nicht viel. Er wohnte in einer der größten dieser alten Luxusvillen draußen in der Limhamm-Gegend. Er hat Geld in rauhen Mengen verdient, das er mit beiden Händen wieder ausgab, besonders für seine Frau und dieses alte Haus.« Edvardsson schwieg eine Weile. Dann stellte er eine Gegenfrage: »Was wissen *Sie* über Palmgren?«

»Nicht viel mehr als Sie.«

»Gott sei uns gnädig, wenn die Polizei über Figuren vom Schlage Viktor Palmgrens genausowenig weiß wie ich«, sagte Edvardsson und nahm einen tiefen Schluck aus seinem Bierglas.

»In dem Augenblick, in dem Palmgren erschossen wurde, hielt er doch gerade eine kleine Ansprache, nicht wahr?«

»Ja, ich erinnere mich daran. Er stand auf und fing an, wie üblich eine Menge Scheiß zu quatschen. Hieß seine Gäste willkommen, dankte für die hervorragenden Arbeitsleistungen und schmierte den Damen Honig ums Maul. In diesen Dingen schien er Routine zu haben, denn er klang überwältigend herzlich. Die gesamte Bedienung zog sich zurück, um nicht zu stören, und sogar die Musik verstummte. Die Kellner waren plötzlich wie vom Erdboden verschluckt, und ich saß da und mußte mich an einem Whisky festhalten. Wissen Sie wirklich nicht, was für Geschäfte dieser Palmgren tätigte, oder ist das nur Geheimnistuerei der Polizei, um die Ermittlungen nicht zu stören?«

Martin Beck schielte auf sein Bierglas. Nahm es in die Hand. Trank vorsichtig einen Schluck. »Ich weiß tatsächlich nicht sehr viel«, gestand er. »Aber es gibt sicher genügend andere, die mehr über Palmgren wissen. Ich bin nur über zahlreiche Auslandsgeschäfte und eine Immobiliengesellschaft in Stockholm informiert.«

»Aha«, sagte Edvardsson, der sich in eigenen Überlegungen zu verlieren schien. Nach einer Weile sagte er: »Das Wenige, was ich vom Mörder Palmgrens gesehen habe, ist der Polizei seit vorgestern abend bekannt. Es waren übrigens zwei Mann von der Polizei, die ich am Hals hatte. Einer fragte ständig, wann genau der Schuß gefallen sei, aber der andere schien ein bißchen mehr Grips zu haben. Der war auch jünger.«

»Sie waren sicher nicht mehr ganz nüchtern, als es geschah«, bemerkte Martin Beck.

»Nein, bestimmt nicht, das walte dieser und jener. Und dann habe ich gestern noch wieder aufgefüllt. Der Kater ist also noch immer ganz munter. Das liegt sicher an dieser beschissenen Hitze.«

Großartig, dachte Martin Beck. Verkaterter Detektiv verhört verkaterten Zeugen. Sehr konstruktiv.

»Sie wissen vielleicht, wie das ist«, sagte Edvardsson.

»Allerdings. Ich weiß es«, sagte Martin Beck. Dann nahm er das Bierglas in die Hand und leerte es bedenkenlos in einem Zug. Stand auf und sagte: »Vielen Dank. Ich lasse vielleicht wieder von mir hören.« Beck überlegte es sich und stellte eine weitere Frage: »Übrigens, Sie haben nicht zufällig die Waffe gesehen, die der Mörder benutzte?«

Edvardsson zögerte mit der Antwort. »Na ja, jetzt, wo alles vorbei ist, glaube ich, daß ich wenigstens etwas davon mitbekommen habe, aus dem Augenwinkel sozusagen, als der Mann die Waffe wieder einsteckte. Ich verstehe natürlich nicht viel von Schußwaffen, aber es war eine lange, ziemlich schmale Kanone. Mit so einer Rolle, oder wie das Ding heißt.«

»Mit einer rotierenden Kammer«, korrigierte Martin Beck. »Auf Wiedersehen und vielen Dank für das Bier.«

»Sie sind jederzeit herzlich willkommen«, sagte Edvardsson. »Jetzt werde ich mir erst mal ordentlich einen zur Brust nehmen, damit alles wieder ins Lot kommt.«

Als Beck ins Polizeihaus zurückkehrte, saß Månsson immer noch in der gleichen Stellung wie vorher am Schreibtisch. »Welche Frage erwartest du jetzt von mir?« sagte er, als Beck ins Zimmer trat. »Zum Beispiel – na, wie ist es gegangen?«

»Das ist eine gute Frage. Ziemlich schlecht. Glaube ich. Und wie sieht es hier aus?«

»Gar nicht gut.«

»Und die Witwe?«

»Die knöpfe ich mir morgen vor. Sie hat ja immerhin Trauer, da ist Vorsicht angebracht.«

7

Per Månsson war in Malmö im Arbeiterviertel um den Möllevångstorget geboren und aufgewachsen. Er war seit mehr als fünfundzwanzig Jahren Polizist und kannte seine Stadt besser als die meisten. Er war mit ihr zusammen aufgewachsen, hatte mit ihr zusammen gelebt und mochte sie dazu noch gern.

Es gab einen Stadtteil, den er nie richtig kennengelernt hatte und der ihm seit jeher ein Gefühl der Ohnmacht und der Unlust eingab. Das war die westliche Vorstadt mit Bezirken wie Fridhem, Västervång und Bellevue, die von jeher von den Reichen der Stadt bewohnt wurden. Månsson konnte sich erinnern, wie er selbst als kleiner Junge in den Notzeiten der zwanziger und dreißiger Jahre gezwungen gewesen war, in Holzschuhen nach Limhamm zu marschieren, wo man, wenn man es geschickt anstellte, ein paar Heringe fürs Mittagessen organisieren konnte. Er erinnerte sich an die Luxusautos und an die livrierten Privatchauffeure, an die Dienstmädchen in schwarzen Kleidern mit weißen Schürzen und gestärkten Häubchen, an die Kinder der reichen Oberschicht mit ihren Tüllkleidern und Matrosenanzügen. Er hatte sich so unsagbar fern von allem gefühlt; die gesamte Umgebung war ihm als märchenhaft und unfaßbar erschienen. Daran hatte sich bis heute kaum etwas geändert, obwohl die meisten Privatchauffeure und Dienstmädchen verschwunden waren und die Kinder der Reichen, jedenfalls bei oberflächlicher Betrachtung, sich kaum von anderen Kindern unterschieden.

Außerdem mußten Heringe und Kartoffeln recht nahrhaft sein, wenn man bedachte, daß er, arm und vaterlos, schließlich ein großer, kräftiger Mann geworden war. Er hatte die sogenannte Ochsentour hinter sich und es nach und nach zu bescheidenem Wohlstand gebracht. Jedenfalls war er selbst dieser Meinung.

In genau dieser Gegend hatte Viktor Palmgren gewohnt, und folglich mußte auch seine Witwe in dieser Gegend wohnen.

Månsson hatte bislang die Teilnehmer an dem fatalen Essen nur auf Fotos gesehen und wußte nicht sonderlich viel von ihnen.

Von Charlotte Palmgren wußte er jedoch immerhin so viel, daß sie als auffallende Schönheit galt und einmal irgendeine Miss-Wahl gewonnen hatte. Miss Schweden oder vielleicht sogar Universum? Danach hatte sie sich einen Namen als Mannequin gemacht, und danach war sie Frau Palmgren geworden, im Alter von siebenundzwanzig Jahren, auf dem Höhepunkt ihrer Schönheit. Heute war sie zweiunddreißig und äußerlich ziemlich unverändert, wie es nur Frauen sein können, die keine Kinder geboren haben und es sich leisten können, für ihr Äußeres viel Zeit und unbegrenzte Mengen Geld aufzuwenden. Viktor Palmgren war vierundzwanzig Jahre älter gewesen als sie, was über beider Motive für die Eheschließung einigen Aufschluß gab. Er hatte seinen Geschäftspartnern eine Luxusfrau vorzeigen wollen, und sie hatte das Geld geheiratet, um ein für allemal allem zu entgehen, was auch nur entfernt nach Arbeit aussah. Dem Anschein nach hatten beide bekommen, was sie hatten haben wollen.

Aber jetzt war Charlotte Palmgren Witwe, und Månsson hielt zumindest in einigen Dingen streng auf Konvention. Darum zog er, wenn auch mit leichtem Widerwillen, einen dunklen Anzug an, bevor er hinunterging und sich hinters Lenkrad des Wagens setzte, um die relativ kurze Strecke von der Regementsgatan nach Bellevue zu fahren.

Die Palmgrensche Residenz schien den Kindheitserinnerungen Månssons genau zu entsprechen, obwohl sie im Lauf der Zeit eine Patina aus leichter Übertreibung angesetzt hatten. Vom Haus selbst konnte man von der Straße aus nur ein Stück des Dachs und einen Windfang sehen, denn die Hecke war nicht nur sorgfältig gestutzt und von üppigem Grün, sondern auch sehr hoch und vollkommen undurchsichtig. Wenn er sich nicht irrte, mußte sich dahinter noch ein schmiedeeisernes Gitter verbergen. Das Grundstück schien unendlich groß zu sein, und der Garten glich mehr einem Park mit seinen hohen alten Bäumen. Das Tor zur Auffahrt gestattete wie die Hecke keinen Durchblick. Kupfer, grün vor Alter, hoch und breit und oben mit kunstvollen Verzierungen geschmückt. Auf der einen Torhälfte waren einige überdimensionierte Messingbuchstaben angebracht, die den heute nicht mehr ganz unbekannten Namen Palmgren bildeten, auf der anderen entdeckte Månsson einen Briefschlitz, einen elektrischen Klingelknopf und darüber eine quadratische Luke, durch die eventuelle Besucher in Augenschein genommen werden konnten, bevor man ihnen Einlaß gewährte. Hier konnte man also nicht ohne weiteres hereinplatzen, und als Månsson vorsichtig den Türgriff herunterdrückte, erwartete er beinahe, irgendwo da drinnen würde jetzt eine Alarmglocke läuten. Das Tor war natürlich verschlossen. Die Luke ebenfalls. Durch den Briefschlitz war nichts zu erkennen, weil dahinter offensichtlich eine geschlossene Metallbox angebracht war.

Månsson hob die Hand, um auf den Klingelknopf zu drücken, besann sich aber und ließ die Hand wieder sinken. Zögernd sah er sich um. Außer seinem eigenen alten Wartburg standen zwei weitere Wagen am Bordsteinrand, ein roter Jaguar und ein gelber MG. War es anzunehmen, daß Charlotte Palmgren zwei Sportwagen auf der Straße stehen hatte? Månsson lauschte. Einen Augenblick meinte er, im Park Stimmen zu hören. Dann erstarben die Geräusche wieder; vielleicht wurden sie durch die Hitze und die stehende, sonnendurchglühte Luft erstickt.

Was für ein Sommer, dachte Månsson. So einen Sommer haben wir höchstens alle zehn Jahre einmal. Und hier stehe ich wie ein Blödian mit Schlips und Kragen, statt in Falsterbo am Strand zu liegen oder zu Hause in der Unterhose mit einem gekühlten Drink in der Faust.

Dann schoß ihm ein neuer Gedanke durch den Kopf. Das Haus war eine alte, sogenannte hochherrschaftliche Villa aus der Zeit der Jahrhundertwende, die für die eine oder andere Million umgebaut worden war. Häuser dieser Art pflegten auf der Rückseite des Grundstücks einen zweiten Eingang zu haben, durch den Gärtner, Köchinnen, Hausgehilfinnen, Boten und Kindermädchen hineinschlüpfen konnten, ohne die Herrschaft mit ihrem Anblick zu belästigen. Månsson ging an der Hecke entlang und bog in die nächste Seitenstraße ein. Das Grundstück schien einen ganzen Block einzunehmen, denn die Hecke war noch immer dicht und genauso undurchsichtig. Månsson ging an der nächsten Straßenkreuzung wieder nach rechts, und hier fand er, was er gesucht hatte. Ein schmiedeeisernes Gartentor. Von hier war das Haus überhaupt nicht zu sehen, denn es war von hohen Bäumen mit übppigem Laub umschlossen, aber dagegen entdeckte Månsson eine große, recht neue Garage und ein älteres, kleineres Gebäude, sicherlich ein Werkzeugschuppen. Am Hintereingang befand sich kein Namensschild.

Månsson setzte seine Hände auf die beiden Torhälften und drückte, so daß sich das Tor nach innen öffnete. Auf diese Weise brauchte er sich nicht mehr zu überzeugen, ob das Tor verschlossen war oder nicht. Jetzt, im Schatten der Bäume, spürte er, wie heiß es wirklich war. Der Schweiß lief ihm vom Nacken auf den Rücken und kitzelte zwischen den Schulterblättern. Nachdem er eingetreten war, schloß Månsson das Gartentor hinter sich. Auf der Kiesauffahrt zur Garage waren Reifenspuren zu sehen, aber die Fußwege, die sich in den Garten wanden, waren mit Schieferplatten belegt.

Månsson ging unter den Bäumen durchs Gras in Richtung auf das Haus. Ging vorsichtig weiter durch Reihen blühenden Goldregens und von Jasminbüschen, bis er, wie berechnet, an der Rückfront des Hauses angelangt war, die still und verlassen dalag mit ihren geschlossenen Fensterluken, Küchen- und Kellertreppen und einigen mysteriösen Anbauten. Månsson ließ den Blick übers Haus wandern, konnte aber nicht viel von ihm sehen, weil er zu nahe stand. Er folgte dem Weg nach rechts, stieg vorsichtig durch ein Blumenbeet, blickte um die Ecke und blieb wie angewurzelt inmitten der prachtvollen Pfingstrosen stehen.

Die vor ihm liegende Szenerie war in mehrfacher Hinsicht bemerkenswert. Der Rasen war weitläufig und sehr grün und gepflegt wie das Grün eines englischen Golfplatzes. In seiner Mitte befand sich ein nierenförmiger Swimmingpool mit türkisfarbenen Kacheln und klarem, grünlich schimmerndem Wasser. Dahinter standen eine Sauna und eine Sammlung von Turngerät, unter anderem Barren und Ringe. Neben der Sauna entdeckte Månsson einen Heim-Trainer. Hier also hatte Viktor Palmgren seinen anerkannt guten körperlichen Allgemeinzustand erstrampelt. In einer Korbliege, die am Beckenrand stand, saß oder vielmehr lag Charlotte Palmgren, nackt und mit geschlossenen Augen. Sie war tief sonnengebräunt, und die Sonnenbräune war gleichmäßig über den ganzen Körper verteilt. Wenn jemand angesichts ihres blonden Haars den Verdacht haben sollte, sie sei keine echte Blondine, würde er hier eines Besseren belehrt: das spärliche Haardreieck zwischen den Schenkeln war so hell, daß es fast weiß gegen die sonnenverbrannte Haut abstach. Das zarte Gesicht mit dem klargeschnittenen Profil und dem schmalen Mund hatte einen gleichgültigen Ausdruck. Sie war sehr mager mit ihren fast unnatürlich schmalen Hüften, der schmalen Taille und den mädchenhaften Brüsten. Die Brustwarzen waren klein und blaßbraun, und ihre Warzenhöfe waren heller als die übrige Haut. Es gab an dieser Frau nichts, was

Månsson hätte reizen können. Sie hätte ebensogut eine Schaufensterpuppe sein können.

Sieh mal einer an, eine nackte Witwe.

Warum nicht, übrigens. Auch Witwen müssen manchmal nackt sein.

Månsson stand zwischen den Pfingstrosen und fühlte sich wie ein Voyeur, der er ja auch war.

Was ihn zum Stehenbleiben bewog, war jedoch nicht das, was er sah, sondern das, was er hörte. Irgendwo ganz in der Nähe hörte er, wie jemand sich bewegte und mit klirrenden Gläsern hantierte.

Dann hörte er Schritte, und ein Mann trat aus dem Schatten des Hauses. Auch er war sonnengebräunt, aber bei weitem nicht so gründlich wie Charlotte Palmgren. Er trug geblümte Bermudashorts und hatte zwei hohe Gläser mit einer hellroten Flüssigkeit in der Hand. Strohhalme und Eisstücke. Das sah gar nicht übel aus.

Månsson erkannte den Mann nach den Fotografien, die er gesehen hatte, sofort wieder. Es war Mats Linder, Direktionsassistent Viktor Palmgrens, sein ehemals engster Mitarbeiter und besonderer Günstling. Linder ging über den Rasen zum Swimmingpool. Die Frau im Liegestuhl zog das linke Bein hoch und kratzte sich am Knöchel. Dann streckte sie, noch immer ohne die Augen aufzuschlagen, den rechten Arm aus und nahm dem Mann eines der Gläser aus der Hand.

Månsson retirierte hinter die Hausecke. Lauschte. Es war Linder, der zuerst sprach: »Ist er etwas zu sauer geworden?«

»Nein, er ist okay«, antwortete die Frau.

Månsson hörte, wie sie das Glas auf die Kacheln setzte. »Sind wir nicht schrecklich?« fragte Charlotte Palmgren schlaff.

»Jedenfalls ist es verdammt schön.«

»Ja, das kann man sagen.« Die Stimme klang noch immer gleichgültig. Es wurde eine Weile still. Dann sagte die Witwe affektiert und lüstern: »Sag mal, willst du nicht diese alberne Hose ausziehen?«

Was Linder auf diese Frage antwortete, sollte Månsson nie erfahren, da er in diesem Augenblick seinen Platz im Pfingstrosenbeet räumte. Schnell und leise ging er den gleichen Weg zurück, auf dem er gekommen war, zog das Gartentor hinter sich zu und setzte seinen Weg an der Hecke entlang fort, bis er zwei Straßenecken weiter wieder vor dem grünen Kupfertor stand. Ohne einen Augenblick zu zögern, drückte er auf den Klingelknopf.

Irgendwo in der Ferne ertönte eine Art Glockenspiel. Es dauerte nicht länger als höchstens eine Minute, bis leichte Schritte sich näherten. Das Guckloch wurde geöffnet, und ein helles grünblaues Auge starrte ihn an. Månsson sah auch eine blonde Haarlocke und eine Reihe übertrieben langer, technisch vollendeter Augenwimpern.

Månsson hatte seine Kennkarte aus der Tasche gezogen und hielt sie vor die Öffnung. »Ich bedaure, Sie stören zu müssen«, sagte er. »Mein Name ist Månsson, Kriminalinspektor.«

»Ach«, sagte sie kindisch. »Natürlich. Die Polizei. Können Sie ein paar Minuten warten?«

»Aber sicher. Komme ich ungelegen?«

»Wie? Nein, durchaus nicht. Ich brauche nur ein paar Minuten, um ...«

Eine geeignete Fortsetzung fiel ihr offensichtlich nicht ein, denn die Luke wurde zugeknallt, und dann entfernten sich die leichten Schritte schneller, als sie gekommen waren.

Månsson sah auf seine Armbanduhr. Es dauerte tatsächlich nicht mehr als dreieinhalb Minuten, bis Charlotte Palmgren zurückkam und das Tor aufmachte. Sie trug silberfarbene Sandaletten und ein hochgeschlossenes graues Kleid aus einem leichten Material.

Sie hat bestimmt keine Zeit gehabt, sich etwas darunter anzuziehen, dachte Månsson, aber das ist auch gar nicht nötig. Sie hat weder etwas zu zeigen noch etwas zu verbergen.

»Bitte, treten Sie ein«, sagte Charlotte Palmgren. »Es tut mir leid, daß Sie warten mußten.« Sie schloß das Tor ab und ging vor ihm auf das Haus zu. Die Witwe war offensichtlich nicht die einzige, die sich schnell anziehen konnte: Draußen auf der Straße wurde ein Wagen angelassen.

Månsson hatte jetzt zum erstenmal Gelegenheit, die Villa insgesamt zu sehen, und starrte sie verblüfft an. Es war eigentlich keine Villa, sondern eher ein kleines Schloß mit Türmchen und Zinnen und eigenartigen Vorsprüngen. Alles deutete auf schweren Größenwahn des ursprünglichen Erbauers hin. Der Architekt schien nach Postkartenvorlagen gearbeitet zu haben. Spätere Modernisierungsarbeiten mit angebauten Glasveranden und Terrassen machten den Gesamteindruck nicht besser. Der Kasten sah einfach beschissen aus, und Månsson wußte nicht, ob er lachen oder weinen oder ein Abbruchunternehmen benachrichtigen sollte, um die ganze Herrlichkeit in die Luft sprengen zu lassen. Das Bauwerk schien ungeheuer solide zu sein, und Dynamit wäre vermutlich das einzige, was der Scheußlichkeit ein Ende bereiten könnte. Links und rechts von der Auffahrt standen einige abscheuliche Skulpturen des Typs, der im kaiserlichen Deutschland beliebt gewesen war.

»Ja, es ist ein schöner Besitz«, sagte Charlotte Palmgren. »Es war auch gar nicht billig, ihn modernisieren zu lassen. Jetzt ist alles tipptopp.«

Månsson gelang es, den Blick von dem schauderhaften Kasten loszureißen. Er machte sich daran, die Umgebung in Augenschein zu nehmen. Der Park war, wie er schon vorhin hatte feststellen können, erstklassig gepflegt. Die Frau folgte seinen Blicken und sagte: »Unser Gärtner kommt dreimal in der Woche.«

»Aha«, sagte Månsson.

»Wollen Sie reinkommen oder lieber draußen sitzen?«

»Spielt keine Rolle«, sagte Månsson. Von Mats Linder war keine Spur zurückgeblieben, sogar die Gläser waren weggeräumt, aber auf einem Sideboard im Wintergarten stand noch ein Syphon, einige Flaschen und ein Eisbehälter.

»Mein Schwiegervater hat dieses Haus gekauft«, berichtete Charlotte Palmgren. »Er starb aber schon vor vielen Jahren, lange bevor Viktor und ich uns kennenlernten.«

»Wo haben Sie sich kennengelernt?« fragte Månsson ganz unmotiviert.

»In Nizza, vor sechs Jahren«, antwortete sie. »Ich war damals mit einer Modefirma unten.« Sie zögerte einen Augenblick, dann sagte sie: »Wir sollten vielleicht lieber hineingehen.«

»Gern«, sagte Månsson.

»Etwas Besonderes kann ich Ihnen leider nicht anbieten, aber natürlich einen Drink, wenn Sie mögen.«

»Danke, meinetwegen nicht.«

»Sie müssen verstehen, ich bin nämlich ganz allein hier. Die Dienstboten habe ich nach Hause geschickt.«

Als Månsson nichts darauf entgegnete, setzte sie nach einer Weile hinzu: »Nach allem, was geschehen ist, habe ich es für das Beste gehalten, allein zu sein. Ganz allein.«

»Ich verstehe. Mein Beileid.«

Sie neigte leicht den Kopf, vermochte aber nicht, einem anderen Gefühl als Langeweile und totaler Gleichgültigkeit Ausdruck zu geben. Vermutlich ist sie zu unbegabt, um die trauernde Witwe zu spielen, dachte Månsson.

»Tja«, sagte sie. »Dann wollen wir mal reingehen.«

Månsson folgte ihr über eine Steintreppe neben der Veranda und dem Wintergarten. Sie kamen durch eine große düstere Halle und betraten einen riesigen, mit Möbeln überladenen Salon. Die Stilmischung war grotesk: hypermoderne Möbel neben alten Ohrensesseln und halbantiken Tischen. Charlotte Palmgren führte Månsson zu einer Sitzgruppe, die aus vier Sesseln, Sofa und einem sehr großen Tisch mit einer dicken gläsernen Platte bestand. Sie sah neu und teuer aus.

»Bitte, nehmen Sie Platz«, sagte Charlotte Palmgren höflich-kühl.

Månsson setzte sich. Der Sessel war der größte, den er je gesehen hatte, und er versank so tief darin, daß er das Gefühl hatte, sich nie wieder daraus erheben zu können.

»Darf ich Ihnen wirklich nichts zu trinken anbieten?«

»Wirklich nicht«, sagte Månsson. »Ich werde Sie auch nicht lange aufhalten. Ich hätte nur ein paar Fragen. Wir sind, wie Sie sicher verstehen werden, sehr bemüht, den Mann, der Direktor Palmgren getötet hat, so schnell wie möglich zu fassen.«

»Natürlich, Sie sind ja Polizist. Ja, was soll ich sagen? Dies ist eine schrecklich traurige Geschichte. Tragisch.«

»Sie haben den Schützen gesehen, nicht wahr?«

»Ja, aber es ist alles so schnell gegangen. Ich habe sozusagen erst hinterher reagiert. Dazu kam auch der schreckliche Gedanke, daß er auch mich hätte erschießen können. Uns alle.«

»Hatten Sie den Mann vorher schon einmal gesehen?«

»Nein, das weiß ich genau. Ich habe ein gutes Gedächtnis für Gesichter, nur Namen und so was kann ich mir nicht merken. Die Polizei in Lund hat mir übrigens schon die gleiche Frage gestellt.«

»Ich weiß, aber zu dem Zeitpunkt waren Sie sicher noch zu erschüttert.«

»Ja, genau das, es war einfach entsetzlich«, bestätigte sie wenig überzeugend.

»Sie müssen in den letzten Tagen bestimmt oft an diesen furchtbaren Abend gedacht haben.«

»Ja, sicher.«

»Und Sie haben den Mann ja deutlich gesehen. Sie sahen in die Richtung, aus der er kam, und saßen nur wenige Meter von ihm entfernt. Wie sah er eigentlich aus?«

»Tja, was soll ich sagen? Er sah ziemlich gewöhnlich aus. Einfach.«

»Einfach?«

»Na ja, er gehörte nicht zu den Leuten, mit denen man normalerweise Umgang pflegt, sozusagen.«

»Was hatten Sie für ein Gefühl, als Sie ihn sahen?«

»Gar keins, bis er die Pistole hervorzog. Da bekam ich Angst.«

»Sie haben also die Waffe gesehen?«

»Ja, es war so eine Art Pistole.«

»Sie können nicht sagen, von welchem Typ?«

»Ich verstehe nichts von Schußwaffen. Aber es war irgendeine Art Pistole. Ziemlich lang. So ein Ding, wie man es in Western-Filmen sieht.«

»Und was können Sie über den Gesichtsausdruck des Mannes sagen?«

»Nichts. Er sah völlig normal aus, wie ich schon sagte. An die Kleidung erinnere ich mich besser, aber darüber habe ich schon Angaben gemacht.«

Månsson gab seine Bemühungen um eine Personenbeschreibung auf. Entweder wollte oder konnte sie nicht mehr sagen, als sie schon gesagt hatte. Er sah sich in dem eigenartigen Raum um.

Die Frau folgte seinem Blick. »Diese Sitzgruppe ist ziemlich dufte, was?«

Månsson nickte und fragte sich, was sie wohl gekostet haben mochte.

»Ich habe sie selbst gekauft«, berichtete sie mit einem Anflug von Stolz. »Im Finncenter.«

»Wohnen Sie immer hier?« erkundigte sich Månsson.

»Wo sollten wir sonst wohnen, wenn wir in Malmö sind?« fragte sie blöde zurück.

»Aber wenn Sie nicht in Malmö sind?«

»Wir haben ein Haus in Estoril. Da wohnen wir immer im Winter. Viktor hatte oft geschäftlich in Portugal zu tun. Und dann ist da natürlich noch die Repräsentationswohnung in Stockholm. Sie liegt in Gärdet.« Sie dachte nach und fügte hinzu: »Aber da wohnen wir nur, wenn wir in Stockholm sind.«

»Ich verstehe. Haben Sie Ihren Mann auf seinen Geschäftsreisen begleitet?«

»Ja, wenn es um Repräsentation ging, bin ich immer mitgefahren. Aber nicht zu Konferenzen, natürlich.«

»Ich verstehe«, sagte Månsson wieder. Was verstand er? Daß sie in erster Linie als lebende Modepuppe fungiert hatte, daß sie etwas Junges war, das man mit kostbaren und für normale Menschen unbrauchbaren Kreationen behängen konnte. Daß für Männer wie Viktor Palmgren eine Frau, die allgemeine Bewunderung erregte, zu den Requisiten gehörte.

»Haben Sie Ihren Mann geliebt?« fragte er plötzlich.

Sie sah nicht erstaunt aus, zögerte aber mit der Antwort. »Lieben, das klingt so blöd«, sagte sie schließlich.

Månsson holte einen seiner Zahnstocher hervor und fing an, nachdenklich darauf herumzukauen. Sie sah ihn erstaunt an. Dies war das erste Mal, daß sie etwas zeigte, was einem aufrichtigen Gefühl glich. »Warum machen Sie das?« fragte sie neugierig.

»Eine schlechte Angewohnheit, die ich mir zugelegt habe, als ich mit dem Rauchen aufhörte.«

»Ah, so ist das. Wenn Sie aber rauchen wollen: Zigaretten und Zigarren sind dort hinten in der Schatulle auf dem Rauchtisch.«

Månsson betrachtete sie einen Augenblick. Dann wechselte er zu einem neuen Thema über. »Dieses Essen am Mittwoch war eher etwas wie ein Geschäftsessen, nicht wahr?«

»Ja. Am Nachmittag hat eine Konferenz stattgefunden, bei der ich allerdings nicht dabei war. Ich war zu Hause und zog mich um. Beim Lunch vorher aber war ich dabei.«

»Wissen Sie, worum es in dieser Konferenz ging?«

»Geschäfte, wie gewöhnlich. Ich weiß aber nicht genau, um was für Geschäfte. Viktor hatte ja so viele Eisen im Feuer. Das pflegte er übrigens auch selbst zu sagen: ›Ich habe viele Eisen im Feuer.‹«

»Sie kannten alle Teilnehmer des Essens, nicht wahr?«

»Ich habe sie von Zeit zu Zeit gesehen. Nein, übrigens nicht alle, nicht diese Sekretärin, die Hampus Broberg mitgebracht hatte. Die hatte ich noch nie gesehen.«

»Sind Sie mit einer anderen Person näher bekannt?«

»Eigentlich nicht.«

»Auch nicht mit Direktor Linder? Er wohnt ja hier in Malmö.«

»Wir haben uns mitunter getroffen, bei gesellschaftlichen Anlässen und so.«

»Sie verkehren nicht privat miteinander?«

»Nein. Nur durch meinen Mann.« Sie antwortete einsilbig und wirkte völlig passiv.

»Ihr Mann hielt gerade eine Ansprache, als er erschossen wurde. Worüber sprach er?«

»Ich habe nicht so genau hingehört. Er hieß alle willkommen und dankte für gute Zusammenarbeit und so weiter. Es waren ja nur Angestellte am Tisch. Außerdem wollten wir kurz darauf für einige Zeit verreisen.«

»Verreisen?«

»Ja, wir wollten ein paar Wochen an der Westküste segeln. Wir haben nämlich noch ein Sommerhaus in Bohuslän, das habe ich vergessen zu erwähnen. Und danach wollten wir nach Portugal fahren.«

»Und das hätte bedeutet, daß Ihr Mann seine Mitarbeiter längere Zeit nicht gesehen hätte?«

»Genau das.«

»Und Sie würden sie auch nicht sehen?«

»Was? Nein, ich sollte mit Viktor mitfahren. Wir wollten später in Portugal Golf spielen. In der Algarve.«

Månsson gab die Schlacht weitgehend verloren. Ihre Indolenz machte es unmöglich, zu entscheiden, wann sie log und wann sie die Wahrheit sagte. Ihre Gefühle waren sehr gut verborgen, wenn sie überhaupt welche hatte. Er stellte eine letzte Frage, die er selbst idiotisch fand und die auf alle Fälle sinnlos war. Sie gehörte aber zur sogenannten Routine. »Können Sie sich jemanden vorstellen, der einen Grund gehabt hätte, Ihrem Mann nach dem Leben zu trachten?«

»Nein. Wer sollte das sein?«

Månsson wuchtete sich aus dem finnischen Supersessel. »Haben Sie vielen Dank, jetzt möchte ich Sie wirklich nicht länger aufhalten.«

»Keine Ursache.« Sie folgte ihm zum Eingangstor. Er hütete sich, sich umzudrehen und das Trauerhaus noch einmal anzusehen.

Sie gaben sich die Hand. Er fand, daß sie ihm die Hand auf sehr merkwürdige Art hinhielt, aber erst als er wieder im Wagen saß, wurde ihm klar, daß sie von ihm erwartet hatte, er werde ihr die Hand küssen.

Sie hatte dünne Hände mit langen, schmalen Fingern. Von den beiden Sportwagen war der rote Jaguar verschwunden. Es war unerträglich heiß.

»Pfui Teufel«, sagte Månsson zu sich selbst und schaltete die Zündung ein.

8

Martin Beck schlief tief und traumlos und wachte am Sonnabendmorgen erst um fünf nach neun auf. Er hatte am Abend zuvor mit Månsson zusammen im Hotel gegessen, hervorragend, wie man es in Schonen kann. Er fühlte sich noch immer leicht benommen von dem, was die anerkannt beste Restaurantküche Skandinaviens zu bieten gehabt hatte.

Er schlug die Augen mit einem Gefühl allgemeinen Wohlbehagens auf, und während er das Aufstehen noch ein paar Minuten hinauszögerte, grübelte er über die Tatsache nach, daß sein Appetit besser geworden war und sein Magen sich allmählich vernünftig zu verhalten begann, nachdem er sich von seiner Frau getrennt hatte. Also war sein Leiden, mit dem er sich so lange Jahre rumgeschlagen hatte, rein psychosomatisch bedingt gewesen, und genau das hatte er auch immer vermutet.

Der Abend war sehr angenehm und ziemlich lang gewesen. Månsson hatte gleich zu Beginn vorgeschlagen, den Fall Palmgren ein paar Stunden unerwähnt zu lassen, da bislang ohnehin kaum konkrete Anhaltspunkte für irgendwelche Schlußfolgerungen vorlagen. Dies war ohne Zweifel richtig, außerdem hatten beide eine anständige Mahlzeit, die in aller Gemütsruhe eingenommen wurde, unbedingt nötig, und dieses Essen wollten sie dann mit einem reellen Nachtschlaf abrunden. Sie wollten ganz einfach das Gefühl haben, ein paar Stunden nicht im Dienst zu sein, um Kräfte zu sammeln für die weitere Ermittlungsarbeit. Bisher war das vorhandene Material noch sehr dürftig, aber beide hatten das dunkle Gefühl, der Fall könne sich als kompliziert und noch als unangenehm schwer zu lösen erweisen.

Martin Beck warf die Bettdecke zur Seite und stand auf. Er zog die Sonnenblende hoch und sah mit einem Gefühl des Wohlbehagens durchs offene Fenster. Draußen war es schön warm und strahlender Sonnenschein. Hinter Ferdinand Bobergs großartigem Postgebäude von 1906 war der Öresund zu erkennen, blau und verlockend trotz der Wasserverschmutzung, und ein leuchtend weißer Schiffsrumpf. Die Eisenbahnfähre *Malmöhus* drehte gerade weitausholend vor der Hafeneinfahrt, um den Bug in die richtige Position zu bringen. Ein feines Schiff, 1945 bei Kockums gebaut und nach altehrwürdigen Richtlinien konstruiert. Als Schiffe noch wie Schiffe aussahen, dachte Martin Beck. Dann zog er seinen Schlafanzug aus und ging ins Bad. Er stand unter der Dusche, als das Telefon klingelte. Es läutete noch etliche Male, bevor er den Kaltwasserhahn abgestellt, sich ein Badelaken um die Hüften gelegt hatte und zum Telefon getapst war. Er hob den Hörer ab. »Ja, hier Beck.«

»Malm. Wie geht's?«

Wie geht's. Die ewige Frage. Martin Beck zog die Stirn in Falten und sagte: »Schwer zu sagen in diesem Stadium. Die Ermittlungen haben gerade erst begonnen.«

»Ich habe dich im Polizeihaus suchen lassen, bekam aber nur diesen Skacke an den Apparat«, beklagte sich der Intendent.

»Aha.«

»Hast du etwa noch im Bett gelegen und geschlafen?« Der Ton war ebenso erstaunt wie insinuant.

»Nein«, sagte Beck wahrheitsgemäß. »Das habe ich nicht.«

»Du mußt den Mörder fassen. Und zwar schnellstens.«

»Aha.«

»Ich werde selber bedrängt. Sowohl der Chef wie der Minister sind mir auf die Pelle gerückt. Jetzt hat sich auch noch das Auswärtige Amt eingeschaltet.« Malms Stimme war schrill, aber das war sie immer. »Darum muß es fix gehen. Schnellstens, wie ich schon sagte.«

»Und wie stellst du dir das vor?« fragte Martin Beck zurück.

Der Kriminalintendent unterließ es, auf diese Frage eine Antwort zu geben. Das war nicht überraschend, denn was er über praktische Polizeiarbeit wußte, war gleich Null. Er war außerdem auch kein guter Verwaltungsmann. Statt dessen sagte er: »Dieses Gespräch geht doch über die Hotelvermittlung, nicht wahr?«

»Ich nehme es an.«

»Dann mußt du mich von einem anderen Apparat aus anrufen. Bei mir zu Hause. So schnell wie möglich.«

»Ich glaube, du kannst ohne jedes Risiko sprechen«, sagte Martin Beck. »In diesem Land hat nur die Polizei Zeit, die Privatgespräche abzuhören.«

»Nein, nein, das geht auf keinen Fall. Was ich zu sagen habe, ist absolut vertraulich und sehr wichtig. Und dieser Fall hat Vorrang vor allen anderen.«

»Warum?«

»Darüber will ich ja gerade mit dir sprechen. Aber du mußt mich über einen direkten Draht anrufen. Fahr zum Polizeihaus oder sonstwohin. Und zwar schnell. Ich bin in einer kniffligen Lage. Mein Gott, ich wünschte, ich hätte nicht die Verantwortung für diese Geschichte.«

»Arschloch«, sagte Martin Beck leise.

»Ich verstehe nicht. Was hast du gesagt?«

»Nichts. Ich ruf dich gleich an.« Martin Beck legte auf, trocknete sich ab und zog sich gemächlich an. Nach einem angemessenen Zeitraum hob er den Hörer ab, verlangte eine Amtsleitung und wählte die Nummer Malms in Stockholm. Der Intendent mußte auf dem Telefon gehockt haben, denn das erste Klingelzeichen war noch nicht vorüber, als er schon den Hörer abhob. »Hallo, hier Kriminalintendent Malm.«

»Beck.«

»Endlich. Jetzt hör mal genau zu. Ich werde dir einige Informationen über Palmgren und seine Tätigkeit geben.«

»Das sagst du mir bestimmt nicht eine Minute zu früh.«

»Das ist nicht meine Schuld. Ich habe die Informationen selbst erst gestern erhalten.« Er verstummte. Jetzt war nur noch nervöses Knistern zu hören.

»Nun?« sagte Martin Beck schließlich.

»Dies ist kein normaler Mord«, sagte Malm.

»Es gibt keine normalen Morde.«

Die Antwort schien Malm zu verwirren. Nach einigem Nachdenken sagte er: »Das ist natürlich richtig. Ich habe ja nicht die gleiche Erfahrung wie du in der praktischen Arbeit . . .«

Das hast du wahrhaftig nicht, dachte Martin Beck.

». . . weil ich mich immer den großen administrativen Aufgaben widmen mußte.«

»Womit hat sich dieser Palmgren denn nun beschäftigt?« fragte Martin Beck ungeduldig.

»Er machte Geschäfte. Große Geschäfte. Wie du weißt, gibt es einige Länder, zu denen wir recht delikate Beziehungen haben.«

»Zum Beispiel?«

»Rhodesien, Südafrika, Biafra, Nigeria, Angola und Moçambique, um nur einige zu nennen. Es fällt unserer Regierung schwer, zu diesen Staaten einigermaßen normale Beziehungen aufrechtzuerhalten.«

»Angola und Moçambique sind keine Staaten«, sagte Martin Beck.

»Komm, reg dich jetzt nicht über Details auf. Palmgren hat jedenfalls mit diesen Ländern Geschäfte getätigt; daneben natürlich noch mit vielen anderen. Ein Großteil seiner Geschäfte wurde in Portugal abgewickelt. Obwohl er sein Hauptquartier offiziell in Malmö hatte, scheint er seine gewinnbringendsten Transaktionen in Lissabon getätigt zu haben.«

»Womit handelte Palmgren denn?«

»Unter anderem mit Waffen.«

»Unter anderem?«

»Ja. Er war sehr vielseitig und handelte praktisch mit allem. Besaß zum Beispiel eine Immobiliengesellschaft. Ihm gehören hier in Stockholm eine ganze Reihe von Häusern. Die Firma in Malmö scheint nur eine Fassade gewesen zu sein, obgleich man zugeben muß, daß sie sehr imposant ist.«

»Er verdiente also schweres Geld?«

»Ja, das ist das mindeste, was man sagen kann. Wieviel er verdiente, kann kein Mensch sagen.«

»Und was sagt das Finanzamt zu dieser Geschichte?«

»Einiges. Sie wissen aber nicht genau Bescheid. Mehrere der Firmen Palmgrens sind in Liechtenstein registriert, und man glaubt, daß der Hauptteil seiner Einkünfte auf Konten bei Schweizer Banken eingezahlt wurde. Obwohl seine Geschäfte hier zu Hause peinlich korrekt abgewickelt wurden, ist man sich der Tatsache bewußt, daß der überwiegende Teil seiner Einkünfte für die schwedischen Steuerbehörden unerreichbar war.«

»Woher hast du diese Informationen?«

»Zum Teil aus dem Außenministerium, zum Teil vom Finanzamt. Jetzt verstehst du vielleicht, warum man hier so beunruhigt über diesen Fall ist. Sogar allerhöchsten Orts macht man sich Sorgen.«

»Nein, das verstehe ich nicht. Warum eigentlich?«

»Verstehst du wirklich nicht die Implikationen?«

»Sagen wir mal, ich begreife nicht ganz, worauf du hinauswillst.«

»Jetzt hör mir mal zu«, sagte Malm irritiert. »Es gibt in diesem Land eine kleine, aber sehr militante politische Gruppe, die heftig dagegen opponiert, daß Schweden sich überhaupt mit den Ländern einläßt, die ich eben genannt habe. Und überdies noch eine viel größere Gruppe von Menschen, die den offiziellen Versicherungen glauben, es gebe keine schwedischen Interessen etwa in Rhodesien oder Moçambique. Palmgrens geschäftliche Organisation war und ist recht gut getarnt, aber durch bestimmte Quellen haben wir erfahren, daß die Extremisten in diesem Lande sehr wohl von seinen afrikanischen Interessen wußten und daß er sozusagen auf ihrer schwarzen Liste stand. Wenn man es so banal ausdrücken soll.«

»Besser, sich banal auszudrücken als unklar«, sagte Martin Beck ermunternd. »Und wie wissen wir davon? Von der schwarzen Liste?«

»Die Sicherheitsabteilung der Reichspolizei-Führung ist der Sache nachgegangen. Es gibt auch zahlreiche einflußreiche Kräfte, die darauf dringen, daß die Ermittlungen von der Sicherheitsabteilung übernommen werden.«

»Moment mal«, sagte Martin Beck. Er legte den Hörer auf den Tisch und fing an nach Zigaretten zu suchen. Schließlich fand er in der rechten Hosentasche eine zerknitterte Schachtel. Unterdessen dachte er fieberhaft nach. Die Sicherheitsabteilung der Reichspolizei-Führung war eine Einrichtung besonderer Art, die von vielen verabscheut, zumindest aber für ihr lächerliches Auftreten und ihre eminente Unfähigkeit bekannt war. Nur in den seltensten Fällen gelang es der Sicherheitsabteilung, etwas zu ermitteln oder gar einen Spion zu fassen, und dann war der Betreffende den Behörden jedesmal von der Allgemeinheit wie eine gebratene Taube mit allen dazugehörigen Beweisen und auf einem silbernen Tablett übergeben worden. Sogar die militärische Gegenspionage war noch effektiver als die Sicherheitspolizei. Jedenfalls hörte man nur selten etwas über sie.

Beck zündete sich eine Zigarette an und kehrte ans Telefon zurück.

»Was in aller Welt machst du denn da?« fragte Malm mißtrauisch.

»Ich rauche«, sagte Martin Beck.

Der Laut, den der Kriminalintendent von sich gab, klang, als habe er einen Schluckauf oder seufze vor Verwunderung.

»Na, wie war das nun mit der Sicherheitsabteilung?« fragte Martin Beck.

»Mit der Sicherheitsabteilung? Es ist vorgeschlagen worden, sie solle die Ermittlungen übernehmen. Sie ist auch selbst an diesem Fall interessiert.«

»Eines möchte ich gern wissen. Warum sollte die Sicherheitspolizei daran interessiert sein?«

»Hast du schon an den Modus operandi des Mörders gedacht?« fragte Malm bedeutungsvoll.

Modus operandi. Möchte wissen, wo er das gelesen hat, dachte Martin Beck. Laut sagte er: »Ja, ich habe daran gedacht.«

»Soweit ich es beurteilen kann, hat die Tat alle Merkmale eines klassischen Attentats. Wir scheinen es hier mit einem Fanatiker zu tun zu haben, der nur an eines denkt, nämlich daran, das in die Tat umzusetzen, was er sich vorgenommen hat, und dem es ziemlich gleichgültig ist, ob man ihn schnappt oder nicht.«

»Ja, da könnte etwas dran sein«, gab Martin Beck zu.

»Hier sind viele der Meinung, daß alles darauf hindeutet. Unter anderen die Sicherheitsabteilung.« Malm machte eine Pause, vermutlich wegen des Effekts. Dann fuhr er fort: »Wie du ja weißt, habe ich keine Befehlsgewalt über die Sicherheitsabteilung, und außerdem ist mir jeder Einblick in ihre Vorhaben unmöglich. Ich habe aber einen Tip bekommen, daß sie einen ihrer besten Leute nach Malmö geschickt haben. Überdies gibt es ja noch Sicherheitsbeamte, die in Malmö stationiert sind.«

Martin Beck drückte die halbgerauchte Zigarette aus Langeweile aus.

»Offiziell liegt die Verantwortung für die Ermittlungsarbeit bei uns«, sagte Malm. »Wir können aber davon ausgehen, daß die Sicherheitsabteilung sozusagen parallel ermittelt.«

»Aha.«

»Ja. Und es geht natürlich darum, Zusammenstöße zu vermeiden.«

»Selbstverständlich.«

»Aber vor allem gilt es, den Mörder dingfest zu machen, und zwar sofort.«

Bevor die Sicherheitspolizei es tut, dachte Martin Beck. Wenn das deine einzige Sorge ist, brauchen wir uns nicht besonders zu beeilen.

»Sofort«, wiederholte Malm bestimmt. Und fuhr fort: »Wenn du das schaffst, soll es nicht dein Schade sein. Du kannst dir dann eine weitere Feder an den Hut heften.«

»Ich habe keinen Hut.«

»Dies ist kein Anlaß, Witze zu reißen.«

»Aber ich könnte mir natürlich einen kaufen.«

»Dies ist kein Anlaß, Witze zu reißen«, wiederholte Malm abweisend. »Außerdem ist die Sache brandeilig.«

Martin Beck warf einen resignierten Blick auf das sonnendurchtränkte Panorama vor dem Fenster. Hammar hatte zwar seine Mucken gehabt, besonders in den letzten Jahren, aber er war immerhin Polizeibeamter gewesen. »Hast du irgendeine Vorstellung, wie die Fahndung organisiert werden sollte?« fragte er gottergeben.

Malm dachte intensiv nach. Schließlich fiel ihm folgende Formulierung ein: »Dies ist ein Detail, das ich vertrauensvoll dir und deinen Mitarbeitern überlasse. Ihr habt ja große Erfahrung.«

Das war hübsch gesagt. Und der Kriminalintendent klang auch richtig zufrieden mit sich und der Welt, als er fortfuhr: »Und jetzt setzen wir alle Hebel in Bewegung, nicht wahr?«

»Natürlich«, entgegnete Martin Beck automatisch. Er dachte an etwas ganz anderes. Und sagte: »Palmgrens Firma hier in Malmö ist also mehr oder weniger eine Scheinfirma gewesen?«

»Das würde ich nicht sagen. Sie hat sich im Gegenteil ausgezeichnet rentiert.«

»Womit befaßt sie sich?«

»Import und Export.«

»Wovon?«

»Hering.«

»Hering?«

»Ja«, sagte Malm verblüfft. »Hast du das etwa nicht gewußt? Die Firma kauft in Norwegen und Island Hering auf und exportiert ihn dann. Wohin, weiß ich nicht. Das ganze Unternehmen scheint aber, soviel ich weiß, völlig legal zu arbeiten.«

»Und die Firma in Stockholm?«

»Ist in erster Linie eine Immobiliengesellschaft, nur . . .«

»Nur was?«

»Die Experten meinen, daß Palmgren sein wirkliches Vermögen anderweitig erwirtschaftet hat, und zwar auf eine Weise, die wir weder kontrollieren noch unterbinden können.«

»Okay, ich verstehe.«

»Ich möchte dir noch ein paar Dinge ans Herz legen.«

»Nämlich?«

»Erstens, daß Palmgren ungeachtet seiner afrikanischen und anderen Auslandsgeschäfte ein Mann mit großem Einfluß in unserer Gesellschaft war, ein Mann, der viele einflußreiche Freunde hatte.«

»Ich habe kapiert.«

»Es gilt also, mit großer Behutsamkeit zu Werke zu gehen.«

»Ich verstehe. Und zweitens?«

»Daß du mit der Möglichkeit rechnest, daß es sich hier um einen politischen Mord handelt.«

»Ja«, sagte Martin Beck und wurde mit einemmal ernst. »Ich rechne mit dieser Möglichkeit.«

Damit war das Gespräch beendet. Martin Beck rief im Polizeihaus an. Månsson hatte noch nichts von sich hören lassen. Skacke war besetzt und Backlund aus dem Haus gegangen. Das war eine gute Idee. Aus dem Haus gehen. Das Wetter war einladend, und außerdem war Sonnabend.

Als Martin Beck wenige Minuten später das Foyer betrat, herrschte dort ein Menschen- und Sprachengewirr. Unter denen, die sich am Empfangstresen drängten, befand sich ein Mann, der notwendigerweise sofort alle Blicke auf sich zog.

Es war ein ziemlich korpulenter Mann, in einem Pepitaanzug von modernem, jugendlichem Schnitt, mit gestreiftem Hemd, gelben Schuhen und Strümpfen von der gleichen schreienden Farbe. Er hatte welliges, glänzendes Haar und einen nach oben gezwirbelten Schnurrbart, der sicherlich gewachst und mit einem Schnurrbartformer präpariert war. Der Mann lehnte sich lässig an den Portiertresen. Er trug eine Blume im Knopfloch und ein zusammengerolltes Exemplar von *Esquire* unterm Arm. Er sah aus wie ein Reklameonkel auf einem Plakat, der für eine Diskothek warb.

Martin Beck kannte diesen Mann. Er hieß Paulsson und war Erster Kriminalassistent in Stockholm.

Als Martin Beck vortrat und seinen Schlüssel abgab, warf Paulsson ihm einen Blick zu, der so ausgesucht leer und indolent war, daß drei Personen sich veranlaßt sahen, sich umzudrehen und zu starren.

Die Sicherheitspolizei war also schon vor Ort.

Martin Beck überkam plötzlich ein fast unbezwinglicher Lachreiz. Ohne seinen geheimen Kollegen anzusehen, machte er auf dem Absatz kehrt und ging hinaus in die Sonne.

Mitten auf der Mälarbron drehte er sich um und betrachtete den Hotelbau. Er war gar nicht übel in seinem typischen Stil mit der imposanten Fassade und dem hohen Jugendstilturm, der einen markanten Blickpunkt im Stadtbild darstellte. Beck wußte sogar, wer das Haus einmal entworfen hatte: Franz Ekelund.

Paulsson stand auf der Hoteltreppe und spähte um sich. Sein ganzer Aufzug sah so nach Verkleidung aus, daß kaum ein Staatsfeind verfehlen würde, ihn zu erkennen. Überdies hatte Paulsson die erstaunliche Gabe, im Zusammenhang mit Demonstrationen und anderen öffentlichen Schlägereien unweigerlich vor jede Fernsehkamera zu geraten.

Martin Beck lächelte in sich hinein und schlenderte zum Hafen hinunter.

9

Das Zimmer, das Benny Skacke als Untermieter bewohnte, lag in der Kärleksgatan, nur einen Block vom Polizeihaus entfernt. Es war groß und gemütlich mit praktischen, wenn auch etwas verwohnten Möbeln. Er hatte es von einem Polizeiassistenten übernommen, der nach Landskrona versetzt worden war. Die Wirtin, eine freundliche mütterliche alte Dame, war die Witwe eines Polizisten. Sie stellte nur eine Forderung an ihre Untermieter: Es mußten Polizeibeamte sein.

Skackes Zimmer grenzte an den Flur. Badezimmer und Küche waren in bequemer Reichweite, und er hatte unbeschränkten Zugang zu beiden.

Benny Skacke war ein Gewohnheitsmensch oder vielmehr gerade im Begriff, sich zu einem zu entwickeln. Es entsprach eigentlich nicht seinem Naturell, das Dasein in einen festen Rahmen zu pressen, aber er war der Meinung, die selbstgesteckten Aufgaben besser erfüllen zu können, wenn er sich an ein bestimmtes Schema hielt. Sein Ziel war, Polizeichef zu werden.

Er stand jeden Morgen um halb sieben auf, machte Freiübungen und trainierte mit Gewichten, dann nahm er eine eiskalte Dusche und zog sich an. Er pflegte ein nahrhaftes Frühstück zu sich zu nehmen, das meist aus Dickmilch mit Cornflakes, einem gekochten Ei, Vollkornbrot und Fruchtsaft bestand. Wegen seiner unregelmäßigen Arbeitszeit mußte er seine sportliche Betätigung in die freie Zeit verlegen, die sich im Lauf des Tages bot. Mindestens dreimal in der Woche ging er zum Schwimmtraining, unternahm lange Radtouren, zog gelegentlich seinen Trainingsanzug an, um draußen auf dem Sportplatz von Linhamm seine Übungen zu absolvieren. Außerdem nahm er fleißig am Fußballtraining im Sportverein der Polizei von Malmö teil. Er hatte einen Stammplatz in der Mannschaft und spielte in jeder Begegnung mit. Abends las er juristische Lehrbücher und hatte schon zwei Prüfungen seines Juraexamens erfolgreich hinter sich gebracht. Er hoffte, im Herbst für die dritte Hürde reif zu sein.

Zweimal täglich, morgens um elf und abends um neun, rief er seine Verlobte Monica an. Sie hatten sich eine Woche vor seinem Dienstantritt in Malmö in Stockholm verlobt. Als frischgebackene Krankengymnastin hatte sie sofort versucht, in Malmö eine Stellung zu finden. Es war ihr aber nicht gelungen, näher als nach Hälsingborg zu kommen. Das war immerhin eine Verbesserung der Situation, weil sie sich jetzt immerhin an den seltenen Tagen treffen konnten, an denen sie zufällig beide frei hatten.

An diesem warmen und sonnigen Sonnabendmorgen wich Benny Skacke insoweit von seinem Schema ab, als er eine Stunde später als sonst aufstand und sich das Frühstück verkniff. Statt dessen füllte er eine Thermosflasche mit kaltem Kakao und packte diese zusammen mit einer Badehose und einem Frotteehandtuch in einen Campingbeutel. Auf dem Weg zum Polizeihaus ging er in die Bäckerei am Davidshallstorg und kaufte zwei Zimtwecken und ein Vanilleherz. Er ging an dem großen kupfernen Portal des Haupteingangs vorbei, bog in die Verkstadsgatan ein und betrat den Hof des Polizeihauses, wo sein Fahrrad stand. Es war schwarz, ein dänisches Fabrikat, und auf dem schräggestellten Rahmen hatte er eigenhändig das Wort POLIZEI in weißer Blockschrift angebracht. Er hoffte, dies werde eventuelle Fahrraddiebe abschrecken.

Mit dem Campingbeutel auf dem Gepäckhalter radelte er durch das üppige Grün von Kungsparken zur Badeanstalt in Ribersborg. Trotz der frühen

Morgenstunde war es schon brütend heiß. Er schwamm und sonnte sich etwa eine Stunde, dann machte er sich daran, sein mitgebrachtes Frühstück zu verzehren.

Als Skacke sein Dienstzimmer betrat, war es halb zehn, und auf seinem Schreibtisch lag eine Mitteilung von Backlund.

Månsson bei der Witwe, Beck bis auf weiteres im Savoy. *Paß aufs Telefon auf. Ich komme um zwölf wieder. Backlund.*

Skacke setzte sich an den Schreibtisch und paßte aufs Telefon auf, das keinen Ton von sich gab, während er über den Mord an Viktor Palmgren nachdachte. Was mochte das Motiv gewesen sein? Palmgren war ein reicher Mann gewesen, also lag Geld als Motiv am nächsten. Oder Macht. Wer würde aus Palmgrens Tod Nutzen ziehen? Charlotte Palmgren war die nächste Angehörige und – soviel er wußte – Alleinerbin des Geldes. Mats Linder hingegen stand der Macht am nächsten. Im Hinblick auf die vielgerühmte Schönheit Frau Palmgrens und ihre relative Jugend kam natürlich auch Eifersucht in Frage. Es war nicht undenkbar, daß sie einen Liebhaber hatte, der keine Lust mehr verspürte, die zweite Geige zu spielen. Andererseits wäre es aber ein höchst merkwürdiges Verfahren gewesen, den Ehemann auf diese Weise aus dem Weg zu räumen. Welcher Art das Motiv auch sein mochte, das Vorgehen war bemerkenswert unüberlegt gewesen. Der Täter war zwar davongekommen, aber die Chancen, sich zu retten, mußten als äußerst minimal erschienen sein, wenn er die Tat vorher genau geplant hatte. Überdies war das Opfer erst nach vierundzwanzig Stunden gestorben. Wenn das Unglück – oder Glück – es gewollt hätte, hätte das Opfer den Anschlag überlebt. Der Mann mußte auch gewußt haben, daß Palmgren sich zu diesem Zeitpunkt im Restaurant des *Savoy* aufhalten würde, es sei denn, der Täter war ein Verrückter, der einfach hereinspaziert war, um den ersten besten Gast niederzuschießen.

Das Telefon klingelte. Es war Kriminalintendent Malm aus Stockholm, der Martin Beck sprechen wollte. Skacke erklärte ihm, daß dieser vermutlich noch in seinem Hotel sei, und Malm legte den Hörer auf, ohne sich zu bedanken oder sich zu verabschieden.

Benny Skacke hatte den Faden verloren und gab sich Träumereien hin. Er malte sich aus, wie er die Lösung allein finden und den Mörder aufspüren und fangen würde. Das hieß dann Beförderung, und dann würde es nur noch darum gehen, den Weg nach oben fortzusetzen. Als das Telefon von neuem klingelte, war er kurz davor, zum Polizeichef ernannt zu werden.

Es meldete sich die Stimme einer Frau. Zunächst verstand er nicht, was sie wollte, da sie Schonen-Dialekt sprach, den ein Stockholmer nur schwer verstehen kann. Bevor Skacke nach Malmö versetzt worden war, war er noch nie in Schonen gewesen, und es erstaunte ihn nicht, daß er bestimmte Dialekte dieser Provinz nur sehr schwer verstehen konnte. Was ihn dagegen immer wieder erstaunte, war die Tatsache, daß er selbst sich nicht immer verständlich machen konnte. Dabei sprach er doch ein völlig reines Schwedisch.

»Es geht um diesen Mord, über den die Zeitungen berichtet haben«, hörte er die Frau sagen.

»Ja«, sagte er und wartete.

»Ich spreche doch mit der Kriminalpolizei?« fragte sie mißtrauisch.

»Ja, hier ist Kriminalassistent Skacke«, sagte Skacke.

Zögerndes Schweigen. »Assistent? Ist denn kein Chef da?«

»Der ist im Augenblick nicht im Haus. Sie können aber genausogut mit mir sprechen. Ich arbeite auch an diesem Fall. Was haben Sie denn auf dem Herzen?« Er meinte selbst, einen sehr vertrauenerweckenden Eindruck zu machen, aber die Frau am anderen Ende der Leitung schien nicht ganz davon überzeugt zu sein, daß er befugt war, wichtige Gespräche entgegenzunehmen. »Es ist vielleicht besser, wenn ich selbst hinkomme«, sagte sie feierlich. »Ich wohne ganz in der Nähe.«

»Ja, schauen Sie nur herein«, sagte Skacke. »Fragen Sie einfach nach Kriminalassi . . .«

»Dann ist der Chef vielleicht schon wieder da«, fügte die Frau hinzu und legte auf.

Es dauerte zwölf Minuten. Dann klopfte es an der Tür. Hatte die Frau schon am Telefon einen skeptischen Eindruck gemacht, so wirkte sie noch mißtrauischer, als sie Skacke sah.

»Ich habe mir eigentlich einen etwas älteren Herrn vorgestellt«, sagte sie mit einem Ton, als gelte es, in einem Geschäft eine Ware zu prüfen.

»Bedaure«, sagte Skacke steif. »Nun ist es aber so, daß ich im Augenblick der Diensttuende bin. Wollen Sie sich nicht setzen?«

Er rückte den Lehnstuhl etwas näher an die Schreibtischseite heran, und die Frau setzte sich vorsichtig auf die äußerste Stuhlkante. Sie war klein und verhutzelt und trug einen hellgrünen Sommermantel und einen weißen Strohhut.

Skacke kehrte zu seinem Platz hinterm Schreibtisch zurück. »Also, Frau . . .«

»Gröngren.«

Namen gibt's, dachte Skacke. Nicht zu fassen. »Also, Frau Gröngren, was haben Sie über dieses Ereignis am Mittwoch zu erzählen?«

»Den Mord«, sagte sie. »Wissen Sie, es ist nämlich so, daß ich den Mörder gesehen habe. Ich wußte damals natürlich noch nicht, daß er ein Mörder ist; das habe ich erst heute morgen erfahren, als ich die Zeitung las.«

Skacke beugte sich vor und faltete die Hände auf der Schreibunterlage. »Erzählen Sie«, sagte er.

»Ja, verstehen Sie, ich war drüben in Kopenhagen gewesen, um Lebensmittel einzukaufen, und später hatte ich mich noch mit einer Freundin getroffen und im Brønnum Kaffee getrunken. Ich kam also ziemlich spät nach Hause. Und als ich dann an der Mälarbron an die Ampel komme, zeigt sie gerade Rot, und da mußte ich also gegenüber vom *Savoy* stehenbleiben. Da sehe ich plötzlich einen Mann, der aus einem der Fenster des Restaurants springt. Ich bin nämlich ein paarmal mit meinem Neffen dagewesen, um zu essen, und daher wußte ich, daß es ein Restaurantfenster war. Zuerst dachte ich: So ein Lümmel, will sich auf diese Weise vorm Bezahlen drücken. Ich konnte aber nichts machen, weil ja Rot war, und außer mir war kein Mensch in der Nähe.«

»Haben Sie gesehen, wohin der Mann anschließend ging?« fragte Skacke.

»Aber ja. Er ging zum Fahrradständer links vom Hotel, und dort nahm er ein Fahrrad und sauste los in Richtung Drottningtorg. Dann wurde es Grün, aber da konnte ich ihn nicht mehr sehen, und ich dachte mir, die Hotelleitung wird diese Zeche sicher verschmerzen können. Ich dachte also nicht mehr daran und ging nach Hause.« Sie machte eine kurze Pause. »Ja, und als ich dann auf der anderen Straßenseite war, kamen Leute aus dem Hoteleingang gerannt und starrten, aber da war der Mann schon längst weg.«

»Können Sie diesen Mann beschreiben?« fragte Skacke mit schlecht verhehltem Eifer und zog den Notizblock zu sich heran.

»Jaa, er war so etwa dreißig bis vierzig Jahre alt. Vielleicht näher an die Vierzig, würde ich sagen, weil er nämlich ziemlich kahl auf dem Kopf war, das heißt nicht ganz kahl, aber er hatte dünnes Haar. Er hatte dunkles Haar. Und dann trug er einen braunen Anzug und ein gelbliches Hemd und eine Krawatte, ich weiß aber nicht, von welcher Farbe. Die Schuhe waren braun oder schwarz, ich glaube, eher braun, denn der Anzug war ja braun.«

»Wie sah er aus? Körperbau, Gesichtszüge, irgendein besonderes, auffälliges Kennzeichen?«

Sie schien nachzudenken. »Er war mager«, sagte sie. »Sowohl am Körper wie im Gesicht. Und ziemlich groß. Kleiner als Sie, natürlich, aber doch ziemlich groß. Tja, das wär's, ich wüßte nicht, was ich sonst noch sagen könnte.«

Skacke saß schweigend da und sah sie eine Weile an. Dann sagte er: »Wann haben Sie ihn aus den Augen verloren? Wo befand er sich in dem Augenblick?«

»Bei der Verkehrsampel, glaube ich. An der Kreuzung Brugsgatan. Da war Rot, wenn ich mich recht erinnere. Dann wurde es Grün, und ich ging über die Straße, und dann war er weg.«

»Hm«, sagte Skacke. »Haben Sie gesehen, wie das Fahrrad aussah?«

»Das Rad? Wie ein normales Fahrrad, nehme ich an.«

»Haben Sie nicht die Farbe gesehen?«

»Nein«, sagte Frau Gröngren und schüttelte den Kopf. »Es fuhren ja dauernd Autos vorbei und versperrten mir die Sicht.«

»Ach so«, sagte Skacke. »Noch mehr fällt Ihnen im Augenblick zu dem Mann nicht ein?«

»Nein. Ich wüßte nicht, was. Kriege ich jetzt eine Belohnung?«

»Ich glaube nicht«, sagte Skacke. »Die Allgemeinheit hat nämlich die moralische Pflicht, der Polizei zu helfen. Wenn ich jetzt Ihre Anschrift und Ihre Telefonnummer bekommen könnte, Frau Gröngren? Wenn es nötig ist, lassen wir von uns hören.«

Die Frau nannte ihre Adresse und ihre Telefonnummer. Dann erhob sie sich. »Ja, auf Wiedersehen dann«, sagte sie. »Glauben Sie, daß ich jetzt in die Zeitung komme?«

»Das ist nicht ausgeschlossen«, sagte Skacke, um sie aufzumuntern. Er stand auf und begleitete sie zur Tür. »Auf Wiedersehen, und haben Sie vielen Dank für Ihre Hilfe. Und für Ihre Mühe.« Als er die Tür geschlossen hatte und wieder hinterm Schreibtisch saß, ging die Tür wieder auf und die Frau steckte den Kopf zur Tür herein. »Da war doch noch etwas«, sagte sie. »Bevor der Mann das Rad bestieg, holte er irgend etwas aus dem Jackett, hier aus der Brusttasche, und steckte es in einen Pappkarton oder eine kleine Kiste, die auf dem Gepäckhalter befestigt war. Das hatte ich eben ganz vergessen.«

»Oh«, sagte Skacke. »Sie haben nicht zufällig gesehen, was es war? Dieser Gegenstand?«

»Nein, der Mann stand sozusagen abgewandt. Aber der Karton war etwa so groß, fast so groß wie der Gepäckhalter und etwa zehn Zentimeter hoch. Ich sah ihn nämlich hinterher, als der Mann losfuhr.«

Skacke bedankte sich noch einmal, und Frau Gröngren ging, diesmal offensichtlich endgültig. Dann wählte Skacke die Nummer der Flugbootanlegestelle.

Auf den Deckel seines Notizblocks hatte er, als dieser noch neu war, geschrieben: *Kriminalassistent B. Skacke.* Jetzt setzte er, während er auf das Gespräch wartete: *Erster* davor.

10

Am Sonnabendmittag, kurz nach eins, stießen Martin Beck und Per Månsson in der Tür zur Kantine des Polizeihauses zusammen.

Martin Beck hatte sich im Industriehafen herumgetrieben, der an so einem Sommertag zur Ferienzeit still und verlassen dalag. Beck war bis zum Ölhafen gegangen, wo die Auffüllarbeiten vorübergehend eingestellt worden waren. Er hatte die eigentümliche, science-fiction-ähnliche Industrielandschaft mit dem stehenden milchfarbenen Wasser in den Dämmen betrachtet, die von rechtwinkligen Sandwällen umgeben waren, in denen Lastwagen und Bagger tiefe Spuren hinterlassen hatten, und sich darüber gewundert, wie sehr sich das Hafengebiet in den fünfzehn Jahren, seitdem er das letztemal hiergewesen war, verändert hatte. Plötzlich hatte er Hunger verspürt, trotz der ausgiebigen Mahlzeit am Vorabend – ein neues und angenehmes Gefühl. Der Mensch gewöhnt sich schnell, dachte er zufrieden, und während er so rasch, wie die Hitze es zuließ, zur Stadtmitte zurückkehrte, fragte er sich, was heute in der Kantine des Polizeihauses auf dem Speisezettel stehen mochte.

Månsson hatte keinen Hunger, dafür aber um so mehr Durst. Er hatte zwar den Drink abgelehnt, den Charlotte Palmgren ihm angeboten hatte, aber als er in seinem glutheißen Wagen saß, standen die hellroten, eisklirrenden Getränke, die er in Mats Linders Händen gesehen hatte, wie eine Fata Morgana vor seinen Augen. Er erwog einen Augenblick, nach Hause zu fahren und sich einen Greifenberger zu mixen, entschied aber, daß der Tag noch zu jung sei, und schraubte seine Ansprüche etwas herunter. Ein kaltes Sodawasser in der Kantine mußte vorerst genügen.

Martin Becks Hunger ließ ein wenig nach, als er den Speiseraum betrat, und weil er sich seines Magens nicht ganz sicher war, bestellte er eine Schinkenomelette, eine Tomate und eine Flasche Ramlösa. Månsson verdoppelte die Bestellung.

Als sie sich mit ihren Tabletts an einem Tisch niedergelassen hatten, entdeckten sie Benny Skacke, der verzweifelte Blicke zu ihnen herüberwarf. Ihm gegenüber und mit dem Rücken zu Beck und Månsson saß Backlund. Er hatte seinen Teller zur Seite geschoben und drohte Skacke mit erhobenem Zeigefinger. Sie konnten nicht hören, was er sagte, aber Skackes Blicken nach zu urteilen, hielt er diesem eine Standpauke.

Martin Beck aß schnell seine Omelette auf und ging dann zu Backlund an den Tisch. Er legte ihm die Hand auf die Schulter und sagte freundlich: »Entschuldige, aber ich muß Skacke einen Augenblick entführen. Ich habe etwas mit ihm zu besprechen.«

Backlund schien nicht erfreut über die Unterbrechung zu sein, konnte aber kaum protestieren. Dieser großschnauzige Stockholmer war ja hergeschickt worden, um im Auftrag der Reichspolizei-Führung die Ermittlungen zu leiten. Als könnten sie die nicht selbst mit Erfolg durchführen.

Skacke stand sichtlich erleichtert auf und folgte Martin Beck. Als Månsson seine Mahlzeit beendet hatte, verließen sie gemeinsam die Kantine, von den gekränkten Blicken Backlunds verfolgt.

Sie gingen in Månssons Zimmer, das einigermaßen kühl und gut durchgelüftet war. Månsson ließ sich in den Drehsessel fallen, nahm einen Zahnstocher aus dem Bleistiftbehälter und steckte ihn in den Mundwinkel, nachdem er die Papierhülle entfernt hatte. Martin Beck zündete sich eine Zigarette an, und Skacke ging über den Flur, um seinen Notizblock zu holen. Dann setzte er sich auf den Stuhl neben Martin Beck und legte den Block aufs Knie.

Martin Beck entdeckte den Text auf dem Deckel des Blocks und konnte sich ein Lächeln nicht verkneifen. Als Skacke seinen Blick sah, errötete er und schlug rasch den Block auf. Dann berichtete er, was die neue Zeugin mitzuteilen gehabt hatte.

»Bist du ganz sicher, daß sie Gröngren heißt?« fragte Månsson zweifelnd.

Als Skacke fertig war, sagte Martin Beck: »Du mußt das mit der Besatzung des Tragflächenboots besprechen. Wenn dies derselbe Mann war, den sie auf dem Achterdeck stehen sahen, müssen sie auch den Pappkarton gesehen haben. Wenn er ihn überhaupt noch bei sich hatte, natürlich.«

»Ich habe schon angerufen«, sagte Skacke. »Diese Stewardess, die ihn gesehen hat, ist heute nicht im Dienst. Aber morgen vormittag kommt sie herüber nach Malmö. Ich werde zum Hafen fahren und mit ihr reden.«

»Gut«, sagte Martin Beck.

»Kannst du denn Dänisch überhaupt verstehen?« fragte Månsson zweifelnd.

»Was soll denn dabei so schwierig sein?« fragte Skacke mit großen Augen.

Dann war es Zeit für Martin Beck, über sein Telefongespräch mit Malm und seine Begegnung mit dem soeben angekommenen Kollegen zu berichten.

»Ach so, Paulsson heißt der«, sagte Månsson. »Ich frage mich, ob ich den nicht schon mal im Fernsehen gesehen habe. Er erinnert mich übrigens sehr an einen Burschen von der Sicherheitspolizei, der hier in Malmö arbeitet. Man nennt ihn den ›geheimen Persson‹. Der trägt auch so merkwürdige Anzüge und kleidet sich überhaupt sehr komisch. Übrigens, das mit dem Heringsexport habe ich als bekannt vorausgesetzt, aber von Waffengeschäften und dunklen Machenschaften habe ich bisher keine Ahnung gehabt.«

»Nun, das ist an und für sich nicht verwunderlich«, sagte Martin Beck. »Das hat er bestimmt nicht an die große Glocke gehängt.«

Månsson zerbrach den Zahnstocher und legte ihn in den Aschenbecher. »Also, ich hatte gleich so ein merkwürdiges Gefühl, als mir die nackte Witwe erzählte, Palmgren tätige viele seiner Geschäfte in Portugal.«

»Die *nackte* Witwe?« wiederholten Martin Beck und Skacke wie aus einem Mund.

Månsson nahm einen neuen Zahnstocher aus dem Bleistiftbehälter und sagte: »Ich wollte sagen, die lustige Witwe. Aber nicht einmal das war sie; sie schien weder lustig noch traurig zu sein. Sie war eigentlich völlig gleichgültig.«

»Und *nackt?«* fragte Martin Beck.

Månsson berichtete von seinem Besuch in der Palmgrenschen Villa.

»Sie sah sicher dufte aus, was?« sagte Skacke.

»Der Meinung war ich nicht«, sagte Månsson kurz. Dann wandte er sich an Martin Beck: »Hast du etwas dagegen, wenn ich mir mal diesen Linder vornehme?«

»Nein«, sagte Martin Beck. »Ich möchte ihn aber selbst gern mal sprechen. Ich meine übrigens, daß wir ihn uns ruhig zu zweit vorknöpfen sollten.«

Månsson nickte. Nach einer Weile sagte er: »Glaubst du an das Gerede von einem politischen Motiv?«

»Ja, warum eigentlich nicht? Ich wüßte aber gern etwas mehr über Palmgrens Geschäfte im Ausland. Ich weiß allerdings nicht, wie wir uns da Klarheit verschaffen sollen. Mats Linder ist vermutlich nicht in alles eingeweiht; sein Job betrifft wohl nur die Heringsfirma. Was war übrigens die Aufgabe dieses Dänen?«

»Keine Ahnung«, sagte Månsson, »aber wir werden es herausfinden. Und wenn wir es nicht allein schaffen, wird Mogensen weiterhelfen.«

Sie schwiegen eine Zeitlang. Dann sagte Skacke: »Wenn der Schütze derselbe Mann ist, der von Kastrup nach Stockholm geflogen ist, dürfte er auf jeden Fall Schwede sein. Und wenn es sich um einen politischen Mord handelt, ist dieser Mann ein Gegner von Palmgrens Geschäften in Rhodesien und Angola und Moçambique und diesen anderen Ländern, wie sie auch heißen mögen. Und wenn er das ist, muß er ein fanatischer Linksextremist sein.«

»Jetzt redest du ganz wie der ›geheime Persson‹«, sagte Månsson. »Der sieht hinter jedem Gebüsch fanatische Linksextremisten. Es ist aber natürlich etwas dran an dem, was du sagst.«

»Wenn ich ehrlich sein soll, hatte ich auch schon etwas in dieser Richtung gedacht, noch vor meiner Unterhaltung mit Malm. Dieser Mord hat frappierende Ähnlichkeit mit einem politischen Attentat. Es ist etwas Eigenartiges am Modus operandi des Mörders ...«, sagte Martin Beck und brach mitten im Satz ab. Er hatte sich des gleichen Ausdrucks bedient wie Malm, und das ärgerte ihn maßlos.

»Vielleicht, vielleicht auch nicht«, meinte Månsson. »Die Extremistengruppen hier im Süden sind hauptsächlich in Lund konzentriert. Ich kenne sie, und sie sind meist verdammt friedlich. Die Sicherheitspolizei ist da natürlich anderer Meinung.«

»Es deutet nichts darauf hin, daß der Täter aus dieser Gegend kommt«, bemerkte Skacke.

Månsson schüttelte den Kopf. »Denkt doch nur an die Ortskenntnis«, sagte er. »Vorausgesetzt, diese Geschichte mit dem Fahrrad stimmt.«

»Das Rad müßten wir auftreiben«, sagte Skacke optimistisch.

Månsson sah ihn lange an. Dann schüttelte er wieder den Kopf und sagte gutmütig: »Mein Kleiner, ein Fahrrad aufspüren ...«

Es klopfte, und Backlund betrat das Zimmer, ohne das »Herein« abgewartet zu haben. Er putzte fleißig an seinen Brillengläsern herum. »Aha, eine kleine Konferenz«, sagte er irritiert. »Vielleicht haben die Herren schon herausgefunden, wohin die Patronenhülse verschwunden ist. Wir haben sie überall gesucht. Sogar im Essen. Ich habe eigenhändig im Kartoffelbrei herumgewühlt. Es gibt ganz einfach keine Patronenhülse . . .«

»O doch«, sagte Månsson müde. »Die gibt es.«

»Aber er hat doch einen Revolver benutzt«, sagten Martin Beck und Benny Skacke wie aus einem Mund.

Backlund sah aus, als wäre er vom Blitz getroffen worden.

Als Benny Skacke am Sonntagvormittag am Anlegeplatz der Tragflächenboote vom Fahrrad stieg, war die *Springeren* gerade auf dem Weg ins innere Hafenbecken. Das Boot hatte sich aufs Wasser gelegt und glitt langsam an die Kaimauer.

Trotz des noch immer strahlenden Wetters hatten sich nur wenige entschlossen, an diesem Tag den Sund in einem Transportmittel zu überqueren, dessen Innenraum mehr einer Flugzeugkabine als einem Schiffssalon ähnelte. Etwa zehn Passagiere kletterten aus der Kabine an Deck, eilten über die Gangway, durchquerten das Abfertigungsgebäude, um sich dann um das einzige bereitstehende Taxi zu schlagen.

Skacke wartete an der Gangway. Nach fünf Minuten kam ein blondes Mädchen in der Uniform einer Stewardess an Deck. Skacke ging zu ihr, stellte sich vor und zeigte seine Legitimation.

»Aber ich habe der Polizei doch schon alles über diesen Mann erzählt«, sagte das Mädchen. »Der Polizei in Kopenhagen.«

Skacke war angenehm überrascht, daß sie Schwedisch sprach, wenn auch mit unverkennbar dänischem Akzent. »Ja, ich weiß«, sagte er. »Es gibt aber etwas, wonach man Sie noch nicht gefragt hat. Haben Sie zufällig gesehen, ob der Mann, der am Mittwochabend oben an Deck stand, etwas in der Hand hatte?«

Die Schiffsstewardess biß sich auf die Lippe und zog die Stirn kraus. Schließlich sagte sie zögernd: »Jaa, jetzt, wo Sie es sagen . . . Ich glaube, ich kann mich erinnern . . . Ja, warten Sie mal, er hatte tatsächlich etwas in der Hand. Einen Karton, einen schwarzen Karton, etwa so groß.« Sie deutete die Maße mit den Händen an.

»Haben Sie bemerkt, ob er den Karton noch bei sich hatte, als er herunterkam und sich hinsetzte?«

Sie überlegte eine Weile. Dann schüttelte sie den Kopf. »Nein, daran kann ich mich nicht erinnern. Ich weiß es wirklich nicht genau. Ich habe nur gesehen, daß er den Karton unterm Arm hatte, als er oben an Deck stand.«

»Trotzdem vielen Dank«, sagte Skacke. »Sie haben uns einen wertvollen Hinweis gegeben. Ihnen ist seit Ihrem Gespräch mit der Polizei in Kopenhagen nicht zufällig noch etwas zu diesem Mann eingefallen?«

Sie schüttelte noch einmal den Kopf. Dann sagte sie mit einem berufsmäßigen Lächeln: »Nein, leider nichts. Und wenn Sie mich entschuldigen wollen: Ich muß für die nächste Tour alles wieder herrichten.«

Skacke radelte zurück zum Davidshallstorg und ging zu seinem Zimmer im Polizeihaus hinauf. Eigentlich hatte er heute frei, aber es war fast elf Uhr und damit Zeit, Monica anzurufen. Er rief lieber von seinem Dienstzimmer als von zu Hause an. Einmal wagte er es wegen der hohen Kosten nicht, von dort zu telefonieren, zum anderen war die Wirtin recht neugierig. Und wenn er mit Monica telefonierte, war er lieber ungestört.

Monica war ebenfalls frei und allein in ihrer Wohnung, die sie zusammen mit einer Kollegin bewohnte. Das Gespräch dauerte fast eine Stunde, aber was machte das schon?

Die Polizei zahlte ja, oder vielmehr die Steuerzahler.

Als Skacke auflegte, hatte er ganz andere Dinge im Kopf als den Mord an Viktor Palmgren.

11

Martin Beck und Månsson sahen sich am Montagmorgen um acht im Polizeihaus wieder. Keiner der beiden war sonderlich guter Laune; Månsson wirkte flau, behäbig und wenig unternehmungslustig, und Martin Beck war nachdenklich und in düsterer Stimmung.

Sie blätterten schweigend in ihren Papieren, in denen sich aber nichts fand, was sie hätte aufmuntern können. Am Sonntag hatte sich nichts weiter ereignet, außer daß es in der Stadt noch heißer und menschenleerer geworden war, und als die Nachmittagszeitungen mit offizieller Genehmigung meldeten, »die Fahndungssituation sei unverändert«, hatte diese leere und abgedroschene Phrase durchaus ihre Berechtigung. Das einzig Positive war der unklare Bescheid Skackes von der Stewardess.

Der Juli ist ein für polizeiliche Ermittlungen höchst ungeeigneter Monat. Wenn dazu noch schönes Wetter herrscht, ist er für fast alles ungeeignet, bis aufs Ferienmachen. Das Königreich Schweden ist mehr oder weniger geschlossen, nichts funktioniert, und es ist unmöglich, Leute zu erwischen, von denen man etwas will, ganz einfach, weil die meisten außer Landes oder zu ihren Sommerhäusern gefahren sind. Dies gilt für die meisten Personengruppen, angefangen bei den einheimischen Berufsverbrechern bis zu den Staatsbeamten und wenigen Polizisten, die sich im Dienst befinden und meist damit beschäftigt sind, den buntscheckigen Strom von Ausländern im Auge zu behalten oder den Verkehr auf den Autostraßen flüssig zu halten.

Martin Beck hätte zum Beispiel viel darum gegeben, wenn er mit seinem alten Mitarbeiter Fredrik Melander hätte sprechen können. Dieser war heute Kriminalinspektor beim Dezernat für Gewaltverbrechen in Stockholm, neunundvierzig Jahre alt und mehr denn je zuvor im Besitz des zuverlässigsten

Gedächtnisses der gesamten Polizei, wenn es um Namen, Ereignisse, Situationen und all die anderen Fakten ging, die er in dreißig Dienstjahren hatte aufschnappen können. Er war der Mann, der nie etwas vergaß, und einer der wenigen, die in der eigenartigen Affäre Palmgren etwas Konstruktives hätte sagen können. Melander war aber definitiv außer Reichweite. Er hatte Urlaub und sich wie immer, wenn er dienstfrei hatte, in seinem Sommerhaus draußen auf Värmdö vollständig von der Außenwelt isoliert. Das Haus hatte kein Telefon, und von seinen Kollegen wußte niemand, wo das Haus eigentlich lag. Sein Hobby war es, Holz zu hacken, aber ausgerechnet in diesem Sommermonat hatte er sich vorgenommen, ein neues zweisitziges Klo zu bauen. Davon wußten aber nur er und seine verblüffend häßliche und hochgewachsene Frau.

Im übrigen hätten auch Martin Beck und Månsson in dieser Woche ihren Sommerurlaub antreten sollen, und das Wissen darum, daß sie ihn auf unbestimmte Zeit würden verschieben müssen, spiegelte sich in ihren düsteren Mienen wider.

An diesem Montag mußten jedoch die Verhöre über die Bühne gehen, obwohl keiner von ihnen wußte, wie das eigentlich vor sich gehen sollte. Martin Beck rief in Stockholm an, und es gelang ihm, Kollberg nach vielen Wenn und Aber dazu zu bewegen, Hampus Broberg und Helena Hansson zu übernehmen.

»Was soll ich sie denn fragen?« erkundigte sich Kollberg betrübt.

»Keine Ahnung.«

»Wer leitet eigentlich diese Ermittlungen?«

»Ich.«

»Und dann weißt du das nicht einmal? Wie, zum Teufel, soll ich es denn wissen?«

»Ich möchte ein Bild von der allgemeinen Lage haben.«

»Der allgemeinen Lage? Die ist schlecht. Ich sterbe bald an einem Hitzschlag.«

»Was uns fehlt, ist ein Motiv. Oder richtiger gesagt, wir haben zu viele, unter denen wir uns eines aussuchen dürfen. Vielleicht kann die Stimmung im Palmgrenschen Konzern uns auf die richtige Fährte bringen.«

»Möglich«, sagte Kollberg zweifelnd. »Diese Hansson, diese Sekretärin, sieht die gut aus?«

»Es wird behauptet.«

»Na, das ist ja immerhin etwas. Tschüs dann.«

Martin Beck wäre beinahe ein »Laß von dir hören« entschlüpft, aber er verbiß es sich im letzten Augenblick. »Tschüs«, sagte er lakonisch und legte auf. Er sah Månsson an und sagte: »Kollberg übernimmt die Stockholmer Zeugen.«

Månsson nickte und sagte: »Ja, er ist ein guter Mann.«

Kollberg war mehr als das, aber Månsson kannte ihn nicht so gut wie Martin Beck.

In Wahrheit war Kollberg der einzige, dem Martin Beck uneingeschränkt vertraute, ein Mann mit sicherem Urteil, unbedingt fähig, auf eigene Faust mit allem fertig zu werden, überdies mit Phantasie begabt, systematisch und von unerbittlicher Logik. Sie hatten lange Jahre zusammengearbeitet und verstanden einander auch ohne viele Worte.

Månsson und Martin Beck schwiegen eine Weile und blätterten lustlos in ihren Papieren. Kurz nach neun standen sie auf und gingen zu Månssons Wagen hinunter, der auf dem Hof geparkt war.

Jetzt, am Montagvormittag, waren die Straßen etwas belebter, trotzdem brauchte Månsson nicht mehr als zehn Minuten, um zu dem Hochhaus im Hafengebiet zu gelangen, in dem Viktor Palmgren sein schwedisches Hauptbüro gehabt hatte und in dem jetzt Mats Linder wohl präsidieren würde.

Månsson parkte höchst gesetzeswidrig und klappte die Sonnenblende herunter, auf der ein rechteckiges Pappschild mit der säuberlich aufgemalten Inschrift POLIZEI angebracht war.

Sie nahmen den Fahrstuhl bis zum siebten Stock und kamen dort in einen großen Vorraum mit leuchtend rotem Teppichboden und Seidentapeten an den Wänden. Mitten im Raum stand ein niedriger Tisch, der von bequemen Sesseln umgeben war. Auf der Tischplatte lag ein Stapel Zeitschriften, meist ausländische, aber auch *Svensk Tidskrift* und *Veckans affärer* befanden sich darunter. Außerdem standen zwei große Kristallaschenbecher auf dem Tisch, ein Kästchen aus Teakholz mit Zigarren und Zigaretten, ein Tischfeuerzeug aus Ebenholz sowie eine schwere Orrefors-Vase mit roten Rosen. Links in der Ecke, an einem langgestreckten Schreibtisch, saß eine blonde Empfangsdame von etwa zwanzig Jahren, die ihre spiegelblanken Fingernägel prüfend betrachtete. Vor sich hatte sie eine Gegensprechanlage, zwei Telefonapparate und eine Schreibunterlage, auf der ein Notizblock und ein vergoldeter Füller lagen.

Sie hatte die Figur eines Mannequins, die in einem superkurzen weißen Kleid steckte. Die Strümpfe waren schwarz und zeigten ein ausgeklügeltes durchbrochenes Muster. An den Füßen trug sie elegante schwarze Schuhe mit Silberschnallen. Ihr Make-up bestand aus einem fast weißen Lippenstift und hellblauem Lidschatten. Überdies trug sie lange silberne Ohrringe und zeigte blendendweiße, gleichmäßige Zähne. Die Augen waren von klarem Blau und blickten unintelligent unter langen, dunklen und falschen Wimpern hervor. Wenn man es so haben will, ist sie eigentlich tadellos, dachte Martin Beck.

Das Mädchen sah sie leicht verächtlich und ein wenig abweisend an. Dann piekte sie mit einem langen und spitzen Fingernagel auf das vor ihr liegende Kalenderblatt und sagte in dem breitesten Schonen-Dialekt, der sich denken läßt: »Sie sind sicher von der Polizei, wie ich mir vorstellen kann.« Sie warf einen Blick auf ihre winzige Armbanduhr und fuhr fort: »Sie kommen fast zehn Minuten zu früh. Herr Linder führt gerade ein Telefongespräch.«

Herr Linder, dachte Martin Beck. Das hieß, daß Mats Linder schon die Position erklommen hatte, in der Titel überflüssig sind und eher eine Belastung darstellen.

»Er spricht mit Johannesburg«, sagte sie. »Sie können sich ja so lange hinsetzen. Sobald das Gespräch beendet ist, werde ich Sie melden. Sie sind die Herren Månsson und Back, nicht wahr?«

»Beck.«

»Ach so«, sagte sie gleichgültig. Sie nahm den vergoldeten Füller und kritzelte gelangweilt ein Strichmännchen auf das Kalenderblatt. Dann musterte sie die beiden Beamten noch einmal mit unverhohlener Abneigung und machte eine vage Handbewegung zum Tisch mit den Rosen, den Kristallaschenbechern und den Rauchwaren hin. »Bitte sehr, rauchen Sie, wenn Sie mögen.« Etwa so, wie ein Zahnarzt sagt: »Bitte spülen.«

Martin Beck fühlte sich ungemütlich in dieser Umgebung. Er warf einen Blick auf Månsson, der ein zerknittertes Hemd trug, das über die Hose hing, ungebügelte graue Hosen und Sandalen. Er selbst war nicht viel eleganter, obwohl er nachts die Hosen immer unter die Matratze legte. Auf Månsson dagegen schien die Umgebung nicht den geringsten Eindruck zu machen. Er ließ sich in einen der Sessel fallen, holte einen Zahnstocher aus der Brusttasche seines Hemdes und blätterte etwa dreißig Sekunden lang in einer Nummer von *Veckans affärer,* ehe er die Achseln zuckte und das Heft auf den Tisch warf. Martin Beck nahm ebenfalls Platz und studierte sorgfältig die Auswahl teurer Rauchwaren in dem aufgeklappten Teakholzkästchen. Dann holte er eine seiner eigenen Florida aus der Tasche, kniff das Pappmundstück zusammen und zündete sie mit einem Streichholz an.

Er sah sich um. Das Mädchen war wieder dazu übergegangen, seine Fingernägel zu bewundern. Es war völlig still im Raum. Irgend etwas irritierte ihn maßlos. Nach kurzer Zeit wurde ihm die Ursache klar: Es waren keine Türen zu sehen. Es gab sie zwar, aber sie verschmolzen so perfekt mit der Tapete, daß man sich tatsächlich anstrengen mußte, sie zu entdecken.

Die Minuten vergingen. Månsson kaute geistesabwesend auf seinem Zahnstocher herum. Martin Beck drückte seine Zigarette aus und zündete sich eine neue an. Er stand auf und ging zu einer Längswand, in die ein großes Aquarium mit grünlich schimmerndem Wasser eingelassen war. Er beobachtete die farbenprächtigen Fische, bis ein leichtes Surren in der Gegensprechanlage seinem weiteren Vorhaben ein Ende machte.

»Herr Linder läßt jetzt bitten«, sagte die Empfangsdame.

Im gleichen Augenblick wurde eine der gut getarnten Türen geöffnet, und eine dunkelhaarige Frau von etwa fünfunddreißig Jahren bedeutete ihnen mit einer Handbewegung, hereinzukommen. Ihre Bewegungen waren schnell und präzise, und ihr Blick war fest. Die typische Chefsekretärin, dachte Martin Beck. Vermutlich war sie diejenige, die hier die Arbeit machte, sofern es in diesen Wänden überhaupt wirkliche Arbeit gab. Månsson erhob sich und ging schwer und behäbig vor Beck durch ein kleineres Zimmer mit Schreibtisch, elektrischer Schreibmaschine, Aktenschrank und zahlreichen Ordnern, die in Regalwänden aufgereiht standen.

Die dunkelhaarige Sekretärin öffnete eine weitere Tür und hielt sie auf, noch immer, ohne ein Wort zu sagen. Sie traten ein, wobei sich in Martin Beck das Gefühl verstärkte, groß und tolpatschig und ungehobelt zu sein und überhaupt nicht in dieses Milieu zu passen.

Während Månsson direkt auf den Schreibtisch zuging, hinter dem Mats Linder sich gerade mit einem traurigen, aber dennoch freundlichen und höflich-zuvorkommenden Lächeln erhob, studierte Martin Beck nacheinander drei verschiedene Objekte in dieser Reihenfolge: die Aussicht, die Einrichtung und die Person, deretwegen sie hergekommen waren.

Er hatte eine sehr rasche Auffassungsgabe, was seiner Meinung nach sein größtes Plus in dem von ihm gewählten Beruf war, und er hatte bereits alles Wesentliche in sich aufgenommen, als Månsson den Zahnstocher aus dem Mund nahm, ihn in den Messingaschenbecher legte und Linder die Hand gab.

Die Aussicht durch die großen Panoramafenster war fabelhaft. Unten lag der Hafen oder vielmehr lagen die Häfen, die vor Aktivität barsten mit ihrem Gewimmel von Fracht- und Passagierschiffen, Schleppern, Kränen, Lastwagen, rangierenden Zügen und aufgereihten Containern. Dahinter lagen der Öresund und Dänemark. Die Sicht war hervorragend, und er konnte mindestens zwanzig Schiffe erkennen, von denen mehrere Fahrgastschiffe auf dem Weg von und nach Kopenhagen waren. Das Panorama übertraf bei weitem das aus seinem Hotelfenster, und auch schon *die* Aussicht war eindrucksvoll. Hier aber war sie so schön, daß Beck gern einen Feldstecher zur Hand gehabt hätte.

Ein Feldstecher befand sich auch unter den Einrichtungsgegenständen: ein Carl-Zeiss-Marinefeldstecher, hergestellt in Jena. Er lag rechts auf dem großen stählernen Schreibtisch. Der Tisch war so placiert, daß Linder mit dem Rücken zu einer fensterlosen Querwand saß, die ganz von einer riesigen Fotografie bedeckt wurde. Sie zeigte einen Fischtrawler in schwerer See mit schaumumtostem Freibord und kaskadenartig hochspritzenden Bugwellen. An der Steuerbordreling stand eine Reihe von Männern in Südwestern und Ölkleidung, die gerade das Trawlnetz hochkurbelten. Der Gegensatz war umwerfend. Der Unterschied zwischen der Arbeit dieser Seeleute, die unter unerhörten Mühen einen knapp bemessenen Fang aus der See holten, und dem genüßlichen Herumsitzen in einem luxuriösen Büro und dem Schaffen eines

Vermögens sprang ins Auge. Ohne die Plackerei dieser Menschen wären Existenzen wie Linder nicht denkbar. Der Kontrast war, wie schon gesagt, umwerfend, aber vermutlich nicht beabsichtigt. Es muß schließlich für jede Art von Zynismus eine Grenze geben. An der Längswand gegenüber den Fenstern hingen drei Lithographien von Matisse, Chagall und Salvador Dalí. Zwei lederbezogene Besuchersessel sowie ein Konferenztisch mit sechs hochlehnigen Stühlen vervollständigten die Einrichtung dieses Raums.

Mats Linder war den Erkundigungen zufolge, die Beck und Månsson zuvor eingeholt hatten, dreißig Jahre alt. Er sah genauso aus, wie es seinem Lebensalter und seiner Stellung entsprach. Er war hochgewachsen, schlank und durchtrainiert, hatte braune Augen, sorgfältig gekämmtes und gescheiteltes Haar und ein mageres Gesicht mit einem prinzipienfesten Profil und einem entschlossenen Kinn. Seine Kleidung war bemerkenswert korrekt.

Martin Beck sah Månsson an und fühlte sich zerknitterter und verschwitzter als je zuvor. Er nannte seinen Namen und gab Linder die Hand. Sie nahmen in den Ledersesseln Platz.

Der Mann hinterm Schreibtisch stützte sich mit den Ellbogen auf der Schreibtischplatte ab und blieb mit erhobenen Händen und aneinandergelehnten Fingerspitzen sitzen. »Nun«, begann er, »haben Sie den Mörder gefaßt?«

Månsson und Martin Beck schüttelten gleichzeitig den Kopf.

»Auf welche Weise kann ich Ihnen weiterhelfen?«

»Hatte Direktor Palmgren irgendwelche Feinde?« fragte Martin Beck. Das war eine dumme und einfache Frage, aber irgendwo mußte man schließlich anfangen.

Linder schien sie aber übertrieben ernst zu nehmen und erwog seine Antwort sorgfältig. Schließlich sagte er: »Wenn man mit Geschäften von der Größenordnung zu tun hat, wie sie Viktor Palmgren geläufig war, kann man kaum vermeiden, sich Gegner zu schaffen.«

»Schwebt Ihnen ein bestimmter Gegner vor?«

»Allzu viele«, sagte Linder mit einem blassen Lächeln. »Meine Herren, die Geschäftswelt von heute ist hart. Bei der heutigen Lage auf dem Kreditmarkt ist für Wohltätigkeit oder Sentimentalität kein Platz mehr. Es geht oft nur noch darum, getötet zu werden oder selbst zu töten. In wirtschaftlicher Hinsicht, meine ich. Aber . . .«

»Ja?«

»Aber wir Geschäftsleute bedienen uns anderer Mittel als irgendwelcher Mordwaffen. Wir schießen nicht aufeinander. Darum glaube ich, daß wir in aller Ruhe die Theorie begraben können, derzufolge irgendein Konkurrent, der sich übervorteilt glaubt, in ein erstklassiges Restaurant spaziert, um mit der Pistole in der Hand einen sozusagen privaten Ausgleich der Bilanz herzustellen.«

Månsson bewegte sich. Es war ihm anzumerken, daß ihm irgend etwas eingefallen war, aber er sagte nichts. Martin Beck mußte das Gespräch vorläufig allein weiterführen. »Haben Sie von dem Mann, der Ihren Chef erschossen hat, eine bestimmte Vorstellung?«

»Ich habe ihn ja kaum gesehen, einmal, weil ich neben Vicke saß – ja, so nannten wir ihn im engeren Kreis – und dem Mörder folglich den Rücken zuwandte, und zum anderen, weil ich nicht sofort begriff, was geschah. Ich hörte den Knall, der nicht sehr laut war und nicht direkt alarmierend schien, und dann fiel Vicke vornüber auf den Tisch. Ich sprang sofort auf und beugte mich über ihn. Es dauerte einige Sekunden, ehe mir klar wurde, daß er ernstlich verletzt war. Als ich mich umsah, war der Mann, der geschossen hatte, bereits verschwunden, und von allen Seiten kam Personal herbeigelaufen, um zu helfen. Das habe ich der Polizei übrigens schon am Abend der Tat gesagt.«

»Ich weiß«, sagte Martin Beck. »Ich habe mich vielleicht nicht deutlich genug ausgedrückt. Was ich gemeint habe, war, ob Sie eine Vorstellung davon haben, welcher Typ Mensch hier als Täter in Frage kommt.«

»Ein Irrer«, sagte Mats Linder ohne das geringste Zögern. »Nur ein Geisteskranker kann sich so verhalten.«

»Demnach wäre Direktor Palmgren nur rein zufällig das Opfer eines Verbrechens geworden?«

Der Mann dachte nach. Dann zeigte er wieder sein mattes Lächeln und sagte: »Nun, das herauszufinden ist sicher Sache der Polizei.«

»Soviel ich weiß, unterhielt Direktor Palmgren auch im Ausland eine lebhafte Geschäftstätigkeit.«

»Das ist richtig. Seine geschäftlichen Interessen waren sehr verzweigt. Aber womit wir uns hier befassen, ist der Import und Export von Fisch, wobei bestimmte Bereiche mit Verbindungen zur Konservenindustrie eine Rolle spielen. Diese Firma ist vom alten Palmgren, dem Vater Vickes, gegründet worden. Ich bin zu jung und habe ihn nicht mehr kennengelernt. Was die übrigen Auslandsgeschäfte betrifft, so weiß ich nicht sehr viel.« Er machte eine Pause und fügte hinzu: »Es sieht aber ganz so aus, als würde ich mich künftig stärker mit ihnen befassen müssen.«

»Wer übernimmt dann die Hauptverantwortung für den . . . Konzern?«

»Charlotte, nehme ich an. Sie dürfte die Alleinerbin sein. Kinder oder andere Verwandte sind nicht vorhanden, die Ansprüche geltend machen könnten. Aber das müssen die Firmenjuristen erledigen. Der Syndikus der Firma hat seinen Urlaub unterbrochen. Er ist Freitagabend nach Hause gekommen und seitdem dabei, mit seinen Assistenten die Unterlagen durchzugehen. Unterdessen arbeiten wir hier wie gewöhnlich weiter.«

Arbeiten, dachte Martin Beck.

»Rechnen Sie damit, Direktor Palmgrens Nachfolger zu werden?« warf Månsson plötzlich ein.

»Nein«, sagte Linder. »Das kann ich wirklich nicht behaupten. Im übrigen habe ich weder die Begabung noch die Erfahrung, die nötig sind, um ein Firmenimp . . .« Hier brach er plötzlich ab, und Månsson griff die Frage nicht wieder auf. Auch Martin Beck sagte nichts. Linder selbst fuhr wieder fort: »Bis auf weiteres bin ich mit meiner hiesigen Stellung vollauf zufrieden. Und ich kann Ihnen versichern, daß schon dieser Teil der Firma hohe Anforderungen an einen Mann stellt.«

»Ist dieser Heringshandel gewinnbringend?« fragte Martin Beck.

Linder lächelte nachsichtig. »Nun ja, wir handeln ja nicht nur mit Hering. Ich kann Ihnen jedenfalls versichern, daß die finanziellen Verhältnisse des Unternehmens äußerst solide sind.«

Martin Beck sah sich veranlaßt, eine neue Angriffsposition einzunehmen. »Ich kann wohl davon ausgehen, daß Sie alle Teilnehmer des Soupers persönlich kennen?«

Linder dachte kurz nach. »Ja, bis auf Direktor Brobergs Sekretärin.«

Zeigte sich da nicht ein leichtes Unbehagen in seinen Zügen? Martin Beck spürte, daß hier etwas zu holen war, und bohrte unbeirrt nach. »Direktor Broberg ist ja bedeutend älter als Sie, sowohl an Lebens- wie nach Dienstjahren im Palmgren-Konzern.«

»Ja, er ist fünfundvierzig.«

»Dreiundvierzig«, berichtigte Martin Beck. »Und wie lange hat er für Palmgren gearbeitet?«

»Seit Mitte der fünfziger Jahre. Rund fünfzehn Jahre.«

Es hatte den Anschein, als gefiele dieses Thema Mats Linder ganz und gar nicht. »Dennoch haben Sie eine privilegiertere Stellung, nicht wahr?«

»Das kommt darauf an, was man unter privilegiert verstehen will. Hampus Broberg sitzt in Stockholm als Geschäftsführer der dortigen Immobiliengesellschaft. Außerdem hat er die Aktiengeschäfte unter sich.« Linder machte jetzt eine unzweifelhaft ablehnende Miene.

Hier muß ich mich festbeißen, dachte Martin Beck. Früher oder später kann ich ihn vielleicht dazu bringen, sich zu verplappern. »Es scheint aber dennoch völlig klar zu sein, daß Direktor Palmgren zu Ihnen mehr Vertrauen hatte als zu Broberg. Und dennoch hat Broberg schon fünfzehn Jahre für ihn gearbeitet und Sie erst . . . Ja, wie lange eigentlich?«

»Fast fünf Jahre«, erwiderte Mats Linder.

»Hat Direktor Palmgren Broberg nicht getraut?«

»Viel zu sehr«, sagte Linder und kniff die Lippen zusammen, als wollte er die Antwort auslöschen und aus dem Protokoll streichen lassen.

»Halten Sie Broberg für unzuverlässig?« stieß Martin Beck sofort nach.

»Das ist eine Frage, die ich ungern beantworten möchte.«

»Hat es zwischen Ihnen und ihm Kontroversen gegeben?«

Linder schwieg eine Weile. Es schien, als versuchte er, die Situation genau abzuwägen. »Ja«, sagte er schließlich.

»Worum ging es bei diesen Auseinandersetzungen?«

»Das ist eine strikt firmeninterne Angelegenheit.«

»Sind Sie der Meinung, daß er sich dem Konzern gegenüber nicht loyal verhält?«

Linder sagte nichts. Das spielte aber keine Rolle mehr, weil er die Frage ja eigentlich schon beantwortet hatte.

»Nun, wir werden mit Direktor Broberg selbst reden müssen«, sagte Martin Beck leichthin.

Der Mann hinterm Schreibtisch holte einen langen, schmalen Zigarillo aus der Jackentasche, entfernte die Cellophanhülle und zündete ihn sorgfältig an. »Im übrigen verstehe ich gar nicht, was all das mit dem Mord an meinem Chef zu tun haben soll«, sagte er.

»Vielleicht gar nichts«, sagte Martin Beck. »Wir werden sehen.«

»Kann ich Ihnen sonst noch irgendwelche Auskünfte geben, meine Herren?« fragte Linder und qualmte an seinem Zigarillo.

»Sie hatten doch eine Konferenz am Mittwochnachmittag, nicht wahr?«

»Ja, das ist richtig.«

»Wo?«

»Hier.«

»In diesem Raum?«

»Nein, im Konferenzraum.«

»Worum ging es bei dieser Zusammenkunft?«

»Um interne Angelegenheiten. Ich kann Ihnen darüber keine näheren Angaben machen und will es auch nicht. Sagen wir mal, daß Direktor Palmgren sich von der direkten Geschäftstätigkeit für eine bestimmte Zeit zurückziehen wollte und daher eine zusammenfassende Darstellung der Lage hier in Skandinavien wünschte.«

»Wurden anläßlich dieser Sitzung Rügen erteilt? Gab es etwas, womit Direktor Palmgren unzufrieden war?«

Die Antwort kam nach kurzem Zögern: »Nein.«

»Aber Sie sind vielleicht der Meinung, daß einige Rügen angebracht gewesen wären?«

Linder antwortete nicht.

»Haben Sie etwas dagegen einzuwenden, daß wir uns einmal mit Hampus Broberg unterhalten?«

»Im Gegenteil«, murmelte Linder.

»Verzeihung, ich habe nicht verstanden, was Sie sagten.«

»Es war nichts.«

Schweigen. Martin Beck glaubte nicht, auf dem eingeschlagenen Weg viel weiter kommen zu können. Hier stank zwar irgend etwas, aber es sprach vorläufig nichts dafür, daß diese Sache etwas mit dem Mord zu tun hatte.

Månsson schien völlig passiv zu sein, und Linder verhielt sich abwartend.

»Jedenfalls scheint völlig klar zu sein, daß Direktor Palmgren zu Ihnen mehr Vertrauen hatte als zu Broberg«, stellte Martin Beck wie selbstverständlich fest.

»Das ist möglich«, sagte Linder trocken. »Wie dem auch sei; mit dem Mord hat das alles jedenfalls nichts zu tun.«

»Das wird sich zeigen«, sagte Martin Beck.

In den Augen des anderen blitzte es auf. Er war wütend, und es fiel ihm schwer, das zu verbergen.

»Nun, wir haben Ihre kostbare Zeit schon recht lange in Anspruch genommen«, sagte Martin Beck.

»Das haben Sie wahrhaftig. Je eher dieses Gespräch beendet wird, desto besser. Für mich wie für Sie. Bei diesem Wiederkäuen kommt doch nichts Konstruktives heraus.«

»Dann lassen wir's dabei bewenden«, sagte Martin Beck und machte Anstalten, sich zu erheben.

»Sehr verbunden«, sagte Linder in gemessenem, aber sarkastischem Ton.

In diesem Augenblick meldete Månsson sich zu Wort. »Wenn Sie nichts dagegen haben, möchte ich Sie gern noch einiges fragen.«

»Und was wäre das?«

»In welchem Verhältnis stehen Sie zu Charlotte Palmgren?«

»Ich kenne sie.«

»Wie gut kennen Sie sie?«

»Das dürfte wohl meine Privatangelegenheit sein.«

»Ja, das ist natürlich richtig. Aber ich möchte trotzdem, daß Sie die Frage beantworten.«

»Welche Frage?«

»Ob Sie ein Verhältnis mit Frau Palmgren haben?«

Linder sah ihn kalt und abweisend an. Nach einer Minute Schweigen zerrieb er den Zigarillo im Aschenbecher und sagte: »Ja.«

»Ein amouröses Verhältnis?«

»Ein sexuelles Verhältnis. Ich pflege gelegentlich mit ihr zu schlafen, um es in einer Sprache auszudrücken, die auch für Polizisten begreiflich ist.«

»Seit wann besteht dieses Verhältnis?«

»Seit zwei Jahren.«

»Wußte Direktor Palmgren davon?«

»Nein.«

»Und wenn er davon gewußt hätte: Wie hätte er reagiert?«

»Das weiß ich nicht.«

»Hätte er es vielleicht mißbilligt?«

»Davon bin ich keineswegs überzeugt. Charlotte und ich sind großzügige, frei denkende Menschen. Viktor Palmgren war genauso. Seine Ehe war eher eine rein praktische Angelegenheit als ein gefühlsmäßiges Engagement.«

»Wann haben Sie sie zuletzt gesehen?«

»Charlotte? Vor zwei Stunden.«

Månsson grub in der Brusttasche nach einem neuen Zahnstocher, sah diesen an und sagte: »Ist sie gut im Bett?«

Mats Linder starrte ihn sprachlos an. Schließlich brachte er heraus: »Sind Sie verrückt geworden?«

Beck und Månsson erhoben sich und sagten auf Wiedersehen, erhielten aber keine Antwort. Die tüchtige dunkelhaarige Sekretärin begleitete sie in den Warteraum, wo die Blondine am Empfang über eines ihrer Telefone ein gurrendes Privatgespräch führte.

Als sie im Wagen saßen, sagte Månsson: »Smarter Bursche.«

»Ja.«

»Sogar smart genug, die Wahrheit zu sagen, wenn er weiß, daß eine Lüge schnell entlarvt werden könnte. Glaub mir, der muß für Palmgren Gold wert gewesen sein.«

»Mats Linder ist offensichtlich in eine gute Schule gegangen«, sagte Martin Beck.

»Die Frage ist nur, ob er auch smart genug ist, nicht auf Menschen zu schießen«, sagte Månsson.

Martin Beck zuckte zweifelnd die Achseln.

12

Lennart Kollberg wußte weder ein noch aus.

Der Auftrag, den man ihm erteilt hatte, erschien ihm sowohl sinnlos wie ärgerlich; daß er damit Schwierigkeiten haben würde – der Gedanke kam ihm nicht einmal.

Er sollte ein paar Menschen aufsuchen und mit ihnen reden. Das war alles.

Kurz vor zehn verließ er das südliche Polizeihaus in Västberga, in dem alles friedlich und still war, was hauptsächlich dem Personalmangel zuzuschreiben war. An Arbeit dagegen herrschte kein Mangel, denn die Kriminalität in all ihren Erscheinungsformen blühte üppiger denn je in dem fruchtbaren Mutterboden, der sich Wohlfahrtsstaat nannte.

Die Ursachen für diese Entwicklung lagen im dunkeln, zumindest für die führenden Männer in Regierung und Verwaltung sowie für die Experten, deren Aufgabe es war, diesen Staat möglichst reibungslos funktionieren zu lassen.

Hinter seiner spektakulären topographischen Fassade und unter seiner geglätteten, teils sogar eleganten Oberfläche war Stockholm heute ein Großstadtdschungel, in dem Rauschgiftsucht und Perversionen stärker grassierten denn je, ein Dschungel, in dem gewissenlose Wucherer völlig legal enorme

Profite mit Pornographie in den unappetitlichsten und widerwärtigsten Formen machen konnten. Die Zahl der Berufsverbrecher schwoll immer mehr an; überdies waren sie zunehmend besser organisiert. Andererseits bildete sich, von der Öffentlichkeit weitgehend unbemerkt, besonders unter älteren Menschen ein verarmtes neues Proletariat heraus.

Die Inflation hatte es mit sich gebracht, daß das Preisniveau zu den höchsten der ganzen Welt gehörte, und die jüngsten Untersuchungen zeigten, daß viele Rentner gezwungen waren, von Hunde- und Katzennahrung zu leben, um überhaupt über die Runden zu kommen.

Daß Alkoholismus, der schon immer ein Problem gewesen war, und Jugendkriminalität ständig zunahmen, waren Phänomene, die niemanden erstaunten – außer die Verantwortlichen in Behörden und auf Regierungsebene.

Was Stockholm im übrigen anbelangte ...

Von der Stadt, in der Lennart Kollberg geboren und aufgewachsen war, war nicht mehr viel übrig. Mit dem guten Gedächtnis der Stadtplaner hatten die Baumaschinen der Grundstücksspekulanten und die Bulldozer der sogenannten Verkehrsexperten den größten Teil der soliden alten Bebauung vernichtet und nur einige »Kulturreservate« übriggelassen, die sich nunmehr recht pathetisch ausnahmen. Der Charakter der Stadt, die darin herrschende Stimmung und der Lebensstil waren verschwunden oder, besser gesagt, anders geworden, und dagegen ließ sich heute nicht mehr viel unternehmen.

Gleichzeitig knirschte es immer mehr im Getriebe des Polizeiapparats, der total überanstrengt war, zum Teil wegen des Personalmangels, hauptsächlich aber aus anderen Gründen.

Es ging nicht in erster Linie darum, mehr Polizisten einzustellen, sondern bessere Polizisten auszubilden, aber daran schien niemand gedacht zu haben.

Dachte Lennart Kollberg.

Es dauerte seine Zeit, zu dem Wohngebiet zu kommen, das von Hampus Broberg verwaltet wurde. Es lag ziemlich weit südlich in einer Gegend, die in Kollbergs Jugend ländlich gewesen war und in die er als Kind Schulausflüge gemacht hatte. Als Wohngebiet erinnerte das Gelände an nur allzu viele der Profitbaustellen der jüngsten Zeit. Es bestand aus einer Gruppe unharmonisch in die Landschaft gestellter, schnell und achtlos zusammengeklatschter Hochhäuser, deren einzige Aufgabe es war, dem Baulöwen von Eigentümer möglichst hohe Gewinne zu sichern, während sie ihren eingebauten Ekel und das Unbehagen an die armen Menschen weiterreichten, die gezwungen waren, in diesen Kästen zu leben. Da der Wohnungsmangel über lange Jahre hinweg mit künstlichen Mitteln am Leben erhalten worden war, waren auch diese Wohnungen begehrenswert. Die Mieten näherten sich astronomischen Zahlen.

Das Büro der Grundstücksverwaltung befand sich in den wohl am sorgfältigsten errichteten Räumen, aber selbst dort war die Feuchtigkeit schon durch die Außenwände gedrungen, und das Holz der Türfüllungen hatte sich so verworfen, daß diese sich vom Mauerwerk zu lösen begannen.

Der größte Fehler in Kollbergs Augen war jedoch die Tatsache, daß Hampus Broberg nicht da war.

Außer dem privaten Büro Brobergs, das reichlich bemessen und relativ flott eingerichtet war, besaß die Grundstücksverwaltung noch einen Konferenzraum und zwei kleine Zimmer. In diesen Zimmern residierten ein Hausmeister und zwei weibliche Bedienstete. Die eine war etwa fünfzig Jahre alt, die andere ein Mädchen, das kaum älter als neunzehn sein konnte.

Die ältere der beiden Frauen machte den Eindruck eines echten Drachens, und Kollberg mutmaßte, daß es ihre Aufgabe war, mit Kündigungen zu drohen und notwendige Reparaturen zu verweigern. Das Mädchen war tolpatschig, häßlich und picklig und schien nichts weiter zu sein als ein getretener Wurm. Der Hausmeister wirkte resigniert. Ihm oblag wohl die undankbare Aufgabe, dafür zu sorgen, daß Abflüsse und Toiletten wenigstens notdürftig funktionierten.

Kollberg ging davon aus, daß der Drachen sein richtiger Gesprächspartner sein müsse.

Nein, Direktor Broberg sei nicht im Haus. Er habe sich seit Freitagnachmittag nicht mehr blicken lassen. Da sei er etwa zehn Minuten in seinem Büro gewesen, das er mit einer Aktentasche wieder verlassen habe.

Nein, Direktor Broberg habe auch nicht gesagt, wann er wiederkommen wolle.

Nein, keine von ihnen heiße Helena Hansson. Der Name sei ihnen völlig unbekannt.

Dagegen habe Direktor Broberg noch ein weiteres Büro in der Innenstadt. In der Kungsgatan sogar. Er und Fräulein Hansson seien sicher dort anzutreffen.

Nein, Direktor Palmgren habe sich nie persönlich um die Hausverwaltung gekümmert. Seit der Errichtung der Siedlung vor vier Jahren sei er nur zweimal dagewesen, und zwar jedesmal in Begleitung Direktor Brobergs.

Womit sie im Büro zu tun hätten? Nun, in erster Linie natürlich mit dem Eintreiben der Mieten, aber sie hätten auch alle Hände voll zu tun, um die Mieter unter Kontrolle zu halten.

»Und das ist wahrlich keine leichte Aufgabe«, setzte der Drachen in scharfem Ton hinzu.

»Das kann ich mir lebhaft vorstellen«, sagte Kollberg und ging. Er setzte sich in den Wagen und fuhr nach Norden, nach Stockholm. Unterwegs kam er in verführerische Nähe seiner eigenen Wohnung im Stadtteil Skärmarbrink. Dort befand sich seine Familie, die Tochter Bodil, die bald zwei Jahre alt sein würde, und vor allem Gun, die mit jedem neuen Tag immer schöner und unwiderstehlicher zu werden schien. Kollberg war ein überaus sinnlich veranlagter Mann und hatte seine Frau sorgfältig ausgewählt, die auch hochgeschraubten Ansprüchen gerecht werden sollte.

Kollberg wappnete sich jedoch gegen die Versuchung, blieb eisern, trocknete den Schweiß von der Stirn und fuhr weiter in die Innenstadt Stockholms. Er parkte in der Kungsgatan vor der genannten Hausnummer und stieg aus. In der Vorhalle des Hauses vergewisserte er sich, ob er auch an der richtigen Adresse war.

Das Haus beherbergte der Schildertafel zufolge meist Filmgesellschaften und Anwaltskanzleien, aber auch das, was er suchte.

Im vierten Stock befand sich nicht nur die HAMPUS BROBERG AB, sondern auch die BANKIERSFIRMA VIKTOR PALMGREN.

Kollberg fuhr mit einem altersschwachen, knackenden Fahrstuhl hinauf und entdeckte, daß beide Firmenschilder dieselbe tabakbraune Tür schmückten. Er faßte an den Türgriff und merkte, daß die Tür verschlossen war. Es gab zwar einen Klingelknopf, aber er ignorierte diesen und hämmerte seiner Gewohnheit getreu mit der Faust gegen die Tür.

Eine Frau öffnete, sah ihn mit großen braunen Augen an und sagte: »Um Himmels willen, was ist denn los?«

»Ich möchte gern Herrn Broberg sprechen.«

»Der ist nicht da.«

»Heißen Sie zufällig Helena Hansson?«

»Nein, das tue ich nicht. Und wer sind Sie, bitte schön?«

Kollberg nahm sich zusammen und holte seine Erkennungskarte aus der Gesäßtasche. »Ich bitte um Entschuldigung«, sagte er. »Es liegt sicher an der Hitze.«

»Ach so«, sagte sie. »Polizei.«

»Sehr richtig. Mein Name ist Kollberg. Darf ich mal reinkommen?«

»Aber ja«, sagte die Frau und ging einen Schritt zur Seite.

Der Raum, den Kollberg betrat, sah aus wie ein ganz normales Büro mit Tischen, Aktenordnern, Schreibmaschinen, Aktenschränken und all den anderen üblichen Utensilien. Durch eine halb geöffnete Tür konnte Kollberg in einen weiteren Raum sehen, der Brobergs Büro zu sein schien. Er war kleiner als das Vorzimmer, aber wohnlicher eingerichtet. Dennoch wurde er von dem Schreibtisch und einem großen Panzerschrank beherrscht.

Während Kollberg sich umsah, hatte die Frau die Tür geschlossen. Jetzt starrte sie ihn herausfordernd an. »Warum haben Sie mich gefragt, ob ich Hansson heiße?« Sie war etwa fünfunddreißig, schlank und dunkelhaarig, mit kräftigen Augenbrauen und hatte kurzgeschnittenes Haar.

»Ich dachte, Sie seien die Sekretärin Direktor Brobergs«, sagte Kollberg geistesabwesend.

»Das bin ich auch.«

»Ja, aber dann . . .«

»Ich heiße aber trotzdem nicht Hansson«, fuhr sie fort. »Und ich habe auch nie so geheißen.«

Kollberg sah sie aus den Augenwinkeln an und entdeckte, daß sie an der linken Hand zwei breite Goldringe trug. »Wie heißen Sie denn?«

»Sara Moberg.«

»Und Sie waren am Mittwoch nicht in Malmö, als Direktor Palmgren erschossen wurde?«

»Mit Sicherheit nicht.«

»Uns ist berichtet worden, daß Direktor Broberg an diesem Tag in Malmö war und von seiner Sekretärin begleitet wurde.«

»Ich war das jedenfalls nicht. Ich bin auf Geschäftsreisen nie dabei.«

»Aber die Sekretärin hieß Hansson«, sagte Kollberg beharrlich und holte einen zerknitterten Zettel aus der Tasche. »Fräulein Helena Hansson. So steht es hier.«

»Ich kenne niemanden mit diesem Namen. Außerdem bin ich verheiratet, ich habe zwei Kinder. Und außerdem, wie schon gesagt, fahre ich nicht auf Geschäftsreisen mit.«

»Wer kann denn dieses Fräulein Hansson gewesen sein?«

»Keine Ahnung.«

»Vielleicht eine Angestellte in einem anderen Zweig des Konzerns?«

»Ich habe jedenfalls nie etwas von ihr gehört. Bis jetzt.« Die Frau sah ihn scharf an. Dann fügte sie unbestimmt hinzu: »Es gibt natürlich sogenannte Reisesekretärinnen.«

Kollberg ließ das Thema fallen. »Wann haben Sie Direktor Broberg zuletzt gesehen?«

»Heute vormittag. Er kam kurz nach zehn und blieb etwa zwanzig Minuten in seinem Zimmer. Dann ging er wieder. Er wollte zur Bank, glaube ich.«

»Wo, glauben Sie, kann er jetzt sein?«

Sie warf einen Blick auf die Uhr. »Vermutlich zu Hause.«

Kollberg konsultierte seinen Zettel. »Er wohnt draußen auf Lidingö, nicht wahr?«

»Ja, Tjädervägen.«

»Hat er Familie?«

»Ja. Eine Frau und eine Tochter von siebzehn Jahren. Die machen aber zur Zeit Urlaub in der Schweiz.«

»Wissen Sie das genau?«

»Ja, ich habe die Flugtickets bestellt. Am Freitag. Ihr Entschluß schien sehr plötzlich gekommen zu sein, denn sie flogen noch am selben Tag ab.«

»Hat Direktor Broberg wie gewöhnlich weitergearbeitet, nachdem am Mittwoch diese Geschichte in Malmö passiert war?«

»Das nun nicht gerade«, sagte sie. »Am Donnerstag ging es sehr nervös und hektisch zu. Da wußten wir ja noch nichts Genaues. Daß Direktor Palmgren tot war, haben wir erst am Freitag erfahren. Und am Freitag war Direktor Broberg insgesamt vielleicht eine Stunde im Büro. Heute ist er, wie gesagt, rund zwanzig Minuten hiergewesen.«

»Hat er gesagt, wann er wiederkommen würde?«

Die Frau schüttelte den Kopf.

»Ist er normalerweise länger im Büro?«

»O ja, er ist die meiste Zeit hier. Er sitzt dann in seinem Büro.«

Kollberg ging zu der inneren Tür und ließ den Blick über Hampus Brobergs Arbeitszimmer schweifen. Er notierte, daß auf dem Schreibtisch drei schwarze Telefone standen und eine elegante schweinslederne Reisetasche neben dem Panzerschrank abgestellt war.

Sie schien nagelneu zu sein.

»Wissen Sie, ob Direktor Broberg am Sonnabend oder am Sonntag im Büro gewesen ist?« fragte er.

»Irgend jemand ist auf jeden Fall hiergewesen. Wir arbeiten nicht am Sonnabend, so daß ich wie üblich mein freies Wochenende hatte. Aber als ich heute morgen kam, habe ich sofort gesehen, daß jemand in den Sachen herumgestöbert hatte.«

»Könnte es jemand anderes als Broberg gewesen sein?«

»Kaum. Nur er und ich haben die Schlüssel zu diesem Büro.«

»Glauben Sie, daß er heute noch einmal herkommt?«

»Weiß nicht. Vielleicht ist er von der Bank direkt nach Hause gefahren. Das scheint mir wahrscheinlich zu sein.«

»Lidingö«, murmelte Kollberg. »Tjädervägen.« Er entfernte sich immer weiter von zu Hause. »Auf Wiedersehen«, sagte er abrupt und ging. Im Wagen war es glühendheiß, und auf der Fahrt nach Lidingö schwitzte er unglaublich.

Als er die Värtan-Brücke passierte und die großen Schiffe im Freihafen und die Hunderte von Freizeitbooten mit halbnackten, sonnengebräunten Urlaubern an Bord sah, dachte er, daß es idiotisch sei, so durch die Gegend zu rasen. Er hätte natürlich schön in seinem Büro sitzen bleiben und diese Leute nach Västberga bitten sollen. Aber dann wäre natürlich niemand gekommen, und er wäre wütend geworden. Außerdem hatte Martin Beck ja gesagt, daß es eilig sei.

Der Tjädervägen auf Lidingö wies eine Bebauung auf, die vielleicht nicht zur absoluten Super-de-luxe-Klasse gehörte, die sich aber dennoch um Lichtjahre von den schauderhaften Mietskasernen unterschied, die er vorhin besucht hatte. Hier wohnten keine armen Teufel, die keine andere Wahl hatten, als sich von Figuren wie Palmgren und Broberg das Fell über die Ohren ziehen zu lassen. Auf beiden Seiten der Straße standen teure Villen im Bungalowstil mit übertrieben gepflegten Gärten.

Hampus Brobergs Haus schien verriegelt und verrammelt zu sein. Es lag wie ausgestorben da. Es führten zwar Reifenspuren zur Garage, aber als Kollberg durch eines der kleinen Seitenfenster hineinblickte, fand er sie leer. Alle Zeichen deuteten darauf hin, daß hier normalerweise zwei Wagen standen und dies noch vor kurzem der Fall gewesen war. Im Haus gab es keinerlei Reaktion auf sein Klingeln und Klopfen, und die Jalousetten hinter den großen Fenstern waren so gestellt, daß man unmöglich sehen konnte, wie die Villa innen aussah.

Kollberg schnaufte und ging zur Nachbarvilla hinüber. Diese war größer und eleganter als die Brobergsche, und am Türschild stand ein adliger Name. Jedenfalls schien er adlig zu sein.

Auf sein Klingeln wurde ihm von einer hochgewachsenen blonden Frau von kühlem Aussehen und aristokratischer Haltung geöffnet. Als er sich auswies, lächelte sie überlegen und etwas herablassend und machte keinerlei Anstalten, ihn ins Haus zu bitten. Nachdem er sein Anliegen vorgebracht hatte, sagte sie kalt: »Hier draußen sind wir nicht gewohnt, unseren Nachbarn nachzuspionieren. Ich kenne Direktor Broberg nicht und kann Ihnen leider nicht helfen.«

»Das ist wirklich schade.«

»Für Sie vielleicht, aber nicht für mich.«

»Ja. Tut mir leid, daß ich Sie gestört habe«, sagte Kollberg.

Sie sah ihn abschätzend an und stellte plötzlich eine höchst verblüffende Frage: »Sagen Sie mal, wer hat Sie eigentlich hergeschickt?« Sowohl in der Stimme wie in den klaren blauen Augen lag Mißtrauen. Die Frau mochte zwischen fünfunddreißig und vierzig sein. Äußerst gepflegt. Sie erinnerte ihn schwach an jemanden, den er kannte, aber es fiel ihm nicht ein, an wen.

»Also, dann *adjö«,* sagte er achselzuckend und etwas kleinlaut.

»Adjö«, sagte sie mit großem Nachdruck.

Kollberg setzte sich in den Wagen und konsultierte seinen Zettel. Helena Hansson hatte eine Adresse in der Västeråsgatan in Vasastaden angegeben und eine Telefonnummer. Kollberg fuhr zur Polizeiwache von Lejonvägen auf Lidingö, wo einige Kollegen in Zivil über den Totozetteln der Woche brüteten, während sie aus Pappbechern Limonade schlürften.

»Weißt du, was Go Ahead Deventer ist?« sagte einer von ihnen.

»Keine Ahnung«, erwiderte Kollberg.

»Und Young Boys?«

»Wie war das?«

»Go Ahead Deventer und Young Boys. Das sind Fußballmannschaften. Die sind im Totocup dabei. Aber wir wissen nicht, woher sie kommen.«

Kollberg zuckte mit seinen fetten Schultern. Fußball gehörte zu den Dingen, die ihn mit Sicherheit nicht interessierten. »Go Ahead Deventer kommt sicher aus Deventer«, sagte er. »Das ist eine Stadt in Holland.«

»Sieh mal an. Da muß erst die Reichsmordkommission kommen, um einem das zu sagen. Glaubst du, daß die gut sind?«

»Ich bin eigentlich nur hergekommen, um mal zu telefonieren«, sagte Kollberg müde.

»Nimm irgendeines.«

Kollberg wählte die Nummer Helena Hanssons. Es meldete sich eine Tonbandstimme: »Dieser Anschluß ist vorübergehend nicht erreichbar.« Kollberg rief daraufhin das Fernsprechamt an, wo man ihm den Hinweis beschied, daß der Anschluß abgemeldet sei.

»Kennt ihr einen Direktor namens Hampus Broberg?« fragte er die beiden Totofans.

»Ja, der wohnt Tjädervägen. Und wenn man wie der wohnt, hat man genug Geld.«

»Wir haben nur feine Leute hier draußen«, sagte der andere Polizist.

»Habt ihr je mit ihm zu tun gehabt?«

»Nix da«, sagte der andere und goß sich noch mehr Limonade ein. »Hier herrschen Recht und Ordnung.«

»Es ist nicht wie in Stockholm«, sagte der erste giftig.

»Und wenn es hier überhaupt zu Delikten kommt, sind es nur saubere Sachen. Hier schlagen sich die Leute nicht gegenseitig mit Äxten den Schädel ein. Hier findet man auch keine alten Säufer und süchtigen Gören hinter jedem Busch. Ich glaube, wir sollten auf jeden Fall diese Go-Ahead-Deventer-Leute ankreuzen.« Sie hatten jedes Interesse an Kollberg verloren.

»Hej«, sagte er düster und verließ sie. Er fuhr die lange Strecke nach Vasastaden in Stockholm, und unterwegs dachte er daran, daß auch Lidingö unter der glatten Fassade seine reichlich bemessene Menge Kriminalität hatte. Bloß konnten die Leute es sich dort aufgrund ihres Reichtums leisten, ihre Vorhaben hinter den wohlanständigen Fassaden zu verbergen.

Das Haus in der Västeråsgatan besaß keinen Fahrstuhl, und Kollberg mußte fünf Treppen hochkeuchen. Das Haus war verkommen, ein typischer Fall der Vernachlässigung durch den Eigentümer, und unten auf dem asphaltierten Hof liefen fette Ratten zwischen den Mülltonnen umher.

Er klingelte an einigen Türen, und das eine oder andere Mal wurde geöffnet, doch die Menschen starrten ihn nur erschrocken an. Hier hatten die Leute Angst vor der Polizei, und dies vielleicht auch aus gutem Grund. Eine Helena Hansson konnte Kollberg nicht finden. Niemand konnte ihm sagen, ob eine Person dieses Namens hier wohnte oder gewohnt hatte. Der Polizei Angaben zu machen war hier nicht sehr populär, und außerdem wußten die Bewohner solcher Häuser nur wenig voneinander.

Kollberg stand draußen auf der Straße und wischte sich den Schweiß von der Stirn, mit einem Taschentuch, das schon längst völlig schweißnaß war. Er überlegte ein paar Minuten. Dann gab er auf und fuhr nach Hause.

Eine Stunde später sagte seine Frau: »Sag mal, warum siehst du so elend aus?«

Er hatte geduscht, gegessen und mit ihr geschlafen, danach wieder geduscht, und jetzt saß er mit einem Frotteetuch um die Hüften da und trank ein kaltes Bier aus der Dose.

»Weil ich mich so fühle«, sagte er. »Dieser Scheißjob . . .«

»Du solltest aufhören.«

»Das sagt sich so leicht.«

Kollberg war Polizist, und er konnte nichts dafür, daß er sich immer bemühte, ein möglichst guter Polizist zu sein. Dies war ein fester Bestandteil seines Wesens, eine eingebaute Automatik sozusagen. Dies Bemühen war eine Last, die er aus irgendeinem Grunde schleppen mußte.

Der Auftrag, den er von Martin Beck erhalten hatte, war einfach, eine Routinesache, und trotzdem hatte er sich die Zähne daran ausgebissen. Er legte das Gesicht in kummervolle Falten. »Du, Gun, was ist eigentlich eine Reisesekretärin?«

»Oft so eine Art Callgirl, das Nachthemd, Zahnbürste und die Pille im Aktenköfferchen mit sich herumträgt.«

»Eine Nutte also im Klartext?«

»Genau das. Stellt sich zur Verfügung, wenn Geschäftsleute und Unternehmer verreisen und zu faul sind, sich an Ort und Stelle ein Mädchen aufzureißen.«

Kollberg überlegte und sah ein, daß er Hilfe brauchte. Draußen in Västberga war sie nicht zu erwarten, denn jetzt in der Ferienzeit waren nur wenige im Dienst. Nach einer Weile ging er seufzend ans Telefon und rief die Stockholmer Kriminalpolizei in der Kungsholmsgatan an. Der Mann, der den Hörer abnahm, war der letzte, den er hatte sprechen wollen. Gunvald Larsson.

»Wie es mir geht?« sagte dieser sauer. »Was meinst du wohl? Überhäuft mit Messerstechereien und Schlägereien und Überfällen und irren Ausländern, die mit LSD zum Mond fliegen wollen. Und fast keine Leute hier. Melander ist auf Värmdö, und Rönn ist Freitagabend nach Arjeplog gefahren. Strömgren ist auf Mallorca. Außerdem hat es den Anschein, als würden die Leute bei dieser Hitze noch aggressiver sein als sonst. Sie verlieren vollständig die Übersicht. Was, zum Teufel, willst du eigentlich?«

Kollberg verabscheute Gunvald Larsson, den er für einen aufgeblasenen Snob hielt. Was die Übersicht betraf, war Larsson nicht der richtige Mann, um darüber zu urteilen. Er hatte seine schon in der Wiege verloren.

Dachte Kollberg. Laut sagte er: »Es geht um diese Palmgren-Geschichte.«

»Mit der laß mich bloß zufrieden«, sagte Gunvald Larsson sofort. »Ich habe schon genug Ärger damit gehabt.«

Kollberg erzählte trotzdem seine Leidensgeschichte.

Gunvald Larsson unterbrach ihn gelegentlich mit einem Grunzen, und einmal fiel er ihm wütend ins Wort »Es hat keinen Zweck, daß du mir hier was vorheulst. Dies ist nicht mein Job.«

Aber irgend etwas mußte dennoch sein Interesse geweckt haben, denn als Kollberg fertig war, sagte er: »Hast du Tjädervägen auf Lidingö gesagt? Welche Hausnummer?«

Kollberg wiederholte sie.

»Hm«, sagte Gunvald Larsson. »Vielleicht kann ich da etwas machen.«

»Das wäre nett«, rang Kollberg sich ab.

»Ich tue es bestimmt nicht deinetwegen«, sagte Gunvald Larsson in einem Ton, als meine er es so. Was er auch tat.

Kollberg fragte sich, was seine Neugier erregt haben mochte. Hilfsbereitschaft gehörte nämlich nicht zu Gunvald Larssons Charaktereigenschaften.

»Was diese Hure Hansson angeht«, sagte Gunvald Larsson von oben herab, »so solltest du am besten mit dem Sittlichkeitsdezernat reden.«

»Ja, das habe ich mir schon vorgenommen.«

»Ach, tatsächlich. Es ist natürlich so, daß sie unten in Malmö gezwungen war, ihren Ausweis zu zeigen. Bei dem Verhör konnte sie natürlich irgendeine Adresse angeben. Der Name wird aber stimmen.«

Kollberg hatte sich das zwar auch schon gedacht, enthielt sich aber weiterer Kommentare. Er legte auf und rief sofort die nächste Nummer an. Diesmal bat er, mit Åsa Torell vom Sittlichkeitsdezernat verbunden zu werden.

13

Sogleich nach Ende des Telefongesprächs ging Gunvald Larsson zu seinem Wagen hinunter und fuhr auf dem kürzesten Weg nach Lidingö.

Seine Gesichtszüge waren verbissen und zeigten so etwas wie brutalen Galgenhumor. Er betrachtete seine großen, behaarten Hände, die auf dem Lenkrad ruhten, und gluckste vergnügt vor sich hin.

Draußen im Tjädervägen warf er nur einen flüchtigen Blick auf das immer noch genauso verlassene Haus. Dann ging er zur Nachbarvilla hinüber und klingelte. Die Tür wurde von derselben kühlen blonden Frau geöffnet, die Kollberg vor ein paar Stunden von oben herab abgefertigt hatte. Als sie den riesigen Mann auf der Treppe entdeckte, änderte sich ihre Haltung. »Gunvald«, sagte sie bestürzt. »Wie ... Wie kannst du die Stirn haben, dich hier zu zeigen?«

»Oh«, sagte er anzüglich. »Alte Liebe rostet nicht.«

»Ich habe dich zehn Jahre nicht gesehen und bin sehr dankbar dafür.«

»Das war lieb gesagt.«

»Dein Bild war im letzten Winter in allen Zeitungen. Ich habe sie im Kamin verheizt.«

»Du bist ja richtig reizend.«

Sie hob mißtrauisch die blonden Augenbrauen. »Hast du vorhin diesen Dicken hergeschickt?«

»Nein, das habe ich nicht. Aber es geht um dieselbe Sache.«

»Du mußt verrückt sein«, sagte sie.

»Glaubst du?«

»Ich kann übrigens auch dir nur das sagen, was ich ihm gesagt habe. Ich spioniere meinen Nachbarn nicht nach.«

»Nicht? Nun, willst du mich reinlassen? Oder soll ich deine Scheißpalisandertür mit Alabasterrahmen und allem anderen erst eintreten?«

»Du solltest dich eigentlich in Grund und Boden schämen. Aber dazu fehlt dir wohl das Taktgefühl.«

»Es wird immer besser.«

»Na ja, besser, du kommst rein. Sonst blamierst du mich noch vor den Nachbarn.« Sie hielt die Tür auf, und Gunvald Larsson trat ein.

»Wo ist denn diese Flasche, mit der du verheiratet bist? Hat er in dreizehn Jahren, oder wie viele es sind, nicht geschafft, dich anzubuffen?«

»Elf«, sagte sie. »Nimm dich in acht. Übrigens bin ich nicht allein.«

»Ach? Hast du auch Liebhaber? Kleine Kadetten vielleicht?«

»Erspare mir deine ordinären Sprüche. Eine Jugendfreundin trinkt gerade Tee mit mir. Sonja. Du erinnerst dich vielleicht an sie.«

»Nein, das tue ich Gott sei Dank nicht.«

»Sie hat es recht schwer gehabt«, sagte die Frau und berührte leicht ihr blondes Haar. »Aber sie hat immerhin einen respektablen Beruf und eine eigene Zahnarztpraxis.«

Gunvald Larsson sagte nichts. Er folgte ihr in ein elegantes und sehr großes Wohnzimmer. Auf einem niedrigen Tisch stand ein silbernes Teeservice, und auf dem Sofa saß eine große schlanke Frau mit braunem Haar, die an einem englischen Keks knabberte.

»Dies ist mein ältester Bruder«, sagte die Blonde. »Leider. Gunvald heißt er. Er ist . . . Polizist. Früher war er nur ein Raufbold. Ich habe ihn vor zehn Jahren zum letztenmal gesehen und davor auch nur sehr selten.«

»Hör mal, jetzt benimm dich mal anständig«, sagte Gunvald Larsson.

»Das sagst ausgerechnet du? Wo bist du denn zum Beispiel in den sechs Jahren gewesen, die Papa noch zu leben hatte?«

»Ich bin zur See gefahren. Ich habe gearbeitet. Und das ist mehr, als man von jedem anderen Mitglied dieser Familie sagen kann.«

»Du hast uns mit der ganzen Verantwortung sitzenlassen«, sagte sie bitter.

»Und wer hat sich das ganze Geld unter den Nagel gerissen? Und alles andere?«

»Du hattest dein Erbteil schon verjubelt, bevor man dich unehrenhaft aus der Marine entließ«, sagte sie eiskalt.

Gunvald Larsson sah sich um. »Pfui Teufel«, sagte er.

»Was meinst du?«

»Genau das, was ich sage. Pfui Teufel. Wo kommt zum Beispiel dieser einen halben Meter hohe silberne Hahn her?«

»Aus Portugal, den haben wir in Lissabon bei einer Kreuzfahrt um die Welt gekauft.«

»Was hat das Ding gekostet?«

»Ein paar tausend«, sagte sie gleichgültig. »Ich weiß es nicht mehr so genau. Wie nennst du dich jetzt? Konstabler?«

»Erster Kriminalassistent.«

»Papa würde sich im Grab umdrehen. Du hast es also noch nicht einmal geschafft, Kommissar zu werden oder wie man das nennt. Wieviel verdienst du?«

»Das geht dich nichts an.«

»Was hast du hier zu suchen? Willst du mich vielleicht anpumpen? Es würde mich jedenfalls nicht wundern.« Sie sah ihre Freundin an, die der Auseinandersetzung schweigend folgte, und fügte sachlich hinzu: »Seine Frechheit ist nämlich schon immer einzigartig gewesen.«

»Das stimmt«, sagte Gunvald Larsson und setzte sich. »So, jetzt hol mir eine Tasse.«

Sie verließ das Zimmer. Gunvald Larsson sah die Jugendfreundin mit einem Anflug von Interesse an. Sie erwiderte den Blick aber nicht, und keiner von ihnen sagte etwas.

Seine Schwester kam mit einem Teeglas in einem Silberhalter zurück, das sie auf einem fein ziselierten silbernen Tablett hereintrug. »Was hast du hier eigentlich zu suchen?« fragte sie.

»Das weißt du schon. Du sollst mir jedes kleine bißchen von dem erzählen, was du über diesen Broberg und seinen Chef weißt, der Palmgren hieß und am Mittwoch gestorben ist.«

»Gestorben?«

»Ja. Liest du keine Zeitung?«

»Das tue ich vielleicht. Aber das dürfte dich kaum etwas angehen.«

»Er wurde übrigens ermordet. Erschossen.«

»Ermordet? Erschossen? Sag mal, was sind das eigentlich für widerwärtige Dinge, mit denen du dich beschäftigst?«

Gunvald Larsson goß sich ungerührt Tee ein.

»Im übrigen habe ich schon geantwortet. Ich spioniere meinen Nachbarn nicht nach. Und das habe ich schon diesem Tölpel gesagt, den du mir heute morgen auf den Hals geschickt hast.«

Gunvald Larsson trank einen Schluck Tee. Dann setzte er das Glas mit einem Knall ab. »So, jetzt ist Schluß mit dem Getue, mein Kind. Du bist neugierig wie sonstwas, und das schon, seitdem du gehen gelernt hast. Du weißt bestimmt eine verdammte Menge über diesen Broberg. Und auch über Palmgren, was das betrifft. Und ich bin davon überzeugt, daß du und deine Ratte von Mann alle beide kennt. Ich habe eine recht genaue Vorstellung davon, wie es in euren vornehmen Kreisen zugeht.«

»Es nützt dir gar nichts, wenn du ordinär wirst. Ich sage nämlich nichts. Dir schon gar nicht.«

»O doch, das wirst du tun. Sonst . . .« Er verstummte.

Sie sah ihn spöttisch an. »Was – sonst?«

»Sonst schnappe ich mir einen uniformierten Polizeibeamten aus dieser Gegend und gehe im Umkreis von einem Kilometer in jedes Haus und stelle mich vor und erzähle allen Leuten, daß meine Schwester so dämlich und aufgeblasen ist, daß ich fremde Menschen um Hilfe bitten muß.«

Sie starrte ihn sprachlos an. Schließlich sagte sie mit erstickter Stimme: »Meinst du etwa, du hättest die Stirn . . .«

»Du kannst einen drauf lassen, daß ich das meine. Du solltest also lieber gleich die Klappe aufmachen.«

Die Jugendfreundin folgte dem Dialog jetzt diskret, aber mit unverhohlenem Interesse. Nach langem, gequältem Schweigen sagte die Schwester resigniert: »Ich kann mir vorstellen, daß du fähig bist, so etwas zu tun.« Und, kurz darauf: »Was willst du also wissen?«

»Kennst du diesen Broberg?«

»Ja.«

»Und Palmgren?«

»Flüchtig. Wir haben uns gelegentlich auf Parties gesehen. Aber . . .«

»Aber was?«

»Nichts.«

»Nun, was hat Broberg in den letzten Tagen getrieben?«

»Das geht mich doch nichts an.«

»Völlig richtig. Aber ich fresse einen Besen, wenn du nicht hinter der Gardine gestanden und geglubscht hast, wenn Besuch kam oder ging. Na?«

»Seine Familie ist am Freitag verreist.«

»Das weiß ich schon. Weiter?«

»Am gleichen Tag verkaufte er den Wagen seiner Frau, einen weißen Ferrari.«

»Woher weißt du das?«

»Es war ein Käufer hier. Sie standen alle vor dem Haus und handelten.«

»Sieh mal einer an. Und weiter?«

»Ich glaube nicht, daß Direktor Broberg in den letzten Nächten zu Hause geschlafen hat.«

»Woher weißt du das? Bist du nebenan gewesen, um nachzusehen?«

Sie warf ihm einen hoffnungslosen Blick zu. »Du bist ja schrecklicher als je zuvor.«

»Antworte jetzt, verflucht noch mal.«

»Es läßt sich kaum vermeiden, daß man mitbekommt, was im Haus nebenan vor sich geht.«

»Ja, besonders, wenn man neugierig ist. Du bist also der Meinung, daß er nicht zu Hause war?«

»Doch, er ist mehrmals dagewesen. Soviel ich weiß, hat er einige Sachen weggefahren.«

»Sind außer dem Autohändler noch andere Fremde dagewesen?«

»Jaa . . .«

»Wann und wer?«

»Am Sonnabend kam er mit einem blonden Mädchen her. Sie blieben ein paar Stunden. Dann trugen sie einige Sachen hinaus und verstauten sie im Wagen. Taschen und Koffer.«

»Aha. Weiter.«

»Gestern waren mehrere Personen hier. Ein sehr distinguiertes Paar und ein Mann, der Anwalt zu sein schien. Sie gingen überall herum und sahen sich alles an, und der Mann, den ich für einen Anwalt hielt, machte sich laufend Notizen.«

»Und wie deutest du das?«

»Es sah aus, als wollte Broberg das Haus verkaufen. Ich glaube sogar, daß es ihm gelungen ist.«

»Hast du auch hören können, worüber sie sprachen?«

»Es ließ sich nicht vermeiden, daß ich das eine oder andere mitbekam.«

»Das glaube ich dir gern«, sagte Gunvald Larsson trocken. »Und es hörte sich so an, als sei der Kauf perfekt geworden?«

»Ja.«

»Mit allen Möbeln und dem übrigen Scheiß?«

»Mein Gott, drückst du dich vulgär aus.«

»Mach dir nichts draus. Antworte lieber. Warum glaubst du, daß es Broberg tatsächlich gelang, das Haus zu verkaufen?«

»Weil ich einige Gesprächsfetzen hören konnte. Sie sagten zum Beispiel, daß schnelle Geschäfte immer die besten seien und daß diese Situation beide Vertragspartner zu ihrem Recht kommen lasse.«

»Weiter.«

»Sie verabschiedeten sich überaus herzlich voneinander. Gaben sich die Hand und klopften sich gegenseitig auf den Rücken. Broberg übergab ihnen dann einige Sachen. Unter anderem auch Schlüssel, glaube ich.«

»Was geschah dann?«

»Diese drei Fremden fuhren weg, in ihrem schwarzen Bentley.«

»Und Broberg?«

»Blieb noch ein paar Stunden.«

»Und tat was?«

»Machte Feuer im Kamin. Es rauchte ziemlich lange aus dem Schornstein. Ich fand . . .« Sie hielt inne.

»Du fandest was?«

»Daß es eigenartig war, den Kamin anzustecken – bei dieser Hitzewelle.«

»Und dann?«

»Anschließend ging er durchs Haus und zog alle Jalousetten zu. Dann fuhr er weg. Seitdem habe ich ihn nicht mehr gesehen.«

»Mein Kind«, sagte Gunvald Larsson freundlich.

»Ja, was ist?«

»Du wärst ein guter Polizist geworden.«

Sie machte eine unbeschreibliche Grimasse. Und sagte: »Willst du mich noch weiter quälen?«

»Aber natürlich. Wie gut kennst du diesen Broberg?«

»Wir haben uns gelegentlich gesehen. Das läßt sich bei Nachbarn kaum umgehen.«

»Und Palmgren?«

»Flüchtig, wie ich schon sagte. Wir haben uns bei einigen Parties bei Brobergs getroffen. Einmal hatten wir auch hier bei uns eine Gartenparty, zu der auch Palmgren erschien. Du weißt ja, in solchen Situationen lädt man auch die Nachbarn ein. An dem Tag war Palmgren zufällig bei Brobergs zu Besuch, so daß er sozusagen automatisch mit von der Partie war.«

»War er allein?«

»Nein, seine Frau war dabei. Eine junge und sehr bezaubernde Person.«

»Aha.«

Sie sagte nichts.

»Nun«, fuhr Gunvald Larsson fort. »Was hältst du von diesen Menschen?«

»Sie sind sehr vermögend«, sagte die Schwester indifferent.

»Das seid ihr ja auch, du und dein fieser Baron.«

»Ja«, sagte sie. »Das ist richtig.«

»Zum Golde drängt doch alles«, deklamierte Gunvald Larsson.

Sie sah ihn lange an und sagte dann mit großer Schärfe: »Ich möchte, daß du eines begreifst, Gunvald.«

»Nämlich?«

»Daß diese Männer – Palmgren und Broberg – durchaus nicht zur selben Kategorie gehören wie wir. Sie haben zwar sehr viel Geld, vor allem Palmgren. Das heißt, bei dem müßte ich wohl ›hatte‹ sagen. Sie haben aber keine Lebensart, keinen Stil. Sie sind rücksichtslose Geschäftsleute, die alles niedertrampeln, was sich ihnen in den Weg stellt. Man hat mir erzählt, daß Broberg ein Wucherer ist und daß Palmgren im Ausland die suspektesten Geschäfte gemacht hat. Solche Menschen verschaffen sich mit Hilfe ihres Geldes zwar Zugang zu den höchsten Kreisen, aber eines erreichen sie nie: Man wird sie nie ganz akzeptieren.«

»Oho, das läßt sich hören. Du akzeptierst diesen Broberg also nicht?«

»Doch, das tue ich, aber nur wegen seines Geldes. Mit Palmgren war es genauso. Sein Vermögen hat ihm hier und da einigen Einfluß verschafft. So wie sich unsere Gesellschaft heute entwickelt hat, kann man auf Männer vom Schlage Palmgrens und Brobergs nicht verzichten. Sie sind in mancherlei Hinsicht für das Funktionieren des Staates wichtiger als Regierung und Reichstag und Ministerien. Darum müssen auch Menschen wie wir sie akzeptieren.«

Gunvald Larsson sah seine Schwester mit Abscheu an. »Ach so, so denkst du also. Ich glaube, daß in nicht allzu ferner Zukunft Dinge geschehen werden, die dich und eure ganze Oberschicht-Blase ziemlich in Erstaunen versetzen werden.«

»Und was könnte das sein, bitte schön?«

»Bist du wirklich so strohdumm, daß du nicht merkst, was um uns herum vorgeht? In der ganzen Welt?«

»Schrei mich nicht an«, sagte sie kalt. »Wir sind keine Kinder mehr. Und jetzt finde ich, du solltest dich dorthin verziehen, wo der Pfeffer wächst.«

»Dort bin ich schon gewesen. Du vergißt, daß ich mal Seemann war.«

»Hugold kann jeden Augenblick kommen. Ich möchte nicht, daß du dann noch hier bist.«

»Er hat einen kurzen Arbeitstag, wie ich sehe.«

»Ja, das hat er. Bei Männern in verantwortungsvollen Positionen ist das nun einmal so. *Adjö,* Gunvald.«

Er stand auf. »Nun, du bist mir jedenfalls eine große Hilfe gewesen.«

»Ich hätte dir nicht ein Wort gesagt, wenn du mich nicht praktisch erpreßt hättest.«

»Das ist mir klar.«

»Und meinetwegen können wieder zehn Jahre vergehen, bevor ich dich wiedersehe.«

»Mir geht's genauso. Hej.«

Sie antwortete nicht.

Die Freundin stand auf und sagte: »Ich werde jetzt auch lieber verschwinden.«

Gunvald Larsson sah sie an. Sie war ein hochgewachsenes, schlankes Mädchen und reichte ihm mindestens bis zur Schulter. Ihre Kleidung war elegant und geschmackvoll. Nicht zuviel Make-up, nicht zuwenig. Überhaupt nicht zuviel und nicht zuwenig. Er hatte draußen keinen zweiten Wagen gesehen und sagte: »Soll ich Sie in die Stadt mitnehmen?«

»Ja bitte, sehr gern.«

Sie gingen. Gunvald Larsson ließ den Blick über die jetzt offenbar ehemalige Brobergsche Villa schweifen und zuckte die Achseln. Als sie im Wagen saßen, versuchte er sich unauffällig zu überzeugen, ob sie einen Ehering trug. Sie trug keinen.

»Übrigens, ich habe vorhin den Namen nicht richtig verstanden.«

»Lindberg. Sonja Lindberg. Ich habe dich schon gekannt, als ich noch ein ganz kleines Mädchen war.«

»Wirklich?«

»Ja. Du warst natürlich viel größer als ich. Schon damals.«

Gunvald Larsson fand sie attraktiv. Ob er mal mit ihr ausgehen sollte? Nun, das hatte im Augenblick noch Zeit. Nur keine Eile. Er konnte sie irgendwann mal anrufen. »Wo soll ich dich absetzen?« fragte er.

»Stureplan, bitte. Ich habe meine Praxis in der Birger Jarlsgatan. Da wohne ich auch.«

Gut, dachte er. Dann brauch ich nicht danach zu fragen.

Keiner von ihnen sprach mehr, als er am Stureplan hielt.

»Hej, und danke«, sagte sie und hielt ihm die Hand hin. Sie war schmal, trocken und kühl.

»Hej«, sagte er. Schlug die Tür zu und fuhr an.

In seinem Dienstzimmer in der Kungsholmsgatan fand er rund fünfzehn Mitteilungen vor, darunter eine von Kollberg, der in Västberga war und angerufen werden wollte. Gunvald Larsson erledigte die dringendsten Vorgänge, bevor er die Nummer des südlichen Polizeihauses wählte.

»Ja«, sagte Kollberg.

Gunvald berichtete über das, was er in Erfahrung gebracht hatte, ohne allerdings die Quelle zu nennen.

»Sehr gut, Larsson«, sagte Kollberg. »Es sieht also so aus, als möchte er sich aus dem Staub machen.«

»Vermutlich hat er es schon getan.«

»Das glaube ich nicht«, sagte Kollberg. »Diese Reisetasche, von der ich vorhin sprach, steht nämlich immer noch in seinem Büro in der Kungsgatan. Ich habe gerade seine Sekretärin angerufen, und sie sagte, daß Broberg sie vor einer halben Stunde angerufen und gesagt habe, daß er es nicht schaffen werde, vor fünf im Büro zu sein.«

»Er wohnt natürlich in irgendeinem Hotel«, sagte Gunvald Larsson nachdenklich.

»Vermutlich. Ich werde versuchen, das herauszubekommen. Es ist aber wenig wahrscheinlich, daß er sich unter seinem richtigen Namen eingetragen hat.«

»Kaum«, sagte Gunvald Larsson. »Hast du übrigens diese Puppe ausfindig gemacht?«

»Noch nicht. Ich warte gerade auf Nachricht vom Sittlichkeitsdezernat.« Er verstummte. Nach einer Weile sagte er seufzend: »Diese Kiste ist wirklich zu verfahren. Wenn ich es selbst nicht schaffe, vor fünf in der Kungsgatan zu sein, könntest du oder irgend jemand sonst dafür sorgen, daß Brobergs elendes Wuchererbüro unter Kontrolle bleibt?«

Wäre Gunvald Larsson einer unmittelbaren Eingebung gefolgt, hätte er natürlich abgelehnt. Er nahm den Brieföffner in die Hand und steckte ihn nachdenklich zwischen seine großen Vorderzähne.

»Ja«, sagte er schließlich. »Ich werde das erledigen.«

»Danke.«

Bedanke dich lieber bei meiner geliebten Schwester, dachte Gunvald Larsson. Dann sagte er: »Noch etwas.«

»Was denn?«

»Dieser Typ Broberg saß doch am Mittwoch mit Palmgren am Tisch, als der erschossen wurde.«

»Ja, und?«

»Wie, zum Teufel, kann er dann etwas mit dem Mord zu tun haben?«

»Da darfst du mich nicht fragen«, sagte Kollberg. »Die ganze Geschichte ist mehr als mysteriös. Martin weiß vielleicht mehr.«

»Beck«, sagte Gunvald Larsson unwillig.

Damit war das Gespräch beendet.

14

Lennart Kollberg mußte mehr als eine Stunde auf Nachricht vom Sittlichkeitsdezernat warten. Unterdessen hockte er schwer und passiv und verschwitzt an seinem Schreibtisch in Västberga. Was am frühen Morgen wie ein einfacher Botendienst ausgesehen hatte, nämlich die Befragung zweier Zeugen, hatte sich auf merkwürdige Art zu einer reinen Jagd entwickelt.

Plötzlich waren Hampus Broberg und die rätselhafte Helena Hansson zwei Personen, nach denen gefahndet wurde, und er selbst saß mitten im Fahndungsnetz wie eine ratlose Kreuzspinne. Bemerkenswert war nur, daß er noch immer nicht wußte, warum er diese beiden Menschen suchte. Es lag nichts gegen sie vor; kein Mensch hatte Anzeige gegen sie erstattet, als Zeugen hatte man sie schon vernommen, nämlich in Malmö, und der gesunde Menschenverstand schien darauf hinzudeuten, daß keiner von beiden irgendwie mit dem Mord an Viktor Palmgren in Verbindung gebracht werden konnte. Dennoch wurde er das Gefühl nicht los, daß es wichtig war, die beiden so schnell wie möglich zu erwischen.

Warum?

Da spielt dir wieder mal deine Polizistenseele einen Streich, dachte er düster. Dreiundzwanzig Dienstjahre haben dich zerstört und einen anderen Menschen aus dir gemacht. Du kannst nicht mehr denken wie ein normaler Bürger.

Dreiundzwanzig Jahre täglichen Umgangs mit anderen Polizisten hatten bewirkt, daß er nicht mehr imstande war, mit der Umwelt vernünftige Beziehungen aufrechtzuerhalten. Nicht einmal im Kreis seiner Familie hatte er je das Gefühl gehabt, wirklich dienstfrei zu haben. Immer gab es irgend etwas, was im Unterbewußtsein unablässig arbeitete. Er hatte lange damit gewartet, diese Familie zu gründen, und der Grund dafür war, daß der Beruf des Polizeibeamten kein normaler Job ist, sondern etwas, dem man sich ausliefert und von dem man sich offensichtlich nie lösen kann. Ein Beruf, in dem man Tag für Tag fast nur in abnormen Situationen mit anderen Menschen in Berührung kommt, kann eigentlich zu nichts anderem führen, als daß man selbst eines Tages abnorm wird.

Im Gegensatz zu der überwältigenden Mehrheit seiner Kollegen war Kollberg in der Lage, seine eigene Situation zu durchschauen und klar zu analysieren. Und das tat er mit verblüffender Hellsichtigkeit. Leider. Sein Problem lag darin, daß er ein sinnlicher und ein Pflichtmensch zugleich war, und das in einem Beruf, in dem Empfindsamkeit und persönliches Engagement ein Luxus sind, den man sich in neun von zehn Fällen nicht leisten kann.

Warum verkehrten Polizisten fast ausschließlich mit anderen Polizisten?

Natürlich deshalb, weil es leichter war. Es war leichter, die nötige Distanz zu halten. Aber auch leichter, die ungesunde Kameraderie zu übersehen, die sich seit vielen Jahren ungehemmt im Polizeikorps breitmachte und im Prinzip bedeutete, daß der einzelne Polizeibeamte sich selbst von der Gesellschaft ausschloß, die er schützen und in die er vor allem integriert werden sollte.

Polizisten kritisieren zum Beispiel nicht andere Polizisten, es sei denn in seltenen Ausnahmefällen.

Eine erst kürzlich durchgeführte soziologische Untersuchung zeigte, daß Polizisten, die Urlaub haben und sich infolgedessen notgedrungen mit anderen Menschen befassen müssen, sich in den meisten Fällen schämen, zuzugeben, daß sie Polizeibeamte sind. Ein Ergebnis der Rollenfixierung und der Mythen, die sich um diesen Beruf ranken.

Die ständige Angst, Mißtrauen oder offener Verachtung zu begegnen, kann am Ende auch den Stärksten paranoid machen.

Kollberg schüttelte sich unlustig. Er wollte nicht Furcht und Schrecken verbreiten. Er wollte nicht, daß man ihm mißtraute. Er wollte nicht verachtet werden. Er wollte nicht zum Paranoiker werden.

Dagegen wollte er zwei Menschen zu fassen bekommen, die Hampus Broberg und Helena Hansson hießen. Und er wußte noch immer nicht, warum.

Er ging auf die Toilette und trank Wasser. Obwohl der Wasserhahn minutenlang aufgedreht blieb, war das Wasser lauwarm und abgestanden.

Er schnaufte und ließ sich wieder auf seinen Schreibtischstuhl sinken. Zeichnete zerstreut einen kleinen fünfzackigen Stern aufs Löschpapier. Und noch einen. Und danach einen weiteren.

Nachdem er fünfundsiebzig fünfzackige Sterne aufs Löschpapier gemalt hatte, klingelte das Telefon.

»Ja, Kollberg.«

»Hej, hier Åsa.«

»Habt ihr was herausgefunden?«

»Ja, ich denke schon.«

»Was?«

»Wir haben diese Person Hansson geortet.« Åsa Torell machte eine Pause. Dann sagte sie: »Jedenfalls bin ich ziemlich sicher, daß es sich um die gesuchte Person handelt.«

»Und?«

»Sie ist bei uns registriert.«

»Als Nutte?«

»Ja, in der etwas feineren Abteilung der Branche. Sie ist das, was wir ein Callgirl nennen.«

»Und wo wohnt sie?«

»Banérgatan. Die andere Adresse ist falsch. In der Västeråsgatan hat sie unseres Wissens nie gewohnt. Die Telefonnummer dagegen war nicht völlig aus der Luft gegriffen. Sie scheint diese Kontaktnummer früher einmal benutzt zu haben.«

»Und der Name? Heißt sie wirklich Helena Hansson?«

»Davon sind wir ziemlich überzeugt. Sie war ja am Mittwoch gezwungen, sich auszuweisen, so daß sie in dieser Hinsicht kaum falsche Angaben gemacht haben kann.«

»Befindet sie sich im Strafregister?«

»O ja, sie ist schon als Teenager Prostituierte gewesen. Unsere Abteilung hat allerhand mit ihr zu tun gehabt, allerdings in den letzten Jahren nicht mehr soviel.«

Åsa verstummte für einige Zeit. Kollberg konnte sich lebhaft vorstellen, wie sie im Augenblick aussah. Vermutlich hockte sie an einem Schreibtisch, genau wie er selbst, und kaute nachdenklich am Daumennagel.

»Sie scheint angefangen zu haben wie die meisten, mehr oder weniger gratis. Dann ging sie auf die Straße. Sie ist aber offensichtlich smart genug gewesen, sich in eine gewinnträchtigere Klasse hochzuarbeiten. Einem Callgirl-Ring anzugehören bedeutet für diese Art Mädchen eine ganze Menge. Das ist schon fast ein respektabler Job.«

»Ja, das kann ich mir vorstellen.«

»Die Callgirls gehören zur Crème der Prostituierten. Sie nehmen nicht jeden beliebigen Freier, sondern stellen sich nur dann zur Verfügung, wenn ein wirklich zahlungskräftiger Kunde auftaucht. Die Tatsache, daß sie sich Reisesekretärin oder wie in Malmö sogar Chefsekretärin nennt, zeigt, daß sie einen gewissen Stil hat und fähig ist, sich auch einer gehobeneren Umgebung anzupassen. Es ist ein großer Unterschied, ob man in der Regeringsgatan auf den Strich geht oder zu Hause in einer Wohnung in Östermalm sitzt und auf Anrufe wartet. Sie hat vermutlich einen mehr oder weniger festen Kundenstamm und nimmt wohl höchstens einen oder zwei Aufträge, wenn man das so nennen kann, pro Woche an.«

»Hat deine Abteilung ein besonderes Interesse an ihr? Jetzt im Augenblick?«

»Das will ich meinen. Wenn sie in irgendein anderes Verbrechen verwikkelt ist und Angst hat, ins Kittchen zu kommen, haben wir vielleicht die Chance, einen ganzen Callgirl-Ring aufzurollen.«

»Wir können ja versuchen, ihr etwas Angst einzujagen. Schick doch mal jemanden hin, der sie abholt«, sagte Kollberg und dachte nach. Er fuhr fort: »Andererseits möchte ich sie mir gern einmal persönlich ansehen, und zwar in ihrer gewohnten Umgebung. Diese Geschichte ist nicht ganz koscher, ich weiß aber selbst noch nicht genau, warum.«

»Wie meinst du das?«

»Ich habe das Gefühl, daß sie stärker in diese Palmgren- und Broberg-Affäre verwickelt ist, als wir ahnen. Kennst du sie?«

»Nur von einigen Fotos, die wir hier haben«, sagte Åsa Torell. »Nach diesen Bildern zu urteilen, sieht sie sehr adrett und geschäftsmäßig aus. Das ist aber natürlich auch eine Voraussetzung für den Erfolg in diesem besonderen Beruf.«

»Na klar, nach außen hin müssen sie immer den Schein wahren können. Sie dürfen nicht aus dem Rahmen fallen, wenn man sie zu Repräsentationszwecken mitnimmt.«

»Genau. Soviel ich weiß, können einige dieser Mädchen sogar stenografieren. Zumindest können sie auf eine Weise blenden, durch die viele sich bluffen lassen.«

»Hast du ihre Telefonnummer?«

»Nein.«

»Schade.«

»Vielleicht, vielleicht auch nicht«, sagte Åsa Torell. »Die Mädchen in dieser Branche wechseln recht oft die Nummern, außerdem haben sie meist Geheimnummern, die zudem noch unter falschen Namen registriert sind. Und . . .«

»Und . . .«

»Und das zeigt, daß sie echte Profis sind, die sich nicht mit Kleinigkeiten abgeben.« Åsa Torell überlegte kurz und stellte dann ihrerseits eine Frage: »Warum hast du es so verdammt eilig, sie in die Finger zu bekommen?«

»Ehrlich gesagt, ich weiß es nicht so genau.«

»Du weißt es nicht?«

»Nein, Martin wollte, daß ich sie verhöre, aber eher routinemäßig, ob sie an diesem Abend in Malmö etwas Besonderes gesehen oder nicht gesehen hat.«

»Nun, das ist kein schlechter Angriffspunkt«, meinte Åsa Torell. »Dann ergibt sich vielleicht eines aus dem anderen.«

»Das hoffe ich auch«, sagte Kollberg. »Larsson sagte mir, daß sie am Sonnabend in Hampus Brobergs Villa auf Lidingö war, und daß Broberg irgendeine Schweinerei vorhat, scheint mir absolut sicher zu sein.«

»Daß sie auf irgendeine Weise direkt in den Mord an Palmgren verwickelt sein sollte, kann ich mir nur schwer vorstellen. Dagegen gibt es in diesem Fall eine ganze Menge Seitenlinien, und ich habe das Gefühl, daß wir denen ein bißchen nachgehen sollten, obwohl sie nicht unmittelbar meine Abteilung berühren.«

»Was hat Broberg deiner Meinung nach vor?«

»Ich nehme an, daß er einen Finanzschwindel ganz großen Umfangs begangen hat. Er scheint seine Vermögenswerte hier zu Hause im Blitztempo zu Geld zu machen. Ich habe den Verdacht, daß er sich schon heute ins Ausland absetzen will.«

»Warum schaltest du nicht das Betrugsdezernat ein?«

»Weil es eilig ist. Bevor die Burschen, die sich mit Wirtschaftsvergehen befassen, sich in diesen Fall eingearbeitet haben, ist Broberg vermutlich längst über alle Berge. Dieses Mädchen Hansson womöglich auch. Der Mord an Palmgren gibt uns aber einige Vorteile. Beide waren Augenzeugen, und das verschafft mir die Möglichkeit, gegen sie einzuschreiten.«

»Ich bin zwar noch recht grün«, sagte Åsa Torell, »und am allerwenigsten eine Spezialistin für Mordfälle, aber glaubt Martin, daß irgendein Teilnehmer an diesem Souper es sich in den Kopf gesetzt haben könnte, Palmgren aus Gewinnsucht aus dem Weg zu räumen?«

»Ja, das scheint eine der Theorien zu sein.«

»Und daß der Betreffende sich in diesem Fall eines gedungenen Mörders bedient haben soll?«

»Ja. Etwa so.«

»Das kommt mir ziemlich weit hergeholt vor.«

»Mir auch. Aber so etwas hat es schon gegeben.«

»Ich weiß. Mit welchen anderen Möglichkeiten rechnest du noch?«

»Unter anderem damit, daß es sich um ein politisches Attentat gehandelt haben kann. Sogar die Sicherheitspolizei ist mit im Spiel. Soviel ich weiß, ist einer ihrer Leute nach Malmö geschickt worden.«

»Das muß für Martin und die anderen ja schrecklich angenehm sein.«

»Na und ob. Die Leute ermitteln natürlich wie gewöhnlich auf eigene Faust. In einem Jahr oder so sind sie damit fertig, und dann wird der Vorgang zu den Akten gelegt.«

»Und das Martin, der von der Politik so entzückt ist«, sagte Åsa Torell. Was sie meinte, war, daß Martin Beck alles verabscheute, was irgendwie mit Politik zu tun hatte, und daß er sich sofort in seine Schale verkroch, wenn von Demonstrationen, Attentaten und politischen Verwicklungen die Rede war.

»Tja«, sagte Kollberg. »Es sieht jedenfalls so aus, als ob Palmgren die meisten seiner Millionen mit etwas verdiente, was das genaue Gegenteil von Entwicklungshilfe ist, nämlich mit internationalen Waffengeschäften, bei denen er ungeheure Profite machte. Darum schließen weder Martin noch ich aus, daß er aus politischen Gründen beseitigt worden ist. Als eine Art Warnung für andere, die in der gleichen Branche arbeiten.«

»Der arme Martin«, sagte Åsa Torell. Es lag Wärme in ihrer Stimme.

Kollberg lächelte in sich hinein. Er hatte Åsa Torell nach Åke Stenströms Tod sehr gut kennengelernt und schätzte sie außerordentlich, sowohl als Frau wie wegen ihres klaren Intellekts. »Nun ja«, sagte er. »Ich schlage vor, daß wir so schnell wie möglich zu dieser bezaubernden Dame fahren und versuchen, etwas aus ihr herauszuquetschen. Ich kann dich mit dem Wagen abholen. Wir müssen einfach hoffen, daß sie zu Hause ist.«

»Okay«, sagte Åsa Torell. »Aber . . .«

»Aber was?«

»Ich möchte dich nur darauf vorbereiten, daß sie bestimmt eine hartgesottene Type ist. Wir tun bestimmt gut daran, vorsichtig vorzugehen, jedenfalls zu Anfang. Ich bin zwar eine Anfängerin in diesem Spiel, und es ist vielleicht albern, daß ich dir gute Ratschläge gebe, aber ich habe mit dieser Art Klienten schon eine Menge zu tun gehabt. Eine Person wie die Hansson beherrscht die meisten Kniffe im Umgang mit der Polizei. Langes und hartes Training, weißt du. Ich glaube nicht, daß es sich lohnt, wie ein Bulldozer vorzugehen.«

»Du hast sicher recht.«

»Wer hält übrigens ein Auge auf Broberg?«

»Wenn wir Glück haben, finden wir ihn vielleicht in den Armen dieser Dame. Sonst hat merkwürdigerweise Gunvald Larsson sich bereit erklärt, auf ihn aufzupassen.«

»Nun, dann wird es auf jeden Fall Bulldozertaktik geben«, sagte Åsa Torell trocken.

»Vermutlich. Also, machen wir's doch so: Ich komme vorbei und hole dich in etwa zwanzig Minuten ab.«

»Ja, gut. Also, bis gleich.«

»Bis gleich.« Kollberg blieb einige Zeit mit dem Hörer in der Hand sitzen. Dann rief er Gunvald Larsson an.

»Ja?« sagte dieser unfreundlich. »Was, zum Teufel, ist denn jetzt schon wieder los?«

»Wir haben diese Puppe jetzt lokalisiert.«

»Aha«, sagte Gunvald Larsson uninteressiert.

»Ich fahre jetzt zusammen mit Åsa Torell zu ihr hin.«

»Aha.«

»Hör mal, du bist ja noch saurer als gewöhnlich.«

»Aus guten Gründen«, sagte Gunvald Larsson. »Vor zwanzig Minuten wurde einem Türken auf dem Hötorget die Wampe aufgeschlitzt. Mit einem Stilett. Der Himmel weiß, ob er durchkommt. Als ich ihn sah, schien er Mühe zu haben, die Eingeweide im Körper zu behalten.«

»Habt ihr den Burschen gefaßt, der's getan hat?«

»Nein, aber wir wissen, wer es war.«

»Ein anderer Türke?«

»Keineswegs, ein prima reinrassiger Stockholmer. Siebzehn Jahre alt und *high* wie 'ne Schiffssirene. Wir jagen ihn jetzt.«

»Warum hat er's getan?«

»Warum? Das ist vielleicht eine dämliche Frage. Vielleicht hat er sich vorgenommen, das Gastarbeiterproblem auf seine Weise zu lösen. Es wird mit jedem Tag schlimmer und schlimmer.«

»Ja, ja, wie wahr«, sagte Kollberg. »Hör mal, ich glaube nicht, daß ich rechtzeitig zu Brobergs Büro hinkomme.«

»Nur keine Angst«, sagte Gunvald Larsson. »Das geht schon in Ordnung. Ich fange nämlich an, mich für diesen Burschen zu interessieren.«

Sie legten zur selben Zeit auf, ohne noch etwas gesagt zu haben. Kollberg wunderte sich noch immer über die plötzliche Hilfsbereitschaft Gunvald Larssons. Er rief auch die Bankierfirma in der Kungsgatan an.

»Nein, Direktor Broberg hat noch nichts von sich hören lassen«, sagte Sara Moberg.

»Und die Reisetasche steht noch immer in seinem Zimmer?«

»Ja, aber das habe ich Ihnen doch schon gesagt, als Sie das letztemal anriefen.«

»Entschuldigung, ich wollte mich nur noch einmal vergewissern.«

Er wählte die Nummer des Immobilienbüros, das er am Morgen besucht hatte. Auch dort hatte Hampus Broberg sich nicht blicken lassen. Er hatte auch nicht angerufen. Kollberg ging hinaus, um sich die Hände zu waschen, legte anschließend einen Zettel auf seinen Schreibtisch und ging hinunter zu seinem Wagen. Åsa Torell stand schon auf der Treppe des Polizeihauses in der Kungsholmsgatan und wartete auf ihn. Kollberg hielt an der Bordsteinkante und sah sie bewundernd an, während sie die Treppenstufen herabkam und den Bürgersteig überquerte.

In seinen Augen war sie eine ungewöhnlich anziehende Frau mit ihrem kurzgeschnittenen dunklen Haar und den großen braunen Augen. Sie war zwar klein, hatte aber einen vielversprechenden Körperbau mit genau der richtigen Breite zwischen den Hüftknochen. Zierlich und gleichzeitig stabil, hatte ihre Erscheinung etwas überaus Sinnliches, aber soviel er wußte, hatte sie ihre sexuelle Aktivität seit dem Tod ihres Mannes eingefroren.

Er fragte sich, wie lange das so weitergehen konnte.

Wenn er nicht schon Verstand genug gehabt hätte, sich eine erstklassige Frau zuzulegen ...

Dachte Lennart Kollberg. Dann streckte er den Arm aus und öffnete die rechte Vordertür. »Steig ein, Mädchen«, sagte er.

Sie setzte sich neben ihn, legte ihre Umhängetasche auf die Knie und mahnte: »So, jetzt aber immer schön mit der Ruhe, ja?«

Kollberg nickte und startete den Wagen. Fünf Minuten später hielten sie vor dem Eingang eines älteren Mietshauses in der Banérgatan. Sie stiegen aus.

»Du solltest nicht auf der Straßenseite aussteigen, das ist gefährlich«, bemerkte Åsa Torell.

Kollberg nickte noch einmal. »Du hast ja so recht«, sagte er. Er sehnte sich inständig nach einem frischen Hemd.

15

Die Wohnung lag im dritten Stock, und auf dem Türschild stand tatsächlich der Name Helena Hansson.

Kollberg hob die rechte Faust, um in gewohnter Manier an die Tür zu hämmern, aber Åsa Torell legte abwehrend die Hand auf seinen Arm und drückte statt dessen auf die Klingel. Nichts geschah, worauf sie nach einer halben Minute noch einmal klingelte. Diesmal wurde die Tür geöffnet, und eine blonde junge Frau sah sie mit blauen Augen fragend an. Sie trug lila Hausschuhe und einen weißen Morgenmantel, und sie schien gerade geduscht oder sich die Haare gewaschen zu haben, denn um den Kopf hatte sie ein Frotteetuch gewickelt.

»Polizei«, sagte Kollberg und angelte seine Legitimation heraus.

Åsa Torell wies sich ebenfalls aus, sagte aber nichts.

»Sie sind Helena Hansson, nicht wahr?«

»Ja, sicher.«

»Es geht um diese Geschichte in Malmö vor einer Woche. Wir würden uns gern mit Ihnen unterhalten.«

»Das bißchen, was ich weiß, habe ich aber schon der Polizei dort unten gesagt. Noch am selben Abend.«

»Das Gespräch war aber nicht sehr erschöpfend«, sagte Kollberg. »Sie waren natürlich erschüttert, und Zeugenaussagen, die in solchen Schocksituationen gemacht werden, sind dann leicht ein bißchen summarisch. Darum unterhalten wir uns mit Augenzeugen gern noch ein zweites Mal, wenn sie Zeit gehabt haben, ein paar Tage nachzudenken. Dürfen wir einen Augenblick reinkommen?«

Die Frau zögerte. Es sah sogar aus, als wollte sie nein sagen.

»Es wird bestimmt nicht lange dauern«, sagte Kollberg. »Es ist eine reine Routinesache.«

»Wenn Sie meinen«, sagte Helena Hansson. »Ich habe es zwar etwas eilig, aber . . .« Sie verstummte, und die beiden ließen ihr Zeit, sich eine geeignete Fortsetzung auszudenken.

»Können Sie so nett sein, einen Augenblick draußen zu warten, während ich mir schnell etwas anziehe?«

Kollberg nickte.

»Ich habe gerade die Haare gewaschen«, fügte sie hinzu. »Es dauert nur eine Minute.« Ohne sich auf weitere Debatten einzulassen, machte sie ihnen die Tür vor der Nase zu. Kollberg legte warnend einen Finger auf die Lippen. Åsa Torell kniete sich sofort hin und schob geräuschlos und vorsichtig den Deckel des Briefschlitzes hoch. Aus der Wohnung waren einige Laute zu hören. Zuerst das Klicken einer Telefonwählscheibe. Helena Hansson versuchte, jemanden anzurufen. Sie kam offenbar durch, fragte nach irgend jemandem, wurde weiterverbunden und dankte mit leiser Stimme. Dann sagte sie nichts mehr, aber Åsa Torell hatte ein ungewöhnlich feines Gehör und glaubte zu hören, daß es sehr oft klingelte. Schließlich sagte die Frau in der Wohnung: »Also nicht. Vielen Dank.« Der Hörer wurde aufgelegt.

»Sie hat versucht, jemanden anzurufen, hat ihn aber nicht erreicht«, flüsterte Åsa Torell. »Über eine Telefonzentrale, glaube ich.«

Kollberg formte mit den Lippen einen Namen: »Broberg.«

»Seinen Namen hat sie nicht genannt, das hätte ich gehört.«

Kollberg machte eine warnende Grimasse und zeigte stumm auf den Briefschlitz. Åsa Torell legte ihr rechtes Ohr an die Öffnung. Es war ihr bestes. Es waren verschiedene Geräusche zu hören, und sie zog ihre dichten schwarzen Augenbrauen hoch. Nach zwei Minuten richtete sie sich wieder auf und flüsterte: »Sie hat etwas gemacht, was offensichtlich sehr schnell gehen mußte. Ich nehme an, daß sie eine Reisetasche gepackt hat, denn ich glaube, ich hörte das Schloß einschnappen. Dann trug oder schleifte sie etwas über den Fußboden und machte eine Tür auf oder zu. Jetzt zieht sie sich an.«

Kollberg nickte nachdenklich. Kurz darauf machte Helena Hansson die Tür wieder auf. Sie trug ein Kleid, und ihre Frisur sah verdächtig gepflegt aus. Sowohl Kollberg wie Åsa Torell sahen sofort, daß sie eine Perücke auf das nasse Haar gesetzt hatte. Sie standen mit unschuldigen Mienen weit weg von der Wohnungstür am Treppenabsatz. Åsa Torell hatte sich eine Zigarette angezündet und rauchte gleichgültig und scheinbar geistesabwesend.

»Bitte, treten Sie ein«, sagte Helena Hansson. Ihre Stimme war angenehm und überraschend kultiviert.

Sie traten ein und sahen sich um. Die Wohnung bestand aus Flur, einem Zimmer und der Küche. Sie war relativ geräumig und gut, aber unpersönlich möbliert. Die meisten Einrichtungsgegenstände schienen neu sein, und zahlreiche Einzelheiten deuteten darauf hin, daß der Bewohner dieser Wohnung nicht knapp bei Kasse war. Alles war peinlich sauber und ordentlich. Das Bett war groß und breit, und als Kollberg den dicken Überwurf ansah, entdeckte er einen rechteckigen Abdruck, als hätte eben noch ein Koffer oder eine Reisetasche dort gelegen.

Das Wohnzimmer hatte auch eine Sitzgruppe mit bequemen Sesseln. Helena Hansson zeigte nachlässig darauf und sagte: »Bitte, nehmen Sie Platz.«

Sie setzten sich. Die Frau blieb einen Augenblick stehen. »Möchten Sie vielleicht etwas trinken?«

»Nein, danke«, sagte Kollberg.

Åsa Torell schüttelte verneinend den Kopf. Helena Hansson setzte sich, nahm eine Zigarette aus einem Zinnbecher, der auf dem Couchtisch stand, und zündete sie an. Dann sagte sie ruhig: »Womit kann ich Ihnen helfen?«

»Sie wissen ja schon, worum es geht«, sagte Kollberg.

»Ja, diese schreckliche Geschichte in Malmö. Aber viel mehr als das kann ich eigentlich nicht sagen. Daß es schrecklich war.«

»Wo saßen Sie am Tisch?«

»An der äußersten Kante der Längsseite. Mein Tischherr war ein Däne, ein Geschäftsmann. Jensen hieß er, glaube ich.«

»Direktor Hoff-Jensen«, sagte Kollberg.

»Ach ja, jetzt entsinne ich mich.«

»Und Direktor Palmgren?«

»Saß auf der anderen Längsseite. Mir schräg gegenüber. Direkt gegenüber saß die Frau dieses Dänen.«

»Sie wandten also dem Mann, der Direktor Palmgren erschoß, das Gesicht zu?«

»Ja, das ist richtig. Es ging aber alles sehr schnell. Ich hatte kaum Zeit, zu begreifen, was da passierte. Im übrigen glaube ich, daß niemand begriff, was da geschah, bevor alles vorbei war.«

»Aber Sie haben den Mörder gesehen?«

»Ja. Aber ohne ihn für einen Mörder zu halten.«

»Wie sah er aus?«

»Auch das habe ich schon erzählt. Möchten Sie, daß ich es wiederhole?«

»Ja, bitte.«

»Ich habe nur eine ganz allgemeine Erinnerung an sein Aussehen. Wie ich schon sagte, ging alles sehr schnell, und außerdem habe ich mich nicht sehr auf die Menschen in meiner Umgebung konzentriert. Ich war in Gedanken versunken.« Sie sprach ruhig und schien völlig aufrichtig zu sein.

»Warum haben Sie sich nicht auf Ihre Umgebung konzentriert, wie Sie es eben ausdrückten?«

»Direktor Palmgren hielt gerade eine kleine Rede. Was er sagte, ging mich nichts an, und folglich hörte ich gar nicht richtig hin. Ich verstand nicht einmal ganz, wovon er sprach, und rauchte unterdessen und dachte an ganz andere Dinge.«

»Lassen Sie uns zu dem Mann zurückkehren, der auf Palmgren schoß. Haben Sie ihn schon einmal gesehen?«

»Nein, noch nie. Er war mir völlig fremd.«

»Würden Sie ihn wiedererkennen, wenn Sie ihn wieder zu sehen bekämen?«

»Vielleicht. Aber ich bin mir dessen durchaus nicht sicher.«

»Wie alt mochte er Ihrer Meinung nach sein?«

»So zwischen fünfunddreißig und vierzig. Ein schmales Gesicht mit gelichtetem dunklem Haar.«

»Größe?«

»Mittelgroß, würde ich sagen.«

»Und die Kleidung?«

»Recht gepflegt. Ich glaube, er hatte ein braunes Jackett an. Er trug auf jeden Fall eine Krawatte und ein helles Hemd.«

»Können Sie noch mehr über ihn sagen?«

»Nicht viel. Er sah recht alltäglich aus.«

»Welcher Gesellschaftsschicht würden Sie ihn zurechnen?«

»Gesellschaftsschicht?«

»Ja. Sah er etwa wie ein Mann aus, der viel Geld hat oder eine hohe Stellung bekleidet?«

»Nein, den Eindruck hatte ich nicht. Eher wie ein Buchhalter oder ein gewöhnlicher Arbeiter. Er machte einen recht ärmlichen Eindruck.« Sie zuckte die Achseln und fuhr fort: »Sie sollten sich aber nicht zu sehr auf das verlassen, was ich Ihnen zu sagen habe. Tatsache ist, daß ich ihn nur sehr flüchtig ansah. Jetzt im nachhinein habe ich versucht, meine Eindrücke etwas zu koordinieren, aber ich bin mir nicht sicher. Einiges von dem, was ich gesehen zu haben glaube, kann nicht direkt reine Einbildung sein, aber ...« Sie verstummte und suchte nach Worten.

»Rekonstruktion«, schlug Kollberg vor.

»Ja, genau das. Eine Rekonstruktion. Man sieht etwas oder jemanden ganz flüchtig, und später, wenn man sich an Einzelheiten zu erinnern versucht, irrt man sich oft.«

»Haben Sie die Tatwaffe gesehen?«

»Aus dem Augenwinkel, sozusagen. Es war eine Art Pistole, ziemlich lang.«

»Verstehen Sie etwas von Waffen?«

Sie schüttelte den Kopf. »Nein, gar nichts.«

Kollberg versuchte es mit einer neuen Linie. »Kannten Sie Direktor Palmgren schon länger?«

»Nein.«

»Und die anderen Damen und Herren am Tisch? Waren es Bekannte von Ihnen?«

»Nur Direktor Broberg. Die anderen hatte ich vorher noch nie gesehen.«

»Aber Broberg kannten Sie schon länger?«

»Ja. Er hatte meine Dienste schon einige Male in Anspruch genommen.«

»In welcher Eigenschaft befanden Sie sich in Malmö?«

Sie sah ihn erstaunt an. »Als Sekretärin natürlich. Direktor Broberg hat in Stockholm zwar eine fest angestellte Sekretärin, aber die begleitet ihn nicht auf seinen Reisen.« Sie sprach frei und sicher. Alles schien sorgfältig einstudiert zu sein.

»Haben Sie während dieser Reise stenografiert oder ein Protokoll angefertigt?«

»Aber natürlich. An diesem Tag hatte vorher eine Konferenz stattgefunden. Da habe ich alles protokolliert, was dort abgehandelt wurde.«

»Was abgehandelt wurde?«

»Geschäftliche Dinge der verschiedensten Art. Ehrlich gesagt, habe ich nicht sehr viel von alldem verstanden; ich habe es nur protokolliert.«

»Haben Sie noch die Stenogramme?«

»Nein. Als ich wieder zu Hause war, habe ich alles geschrieben und die Protokolle Direktor Broberg übergeben. Die Stenogramme habe ich weggeworfen.«

»Ach so«, sagte Kollberg. »Wieviel haben Sie für diese Arbeit bekommen?«

»Ein Honorar von 200 Kronen, plus Reisekosten und Hotel, natürlich.«

»Aha. Würden Sie das als einen schweren Job bezeichnen?«

Sie zuckte wieder die Achseln. »Nein, er war nicht besonders anstrengend.«

Kollberg wechselte einen Blick mit Åsa Torell, die bislang noch kein Wort gesagt hatte. »Nun, was mich betrifft, so bin ich mit meinen Fragen fertig«, sagte Kollberg.

Helena Hansson neigte den Kopf.

»Nur noch eines. Als die Polizei in Malmö sich mit Ihnen unterhielt, haben Sie eine Adresse in der Västeråsgatan hier in Stockholm angegeben.«

»Habe ich das getan?«

»Diese Anschrift war doch falsch, nicht wahr?«

»Daran habe ich noch gar nicht gedacht. Ich erinnere mich nicht einmal daran. Ich war damals ziemlich durcheinander. Früher habe ich tatsächlich einmal in der Västeråsgatan gewohnt. Ich habe in der allgemeinen Aufregung wohl einfach etwas Falsches gesagt.«

»Hm«, sagte Kollberg. »Nun ja, das kann jedem einmal passieren.« Er stand auf. »Vielen Dank für Ihre Hilfe. Ich bin jetzt fertig. Auf Wiedersehen.« Er ging zur Tür und verließ die Wohnung.

Helena Hansson blickte fragend auf Åsa Torell, die stumm und reglos in ihrem Sessel sitzen geblieben war. »Gibt es noch etwas?« fragte Helena Hansson zögernd.

Åsa Torell sah sie lange an. Sie saßen sich gegenüber. Beide waren Frauen und etwa gleichaltrig, aber damit hörte schon jede Ähnlichkeit auf.

Åsa Torell ließ das Schweigen noch lastender werden, dann zerdrückte sie ihre Zigarette im Aschenbecher und sagte langsam: »Wenn du Sekretärin bist, bin ich die Königin von Saba.«

»Wie können Sie wagen, so etwas zu sagen«, sagte Helena Hansson empört.

»Mein Kollege, der eben gegangen ist, arbeitet bei der Reichsmordkommission.«

Helena Hansson sah sie verwirrt an.

»Ich aber nicht«, sagte Åsa Torell. »Ich arbeite hier in Stockholm beim Sittlichkeitsdezernat.«

»Oh«, sagte die andere. Ihre Schultern sanken schlaff herab.

»Ich nehme an, du weißt, was das bedeutet.«

Die Frau nickte resigniert.

»Wir haben ein ganzes Dossier über dich«, fuhr Åsa Torell mit erbarmungsloser Eintönigkeit fort. »Es reicht zehn Jahre zurück. Du bist schon fünfzehnmal hoppgenommen worden. Das ist eine ganze Menge.«

»Dafür kannst du mich aber jetzt nicht drankriegen, du verdammte Schlampe«, sagte Helena Hansson trotzig.

»Sehr unachtsam von dir, keine Schreibmaschine im Haus zu haben. Oder gar einen Stenogrammblock. Sofern er nicht in der Reisetasche da drüben liegt.«

»Wage es ja nicht, ohne meine Einwilligung in meinen Sachen herumzuwühlen, du Aas. Ich kenne meine Rechte.«

»Ich habe nicht die Absicht, hier irgend etwas ohne Erlaubnis anzurühren«, sagte Åsa Torell.

»Was, zum Teufel, willst du dann hier? Wegen dieser Geschichte kann man mich nie belangen.«

Åsa Torell sagte nichts.

»Außerdem habe ich wohl, verflucht noch mal, das Recht, zu verreisen, mit wem ich will.«

»Und zu schlafen, mit wem du willst? Ja, das ist völlig richtig. Du hast aber kein Recht, Geld dafür zu nehmen. Wie hoch war übrigens das sogenannte Honorar?«

»Glaubst du wirklich, ich bin so scheißdämlich, eine solche Frage zu beantworten?«

»Das ist gar nicht nötig. Ich kenne die Tarife. Du hast 1000 Kronen gekriegt, dazu die Reise und das Hotel.«

»Du weißt ja allerhand«, sagte Helena Hansson aufmüpfig.

»Wir wissen das meiste über diese Branche.«

»Bilde dir nur nicht ein, du könntest mich reinreißen, du verdammte, beschissene . . .«

»Doch, das kann ich schon. Nur keine Angst. Das wird sich schon machen lassen.«

Plötzlich sprang Helena Hansson auf und warf sich mit ausgestreckten Krallen über den Tisch.

Åsa Torell kam mit der Geschmeidigkeit einer Katze auf die Beine und parierte den Angriff mit einem einfachen Schlag, der die andere rücklings in den Sessel zurückwarf. Eine Vase mit Nelken fiel zu Boden, aber keine von beiden dachte daran, sie aufzuheben. »Nur nicht kratzen«, sagte Åsa Torell. »Immer schön mit der Ruhe.«

Die Frau starrte sie an. Es sah tatsächlich so aus, als hätte sie Tränen in den wasserblauen Augen. Die Perücke war verrutscht. »Daß du auch noch prügeln mußt, du verdammte Xanthippe«, jammerte sie. Sie blieb eine Weile mit hoffnungsloser Miene sitzen. Dann machte sie sich Mut für eine neue Gegenoffensive und sagte hysterisch: »Hau endlich ab, du Miststück. Laß mich in Ruhe. Komm zurück, wenn du mir irgend etwas nachweisen kannst.«

Åsa Torell wühlte in ihrer Umhängetasche und holte Bleistift und Notizblock heraus. »Ich bin eigentlich an etwas ganz anderem interessiert«, sagte sie. »Du hast noch nie als Freelancer gearbeitet und tust es heute sicher auch nicht. Na, wer ist denn derjenige, der die Fäden in der Hand hält?«

»Bist du wirklich so blöd, zu glauben, ich würde dir das erzählen?«

Åsa Torell ging zum Telefon, das auf dem Frisiertisch stand. Es war ein hellgrauer Apparat vom Typ Dialog. Sie bückte sich und notierte die Nummer, die schon vom Fernmeldeamt als kleinerer Kundendienst auf einem kleinen weißen Zettel vermerkt wird. Dann hob sie ab und wählte diese Nummer. Es ertönte das Besetztzeichen. »Nicht sehr schlau, den Zettel mit der richtigen Nummer dranzulassen«, sagte sie. »Dieses Telefon wird Sie überführen, wer auch immer als Teilnehmer angemeldet ist.«

Die Frau sank noch tiefer in den Sessel und warf ihr einen zugleich gehässigen und resignierten Blick zu. Nach einer Weile sah sie auf die Uhr und jammerte: »Kannst du dich nicht endlich verziehen? Du hast doch schon bewiesen, wie tüchtig Polypen sein können.«

»Noch nicht«, sagte Åsa Torell ruhig. »Warte noch ein bißchen.«

Helena Hansson schien von der Entwicklung der Ereignisse völlig verwirrt zu sein. Dies war etwas, womit sie ganz offensichtlich nicht gerechnet hatte. Dies fiel völlig aus dem Rahmen und paßte so ganz und gar nicht zu der einstudierten Rolle, an die sie sich früher immer gehalten hatte. Außerdem genügte das Wissen darum, daß dieser weibliche Polizist Einblick in ihre Vergangenheit hatte, vollauf, um sie einsehen zu lassen, daß weiteres Theaterspielen sinnlos war. Dennoch wirkte sie merkwürdig nervös und schaute immer wieder auf die Uhr. Ihr war klar, daß die andere auf irgend etwas wartete, aber sie konnte sich nicht denken, auf was. »Willst du noch lange hier herumsitzen und glotzen«, fauchte sie irritiert.

»Keineswegs. Es wird sehr schnell gehen«, sagte Åsa Torell und sah die Frau im Sessel an. Sie hatte keine Gefühle für die Hansson, nicht einmal Widerwillen und vor allem kein Mitleid.

Das Telefon klingelte.

Helena Hansson machte keine Anstalten, aufzustehen und zum Telefon zu gehen, und Åsa Torell bewegte sich nicht vom Fleck.

Sechsmal hallte das Klingeln durch den Raum.

Dann war der frühere Zustand wiederhergestellt. Åsa Torell stand neben dem Frisiertisch mit lose herabhängenden Armen und leicht gespreizten Beinen. Helena Hansson saß im Sessel zusammengekauert und starrte mit flakkernden Blicken ins Leere. Einmal murmelte sie: »Du, hör mal, du kannst mir doch 'ne Chance geben, ja?« Und kurz darauf: »Wie kann eine Frau Polyp werden . . .«

Åsa Torell hätte mit einer Gegenfrage kommen können, verkniff es sich aber. Zehn Minuten später wurde die festgefahrene Situation dadurch beendet, daß jemand schwer an die Wohnungstür hämmerte.

Åsa Torell öffnete, und Kollberg betrat mit einem Zettel in der Hand das Zimmer. Er war rot und verschwitzt, und es war ihm anzumerken, daß er sich beeilt hatte. Er blieb mitten im Zimmer stehen, sog die sinistre Atmosphäre in sich hinein, warf einen Blick auf die umgekippte Blumenvase und sagte: »Haben die Damen sich geschlagen?«

Helena Hansson sah zu ihm hoch, ohne Hoffnung und ohne Erstaunen. Ihre professionelle Politur war wie weggeblasen. »Was, zum Teufel, wollt ihr denn jetzt?« sagte sie.

Kollberg hielt ihr den Zettel unter die Nase. »Dies ist eine richterliche Verfügung, die mich dazu berechtigt, in dieser Wohnung eine Haussuchung vorzunehmen. Komplett mit Stempel und Unterschrift. Ich habe die Genehmigung selbst beantragt, und der zuständige Staatsanwalt hat sie befürwortet.«

»Leckt mich doch am Arsch«, fauchte Helena Hansson.

»Aber nicht doch«, sagte Kollberg liebenswürdig. »Wir wollen uns nur ein bißchen umsehen.«

Åsa Torell nickte zur Garderobentür. »Dort, glaube ich«, sagte sie. Sie selbst nahm die Handtasche Helena Hanssons vom Frisiertisch und öffnete sie. Die Frau im Sessel reagierte überhaupt nicht.

Kollberg machte die Garderobentür auf und holte eine Reisetasche heraus. »Gar nicht mal groß, aber erstaunlich schwer«, murmelte er. Er stellte sie aufs Bett und löste die Riemen. »Hast du was Interessantes gefunden?« sagte er zu Åsa Torell.

»Ein Rückflugticket nach Zürich für die 21-Uhr-45-Maschine von Arlanda. Rückflug morgen früh 7 Uhr 40. Dazu die Bestätigung für ein gebuchtes Hotelzimmer für eine Nacht.«

Kollberg schob die erste Schicht aus Kleidern und anderem Kram beiseite und begann, in den Papieren zu wühlen, die auf dem Boden der Reisetasche lagen. »Aktien«, sagte er. »Und zwar eine beachtliche Menge davon.«

»Es sind nicht meine«, sagte Helena Hansson tonlos.

»Das glaube ich gern«, sagte Kollberg. Er ging ein Stück weiter und öffnete die schwarze Dokumentenmappe. Sie enthielt genau das, was seine Frau vermutet hatte. Nachthemd, ein paar Höschen, Kosmetika, Zahnbürste und Pillendose. Es war wirklich zum Lachen.

Er sah auf die Uhr. Es war schon halb sechs, und er hoffte, daß Gunvald Larsson seine Zusage eingehalten hatte und schon auf seinem Posten war. »Dies genügt vorläufig«, sagte er. »Sie müssen jetzt mitkommen.«

»Warum?« fragte Helena Hansson.

»Ich kann Sie aufgrund dessen, was ich hier gesehen habe, der Vorbereitung eines schweren Devisenvergehens verdächtigen«, sagte Kollberg. »Sie müssen damit rechnen, verhaftet zu werden, aber das ist nicht meine Sache.« Kollberg sah sich um, zuckte die Achseln und sagte: »Åsa, sei so nett und sieh zu, daß sie alles mitbekommt, was sie in dieser Lage braucht.«

Åsa Torell nickte.

»Scheißbullen«, sagte Helena Hansson.

16

Alles mußte an diesem Montag passieren.

Gunvald Larsson stand am Fenster seines Dienstzimmers und sah auf seine Stadt hinaus. So wie jetzt, bei oberflächlicher Betrachtung, sah sie gar nicht übel aus, aber er war sich des Infernos von Verbrechen, das um ihn herum tobte, nur zu bewußt. Er kam zwar nur mit den Gewaltverbrechen in Berührung, aber schon das war mehr als genug. Außerdem war die Aufklärung von Gewaltverbrechen weit unangenehmer als die Bekämpfung anderer Formen der Kriminalität. Sechs neue Raubüberfälle, einer brutaler als der andere, und bislang keine Spuren; vier Mißhandlungen von Ehefrauen, alle recht schwer; und dann ein Fall, in dem es umgekehrt zugegangen war: eine Ehefrau hatte ihrem Mann ein Bügeleisen über den Kopf geschlagen. Er war selbst gezwungen gewesen, hinzufahren, zu einer Wohnung in der Bastugatan in Söder. Die schäbige Wohnung hatte wie ein Schlachthaus ausgesehen. Alles war blutverschmiert gewesen, und er hatte sogar Blut auf seine neue Hose bekommen.

In Gamla Stan hatte eine ledige Mutter ihr einjähriges Kind aus dem Fenster ihrer Wohnung im zweiten Stock auf die Straße geworfen. Das Kind war ernstlich verletzt, obwohl die Ärzte sagten, es werde durchkommen. Die Mutter war siebzehn Jahre alt und hysterisch. Ihre einzige Begründung für die Tat war, das Gör habe geschrien und nicht gehorchen wollen.

Mindestens zwanzig mehr oder weniger blutige Schlägereien allein in der Innenstadt. Wie die Berichte aus den modernen Slums in den Vororten aussehen mochten, wollte Gunvald Larsson sich gar nicht erst vorstellen. Das Telefon klingelte. Er ließ es eine Weile läuten, bevor er den Hörer abnahm. »Larsson.« Ein verbissenes Grunzen. Der Türke mit dem aufgeschlitzten Bauch war im Südkrankenhaus seinen Verletzungen erlegen. »Aha«, sagte er indifferent. Er fragte sich, ob der Mann wirklich hätte sterben müssen. Die Krankenhäuser waren überlastet. Ganze Abteilungen wurden in den Sommermonaten wegen Personalmangels und der Urlaubszeit stillgelegt. Überdies herrschte großer Mangel an Blutspendern.

Den Messerstecher hatte man bereits gefaßt. Eine Streifenwagenbesatzung hatte ihn in einer Rauschgifthöhle in einem abbruchreifen Haus in Birkastaden entdeckt und festgenommen. Er war bei der Festnahme völlig groggy gewesen und nicht in der Lage, Fragen zu beantworten. Das blutige Stilett hatte er noch bei sich gehabt. Gunvald Larsson hatte sich den jungen Mann eine halbe Minute angesehen und dann den Polizeiarzt holen lassen.

Von den Raubüberfällen abgesehen, die sorgfältig geplant gewesen zu sein schienen, waren alle anderen Verbrechen spontan begangene Delikte, die man beinahe Unfällen gleichsetzen konnte. Täter waren unglückliche, von Streß aus dem Gleichgewicht gebrachte Menschen, die gegen ihren Willen in desperate Situationen getrieben worden waren. In fast allen Fällen spielte Rauschgift oder Alkohol eine entscheidende Rolle. Das lag vielleicht an der Hitze, vor allem aber am System, am unerbittlichen Mechanismus der Großstadt, der die Schwachen und Unangepaßten zerrieb und sie zu sinnlosen Handlungen trieb.

Und dann die Einsamen. Gunvald Larsson fragte sich, wie viele Selbstmorde in den letzten vierundzwanzig Stunden begangen worden waren. Er war fast erleichtert, daß es noch ein bißchen dauern würde, ehe ihm diese Zahlen zur Kenntnis gelangten. Die Unterlagen befanden sich noch in den einzelnen Revierwachen, in denen die Vorgänge bearbeitet und die Berichte zusammengestellt wurden.

Es war jetzt zwanzig Minuten vor fünf, und er sollte eigentlich abgelöst werden. Er hätte nach Hause fahren, es sich in seiner Junggesellenwohnung in Ballmora gemütlich machen, duschen und eine kalte Pommac trinken können. – Gunvald Larsson war fast absoluter Antialkoholiker. Bei ausgestöpseltem Telefon hätte er den Abend in aller Ruhe mit einem eskapistischen Buch verbringen können.

Aber jetzt hatte er eine Sache übernommen, die ihn im Grunde nichts anging. Diese Geschichte mit Broberg, ein Vorhaben, das er bald bereute, bald mit einem gewissen animalischen Entzücken herbeisehnte. Wenn Broberg ein Verbrecher war – und dessen war er sicher –, so gehörte er genau zu dem Typus von Kriminellen, den hinter Schloß und Riegel zu bringen Gunvald Larsson ein reines Vergnügen bereitete. Ein Ausbeuter. Ein Profithai. Leider kam man zu selten an diese Burschen heran, obwohl jedermann wußte, daß es sie gab und daß sie herrlich und in Freuden lebten, formell innerhalb der durch eine steifbeinige Gesetzgebung gezogenen Grenzen.

Gunvald Larsson hatte sich entschlossen, diese Sache nicht allein durchzuführen. Einmal, weil er schon allzuoft im Lauf seiner Dienstzeit auf eigene Faust operiert und dafür allzuoft einen Rüffel eingesteckt hatte. In Wahrheit so oft, daß sich seine Beförderungsaussichten in der gegenwärtigen Situation als minimal ausnahmen. Zum anderen, weil er kein Risiko eingehen und dafür sorgen wollte, daß alles hübsch gesetzmäßig ablief.

Endlich einmal würde er streng nach den Vorschriften handeln, und genau darum hätte er natürlich darauf gefaßt sein sollen, daß die Dinge sich nicht so entwickeln würden, wie er es sich vorstellte. Wo sollte er aber seinen eventuellen Helfer hernehmen?

In seiner eigenen Abteilung war kein Mensch frei, und Kollberg hatte gesagt, daß es draußen in Västberga nicht anders aussah. In seiner Not rief Gunvald Larsson in der vierten Revierwache an, und es gelang ihm, nach vielem Hin und Her eine positive Antwort zu bekommen.

»Wenn es wirklich so unerhört wichtig ist, kann ich vielleicht einen Mann abstellen«, sagte der Kommissar.

»Großartig.«

»Glaubst du etwa, daß es leicht ist, auch euch noch mit Personal zu versorgen? Wo es doch eigentlich umgekehrt sein sollte?«

»Nein, nein«, sagte Gunvald Larsson. »Ich weiß.«

Ein großer Teil der uniformierten Polizeibeamten stand untätig vor irgendwelchen Botschaften und Reisebüros herum und glotzte in die Gegend. Zu gar keinem Nutzen übrigens, denn wenn es irgendwo zu Demonstrationen oder Bombenanschlägen kam, konnten sie überhaupt nichts dagegen ausrichten. Jetzt hatte die Polizeiführung den Männern auch noch verboten, mit dem Gummiknüppel zu jonglieren, und damit war das einzige kleine Vergnügen dahin, das der eintönige Dienst noch geboten hatte.

»Nun«, sagte Gunvald Larsson. »Was ist es für einer?«

»Er heißt Zachrisson. Kommt ursprünglich aus dem Maria-Revier. Tut oft bei Zivilstreifen Dienst.«

Gunvald Larsson zog grimmig seine blonden Augenbrauen hoch. »Ich kenne ihn«, sagte er ohne jede Spur von Begeisterung.

»Aha. Nun, das dürfte ja nur von Vorteil . . .«

»Paß nur ja auf, daß er keine Uniform trägt«, unterbrach Gunvald Larsson. »Und fünf Minuten vor fünf muß er vor dem Haus stehen.« Er dachte kurz nach und fügte hinzu: »Und wenn ich sage, vor dem Haus, so meine ich damit nicht, daß er mit verschränkten Armen mitten vor dem Eingang stehen soll, als wäre er irgendein Rausschmeißer.«

»Ich verstehe.«

»Gut«, sagte Gunvald Larsson und legte auf. Er selbst kam Punkt fünf vor fünf vor dem Haus in der Kungsgatan an und entdeckte sofort Zachrisson, der mit dämlicher Miene in ein Schaufenster mit Damenunterwäsche starrte.

Gunvald Larsson musterte ihn düster. Der Mann war nur insoweit in Zivil, als er sich einen Blazer angezogen hatte. Im übrigen trug er Uniformhosen, Uniformhemd mit dazugehöriger Dienstkrawatte. Jeder Idiot konnte sehen, daß er Polizeibeamter war, selbst auf hundert Meter Entfernung. Außerdem stand er breitbeinig da, die Hände auf dem Rücken verschränkt, und wippte auf den Fußsohlen hin und her. Das einzige, was noch fehlte, waren Dienstmütze und Gummiknüppel in einer Einkaufstüte.

Als er Gunvald Larsson entdeckte, zuckte er zusammen, und es sah fast so aus, als wollte er strammstehen. Zachrisson hatte von ihrer früheren Zusammenarbeit her schlechte Erfahrungen.

»Immer mit der Ruhe jetzt«, sagte Gunvald Larsson. »Was hast du denn da in der rechten Jackentasche?«

»Die Pistole.«

»Hast du nicht Verstand genug gehabt, ein Schulterhalfter anzulegen?«

»Ich konnte keins finden«, sagte Zachrisson lahm.

»Dann steck doch um Himmels willen den Kracher in den Gürtel.«

Der Mann fuhr mit der Hand in die Tasche.

»Doch nicht hier, um Gottes willen«, sagte Gunvald Larsson. »Geh in den Hauseingang und mach es dort. Diskret.«

Zachrisson gehorchte. Als er zurückkam, war seine Erscheinung etwas geglückter. Aber nicht viel.

»Jetzt hör mal gut zu«, sagte Gunvald Larsson. »Ich erwarte, daß bald ein Mann hier auftauchen wird und irgendwann kurz nach fünf im Hauseingang verschwindet. Er sieht etwa so aus.« Er zeigte ein Foto, das er in seiner riesigen rechten Hand verbarg. Es war zwar eine schlechte Aufnahme, aber die einzige, die er hatte auftreiben können. Zachrisson nickte.

»Er wird das Haus also betreten und es, wenn ich mich nicht irre, nach wenigen Minuten wieder verlassen. Er wird dann vermutlich eine schwarze schweinslederne Reisetasche bei sich haben.«

»Ist er ein Dieb?«

»Ja, etwas in der Art. Ich möchte, daß du dich vor dem Haus in der Nähe des Eingangs bereithältst.«

Zachrisson nickte wieder.

»Ich selbst gehe die Treppe hinauf. Es ist möglich, daß ich den Mann oben fasse, es ist aber auch möglich, daß ich es für richtiger halte, es nicht zu tun. Ich nehme an, daß er in einem Wagen vorfahren und direkt vor dem Haus parken wird. Er wird es sehr eilig haben und unter Umständen nicht einmal den Motor abstellen. Der Wagen dürfte ein schwarzer Mercedes sein, aber das ist nicht sicher. Sollte es sich so verhalten, daß er allein wieder aus dem Haus kommt und die Reisetasche in der Hand hat und ich nicht zu sehen bin, mußt du ihn um jeden Preis daran hindern, in den Wagen zu steigen und davonzufahren, bevor ich wieder da bin.«

Der Constable zeigte eine entschlossene und verbissene Miene.

»Und versuch um Gottes willen, wie ein normaler Mensch auszusehen. Du bist hier nicht vor dem US Trade Center auf Wache.«

Zachrisson errötete ein wenig und sah leicht verwirrt aus. »Okay«, murmelte er. Und kurz darauf: »Ist er gefährlich?«

»Möglich«, sagte Gunvald Larsson lässig. Er selbst hielt Broberg für etwa so gefährlich wie eine Kellerassel. »Und jetzt tu mir den Gefallen und vergiß nichts von dem, was ich dir gesagt habe«, sagte er.

Zachrisson nickte mit mühsam erkämpfter Würde.

Gunvald Larsson betrat den Eingang. Die Halle war groß und verlassen. Die meisten Büros schienen bereits geschlossen zu sein.

Er nahm die Treppe, und gerade als er an der Tür mit den Schildern HAMPUS BROBERG AB und BANKIERFIRMA VIKTOR PALMGREN vorbeikam, wurde diese von außen von einer dunkelhaarigen Frau von etwa fünfunddreißig Jahren verschlossen. Sicher die Sekretärin.

Ein Blick auf den Chronometer zeigte ihm, daß es Punkt fünf Uhr war. Pünktlichkeit ist eine Tugend.

Die Frau drückte auf den Fahrstuhlknopf, ohne ihn eines Blickes zu würdigen. Er selbst ging noch eine halbe Treppe höher hinauf, blieb dort stehen und wartete.

Das Warten wurde ziemlich lang und bemerkenswert ereignislos. In den nächsten fünfzig Minuten wurde der Fahrstuhl dreimal in Bewegung gesetzt, und zweimal gingen irgendwelche Leute die Treppe hinunter, offenbar Menschen, die aus irgendeinem Grund Überstunden gemacht hatten. Wenn Gunvald Larsson sie kommen hörte, ging er bis zum nächsten Stock hoch, um ihnen dort zu begegnen. Waren sie weg, bezog er wieder seinen Posten eine halbe Treppe tiefer. Drei Minuten vor sechs hörte er wieder, wie sich der Fahrstuhl quietschend aufwärts bewegte. Gleichzeitig näherten sich Schritte, diesmal von unten. Der Fahrstuhl hielt an, und ein Mann stieg aus. Er hatte ein Schlüsselbund in der Hand, und nach allem, was Gunvald Larsson wußte, konnte es sich sehr wohl um Hampus Broberg handeln. Trotz der Hitze trug er Hut und Staubmantel. Er schloß die Bürotür auf, ging hinein und machte die Tür hinter sich zu.

Gleichzeitig kam die Person, die sich auf dem Weg nach oben befand, an der Bürotür vorbei und stapfte weiter die Treppe hinauf. Es war ein grobknochiger Mann in Arbeitshose und Flanellhemd. Bei Gunvald Larssons Anblick blieb er abrupt stehen und sagte laut: »Was drücken Sie sich hier herum?«

»Das geht Sie nichts an«, flüsterte Gunvald Larsson.

»Und ob mich das was angeht, verdammt noch mal«, sagte der Mann streitlustig. »Ich bin nämlich der Hausmeister.« Er stellte sich mitten auf die Treppe und stützte sich mit einer Hand an der Wand und mit der anderen am Treppengeländer ab, als wollte er Gunvald Larsson den Weg versperren.

»Ich bin von der Polizei«, flüsterte dieser. Und in genau diesem Augenblick wurde unten die Bürotür geöffnet, und Broberg, oder wer es auch immer sein mochte, kam mit der bewußten Reisetasche heraus.

»Polizei«, wiederholte der Hausmeister mit donnernder und grober Stimme. »Da müssen Sie mir erst mal Ihren Ausweis zeigen, bevor ich . . .«

Der Mann mit der Reisetasche zögerte keine Zehntelsekunde, verzichtete auf den Fahrstuhl und sauste blitzschnell die Treppe hinunter.

Gunvald Larsson befand sich in einer kniffligen Lage. Für lange Auseinandersetzungen fehlte ihm die Zeit. Wenn er dem Mann im blauen Arbeitsanzug eins verpaßte, würde dieser sicher die Treppe hinunterfallen und sich womöglich den Hals brechen. Nach kurzem Zögern entschied Gunvald Larsson sich dafür, ihn mit der rechten Hand beiseite zu schieben. Das ging an und für sich recht einfach, aber der Mann ließ sich nicht so leicht ins Bockshorn jagen und krallte sich an seinem Jackett fest. Als Gunvald Larsson sich loszureißen versuchte, hörte er, wie der Stoff nachgab und riß. Aufs äußerste gereizt wegen dieses Mißgeschicks mit seiner Kleidung drehte er sich um und versetzte dem Hausmeister einen Schlag aufs Handgelenk. Dieser ließ mit einem Stöhnen los, aber jetzt hatte Broberg schon einen erheblichen Vorsprung.

Gunvald Larsson stürzte die Treppenstufen hinab. Hinter sich hörte er wilde Flüche und krachende Schritte. Die Situation in der Eingangshalle im Erdgeschoß war vollkommen absurd.

Zachrisson war natürlich in den Hauseingang getreten und stand breitbeinig vor der Außentür. Er hatte sein Jackett aufgemacht und fummelte gerade nach der Pistole. »Halt! Polizei!« rief er.

Broberg blieb wie angewurzelt stehen, ohne die Tasche zu verlieren, die er in der rechten Hand trug. Er steckte die Linke in die Manteltasche und zog eine Schußwaffe heraus, zielte auf die Decke und schoß. Gunvald Larsson hörte keinen Querschläger und war fast sicher, daß es sich um eine Startpistole, ein Spielzeug oder eine Attrappe handelte.

Zachrisson warf sich bäuchlings zu Boden und schoß, verfehlte aber sein Ziel. Gunvald Larsson drückte sich platt an die Wand. Broberg bewegte sich auf den hinteren Teil der Eingangshalle zu, weg von dem Polizisten an der Eingangstür. Es gab offenbar eine Hintertür.

Zachrisson feuerte wieder und schoß von neuem daneben. Der Mann mit der Tasche war nur noch drei Meter von Gunvald Larsson entfernt und zog sich weiter zurück.

Zachrisson gab noch drei Schüsse in rascher Folge ab und schoß jedesmal daneben.

Was, um alles in der Welt, lernen die eigentlich an der Polizeischule, dachte Gunvald Larsson verzweifelt.

Die Querschläger pfiffen zwischen den Steinwänden hin und her. Einer traf den Absatz von Gunvald Larssons rechtem Schuh und zerstörte so ein erstklassiges italienisches Handwerksprodukt für immer und ewig. »Feuer einstellen!« brüllte er.

Zachrisson schoß noch einmal, aber die Pistole klickte nur. Er hatte vermutlich vergessen, das Magazin zu füllen.

Gunvald Larsson war mit drei langen Sätzen bei Hampus Broberg, dem er ohne zu zögern und mit aller Kraft in die Schnauze schlug. Er hörte, wie es unter seiner Faust krachte. Der Mann setzte sich sofort auf den Hintern und blieb sitzen.

Jetzt kam der Portier fluchend und schwer keuchend angelaufen. »Was, zum Teufel . . .«, röchelte er verblüfft.

Der Pulverdampf lag wie ein hellblauer Nebel in der Halle. Der Korditgestank war durchdringend. Zachrisson stand mit verwirrter Miene auf.

»Worauf hast du eigentlich gezielt?« fragte Gunvald Larsson wütend.

»Auf die Beine . . .«

»Meine?« Gunvald Larsson hob die Waffe auf, die Broberg aus der Hand gefallen war. Wie er vermutet hatte, war es tatsächlich eine Startpistole.

Draußen auf der Straße drängte sich eine lärmende Menschenmenge.

»Sind Sie nicht bei Trost?« sagte der Hausmeister. »Das ist doch Direktor Broberg.«

»Halten Sie die Klappe«, sagte Gunvald Larsson und zerrte den sitzenden Mann hoch, bis er wieder auf den Beinen stand. »Nimm die Tasche«, sagte er zu Zachrisson. »Hoffentlich schaffst du das.«

Er führte den Festgenommenen durch die Tür und hielt ihn mit eisernem Griff am rechten Arm fest. Broberg hielt sich mit der Linken das Kinn. Zwischen seinen Fingern sickerte Blut durch. Ohne sich umzusehen, bahnte Gunvald Larsson sich einen Weg durch die plappernde Menschenmenge und ging zu seinem Wagen. Zachrisson latschte mit der Tasche hinterdrein. Gunvald Larsson schob den Gefangenen auf den Rücksitz und setzte sich neben ihn. »Findest du auch den Weg zum Polizeihaus?« fragte er Zachrisson. Dieser nickte zerknirscht und zwängte sich hinters Lenkrad.

»Was geht hier eigentlich vor?« fragte ein äußerlich ehrbarer Bürger in grauem Anzug und Baskenmütze entrüstet.

»Wir drehen gerade einen Film«, sagte Gunvald Larsson und knallte die Tür zu. »Fahr doch endlich los, Mensch«, sagte er zu Zachrisson, der mit dem Zündschlüssel herumfummelte. Schließlich brachte er den Wagen wider Erwarten doch in Gang. Auf dem Weg nach Kungsholmen stellte er eine Frage, die ihm offensichtlich auf der Seele gebrannt hatte: »Sag mal, bist du denn nicht bewaffnet?«

»Idiot«, sagte Gunvald Larsson müde.

Er hatte seine Dienstwaffe wie meist bei sich und trug sie mit einer Klammer befestigt am Hosenbund.

Hampus Broberg sagte gar nichts.

17

Hampus Broberg sagte gar nichts, teils, weil er nicht wollte, teils, weil er nicht konnte. Gunvald Larsson hatte ihm nämlich zwei Zähne ausgeschlagen, und außerdem hatte er eine Fraktur des Unterkiefers.

Um halb zehn Uhr abends standen Gunvald Larsson und Kollberg noch immer über ihn gebeugt und wiederholten ihre sinnlosen Fragen.

»Wer hat Viktor Palmgren erschossen?«

»Warum haben Sie versucht, sich aus dem Staub zu machen?«

»Sie haben den Mörder gedungen, nicht wahr?«

»Leugnen ist zwecklos!«

»Es wäre am besten für Sie, gleich mit der Wahrheit herauszurücken.«

»Na, wer war nun der Schütze?«

»Warum antworten Sie nicht?«

»Das Spiel ist verloren. Sie können also ruhig reden.«

Von Zeit zu Zeit schüttelte Broberg den Kopf, und als vom Mord an Palmgren die Rede war, verzogen sich seine ohnehin schon verzogenen Gesichtszüge zu einer Grimasse, die wohl ein sardonisches Grinsen darstellen sollte.

Kollberg ahnte, was diese Grimasse bedeutete, aber nicht viel mehr. Einleitend und um der Form zu genügen, hatten sie gefragt, ob er einen Anwalt haben wolle, aber selbst auf diese eher nebenbei gestellte Frage hatte der Verhaftete den Kopf geschüttelt.

»Sie wollten Palmgren aus dem Weg räumen, um dann mit dem Geld zu verschwinden. So war's doch, nicht wahr?«

»Wo befindet sich der Täter?«

»Wer war sonst noch an dem Komplott beteiligt?«

»Antworten Sie endlich, verflucht noch mal!«

»Sie sind verhaftet.«

»Es steht gar nicht gut um Sie.«

»Warum versuchen Sie, andere zu schützen?«

»Kein Mensch denkt daran, Sie zu schützen.«

»Na, raus mit der Sprache.«

»Wenn Sie uns sagen, wer den Mord begangen hat, wird sich das für Sie strafmildernd auswirken.«

»Es wäre klug von Ihnen, mit uns zusammenzuarbeiten.«

Es war Kollberg, der es gelegentlich mit der weichen Welle versuchte. »Wann sind Sie geboren? Und wo?«

Es war Gunvald Larsson, der die ganze Zeit, seiner Gewohnheit getreu, der Doktrin zu folgen suchte, daß man immer wieder von vorn anfangen müsse. »Nun, fangen wir mal wieder von vorn an. Wann sind Sie zu dem Entschluß gekommen, Viktor Palmgren aus dem Weg zu räumen?«

Grimasse. Kopfschütteln.

Kollberg glaubte zu sehen, daß die Lippen des Mannes das Wort »Idioten« formten. Einen Augenblick schlug ihn die Erkenntnis, daß dies eigentlich eine recht adäquate Bezeichnung für sie war.

»Wenn Sie das Maul nicht aufmachen wollen, schreiben Sie alles auf den Block da.«

»Hier ist ein Kugelschreiber.«

»Wir interessieren uns nur für den Mord. Um alles übrige werden sich andere kümmern.«

»Ist Ihnen klar, daß Sie der Verschwörung verdächtig sind?«

»Der Teilnahme an einem wohlüberlegten Mord?«

»Wollen Sie nun endlich gestehen oder nicht?«

»Es wäre für alle Beteiligten am besten, wenn Sie es jetzt täten. Jetzt sofort.«

»Also, fangen wir noch mal an. Wann sind Sie zu dem Schluß gekommen, daß Palmgren getötet werden mußte?«

»Raus mit der Sprache!«

»Sie wissen, daß wir genügend Beweise haben, um Sie verhaften zu lassen. Vorläufig festgenommen sind Sie schon.«

Dies war zweifelsohne richtig. In der Reisetasche befanden sich Aktien und andere Wertpapiere, deren Wert annähernd eine halbe Million Kronen betrug, soweit sie das in aller Schnelle ausgerechnet hatten. Sie waren Angehörige der Mordkommission und keine Wirtschaftsexperten, aber sie wußten immerhin einiges über Devisen- und Wertpapierschmuggel.

In einem Papierumschlag in der Innentasche in Brobergs Jackett hatten sie ein Ticket für einen einfachen Flug nach Genf über Kopenhagen und Frankfurt gefunden. Es war ausgestellt auf einen Mr. Roger Frank. In der anderen Innentasche befand sich ein gefälschter Paß, der Brobergs Foto enthielt, aber ebenfalls auf Roger Frank, Ingenieur, ausgestellt war.

»Nun, wird's bald?«

»Es ist das Beste, was Sie sich antun können, wenn Sie Ihr Gewissen erleichtern.«

Schließlich griff Broberg zum Kugelschreiber und schrieb einige Worte auf den Stenogrammblock. Sie lehnten sich über den Tisch und lasen: *Holen Sie einen Arzt.*

Kollberg zog Gunvald Larsson beiseite und sagte leise: »Das ist sicher das Vernünftigste, was wir tun können. Wir können ohnehin nicht Stunde um Stunde so weitermachen.«

Gunvald Larsson zog die Stirn in Falten und sagte: »Du hast vielleicht recht. Gibt es in dieser Geschichte denn überhaupt etwas, was darauf hindeutet, daß er diesen Scheißmord inszeniert hat? Ich glaube eher, das Gegenteil ist der Fall.«

»Genau«, sagte Kollberg nachdenklich. »Genau.«

Sie waren beide hundemüde und wünschten sehnlichst, nach Hause fahren zu können. Aber zum Abschluß wiederholten sie noch einige Fragen:

»Wer hat Palmgren erschossen?«

»Wir wissen, daß Sie es nicht gewesen sind, aber wir wissen auch, daß Sie den Namen des Mannes kennen, der es getan hat. Wie heißt er?«

»Wo wohnt er?«

»Wann sind Sie geboren?« fragte Gunvald Larsson, ohne noch genau zu wissen, was er tat. »Und wo?«

Dann gaben sie auf, ließen den diensttuenden Polizeiarzt kommen und überließen Broberg dem Wachpersonal der Arrestabteilung.

Sie setzten sich in ihre Wagen und fuhren nach Hause; Kollberg zu seiner Frau, die schon eingeschlafen war, und Gunvald Larsson, um sich wegen seiner ramponierten Kleidung zu grämen.

Bevor Kollberg kopfüber ins Bett fiel, versuchte er, Martin Beck anzurufen, aber er erreichte ihn nicht.

Gunvald Larsson dachte nicht im Traum daran, Martin Beck oder sonst jemanden anzurufen. Er duschte lange und dachte an die Blutflecken auf seiner Hose, an das zerrissene Jackett und die zerstörten Schuhe. Bevor er einschlief, las er zwei Seiten in einem Buch von Stein Riverton.

Etwas früher am Abend hatte Kollberg ein etwas ergiebigeres Verhör miterlebt.

Sobald er und Åsa Torell das Mädchen Helena Hansson in einem kahlen und unfreundlichen Zimmer des Sittlichkeitsdezernats untergebracht hatten, war es völlig zusammengebrochen und hatte ein Geständnis heruntergerasselt, das genauso reichlich aus ihr herausströmte wie ihre Tränen. Sie waren gezwungen gewesen, ein Tonbandgerät einzuschalten, um alles mitzubekommen, was sie zu sagen hatte.

Ja, sie sei Callgirl. Ja, Hampus Broberg habe ihre Dienste oft in Anspruch genommen. Er habe ihr die Tasche und das Flugticket gegeben. Sie habe nach Zürich fliegen und die Tasche in der Aufbewahrung des Hotels hinterlassen sollen. Broberg habe am nächsten Tag aus Genf kommen wollen, um sie abzuholen.

Man habe ihr 10000 Kronen für ihre Mühe angeboten, wenn alles glattgehe. Sie habe nicht gewußt, was sich in der Tasche befand.

Hampus Broberg habe gesagt, daß sie nicht das Risiko eingehen könnten, mit derselben Maschine zu fliegen. Als die Polizei zu ihr gekommen sei, habe sie versucht, Broberg im Hotel *Carlton* zu erreichen. Er habe dort unter dem Namen Frank gewohnt, aber sie habe ihn nicht erreicht.

Das Honorar für den Auftrag in Malmö seien nicht 1000, sondern 1500 Kronen gewesen.

Da sie schon mal beim Gestehen war, nannte sie auch die Telefonnummern des Callgirl-Rings, dem sie angehörte.

Sie sagte, sie sei eigentlich völlig unschuldig an dem, was passiert sei, und sie wisse überhaupt nicht, worum es gehe.

Sie sei zwar Prostituierte, aber einmal sei sie da nicht die einzige, und zum anderen habe sie nie einen anderen Beruf gehabt. Über den Mord wisse sie überhaupt nichts. Auf jeden Fall nicht mehr, als sie schon erzählt habe.

Kollberg neigte dazu, ihr in diesem Punkt wie in allen anderen Glauben zu schenken.

18

In Malmö fahndete Paulsson.

An den ersten Tagen, am Sonnabend und am Sonntag, konzentrierte er sich auf das Hotelpersonal. Er wollte den Gesuchten sozusagen einkreisen. Seine Erfahrung hatte ihn gelehrt, daß ein Auftrag sehr viel leichter durchzuführen war, wenn man wußte, wen man zu suchen hatte.

Er nahm seine Mahlzeiten im Speisesaal des Hotels ein, und in der Zwischenzeit hielt er sich in der Halle auf. Er hatte nämlich sehr bald eingesehen, daß er nur magere Ergebnisse würde vorzeigen können, wenn er weiter im Restaurant hinter einer Zeitung versteckt herumsaß und nur die Ohren spitzte. Die meisten Gäste unterhielten sich in unbegreiflichen fremden Sprachen, und wenn das Personal über die Ereignisse vom letzten Mittwoch sprach, dann jedenfalls nicht in der Nähe seines Tisches.

Paulsson beschloß, den neugierigen Gast zu spielen, der in der Zeitung von dem schrecklichen Drama gelesen hat. Er winkte den Kellner herbei, einen lässigen jungen Mann mit Koteletten und einer weißen Jacke, die mehrere Nummern zu groß war.

Paulsson versuchte, ein Gespräch über das Drama in Gang zu bringen, aber der Kellner antwortete einsilbig und uninteressiert, während sein Blick immer wieder durch das offene Fenster schweifte.

Ob er den Mörder gesehen habe?

Jaa.

Einer von diesen langhaarigen Typen?

Neeein.

Wirklich keiner von diesen Langhaarigen, auch nicht schlampig gekleidet?

Vielleicht einige Zeit nicht mehr beim Friseur gewesen. Nicht so genau hingesehen. Auf jeden Fall hatte er ein Jackett an.

Der Kellner entschuldigte sich damit, daß er in der Küche gebraucht werde, und entfernte sich. Paulsson dachte nach.

Für jemanden, der normalerweise mit langen Haaren, Bart, Jeans und weiten Hemden herumlief, war es natürlich die einfachste Sache von der Welt, sich zu verkleiden. Er brauchte sich ja nur die Haare schneiden zu lassen, sich zu rasieren und einen Anzug anzuziehen, wenn er vermeiden wollte, erkannt zu werden. Die Schwierigkeit bei einer solchen Verkleidung bestand nur darin, daß es einige Zeit dauern würde, bis der Betreffende wieder in der Lage war, sein altes Erscheinungsbild der Öffentlichkeit vorzuführen. Darum müßte es auch einfach sein, ihn aufzuspüren.

Paulsson war mit dieser Schlußfolgerung sehr zufrieden.

Aber andererseits war zu bedenken, daß viele dieser Linkssozialisten äußerlich wie völlig normale Menschen aussahen. Das hatte er schon oft feststellen können, wenn er zu Demonstrationen in Stockholm abkommandiert worden war, und das hatte ihn schon oft irritiert. Die Typen, die sich blaue Arbeitsanzüge anzogen und Mao-Plaketten an die Brust hefteten, waren ja leicht auszumachen, selbst wenn sie nicht in Gruppen auftraten, aber es erschwerte die Arbeit ungemein, daß einige infamerweise glattrasiert, mit anständigen Frisuren und manierlichen Anzügen herumliefen, während sie Flugblätter und Kampfschriften aus schwarzen Aktenkoffern verteilten. Diesem Umstand war es zwar zu verdanken, daß man selbst nicht gezwungen war, sich beim Verkleiden zu irgendwelchen unhygienischen Absonderlichkeiten zu versteigen, aber irritierend war es dennoch.

Der Oberkellner trat zu ihm an den Tisch. »Hat es Ihnen geschmeckt?« fragte er. Er war nicht sehr groß, hatte kurzgeschorenes Haar und ein humorvolles Blitzen in den Augen. Er war sicher eine etwas alertere und zugänglichere Figur als der Kellner.

»Danke, ausgezeichnet«, entgegnete Paulsson. Dann kam er sehr rasch auf das Thema zu sprechen, das ihm am Herzen lag. »Ich habe gerade über das nachgedacht, was am Mittwoch passiert ist. Waren Sie an diesem Tag hier?«

»Ja, ich hatte abends Dienst. Entsetzliche Geschichte. Und den Täter haben sie noch immer nicht gefaßt.«

»Haben Sie ihn gesehen?«

»Na ja, es ging ja alles ziemlich schnell. Als er das Restaurant betrat, war ich noch nicht hier im Saal. Ich kam erst, als er schon geschossen hatte. Ich habe ihn also sozusagen nur aus dem Augenwinkel gesehen.«

Paulsson kam ein Geistesblitz. »Sagen Sie mal, war es vielleicht ein Farbiger?«

»Verzeihung?«

»Na ja, ein Neger, wenn ich mich im Klartext ausdrücken soll. War es vielleicht ein Neger?«

»Nein, warum sollte es ein Neger gewesen sein«, sagte der Oberkellner mit ungeheuchelter Verwunderung.

»Es gibt ja sehr hellhäutige Neger, wie Sie vielleicht wissen. Die eigentlich gar nicht wie Neger aussehen, wenn man nicht sehr genau hinsieht.«

»Das ist mir wirklich ganz neu. Immerhin haben ja einige Leute den Mann viel besser gesehen als ich, und einem von denen hätte es doch schon auffallen müssen, wenn es sich um einen Neger gehandelt hätte. Und die hätten es bestimmt auch gesagt. Nein, es war bestimmt kein Neger.«

»Schon gut«, sagte Paulsson. »Es war ja auch nur ein Gedanke, der mir so eingefallen ist.«

Den Sonnabendabend verbrachte Paulsson in der Bar, wo er eine große Zahl der verschiedensten alkoholfreien Getränke zu sich nahm.

Als er seinen sechsten Drink, eine Pussyfoot, bestellte, machte sogar der Barkeeper, der sonst nicht leicht aus der Fassung zu bringen war, ein erstauntes Gesicht.

Am Sonntagabend war die Bar geschlossen, so daß Paulsson sich draußen im Foyer aufhielt. Er schlug immer engere Bogen um die Rezeption, aber der Portier schien sehr beschäftigt, telefonierte, blätterte in der Gästeliste, half einigen Gästen und eilte von Zeit zu Zeit in irgendeiner eiligen Sache mit erhobenen Ellbogen und wehenden Rockschößen davon. Schließlich hatte Paulsson Gelegenheit, ein paar Worte mit ihm zu wechseln, fand aber keine einzige seiner Theorien erhärtet. Der Portier verneinte mit allem Nachdruck, daß der Täter ein Neger gewesen sei.

Paulsson beschloß den Tag mit einem Pusztaschnitzel im Grill. Das Publikum dort war erheblich zahlreicher und jugendlicher als im Restaurant, und an den Nachbartischen wurden einige interessante Gespräche geführt, denen er aufmerksam zuhörte. Am Tisch nebenan sprachen zwei Männer und ein Mädchen über Dinge, von denen Paulsson zu seinem großen Ärger kein bißchen kapierte, aber einmal kamen sie auch auf den Mord an Viktor Palmgren zu sprechen.

Der jüngste der Männer, ein rothaariger Bursche mit langen Haaren und mächtigem Bart, drückte seine Verachtung für den Verstorbenen sowie seine Bewunderung für den Täter aus. Paulsson prägte sich sein Aussehen sehr genau ein.

Der nächste Tag war ein Montag, und Paulsson beschloß, seine Fahndung auf Lund auszudehnen. In Lund gab es Studenten, und wo Studenten sind, gibt es auch linksradikale Elemente. Oben in seinem Zimmer hatte Paulsson lange Namenlisten von Personen in Lund, die er im Verdacht hatte, linksextreme Ansichten zu vertreten.

Am Nachmittag also nahm er den Zug in die Universitätsstadt, die er noch nie besucht hatte, und begab sich in die Stadt, um die Studenten zu suchen.

Es war heißer denn je, und Paulsson schwitzte in seinem karierten Anzug. Er fragte sich bis zur Universität durch, die im Sonnenglast tot und verlassen dalag. Irgendwelche revolutionären Aktivitäten waren nicht festzustellen. Paulsson fiel das Bild von Mao ein, das ihn im Jangtse schwimmend zeigte. Vielleicht befanden sich die Maoisten von Lund im Höje-Fluß, um dem Beispiel des Vorsitzenden zu folgen.

Paulsson zog das Jackett aus und machte sich auf den Weg zum Dom. Er staunte, daß der berühmte Riese Finn so klein war, und kaufte eine Ansichtskarte, auf der dieser zu sehen war, um sie seiner Frau zu schicken.

Auf dem Rückweg vom Dom entdeckte er an einer Litfaßsäule ein Plakat, auf dem die Akademische Vereinigung für diesen Abend eine Tanzveranstaltung ankündigte. Paulsson beschloß hinzugehen, aber weil es noch früh am Abend war, mußte er sich bis dahin irgendwie die Zeit vertreiben.

Er flanierte in der sommerlich leeren Stadt umher, spazierte unter den hohen Bäumen im Stadtpark, promenierte lange auf den Kieswegen im Botanischen Garten und stellte plötzlich fest, daß er großen Hunger hatte. Er nahm im *Storkällaren* ein einfaches Essen ein und blieb anschließend noch eine Weile bei einer Tasse Kaffee sitzen, um das spärliche Leben und Treiben auf dem Markt draußen zu beobachten.

Er hatte kaum einen Schimmer, wie er die Suche nach dem Mörder Viktor Palmgrens anlegen sollte. Politische Attentate sind selten in Schweden. Paulsson konnte sich nicht an einen einzigen politischen Mord erinnern. Er wünschte, die Voraussetzungen für die Fahndung wären besser. Er hätte gern gewußt, wen es zu suchen galt.

Als die Dunkelheit sich über die Stadt gesenkt hatte und die Straßenlaternen eingeschaltet worden waren, ging er zur Diskothek.

Auch dieser Besuch brachte kein Ergebnis. Etwa zwanzig junge Leute tranken Bier und tanzten zu ohrenbetäubender Popmusik. Paulsson sprach mit einigen von ihnen, aber es stellte sich heraus, daß sie nicht einmal Studenten waren. Er trank ein kleines Glas Bier und fuhr anschließend mit der Bahn nach Malmö zurück.

Im Fahrstuhl des Hotels stieß er mit Martin Beck zusammen. Obwohl sie allein waren, starrte Beck beharrlich auf einen Punkt über Paulssons Scheitel, während er leise vor sich hin pfiff. Als der Fahrstuhl anhielt, kniff er ein Auge zu, lächelte leicht, legte den Zeigefinger auf den Mund und trat auf den Flur hinaus.

19

Am Montagnachmittag rief Månsson seinen dänischen Kollegen an. »Das darf doch nicht wahr sein«, sagte Mogensen. »Du rufst mich während der Dienstzeit an? Oder glaubst du vielleicht, ich schlafe auch tagsüber bei der Arbeit?«

»Haha, sehr lustig«, sagte Månsson.

»Ah, ich verstehe, es ist eilig, so daß du dir nicht leisten kannst, bis heute nacht zu warten. Na, laß hören, ich drehe hier sowieso nur Däumchen.«

»Ole Hoff-Jensen«, sagte Månsson. »Er ist Direktor bei einer Firma, die zu einem internationalen Konzern dieses Viktor Palmgren gehört. Du weißt, der, der letzte Woche erschossen worden ist. Ich möchte gern wissen, um was für eine Firma es sich handelt und wo sie ihr Büro hat. So schnell wie möglich.«

»Okay, kapiert«, sagte Mogensen. »Ich rufe zurück.«

Es dauerte eine halbe Stunde.

»Es war nicht schwierig«, sagte Mogensen. »Hörst du?«

»Ja, ja, nur raus damit«, sagte Månsson und griff nach dem Kugelschreiber.

»Direktor Ole Hoff-Jensen ist achtundvierzig Jahre alt, verheiratet und hat zwei Töchter. Seine Frau heißt Birthe und ist dreiundvierzig. Sie wohnen in der Richelieus allé in Hellerup. Die Firma ist ein Luftfrachtunternehmen mit Namen Aero-fragt und hat ihr Hauptbüro am Kultorvet sowie eine Nebenstelle im Flughafen Kastrup. Das Unternehmen besitzt fünf Maschinen des Typs DC 6. Willst du noch mehr wissen?«

»Nein, danke, das genügt im Augenblick. Wie geht's dir übrigens?«

»Beschissen. Und heiß ist es auch. Ich glaube, die Hitze macht die Leute verrückt. Die Stadt ist voll mit den eigenartigsten Menschen. Nicht zuletzt mit komischen Schweden. *Farvel.«*

Månsson legte auf, und im selben Moment fiel ihm ein, daß er vergessen hatte, nach der Telefonnummer der Luftfrachtfirma zu fragen. Er bat die Zentrale, die Nummer zu besorgen, was seine Zeit dauerte. Als er schließlich bei der Aero-fragt durchkam, erhielt er den Bescheid, daß Hoff-Jensen erst am kommenden Tag anzutreffen sei und daß er bitte nach elf Uhr morgens vorbeikommen möge.

Mir soll's recht sein, dachte Månsson. Noch einen Direktor hätte ich heute nicht verkraftet. Den Rest des Montagnachmittags widmete er einigen Routineangelegenheiten, die auch erledigt werden wollten.

Am Dienstagvormittag holte er Martin Beck vor dem Hotel ab. Månsson hatte vorgehabt, ein Tragflächenboot nach Kopenhagen zu nehmen, aber Martin Beck erklärte, daß er mit einem richtigen Schiff fahren wolle und daß sie das Nützliche mit dem Angenehmen verbinden und während der Überfahrt essen könnten. Er habe sich erkundigt und erfahren, daß die Eisenbahnfähre *Malmöhus* in zwanzig Minuten ablegen würde.

Es waren nicht viele Passagiere an Bord, und im Restaurant waren nur zwei Tische besetzt. Sie aßen eine Heringsplatte und Wiener Schnitzel, worauf sie sich in den Salon im Vorschiff begaben, um dort ihren Kaffee zu trinken. Der Sund war spiegelblank, aber die Sicht nicht ganz klar. Die Silhouette der Insel Ven war zwar im Sonnendunst zu sehen, aber man konnte weder die grünen Weidenhänge noch die kleine Kirche erkennen. Martin Beck studierte interessiert den lebhaften Schiffsverkehr und entdeckte zu seinem großen Entzücken sogar einen richtigen Dampfer mit formschönem Rumpf und einem reellen geraden Schornstein.

Beim Kaffee berichtete Martin Beck von den Ermittlungen Kollbergs und Gunvald Larssons in Sachen Broberg und Helena Hansson. Diese Neuigkeiten waren einigermaßen überraschend, aber in der eigentlichen Mordsache führten sie trotzdem nicht recht weiter.

Sie nahmen den Hafenzug zum Hovedbanegården, gingen dann zu Fuß über den Rådhusplads und durch die schmalen Straßen zum Kultorvet. Das Büro der Aero-fragt lag hoch oben in einem alten Haus. Einen Fahrstuhl gab es nicht, so daß sie die steilen und engen Treppen hinaufklettern mußten.

Mochte das Haus auch alt sein, die Einrichtung des Büros war hochmodern. Sie betraten einen langen, schmalen Flur mit mehreren Türen, die mit grüner Lederimitation gepolstert waren. Die Wände zwischen den Türen bedeckten Vergrößerungen von Fotos älterer Flugzeugmodelle. Unter jedem Bild stand ein lederbezogener Sessel, daneben ein Messingaschenbecher auf einem hohen Fuß. Der Flur mündete in einen großen Raum mit zwei hohen Fenstern zum Markt.

Die Empfangsdame, die mit dem Rücken zu den Fenstern an einem weißlackierten, stählernen Schreibtisch saß, war weder besonders jung noch besonders hübsch. Dagegen hatte sie eine angenehme Stimme; Månsson erkannte sie von dem gestrigen Gespräch wieder. Außerdem hatte sie prachtvolles rotblondes Haar.

Sie telefonierte gerade und machte eine einladende Geste zu einer Sitzgruppe an der Stirnwand des Raumes hin. Månsson ließ sich in einen der Sessel fallen und holte einen Zahnstocher aus der Tasche. Er hatte seinen Vorrat aus dem Gewürzständer im Restaurant der Fähre ergänzt. Martin Beck blieb stehen und betrachtete den alten Kachelofen in einer Ecke des Raumes.

Das Telefongespräch wurde auf spanisch geführt, in einer Sprache, die weder Martin Beck noch Månsson beherrschten, so daß sie es bald aufgaben zuzuhören. Schließlich beendete die Rotblonde das Gespräch und erhob sich lächelnd. »Sie sind sicher die Herren von der schwedischen Polizei«, sagte sie. »Einen Augenblick, bitte, ich werde Direktor Hoff-Jensen verständigen.«

Sie verschwand durch eine Doppeltür, ebenfalls mit Lederimitation ausgeschlagen, diesmal aber in Tabakbraun. Große blanke Messingnieten schmückten die Tür, die sich lautlos hinter ihr schloß, und obwohl Martin Beck die Ohren spitzte, konnte er keine Stimme hören. Es dauerte eine knappe Minute, dann wurde die Tür wieder geöffnet, und Hoff-Jensen kam ihnen mit ausgestrecktem Arm entgegen.

Er sah durchtrainiert und sonnengebräunt aus, und das breite Lächeln gab eine Reihe blendendweißer und völlig fehlerfreier Zähne frei. Sein blonder Schnurrbart war äußerst gepflegt. Hoff-Jensen war ausgesucht unkonventionell gekleidet. Er trug ein olivgrünes Hemd aus dünner Rohseide, ein dunkleres grünes Jackett aus weichem irischen Tweed, nougatbraune Hosen und beigefarbene Mokassins. Das dichte krause Haar, das im Halsausschnitt des Hemdes zu sehen war, glänzte beinahe silberweiß auf der bronzefarbenen Haut. Der Mann hatte einen breiten Brustkasten, einen großen Kopf mit kräftigen Gesichtszügen, und das dichte, kurzgeschorene Haar war ebenso wie der Schnurrbart weißblond. Seine Hüften wirkten angesichts des massigen Oberkörpers unnatürlich schmal.

Nachdem er Martin Beck und Månsson die Hand gegeben hatte, hielt er ihnen die Tür auf, und bevor er sie schloß, sagte er zu der Sekretärin: »Ich möchte eine Weile nicht gestört werden.«

Hoff-Jensen wartete, bis die beiden Polizeibeamten Platz genommen hatten, dann erst ließ er sich selbst hinterm Schreibtisch nieder. Er lehnte sich zurück und griff nach der brennenden Zigarre, die in bequemer Reichweite in einem Aschenbecher lag. »Nun, meine Herren, ich nehme an, es geht um den armen Viktor. Haben Sie den Schuldigen gefaßt?«

»Nein, noch nicht«, sagte Martin Beck.

»Ich habe sicher nicht mehr zu sagen als damals an diesem unseligen Abend in Malmö, als wir alle verhört wurden. Alles geschah im Verlauf weniger Sekunden.«

»Aber Sie haben den Mann gesehen, der auf Viktor Palmgren schoß, nicht wahr?« sagte Månsson. »Sie saßen ihm zugewandt.«

»Das ist richtig«, sagte Hoff-Jensen und zog an seiner Zigarre. Er dachte kurz nach, bevor er fortfuhr: »Aber ich habe den Mann erst bemerkt, als der Schuß fiel, und dann dauerte es einen Augenblick, bis mir klar wurde, was geschehen war. Ich sah, wie Viktor auf den Tisch fiel, begriff aber nicht gleich, daß er angeschossen worden war, obwohl ich natürlich den Schuß gehört hatte. Dann sah ich den Mann mit dem Revolver – ich glaube, es war ein Revolver –, der zum Fenster rannte und verschwand. Ich war völlig überrumpelt und hatte keine Zeit, mir sein Aussehen einzuprägen. Also, meine Herren, Sie sehen, ich bin Ihnen keine große Hilfe.« Er breitete die Arme aus zu einer Geste des Bedauerns und ließ sie dann auf die Armlehnen fallen.

»Aber Sie haben den Mann immerhin gesehen«, sagte Martin Beck. »Irgendeinen Eindruck müssen Sie doch von ihm haben.«

»Nun, wenn ich etwas über ihn sagen soll: Er war etwa mittleren Alters und hatte recht dünnes Haar. Ich glaube, sein Gesicht habe ich nicht gesehen, denn als ich aufsah, drehte er mir schon den Rücken zu. Er muß recht gut in Form gewesen sein, der Art nach zu urteilen, wie er so blitzschnell durchs Fenster sprang.« Er beugte sich vor und drückte die Zigarre im Aschenbecher aus.

»Und Ihre Frau?« fragte Månsson. »Ist ihr etwas Besonderes aufgefallen?«

»Leider nicht«, erwiderte Hoff-Jensen. »Meine Frau ist eine sehr empfindsame und schwache Frau. Sie erlitt einen ernsten Schock, und es dauerte mehrere Tage, bis sie einigermaßen darüber hinweg war. Überdies saß sie neben Viktor und folglich ebenfalls mit dem Rücken zum Täter. Sie bestehen doch nicht darauf, sie zu verhören?«

»Nein, das wird sicher nicht notwendig sein«, sagte Martin Beck.

»Sehr liebenswürdig von Ihnen«, sagte Hoff-Jensen und lächelte. »Ja, dann wäre wohl ...« Der Mann griff an die Armlehnen, als wollte er sich hochstemmen, aber Månsson kam ihm zuvor: »Ich habe noch ein paar Fragen, wenn Sie erlauben.«

»Ja?«

»Seit wann sind Sie Chef dieser Firma?«

»Seitdem sie vor elf Jahren gegründet wurde. In meiner Jugend war ich Pilot, später habe ich mich in den USA zum Werbefachmann ausbilden lassen. Ich war anschließend Werbechef einer Fluggesellschaft, bevor Viktor mich hier in Kopenhagen zum Geschäftsführer von Aero-fragt machte.«

»Und jetzt? Machen Sie trotz des Todesfalles normal weiter?«

Hoff-Jensen breitete die Arme aus und zeigte seine schöne Zahnprothese. *»The show must go on.«*

Es wurde still im Raum. Martin Beck schielte zu Månsson hinüber, der noch tiefer in seinen Sessel gerutscht war und mit Widerwillen auf eine Golfausrüstung mit zahlreichen Schlägern starrte, die neben dem Kachelofen stand.

»Wer wird jetzt die Leitung des Konzerns übernehmen?« erkundigte sich Martin Beck.

»Das ist die Frage«, sagte Hoff-Jensen. »Der junge Linder ist wohl noch etwas zu grün. Und Broberg, nun ja, ich würde sagen, der hat ohnehin alle Hände voll zu tun.«

»Wie war Ihr Verhältnis zu Direktor Palmgren?«

»Sehr gut, möchte ich sagen. Er hatte volles Vertrauen zu mir und meiner Art, die Firma zu führen.«

»Und womit beschäftigt sich Aero-fragt?« fragte Martin Beck und wußte sofort, wie die Antwort lauten würde.

»Mit Luftfracht, wie der Name schon sagt«, erwiderte Hoff-Jensen. Er hielt Månsson und Martin Beck ein Zigarrenkästchen hin, und als beide den Kopf schüttelten, nahm er sich selbst eine Zigarre und zündete sie an. Martin Beck steckte sich eine Florida an, blies den Rauch aus und sagte: »Ja, ja, das ist mir schon klar, aber um was für Frachtgut handelt es sich? Sie haben fünf Maschinen, nicht wahr?«

Hoff-Jensen nickte und studierte die Glut seiner Zigarre. Dann sagte er: »Das Frachtgut besteht hauptsächlich aus konzerneigenen Produkten, vor allem also aus Fischkonserven. Eine der Maschinen ist außerdem mit einem Kühlraum ausgerüstet. Zeitweilig übernehmen wir auch Charterflüge. Überdies nehmen auch einige Kopenhagener Firmen unsere Dienste in Anspruch, wenn sie ganz bestimmte Transporte abzuwickeln haben. Es gibt aber auch noch andere Kunden.«

»Welche Länder fliegen Sie an?« fragte Martin Beck.

»Hauptsächlich europäische, mit Ausnahme der Ostblockstaaten natürlich. Mitunter fliegen wir auch nach Afrika.«

»Afrika?«

»Das sind meist Charterflüge. Aber das ist ein saisonbedingtes Geschäft«, sagte Hoff-Jensen und sah demonstrativ auf seine Armbanduhr. Månsson streckte sich, nahm den Zahnstocher aus dem Mund und zeigte mit ihm auf Hoff-Jensen. »Wie gut kennen Sie Hampus Broberg?«

Der Däne zuckte die Achseln. »Nicht besonders gut. Wir haben uns gelegentlich bei Vorstandssitzungen getroffen, wie neulich am Mittwoch auch. Außerdem telefonieren wir gelegentlich. Das ist alles.«

»Wissen Sie, wo er sich im Augenblick aufhält?«

Die Frage schien Hoff-Jensen zu erstaunen. »In Stockholm, nehme ich an. Da wohnt er. Und das Büro ist auch dort.«

»Wie war das Verhältnis zwischen Palmgren und Broberg?« fragte Martin Beck.

»Gut, soviel ich weiß. Sie verkehrten zwar nicht privat miteinander wie Viktor und ich, zum Beispiel. Wir spielten nämlich sehr oft Golf zusammen und trafen uns auch sonst, ohne daß über Geschäfte geredet wurde. Die Beziehungen zwischen Viktor und Hampus Broberg waren wohl eher die zwischen Chef und Angestellten.« Etwas in seinem Ton zeigte, daß er für Hampus Broberg eine gewisse Verachtung hegte.

»Haben Sie die Sekretärin Brobergs schon früher einmal gesehen?« fragte Månsson.

»Dieses blonde Mädchen? Nein, das war das erste Mal. Süßes Mädchen.«

»Wie viele Angestellte haben Sie hier?« fragte Martin Beck.

»Im Augenblick zweiundzwanzig«, sagte er. »Das wechselt ein wenig, je nach . . .« Er unterbrach sich und zuckte die Achseln. »Nun ja, je nach Saison, Art des Auftrags und so weiter«, fügte er ausweichend hinzu.

»Wo befinden sich Ihre Maschinen jetzt?« sagte Martin Beck.

»Zwei stehen in Kastrup. Eine ist in Rom, und eine steht in São Tomé, weil ein Motorschaden dort repariert werden muß. Die fünfte ist in Portugal.«

Martin Beck stand abrupt auf. »Danke. Dürfen wir von uns hören lassen, falls noch etwas zu klären sein sollte? Werden Sie in der nächsten Zeit in Kopenhagen bleiben?«

»Aber natürlich«, sagte Hoff-Jensen. Er legte die Zigarre weg, blieb aber ungerührt im Schreibtischsessel sitzen. In der Tür drehte Månsson sich um und sagte: »Sie wissen nicht zufällig, wer Viktor Palmgren nach dem Leben getrachtet haben könnte?«

Hoff-Jensen nahm seine Zigarre, sah Månsson fest an und sagte: »Nein, das weiß ich nicht. Offensichtlich derjenige, der ihn erschossen hat. *Farvel,* meine Herren.«

Sie gingen über die Købmagergade zum Amagertorv. Månsson warf einen Blick in die Laederstraede. Er kannte ein Mädchen, das dort wohnte. Sie war eine Bildhauerin aus Schonen, die es aber vorzog, in Kopenhagen zu wohnen. Er hatte sie vor einem Jahr in Zusammenhang mit einer Ermittlung kennengelernt. Sie hieß Nadja, und er mochte sie sehr. Sie trafen sich gelegentlich, meist bei ihr, schliefen miteinander und genossen ihr Zusammensein. Keiner von ihnen wollte sich binden, und sie hüteten sich davor, zu sehr in das Leben des anderen einzudringen. In dem einen Jahr, das ihr Verhältnis nun schon dauerte, waren ihre Beziehungen so gut wie problemlos gewesen. Die einzige Crux für Månsson war, daß er den üblichen gemeinsamen Wochenenden mit seiner Frau nicht mehr mit dem gleichen Vergnügen entgegensah. Er wäre lieber mit Nadja zusammen gewesen.

Die Strøget wimmelte von Menschen. Die meisten schienen Touristen zu sein. Martin Beck, der Menschenansammlungen verabscheute, zog Månsson mit sich durch das Gewimmel vor dem Eingang zum *Magasin du Nord* in die Lille Kongensgade. Im *Skindbuksen* tranken sie je ein kellerkühles Tuborg. In diesem Lokal herrschte zwar auch großes Gedränge, allerdings von einer gemütlicheren Art als auf der Straße.

Månsson überredete Martin Beck dazu, für die Rückfahrt ein Tragflächenboot zu nehmen. Es hieß *Svalan,* und Martin Beck wurde es während der Überfahrt übel. Vierzig Minuten nachdem sie dänischen Boden verlassen hatten, betraten sie die Tür zu Månssons Dienstzimmer.

Auf dem Schreibtisch lag eine Nachricht vom technischen Dezernat: *Ballistische Untersuchung fertig. Wall.*

20

Martin Beck und Månsson betrachteten die Kugel, die Viktor Palmgren getötet hatte. Sie lag vor ihnen auf einem weißen Blatt Papier, und ihre übereinstimmende Meinung war, daß die Kugel klein und unschuldig aussah.

Sie war beim Aufprall etwas deformiert worden, trotzdem hatten die Experten binnen weniger Sekunden das Kaliber der Waffe bestimmt. Man braucht übrigens gar kein Experte zu sein, um das Kaliber einer Schußwaffe zu bestimmen.

»Eine Zweiundzwanziger«, sagte Månsson nachdenklich. »Ziemlich merkwürdig.«

Martin Beck nickte.

»Wer, zum Teufel, benutzt eine Zweiundzwanziger, wenn er einen umlegen will?« fragte Månsson. Er nahm das in einen Nickelmantel gehüllte kleine Projektil in Augenschein und schüttelte seinen schweren Kopf. Dann beantwortete er seine eigene Frage: »Kein Mensch. Besonders dann nicht, wenn es sich um einen wohlüberlegten Mord handelt.«

Martin Beck räusperte sich. Wie üblich war bei ihm eine Erkältung im Anzug, obwohl es der heißeste Sommer seit Jahren war. Wie sollte es erst im Herbst werden, wenn die Feuchtigkeit und die kalten Nebelschwaden wieder ins Land kamen, geschwängert mit Viren aus aller Herren Länder? »In Amerika hält man ein kleines Kaliber für den Beweis, es mit einem wirklichen Profi zu tun zu haben«, sagte er. »Es ist eine Art Snobismus. Ein echter Professional braucht nicht mehr, als unbedingt nötig, um seine Aufgabe durchzuführen.«

»Malmö ist aber nicht Chicago«, sagte Månsson lakonisch.

»Sirhan Sirhan tötete Robert Kennedy mit einer Iver Johnson 22«, sagte Skacke, der sich im Hintergrund herumdrückte.

»Ja, das ist richtig«, sagte Martin Beck. »Aber er war verzweifelt und schoß das ganze Magazin leer. Er schoß wild um sich.«

»Und er war auf jeden Fall Amateur«, sagte Skacke.

»Ja. Und der Schuß, der Kennedy tötete, war ein Zufallstreffer. Die anderen Kugeln trafen andere Menschen in der Menge.«

»Dieser Bursche hier hat aber genau gezielt und nur einen einzigen Schuß abgegeben«, sagte Månsson. »Soweit wir feststellen konnten, spannte er den Hahn mit dem Daumen, bevor er abdrückte.«

»Und er war Rechtshänder«, sagte Martin Beck. »Aber das sind ja die meisten.«

»Hm«, machte Månsson. »Es ist etwas Seltsames an dieser Geschichte.«

»Ja, wahrhaftig«, sagte Martin Beck. »Denkst du an etwas Besonderes?«

Månsson grübelte eine Weile. Dann sagte er: »Ich denke darüber nach, wieso der Kerl ein so professionelles Auftreten an den Tag legte. Besonders im Umgang mit seiner Waffe. Und er wußte genau, wen er erschießen wollte.«

»Jaa ...«

»Und dennoch feuerte er nur einen einzigen Schuß ab. Wenn er Pech gehabt hätte, hätte die Kugel den Schädelknochen getroffen und wäre dort entweder steckengeblieben oder abgeprallt.«

Martin Beck hatte darüber auch schon nachgedacht, war aber zu keiner logischen Konsequenz dieser Überlegung gekommen.

Sie wandten sich schweigend dem Studium des Berichts zu, den der Ballistikexperte, der die Kugel untersucht hatte, erstellt hatte.

Seit ihrem Durchbruch 1927 während des berühmten und langwierigen Prozesses gegen Sacco und Vanzetti in Dedham in Massachusetts hatte die ballistische Wissenschaft große Fortschritte gemacht, aber die Prinzipien waren immer noch die gleichen. Damals stellte Calvin Goddard das Helixometer, das Mikrometermikroskop und das Vergleichsmikroskop vor, und seitdem waren viele Strafverfahren auf der ganzen Welt mit Hilfe eines ballistischen Beweises entschieden worden.

Wenn man Kugel, Patronenhülse und Waffe hat, ist es für jeden ausgebildeten Kriminalisten die einfachste Sache der Welt, festzustellen, ob ein bestimmtes Projektil aus einer bestimmten Waffe abgefeuert worden ist oder nicht. Wenn man über zwei der Komponenten verfügt – meist sind es Kugel und Patronenhülse –, ist es meist sehr leicht, den Waffentyp zu bestimmen.

Waffen verschiedener Fabrikate hinterlassen in dem Augenblick, in dem der Stift das Zündhütchen trifft und die Kugel den Lauf verläßt, an sowohl Kugel wie Hülse verschiedene charakteristische Merkmale. Seitdem Henry Södermann in den dreißiger Jahren, nachdem er bei Locard in Lyon in die Lehre gegangen war, das erste schwedische Vergleichsmikroskop konstruiert hatte, war langsam, aber stetig ein Nachschlagewerk aufgebaut worden, mit endlosen Tabellen, von denen man ablesen kann, wie bestimmte Waffentypen auf eine Patrone einwirken.

In diesem besonderen Fall war die Untersuchung – trotz der allgemein anerkannten Exaktheit der ballistischen Wissenschaft – durch den Umstand erschwert, daß man sich nur an die Kugel halten konnte, die überdies beim Aufprall deformiert worden war.

Nichtsdestoweniger hatte der Ballistiker eine Liste der in Frage kommenden Waffen zusammengestellt. Martin Beck und Månsson leisteten einen Beitrag, indem sie bestimmte Waffen von der Liste strichen, die nicht in Frage kamen. Dazu war nur ein wenig gesunder Menschenverstand erforderlich.

Zunächst konnten sie alle automatischen Pistolen ausschließen. Diese schleuderten nämlich die Patronenhülse heraus, nachdem der Schuß abgefeuert worden ist, und eine Patronenhülse war bekanntlich nicht gefunden worden. Andererseits ist bekannt, daß man Patronenhülsen an den absonderlichsten Orten wiederfinden kann, zum Beispiel in einem Teller mit Kartoffelbrei, wie Backlund geargwöhnt hatte, in der Kleidung von Menschen oder eigentlich überall. Es gibt Beispiele dafür, daß Patronenhülsen in Jackentaschen und in Hosenumschlägen gefunden worden sind – lange Zeit nachdem ein Schuß abgefeuert wurde.

Was aber noch entscheidender zu sein schien, waren die Zeugenaussagen. Obwohl keiner der Augenzeugen ein Waffenexperte zu sein schien, deuteten alle Aussagen in eine Richtung: Der Mörder hatte sich eines Revolvers bedient. Und Revolver werfen bekanntlich nicht die Patronenhülsen aus. Diese bleiben vielmehr brav in der Trommel stecken, bis man sie herausholt.

Das Verzeichnis des Ballistikers war recht lang, und selbst nachdem Martin Beck und Månsson eine Stunde ihrer kostbaren Zeit darauf verwandt hatten, es zusammenzustreichen, hatte es immer noch einen beachtlichen Umfang.

»Ja, ja«, sagte Månsson und kratzte sich den Kopf. »Diese Akte hilft uns auch nicht viel weiter, solange es uns nicht gelingt, die Tatwaffe zu finden oder etwas anderes, was uns auf die richtige Spur bringt.«

»Was sollte das wohl sein«, sagte Martin Beck.

»Weiß nicht«, sagte Månsson.

Martin Beck wischte sich den Schweiß von der Stirn. Dann faltete er das Taschentuch auseinander und schneuzte sich. Er sah auf die Liste der Revolver und las mißmutig ab: »Colt Cobra, Smith & Wesseon Modell 34, Firearms International, Harrington & Richardson 900, Harrington & Richardson 622, Harrington & Richardson 926, Harrington & Richardson Side-Kick, Harrington & Richardson Forty-Niner, Harrington & Richardson Sportsman . . .«

»Sportsman«, sagte Månsson zu sich selbst.

»Mit diesen Burschen Harrington und Richardson würde ich gern mal ein Wörtchen reden«, sagte Martin Beck. »Warum können die sich nicht mit einem Modell begnügen?«

»Oder gar keinem«, sagte Månsson.

Martin Beck blätterte um und murmelte weiter. »Iver Johnson Sidewinder, Iver Johnson Cadet, Iver Johnson Viking, Iver Johnson Viking Snub . . . die können wir übrigens streichen. Es haben ja alle gesagt, die Waffe habe einen langen Lauf gehabt.«

Månsson ging ans Fenster und sah gedankenverloren auf den Hof des Polizeihauses. Er hörte nicht länger zu. Hörte die Stimme Martin Becks nur noch als Geräuschkulisse.

»Herters 22, Llama, Astra Cadix, Arminius, Rossi, Hawes Texas Marshal, Hawes Montana Marshal, Pic Big Seven . . . Mein Gott, nimmt das denn nie ein Ende.«

Månsson antwortete nicht. Er dachte an etwas ganz anderes.

»Ich möchte gern wissen, wie viele Revolver es allein in dieser Stadt gibt«, sagte Martin Beck.

Das war eine Frage, die nicht beantwortet werden konnte. Es gab natürlich unzählige. Erbstücke, gestohlene, ins Land geschmuggelte, die in Kommoden und alten Koffern aufbewahrt wurden. Das war zwar ungesetzlich, aber das war den Leuten leider gleichgültig.

Außerdem gab es natürlich noch einige Menschen, die einen Waffenschein hatten, aber ihre Zahl war begrenzt.

Die einzigen, die mit Sicherheit keine Revolver hatten oder sie zumindest nicht bei sich trugen, waren die Polizisten. Dienstpistole der schwedischen Polizei ist nämlich die 7,65-Millimeter-Walther. Dummerweise, denn automatische Pistolen haben zwar den Vorteil, daß man das Magazin leicht auswechseln kann, dafür haben sie aber andererseits die unangenehme Angewohnheit, sich an Kleidungsstücken festzuhaken, wenn man sie eilig ziehen will.

Sie wurden in ihren Überlegungen unterbrochen, als Skacke an die Tür klopfte und eintrat.

»Einer von Ihnen muß mit Kollberg reden«, sagte er. »Er weiß nicht, was er mit diesen Menschen in Stockholm anfangen soll.«

21

Die Frage, was man mit Hampus Broberg und Helena Hansson anfangen sollte, war, gelinde gesagt, schwer zu beantworten.

Martin Beck und Kollberg waren überdies gezwungen, das Problem per Telefon zu lösen, und das ließ sich nicht in ein paar Minuten bewerkstelligen.

»Wo sind sie denn jetzt?« fragte Martin Beck.

»In der Kungsholmsgatan.«

»Vorläufig festgenommen?«

»Ja.«

»Können wir einen Haftbefehl bekommen?«

»Der Staatsanwalt glaubt es.«

»Glaubt?« Kollberg seufzte tief.

»Was meinst du eigentlich?« fragte Martin Beck.

»Sie sind wegen des Verdachts eines geplanten Devisenvergehens vorläufig festgenommen worden. Eine Anzeige liegt bis jetzt aber noch nicht gegen sie vor.« Kollberg machte eine gedankenschwere Pause, bevor er sagte: »Was ich meine, ist folgendes: Broberg hat zwar bewiesenerweise einen gefälschten Paß in der Tasche getragen und mit einer Startpistole einen Schuß mit unscharfer Munition abgefeuert, als Larsson und dieser schießwütige Konstabler ihn festnehmen wollten.«

»Ja?«

»Und die Puppe hat zugegeben, daß sie auf den Strich geht. Außerdem hatte sie eine Tasche mit einer Menge von Wertpapieren bei sich. Sie sagt, daß Broberg ihr die Tasche und die Wertpapiere und das Geld und das Flugticket und alles andere gegeben habe, damit sie das Zeug in die Schweiz schmuggelt. Dafür sollte sie 10000 Kronen kriegen.«

»Was wohl den Tatsachen entsprechen dürfte.«

»Sicher. Das Problem ist nur, daß sie es nicht schafften, sich rechtzeitig auf den Weg zu machen. Wenn Larsson und ich etwas mehr Grips im Schädel gehabt hätten, hätten wir sie noch ein Weilchen gewähren lassen. Wir hätten dem Zoll einen Tip geben sollen, vielleicht auch den Paßbehörden, und dann wären beide in Arlanda aufgeflogen.«

»Du meinst also, daß wir nicht genügend Beweise haben?«

»Haargenau das. Der Staatsanwalt meint, daß der Richter es unter Umständen ablehnen wird, die Haft anzuordnen, und sich damit begnügen könnte, ein Reiseverbot auszusprechen.«

»Um sie dann laufenzulassen?«

»Genau. Wenn nicht . . .«

»Was denn?«

»Na, wenn es dir nicht gelingen sollte, deinen Staatsanwalt da unten in Malmö davon zu überzeugen, daß die beiden mit entscheidenden Hinweisen zum Mord an Palmgren hinterm Berg halten. In dem Fall könnten wir ohne weiteres einen Haftbefehl erwirken und die beiden zu dir herunterschicken. Dies ist also der Standpunkt der Juristen zu der ganzen Geschichte.«

»Und was glaubst du selbst?«

»Gar nichts, eigentlich. Daß Broberg vorhatte, mit einer sündhaft großen Summe über den Deich zu gehen, scheint ja wohl klar zu sein. Will man die Sache aber auf dieser Linie weiterverfolgen, muß sie an das Betrugsdezernat übergeben werden.«

»Aber hat Broberg denn irgend etwas mit dem Mord zu tun?«

»Sagen wir mal, daß sein Verhalten seit Freitag von der Tatsache bestimmt ist, daß Palmgren am Donnerstag ermordet wurde. Das ist doch klar wie Kloßbrühe, oder etwa nicht?«

»Ja, natürlich, jede andere Möglichkeit wäre unverständlich.«

»Andererseits hat Broberg für den eigentlichen Mord das beste Alibi, das man sich denken kann. Genauso wie Helena Hansson und die anderen, die am Tisch saßen.«

»Was sagt Broberg selbst?«

»Er soll ›Aua‹ gesagt haben, als der Arzt ihm die Schnauze verband. Im übrigen sagt er sonst kein Wort.«

»Warte einen Augenblick«, sagte Martin Beck. Der Telefonhörer war schweißnaß, und er trocknete ihn mit dem Taschentuch ab.

»Was machst du denn da?« fragte Kollberg mißtrauisch.

»Ich schwitze.«

»Dann solltest du mich mal sehen. Aber, um auf diesen verdammten Broberg zurückzukommen, er ist nicht sonderlich kooperativ. Denn immerhin ist ja nicht auszuschließen, daß all diese Aktien und das verfluchte Geld tatsächlich ihm gehören.«

»Hm«, sagte Martin Beck. »Woher sollte er sie denn haben?«

»Da darfst du nicht mich fragen. Das einzige, was ich über Geld weiß, ist, daß ich keins habe.« Kollberg schien über diese traurige Erkenntnis nachzudenken. Dann sagte er: »Auf jeden Fall muß ich dem Staatsanwalt irgendwas erzählen.«

»Wie steht's denn mit dem Mädchen?«

»Einfacher, wie mir scheint. Sie quatscht, daß es eine wahre Freude ist. Das Sittlichkeitsdezernat ist gerade dabei, den Callgirl-Ring aufzurollen, der sich offenbar über das ganze Land erstreckt. Ich habe vorhin mit Sylvia Granberg gesprochen, und sie meinte, daß es kein Problem sei, einen Haftbefehl für Helena Hansson zu bekommen, jedenfalls nicht so lange, wie sie in die Ermittlungen eingeschaltet sei.«

Sylvia Granberg war Erste Kriminalassistentin im Sittlichkeitsdezernat und unter anderem Åsa Torells Vorgesetzte.

»Und außerdem hat ihre Abteilung auch in Malmö bestimmte Interessen wahrzunehmen«, fuhr Kollberg fort. »Wenn du also mit Helena Hansson sprechen willst, so würde das keine Schwierigkeiten machen.«

Martin Beck sagte nichts.

»Nun?« sagte Kollberg schließlich. »Was soll ich tun?«

»Es wäre ohne Zweifel interessant, ein paar Gegenüberstellungen vorzunehmen«, murmelte Martin Beck.

»Ich höre nicht, was du sagst«, beschwerte Kollberg sich.

»Ich muß mir die Sache mal durch den Kopf gehen lassen. Ich rufe dich in einer halben Stunde oder so wieder an.«

»Aber auf keinen Fall später. Jeden Augenblick werden alle ankommen und mir an die Gurgel springen. Malm, der Reichspolizei-Chef, die ganze Blase.«

»In einer halben Stunde. Ehrenwort.«

»Gut. Hej.«

»Hej«, sagte Martin Beck und legte auf. Er blieb mit den Ellbogen auf der Tischplatte sitzen und stützte den Kopf in die Hände. Es dauerte eine gewisse Zeit, bis das Bild klarer wurde.

Hampus Broberg hatte alle seine Vermögenswerte in Schweden zu Bargeld gemacht und versucht, außer Landes zu fliehen. Zuerst hatte er dafür gesorgt, daß seine Familie in Sicherheit war. Dies alles deutete darauf hin, daß seine Situation im Augenblick von Palmgrens Tod unhaltbar geworden war. Warum?

Höchstwahrscheinlich deshalb, weil er seit Jahren große Geldbeträge der ihm von Palmgren unterstellten Betriebe veruntreut hatte – also der Immobilienfirma, des Aktienfonds und der Wuchererfirma.

Viktor Palmgren hatte Broberg vertraut, und dieser hatte sich folglich so lange sicher fühlen können, wie der Konzernchef am Leben war. Nach dessen Tod sah die Sache anders aus. Er hatte sich bedroht gefühlt, wenn auch nicht an Leib und Leben, so doch insofern, als er eine finanzielle Katastrophe und eine lange Gefängnisstrafe auf sich zukommen sah.

Bedroht von wem?

Von den Behörden kaum, denn es war höchst unwahrscheinlich, daß es der Polizei oder den Steuerbehörden gelingen würde, durch die Palmgrenschen Geschäfte hindurchzusteigen. Wenn sich das überhaupt machen ließ, dann nur im Verlauf gründlicher Ermittlungen, die sich unter Umständen Jahre hinziehen konnten.

Am nächsten lag natürlich Mats Linder. Oder möglicherweise Hoff-Jensen. Aber Linders Abneigung gegen Broberg war so stark, daß er sie nicht einmal bei einem Gespräch mit der Polizei hatte unterdrücken können. Hatte er nicht sogar angedeutet, daß Broberg ein Betrüger sei? Daß Palmgren sich zu sehr auf seinen Mann in Stockholm verlassen habe?

Auf jeden Fall lag Linder in einem eventuellen Machtkampf um die Millionen Palmgrens am besten im Rennen.

Wenn Broberg große Beträge veruntreut hatte, war Linder in der Lage, eine sofortige Buchprüfung bei allen Firmen anzuordnen und Anzeige gegen Broberg zu erstatten. Andererseits hatte Linder dies aber noch nicht getan, obwohl er wissen oder zumindest ahnen mußte, daß es eilig war. Statt dessen hatte die Polizei dem Vorhaben Brobergs ein Ende gesetzt, obwohl das eher dem Zufall zuzuschreiben war.

Was ein Hinweis darauf sein mochte, daß Linder sich selbst in einer prekären Lage befand und nicht das Risiko einzugehen wagte, selbst Gegenbeschuldigungen ausgesetzt zu werden.

Wie dem auch sein mochte: Broberg hatte durch Palmgrens Tod nichts gewinnen können, und vor allem hatte er ihn nicht vorausgesehen. Sein Aktivwerden seit Freitag, worauf Kollberg sehr richtig hingewiesen hatte, war durch das plötzliche Ableben Palmgrens bedingt gewesen, und alles deutete darauf hin, daß er schnell, beinahe in Panik gehandelt hatte. Er war also so gut wie unvorbereitet gewesen.

Sprach ihn das nicht von dem Verdacht frei, an dem Mord beteiligt gewesen zu sein?

Martin Beck war jedenfalls von einem überzeugt: Wenn hinter der Gewalttat tatsächlich ein Komplott steckte, so war es nicht politischer, sondern wirtschaftlicher Natur.

Wer hatte etwas von Palmgrens Ableben zu gewinnen? Wer war informiert und gefährlich genug, einen hartgesottenen Wirtschaftsgangster wie Broberg in die Flucht zu schlagen? Darauf konnte es nur eine Antwort geben.

Mats Linder. Der Mann, der sich schon der Ehefrau Palmgrens vergewissert hatte und auch im Kampf um die wirtschaftliche Macht über die stärksten Trumpfkarten verfügte.

Charlotte Palmgren war mit ihrem Dasein zufrieden, um sich auf Verschwörungen auf einer so hohen Ebene einzulassen. Außerdem war sie ganz einfach zu dumm dazu.

Und Hoff-Jensen hatte sicher nicht den nötigen Einblick in die komplizierten Machenschaften des Palmgrenschen Geschäftsimperiums.

War es aber wirklich denkbar, daß Linder ein derart offenkundiges Risiko einging? Warum eigentlich nicht? Ein hohes Spiel erfordert hohe Einsätze.

Es wäre interessant, Hampus Broberg mit Mats Linder zu konfrontieren und zu hören, was die beiden Herren einander zu sagen hatten.

Und das Mädchen?

War Helena Hansson nur ein gedungenes Werkzeug gewesen? Wenn ja, dann offensichtlich ein vielseitig verwendbares Werkzeug; als Sekretärin, Schmuggelkurier und im Bett gleichermaßen gut zu gebrauchen.

Ihre eigenen Angaben deuteten darauf hin, und es gab nicht den geringsten Anlaß, daran zu zweifeln. Lange Erfahrung hatte Martin Beck aber gelehrt, daß gerade im Bett zahlreiche Geheimnisse ausgeplaudert werden. Und Broberg gehörte zu den Kunden, die Helena Hanssons Dienste regelmäßig in Anspruch genommen hatten. Martin Becks Gedanken reiften zu einem Entschluß heran.

Er stand auf und verließ das Zimmer. Er nahm den Fahrstuhl ins Erdgeschoß, wo die Staatsanwaltschaft ihre Büros hatte.

Zehn Minuten später saß er wieder hinter dem Schreibtisch in dem ihm vorübergehend zur Verfügung gestellten Raum und wählte die Nummer von Västberga.

»Fabelhaft«, sagte Kollberg. »Du hast tatsächlich die Zeit eingehalten.«

»Ja.«

»Und?«

»Sieh zu, daß die beiden verhaftet werden.«

»Alle beide?«

»Ja, wir brauchen sie hier als Zeugen. Sie sind wichtig für die Ermittlungen in dieser Mordsache.«

»Wirklich?« Kollbergs Stimme klang zweifelnd.

»Sie müssen so schnell wie möglich hierher verfrachtet werden«, sagte Martin Beck unerschüttert.

»Okay«, sagte Kollberg. »Nur noch eins.«

»Nämlich?«

»Werde ich dann diesen verdammten Fall los?«

»Ich glaube schon.«

Nach dem Telefongespräch blieb Martin Beck noch eine Weile in Gedanken versunken sitzen. Jetzt grübelte er aber mehr über Kollberg und dessen mehr oder weniger unausgesprochene Zweifel nach. Waren diese Menschen tatsächlich für die weiteren Ermittlungen wichtige Zeugen? Vielleicht nicht, aber er hatte einen anderen, eher persönlichen Grund für seine Forderung. Er hatte weder Broberg noch Helena Hansson je gesehen, nicht einmal auf Fotos, und war ganz einfach neugierig. Er wollte sehen, wie sie aussahen, mit ihnen sprechen, irgendeine Form menschlichen Kontakts zu ihnen finden und seine eigenen Reaktionen testen.

Am nächsten Morgen um fünf nach zehn wurden Hampus Broberg und Helena Hansson im Stockholmer Rathausgericht verhaftet. Es war Mittwoch, der 9. Juli. Sie verließen Stockholm am selben Tag mit der Mittagsmaschine. Broberg wurde von einem Constable begleitet, Helena Hansson von einer Beamtin. Åsa Torell flog mit, um mit ihren Kollegen in Malmö Ermittlungsfragen zu erörtern.

Um Viertel vor zwei landeten sie in Bulltofta.

22

An der Südostspitze Amagers, gleich südlich des Kastruper Flughafens, liegt Dragør. Das kleine dänische Städtchen wird von etwa vier- bis fünftausend Seelen bewohnt und ist hauptsächlich wegen seines neuen großen Fährhafens bekannt. Im Sommer verkehren die Fähren zwischen Dragør und Limhamn im Pendelverkehr, um alle schwedischen Autofahrer zu transportieren, die sich auf dem Weg zum Kontinent oder von dort zurück befinden, aber auch im Winter werden die Schiffe fleißig benutzt, vor allem von schwereren Fahrzeugen, Fernlastern und Bussen. Und das ganze Jahr über fahren Hausfrauen von Malmö nach Dragør, um an Bord zollfreie Waren und in Dänemark Lebensmittel einzukaufen, die dort billiger sind als in Schweden.

Vor nicht allzu langer Zeit war die kleine Hafenstadt noch ein beliebter Badeort, und im Fischereihafen, in dem die Fangschiffe Reling an Reling lagen, herrschte lebhafte Tätigkeit.

Als Erholungsort hatte Dragør den Vorteil, für die Kopenhagener in bequemer Reichweite zu liegen. Heute ist die Nähe zur Hauptstadt bloß ein Nachteil; das Wasser vor den Kais und Stränden Dragørs ist derart verschmutzt, daß es weder zum Baden noch zum Fischen taugt.

Die Stadt selbst hat sich dagegen seit der Zeit, in der die Damen auf der Strandpromenade noch lässig ihre Sonnenschirme drehten, um ihre Alabasterhaut vor den schädlichen Sonnenstrahlen zu schützen, kaum in ihrem Erscheinungsbild verändert. Die Zeit, in der die Herren am Uferrand vorsichtig kneippten und ihre Punschbäuche in unvorteilhaften Badetrikots zur Schau stellten, ist allerdings längst vorbei.

Die Häuser Dragørs sind niedrig und pittoresk, in fröhlichen Farben verputzt oder gestrichen, die Gärten sind lauschig und duften nach Beeren, Blumen und üppigem Grün. Die engen Straßen und Gäßchen haben vielfach noch das alte Kopfsteinpflaster. Der lärmende und stinkende Autoverkehr von und zu den Fähren rauscht am Stadtrand vorbei, und in den alten Vierteln zwischen dem Hafen und der Autobahn herrscht relative Ruhe.

Es kommen noch immer Sommergäste nach Dragør, trotz der schlechten Bademöglichkeiten, und an diesem Dienstag, Anfang Juli, waren alle Zimmer im Strandhotel belegt.

Es war drei Uhr nachmittags, und auf der Veranda vor dem Hotel beendete gerade eine dreiköpfige Familie ihren verspäteten Lunch. Die Eltern saßen noch friedlich bei einer Tasse Kaffee und einem *kransekage,* nur der Sohn, der sechs Jahre alt war und Jens hieß, konnte nicht länger stillsitzen. Er lief ständig zwischen den Tischen umher und redete unaufhörlich auf seine Eltern ein. »Können wir jetzt nicht endlich gehen? Ich will die Schiffe ansehen. Trinkt doch endlich euren Kaffee aus. Beeilt euch. Aber jetzt können wir doch gehen. Können wir jetzt nicht zu den Schiffen gehen . . .«

Und so weiter, bis seine Mutter und sein Vater genug hatten und aufstanden.

Hand in Hand schlenderten sie zu dem alten Hafenpavillon hinunter, der heute ein Museum ist. Im Fischereihafen lagen nur zwei Boote, und es war anzunehmen, daß einige sich draußen im Sund befanden, um quecksilbervergiftete Schollen aus dem Wasser zu holen.

Der Junge blieb auf der Kaimauer stehen und begann, Steine und Holzstücke in das trübe Wasser zu werfen. Er sah mehrere interessante Gegenstände, die im Wasser trieben und gegen die Kaimauer stießen, aber die Entfernung dorthin war zu groß. Er konnte sie nicht erreichen.

Etwas weiter weg lag der Fährhafen. Auf der großen asphaltierten Plattform standen mehrere Wagen aufgereiht und warteten auf die Fähre, die sich draußen auf dem in der Sonne glitzernden Wasser näherte.

Die drei Sommergäste kehrten um und promenierten langsam am Wasser entlang zu den Häusern und Villen zurück. Am Nordre Strandvej blieben sie stehen und wechselten einige Worte mit einem Bekannten, der seinen Hund spazierenführte.

Dann setzten sie ihren Weg fort, bis die Straße und die Bebauung aufhörten und das Gelände des Kastruper Flughafens begann. Dort bogen sie nach rechts ab und gingen zum Strand hinunter.

Jens fand ein kaputtes grünes Kunststoffboot und spielte damit, während seine Eltern am Strand im Gras saßen und zusahen. Schließlich war sein Interesse für dieses Spiel erschöpft, und er begab sich auf Entdeckungstour, um nach Strandgut zu suchen. Er fand einen leeren Milchkarton, eine Bierdose und einen Kondom und bereute bitter, die Fundsachen seinen Eltern gezeigt zu haben, da sie sofort verlangten, daß er alles wegwerfen solle.

Sein Vater war gerade aufgestanden und hatte nach ihm gerufen, als er am Ufer eine geheimnisvolle Sache entdeckte. Eine Kiste. Vielleicht eine Schatzkiste? Er lief hin und hob sie auf.

Sein Vater nahm ihm natürlich die Kiste weg. Der Junge protestierte zwar lauthals, verstummte aber bald, weil er wußte, daß es zu nichts führen würde.

Seine Eltern sahen die Kiste an. Sie war völlig durchtränkt, und das schwarze Papier, das auf den dicken Karton aufgeklebt war, hatte sich an einigen Stellen gelöst. Dennoch war der Karton nicht gewellt und der Deckel, der nicht richtig saß, unbeschädigt. Als sie den Karton näher betrachteten, sahen sie auf dem Deckel einen gedruckten Text:

ARMINIUS 22

Und darunter, in kleineren Buchstaben:

Made in West Germany

Diese Kiste fing an, ihre Neugier zu erregen. Sie öffneten sie vorsichtig, um nicht den wasserdurchtränkten Deckel zu beschädigen.

Die Kiste war gefüllt mit einem federleichten Block aus weißen Styroporkügelchen, die heutzutage in unvorstellbaren Mengen an den Küsten Dänemarks und Schwedens herumwirbeln: im Öresund, in der Ost- und der Nordsee.

In den weißen Kunststoffblock waren einige zweieinhalb Zentimeter tiefe Profile geschnitten. Das eine zeigte die Umrisse eines Revolvers mit sehr langem Lauf, das andere hatte eine etwas unbestimmtere Form. Man konnte nicht sofort sehen, was dort einmal gelegen hatte.

»Eine Kiste für eine Spielzeugpistole«, sagte die Frau achselzuckend.

»Aber nicht doch«, sagte der Mann. »In dieser Kiste hat ein richtiger Revolver gelegen.«

»Woher weißt du das?«

»Auf dem Deckel steht sogar das Fabrikat. Eine Arminius 22. Und, guck mal hier, in diesem zweiten Ausschnitt hat ein Zusatzkolben gelegen, so daß man den sogar gegen den anderen austauschen konnte, wenn man einen gröberen Kolben mit größerer Grifffläche haben wollte.«

»Pfui«, sagte die Frau. »Ich kann Schußwaffen nicht ausstehen.«

Der Mann lachte. Er warf den Karton aber nicht weg, sondern behielt ihn in der Hand, während sie zur Straße zurückgingen. »Dies ist doch nur eine leere Kiste«, sagte er. »Vor der brauchst du keine Angst zu haben.«

»Trotzdem«, beharrte die Frau. »Wenn nun der Revolver oder die Pistole noch drin gewesen und geladen gewesen wäre, und Jens hätte sie gefunden und ...«

Der Mann lachte wieder und streichelte seiner Frau nachsichtig die

Wange. »Du mit deiner Phantasie«, sagte er. »Wenn der Revolver in der Kiste gelegen hätte, hätte sie nicht an Land treiben können, sondern wäre untergegangen. So eine Zweiundzwanziger hat nämlich ein ganz schönes Gewicht. Im übrigen lag bestimmt keine Waffe in der Kiste, als sie ins Wasser geworfen wurde. So ein teures Ding wie einen Revolver schmeißt man doch nicht einfach ins Wasser ...«

»... wenn es nicht ein Gangster getan hat, der eine Mordwaffe loswerden wollte«, ergänzte die Frau. »Du, stell dir vor, wenn ...« Sie blieb urplötzlich stehen und zupfte ihren Mann eifrig am Ärmel. »Und wenn es so gewesen ist? Ich finde, wir sollten mit dem Ding zur Polizei gehen.«

»Bist du verrückt geworden? Damit die uns auslachen?«

Sie gingen wieder weiter. Jens lief vor ihnen her. Seine Schatzkiste hatte er vergessen.

»Man kann nie wissen«, sagte sie. »Es kann jedenfalls nicht schaden. Wir gehen zur Polizei.«

Die Frau war hartnäckig, und ihr Mann, der seit zehn Jahren genug Kostproben von ihrer Hartnäckigkeit erhalten hatte, wußte, daß es besser war, gleich nachzugeben.

Und so kam es, daß Polizeiassistent Larsen in Dragør eine Viertelstunde später mit ansehen mußte, wie seine Schreibunterlage von einer nassen Revolverkiste aus Westdeutschland aufgeweicht wurde.

23

Wenn am Montag und am Dienstag etwas weniger passiert war, ereignete sich zum Ausgleich am Mittwoch überhaupt nichts. Jedenfalls nichts, was die Ermittlungen weitergebracht hätte.

Martin Beck hatte schon beim Aufstehen das Gefühl, daß es ein merkwürdiger Tag werden würde.

Er fühlte sich unlustig und unzufrieden. Er war spät eingeschlafen und früh aufgewacht. Er hatte einen bleiernen Geschmack im Mund, und im Kopf bohrten unausgegorene Gedanken.

Im Polizeihaus herrschte die gleiche dumpfe Atmosphäre. Månsson hockte still und nachdenklich an seinem Schreibtisch und blätterte immer wieder in seinen Papieren, während er seine unvermeidlichen Zahnstocher zerkaute. Skacke machte einen niedergeschlagenen Eindruck, und Backlund putzte mit beleidigter Miene seine Brille.

Martin Beck hatte die Erfahrung gemacht, daß Tiefpunkte dieser Art bei jeder schwierigen Ermittlung vorkamen. Sie konnten sich über Tage oder gar Wochen erstrecken, und allzuoft kam man überhaupt nicht aus ihnen heraus. Das Material, mit dem man arbeiten konnte, schien völlig unzulänglich zu sein, Auswege aus der Sackgasse waren nicht zu sehen. Alle Spuren endeten im Nichts.

Wenn er einer Eingebung gefolgt wäre, hätte er alles stehen- und liegengelassen, den Zug nach Falsterbo genommen und sich dort am Strand geaalt. Die seltene schwedische Hochsommerhitze wäre ihm am Badestrand besser bekommen als hier im Polizeihaus. Die Morgenblätter hatten Wassertemperaturen von mehr als zwanzig Grad angekündigt, was für die Ostsee wirklich ungewöhnlich viel ist.

Ein Kriminalkommissar hat aber natürlich nicht faul am Strand zu liegen, schon gar nicht während der Jagd nach einem Mörder. Die ganze Geschichte war unerhört irritierend. Martin Beck drängte es sowohl physisch wie psychisch zur Tat, aber er wußte nicht, was er anstellen sollte. Noch weniger brachte er es fertig, anderen Befehle zu erteilen. Nach einigen Stunden offenkundiger Untätigkeit fragte Skacke geradeheraus: »Was soll ich tun?«

»Frag Månsson.«

»Das habe ich schon getan.«

Martin Beck schüttelte den Kopf und ging in sein Zimmer. Sah auf die Uhr. Immer noch erst elf. Noch drei Stunden, bis die Maschine mit Broberg und Helena Hansson an Bord in Malmö landen würde.

Weil ihm nichts Besseres einfiel, rief Martin Beck das Palmgrensche Büro an und bat, mit Mats Linder verbunden zu werden. »Herr Linder ist nicht im Haus«, sagte die blonde Empfangsdame lässig. »Aber . . .«

»Aber was?«

»Ich kann Sie mit seiner Sekretärin verbinden.«

Mats Linder war in der Tat recht weit außer Haus. Er war nämlich am Dienstagnachmittag von Kastrup nach Johannesburg geflogen. In eiligen Geschäften.

Im Augenblick war er nicht einmal in Johannesburg anzutreffen, falls jemand auf die Schnapsidee kommen sollte, es dort zu versuchen. Die Maschine befand sich nämlich noch in der Luft.

Es sei sehr ungewiß, wann Herr Linder zurückkommen werde.

Ob die Reise geplant sei?

Herr Linder bereite seine Reisen immer sehr sorgfältig vor, sagte die effektive Sekretärin orakelhaft.

Martin Beck legte auf und sah das Telefon vorwurfsvoll an. Damit war also die Gegenüberstellung von Broberg und Linder zum Teufel.

Martin Beck kam ein plötzlicher Einfall. Er hob den Hörer wieder ab und wählte die Nummer der Firma Aero-fragt am Kultorvet in Kopenhagen.

Sehr richtig.

Direktor Hoff-Jensen habe sich sehr plötzlich gezwungen gesehen, eine Reise nach Lissabon anzutreten. Möglicherweise sei er später im Hotel *Tivoli* in der Avenida da Liberdade zu erreichen. Im Augenblick sei die Maschine aber noch in der Luft. Wann er nach Dänemark zurückkehren werde, sei ungewiß.

Martin Beck gab diese Nachrichten an Månsson weiter, der ungerührt die Achseln zuckte.

Um halb drei kamen endlich Broberg und Helena Hansson an. Broberg war außer mit seinem Bewacher und einem enormen Pflaster auch mit seinem Anwalt versehen. Er selbst sagte nichts, dafür drückte sich sein Anwalt um so unverblümter aus.

Direktor Broberg *könne* nicht sprechen, weil er seitens der Polizei der gröbsten Brutalität ausgesetzt worden sei. Und selbst wenn er imstande gewesen wäre zu sprechen, hätte er zur Sache selbst nichts anderes mitzuteilen als das, was er bereits am vergangenen Mittwoch zu Protokoll gegeben habe.

Der Anwalt setzte seinen Wortschwall fort, während er Skacke von Zeit zu Zeit flammende Blicke zuwarf. Skacke bediente das Tonbandgerät. Und errötete.

Martin Beck dagegen wurde nicht rot. Er stützte das Kinn in die linke Hand und betrachtete unverwandt den Mann mit dem großen Heftpflaster.

Broberg war ein völlig anderer Menschentyp als etwa Linder und Hoff-Jensen. Er war untersetzt, rothaarig und hatte grobe, brutale Gesichtszüge. Blinzelnde blaßblaue Augen, einen Spitzbauch und eine Kopfform, die ihn umgehend in die nächste Todeszelle befördert hätte, wenn die kriminologischen Theorien von Lombrosi selig sich international durchgesetzt hätten.

Der Mann sah ganz einfach widerlich aus und war überdies geschmacklos und schreiend gekleidet. Er könnte einem beinahe leid tun, dachte Martin Beck.

Einer, der eher berufsmäßig Mitleid mit Broberg hatte, war der Anwalt. Er redete und redete, und Martin Beck ließ ihn gewähren, obwohl der Mann im großen und ganzen sicher nur das wiederholte, was er ohne Erfolg schon vor dem Haftrichter gesagt hatte.

Aber der Kerl mußte ja etwas zeigen, um das fette Honorar zu rechtfertigen, das ihn erwartete, wenn er Broberg irgendwann freibekam und dafür sorgte, daß Gunvald Larsson und Zachrisson wegen Amtspflichtsverletzung zur Rechenschaft gezogen wurden.

Das mochte im übrigen ruhig geschehen. Martin Beck hatte schon lange schwer an Gunvald Larssons Methoden getragen, aber im Namen der heiligen Loyalität bislang nie eingegriffen.

Als der Anwalt das Ende der Brobergschen Leidensgeschichte erreicht hatte, sagte Martin Beck, noch immer, ohne den Blick von dem Verhafteten losreißen zu können: »Direktor Broberg kann also nicht sprechen?«

Kopfschütteln.

»Was halten Sie von Mats Linder?«

Achselzucken.

»Glauben Sie, daß er fähig ist, die Leitung des Gesamtkonzerns zu übernehmen?«

Neues Achselzucken.

Martin Beck betrachtete Broberg noch eine weitere volle Minute und versuchte, den Ausdruck der flackernden, fahlen Augen zu deuten.

Der Kerl hatte ohne Zweifel Angst, schien aber gleichzeitig kampfbereit zu sein.

Schließlich sagte Martin Beck zum Anwalt: »Ich verstehe, daß Ihr Klient durch die Ereignisse der letzten Woche ein bißchen durcheinandergeraten ist. Es ist bis auf weiteres sicher am besten, wenn wir hier Schluß machen.«

Alle sahen gleichermaßen erstaunt aus: Broberg, der Anwalt, Skacke und sogar der Constable.

Martin Beck stand auf und ging hinaus, um sich zu erkundigen, wie Månsson und Backlund mit Helena Hansson fertig wurden. Im Flur traf er Åsa Torell. »Was sagt sie?«

»Eine ganze Menge. Aber kaum etwas, woran du Freude hättest.«

»In welchem Hotel wirst du wohnen?«

»Im selben wie du. *Savoy.*«

»Dann können wir heute ja zusammen essen?« In dem Fall würde dieser unerfreuliche Tag jedenfalls einen angenehmen Abschluß finden.

»Das wird nicht ganz einfach sein«, sagte Åsa Torell ausweichend. »Ich werde heute noch eine ganze Menge zu tun haben.« Sie vermied es, ihm in die Augen zu sehen. Was übrigens leicht zu bewerkstelligen war, denn sie reichte ihm nicht einmal bis zur Schulter.

Helena Hansson redete und redete. Sie sang wie eine Nachtigall. Månsson saß mucksmäuschenstill am Tisch. Das Tonbandgerät surrte. Backlund ging im Zimmer auf und ab und zeigte ein schockiertes Gesicht. Seine Vorstellungen von Moral hatten sicher den einen oder anderen vernichtenden Schlag erhalten.

Martin Beck blieb eine Weile in der Nähe der Tür stehen, auf einen Blechschrank gestützt, und beobachtete die Frau, während sie Wort für Wort das wiederholte, was sie früher schon zu Kollberg gesagt hatte.

Jetzt war aber von der halb respektablen Fassade und der mühsam erkämpften Tünche nichts mehr übrig.

Sie sah im Gegenteil schlaff und verbraucht aus. Eine Nutte ganz einfach, die in etwas hineingeraten war, was sie nicht begriff und vor dem sie eine furchtbare Angst hatte. Die Tränen kullerten ihr die Wangen herab, und sie ging schnell dazu über, alle und alles in ihrer Branche zu verraten – in der offenkundigen Hoffnung, selbst so billig wie möglich davonzukommen.

Es war eine beklemmende Vorstellung, und Martin Beck verließ das Zimmer genauso leise und bescheiden, wie er es betreten hatte. Er kehrte in sein Zimmer zurück, das jetzt leer und noch wärmer war als vorhin. Er stellte fest, daß der Stuhl, auf dem Hampus Broberg gesessen hatte, schweißnaß war, sowohl auf der Sitzfläche wie auf der Rückenlehne.

Das Telefon klingelte. Malm, natürlich. Wer hätte es sonst sein sollen?

»Was, zum Teu ... Womit um Gottes willen beschäftigen Sie sich eigentlich da unten?«

»Mit den Ermittlungen.«

»Einen Augenblick mal«, sagte Malm aufgeregt. »Hatten wir uns nicht darüber verständigt, daß diese Fahndung so diskret und wirkungsvoll wie möglich durchgeführt werden sollte?«

»Doch.«

»Findest du es sehr diskret, wenn es mitten in Stockholm zu einem wilden Schußwechsel und zu Prügeleien kommt?«

»Nein.«

»Hast du die Zeitungen gesehen?«

»Ja, habe ich.«

»Wie werden sie deiner Meinung nach morgen aussehen?«

»Weiß nicht.«

»Ist es nicht ein starkes Stück, daß die Polizei Haftbefehl gegen zwei Personen erwirkt, die wahrscheinlich völlig unschuldig sind?«

Hier landete der Intendent einen Punktsieg, das war völlig klar, und Martin Beck zögerte infolgedessen mit der Antwort.

»Ja«, sagte er schließlich. »Das sieht vielleicht ein bißchen eigenartig aus.«

»Eigenartig? Ist euch da unten eigentlich klar, daß ich für dies alles den Kopf hinhalten muß?«

»Ja, und es tut mir sehr leid.«

»Ich darf dir ausrichten, daß der Reichspolizeichef genauso empört ist wie ich. Wir haben gerade stundenlang bei ihm konferiert . . .«

Eine Krähe hackt der anderen kein Auge aus, dachte Martin Beck. »Wie bist du zu ihm reingekommen?« fragte er unschuldig.

»Wie ich reingekommen bin?« sagte Malm. »Was meinst du? Soll das ein schlechter Witz sein?«

Es war eine allgemein bekannte Tatsache, daß der Reichspolizeichef ungern mit Menschen sprach. Einem Gerücht zufolge hatte ein hoher Beamter einmal sogar damit gedroht, einen Gabelstapler ins Gebäude der Reichspolizeiführung zu transportieren und die Türen zum Allerheiligsten mit Gewalt aufzubrechen, um endlich ein Gespräch unter vier Augen zustande zu bringen. Der betreffende Großkopfete hatte aber andererseits eine große Schwäche für Reden, sowohl für Ansprachen an das Volk in seiner Gesamtheit wie an wehrlose Gruppen seiner Privatarmee.

»Nun?« sagte Malm. »Kann man wenigstens sagen, daß eine Festnahme unmittelbar bevorsteht?«

»Nein.«

»Weißt du, wer der Mörder ist? Fehlt dir vielleicht nur noch der Beweis?«

»Nein, ich tappe noch im dunkeln.«
»Weißt du, in welchen Kreisen er zu suchen ist?«
»Ich habe keinen blassen Schimmer.«
»Das ist doch vollkommen absurd.«
»Findest du?«
»Was in aller Welt soll ich denn deiner Meinung nach den Betroffenen sagen?«
»Die Wahrheit.«
»Welche Wahrheit?«
»Daß es keine Fortschritte gibt.«
»Keine Fortschritte? Nach einer Woche Fahndung? In die unsere absoluten Spitzenkräfte eingeschaltet sind?«
Martin Beck holte tief Luft. »Ich weiß nicht, in wie vielen Mordfällen ich im Laufe der Jahre ermittelt habe. Es sind jedenfalls ziemlich viele. Und ich kann dir versichern, daß wir unser Bestes tun.«
»Davon bin ich ja auch überzeugt«, sagte Malm etwas versöhnlicher.
»Das war es aber nicht, worauf ich in erster Linie hinweisen wollte«, fuhr Martin Beck fort. »Sondern vielmehr auf die Tatsache, daß eine Woche eine sehr kurze Zeit ist. Und dabei haben wir jetzt noch nicht einmal eine Woche hinter uns, wie du vielleicht weißt. Ich bin am Freitag hergekommen, und heute haben wir Mittwoch. Vor einem Jahr etwa haben wir einen Mann festgenommen, der vor sechzehn Jahren einen Mord begangen hat. Das war aber noch vor deiner Zeit.«
»Ja, ja, ich weiß das alles. Aber dies ist kein normaler Mord.«
»Das hast du schon beim letztenmal gesagt.«
»Es kann internationale Verwicklungen geben«, sagte Malm mit einem Anflug von Verzweiflung in der Stimme. »Sie sind übrigens schon da.«
»Inwiefern?«
»Wir sind von mehreren diplomatischen Vertretungen eindringlich unter Druck gesetzt worden. Außerdem glaube ich zu wissen, daß sich bereits Sicherheitsleute aus dem Ausland hier eingefunden haben. Die werden sicher bald auch in Malmö oder Kopenhagen auftauchen.« Er machte eine Pause. Dann sagte er mit gebrochener Stimme: »Oder hier bei mir.«
»Aber, aber«, sagte Martin Beck tröstend, »mehr Unheil als die Sicherheitsabteilung werden sie kaum anrichten.«
»Die Sicherheitsabteilung? Die hat einen Mann in Malmö. Arbeitet ihr zusammen?«
»Das kann ich nicht gerade behaupten.«
»Habt ihr euch noch nicht getroffen?«
»Ich habe ihn gesehen.«
»Ist das alles?«
»Ja. Und das ließ sich übrigens kaum vermeiden.«

»Von der Seite haben wir auch keine positiven Meldungen bekommen«, sagte Malm mutlos.

»Hattest du das denn erwartet?«

»Ich kann mir nicht helfen, aber ich habe den Eindruck, daß du alles etwas zu sehr auf die leichte Schulter nimmst.«

»Das ist ein Irrtum. Ich nehme keinen Mord auf die leichte Schulter.«

»Aber dies ist kein normaler Mord.«

Martin Beck hatte das Gefühl, dies schon einmal gehört zu haben.

»In diesem Fall dürft ihr nicht wie Elefanten im Porzellanladen herumtrampeln«, sagte Malm mit fester und entschlossener Stimme. »Viktor Palmgren war eine der bekanntesten Persönlichkeiten unseres Landes und genoß auch im Ausland einen ausgezeichneten Ruf.«

»Ja, er scheint alle paar Wochen in den Illustrierten aufgetaucht zu sein.«

»Hampus Broberg und Mats Linder sind auch geachtete Staatsbürger.«

»Aha.«

»Man kann sie nicht wie Landstreicher behandeln.«

»Natürlich nicht.«

»Gleichzeitig müßt ihr sehr vorsichtig mit dem sein, was ihr der Presse sagt.«

»Ich persönlich sage kein Wort.«

»Wie ich dir schon beim letztenmal sagte, würde ein nicht wiedergutzumachender Schaden entstehen, wenn einige Bereiche der Tätigkeit Palmgrens der Öffentlichkeit zur Kenntnis gelangten.«

»Wer würde diesen nicht wiedergutzumachenden Schaden erleiden?«

»Wer wohl?« sagte Malm empört. »Der Staat natürlich. Unsere Gesellschaft. Wenn es bekannt würde, daß man auf Regierungsebene von bestimmten Transaktionen gewußt hat, dann . . .«

»Was dann?«

»Dann würden die politischen Auswirkungen verheerend sein.«

Martin Beck verabscheute Politik. Wenn er eine politische Meinung hatte, behielt er sie strikt für sich. Er versuchte immer, sich vor Aufträgen zu drükken, bei denen er politische Konsequenzen vorhersah. Im allgemeinen pflegte er sich jeder Äußerung zu enthalten, wenn von politischer Kriminalität die Rede war. Aber diesmal konnte er sich nicht enthalten zu sagen: »Für wen?«

Malm gab einen Laut von sich, als hätte man ihm ein Messer in den Rükken gestoßen. »Bitte, tu alles, was in deiner Macht steht, Martin«, sagte er beinahe flehend.

»Ja«, sagte Martin Beck nachgiebig. »Ich werde tun, was ich kann . . .« Nach einem Augenblick fügte er hinzu: ». . . Stig.« Es war das erste Mal, daß er den Intendenten mit dem Vornamen anredete. Hoffentlich auch das letzte Mal.

Der Rest des Nachmittags stand im Zeichen der Niedergeschlagenheit. Die Palmgren-Ermittlungen waren in der Sackgasse.

Im übrigen ging es im Polizeihaus außergewöhnlich lebhaft zu. Die Malmöer Polizei hob zwei Bordelle mitten in der Stadt aus, sehr zum Verdruß der Angestellten und zur noch größeren Schmach der Kunden, die bei der Razzia gleich mitgenommen wurden.

Åsa Torell hatte offensichtlich recht gehabt, als sie sagte, sie werde eine Menge zu tun bekommen.

Martin Beck verließ das Polizeihaus gegen acht, noch immer genauso unzufrieden und auf unbestimmte Art beunruhigt.

Sein Appetit ließ ihn im Stich, so daß von einem Essen nach Schonenart auch keine Rede sein konnte. In der Cafeteria *Mitt i City* auf dem Gustav Adolfstorg zwang er sich dazu, ein Butterbrot zu essen und ein Glas Milch zu trinken.

Er kaute das Brot lange und sorgfältig, während er durch die Fensterscheiben die jugendlichen Vagabunden beobachtete, die Hasch rauchten und Cannabisharz gegen gestohlene Schallplatten tauschten. Dieses Treiben rund um das rechteckige Steinbassin auf dem Markt ging völlig ungestört vor sich. Polizei war nicht zu sehen, und das Personal des Jugendamtes hatte wohl Wichtigeres zu tun.

Nach einiger Zeit machte er sich auf den Weg und flanierte die Strömgatan entlang, überquerte den Stortorget und ging dann weiter in Richtung Hafen. Als er im Hotel war, zeigte die Uhr halb elf.

In der Halle fiel sein Blick sofort auf zwei Männer, die in den Sesseln rechts vom Eingang zum Restaurant saßen. Der eine war hochgewachsen, kahlköpfig und hatte einen dicken schwarzen Schnurrbart. Außerdem war er dunkel gebräunt. Der andere war verwachsen und fast zwergenhaft klein, aber das blasse, scharfgeschnittene Gesicht und die schwarzen Augen verrieten Intelligenz. Beide waren untadelig gekleidet. Der Schnurrbärtige trug einen Anzug aus dunkelblauer Shantungseide und der Bucklige einen gutsitzenden hellgrauen Anzug mit Weste. Beide trugen spiegelblanke schwarze Schuhe, und beide saßen unbeweglich da und starrten ausdruckslos vor sich hin. Zwischen ihnen auf dem Tisch standen eine Flasche Chivas Regal und zwei Gläser.

Ausländer, dachte Martin Beck. Das Hotel wimmelte von ausländischen Gästen, und an den Fahnenstangen vor dem Hotel hatte er mindestens zwei Nationalflaggen gesehen, die er nicht einordnen konnte.

Während er seinen Zimmerschlüssel holte, sah er Paulsson aus dem Fahrstuhl kommen und auf den Tisch zugehen, an dem die beiden Männer saßen.

24

Oben im Hotelzimmer hatte das Zimmermädchen alles für die Nacht vorbereitet: Laken und Wolldecke waren aufgeschlagen, der Bettvorleger war säuberlich hingelegt, das Fenster war geschlossen, die Rollgardine heruntergezogen.

Martin Beck knipste die Nachttischlampe an und sah den Fernseher an. Er hatte keine große Lust, ihn anzustellen, und vermutlich war die Sendezeit auch schon um. Er zog Schuhe, Strümpfe und Hemd aus. Dann zog er die Gardinen auf und öffnete die Doppelfenster.

Ein schwacher Lufthauch drang herein, so schwach, daß er kaum fühlbar war. Er stützte die Hände aufs Fensterbrett und sah auf den Kanal, den Bahnhof und den Hafen hinaus. Er blieb in Hose und Netzhemd lange am Fenster stehen und dachte eigentlich an gar nichts.

Die Luft war warm und still, der Himmel sternenklar.

Hell erleuchtete Passagierschiffe kamen und gingen; in der Hafeneinfahrt ertönte die Sirene der Eisenbahnfähre. Der Verkehr auf den Straßen war fast völlig abgeflaut, und vor dem Hauptbahnhof stand eine lange Reihe von Taxis mit beleuchteten Frei-Schildern und geöffneten Vordertüren. Die Fahrer standen in Gruppen beisammen und klönten. Anders als die einheitlich schwarzen Taxis in Stockholm wiesen diese mehr oder weniger fröhliche Farben auf.

Er hatte keine Lust, schon zu schlafen. Die Abendzeitungen hatte er schon gelesen und leider vergessen, sich ein Buch zu besorgen. Er konnte zwar hinuntergehen und sich eins kaufen, aber dazu müßte er sich erst wieder anziehen. Außerdem hatte er ja noch die Bibel in der Nachttischschublade und das Telefonbuch zur Verfügung. Oder den Obduktionsbefund, aber den kannte er schon fast auswendig.

So stand er also statt dessen am Fenster und sah in die Nacht hinaus und fühlte sich seltsam allein. Ganz aus freien Stücken, denn er hätte sich ja in die Bar setzen oder Månsson besuchen oder sonstwohin ausgehen können.

Irgend etwas fehlte ihm, aber er wußte nicht genau, was.

Als er eine ganze Weile so dagestanden hatte, hörte er, daß jemand an die Tür klopfte. Ganz leicht. Hätte er geschlafen oder unter der Dusche gestanden, würde er es nicht gehört haben. »Herein«, sagte er, ohne den Kopf zu wenden.

Er hörte, daß die Tür geöffnet wurde.

Vielleicht war es der Mörder, der mit dem Revolver in der Hand eintrat. Wenn er auch diesmal auf den Hinterkopf zielte, würde Martin Beck kopfüber aus dem Fenster fallen, und wenn er Pech hatte, würde er schon vor dem Aufschlagen auf dem Bürgersteig tot sein.

Er lächelte und drehte sich um.

Vor ihm stand Paulsson mit seinem Pepitaanzug und seinen knallgelben Schuhen. Er sah unglücklich aus. Nicht einmal der Schnurrbart wirkte so schnittig wie sonst. »Hej«, sagte er.

»Hej.«

»Darf ich reinkommen?«

»Aber ja«, sagte Martin Beck. »Setz dich nur.« Er selbst setzte sich auf die Bettkante.

Paulsson schraubte sich in einen Sessel. Stirn und Wangen glänzten vor Schweiß.

»Zieh doch die Jacke aus«, sagte Martin Beck. »Hier ist es nicht so notwendig, auf Etikette zu achten.«

Paulsson zögerte, aber schließlich begann er doch, die Knöpfe seines doppelt geknöpften Jacketts zu öffnen. Er faltete es sorgfältig zusammen und legte es über die Armlehne. Unter der Jacke trug er ein breitgestreiftes Hemd in Hellgrün und Orange. Plus Pistole im Schulterhalfter.

Martin Beck fragte sich, wie lange es wohl dauern möchte, bis er im Ernstfall die Waffe erreichte – bei der Knöpfprozedur.

»Was hast du auf dem Herzen?« fragte er gelassen.

»Jaa ... ich möchte dich etwas fragen.«

»Gern. Was denn?«

»Du brauchst natürlich nicht zu antworten.«

»Sei nicht albern. Was willst du?«

»Ja ...« Und dann kam es endlich, sichtlich mit großer Selbstüberwindung: »Hast du schon etwas erreicht?«

»Nein«, sagte Martin Beck. Aus reiner Höflichkeit stellte er eine Gegenfrage: »Du denn?«

Paulsson schüttelte traurig den Kopf. Strich sich liebevoll über den Schnurrbart, als wollte er neue Kräfte sammeln. »Der Fall scheint ziemlich verwickelt zu sein«, meinte er.

»Vielleicht ist er auch sehr einfach«, sagte Martin Beck.

»Einfach?« sagte Paulsson. Fragend und ungläubig.

Martin Beck zuckte die Achseln.

»Nein«, sagte Paulsson, »das glaube ich nicht. Und am schlimmsten ist ...« Er hielt inne. Sagte mit einem hoffnungsfrohen Leuchten im Blick: »Haben sie dich auch angeschnauzt?«

»Wer?«

»Nun ja. Die Chefs. In Stockholm.«

»Sie scheinen etwas nervös zu sein«, sagte Martin Beck. »Was ist nun am schlimmsten, wie du eben sagtest?«

»Dies wird sich zu einer großen internationalen Geschichte entwickeln. Politisch kompliziert. Verzweigt nach allen Seiten. Gestern abend sind zwei ausländische Sicherheitsbeamte hergekommen. Ins Hotel.«

»Diese beiden Figuren, die vorhin in der Halle saßen?«
Paulsson nickte.
»Woher kommen sie?«
»Der Kleine ist aus Lissabon und der andere aus Afrika. Loranga Marcuse, oder wie das heißt.«
»Lourenço Marques«, sagte Martin Beck. »Das liegt in Moçambique. Sind sie im dienstlichen Auftrag hier?«
»Ich weiß nicht.«
»Sind es überhaupt Polizeibeamte?«
»Sicherheitsbeamte, glaube ich. Sie nennen sich Geschäftsleute. Aber . . .«
»Ja?«
»Aber sie haben mich sofort identifiziert. Sie wußten, wer ich bin. Bemerkenswert.«
Außerordentlich bemerkenswert, dachte Martin Beck. Laut sagte er: »Hast du mit ihnen gesprochen?«
»Ja. Sie sprechen ein sehr gutes Englisch.«
Martin Beck wußte zufällig, daß Paulssons Englisch hochgradig fehlerhaft war. Vielleicht war er in Chinesisch oder Ukrainisch oder in einer anderen Sprache besser, die für die Sicherheit des Reiches wichtig war.
»Was wollten sie denn?«
»Sie fragten nach Sachen, die ich nicht ganz begriffen habe. Darum habe ich dich hier auch gestört. Zuerst wollten sie eine Liste der Verdächtigen sehen.«
»Ja?«
»Also, wenn ich die Wahrheit sagen soll: Ich habe keine solche Liste. Du vielleicht?«
Martin Beck schüttelte den Kopf.
»Ich habe natürlich nichts gesagt«, sagte Paulsson listig. »Aber dann fragten sie mich etwas, was ich überhaupt nicht kapiert habe.«
»Was denn?«
»Nun ja, so, wie ich es auffaßte, aber das muß ja falsch sein, wollten sie wissen, welche Personen aus den überseeischen Provinzen verdächtig seien. Überseeische Provinzen . . . Aber sie sagten es mehrmals und in verschiedenen Sprachen.«
»Du hast ganz richtig verstanden«, sagte Martin Beck freundlich. »Die Portugiesen behaupten, daß ihre Kolonien in Afrika und anderswo den Provinzen im Mutterland gleichgestellt seien. Sie meinten also Leute, vor allem wohl politische Flüchtlinge, aus Angola, Moçambique, Cabo Verde, Guinea und so weiter.«
Paulssons Gesicht leuchtete auf. »Sieh mal an«, sagte er. »Dann habe ich mich also doch nicht verhört.«
»Was hast du ihnen denn gesagt?«

»Gar nichts, eigentlich. Sie schienen ziemlich enttäuscht zu sein.«

Das konnte Martin Beck sich lebhaft vorstellen. »Wollen sie hierbleiben?«

»Nein«, sagte Paulsson. »Sie wollen nach Stockholm weiter. Wollen mit ihrer Botschaft sprechen. Ich muß morgen übrigens auch wieder hin, Bericht erstatten. Und Archivmaterial studieren.« Er gähnte. »Ich gehe am besten schlafen. Es war eine harte Woche. Vielen Dank für deine Hilfe.«

»Wobei?«

»Diesen ... überseeischen Provinzen.« Paulsson erhob sich, zog sein Jakkett an und knöpfte alle Knöpfe mit großer Sorgfalt zu. »Hej«, sagte er.

»Gute Nacht.«

In der Tür drehte Paulsson sich noch einmal um und sagte düster: »Ich glaube, diese Geschichte kann sich noch Jahre hinziehen.«

Martin Beck blieb zwei Minuten still sitzen. Dann grinste er in sich hinein, zog sich den Rest seiner Kleidung aus und ging ins Bad.

Er blieb lange unter der kalten Dusche stehen. Wickelte sich das Badelaken um die Hüften und kehrte zu seinem Platz am Fenster zurück.

Draußen war es still und dunkel. Sowohl im Hafen wie im Hauptbahnhof schien jede Tätigkeit aufgehört zu haben. Ein Streifenwagen rollte langsam vorüber, und die meisten der Taxifahrer hatten aufgegeben und waren nach Hause gefahren.

Martin Beck sah in die stille Sommernacht hinaus. Es war noch immer warm, aber er selbst fühlte sich nach der Dusche kühl und erfrischt.

Nach einer Weile dachte er, daß es Zeit zum Schlafengehen sei. Früher oder später mußte es ja doch sein, obwohl der Schlaf im Augenblick noch sehr fern schien.

Er sah mit gerunzelter Stirn auf seinen Schlafanzug, der auf dem Kopfkissen lag. Er sah jetzt frisch aus, würde aber klebrig und schweißnaß sein, wenn er am nächsten Morgen aufwachte.

Er legte ihn in den Kleiderschrank. Faltete die Wolldecke säuberlich zusammen und stopfte sie unters Bett. Das große Frotteetuch hängte er auf das Trockengestell im Bad.

Dann legte er sich aufs Bett, schob das Laken fast bis zur Taille hinunter und verschränkte die Hände im Nacken. Lag still da und sah an die Decke, an die der Widerschein der Leselampe flackernde Schatten warf.

Dachte nach, aber irrational und unkonzentriert.

Nachdem er eine Viertelstunde oder zwanzig Minuten so gelegen hatte, klopfte wieder jemand an die Tür. Auch diesmal sehr leicht.

Herrgott, dachte er. Muß ich mir noch mehr dummes Gerede über Spionage und Geheimagenten anhören? Am einfachsten wäre es natürlich, sich schlafend zu stellen. Oder wäre das pflichtvergessen? »Okay, herein«, sagte er mit dem Tod im Herzen.

Die Tür wurde vorsichtig geöffnet, und Åsa Torell betrat das Zimmer. Sie trug Hausschuhe und einen kurzen weißen Nylonmorgenmantel, den ein Gürtel in der Taille zusammenhielt. »Du hast doch noch nicht geschlafen, oder?«

»Nein«, sagte Martin Beck. Nach einem Augenblick fügte er einfältig hinzu: »Du auch nicht?«

Sie lächelte und schüttelte den Kopf. Ihr kurzgeschnittenes dunkles Haar glänzte. »Nein«, sagte sie. »Ich bin gerade ins Hotel gekommen. Ich habe nur schnell noch geduscht.«

»Ich habe gehört, daß ihr heute einen schlimmen Tag hattet.«

Sie nickte. »Ja. Pfui Teufel. Ich hab nicht mal richtig essen können. Nur ein paar Schnitten.«

»Setz dich.«

»Danke. Wenn du nicht müde bist.«

»Man wird nicht müde, wenn man nichts getan hat.«

Sie zögerte noch immer und hielt den Türgriff in der Hand. »Ich hol schnell mal meine Zigaretten«, sagte sie. »Mein Zimmer ist zwei Türen weiter.« Sie ließ die Tür angelehnt. Martin Beck blieb mit den Händen unterm Kopf liegen und wartete.

Nach zwanzig Sekunden war sie wieder da, schloß die Tür lautlos hinter sich und tapste zu dem Sessel, in dem Paulsson sich vor einer Stunde gewunden hatte.

Sie strampelte die Hausschuhe ab und zog die Beine hoch. Zündete sich eine Zigarette an und machte ein paar tiefe Züge. »Schön«, sagte sie. »Es war wirklich ein schlimmer Tag.«

»Bereust du allmählich, daß du Polizistin geworden bist?«

»Ja und nein. Man bekommt sehr viel Not und Elend zu sehen. Früher habe ich nur davon gehört.« Sie sah gedankenvoll auf ihre Zigarette und fuhr fort: »Aber manchmal habe ich auch das Gefühl, daß meine Arbeit sinnvoll ist.«

»Ja«, sagte er. »Gelegentlich hat man dieses Gefühl.«

»Habt ihr einen schlechten Tag gehabt?«

»Ja, einen sehr schlechten. Nichts Neues oder Positives. Aber so ist es oft.«

Sie nickte.

»Hast du eine Vorstellung, wie es gewesen sein könnte?« fragte er.

»Woher sollte ich? Aber dieser Palmgren war ein Schwein. Es hatten sicher viele einen Grund, ihn zu hassen. Was ich meine, ist, daß der Fall gar nicht so verwickelt zu sein braucht, wie manche glauben. Es kann schlicht und einfach ein Racheakt gewesen sein.«

»Daran habe ich auch schon gedacht.«

Sie sagte nichts mehr.

Als sie die Zigarette aufgeraucht hatte, nahm sie sich sofort eine neue und zündete sie an. Sie rauchte dänische Zigaretten, Cecil, in einer grün-weiß-roten Schachtel.

Martin Beck wandte den Kopf und sah ihre Füße an, die schmal waren, grazil gewölbt, mit langen, geraden Zehen.

Dann blickte er hoch und betrachtete ihr Gesicht. Sie sah geistesabwesend aus und schien irgendeinen Punkt in der Ferne zu fixieren.

Er betrachtete sie weiter. Kurz darauf entspannte sie sich, hob den Kopf ein wenig und sah ihm voll in die Augen.

Ihre waren groß und braun und ernst.

Eben war sie noch sehr weit weg gewesen. Jetzt war sie in hohem Maße nahe. Sehr nah.

Sie fuhren fort, sich anzusehen.

Sie drückte ihre Zigarette aus, und diesmal zündete sie sich keine neue an.

Sie befeuchtete die Lippen und biß sich auf die Zungenspitze. Ihre Zähne waren weiß und etwas ungleichmäßig. Die Augenbrauen dicht und dunkel.

»Ja«, sagte er.

Sie nickte sanft. Sagte sehr leise: »Ja. Früher oder später. Warum nicht jetzt.« Sie stand auf und setzte sich auf die Bettkante. Eine Zeitlang bewegte sie sich nicht. Sie sahen sich noch immer in die Augen.

Martin Beck machte den linken Arm frei und ließ die Hand sacht ihre schmalen Finger berühren. Zupfte leicht am Gürtel des Bademantels. »Wir müssen uns nicht beeilen«, sagte er.

Sie sah ihm tief in die Augen und sagte: »Deine sind grau. Tatsächlich.«

»Und deine braun.«

Åsa Torell lächelte, ohne die Lippen zu öffnen. Sie hob die rechte Hand, löste langsam den Knoten, erhob sich ein wenig und ließ den Bademantel zu Boden gleiten.

Er zog das Laken weg, und sie setzte sich wieder, das linke Bein so hochgezogen, daß der Fuß an der linken Seite seines Brustkorbs ruhte.

»Hast du schon früher daran gedacht?« fragte sie.

»Ja. Und du?«

»Manchmal. Dann und wann im letzten Jahr.«

Sie wechselten noch einige Repliken.

»Ist es lange her?«

»Absurd lange her . . . Nicht mehr, seit . . .« Sie verstummte plötzlich und sagte dann: »Und bei dir?«

»Bei mir ist es genauso.«

»Du bist ein lieber Kerl«, sagte sie.

»Du auch.«

Das stimmte. Åsa Torell war ein feines Mädchen, und er hatte es schon lange gewußt.

Sie war klein, aber stabil gebaut. Ihre Brüste waren klein, die Brustwarzen aber groß und steif und dunkelbraun. Die Haut über dem Brustkorb und dem Bauch schien geschmeidig und elastisch zu sein. Das sehr volle Haar über den Schenkeln war kraus und fast kohlschwarz.

Ihre Hand lag ausgebreitet auf seinem linken Bein und glitt langsam nach oben. Ihre Finger waren dünn, aber lang und stark und zielbewußt.

Sie war sehr offen.

Nach einer Weile wandten sich seine Hände ihren Schultern zu, und sie änderte ihre Stellung und legte sich rittlings auf ihn, weich und tief und weit offen und bald erfüllt. Sie atmete mit kurzen, schnellen Zügen an seiner Schulter und kurz darauf an seinem Mund.

Als sie auf dem Rücken lag, war sie sehr sicher und erdgebunden, und ihre Beine fühlten sich auf seinem Rücken und um seine Hüften sehr stark an.

Als sie ging, war es schon seit mehreren Stunden hell.

Sie zog ihren Morgenmantel und die Schuhe an und sagte: »Hej, und danke.«

»Gleichfalls.«

Es war also geschehen und würde wohl nie wieder geschehen. Oder vielleicht doch. Er wußte es nicht. Dagegen wußte er, daß er alt genug war, ihr Vater zu sein, wenn dieser Platz nicht schon seit genau siebenundzwanzig Jahren besetzt gewesen wäre.

Martin Beck dachte, daß der Mittwoch trotz allem doch kein schlechtes Ende gefunden hatte. Oder war es vielleicht der Donnerstag, der gut begonnen hatte?

Dann schlief er ein.

Sie sahen sich nach einigen Stunden wieder. Im Polizeihaus. Und Martin Beck sagte im Vorübergehen: »Sag mal, wer hat eigentlich dein Zimmer im *Savoy* bestellt?«

»Ich selbst. Lennart hatte vorgeschlagen, ich solle mich hier einquartieren.«

Martin Beck lächelte vor sich hin.

Kollberg, natürlich. Der alte Intrigant. Aber diesmal würde er nie erfahren, auf gar keinen Fall, ob er Erfolg gehabt hatte oder nicht.

25

Am Donnerstagmorgen um neun Uhr war die Lage im Fahndungshauptquartier völlig unverändert. Martin Beck und Månsson saßen sich an dem großen Schreibtisch gegenüber. Keiner von ihnen sagte etwas. Martin Beck rauchte, und Månsson tat gar nichts. Er hatte keine Zahnstocher mehr.

Zwölf Minuten nach neun machte Benny Skacke den ersten aktiven Einsatz des Tages, indem er mit einem unendlich langen Telexstreifen in der Hand das Zimmer betrat. Er blieb an der Tür stehen und fing an, den Text zu überfliegen.

»Was ist denn das?« fragte Martin Beck.

»Die Liste aus Kopenhagen«, erwiderte Månsson träge. »Die schicken jeden Tag so einen Riemen raus. Vermißtenanzeigen, gestohlene Autos, Fundsachen, alles mögliche Zeug.«

»Eine Menge Mädchen, die als vermißt gemeldet sind«, sagte Skacke. »Neun, nein, sogar zehn.«

»Das ist die Jahreszeit«, meinte Månsson.

»Lisbeth Møller, zwölf Jahre«, murmelte Skacke. »Seit Montag nicht mehr zu Hause gewesen, rauschgiftsüchtig. Zwölf Jahre. Nicht zu fassen, was?«

»Manchmal tauchen sie hier auf«, erklärte Månsson. »Meist natürlich nicht.«

»Gestohlene Wagen«, sagte Skacke. »Ein schwedischer Paß, ausgestellt auf Sven Olof Gustafsson, Svedala, sechsundfünfzig Jahre. Beschlagnahmt bei einer Prostituierten in Nyhavn. Die Brieftasche übrigens auch.«

»Besoffenes Schwein«, sagte Månsson lakonisch.

»Ein Bagger von einer Tunnelbaustelle. Wie kommt jemand dazu, einen Bagger zu klauen?«

»Besoffenes Schwein«, sagte Månsson. »Steht etwas unter ›Schußwaffen‹? Die vagabundieren nämlich auch in der Gegend herum.«

Skacke rollte den Streifen weiter auf. »O ja«, sagte er. »Hier sind mehrere aufgeführt. Eine schwedische Armeepistole, neun Millimeter, Husqvarna, die muß ziemlich alt sein, eine Beretta Jaguar . . . Eine Kiste für eine Arminius 22, fünf Schachteln Munition 7,65 . . .«

»Halt«, sagte Månsson.

»Ja, was steht da über die Kiste?« sagte Martin Beck.

Skacke ging in der Liste zurück. »Originalkiste für eine Arminius 22«, erwiderte Skacke.

Wo gefunden?«

»Am Strand zwischen Dragør und Kastrup an Land getrieben. Gefunden von einer Privatperson und der Polizeiwache in Dragør übergeben. Am Dienstag.«

»Steht nicht Arminius 22 auf unserer Liste?« fragte Martin Beck.

»Doch«, sagte Månsson, der plötzlich aufgewacht und alert war und schon nach dem Telefonhörer griff.

»Aber ja, ja, natürlich«, murmelte Skacke. »Die Kiste, die Kiste auf dem Fahrrad . . .«

Månsson sprach energisch auf die Telefonistin in der Zentrale der Kopenhagener Polizei ein. Es dauerte einige Zeit, bis man ihn zu Mogensen durchgestellt hatte. Dieser hatte noch gar nichts von einer Kiste gehört.

»Nun, ich verstehe sehr gut, daß du dich nicht um jeden Scheißdreck kümmern kannst«, meinte Månsson geduldig. »Aber diese Kiste steht tatsächlich in eurem eigenen verdammten Verzeichnis. Warte mal ...« Er sah Skacke an und fragte: »Welche Nummer auf der Liste?«

»Achtunddreißig.«

»Otto och tredve«, sagte Månsson in den Hörer. »Ja, es kann sehr wichtig für uns sein ...« Er lauschte eine Minute. Dann fragte er: »Weißt du übrigens noch mehr über die Aero-fragt und diesen Hoff-Jensen?«

Pause.

»Ja, das ist gut«, meinte Månsson und legte auf. Er sah die anderen an. »Sie werden die Angelegenheit untersuchen und dann von sich hören lassen.«

»Wann?« fragte Martin Beck.

»Mogensen pflegt schnell zu arbeiten«, erwiderte Månsson und gab sich wieder seinen Gedanken hin.

Der Rückruf aus Kopenhagen erfolgte in weniger als einer Stunde. Månsson hörte meist nur zu. Seine Miene hellte sich immer mehr auf. Er schien zufrieden zu sein. »Glänzend«, sagte er zum Schluß.

»Nun?« fragte Martin Beck.

»Die Kiste befand sich in ihrer technischen Abteilung. Der Bursche in Dragør hatte sie erst wegwerfen wollen, aber gestern steckte er sie in eine Plastetüte und schickte sie nach Kopenhagen. Wir bekommen sie mit dem Tragflächenboot, das um elf von Nyhavns kanal abgeht.« Er warf einen Blick auf seine Armbanduhr und sagte zu Skacke: »Sieh zu, daß bei der Ankunft ein Streifenwagen unten an der Anlegestelle steht, wenn das Boot einläuft.«

»Was wußte er über Hoff-Jensen?« fragte Martin Beck.

»Das meiste. Er scheint dort drüben ziemlich bekannt zu sein. Fauler Kunde. Es ist aber nicht an ihn heranzukommen. Seine dunklen Geschäfte betreibt er nämlich nicht in Dänemark. Dort ist alles, was er treibt, vollkommen legal.«

»Die dunklen Geschäfte Palmgrens, mit anderen Worten.«

»So ist es. Und es scheint sich auch um große Sachen zu handeln. Mogensen sagte, daß sowohl Palmgrens wie Hoff-Jensens Name im Zusammenhang mit Fällen von Waffen- und Flugzeugschmuggel in Ländern aufgetaucht seien, über die ein Waffenembargo verhängt worden ist. Das hat er von Interpol erfahren. Aber in Dänemark können sie gar nichts machen.«

»Vielleicht wollen sie es auch gar nicht«, sagte Martin Beck.

»Höchstwahrscheinlich nicht«, meinte Månsson. Er gähnte.

Sie warteten. Mehr konnten sie im Augenblick kaum tun.

Zehn vor zwölf lag die Kiste vor ihnen auf dem Tisch.

Sie befreiten sie aus der Kunststoffumhüllung. Sie gingen aus alter Gewohnheit sehr vorsichtig damit um, obwohl sie ziemlich mitgenommen und nachweislich durch zahlreiche Hände gegangen war.

Martin Beck klappte den Deckel auf, faßte sich ans Kinn und betrachtete die Einschnitte für Revolver und Zusatzkolben. »Ja«, sagte er. »Du hast sicher recht.«

Månsson nickte, schloß und öffnete den Deckel mehrmals. »Geht ziemlich leicht auf«, sagte er.

Sie drehten die Kiste um und beäugten sie von allen Seiten. Sie war jetzt trocken und noch einigermaßen heil.

»Sie kann nicht sehr lange im Wasser gelegen haben«, meinte Martin Beck.

»Fünf Tage«, sagte Månsson.

»Hier«, sagte Martin Beck. »Hier steht etwas.« Er strich behutsam über den Bogen des Kartons, der offensichtlich einmal mit Papier überzogen gewesen war. Jetzt war das Papier allerdings durch die Nässe abgeweicht. Es waren nur noch Reste da.

»Ja«, sagte Månsson. »Hier hat jemand mal etwas hingeschrieben. Mit einem Kugelschreiber. Warte mal.« Er holte ein Vergrößerungsglas aus einer seiner Schreibtischschubladen und reichte es Martin Beck.

»Hm«, meinte dieser. »Die Abdrücke sind noch zu sehen. Ein B und ein S, das erkennt man recht deutlich. Vielleicht hat da noch mehr gestanden.«

»Kann schon sein«, knurrte Månsson. »Aber dafür haben wir ja schließlich Leute, die bessere Geräte zur Verfügung haben als mein altes Vergrößerungsglas. Die sollen sich das Ding mal ansehen.«

»Dieser Revolver ist oder, besser gesagt, war eine Sportwaffe«, ließ sich Martin Beck vernehmen.

»Ja, das habe ich mir auch schon gedacht. Ein ungewöhnliches Fabrikat übrigens.« Månsson trommelte mit den Fingern auf den Tisch. »Jetzt übergeben wir das Ding aber dem technischen Dezernat«, meinte er. »Und dann lassen wir Skacke die Schießklubs prüfen. Wir selbst gehen essen. Das ist doch die dümmste Arbeitsteilung nicht, oder?«

»Klingt gut«, stimmte Martin Beck zu.

»Dabei kann ich dir auch Malmö zeigen. Bist du schon mal in der Bar vom *Översten* gewesen?«

»Nein.«

»Dann wird es höchste Zeit.«

Das Restaurant *Översten* liegt im 26. Stock des *Kronprinshuset,* und die Aussicht aus den Barfenstern überstieg bei weitem alles, was Martin Beck an den vorhergehenden Tagen an ähnlichen Erlebnissen gehabt hatte.

Unter ihnen lag die ganze Stadt ausgebreitet – wie von einem Flugzeug aus. Außerdem überblickte man den Öresund, Saltholm und die dänische

Küste. Im Norden sah man Landskrona, Ven und sogar Hälsingborg. Die Sicht war verblüffend klar.

Ein blonder Barkeeper in blauer Jacke servierte ihnen ein Zwiebelsteak und kaltes Amstel-Bier. Månsson aß gierig. Danach nahm er sämtliche Zahnstocher aus dem Gewürzgestell, schob sich einen zwischen die Zähne und steckte die anderen ein. »Tja«, grunzte er, »soweit ich es sehe, gibt es einen Zusammenhang.«

Martin Beck, der sich mehr für das Panorama als für das Essen interessiert hatte, riß sich widerwillig von der Aussicht los. »Ja«, sagte er. »Es sieht ganz so aus. Du hast vielleicht von Anfang an recht gehabt. Obwohl das nur Vermutungen waren.«

»Vermutungen, Vermutungen«, brummte Månsson.

»Jetzt bleibt uns nur noch, zu vermuten, wo er sich befindet.«

»Hier irgendwo«, sagte Månsson behäbig und zeigte auf seine Stadt. »Aber wer soll Palmgren so unendlich gehaßt haben?«

»Tausende von Menschen«, entgegnete Martin Beck. »Palmgren und seine Kumpane haben rücksichtslos alles und alle zertrampelt; in ihrer Umgebung war niemand sicher. Palmgren betrieb zum Beispiel etliche Unternehmen über längere oder kürzere Zeit. Solange sie profitabel waren. Wenn sie keine schweinemäßigen Gewinne mehr abwarfen, wurden sie ganz einfach stillgelegt, und die meisten der Angestellten wurden einfach auf die Straße gesetzt. Und wie viele Menschen werden wohl allein von Wuchererfirmen wie der Brobergs ruiniert?«

Månsson sagte nichts.

»Ich glaube aber, daß du recht hast«, fügte Martin Beck hinzu. »Vorausgesetzt, der Bursche hat sich nicht aus dem Staub gemacht.«

»Aus dem Staub gemacht und wieder hier eingefunden«, sagte Månsson.

»Vielleicht. Und damit muß es ein im Affekt begangener Mord gewesen sein. Wer einen Mord geplant hat, fährt nicht mit dem Fahrrad vorm *Savoy* vor – schon gar nicht mit der Originalverpackung der Tatwaffe auf dem Gepäckhalter. Ein gedungener Mörder scheidet damit erst recht aus. Die Kiste war ja größer als ein Schuhkarton.«

Der hochgewachsene blonde Barmann stand an ihrem Tisch. »Telefon für Sie, Kriminalinspektör«, sagte er zu Månsson. »Möchten Sie Kaffee?«

»Das ist der Mikroskopfritze«, sagte Månsson. »Kaffee? Ja, bitte. Und zwei Calypso.«

Martin Beck ertappte sich dabei, daß er über die Tatsache nachgrübelte, daß Månsson in diesem Lokal bekannt war. Würde man ihn, Martin Beck, in irgendeinem Stockholmer Restaurant wiedererkennen? Vielleicht, aber nur, weil er gelegentlich im Fernsehen oder in den Tageszeitungen zu sehen war. Dann dachte er an all die Geneppten und schlecht Behandelten in den miesen Wohnblocks des sauberen Herrn Palmgren. Er würde sich natürlich eine

Namenliste aller Mieter beschaffen, die diese Häuser in den letzten Jahren bewohnt hatten.

»Also«, sagte Månsson. »Es hat tatsächlich ein Name auf dem Boden des Kartons gestanden. Das B und das S konnten wir selbst erkennen; das übrige war ja unleserlich. Das meinte auch der Knabe im Labor. Er glaubt, daß da ein Name gestanden hat, vermutlich der des Eigentümers.«

»Und was hat er herausgelesen?«

»B. Svensson.«

Der Mann, der auf dem Schießplatz die Aufsicht führte, sah Benny Skacke nachdenklich an. Dann sagte er: »Arminius 22? Nun ja, so etwa drei Leute dürften hier sein, die mit dieser Waffe schießen. Ich kann aber so auf Anhieb nicht sagen, wie sie heißen ... Am letzten Mittwoch? Wissen Sie, es ist praktisch unmöglich, auf jeden ein Auge zu haben, der zum Schießen herkommt. Also, wer am letzten Mittwoch alles hier war ... Fragen Sie doch mal den Typ, der da hinten steht und schießt. Der ist schon seit dem Beginn der Ferien vor zehn Tagen hier und ballert den lieben langen Tag drauflos.«

Als Skacke auf die Bahn mit den kurzen Entfernungen zuging, rief ihm der Aufseher nach: »Und fragen Sie den Kerl doch mal, woher er das Geld hat, so viel Munition zu kaufen.«

Der Schütze hatte gerade eine Serie beendet und die Punkte gezählt, als Skacke bei ihm war. Der Mann klebte weiße und schwarze Zettel auf die Scheibe, bevor er Skacke antwortete. »Eine Arminius 22«, meinte er. »Hm, ich kenne mindestens einen. Aber der ist seit Mitte der letzten Woche nicht mehr hiergewesen. Ein guter Schütze übrigens. Wenn er so eine nehmen würde ...« Der Mann wog seine automatische Beretta Jetfire in der Hand.

»Wissen Sie, wie er heißt?«

»Bertil ... Olsson oder Svensson, ich weiß nicht so genau. Er arbeitet jedenfalls bei Kockums.«

»Sind Sie sicher?«

»Ja. Er hat da irgendeinen richtigen Scheißjob. Schrottarbeiter oder so was, glaube ich.«

»Danke«, sagte Skacke. »Sagen Sie mal, wie können Sie es sich leisten, so viel Munition zu verballern?«

»Dies ist das einzige Hobby, das ich habe«, erwiderte der Mann und schob ein neues Magazin in seine Pistole.

Am Schießpavillion erhielt Skacke vom Aufseher einen Zettel mit drei Namen.

»Dies sind die einzigen Arminius-Leute, die ich finden kann«, sagte der Mann.

Skacke ging zurück zu seinem Wagen. Bevor er die Zündung einschaltete, sah er auf die Liste: *Tommy Lind, Kenneth Axelsson, Bertil Svensson.*

Im Polizeihaus stellte Månsson Martin Beck eine Frage: »Was sollen wir mit den Herrschaften Broberg und Hansson machen?«

»Wir schicken sie nach Stockholm zurück. Das heißt, wenn Åsa Torell mit ihrer Arbeit fertig ist.«

»Ich habe hier in Malmö alles erledigt, was ich erledigen wollte«, sagte Åsa Torell und sah ihn aus klaren braunen Augen an. Jetzt nahm die Ermittlungsarbeit den routinemäßigen Fortlauf. Zwei Stunden nachdem sie bei der Polizei in Handen angefragt hatten, tickerte der Fernschreiber die Liste der Mieter in den Palmgrenschen Mietskasernen nach Malmö.

Die Reihenfolge war alphabetisch, und Martin Beck legte die Finger sofort auf die richtige Zeile:

Svensson, Bertil Olof Emanuel, Zwangsräumung am 15. September 1968.

»Das heißt mit anderen Worten, daß man ihn mit Sack und Pack auf die Straße gesetzt hat«, sagte Månsson.

Martin Beck suchte die Telefonnummer von Brobergs Büro in Stockholm heraus. Er wählte, und am anderen Ende der Leitung nahm eine Frau ab, die Brobergs Sekretärin sein mußte. Sicherheitshalber fragte er: »Spreche ich mit Frau Moberg?«

»Ja.«

Er nannte seinen Namen und seine Dienstbezeichnung.

»Ja, womit kann ich Ihnen helfen?« fragte sie.

»Frau Moberg, wissen Sie, ob Direktor Palmgren vor kurzem einige seiner Firmen liquidiert hat?«

»Nun ja, das kommt darauf an, was Sie mit ›vor kurzem‹ meinen. Vor zwei Jahren hat er in Solna eine ganze Fabrik stillgelegt, falls es das ist, was Sie meinen.«

»Was für eine Fabrik?« fragte Martin Beck.

»Es war eine kleine feinmechanische Fabrik, die besondere Maschinenteile herstellte. Federn und so etwas, glaube ich.«

»Warum wurde sie stillgelegt?«

»Sie trug sich nicht länger. Die Industrieunternehmen, die diese Einzelteile kauften, haben ihre Maschinen umgestellt oder neue gekauft. Ich weiß das nicht mehr so genau. Jedenfalls gab es keinen Markt mehr für die Produkte, und statt die Erzeugung umzustellen, hörte man lieber ganz mit der Fertigung auf und verkaufte die Fabrik.«

»Und das passierte vor zwei Jahren?«

»Ja, im Herbst, siebenundsechzig. Ich glaube, daß Palmgren mal eine ähnliche Fabrik hatte, die schon einige Jahre früher stillgelegt wurde, aber das war lange vor meiner Zeit. Diese andere Geschichte kenne ich, weil Direktor Broberg den Auftrag hatte, die Auflösung der Fabrik abzuwickeln.«

»Was geschah mit den Beschäftigten?«

»Die wurden entlassen«, sagte Sara Moberg.

»Wie groß war die Belegschaft?«

»Das weiß ich nicht mehr. Die Papiere müssen aber hier noch irgendwo sein. Ich kann sie heraussuchen, wenn Sie wollen.«

»Das wäre sehr nett. Ich möchte gern die Namen der Betroffenen haben.«

»Warten Sie bitte einen Moment«, sagte sie.

Martin Beck wartete. Es dauerte mehrere Minuten, bis sie wieder an den Apparat kam. »Entschuldigung«, sagte sie. »Es ging nicht schneller. Ich wußte nicht mehr genau, wo die Papiere liegen. Soll ich die Namen vorlesen?«

»Wie viele sind es?« fragte Martin Beck schnell.

»Achtundzwanzig.«

»Wurden alle entlassen? War es nicht möglich, sie woanders unterzubringen? In einem der anderen Unternehmen?«

»Nein, es wurden alle entlassen. Bis auf einen übrigens. Das war ein Vorarbeiter, der dann in der Immobilienfirma Hausmeister wurde. Er hörte aber schon nach einem halben Jahr wieder auf. Er hat wohl einen besseren Job gefunden.«

Martin Beck hatte inzwischen Papier und Kugelschreiber bereitgelegt. »Okay«, sagte er. »Sind Sie so nett, die Namen vorzulesen?«

Er schrieb mit, während sie sprach, aber als sie beim neunten Namen angelangt war, hob er den Kugelschreiber und sagte: »Stopp. Wiederholen Sie bitte den letzten Namen.«

»Bertil Svensson, kaufmännischer Angestellter.«

»Steht noch mehr über ihn da?«

»Nein, nur das, was ich vorgelesen habe.«

»Danke, das genügt«, sagte Martin Beck. »Vielen Dank für Ihre Hilfe. Auf Wiedersehen.« Er ging sofort zu Månsson. »Hier haben wir schon wieder diesen Namen«, sagte er. »Bertil Svensson. Vor zwei Jahren von einem Palmgren-Unternehmen entlassen. Er ist kaufmännischer Angestellter.«

Månsson drehte den Zahnstocher mit der Zunge herum. »Nein«, sagte er. »Hilfsarbeiter. Ich habe mit der Personalabteilung von Kockums gesprochen.«

»Hast du seine Adresse bekommen?« fragte Martin Beck.

»Ja, er wohnt im Vattenverksvägen.«

Martin Beck hob fragend die Augenbrauen.

»In Kirseberg.«

Martin Beck schüttelte den Kopf.

»Im Osten.«

Martin Beck zuckte die Schultern.

»Ach, ihr Stockholmer«, sagte Månsson. »Nun ja, da wohnt er jedenfalls. Aber er hat jetzt Urlaub. Er fing im Januar bei Kockums an. Er ist siebenunddreißig Jahre alt. Er scheint geschieden zu sein. Seine Frau . . .« Månsson wühlte in seinen Papieren und zog einen Zettel mit einigen hingekritzelten Notizen hervor. ». . . seine Frau wohnt in Stockholm. Der gesetzliche Unterhalt wird jeden Monat von seinem Lohn abgezogen und direkt an seine Frau geschickt. Eva Svensson, Norrtullsgatan 23 in Stockholm.«

»Hm«, meinte Martin Beck. »Wenn er Urlaub hat, ist er vielleicht nicht in der Stadt.«

»Wir werden sehen«, entgegnete Månsson. »Wir sollten aber versuchen, mit der Frau zu sprechen. Glaubst du, daß Kollberg . . .«

Martin Beck sah auf seine Armbanduhr. Bald halb sechs. Kollberg war vermutlich auf dem Weg nach Hause zu Gun und Bodil. »Ja«, sagte er. »Morgen.«

26

Lennart Kollbergs Stimme verriet deutlich seine bösen Vorahnungen, als Martin Beck ihn am Freitagvormittag anrief.

»Sag bloß nicht, daß es schon wieder um diese Palmgren-Geschichte geht«, sagte er.

Martin Beck räusperte sich. »Tut mir leid, Lennart, aber ich muß dich um Hilfe bitten«, sagte er. »Ich nehme an, daß du eine Menge zu tun hast . . .«

»Eine Menge zu tun!« unterbrach ihn Kollberg wütend. »Ich habe eine Menge zu tun und um die Ohren, nur Personal habe ich keins, etwa dich und all die anderen, die eigentlich hier sein sollten. Ich ertrinke in Arbeit. In der Stadt ist es genauso. Nicht einmal Rönn und Melander sind da.«

»Ich verstehe«, erwiderte Martin Beck sanft. »Es sind aber einige Dinge passiert, die eine neue Situation geschaffen haben. Du mußt ein paar Erkundigungen einholen über einen Mann, der möglicherweise die Person ist, die Palmgren erschossen hat. Schlimmstenfalls kannst du ja Gunvald bitten . . .«

»Larsson! Nicht einmal der Minister würde es schaffen, den zur Mitarbeit an der Palmgren-Affäre zu bewegen, und wenn er auf bloßen Knien vor ihm herumrutschte. Larsson hat die Nase voll.« Kollberg verstummte. Nach einer kurzen Pause sagte er seufzend: »Na schön, wer ist denn dieser Mann?«

»Vermutlich derselbe, den wir vor einer Woche am Haga-Terminal hätten schnappen können, wenn diese Gelegenheit nicht verschlafen worden wäre. Er heißt Bertil Svensson . . .«

»So heißen etwa zehntausend Menschen in diesem Land«, unterbrach Kollberg säuerlich.

»Vermutlich«, sagte Martin Beck freundlich. »Aber über diesen Bertil Svensson wissen wir folgendes: Er hat in einem Palmgren-Unternehmen draußen in Solna gearbeitet, einer ziemlich kleinen feinmechanischen Fabrik, die im Herbst siebenundsechzig stillgelegt wurde. Er hat in einem von

Palmgrens Häusern gewohnt, wurde im vergangenen Jahr aber auf die Straße gesetzt. Er ist Mitglied eines Schießklubs und hat bislang eine Waffe benutzt, die – so lassen es jedenfalls die Zeugenaussagen erkennen – sehr wohl mit der Tatwaffe identisch sein kann. Er ist seit dem letzten Herbst geschieden, und seine Frau und seine beiden Kinder wohnen in Stockholm. Er selbst wohnt in Malmö und arbeitet bei Kockums.«

»Hm«, machte Kollberg.

»Er heißt Bertil Olof Emanuel Svensson und wurde am 6. Mai 1932 in der Sofia-Gemeinde in Stockholm geboren.«

»Warum greift ihr ihn nicht selbst, wo er doch in Malmö wohnt?« fragte Kollberg.

»Das werden wir schon tun, aber zunächst möchten wir etwas mehr über ihn erfahren. Und wir haben uns gedacht, daß du uns diese Informationen besorgst.«

Kollberg schnaufte resigniert. »Na schön, was soll ich machen?«

»Im Strafregister ist er nicht verzeichnet, aber erkundige dich, ob er irgendwann einmal festgenommen worden ist. Erkundige dich auch, ob die Sozialbehörden je mit ihm zu tun gehabt haben. Frage bei der Immobilienfirma, warum man ihn auf die Straße gesetzt hat. Und last not least: Sprich mit seiner Frau.«

»Weißt du, wo sie wohnt, oder soll ich auch das selbst herausfinden? Es wird höchstens ein paar Wochen dauern, bis ich die richtige Frau Svensson gefunden habe.«

»Sie wohnt Norrtullsgatan 23. Vergiß nicht, sie zu fragen, wann sie ihren Mann zuletzt gesehen hat. Ich weiß nicht, wie ihr Verhältnis zueinander heute ist, aber es ist ja denkbar, daß er sie am vergangenen Donnerstag angerufen oder sogar getroffen hat. Kannst du das so schnell wie möglich erledigen?«

»Es wird mich einen ganzen Tag kosten«, klagte Kollberg. »Aber ich habe wohl keine Wahl. Ich rufe an, wenn ich fertig bin.«

Kollberg legte auf und starrte düster auf seinen Schreibtisch, auf dem Mappen, Ordner und Kopien von Berichten in einem wüsten Durcheinander herumlagen. Er seufzte, holte das Telefonverzeichnis und fing an, herumzutelefonieren.

Ein paar Stunden später stand er auf, zog seine Jacke an, klappte den Notizblock zusammen und steckte ihn in die Tasche. Dann ging er zu seinem Wagen hinunter.

Während er zur Norrtullsgatan fuhr, dachte er darüber nach, was er mit seinem Herumtelefonieren herausgefunden hatte.

Bertil Olof Emanuel Svensson war vor dem Oktober siebenundsechzig noch nie mit der Polizei in Berührung gekommen. Damals war er wegen Trunkenheit zur Polizeiwache von Bollmora gebracht worden. Man hatte ihn im Eingang des Hauses, in dem er wohnte, aufgegriffen und über Nacht zur Ausnüchterung in Arrest gehalten. Bis zum Juli achtundsechzig hatte man ihn insgesamt noch fünfmal auf dieselbe Wache gebracht, einmal wieder wegen Trunkenheit und viermal wegen ruhestörenden Streits in der Wohnung. Das war alles. Seit diesem Juli gab es keine diesbezüglichen Aufzeichnungen mehr über ihn.

Die Nüchternheitsbehörde war ebenfalls eingeschaltet gewesen. Man hatte ihre Beamten mehrmals in seine Wohnung gerufen – sowohl der Hauseigentümer wie auch Nachbarn hatten das veranlaßt. Sie hatten behauptet, sich durch das angetrunkene Auftreten Svenssons belästigt zu fühlen. Die Behörde hatte ihn im Auge behalten, aber von den beiden Anlässen abgesehen, die die Polizei zu einer vorübergehenden Festnahme veranlaßt hatten, hatte die Behörde nicht wieder gemeint eingreifen zu müssen.

Vor Oktober siebenundsechzig war er nie wegen Trunkenheit aufgefallen. Doch von diesem Zeitpunkt an befand er sich in den Papieren der amtlichen Dienststelle. Man hatte ihn ein paarmal verwarnt, aber darüber hinaus waren keinerlei Maßnahmen gegen ihn ergriffen worden.

Auch bei der Jugendbehörde war die Familie Svensson bekannt. Es hatten sich Mieter, die im selben Haus wohnten wie Svenssons, verschiedentlich über sie beklagt. Die Klagen betrafen hauptsächlich die mangelhafte Pflege der Kinder. Soweit Kollberg erfahren konnte, waren diese Klagen sämtlich von einem einzigen Nachbarn der Svenssons erhoben worden, und zwar bei allen Behörden.

Die Kinder, die damals sieben und fünf Jahre alt waren, wurden in den Berichten als »verwahrlost« bezeichnet. Sie seien schlecht gekleidet, und derjenige, der sich beklagt hatte, behauptete, aus der Wohnung der Familie Svensson Kindergeschrei gehört zu haben. Die Jugendbehörde war den Beschwerden nachgegangen, zuerst im Dezember siebenundsechzig und dann ein weiteres Mal im Mai achtundsechzig. Man hatte mehrmals Hausbesuche gemacht, aber dabei waren keine Anzeichen für eine grobe Vernachlässigung der Kinder festgestellt worden. Die hygienischen Verhältnisse in der Wohnung mochten zwar nicht die besten sein, die Mutter machte einen faulen und schlampigen Eindruck, der Vater war arbeitslos, und die finanziellen Verhältnisse der Familie waren nicht gerade die besten. Es deutete jedoch nichts auf eine Verwahrlosung der Kinder hin. Der Älteste kam in der Schule gut mit, war gesund und normal begabt, wenn auch etwas schüchtern und verschlossen. Das Jüngste war tagsüber meist zu Hause bei der Mutter, war aber gelegentlich in einem privaten Kindertagesheim untergebracht, da die Mutter Gelegenheitsarbeiten verrichtete. Die Kindergärtnerin bezeichnete das Kind als lebhaft, lernfähig und soziabel. Es hatte nie irgendwelche Anzeichen von Kränklichkeit gezeigt. Seit November achtundsechzig lebten die Eltern getrennt. Die Kinder standen noch immer unter Aufsicht.

Von Oktober siebenundsechzig bis April achtundsechzig hatte die Familie Arbeitslosenunterstützung bezogen. Der Mann hatte sich zur Umschulung gemeldet, und im Herbst achtundsechzig hatte er in der Lehrwerkstatt des Arbeitsamtes eine Grundausbildung als Mechaniker erhalten. Im Januar neunundsechzig, in diesem Jahr also, war er in den mechanischen Werkstätten von Kockums in Malmö als Hilfsarbeiter eingestellt worden.

Das Gesundheitsamt hatte nach Einreichen der Kündigungsklage durch die Immobilienfirma in Svenssons Wohnung Lärmmessungen durchgeführt. Der Lärm – in Form von Kindergeschrei, Getrampel und dem Betätigen der Wasserspülung – sei, so hatte man festgehalten, unerträglich groß.

Das gleiche schien übrigens für das gesamte Wohngebiet zu gelten, aber darauf hatte offenbar kein Mensch Rücksicht genommen.

Das Wohnungsamt hatte im Juni achtundsechzig über das Recht der Immobilienfirma entschieden, den Mietvertrag mit Svensson zu kündigen. Am 1. September war die Zwangsräumung erfolgt. Eine Ersatzwohnung war nicht zur Verfügung gestellt worden.

Kollberg hatte auch mit dem Drachen der Hausverwaltung gesprochen. Diese Dame bedauerte es sehr, daß man sich gezwungen gesehen habe, so weit zu gehen, aber es hätten einfach zu viele Beschwerden vorgelegen. Schließlich sagte sie: »Ich glaube, daß es auch für sie selbst so am besten war. Die paßten einfach nicht hierher.«

»Warum?« fragte Kollberg.

»Wir haben bei unseren Mietern einen anderen Standard, wenn Sie verstehen, was ich meine. Wir sind es einfach nicht gewohnt, jeden Tag irgendein Amt oder die Polizei anzurufen und um Hilfe zu bitten . . .«

»Es waren also nicht die Nachbarn, die die Behörden auf Familie Svensson aufmerksam machten, sondern Sie?« hatte Kollberg gefragt.

»Ja, natürlich. Wenn man davon hört, daß irgendwo etwas nicht in Ordnung ist, hat man doch die verdammte Pflicht und Schuldigkeit, die Angelegenheit untersuchen zu lassen. Außerdem ist einer der Nachbarn sehr kooperativ gewesen.«

An diesem Punkt hatte er das Gespräch abgebrochen, fast krank vor Hilflosigkeit und Abscheu.

Durfte es das wirklich geben? Ja, offensichtlich.

Kollberg parkte den Wagen in der Norrtullsgatan, stieg aber nicht gleich aus. Er zog ein Notizbuch und einen Kugelschreiber aus der Tasche, und mit seinen Aufzeichnungen als Gedächtnisstütze machte er folgende Aufstellung:

1967	*Sept.*	*Entlassen*
	Okt.	*Trunkenheit (Polizeiwache Bollmora)*
	Nov.	*Nüchternheitsbehörde*

	Dez.	*Streit in der Wohnung. Jugendbehörde*
1968	*Jan.*	*Streit in der Wohnung (P. Bollmora)*
	Febr.	*Nüchternheitsbehörde*
	März	*Trunkenheit (P. Bollmora)*
	April	*Streit in der Wohnung (P. Bollmora). Nüchternheitsbehörde*
	Mai	*Jugendamt*
	Juni	*Bestätigung der Kündigung durch das Wohnungsamt*
	Juli	*Beschluß über Zwangsräumung. Streit in der Wohnung (P. Bollmora)*
	Aug.	*– –*
	Sept.	*Zwangsräumung*
	Okt.	*– –*
	Nov.	*Trennung der Ehegatten*
	Dez.	*– –*
1969	*Jan.*	*Zieht nach Malmö. Kockums*
	Juli	*Erschießt V. Palmgren?*

Er las das, was er geschrieben hatte, noch einmal gründlich durch und dachte, daß man diese düstere Tabelle passenderweise überschreiben müsse: Ein Unglück kommt selten allein.

27

Norrtullsgatan 23 war ein altes und heruntergekommenes Haus. Nach der stickigen Hitze draußen auf der Straße war es im Treppenhaus überraschend kühl. Es schien, als hätten sich Feuchtigkeit und Kühle des Winters in den Mauern hinter dem abbröckelnden Putz erhalten.

Frau Svensson wohnte im ersten Stock, und die Tür mit dem Namensschild EVA SVENSSON schien ein Kücheneingang zu sein.

Kollberg hämmerte an die Tür. Nach kurzer Zeit waren drinnen Schritte zu hören, das Rasseln einer Sicherheitskette, die ausgehakt wurde, und dann wurde die Tür einen Spalt breit geöffnet. Kollberg zeigte seine Legitimation. Er konnte nicht sehen, wer die Tür aufmachte, hörte aber einen tiefen Seufzer.

Wie er schon erraten hatte, betrat er eine große Küche. Die Frau, die hinter ihm die Tür zumachte, war klein und dünn. Ihre Züge waren scharf und vergrämt. Sie hatte strähniges Haar, das wohl vor sehr langer Zeit zum letztenmal blondiert worden war, denn die Haarspitzen waren fast weiß, während die Haare dann etwas dunkler wurden, um in der Nähe des Haarbodens in ein dunkles Braun überzugehen. Sie trug ein gestreiftes Kleid aus verwaschener Baumwolle mit großen dunklen Schweißflecken unter den Armen. Kollberg spürte am Geruch, daß sie seit der letzten Wäsche in diesem Kleid nicht zum erstenmal schwitzte. Sie hatte keine Strümpfe an und trug Hausschuhe aus Frottee von unbestimmter Farbe. Kollberg wußte, daß sie neunundzwanzig war, hätte sie sonst aber auf mindestens fünfunddreißig geschätzt.

»Polizei?« sagte sie zögernd. »Was ist denn jetzt schon wieder passiert? Falls Sie Bertil suchen: Er ist nicht hier.«

»Nein«, sagte Kollberg. »Ich weiß. Ich möchte mich nur mit Ihnen unterhalten, wenn Sie erlauben. Darf ich hereinkommen?«

Die Frau nickte und ging zum Küchentisch, der vorm Fenster stand. Auf dem geblümten Plastetuch lagen eine aufgeschlagene Illustrierte, ein halb aufgegessenes Butterbrot, und in einer mit blauen Blumen bemalten Untertasse, die schon mit Kippen von Filterzigaretten gefüllt war, glomm eine Zigarette still vor sich hin. Am Tisch standen drei Stühle.

Die Frau setzte sich hin und nahm die Zigarette in die Hand, während sie auf den Stuhl auf der anderen Seite des Tisches zeigte. »Setzen Sie sich doch«, sagte sie.

Kollberg setzte sich und warf einen kurzen Blick auf einen düsteren Hinterhof. Eine Teppichstange und Mülltonnen schienen dort das einzige belebende Element zu sein.

»Worüber wollen Sie eigentlich mit mir sprechen?« sagte Eva Svensson aufmüpfig. »Sie können nicht lange bleiben, bald muß ich Tomas aus dem Tagesheim abholen.«

»Tomas«, sagte Kollberg. »Ist das nicht der Kleine?«

»Ja. Er ist sechs. Während ich einkaufe, lasse ich ihn meist im Heim hinter der Handelshochschule. Auch beim Saubermachen ist er dort am besten aufgehoben.«

Kollberg sah sich in der Küche um. »Sie haben doch noch ein Kind, nicht wahr?« fragte er.

»Ja, Ursula. Sie ist in einem Ferienheim. Auf Barnens ö.«

»Seit wann wohnen Sie hier?«

»Seit April«, sagte sie und zog an der Zigarette, bis nur noch der Filter übrig war. »Aber ich werde wohl nur bis zum Herbst hier wohnen dürfen. Die Wirtin mag die Kinder nicht. Weiß der Teufel, wo wir dann wohnen sollen.«

»Arbeiten Sie jetzt?« fragte Kollberg.

Die Frau warf den qualmenden Filter auf die Untertasse. »Ja, ich arbeite bei der Frau, der das Haus gehört. Also dafür, daß ich hier wohnen kann, mache ich bei ihr sauber, kaufe ein, koche für sie, wasche und pflege sie. Sie ist alt und kann nicht mehr allein Treppen steigen; wenn sie auf die Straße will, muß ich ihr helfen. Unter anderem.«

Kollberg nickte und zeigte auf eine Tür direkt gegenüber von der Außentür. »Wohnen Sie da drinnen?«

»Ja«, sagte die Frau kurz. »Dort wohnen wir.«

Kollberg erhob sich und öffnete die Tür. Das Zimmer maß etwa drei mal fünf Meter. Das Fenster ging auf den düsteren Hof hinaus. An den beiden Längswänden standen Betten. Unter einem von ihnen befand sich ein weiteres niedriges Bett zum Herausziehen. Eine Kommode, zwei Stühle, ein klappriger Tisch und ein Flickenteppich vervollständigten die Einrichtung.

»Es ist nicht sehr groß«, sagte Eva Svensson hinter ihm. »Aber wir dürfen uns in der Küche aufhalten, wann wir wollen, und die Kinder können ja auf dem Hof spielen.«

Kollberg kehrte an den Küchentisch zurück. Er sah die Frau an, die mit dem Zeigefinger auf dem Plastetuch Männchen malte, und sagte: »Ich wäre Ihnen dankbar, wenn Sie mir erzählen würden, wie es Ihrem Mann und Ihnen in den letzten Jahren ergangen ist. Ich weiß, daß Sie geschieden sind oder getrennt leben, aber wie war es davor? Er war ja längere Zeit arbeitslos, nicht wahr?«

»Ja, er wurde vor bald zwei Jahren entlassen. Nicht etwa, weil er irgend etwas angestellt hätte, sondern die Firma wurde einfach stillgelegt. Es flogen alle raus. Die Firma rentierte sich nicht, oder wie das heißt. Danach bekam er einfach keinen Job mehr. Es war nichts Vernünftiges zu finden, will ich damit sagen. Vorher ging es ihm recht gut. Er war kaufmännischer Angestellter, hatte aber keine ordentliche Ausbildung, und alle Jobs, um die er sich bewarb, gingen an Leute mit besserer Ausbildung.«

Kollberg nickte. »Wie lange war er schon bei dieser Firma, als sie aufgelöst wurde?«

»Zwölf Jahre. Und davor war er in einer anderen Firma mit demselben Chef gewesen. Viktor Palmgren. Nun ja, er war nicht direkt der Chef, aber die Firma gehörte ihm. Bertil arbeitete dort im Lager, bis er anschließend Auslieferungsfahrer wurde. Nach einiger Zeit wurde er ins Büro der Firma versetzt, die dann stillgelegt wurde. Die andere gibt es, glaube ich, auch nicht mehr.«

»Wie lange waren Sie verheiratet?«

»Wir haben Pfingsten 1959 geheiratet.« Sie biß ein Stück von dem halb aufgegessenen Butterbrot ab, sah es an, ging zum Spültisch und warf es in den Mülleimer. »Also achteinhalb Jahre.«

»Wann zogen Sie nach Bollmora?« fragte Kollberg.

Die Frau blieb am Spültisch stehen und stocherte mit einem Fingernagel in den Zähnen. »Im Herbst sechsundsechzig. Davor wohnten wir in der Västmannagatan. Das war eine Dienstwohnung, denn das Haus gehörte diesem Direktor Palmgren. Dann wollte er das Haus instand setzen lassen und Büros aus den Wohnungen machen, und wir mußten in dieses neue Haus ziehen, das er gebaut hatte. Das sah natürlich viel schöner aus, aber dafür mußten wir auch eine unglaubliche Miete zahlen. Als Bertil entlassen wurde, glaubte ich, daß wir ausziehen müßten, aber das brauchten wir nicht. Erst später, und das aus ganz anderen Gründen.«

»Aus welchen Gründen?« fragte Kollberg.

»Na ja, weil Bertil trank und so«, sagte sie zögernd. »Und der Nachbar unter uns beschwerte sich, weil wir angeblich immer zuviel Krach machten. Wir machten aber nicht mehr Krach als die anderen Mieter auch. Das Haus war so hellhörig, daß man jedes Kindergeschrei und jedes Hundebellen hörte. Wir konnten sogar Plattenmusik aus den unteren Stockwerken hören. Wir glaubten, die Leute über uns hätten ein Klavier, bis wir mal zufällig hörten, daß das Klavier drei Etagen höher stand. Und die Kinder durften nicht im Haus spielen. Jedenfalls wurden wir im Herbst auf die Straße gesetzt.«

Die Sonne schien jetzt ins Zimmer. Kollberg holte sein Taschentuch hervor und wischte sich die Stirn. »Trank er viel?« fragte er.

»Ja, manchmal.«

»Wie wurde er, wenn er getrunken hatte? Aggressiv?«

Sie antwortete nicht gleich. Ging zurück zum Tisch und setzte sich. »Manchmal wurde er wütend. Weil er seinen Job verloren hatte. Er schimpfte auf den Scheißstaat und so. Ich bekam es bald satt, immer wieder das gleiche zu hören, wenn er sich hatte vollaufen lassen.«

»Es soll auch Streit in der Wohnung gegeben haben, wird behauptet«, sagte Kollberg. »Wie kam das?«

»Ach, richtiger Streit war das eigentlich nicht. Wir krachten uns manchmal, und einmal wurden die Kinder mitten in der Nacht wach und fingen an zu spielen, während wir schliefen. Da holte jemand einen Streifenwagen. Wir haben manchmal natürlich laut gesprochen, aber wir haben uns nicht geschlagen oder so.«

Kollberg nickte. »Haben Sie sich an den Mieterverband gewandt, als man Ihnen mit der Kündigung drohte?« fragte er.

Sie schüttelte den Kopf. »Nein, wir waren da nicht Mitglied. Und außerdem hätte es gar nichts genützt. Wir mußten einfach raus.«

»Wo haben Sie dann gewohnt?«

»Ich kam günstig an eine Einzimmerwohnung heran, die wir als Zweitmieter mieteten. Da wohnte ich, bis ich herzog, während Bertil in ein Junggesellenhotel ziehen mußte, als wir geschieden wurden. Jetzt wohnt er in Malmö.«

»Hm«, sagte Kollberg. »Wann haben Sie ihn zuletzt gesehen?«

Eva Svensson fuhr mit den Fingern durchs Nackenhaar, überlegte eine Weile. »Letzten Donnerstag, glaube ich. Er tauchte urplötzlich hier auf, aber nach einer Stunde mußte ich ihn wieder wegschicken. Ich hatte ja zu arbeiten. Er hätte Ferien, sagte er, und wollte ein paar Tage in Stockholm bleiben. Ich bekam sogar etwas Geld von ihm.«

»Seitdem hat er nichts mehr von sich hören lassen?«

»Nein, danach ist er sicher nach Malmö zurückgefahren. Ich habe ihn jedenfalls nicht mehr gesehen.« Sie drehte sich um und warf einen Blick auf den Wecker, der auf dem Kühlschrank stand. »Ich muß jetzt Tomas abholen«, sagte sie. »Die mögen es nicht, wenn man die Kinder zu lange daläßt.« Sie stand auf und ging in ihr Zimmer, ließ aber die Tür offen.

»Warum haben Sie sich scheiden lassen?« fragte Kollberg und erhob sich.

»Wir hatten uns über. Alles war ja zum Teufel gegangen. In der letzten Zeit hatten wir nur noch Krach miteinander. Und Bertil saß immer zu Hause herum und jammerte und stöhnte. Zum Schluß konnte ich ihn nicht mehr sehen.« Sie kam zurück in die Küche. Sie hatte sich gekämmt und Sandalen angezogen. »So, jetzt muß ich aber wirklich gehen«, sagte sie.

»Nur noch eine Frage«, sagte Kollberg. »Hat Ihr Mann seinen höchsten Chef, Direktor Palmgren, gekannt?«

»O nein, ich glaube, er hat ihn nicht ein einziges Mal gesehen«, sagte sie. »Der saß doch nur in seinem Büro und erledigte alles von dort aus. Ich glaube, daß er nie seine Firmen besucht hat. Die wurden ja von anderen geleitet, Unterdirektoren sozusagen.« Sie nahm ein Einkaufsnetz, das am Küchenherd an einem Haken hing, und öffnete die Küchentür. Kollberg hielt ihr die Tür auf und ließ sie vorgehen. Dann schloß er die Tür und sagte: »Was für Zeitungen lesen Sie?«

»*Expressen,* aber nur manchmal. Besonders am Sonntag. Dann noch *Hennes* und *Min Värld,* jede Woche. Obwohl ich es ziemlich teuer finde, Illustrierte zu kaufen. Warum fragen Sie danach?«

»Ach, es hat mich nur interessiert«, entgegnete Kollberg.

Sie trennten sich unten vorm Hauseingang, und er sah sie in Richtung Odenplan gehen, klein und spillerig in ihrem schlechtsitzenden Kleid.

Es war Nachmittag geworden, als Kollberg in Malmö anrief, um über das Ergebnis seiner Nachforschungen zu berichten. In der letzten halben Stunde war Martin Beck auf dem Flur auf und ab gegangen. Er konnte seine Ungeduld kaum noch zügeln, und als der Anruf endlich kam, riß er den Hörer an sich, bevor das erste Klingelzeichen verhallt war.

Er setzte das Tonbandgerät in Gang, das mit dem Telefon gekoppelt war, und ließ Kollberg erzählen, ohne ihn zu unterbrechen oder Bemerkungen zu machen. Als Kollberg geendet hatte, sagte Martin Beck: »Gut, Lennart. Ich glaube, jetzt brauche ich dich nicht mehr zu bemühen.«

»Zum Glück«, sagte Kollberg. »Ihr scheint den richtigen Burschen aufgespürt zu haben. So, jetzt muß ich mich wieder um meine eigenen Angelegenheiten kümmern, aber laß von dir hören, wenn ihr mehr wißt. Grüß all die, die es verdienen. Hej.«

Martin Beck nahm das Tonbandgerät und ging zu Månsson. Sie hörten sich das Band gemeinsam an.

»Was meinst du?« fragte Martin Beck.

»Ich glaube, wir sind auf der richtigen Fährte«, sagte Månsson. »Es gibt ja ein Motiv. Erst nach mehr als zwölf Jahren in Palmgrens Unternehmen entlassen, dann vom selben Palmgren mit Sack und Pack auf die Straße gesetzt und als Krönung des Ganzen die Scheidung. Und dann mußte er von Stockholm weg, um überhaupt Arbeit zu finden, dazu eine Arbeit, die schlechter bezahlt und minderwertig ist. Alles nur wegen Palmgren.«

Martin Beck nickte, und Månsson fuhr fort: »Außerdem war er letzten Donnerstag in Stockholm. Ich habe nie richtig kapiert, warum die Brüder in Stockholm ihn nicht am Haga-Terminal gefaßt haben. Hätten sie ihn dort nicht verpaßt, hätten wir ihn schon vor dem Tod Palmgrens gehabt. Ich werde richtig sauer, wenn ich daran denke.«

»Ich weiß, warum sie nicht rechtzeitig hingekommen sind«, sagte Martin Beck. »Aber das will ich dir lieber später einmal erzählen. Wenn du die Geschichte hörst, wirst du an die Decke gehen.«

»Okay, dann heb sie dir mal auf«, sagte Månsson.

Martin Beck zündete sich eine Zigarette an und schwieg eine Weile. Dann sagte er: »Diese Zwangsräumung ist eine miese Geschichte. Es war doch offensichtlich die Hausverwaltung, die ihn bei den verschiedenen Stellen angeschwärzt hat.«

»Mit Hilfe eines kooperationswilligen Nachbarn, ja.«

»Der ohne Zweifel Angestellter irgendeiner Palmgren-Firma oder Brobergs oder von beiden war. Es ist klar, daß Palmgren ihn aus der Wohnung raushaben wollte, als er nicht mehr bei ihm angestellt war. In Stockholm ist so eine Neubauwohnung viel Geld wert. Schwarzes Geld.«

»Du meinst, Palmgren habe einen seiner Angestellten veranlaßt, einen Kündigungsgrund zu provozieren?« fragte Månsson.

»Ja, davon bin ich überzeugt. Das lief natürlich alles über Broberg. Und Bertil Svensson hat die Zusammenhänge sicher durchschaut. Es ist wirklich kein Wunder, daß er Palmgren haßte.«

Månsson kratzte sich im Nacken und schnitt eine Grimasse. »Nein, wahrhaftig nicht«, meinte er. »Aber daß er so weit geht, ihn zu erschießen . . .«

»Du darfst nicht vergessen, daß Svensson über lange Zeit hinweg nur Rückschläge hat hinnehmen müssen. Als ihm dann allmählich klar wurde, daß es nicht das Schicksal war, das ihm an den Kragen wollte, sondern eine Einzelperson oder vielleicht eher eine Gesellschaftsschicht, muß er sich in seinem Haß verrannt haben. Man hatte ihm ja praktisch alles genommen.«

»Und Palmgren war der richtige Vertreter dieser Gesellschaftsschicht«, ergänzte Månsson und nickte.

Martin Beck stand auf und sagte: »Ich glaube, es ist am besten, wenn wir einen Mann abstellen, der ihn bis auf weiteres im Auge behält, damit er uns nicht noch einmal durch die Lappen geht. Einen Beamten, der im Dienst keinen Kartoffelbrei ißt.«

Månsson starrte ihn verblüfft an.

28

Der Mann, der Bertil Svensson hieß, wohnte in Kirsebergsstaden nahe der östlichen Stadtgrenze Malmös. Man nennt dieses Gebiet auch Bulltofta bakkar oder nur Backarna, denn im Gegensatz zur Topographie der übrigen Stadt gibt es hier bemerkenswerte Höhenunterschiede.

Draußen in Backarna zu wohnen hat in der Bourgeoisie Malmös seit jeher als recht unfein gegolten, aber viele Kirsebergs-Bewohner sind stolz auf ihren Stadtteil und fühlen sich dort sehr wohl, obwohl den Wohnungen nicht selten jeglicher Komfort fehlt. Einige Häuser sind recht heruntergekommen, weil die Eigentümer nicht daran denken, sie zu unterhalten oder zu reparieren. In den schlechtesten Wohnungen landen teils Menschen, die in den besseren Stadtteilen nicht erwünscht sind, teils solche, von denen man meint, sie brauchten keinen hohen Wohnstandard. Es ist kein Zufall, daß viele der ausländischen Industriearbeiter, die in den letzten Jahren nach Malmö gekommen sind, dort draußen wohnen.

Am späten Freitagnachmittag fuhr Benny Skacke nach Backarna hinaus. Er hatte von Martin Beck den Auftrag erhalten, herauszufinden, ob Bertil Svensson sich in seiner Wohnung befand, und, sollte das der Fall sein, ihn im Auge zu behalten, ohne sein Mißtrauen zu wecken. Außerdem sollte er sich stündlich bei Månsson oder Martin Beck melden und Bericht erstatten.

Unter Umständen würden sie Svensson schon diesen Abend festnehmen; Martin Beck hatte gesagt, daß nur noch einige Details zu klären seien.

Den Angaben des Mannes bei seinem Arbeitgeber und beim Schießklub zufolge wohnte er im Vattenverksvägen, einer Straße, die Kirsebergsstaden von Lundavägen im Westen bis zur Bahnlinie nach Simrishamn im Osten durchschneidet. Vom Lundavägen an ging die Straße steil bergan, und Skacke stieg ab, bevor er ganz oben war. Er führte das Fahrrad an dem runden alten Wasserturm vorüber, der schon vor vielen Jahren zu einem Wohnhaus umgebaut worden war. Skacke fragte sich, ob die Wohnungen wie Tortenstücke geschnitten seien. Er erinnerte sich, irgendwo gelesen zu haben, daß die sanitären Verhältnisse in diesem Haus, das hauptsächlich von Jugoslawen bewohnt wurde, skandalös seien.

Am Kirsebergstorg stellte er das Fahrrad in einen Fahrradständer und hoffte, man würde es nicht stehlen. Er hatte das Wort POLIZEI auf dem Rahmen mit schwarzem Klebeband überklebt. Das war eine Vorsichtsmaßnahme, die er zu ergreifen pflegte, wenn er nicht auffallen wollte.

Das Haus, das er beobachten wollte, war ein älteres zweistöckiges Gebäude. Er behielt es eine Weile von der anderen Straßenseite aus im Auge. Es hatte zur Straße hin neun Fenster; zwei auf jeder Seite des Eingangs und fünf im Obergeschoß. Außerdem waren in der Dachschräge noch drei Fenster zu sehen, aber da oben schien niemand zu wohnen. Die Fenster starrten vor Schmutz und hatten keine Gardinen.

Skacke ging mit schnellen Schritten über die Straße und öffnete die Eingangstür des Hauses. An der Tür rechts von der Treppe entdeckte er ein Stück Karton, auf dem in Kugelschreiber-Druckbuchstaben B. SVENSSON stand.

Skacke kehrte zum Markt zurück und fand eine Bank, von der aus er das Haus sehen konnte. Er holte die Abendzeitung aus der Tasche, die er auf dem Weg vom Polizeihaus gekauft hatte, schlug sie auf und tat, als lese er.

Er brauchte nur zwanzig Minuten zu warten. Die Tür ging auf, und ein Mann trat auf die Straße. Sein Aussehen stimmte weitgehend mit der Beschreibung des Schützen im *Savoy* überein, obwohl er nicht so hochgewachsen war, wie Skacke es sich vorgestellt hatte. Auch die Kleidung schien der Beschreibung zu entsprechen – dunkelbraunes Jackett, etwas hellere braune Hosen, ein beigefarbenes Hemd und eine rot-braun gestreifte Krawatte.

Skacke ließ den Mann nicht aus den Augen, zeigte aber keine Eile. Er faltete die Zeitung zusammen, stand auf, stopfte das Blatt in die Tasche und begann, dem Mann langsam zu folgen. Dieser bog in eine Querstraße ein und ging in ziemlich raschem Tempo auf das Gefängnis am Ende des Abhangs zu.

Skacke tat dieser Mann plötzlich sehr leid, der noch nicht wußte, wie kurz der Tag bevorstand, an dem man ihn in die düsteren Mauern dieses alten Gefängnisses bringen würde. Vielleicht hatte er schon das Gefühl, in Sicherheit zu sein.

Beim Gefängnis bog der Mann erst nach rechts ab, dann nach links in die Gevaldigergatan, wo er gegenüber der Gefängnismauer am Drahtzaun stehenblieb, der den Fußballplatz umgab.

Skacke blieb ebenfalls stehen. Auf dem Rasen war gerade ein Spiel im Gang, und Skacke erkannte die beiden Mannschaften sofort: B. K. Flagg in roten Trikots und F. K. Balkan in blauen. Es schien ein munteres Spiel zu sein, und Skacke wäre gern ein Stündchen geblieben, aber der Mann setzte sich fast sofort wieder in Bewegung und ging weiter.

Sie gingen den Lundavägen entlang, und nachdem sie den Dalhemsplanen passiert hatten, ging der Braungekleidete in ein Lebensmittelgeschäft. Skacke warf einen Blick ins Schaufenster, als er vorüberging, und sah den Mann vor der Verkaufstheke stehen. Er selbst stellte sich ein Stück weiter weg in einen Hauseingang und wartete. Nach kurzer Zeit verließ der Mann den Laden. In der einen Hand hielt er einen Karton, in der anderen eine Einkaufstüte. Er kehrte um und ging den gleichen Weg zurück.

Jetzt konnte Skacke sich in größerer Entfernung halten, weil er davon ausging, daß der andere auf dem Nachhauseweg war. Als er am Fußballplatz vorbeikam, erzielte Balkan gerade ein Tor, und das fast einstimmige Freudengeheul der Zuschauer ließ den Schluß zu, daß sich das Publikum hauptsächlich aus Balkan-Fans zusammensetzte. Ein Mann mit einem kleinen Kind auf den Schultern stieß mit lauter Stimme einen Anfeuerungsruf aus, aber Skacke verstand kein Wort. Der Mann war Jugoslawe.

Der Mann, den Skacke beschattete, ging in der Tat nach Hause. Skacke ging auf der anderen Straßenseite weiter und sah durchs Fenster, wie der Mann eine Dose Bier aus der Tüte nahm. Skacke nahm die Gelegenheit wahr, betrat eine Telefonzelle und rief im Polizeihaus an. Martin Beck hob am anderen Ende der Leitung ab. »Nun?«

»Er ist jetzt zu Hause. Er ist gerade draußen gewesen, um sich Bier und etwas zu essen zu kaufen.«

»Gut. Bleib da und ruf wieder an, falls er weggehen sollte.«

Skacke nahm wieder seinen Beobachtungsposten auf der Bank ein. Nachdem eine halbe Stunde verstrichen war, ging er zu einem Kiosk in der Nähe, kaufte die übrigen Abendzeitungen und eine Tafel Schokolade und kehrte zu seiner Bank zurück. Von Zeit zu Zeit stand er auf und ging auf dem Bürgersteig hin und her, wagte aber nicht, allzuoft am Fenster Svenssons vorbeizugehen. Inzwischen war es dunkel geworden, und der Mann hatte das Licht eingeschaltet. Er hatte sein Jackett ausgezogen, sich ein paar Butterbrote gemacht und gegessen, zwei Bier getrunken. Jetzt lief er im Zimmer auf und ab. Zwischendurch setzte er sich an einen Tisch vorm Fenster.

Als es zwanzig nach zehn geworden war, hatte Skacke die drei Zeitungen dreimal durchgelesen, vier Tafeln Schokolade gegessen und zwei Flaschen Apfelmost getrunken. Es fehlte nicht mehr viel, und er würde vor Langeweile laut schreien. In diesem Augenblick ging das Licht rechts vom Hauseingang aus. Skacke wartete fünf Minuten und rief dann im Polizeihaus an. Weder Månsson noch Martin Beck waren da. Er rief im *Savoy* an. Kommissar Beck sei ausgegangen. Er rief zu Hause bei Månsson an. Dort waren sie also.

»Was, du bist immer noch da draußen?« fragte Månsson.

»Natürlich bin ich das. Das sollte ich doch, oder etwa nicht? Warum kommt ihr denn nicht?« Skacke schien den Tränen nahe.

»Oh«, sagte Månsson behäbig. »Ich habe gedacht, du wüßtest es schon. Wir warten bis morgen. Was macnt der Kerl denn jetzt übrigens?«

Skacke knirschte mit den Zähnen. »Er hat das Licht ausgemacht und geht wahrscheinlich ins Bett.«

Månsson antwortete nicht gleich. Skacke hörte ein verdächtiges Gluckern, ein leises Klirren und ein lautes »Aah!«.

»Ich finde, du solltest auch ins Bett gehen«, sagte Månsson. »Fahr nach Hause und hau dich hin. Sag mal: Der Kerl hat dich doch hoffentlich nicht gesehen?«

»Nein«, entgegnete Skacke kurz angebunden und legte auf.

Er warf sich aufs Fahrrad und flog förmlich den Berg zum Lundavägen hinunter. Zehn Minuten später stand er im Flur vor seinem Zimmer in der Kärleksgatan und wählte die Telefonnummer Monicas.

Fünf nach acht am Sonnabendmorgen klopften Martin Beck und Månsson an Bertil Svenssons Wohnungstür.

Er machte ihnen im Schlafanzug auf. Als er ihre Dienstausweise sah, nickte er nur, ging zurück in die Wohnung und zog sich an.

Sie fanden keine Waffen in der Wohnung, die aus einem Zimmer und Küche bestand.

Bertil Svensson folgte ihnen und setzte sich in den Wagen, ohne etwas zu sagen. Auf dem Weg zum Davidshallstorg schwieg er ebenfalls.

Als sie Månssons Zimmer betraten, sah er das Telefon an und sagte zum erstenmal etwas: »Darf ich meine Frau anrufen?«

»Später«, sagte Martin Beck. »Erst möchten wir uns etwas mit Ihnen unterhalten.«

29

Den gesamten Vormittag und einen großen Teil des Nachmittags verbrachten Martin Beck und Månsson damit, der Geschichte des jetzt festgenommenen Bertil Svensson zu lauschen. Dieser schien erleichtert zu sein, sich endlich aussprechen zu können. Es war ihm sehr darum zu tun, daß sie ihn verstanden, und es schien ihn fast zu irritieren, daß er beim Lunch seine Erzählung unterbrechen mußte. Was er zu sagen hatte, entsprach in etwa der Rekonstruktion der Polizei, auch was seine Motive betraf.

Nach der Entlassung, dem erzwungenen Umzug und schließlich der Scheidung habe er in seiner Einsamkeit in Malmö dagesessen und über seine Situation nachgedacht. Es sei ihm immer deutlicher klargeworden, wer die Ursache all der Rückschläge gewesen sei, die er habe hinnehmen müssen: Viktor Palmgren, der Ausbeuter, der sich auf Kosten anderer Menschen bereichert, der Magnat, dem das Wohl oder Wehe seiner Mieter und Angestellten völlig gleichgültig gewesen sei.

Er habe begonnen, diesen Mann zu hassen. Er habe früher nie geglaubt, eines solchen Hasses fähig zu sein.

Einige Male während des Verhörs brach Svensson zusammen und fing an zu weinen, faßte sich aber bald wieder und versicherte, er sei dankbar, sich aussprechen zu können. Er sagte auch mehrmals, wie froh er sei, daß sie ihn geholt hätten. Wenn sie ihm nicht auf die Spur gekommen wären, hätte er sich vermutlich gestellt.

Er bereue keineswegs, was er getan habe. Es spiele keine Rolle, daß man ihn jetzt ins Gefängnis stecken werde. Sein Leben sei ohnehin verpfuscht, und zu einem Neubeginn habe er nicht die Kraft.

Als sie mit der Vernehmung fertig waren und es nichts mehr zu sagen gab, drückte er Martin Beck und Månsson die Hand und bedankte sich, bevor man ihn in die Arrestzelle führte.

Nachdem man die Tür hinter ihm geschlossen hatte, blieb es noch lange still im Raum. Schließlich stand Månsson auf, ging ans Fenster und blickte auf den Hof hinaus. »Verdammte Scheiße«, murmelte er.

»Hoffentlich bekommt er ein mildes Urteil«, sagte Martin Beck.

Es klopfte und Skacke trat ein. »Na, wie ist es gegangen?« fragte er.

Er bekam nicht gleich eine Antwort. Dann sagte Månsson: »Nun, etwa so, wie wir es uns vorgestellt hatten.«

»Das muß ein ziemlich kaltblütiger Hund sein. Einfach ins Hotel zu spazieren und Palmgren niederzuknallen«, meinte Skacke. »Warum hat er das getan? Ich wäre zu ihm nach Hause gefahren und hätte ihn durch die Gartenhecke oder so erschossen. Beim Sonnen im Garten . . .«

»Es hat sich etwas anders abgespielt, als du glaubst«, sagte Martin Beck. »Warte mal, dann kannst du es dir selber anhören.«

Er stellte den Rücklauf des Tonbandgeräts ein, das während des ganzen Verhörs angestellt gewesen war und das Geständnis Svenssons mitgeschnitten hatte. »Ich glaube, hier ist es.« Er drückte einen Knopf, und das Band begann zu laufen.

»Aber woher wußten Sie, daß Palmgren in diesem Augenblick im *Savoy* sein würde?«

Das war Månssons Stimme.

»Das habe ich gar nicht gewußt. Ich bin rein zufällig vorbeigekommen.«

Das mußte Bertil Svensson gewesen sein.

»Es ist vielleicht am besten, wenn Sie ganz von vorn anfangen. Sagen Sie uns, was Sie an diesem Mittwoch gemacht haben.«

Das war die Stimme Martin Becks.

BS: Mein Urlaub hatte am Montag angefangen, und ich hatte also viel freie Zeit. Am Vormittag machte ich nichts Besonderes, sondern lungerte nur zu Hause herum. Ich habe ein paar Hemden gewaschen und Unterwäsche, denn bei dieser Affenhitze muß man sich ja öfter umziehen. Dann habe ich zum Lunch ein paar Spiegeleier gemacht und Kaffee getrunken, und nachdem ich abgewaschen hatte, ging ich einkaufen. Ich war bei Tempo am Värnhemstorg. Das ist zwar nicht gerade das nächstgelegene Geschäft, aber ich wollte die Zeit totschlagen. Ich habe in Malmö nicht viele Bekannte, nur ein paar Arbeitskollegen, und die meisten waren mit ihren Familien im Urlaub. Nachdem ich eingekauft hatte, ging ich wieder nach Hause. Es war schrecklich warm draußen, und ich hatte keine Lust, wieder aus dem Haus zu gehen, sondern legte mich aufs Bett und las ein Buch, das ich bei Tempo gekauft hatte. »Der Haß«, von Ed McBain. Am Abend wurde es etwas kühler, und so gegen halb sieben fuhr ich mit dem Fahrrad zum Schießplatz.

MB: Zu welchem Schießplatz?

BS: Zu dem, wo ich immer schieße. In Limhamn.

PM: Hatten Sie Ihren Revolver bei sich?

BS: Ja, man kann ihn zwar im Klubhaus einschließen, aber ich nehme ihn immer mit nach Hause.

PM: Bitte erzählen Sie weiter.

BS: Dann habe ich eine Stunde oder so geschossen. Eigentlich kann ich mir diesen Spaß gar nicht leisten; Mitgliedsbeitrag und Munition gehen ganz schön ins Geld, aber ein Vergnügen muß der Mensch ja haben.

PM: Seit wann besaßen Sie diesen Revolver?

BS: Oh, ziemlich lange. Ich habe ihn vor etwa zehn Jahren gekauft, als ich etwas Geld im Toto gewonnen hatte. Ich habe mich schon immer fürs Schießen interessiert. Als ich noch ein kleiner Junge war, habe ich mir immer ein Luftgewehr gewünscht, aber meine Eltern waren arm und konnten es sich wohl nicht leisten, mir eins zu kaufen, selbst wenn sie gewollt hätten. Wahrscheinlich wollten sie aber auch nicht. Damals war das Schönste für mich, auf dem Rummelplatz auf diese Blechtiere zu schießen.

MB: Sie sind ein guter Schütze?

BS: Ja, das kann man sagen. Bei Wettbewerben habe ich ein paarmal gewonnen.

MB: Nun, als Sie mit dem Schießen fertig waren ...

BS: Als ich mit dem Schießen fertig war, fuhr ich wieder in die Stadt zurück.

PM: Und der Revolver?

BS: Den hatte ich in einer Kiste auf dem Gepäckträger. Ich fuhr auf dem Radweg am Limhamnsfältet entlang, dann um Turbinen herum und am Museum und am Gerichtsgebäude vorbei. Als ich an die Ecke Norra Vallgatan-Hamngatan kam, stand die Ampel auf Rot, und ich mußte halten; und in dem Augenblick entdeckte ich ihn.

PM: Viktor Palmgren?

BS: Ja. Durch das Fenster des *Savoy.* Er stand, und am Tisch saßen einige Menschen.

PM: Sie haben vorhin gesagt, daß Sie Palmgren noch nie gesehen hatten. Woher wußten Sie denn, daß er es war?

BS: Ich habe sein Bild oft in den Zeitungen gesehen. Und einmal, als er aus seiner Villa kam, fuhr ich gerade mit dem Fahrrad vorbei. Er stieg damals in ein Taxi ein. Ich wußte wirklich ganz genau, wen ich da vor mir hatte.

MB: Was taten Sie dann?

BS: Ich habe nicht darüber nachgedacht, was ich dann tat, obwohl ich es andererseits sehr genau wußte. Das ist schwer zu erklären. Ich radelte am Eingang zum *Savoy* vorbei und stellte das Rad dann in den Fahrradständer.

Ich weiß noch, daß ich das Rad nicht abschloß. Das spielte sozusagen keine Rolle mehr. Ja, dann nahm ich den Revolver heraus und steckte ihn ins Jakkett. Ja, ja, natürlich hatte ich ihn erst geladen; es waren nämlich keine Passanten in der Nähe, und ich stand mit dem Rücken zur Straße und hatte den Revolver noch in der Kiste, während ich ihn lud. Dann ging ich ins Restaurant und schoß Palmgren in den Kopf. Er fiel auf den Tisch. Dann sah ich, daß das nächste Fenster geöffnet war. Ich kletterte also ins Freie und ging zu meinem Fahrrad.

PM: Hatten Sie keine Angst, geschnappt zu werden? Es saßen ja noch andere Menschen im Restaurant.

BS: So weit dachte ich gar nicht. Für mich stand nur fest, daß ich dieses Schwein umbringen mußte.

MB: Haben Sie nicht gesehen, daß das Fenster geöffnet war, bevor Sie das Hotel betraten?

BS: Nein, an derlei dachte ich überhaupt nicht. Ich rechnete gar nicht damit, ungeschoren davonzukommen. Erst als ich sah, wie Palmgren zusammenbrach und daß kein Mensch sich um mich kümmerte, dachte ich an Flucht.

PM: Nun, und was machten Sie dann?

BS: Ich legte den Revolver in die Kiste zurück und fuhr dann mit dem Rad weg, über die Hjälmarbron und am Hauptbahnhof vorbei. Ich kenne die Abfahrtszeiten der Schiffe zwar nicht auswendig, aber ich wußte, daß die Tragflächenboote jede volle Stunde abfahren. Die Bahnhofsuhr zeigte zwanzig vor neun, und darum fuhr ich zur Butterkontrolle und stellte dort das Fahrrad ab. Dann kaufte ich eine Fahrkarte nach Kopenhagen. Die Revolverkiste nahm ich mit. Ich fand es sehr merkwürdig, daß kein Mensch mir folgte. Bei der Abfahrt des Bootes blieb ich oben an Deck stehen, und die Stewardess sagte, daß ich reingehen müsse, aber ich kümmerte mich gar nicht um sie, sondern blieb einfach stehen, bis wir etwa mitten im Sund waren. Ich warf die Kiste mit dem Revolver und die Patronen ins Wasser und ging hinunter in die Kabine und setzte mich hin.

MB: Wußten Sie eigentlich, was Sie in Kopenhagen anfangen sollten?

BS: Nein, ich hatte keine Ahnung. Ich konnte sozusagen nur eins nach dem anderen denken.

MB: Was haben Sie in Kopenhagen gemacht?

BS: Ich lief nur herum. Irgendwo war ich in einer Kneipe und trank ein Bier. Dann dachte ich, daß es gut wäre, nach Stockholm zu fahren und meine Frau zu besuchen.

MB: Hatten Sie Geld?

BS: Ich hatte etwas mehr als 1000 Kronen bei mir, weil ich vor dem Urlaub zwei Monatslöhne ausbezahlt bekommen hatte.

MB: Fahren Sie fort.

BS: Ich nahm den Bus nach Kastrup und kaufte ein einfaches Ticket nach Stockholm. Am Schalter wollten sie mir sagen, mit welcher Maschine ich mitkommen würde. Ich habe natürlich nicht meinen richtigen Namen genannt.

MB: Wie spät war es da?

BS: Etwa zwölf Uhr, würde ich schätzen. Ich blieb bis zum frühen Morgen in der Halle sitzen und kam dann mit einer Maschine mit, die um sieben Uhr fünfundzwanzig, glaube ich, startete. In Stockholm nahm ich erst den Bus von Arlanda zum Haga-Terminal, und dann ging ich nach Hause zu meiner Frau und den Kindern. Sie wohnen in der Norrtullsgatan.

PM: Wie lange blieben Sie dort?

BS: Eine Stunde etwa. Vielleicht auch zwei.

PM: Wann fuhren Sie zurück nach Malmö?

BS: Am Montag. Am Montagabend war ich wieder hier.

PM: Wo wohnten Sie in Stockholm?

BS: In einer Pension in der Odengatan. Ich weiß aber nicht mehr, wie sie heißt.

MB: Was machten Sie, nachdem Sie wieder nach Malmö zurückgekehrt waren?

BS: Nichts Besonderes. Auf den Schießplatz konnte ich ja nicht mehr gehen, weil ich keinen Revolver hatte.

MB: Und das Fahrrad? Stand das immer noch am Hafen?

BS: Ja, ich holte es ab, nachdem ich aus dem Zug gestiegen war.

PM: Mir ist etwas durch den Kopf gegangen. Haben Sie eigentlich schon früher daran gedacht, Viktor Palmgren zu erschießen? Bevor Sie ihn zufällig durch das Fenster des *Savoy* sahen? Oder war das eine plötzliche Eingebung?

BS: Ich muß irgendwie schon früher daran gedacht haben, obwohl ich es nicht geplant hatte. Aber als ich ihn da stehen sah und den Revolver bei mir hatte, überfiel es mich plötzlich, daß es die einfachste Sache der Welt wäre, ihn einfach abzuknallen. In dem Augenblick, in dem ich mich entschloß, das zu tun, kümmerte es mich wenig, was danach passieren würde. Gerade in dem Augenblick hatte ich das Gefühl, zum erstenmal an so eine Tat zu denken. Aber im Unterbewußtsein habe ich Palmgren sicher schon oft den Tod gewünscht.

MB: Wie fühlten Sie sich, als Sie die Zeitungen lasen . . . Sie haben doch am nächsten Tag die Zeitungen gelesen?

BS: Ja.

MB: Wie fühlten Sie sich, als Sie erfuhren, daß Palmgren vielleicht überleben würde?

BS: Ich wurde wütend auf mich selbst, weil ich so schlecht gezielt hatte. Ich dachte, daß ich vielleicht noch mehr Schüsse hätte abgeben sollen, aber andererseits wollte ich ja keinen Unschuldigen treffen. Im Restaurant sah es doch aus, als wäre Palmgren auf der Stelle tot gewesen.

MB: Und jetzt? Wie fühlen Sie sich jetzt?

BS: Ich bin froh, daß er tot ist.

PM: Wir sollten hier vielleicht mal eine Pause machen. Sie müssen etwas essen.

Martin Beck schaltete das Tonbandgerät aus. »Den Rest kannst du dir später anhören«, sagte er zu Skacke. »Wenn ich abgereist bin.«

30

Spät am Sonnabendabend, am 12. Juli dieses heißen Sommers, saß Martin Beck allein an einem Tisch im Speisesaal des *Savoy*.

Rund eine Stunde zuvor hatte er seine Reisetasche gepackt und sie eigenhändig zum Empfang hinuntergetragen. Jetzt gab es nichts mehr, was ihn hätte hetzen können, und darum wollte er den Schlafwagen nach Stockholm nehmen.

Zuvor hatte er mit Malm telefoniert, der einen sehr zufriedenen Eindruck gemacht und immerzu wiederholt hatte: »Also keine Komplikationen, mit anderen Worten? Das ist ja fabelhaft, wirklich, ganz ausgezeichnet.«

Ganz ausgezeichnet, dachte Martin Beck.

Das Restaurant war angenehm, gemütlich und hochelegant zugleich. Das Licht der brennenden Kerzen auf den Tischen spiegelte sich in gewaltigen Silberterrinen. Die Zahl der übrigen Gäste war genau richtig, ebenso deren Lautstärke. Es waren nicht so viele, daß man sich gestört fühlen könnte, und nicht so wenige, daß man sich einsam fühlen müßte.

Kellner in weißen Jacken, ein sich verneigender Oberkellner, der Kleine, der immerzu eifrig an den Manschetten zupfte.

Martin Beck hatte mit einem Whisky an der Bar angefangen und den Abend mit einer Seezunge Walewska im Restaurant fortgesetzt. Dazu hatte er den Branntwein des Hauses getrunken, der mit geheimen Kräutern gewürzt war und hervorragend schmeckte.

Jetzt grübelte er beim Kaffee und einem doppelten Sève Fournier über die Ereignisse der letzten Tage nach.

All diese Dinge waren natürlich erlesen. Gutes Essen, gepflegte Getränke, aufmerksame Bedienung und vor den offenen Fenstern ein warmer und behaglicher Sommerabend.

Und dazu ein Fall, der zu den Akten gelegt werden konnte.

Eigentlich sollte er sich wohl fühlen, aber so verhielt es sich nicht.

In Wahrheit spürte Martin Beck sehr wenig von dem, was um ihn herum vorging. Man hätte sich sogar fragen können, ob er überhaupt wußte, was er aß und trank.

Viktor Palmgren war tot.

Weg für immer und von niemandem vermißt außer von ein paar Finanzhaien und von Repräsentanten irgendwelcher suspekter Regimes in weit entfernten Ländern. Und die würden sehr bald dahinterkommen, daß sich mit Mats Linder genausogut Geschäfte machen ließen. Der Unterschied würde sich in der Praxis als sehr gering erweisen.

Charlotte Palmgren war jetzt sehr reich und unabhängig, und soweit sich das beurteilen ließ, gingen Linder und Hoff-Jensen einer strahlenden Zukunft entgegen.

Hampus Broberg würde vermutlich sogar der Verhaftung entgehen. Ein Stab hochdotierter Juristen würde nachweisen, daß er keineswegs versucht hatte, Wertpapiere außer Landes zu schmuggeln. Auch andere Delikte würden ihm nicht nachzuweisen sein. Seine Frau und seine Tochter befanden sich in Sicherheit, in der Schweiz oder in Liechtenstein. Ihnen standen fette Bankkonten zur Verfügung. Helena Hansson würde irgendeine Strafe erhalten, aber sicherlich keine fühlbare. Sie würde sich in sehr naher Zukunft wieder in ihrem angestammten Beruf etablieren.

Übrig blieb ein Schrottarbeiter auf einer Schiffswerft, der sich bald wegen Totschlags oder Mordes vor Gericht zu verantworten haben würde. Anschließend würde er während seiner goldenen mittleren Jahre in einer Gefängniszelle verfaulen.

Martin Beck, Kriminalkommissar, fühlte sich entschieden nicht wohl.

Er bezahlte die Rechnung, holte seine Tasche und ging über die Mälarbron zum Hauptbahnhof.

Er fragte sich, ob es ihm wohl gelingen würde, im Zug zu schlafen.

Neuerscheinung '90

Stig Dagerman
Die Insel der Verdammten

Roman
Aus dem Schwedischen von Jörg Scherzer
Etwa 320 Seiten · Leinen · 9,20 M

Sieben Schiffbrüchige können sich auf eine Insel retten, auf der es weder Nahrung noch Wasser gibt. Im Durst- und Hungerwahn der letzten Stunden erinnern sich die fünf Männer und zwei Frauen ihres Lebens. Fixiert auf ihre eigenen Ängste, durchleben sie die Abgründe eines Daseins, in dem auch der einzelne, geprägt durch die Unmoral seiner Umwelt, Teil der Hölle des anderen wird. „Zwei Dinge erfüllen mich mit Entsetzen: der Henker in mir und das Beil über mir" lautet das Motto Stig Dagermans (1923–1954) zum ersten Teil seines 1946, noch ganz unter dem Eindruck von Krieg und Vernichtung, von Auschwitz und Hiroshima geschriebenen Romans. Mit gewaltiger bildnerischer Gestaltungskraft entwirft er eine Schreckenswelt, mit der er an vergangenes Leid erinnern und vor zukünftigem warnen will.

Neuerscheinung '90

Nikolai Leonow
Gefährliche Zeugen

Kriminalroman
Aus dem Russischen von Kristiane Lichtenfeld
Etwa 288 Seiten · Paperback K-Reihe · Etwa 6,80 M

Nikolai Leonow, Jahrgang 1933, durchbricht in seinem neuesten Kriminalroman einstige Tabus. Er legt die Wurzeln von Mißständen frei, die Korruption und Erpressung bis in höchste staatliche Stellen und Kreise ermöglichen. An dem in die spannende Handlung verwikkelten Personenkreis demonstriert der namhafte sowjetische Krimiautor die Praktiken einer skrupellosen, im Untergrund operierenden Mafia, die sich auf den Handel mit Autos, Grundstücken, Wohnungen, Valuten, gefälschten Diplomen und staatlichen Auszeichnungen spezialisiert hat. Die wirtschaftliche Macht des Schwarzmarktsyndikats, dem Oberstleutnant Gurow den Kampf ansagt, ist so stark, daß sich die Bosse und Handlanger freikaufen können. Gefährliche Zeugen verschwinden …

Neuerscheinung ’90

Jiří Mucha
Die Suche nach Lloyds Kopf

Roman
Aus dem Tschechischen von Gustav Just
Etwa 440 Seiten · Leinen · Etwa 9,80 M

Jiří Mucha, Jahrgang 1915, Verfasser der Künstlerbiographie „Alfons Mucha“ über seinen Vater (1986 bei Volk und Welt), bricht zu einer Jahre dauernden Weltreise auf, um für seine hübsche Freundin Lucie den sagenhaften „Zuckerberg“ und später den Kopf eines von Kannibalen getöteten australischen Soldaten zu suchen. Sein Weg führt ihn von den Hippie- und Rockmusikzentren Europas nach New York und Hollywood, nach Mexiko, Guatemala, Brasilien, Kolumbien und Peru bis nach Japan und den Philippinen, wobei das Erlebnis des Ungewöhnlichen und Fremdartigen seinen Blick für die wesentlichen Momente menschlichen Zusammenlebens schärft. Als moderner Odysseus von Land zu Land, von Kontinent zu Kontinent getrieben, blickt Mucha hinter die Fassaden unserer Welt, die in der Tat wenig von einem Zuckerberg an sich hat, deren Exotik und Abenteuerlichkeit er jedoch dankbar als Geschenk annimmt.